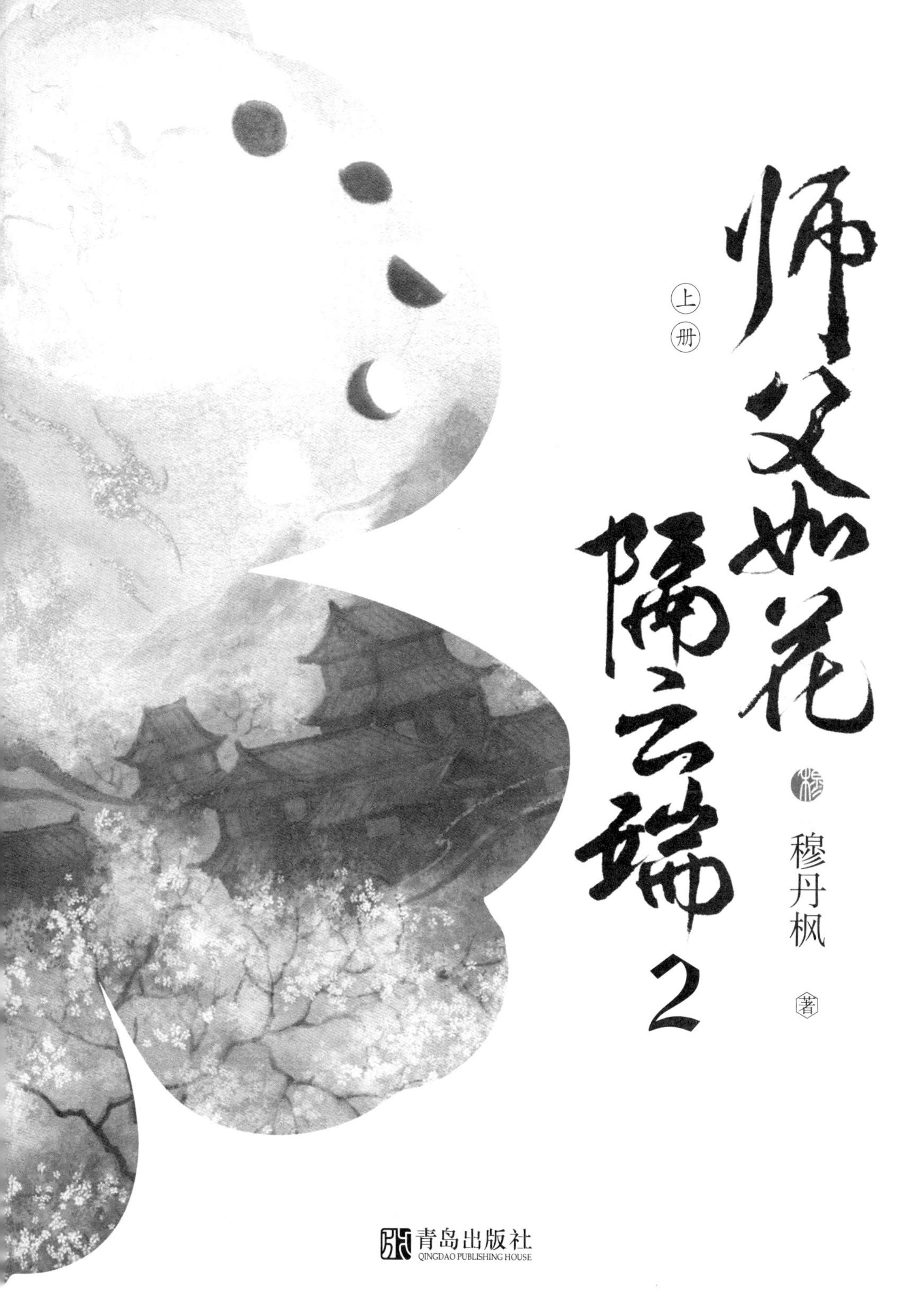

师父如花隔云端 2

（上册）

穆丹枫 著

青岛出版社
QINGDAO PUBLISHING HOUSE

图书在版编目（C I P）数据

师父如花隔云端．2／穆丹枫著．—青岛：青岛出版社，2020.6
ISBN 978-7-5552-8971-5

Ⅰ．①师… Ⅱ．①穆… Ⅲ．①长篇小说—中国—当代 Ⅳ．①I247.5

中国版本图书馆CIP数据核字（2020）第030983号

书　　名　师父如花隔云端 2
著　　者　穆丹枫
出版发行　青岛出版社
社　　址　青岛市海尔路182号（266061）
本社网址　http://www.qdpub.com
邮购电话　18613853563　13335059110
　　　　　0532-85814750（传真）　0532-68068026
责任编辑　李文峰
特约编辑　郑丽丽
校　　对　宋　芸
装帧设计　白砚川
照　　排　梁　霞
印　　刷　三河市良远印务有限公司
出版日期　2020年6月第1版　　2020年6月第1次印刷
开　　本　16开（710mm×980mm）
印　　张　41.5
字　　数　520千
书　　号　ISBN 978-7-5552-8971-5
定　　价　69.80元（全二册）
编校印装质量、盗版监督服务电话　4006532017　0532-68068638

建议陈列类别:畅销·古代言情

目录

上册

第三十一章　圣尊也动了凡心　001
第三十二章　三人组合咸鱼大翻身事件　022
第三十三章　龙昔，还是说出了真相　044
第三十四章　一个镇一夜之间被屠尽　063
第三十五章　本座爱不爱她与你无关　087
第三十六章　她既不想做他的朱砂痣，也不想做他的白月光　106
第三十七章　墟鼎　128
第三十八章　别一支嫩紫色的山梅花　153
第三十九章　居然有人敢冒充左天师　172
第四十章　这壳子里换人了　193
第四十一章　好好学习，天天向上　212
第四十二章　骨笛紫袍人　232
第四十三章　他的爱情如这梅月花一样只璀璨一时　255
第四十四章　他揽着她的腰岁月静好　278
第四十五章　雨散云收　292

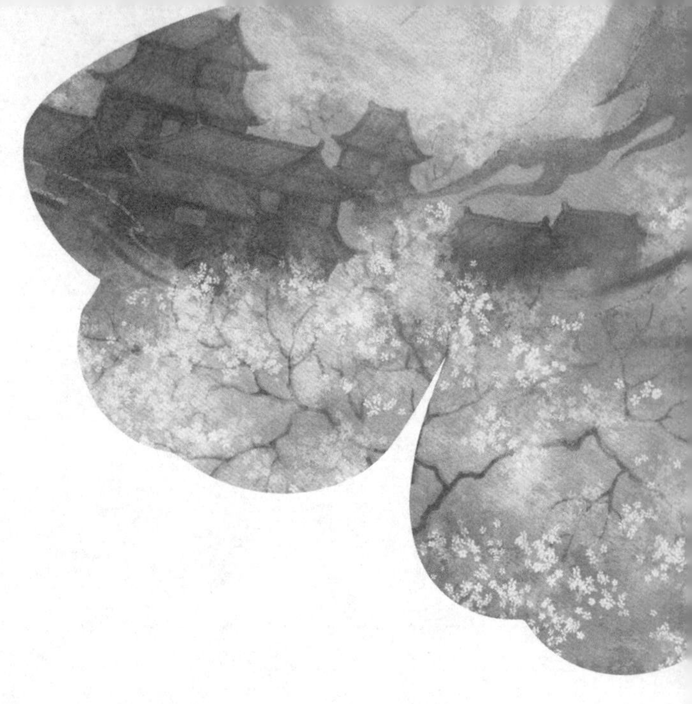

目录

下册

第四十六章 你我缘尽之时 325
第四十七章 难道这个人真是传说中的双重人格 346
第四十八章 银色的蛟龙背上的少女 367
第四十九章 骄傲都如同浮云 389
第五十章 他这名字其实就有玄机 409
第五十一章 幕后之人终于浮出水面 431
第五十二章 不过爱情不是买卖 453
第五十三章 天魔追踪陷入了僵局 474
第五十四章 银发尊主 496
第五十五章 她恨科学疯子 519
第五十六章 图穷匕见 538
第五十七章 二人悠闲日常 558
第五十八章 兵不血刃就将天魔的老巢端了 603
第五十九章 红尘男女那点儿事他应该不屑做吧 618
第六十章 蓝峰大陆 633

第三十一章　圣尊也动了凡心

顾惜玖刚才虽然拒绝得很快，但心脏还是漏跳了一拍。

她知道圣尊是做得到的，就算左天师已经不喜欢这门亲事，但由圣尊做主，也由不得他不答应。

但是，她不想勉强……

等等！她怎么想到“勉强”二字了？

难道在她的内心深处还是想嫁给帝拂衣？只是因为不想勉强对方？

顾惜玖握着茶杯的手僵住了。

顾惜玖和帝拂衣二人各怀心思地坐着，有些冷场。

屋外似乎有风吹进来。顾惜玖终于回神。她跟圣尊进来做什么了？不是想问那些疑问吗？

该死！被其他话题一岔，她居然把主线给忘了！

“那个……圣尊，您还没回答我刚才的那些问题。”顾惜玖终于把主线扯回来了。

圣尊一时没反应过来：“嗯？”他深蓝色的眸子似乎有些迷蒙，在这一刹那，他似乎不是那个高高在上、腹黑毒舌的圣尊，而是一个有些茫然的孩子。

顾惜玖的心脏不由自主地一跳！

不过，圣尊不愧是圣尊，那样的神态只保留了一瞬，他很快就恢复正常，双眸深邃起来，他幽幽一笑："什么问题？本尊答应你什么了吗？"

顾惜玖唯恐他不认账："刚才在外面，惜玖问您的那些问题，您说跟您来……"

"嗯，本尊只是让你跟来蹭茶喝的，可没答应回答你的问题。现在茶水你也蹭足了，本尊瞧你精神也上来了，可以去跑圈了。"圣尊站了起来，"本尊乏了，你且去吧。"

太可恶了！

顾惜玖握拳。

圣尊瞧了她的小脸一眼："很不服气？"

顾惜玖："……"

圣尊接着说了一句："不服气你来打我啊。"

顾惜玖瞠目结舌，没想到堂堂圣尊也可以这样耍无赖："圣尊，那幕后之人是不是极为厉害，以惜玖之力压根无法与之抗衡，就算知道对方是谁也无可奈何，所以您才一直逃避这个问题，不对惜玖言明？"

圣尊叹了口气："他确实不是你能抗衡的，你们的实力不在一个水平线上。"

"那他到底是谁？圣尊说出来，惜玖最起码也提前有个防备。"顾惜玖不肯罢休。

圣尊看了她片刻，忽然问了一句："你的蛊术是和谁学的？"

顾惜玖这次不肯对他"竹筒倒豆子"了："圣尊，我回答了您的问题，您也回答我的问题，好不好？"

"和本尊讨价还价？"

"一问换一问，天公地道，童叟无欺！"顾惜玖坚持。

"能和本尊讨价还价的人还真不多，你倒是另类，胆子也不小！不过本尊今日心情好，和你交换一下问题也不是不行。你先说出你的蛊术师承何处，本尊自然会告诉你在千翎天那里看到的东西。"

难得圣尊这么干脆，顾惜玖也很干脆地说了自己的蛊术的来历。

在现代她认识一位玩蛊的高手朋友，她瞧着玩蛊好玩，就跟着学了几样。

她学蛊术极有天赋，别人学几年也未必能学好，她居然在几个月内就能达到出神入化的地步。顾惜玖那个朋友觉得她是棵好苗子，就把她介绍给自己的师父。那个朋友的师父居住在一个与世隔绝的村寨之中，并不轻易收徒，却对顾惜玖一见如故，教了她两个月，并把一本蛊术残卷送给了她。

在现代顾惜玖所学庞杂，主学的还是武术、毒术和医术。

她总感觉蛊术需要以虫为媒，而她不太喜欢那些虫子，再加上养蛊常常需要用人体精血来喂养，所以她虽然学了不少，却几乎不使用，也没养过蛊。

不过她倒是对解蛊很感兴趣，看着那些"小东西"在她手里灰飞烟灭比较有成就感。所以她主要研究了那本残卷上的解蛊术，那本残卷上不但有罕见蛊的下法，还有相应的解法。

当然，因为没有中蛊的人给她当试验品，所以她当时也就是看看而已。

幸好她记忆力强大，看一遍就记了个八九不离十。

她将自己的蛊术来历简要说了说，毕竟她觉得现代的知识和这里关系不大，她在现代的朋友再厉害也来不了这边。

但圣尊问得很仔细，包括传她蛊术那两个人的外貌特征。

最后他干脆递给顾惜玖几张纸、一支笔："来，把他们画下来。"

顾惜玖也不傻，忍不住问道："您不会是怀疑幕后的人是他们其中一位吧？不会的，我来已经很偶然，他们不可能也来的，穿越是个极偶然的事件……"

"万事皆有可能，你且画下来，本尊对照一下看看。"

"那您也把您怀疑的对象画下来给我看……啊，对，您把在千翎天那里看到的幕后人物也弄个画像吧？"顾惜玖道。

小丫头还真是一点儿亏都不吃！

圣尊答应了，于是二人相对而坐开始作画……

一炷香的工夫，二人分别画好了，然后交换着看。

圣尊画得很逼真，笔下的那个神秘人一身雪似的白袍从头罩到脚，看不出胖瘦，也看不出男女，只是通身气质有些冷厉诡异。那个神秘人每次出现都是在夜间，而且是在无月、无星的情况下，所以这一身装扮出现后，有些瘆人。

顾惜玖的画是素描，几笔勾勒出人物的特征，虽然有些失真，但人物的主要特征也跃然纸上了。

她那位朋友是位唇红齿白的帅哥，一笑起来就阳光灿烂的那种。但那位藏在深山里的师父看上去很另类，穿一身麻布长袍，身材高瘦挺拔，五官……看不全整个脸部，因为对方留了络腮胡子。

顾惜玖也说得明白，那位师父性子很古怪，寡言少语，极少出面，传她蛊术的时候也基本不露面，常常一个在里屋说，一个在外屋听。她和他见面的次数屈指可数。

圣尊将顾惜玖的那张画翻来覆去地看，冷不防来了一句："你就和这人在一座竹楼里相处了两个月？"他指着络腮胡子说道。

"也不算吧。这个人只晚上将我唤去传授大约一个时辰，其他时间任我在寨子里跑。"顾惜玖道。

"他在寨子里的身份是什么？"

"大蛊师啊！有名的大蛊师！寨子里的人都有些怕他。没事的话基本没人在他楼下路过。"

"那他可在你面前显露过什么本事？"

顾惜玖皱眉道："就是蛊术而已。"

一般的蛊术大师都有些神秘，而那个人更是神秘至极。

整个村寨见过他真面目的人也不多，顾惜玖要不是每日都去他的竹楼一个时辰，估计也没机会与他相处。

"这么说，你没见过他出手？"

顾惜玖摇头："没有，我们那边其实很和平，最多是东家丢了只鸡，西家跑了只羊……他的蛊术在那里并没有出手的机会。"

圣尊盯着她，隐隐有些调侃："这人如此神秘，以你的性子应该暗探过他的竹楼了吧？他的竹楼里有什么？"

顾惜玖："……"

她咳嗽了一声道："我是去那里向人家学艺的，人家也算是我的半个师父，我又是尊师重道的人，干吗乱探人家的竹楼啊？"

圣尊不说话，只是盯着她。

顾惜玖心虚，拿眼瞪回去，结果第一次在和人对视中败下阵来，举手："好吧，我承认，我探了，但他那竹楼真没什么，就是有点儿陈旧而已，里面的家什也是普通家什，还有些养蛊的罐子。"

"他养蛊的罐子什么样？"圣尊适时询问。

顾惜玖扶额："圣尊，您不会真怀疑他吧？隔着时空呢！他来不了的！"

圣尊已经递过来纸和笔："画下来。"

在这一刹那，顾惜玖有些后悔学过画画了，更后悔让圣尊知道自己会画画。

无可奈何，她根据印象画了几幅，画完向圣尊的方向一推："都在这里了。"

或许是聊熟了，顾惜玖和圣尊说话越来越随意。"你呀""我呀"说得很自然。

或许是嫌对坐不方便，顾惜玖干脆扯了椅子向圣尊靠过去，为他讲解这些蛊罐子里分别养了什么蛊。

二人肩并肩，不时讨论两句，那画面很和谐，也很温暖。

圣尊瞧了一眼身边神采飞扬、专注讲解的她，心中一动，有暖暖的热流涌上来。还是第一次他在这个身份下有人靠这么近，而且还这么自然。不过也有些好笑，这个画面如果让四使看到，估计能惊掉下巴！

这小姑娘其实已经在不知不觉中挑战了"神"的权威而不自知。

不过，他不准备提醒她，他觉得这样挺好。

高处不胜寒！

其实一个人在高处待久了，也会孤独，也会寂寞，也会想要另一个人与己相伴。

圣尊走神了，这还是他第一次在研究东西时走神。

直到她抬起头来，诧异地看向他："圣尊，圣尊？我说得对不对？"

圣尊回神，她说什么来着？

不过顾惜玖刚才在猜测这蛊的功能，说得头头是道。

圣尊不想让她看出他刚才走神了，所以微微点头道：“不错。”

顾惜玖眼睛一亮：“你也同意那神秘人不是他？我就说嘛，他虽然蛊术极高，但也不可能来这里的。”那个络腮胡子蛊师也算是顾惜玖的半个师父，而且对她也不错，她可不想让人怀疑他。

圣尊不置可否，将她画的那几张画都收了起来。

顾惜玖开始研究圣尊画的那幅神秘人的画像，圣尊画得很形象，但这人的伪装术实在太好，顾惜玖端详半天也没研究出什么，忍不住叹了口气：“如果有三维立体扫描仪就好了，那个东西可以直接扫描人的骨骼，他就算伪装术再高，总改变不了骨骼架构……这个人在天聚堂藏了这么多的棋子，到底想要做什么？”

这个答案现在注定是无解的，圣尊也没回答她，任她在那里猜度。

这样的时光很美好，让他有些贪恋。天不知不觉就亮了。

外面忽然传来几声轻叩，赏善使的声音传来：“圣尊，古残墨率人求见。”

圣尊皱了一下眉，被人打断这难得的温馨时刻，他有些不高兴。

顾惜玖从各种分析中回神，向外看了一眼，这才发现外面天光已经大亮。

她居然和圣尊在一个屋子里聊了小半夜！还聊得热火朝天的，她自己也感觉有些不可思议。

古残墨求见圣尊，定然是有事禀报，说不定是关于那个神秘人的，那她要不要也跟着听听？

她略一纠结，圣尊已经开口：“你先回去，本尊的床帐记得补一补。”

顾惜玖才想起这茬。

圣尊一直不睡拽着她在这里聊天，是不是因为床帐破了睡不着？

她应了一声，正要离开，圣尊再次开口：“还有那罚跑十圈……”他顿了顿，顾惜玖满怀希望地看着他，她觉得今夜的圣尊脾气很好，说不定看她破案有功的分上就免了惩罚。

他却接着说下去：“一圈也不能少。”

果然圣尊的好脾气都是浮云啊！

她应了一声开门出去了。

出门的时候正和赏善使碰了个对面。大清早看到她从圣尊的房间里出来，赏善使极力忍住八卦的念头，淡定地和她打了声招呼。

顾惜玖转身离开的时候，赏善使忍不住盯着她的背影瞧……

她走路依旧轻盈，双腿也没有不对劲的地方，应该没有承欢吧？

“她怎么样？”一道突兀的声音响起。

“很好啊，模样漂亮，身材也正，还有本事……”赏善使随口回应，但应到一半儿，骤然回神，看着站在身边的圣尊打了个寒战，忙俯身行礼，“圣尊！”

“喜欢她？”圣尊像是随口一问。

赏善使打了个哆嗦：“不……不喜欢！”他哪敢喜欢圣尊在意的女人！

圣尊挑眉，语气似有不悦：“不喜欢？她还不够优秀？”

赏善使：“……”

“她……她够优秀！属下从来没见过这么优秀的姑娘。”

圣尊这才满意，又问了一句：“那你说实话，喜不喜欢她？”

娘啊，这要怎么回答？求正确答案！赏善使泪流满面，脑子转得像风车似的，最后终于让他抓住一个很保险的答案，连忙拎出来：“属下是欣赏她、崇拜她……”她说不定是未来的圣尊夫人，他的女主人，所以他说崇拜她也没错，只是提前崇拜了而已。

圣尊愣了一下，鄙视道：“她几岁，你几岁，你比她大了不知道多少轮，你崇拜她？你的脸皮也忒厚了。”

赏善使：“……”娘啊，早知道如此，他刚才该把惩恶使踢进来向圣尊禀报的。他能不能让时光倒流回去？

“像只呆头鹅似的站在这里做什么？还不把古残墨他们带进来？”圣尊不耐烦了。

赏善使如蒙大赦，应了一声，飞也似的跑了。他一边跑一边在心里骂古残墨，这老儿受了这么多的刑罚居然还有这么多的精力，大清早跑来这里折腾，看来还是罚得太轻！

不行，今天他要亲自监刑！

顾惜玖在跑圈。

她现在轻功极好，所以跑圈对她来说还是不算啥的。

天聚堂修建在青山绿水之间，早晨的空气异常清新，再加上草木清香，如酒般醉人。

顾惜玖在现代也很喜欢晨跑，现在一跑，她又找回曾经的感觉，那感觉很舒服，尤其是她发现在跑动过程中调整体内灵气，能让灵气在体内循环得更充盈时，忽然觉得圣尊这惩罚还挺人性化的。

她正跑得欢快，背后忽然传来脚步声，那脚步声像是故意让她听到。

顾惜玖侧头看去，眼眸微微一眯。

云清罗！

自那日云清罗和容御被绿衣人控制大闹了一场后，云清罗一身功力险些耗尽，一直在调养中，昨天她才参加集体活动，不过她当时混在人群中，顾惜玖没注意她。

她消瘦了不少，不过她容貌好，穿着一身浅绿色的衫子，山风一吹，倒更具仙风。

“顾惜玖，恭喜。”她赶上了顾惜玖，和她并肩跑着。

“恭喜？”

“你这几天的表现极为出色，昨夜古堂主征得大家的同意，决定让你免除那些测试直接进入流云班。”云清罗声音平和，像是来报喜的。

顾惜玖诧异，这条消息让她有些意外。

她心中忽然一动，古残墨今日一早求见圣尊，难道是说这个？

“你追赶我是为了向我说这些？”

云清罗呼吸一窒，抿了抿唇：“我这次也是专程向你道谢的。”

“嗯？”

“那次如果不是你出手，我只怕会力竭而死。所以我要谢谢你。”

“嗯，我接受。”顾惜玖也干脆，“不过我那次不是专程救你的，救你只是顺便。”

云清罗吸了一口气：“我明白，但你还是救过我，这声‘谢谢’是必须说的。”

“好了，你的‘谢谢’我收到了，你可以不必跟着我了。”顾惜玖紧跑几步，认为她和云清罗不可能成为朋友。

“除了‘谢谢’外，我还有话说。”云清罗又赶了上来。

顾惜玖干脆停下脚步：“好，你说。”

云清罗瞧着眼前的这个女孩子：“我要说的是，你救了我我很感激，但我不会因此放弃对左天师的追求，我喜欢他已经很多很多年了……”她的声音微微发抖，“我喜欢他到什么程度你压根想象不到……顾惜玖，我知道你本事不小，很多男子为你着迷，连圣尊……圣尊也为你说话。你现在已经很了不起了，就不要再和我争左天师了好不好？”

顾惜玖：“……”

云清罗眼圈泛红：“我不求其他男人对我如何，我只喜欢左天师，喜欢得要疯了。我拼命修炼也是为了他，你压根不知道我为了能站在他身边吃了多少苦……”

她身子微微发抖，看着顾惜玖：“你不要和我争了好吗？你只要退出，我可以给你很多补偿，尽我所能给你补偿……”

顾惜玖抿紧了唇，云清罗对左天师的爱或者说执念让她动容，但她并不欣赏。

不过看在这姑娘坦承的分上，顾惜玖决定和她聊聊。

“云清罗，我问你，左天师喜欢你吗？”

云清罗脸色微微发白：“他……会喜欢我的。”

“也就是说，他尚未喜欢你了？”

“不！”云清罗声调微微拔高，“他应该有一点儿喜欢我的，我没成为天授弟子之前，曾经被人劫走，是他赶来救了我，还和我说了很多话……”

云清罗似乎陷入回忆：“他那时应该蛮喜欢我的，亲自驾车带我回来。他亲自将我带到飞星国，还和飞星国皇帝说了我的身份，让皇帝安排最好的驿馆给我，他说天授弟子必须隆重对待。他那时就应该认定我是天授弟子了，尚未检测就开始传授我功夫，我的筋脉有点儿缺陷，他亲自炼了药送给我……让我什么也不必理会，专心练功便可。你不知道我那时有多开心。”

顾惜玖不说话了，也想起了她的从前。貌似左天师一开始就没认定她是天授弟子，话里话外都是要整她……

“你看，他对我挺好的，你却和他有婚约。”

“那婚约已经解除了。”顾惜玖提醒她。

“可是、可是他或许是对你感到抱歉，对你和对其他女孩压根不同。”

顾惜玖觉得有些头疼，从退亲后她再没见过他好不好？哪里不同了？！

她看了看云清罗，觉得对方找错人了：“我觉得你如果真喜欢他，不应该来找我，而是想办法去得到他的心。他的喜好是他的事，不是我的事，也不是我退出就能成全你……”

“你只要退出他肯定会喜欢我的！我刚才也对你说了，他对我很好……”

“或许他对每一位刚刚成为天授弟子的人都这么好，你确定他是喜欢你？”顾惜玖说出了自己的猜测，“你看他对花纤言、千玥冉就很不错……”

云清罗呼吸一窒，俏脸发白：“才不是！他对我的好和对她们的好不一样！”

好多女子喜欢浪子，而每一位女子都以为自己在浪子心中是不同的，其实并没有什么不同。

看来云清罗也是如此，她自我感觉很好，而且也听不进去劝解。

顾惜玖并不想当知心大姐姐，所以懒得再和云清罗说了：“随你吧，你既然觉得他喜欢你，你尽管去表白好了，或许就表白成功了呢。你找我没用的。”

顾惜玖转身想继续跑步。

云清罗一把扯住她：“你还是不肯相让是不是？”

顾惜玖觉得这事是说不清了！

她头疼地道：“我说了，你和他之间不是我相让不相让的事。”

“顾惜玖，你太自私了！已经有这么多男子喜欢你，多左天师一个不多，少他一个不少，你干吗非抓着他不放？”云清罗握拳，“你难道非要这天下所有的男子都喜欢你才满足？你的虚荣心太强了！”

这锅扣得有点儿大！

顾惜玖的火气也上来了：“不错，我就想让天下男子都喜欢我，尤其是左天师，我偏不放手！让他也做我的裙下之臣！”

云清罗目瞪口呆：“你！你无耻……”

顾惜玖勾唇一笑：“我就是这么无耻，你不服来咬我啊！”

云清罗气得声音发抖：“顾惜玖，你现在功夫不如我！你不要逼我！”

到底是谁逼谁？

顾惜玖现在只想气对方，所以笑得越发可恶：“我现在功夫确实不如你，但你敢对我动手吗？”

云清罗：“你……你不过是仗着圣尊护着你！”

“嗯，那又如何？他护我不护你，你气死也没用。”

云清罗：“……”她快被直接噎死了。

顾惜玖见她不再叫嚣了，这才满意地转身，却在转身的那一刻僵了一下。

在她身后的不远处，站着一个少年，俊朗的眉目、挺拔的身材、冷冽的气质，正是晏尘。

不知道他在那里站了多久，更不知道他听了多少，顾惜玖和他目光一对，他微微皱眉，目光微冷。他虽然没说话，但看她的目光像看人渣。

顾惜玖几乎要扶额，天知道她只想跑步而已。

她懒得再理会他们，转身继续跑步。

晏尘身形一闪，拦住了她的去路，顾惜玖向后微微一退：“你做什么？”

晏尘一双眸子在她身上扫了一圈：“顾惜玖，敬告你一句话，在天聚堂不是聪明、本事大就可以为所欲为，心术还要端正！”

这话明摆着是说她心术不正，顾惜玖笑了：“我也敬告你一句，什么事不要只看表面，不然你很容易被人蒙蔽，成为别人的枪。还有，我感觉我心术挺正的，我问心无愧！”她绕开他跑步去了。

顾惜玖跑完圈回到那院子的时候正碰到赏善使，他是专程来告诉她喜信儿的。和云清罗说的一样，她不必再参加那些测试，可以直接进入流云班学习了。

他甚至专门为她送来了流云班的衣服和一应用具。

“顾姑娘，从今天起，你就是流云班的学生了。圣尊让我嘱咐你，要好好学，别给他丢人。”赏善使嘱咐。

顾惜玖似乎想到了什么：“圣尊呢？”

“圣尊已经离开了，他说以后你要靠自己，他的名号你不能用一辈子。”

顾惜玖的心脏不由自主地一跳，她明白了她对云清罗所说的那些话，听众不只是晏尘，还有圣尊。

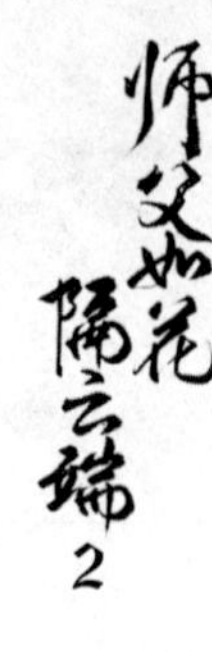

他怎么看她？

他有没有看出她说那番话其实就是在气云清罗？

顾惜玖隐隐握紧手指。

她不在意其他人怎么看她，哪怕那些人都误会她，她也不在乎，但她莫名在意他的看法。

“圣尊还说什么了？”顾惜玖觉得圣尊肯定还有话给她。

“圣尊还说，从今日起，你和流云班的学生一样，不能再搞特殊化。流云班的学生都住在风尚谷中的‘勤学院’，顾姑娘也可以搬过去和他们同住。古堂主已经为你安排好了，你只要收拾收拾这边的行李就可以了。”赏善使继续传达指令。

“那这里呢？”她在怔了片刻后询问，声音有些哑。

“这里会毁去。”赏善使言简意赅道，“圣尊说这里没必要保留。”

“好，随你们吧！我这就去收拾。”顾惜玖转身就向后院走去。

这里就像海市蜃楼，是他随手让人修建的，自然也有理由再随手毁掉，反正他是神，修和盖只是一念之间的事。

果然有些东西修起来快，拆起来也很快，她曾经以为这里是她的避风港，却不过是昙花一现。

“要不要我帮你？”赏善使在后面干巴巴地问了一句。

“不必了，也没多少东西。”顾惜玖转身走了。

赏善使看着她的背影，目光有些复杂。他以为他传达完了这些，这姑娘会非常失落，没想到她全程一直很淡定。

西风凋碧树，茂竹掩画楼。

圣尊站在竹林中，左手握着一根翠竹，右手拿着一柄刀在竹上旋刻。他在制作竹笛。

赏善使终于回来了，站在那里禀报：“圣尊，属下遵圣尊吩咐，已命顾姑娘搬到风尚谷中，那座宅院也已经拆除。”

“她说什么了？”圣尊随口问道。

赏善使递过来一道留声符：“属下最近脑子不太好使，怕有遗漏，就全用此符录下来了，圣尊请听。”

圣尊将留声符打开，里面传出了顾惜玖和赏善使的对话。

他依旧在削竹，也不知道有没有听。

片刻后，留声符传出的声音停止，圣尊抬头瞥了赏善使手里的留声符一眼：“她就说了这些？”

“嗯，就这些。”

“那她拿走了什么东西？”

“都是她自己的东西，其他的一概没动。”

“本尊让你送给她的茶呢？”

“送她了，她说谢谢。不过她说此茶名贵，是圣尊的心爱之物，她不敢夺人之爱，就没接受。对了，她还临时修补了圣尊的床帐，托属下交还给圣尊。”

赏善使自储物袋中将那折叠得整整齐齐的床帐取出来，双手递了过去。

床帐展开，露出曾经被扯破的地方。

不得不说，顾惜玖有一双巧手，原先的大口子已经密密缝合，还是一种特殊手法缝制的。她大概觉得单纯缝合不好看，居然别出心裁地在这里顺势绣了一只翩然的鹤，黑颈白羽，双翅栩栩如生，正要翩然远飞。

圣尊这帐子上原本画了一幅山水图，翻飞的鹤倒是和这画图很配，因为那破口之处正在鹤颈处，鹤颈是黑的，正好模糊了破口，让人压根看不出是缝合的，倒有一种天然之趣。

“圣尊，这位顾姑娘真是兰心蕙质呢，瞧这绣工……喀喀，绣工虽然不那么出色，但难得的是她这份巧思……”

“她绣这个绣了多久？”

“约莫一个时辰……”

“你拆房子拆了多久？”

“约莫一个时辰。”

“你一共在那里待了一个多时辰，这么说她绣这个的时候你在拆房子？”

赏善使浑身冒冷汗：“属下拆房子的时候顾姑娘并没有在里面，属下是等她离开以后才开始拆的，拆完以后发现她坐在溪流边修补此帐。属下看到她的时候，她刚刚修补完，就托属下给圣尊带回来了。”

圣尊没再说话，将床帐收起来，放入储物空间中。

圣尊始终很淡然，赏善使也不知道他到底是怎么想的，明明很在乎，明明两人相处得也很和谐，怎么忽然就这样淡定了？

赏善使又想到了什么：“啊，对了，圣尊，顾姑娘给这帐子的时候还让属下给圣尊捎个话。”

“什么话？”

“顾姑娘说，她确实曾经用圣尊的名头来行事，给圣尊造成了困扰，她感到很抱歉，以后绝对不会了，请圣尊放心。”

圣尊：“……”

他没说话，继续制作竹笛。然后赏善使眼尖地发现，圣尊新削出来的竹笛多了一个孔。

“圣尊，属下不明白，顾姑娘其实也没用圣尊的名头做什么，只不过是故意气人而已。她其实还是一切靠自己，她在天聚堂也完全靠自己的本事，能够免试进入流云班也是靠她自己的努力，圣尊如因此责怪她放弃她，属下总感觉有点儿……”赏善使开始大着胆子说自己的想法。

“为何说本尊放弃她？”圣尊终于开口，声音淡然无波，“本尊其实只是想让她顺利地进入天聚堂而已，现在目的达到，自然应该撤了，无所谓放弃不放弃。”

“圣尊事务繁忙，离开很正常，可是那座院子我瞧顾姑娘挺喜欢的，她还在院子里种了花。对了，属下拆房子的时候，在她屋里发现了她画的一张草图，好像就是设计那个小院的，看上去挺有趣的，现在就这么拆了。其实那院子她一直住着也无所谓啊，毕竟大家也都接受了她住在那里的事实，应该不会再有人说闲话。”

“沐风，你今天的话有点儿多！”

沐风不敢再说了。

圣尊转了转手中的竹笛：“龙司夜那边怎么样了？”

沐风禀报：“他还跟在容御身边，暂时没发现什么。容御伤得挺重，沿途还晕了一次，龙司夜一直照料他，大前日才回到飞星国，这几天一直深居简出，据说容御前日才能起床活动。这点就不如云清罗了，云清罗的底子比他好，大前天已经能出来跑步了。圣尊，对她的惩罚还执行吗？”

“再让她恢复一段时间吧。”圣尊的语气表示他不怎么在意。

“是！”

“其他地方可有什么动静？”

“暂无动静。圣尊，是不是那自爆的绿衣人就是幕后主使？听千翎天的招供，他原先的药就是神秘人给他的，但自从那绿衣人死后，他的药就断了，所以他才会这么急地在鬼市上买药……”

“没这么简单。”圣尊微眯眼眸，“他们应该都是暴露出来的棋子而已。这一场局刚刚开始。”

沐风皱眉：“那他的目的是什么？”

圣尊沉默片刻，很认真地问：“本尊拉不拉风？”

沐风毫不迟疑地点头：“拉风！”

“一个皇位就能让兄弟阋墙、父子反目，骨肉亲情全都扔到九霄云外，更何况本尊这个位置？不知道多少人眼热想将本尊踹下去。”

沐风皱眉道：“圣尊是神，神的位置岂能靠争抢来取代？”

圣尊叹息道：“就算是神也有陨灭的时候，你这话说得早了些。”

沐风大惊，脸色唰一下白了：“圣尊，您这话是……是什么意思？”他的声音也抖了起来。

圣尊拿竹笛在竹子上一敲："本尊还没陨灭呢！你就这么一副死了爹的模样不好吧？故意恶心本尊？"

沐风："……"

"好了，下去吧！"圣尊摆手。

沐风躬身欲退，却又像想起了什么，禀报："对了，圣尊，那个千翎羽已经恢复功力，现在八阶了，古残墨那老家伙很高兴，特意为他弄了一场宴席庆祝。"

圣尊瞧着他："这样鸡毛蒜皮的事你特意禀报给本尊是什么意思？"

"咯，属下是想让圣尊开心一下，毕竟是天聚堂的人，日后会是我们的左膀右臂。"

"呃，本尊开心过了，你可以下去了！"

"不过，这孩子的功力是恢复了，但也有一个让人很头疼的地方。"沐风继续禀报，见圣尊神色不善，似乎已经被这鸡毛蒜皮的小事惹烦了，忙接着说下去，"这小子明明已经能进紫云班，偏偏要留在流云班，说什么要和顾姑娘共进退，顾姑娘在哪儿他在哪儿！把古堂主气得不轻。"

圣尊："……"

"圣尊，像千翎羽这个年纪正是情窦初开之时，顾姑娘又和他差不多大，属下瞧千翎羽对顾姑娘已经种了情根，他们以后又在一个班级，朝夕相处，或许……或许……"

"或许什么？"

"或许他们以后就能互相看对眼，成就一段佳话。"沐风大胆地把推测说了出来。

圣尊瞧了他片刻道："沐风，你今日非常八卦，你是想提醒本尊什么吗？"他的声音微冷。

沐风低头道："属下不敢。"

圣尊淡淡地道："本尊和顾惜玖最多只是师徒情谊，并无其他缘分，本尊也只当她是晚辈。明白吗？"

"明白！"沐风不敢乱想了。

"以后关于她的事不必特意向本尊禀报，本尊没闲心去管！"

"是！"

"去吧。"

沐风答应一声，终于下去了。

风吹过竹林，沙沙作响，吹乱了谁的思绪，扰了谁的心肠？

一切还没开始，他现在抽身应该来得及。

圣尊站在那里，想给竹笛贴个膜，这才发现竹笛多了一个孔。

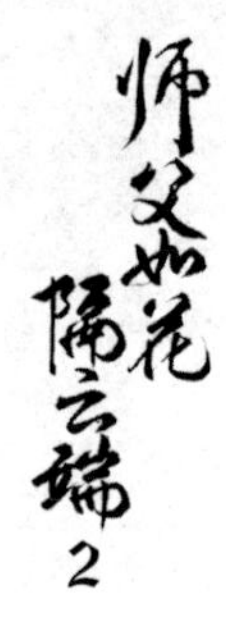

繁星夜，短松冈，一片松树密林中。

有一个白袍人飘飘然地站在那里，在他面前有一个青衣男子正俯身向他禀报。

“主上，天聚堂的暗棋都被拔了，咱们还要不要再安插？”

白袍人声音如冰泉石上流：“不必，他已起疑，嘱咐各部，暂时按兵不动。”

“是！”青衣男子答应，顿了顿，忍不住提议，“主上，这次千翎天暴露是顾惜玖设的局，这小丫头不简单，已经坏了我们的许多事，要不要属下派人杀了她？”

白袍人沉默片刻，声音依旧无波无澜：“是你们太笨，才会让她得逞。不必动她，她不足为虑。”

“属下还是觉得她以后会成为我们的心头大患，不如趁她现在羽翼未丰……”

“你听不懂本尊主的话？不要动她！再妄动一步，本尊主剥了你的皮！”白袍人的声音森寒起来。

“是……”青衣男子不敢再说了，躬身离去。

白袍人抬头望天，天上繁星闪烁，如同少女璀璨的眼眸。

“顾惜玖……”白袍人低语，似轻笑又似咬牙，“你坏了我的好几次好事，你要怎么赔？以身相许可好？”

没有人回答他，只有风吹过松林的轻响。

他身形一转，原地消失。

风尚谷是一个不大的山谷，山谷中有二十多处青砖小院。小院排列整齐，像员工宿舍。

这里就是流云班学生的住处。

流云班和紫云班不同，紫云班的学生所住的都是二层小楼，里面设施齐全，应有尽有，像小号的豪宅。

而流云班就是青砖瓦房，普普通通，两人共用一座小院。

顾惜玖已经搬到这里一个月了，和她同住的是一位十五岁的小姑娘，叫蓝外狐。

蓝外狐比顾惜玖大几个月，但模样很显小，个头不高，一张娃娃脸，一双大眼睛，洋娃娃一样可爱。

她恩怨分明，顾惜玖才和她住一座小院时，她大概听过什么风言风语，对顾惜玖一脸的防备加好奇，并不太喜欢和顾惜玖说话。

她和顾惜玖一个住东屋一个住西屋，小姑娘每次进屋后就把屋门反锁上，好像生怕顾惜玖这个心怀叵测的“白莲花”去毒害她。

顾惜玖知道蓝外狐为什么防备她，因为这个小姑娘是晏尘的同乡。

顾惜玖第一天搬来的时候，一出门正碰到晏尘。晏尘绷着一张俊脸警告她，让她离小蓝狐狸远一些，不许坑这天真的孩子，如果她做出什么坑狐狸的事，他第一个饶不了她……

顾惜玖听他说完，就笑眯眯地说了一句："我原本还没有坑她的想法，但听你这样一说，我觉得不坑她一次对不起我自己啊。"

这话把晏尘气了个倒仰。

顾惜玖欣赏了一遍他铁青的脸色，然后好心提醒他："你可以让你的小狐狸防备我，离我远一些。"

于是晏尘恨恨地瞪了她一眼，转头就把蓝外狐叫出去了。

于是，这小姑娘再回来后，看到她就一脸警觉，防她像防贼似的。

顾惜玖自然懒得理会蓝外狐，她从进了流云班后就很忙。

流云班虽然不是好班，但导师还是认真教的，传授的内容也很详细。

顾惜玖从穿越以来，虽然也学了一些东西，但都是一些杂学，学得乱七八糟的。

而这里的导师或许制药术、毒术不如顾惜玖，但在其他方面的成就还是很高的，譬如各门各派各种功法的配合之术、破解之术，譬如剑法，譬如各种灵根的修炼法则。

圣尊给她的书里虽然也讲了，但终究不如这里的导师讲得专业、系统。

顾惜玖连着听了几堂课后就有茅塞顿开之感。

她来得晚，好多知识需要自学，再加上还要喂那三只吃货，偶尔再去炼丹赚个饭钱，再被千翎羽拉去做个任务打个怪，所以这几天下来，她很忙，忙得没空应付那个邻居。

直到同住了十天后，那一天顾惜玖在屋里练功，听到有呻吟声。开始她没理会，但那呻吟声越来越大，还带着呜呜的哭声。

顾惜玖被吵得练不了功，只得出去看看。

但门被反锁了，顾惜玖直接敲窗户，让她哭小声点儿，别吵了邻居。

结果蓝外狐哭得更大声了，一边哭一边说她快要死了，肚子疼得厉害。

她哭得惊天动地，又不肯给顾惜玖开门。

顾惜玖只得直接瞬移去踹了相隔二里远的晏尘的院门，把他踹起来，告诉他他的小同乡肚子疼，让他速速去请大夫。

晏尘一脸狐疑，第一反应是问了一句："你对她做了什么？"

顾惜玖大怒，直接回了他一句："你这样一脸戴了绿帽子的表情做什么？你总不至于认为我把她强暴了吧？！"

这句话噎得晏尘俊脸发青，看顾惜玖的眼神像看一只怪物。

顾惜玖懒得理他，说完之后直接瞬移回来。

她洗漱了一下想要拉开被子睡觉，结果听到邻屋的小姑娘抽噎着说道："我要死了，怎么办？肚子疼，还流了好多血……"

顾惜玖扯着被子顿了片刻，忍不住扶额，一脚踹开小姑娘的门走了进去。

原来小姑娘是痛经，而且是初潮。

小姑娘灵力不低，但明显没学过生理卫生知识，又没人教她，她压根不懂。

顾惜玖前世有过痛经的毛病，学医以后她最先研究的就是如何治疗痛经，所以治疗这个很拿手。

等晏尘带着大夫赶到的时候，蓝外狐已经不疼了，而且在顾惜玖的指点下，也明白怎么处理月事了。

而这一场乌龙过后，蓝外狐对顾惜玖的态度一百八十度大转变，小尾巴似的跟着她，见了她笑得像太阳花似的，于是顾惜玖有了一个小跟班。

当然，晏尘对顾惜玖的防备根深蒂固，看到自己的同乡围着顾惜玖转自然看不惯，曾经把这只狐狸扯出去训了半天，结果一向听他的话的蓝外狐第一次反驳他。

顾惜玖恰好听到了他们的对话："我就不，惜玖很好的，你对她有偏见，很深的偏见！她压根不会害我，还治好了我的病！"

晏尘怒其不争道："你懂什么？她很善于伪装的，你太天真，就算五个你绑一起也不是她的对手，到时候她把你卖了你还帮她数钱！"

这话一说完，他就看到了走过来的顾惜玖。

顾惜玖没搭理他，直接叫蓝外狐："小狐狸，要不要和我去打猎？晚上有烤肉吃。"

于是蓝外狐立即欢呼一声跟顾惜玖跑了，把晏尘晾在了那里。

蓝外狐的灵力其实不低，初始灵力就六阶半，而且还是难得一见的单灵根，无论学什么招数都很快。原本她是古残墨十分看好的苗子，被分在了紫云班，但她在紫云班待了三个月后，不知道是导师教学不得当，还是她天生对武学不敏感，虽然学会了不少招数，但并不知道什么时候用。

就像玩游戏时一个高级号交给一只菜鸟来玩，就发挥不出高手的作用，每次出手无论合不合适就把大招全部放一遍。

天聚堂的导师并不是纯理论教学，很注重实践，常常让学生各自组队对战，以此来检验新招数的掌握程度。

这种团队战自然是有战术的，出招讲究配合。

结果谁和蓝外狐组队谁惨，她根本不知道如何配合队友，更不知道什么时候该出什么招。

常常队友一道火攻发出去，她直接用水给浇灭了，结果被对方完虐。

如是三番，再没人愿意和她组队。她仅比顾惜玖早来半年，也是在紫云班的新生班。

晏尘知道她的这种情况后，也给她恶补过，想让她记住怎么配合队友，但毕竟战场之上瞬息万变，绝大多数时候需要临场发挥，晏尘教会了这种配合法，结果对方打出来的是其他的招数，蓝外狐上场以后依旧手忙脚乱，拖整队人的后腿。

这样一来二去的，古残墨终于失望，觉得这小姑娘于武学一途应该是朽木不可雕也，于是便将她放到了流云班里和其他有问题的学生一起放羊。

流云班的学生也是常常要比试的，大概蓝外狐这“组队白丁”的威名太响亮，在流云班里每次比武组队大家也都避开她。

所以每次比武蓝外狐都找不到队，只能在外围眼巴巴地看着，看别人杀得热火朝天，看别人组队去后山杀怪物。

顾惜玖来到流云班以后，大家对她是好奇加防备。

经过前面那些事，没有人敢再瞧不起她，但是也不敢亲近她。

她医术高懂得多是他们欣赏佩服的，但她心机深又是他们所防备的。再加上她的灵力才五阶，就算是在流云班那也是最差的。

只有千翎羽敢和她组队。

一队最少三个人，于是顾惜玖又带上了蓝外狐。

这一队的组合有些古怪，千翎羽在这个班的成绩曾经也是垫底的，但大家都知道他已经恢复灵力，所欠缺的是相应灵力功夫的融会贯通，所学的灵力招数不算多，所以他打架时能发挥出什么水平大家都猜不出来。

而顾惜玖是灵力低，毒术高，打架经验丰富。

但在对阵中导师已经明确说明，不能用毒，不能用瞬移术，只能用导师所教的那些招数……

于是顾惜玖的优势全没了。

至于蓝外狐，她常干的活是火上泼水。

于是顾惜玖进流云班第一次参加组队对战时，很不幸地败了。

顾惜玖的生存原则是，无论做什么事要么不做，要么做好，她是不甘于人后的。

第一次失败后，她痛定思痛，开始做攻略，顺便训练那两个猪队友。

其实这种对战方式有些像游戏中的对战，各种灵力修炼者所修炼的术法也是有各自的优缺点。

有的人适合近战，有的人适合远攻，还有的人适合控场。而合作对战就是大家各自的优势互补，有主抗、有副抗、有控场、有突击手。

她这一队千翎羽好一些，这小子打架是个好手，打架的招数一点就透，不必她太费神。

唯有蓝外狐，这丫头根本不会打架……

顾惜玖拿出五天的闲暇时间专门训练蓝外狐，让蓝外狐把所有会的招数都在她面前演练一遍。顾惜玖发现她的这些招数单独使出来时威力都不小，就是配合得乱七八糟。

于是顾惜玖开始教她怎么配合着使招数，结果这丫头记不住，丢三落四，常常该发这一招她却发了另外一招，把和她对练的千翎羽浇了满头水。

千翎羽在一天之中被第三十次浇成落汤鸡后，向蓝外狐发了一顿少爷脾气，扭头跑了。

蓝外狐一脸惹祸的表情，看着顾惜玖："惜玖，我、我是不是挺笨的？你、你会不会也不要我？"

顾惜玖揉了揉眉心，看着她那眼泪汪汪的模样不忍心，摇头道："你继续练，你只要想参加，我不会不要你。"她还没放弃过任何一位队友，这次也一样。

于是蓝外狐立即欢呼一声，又去努力练了。

顾惜玖坐在那里一边看她练一边思索，这只小狐狸不会配合别人，如果和她同队的人配合她呢？

这是个很好的思路！她正要顺着这条思路捋下去，身后有人轻咳了一声。

她回头见晏尘站在那里，正望着场中练得满头大汗的蓝外狐，目光有些复杂。

顾惜玖和他看不对眼，因为这家伙每次都看她不顺眼。

从蓝外狐做了顾惜玖的小跟班后，他大概总怕小狐狸被顾惜玖这只大灰狼给骗了，常常有意无意地出现在两个人的周围，这让顾惜玖很不爽。

顾惜玖不爽的时候，通常也会让别人不爽。所以顾惜玖有时会故意去找晏尘的麻烦。

譬如在山里碰到晏尘单枪匹马地杀野兽时，她常常一道风裂术飞过去，将晏尘埋伏好几个时辰才堵到的猛兽给惊走，或者让陆吾偷偷跟着做打猎任务的晏尘。陆吾虽然是头小奶兽，但它毕竟是八阶兽，它所到之处百兽闻风远遁，所以每次陆吾出马，晏尘在大山里转悠大半天一只野兔子也碰不到，基本颗粒无收。

原先晏尘都是超额完成任务，但从顾惜玖和他杠上之后，他的打猎成绩开始直线下降，连及格都困难。

打猎既然不行，那他干脆就改采灵草来完成任务。

但陆吾简直就像狗皮膏药，无论他找到什么，没来得及采摘，这货就不知道从哪个旮旯里蹿出来，几爪子就将灵草挠个稀巴烂，然后一溜烟跑个无影无踪。

它跑得飞快，晏尘追了它几次，发现追不上，只能眼睁睁地看着这货摇晃着九条尾巴消失在远处。

晏尘是公认的涵养高，但也被顾惜玖气得暴走了好几次，很想把这个腹黑的丫头抓过来暴揍一顿。

可是顾惜玖是流云班的学生，又是新生，他则是紫云班的学生，还是高年级的学生，自然不能去找这丫头PK（对战），被她气得找不到北却又不能把她怎么样。

最后一向喜欢单枪匹马行走天下的他开始和其他同学组队，人一多，陆吾就不容易再无声息地藏在他周围捣蛋了，他的情况才好了一些。

当然，他也不是那种吃了哑巴亏不反击的人，被惹急了也会给顾惜玖下绊子。他是土灵力和金灵力拥有者，两种灵力使用起来都出神入化，所以顾惜玖常常走着走着眼前忽然冒出一块大石头，或者忽然出现一个大坑，坑底是大大小小的尖锐小石头，扎不死人但也能硌一下。

因为顾惜玖和他彼此都看不顺眼，互坑已经成习惯，所以顾惜玖见他忽然冒出来，第一反应是跳起来，随手设了一道荆棘藤蔓屏障，晏尘险些一头撞在上面。

晏尘破天荒地没有反击，而是随手变出一柄剑来将她的藤蔓屏障砍掉：“你在教外狐竞技？”

顾惜玖觉得他在问废话，没理他。

“外狐其实不笨的……”晏尘无视她的黑脸继续开口。

废话！有眼睛的都看得出来！顾惜玖依旧没理他。

“她只是不适合竞技……我曾经教过她，她记不住那些技巧……我不想让她受更多的刺激，所以不想让她再参加对战，不想让她再受伤……”晏尘自顾自地开口道。

顾惜玖挑眉。

“顾惜玖，我不管你训练她是抱了什么目的，但请不要伤害她，你看我不顺眼可以报复我，但不能拿她当砝码……”

顾惜玖怒道：“你属苍蝇的？嗡嗡个没完！我确实看你不顺眼，但和她有什么关系？她是她，你是你！你又不是她爹，她也不是你妈，你的账我算在她身上干吗？你还真把自己当盘菜了？”

晏尘：“……”

顾惜玖继续道：“你口口声声说不想她受伤，不让她参加对战，那你知不知道她在班里是被孤立的？知不知道没人和她一起做任务？怕她受伤害就不让她尝试，你是对她好还是在害她？！”

晏尘瞠目结舌。

顾惜玖接着道：“就算程咬金还会三板斧玩转天下，我就不信这只狐狸会这么多招数用不上！我就不信这个邪了！”

说到这里她心中忽然一动！

三板斧——

程咬金就会三板斧，三招练得滚瓜烂熟，基本就可以走天下了，招数在精不在多。

如果这小狐狸化繁为简，就找出其中的四五招来配合，她会不会记得很牢靠？

她不再理旁边的晏尘，直接把蓝外狐给叫了过来。

顾惜玖让她将所有的招数使了一遍，然后从里面选出五招，按顺序给她排列了一下，让她依照这个练习。

蓝外狐对这五招原本就是熟的，把它们组合在一起倒也不复杂，她认认真真地练习了一个时辰后，基本就融会贯通了。

在练习过程中，顾惜玖一直在旁边看着，时不时给她纠正一下，晏尘居然没走，也在旁边看着。他也是绝顶聪明的人，顾惜玖的这个战术一出来他略一思索就基本想明白了，如醍醐灌顶，不得不佩服顾惜玖这个人战术了得。

千翎羽也跑回来了。这小子气来得快，去得也快，再回来已经像没事人一样。

顾惜玖等蓝外狐练得差不多，便招呼千翎羽过来三个人配合着发招，就连在旁边观望的晏尘也被迫陪着喂招。

晏尘的功夫不愧是紫云班学生里面顶尖的，一招一式隐带风雷之声，速度又快，顾惜玖三人围攻他，也难以将他拿下。

晏尘被顾惜玖扯下来给这三人喂招的时候，还没敢尽全力，唯恐伤到对面的三人，只使出了五成力道。

但随着三人配合得越来越好，他们所发出的招数威力越来越大，他后面就得使出八成的力道来对抗了。

他原本只是陪练，但打到后来也来了兴趣。

四个人一直打到月亮升起才住手。

蓝外狐的汗湿透了重衣，但她异常兴奋。她第一次尝到这种战斗的快乐，也第一次不再帮倒忙，第一次被人需要，这种感觉无疑是极爽的。她的小脸红扑扑的，眼睛亮晶晶的，虽然疲惫欲死，却快活得想要飞起来。她缠着顾惜玖想要再来一局。

晏尘也意犹未尽，看着顾惜玖："再来一局？"

顾惜玖起身，不屑地道："我干吗陪你练啊？"

晏尘无语："顾惜玖，你还能不能更无耻一些？"

"能！"顾惜玖很痛快地回答了一个字，然后伸出一只手，"想要我当陪练拿一百块灵石来！"

晏尘："……"

他的三观碎了！

最后晏尘抵不住蓝外狐的软磨硬泡，拿出一百块灵石换来一局。

临走的时候晏尘欲言又止，在顾惜玖"有话快说"的目光下，他终于问了一句："程咬金是谁？"

顾惜玖："……"

这以后晏尘几乎每天都会过来给这三人练手，因为顾惜玖选择的练功场地极为隐秘，一般人找不到这里来，所以其他人并不知道这情况，也无人前来围观。

这样又过了几天，终于到了流云班的第二次对战，结果原本最不被看好的三个人来了个咸鱼翻身，横扫其他组合，亮瞎了众人的眼睛。

谁也没想到一贯“组队必败”的蓝外狐能够发挥出这样的水平，废材变大杀器，配合着顾惜玖和千翎羽的招数，简直万夫莫当！

这一场仗打下来三个人胜得漂亮，千翎羽扬眉吐气，蓝外狐更是围着顾惜玖连转了好几个圈，扯着顾惜玖的手臂说要庆祝庆祝。

庆祝自然要弄庆功宴，蓝外狐在这里因为前期生存技能不高，基本挣不到外快，只有每个月发的十块灵石，也基本全花光了，所以她是穷人，平时常常是晏尘接济她。

这次她说要请客自然是请不起的，好在还有晏尘，晏尘倒也爽快，一口答应。

于是，这一晚天聚堂食堂一楼原本属于紫云班学生吃饭的地方，进来了三位流云班的学生，占了中间最显眼的桌子，由晏尘请顾惜玖三人。

晏尘很豪爽，说了一句：“今天你们随便点，只要吃得下，都由我来付账。”

他这句话刚刚落地，顾惜玖的衣袖中就传来一声欢呼：“太好了！这次总算能吃饱了！我要吃红烧灵鹿肉、蒜爆灵豹筋……”

一只大蚌滚了出来，里面钻出个小娃娃指点乾坤，几乎把一楼的招牌菜点了一遍！

晏尘满头黑线。

这一顿大餐足足花了两千八百块灵石，直接把晏尘吃破产了，他把攒了三年的家底全部拿出来付账，结果还是不够。而这里的大师傅很有节操，不允许赊账。

到最后还是顾惜玖看不过眼，垫付了一千块灵石。四个人才得以脱身。

晏尘低声向顾惜玖道谢，顾惜玖摆了摆手：“不用谢。”然后她从衣袖中摸出一张纸递过去，“这是借据，你签上名就成了。”

晏尘：“……”一贯优雅冷漠的少年差点儿被气死。

但气愤归气愤，他不习惯赖账，在那张借据上签上了自己的大名，言明这一千块灵石在两年内还清。

收起借据，顾惜玖逍遥地转身，牵着自家的蚌回去。这大蚌吃得太撑了，现在连壳都合不拢，在地上一步一挪，也不能变小了。

它还挺兴奋，一路和顾惜玖规划前景：“主人，以后你争取多让他请客，他挺大方的，我第一次吃这么满足。”

顾惜玖：“……”她觉得以后再让晏尘请客只怕比登天还难。

对晏尘来说这是个血的教训，以后晏尘再请顾惜玖的时候，都会提前加上一句话：人可以随便吃，蚌不行。

他请了顾惜玖这一顿还是有些好处的，譬如顾惜玖终于不再找他麻烦，打猎采药的时候不再派陆吾跟着他捣乱了，他终于能正常杀怪采药了。

第三十二章　三人组合咸鱼大翻身事件

顾惜玖三人组合咸鱼翻身横扫整个流云班自然也惊动了上面的人，古残墨当晚就听说了这件事，觉得很新奇。顾惜玖三人下一场对战的时候，他特意去瞧了，结果让他大开眼界！

这一次对战顾惜玖三人配合得更默契，就连蓝外狐也在其中发挥了至关重要的作用。

蓝外狐虽然只有五招，但这五招在顾惜玖和千翎羽二人的配合下威力奇大，每次对战常常是蓝外狐第一个出手，先一道水柱喷向对面的火灵力修炼者，让对方一出手就败下阵来。

如果对面有土灵力者及时设置土墙来阻挡水柱，顾惜玖会立即出手，在对方的土墙上用藤蔓一提一扯，对方的土墙就松了，然后再被蓝外狐的水柱一冲，直接塌了，把对面的几位浇成落汤鸡。千翎羽再趁势一道大火球打进去，被顾惜玖的飓风一吹，火球瞬间会燃烧起来。

常常这一招过后，对方已经宣告失败。

古残墨看了全场，待比赛结束后，便把三人叫了出来。

他先是嘉勉了一番，挨个鼓励了几句，说了一些他很欣慰、很开心的话。

顾惜玖听他啰唆半天，终于提醒了一句：“堂主，我觉得口头鼓励并不能真正鼓舞人心，不如来点儿实际的奖励更实在。”

古堂主想想也对，便一人奖励了一百块灵石。

古残墨还在受刑阶段，身体有些虚弱，他的嘴唇一直是干裂的，一根根的胡子也干硬得如同胡杨树，模样有些狼狈。

顾惜玖看他这病容实在有碍观瞻，想了想，便从身上掏出一个药瓶递过去："古堂主，这是玉膏液，可以治疗暴晒炙烤之症，涂抹在受伤的肌肤上能迅速消除干裂……"

古残墨老怀欣慰，不过还是义正词严地拒绝道："本堂主不接受任何贿赂。"

顾惜玖挑眉道："谁说我贿赂了？"一只小手伸了过去，"此药膏在鬼市卖八百灵石一瓶，您是堂主算您优惠点儿，六百灵石就可以。"

古残墨吐血三升！

他这次来找这三人还有其他目的，所以鼓励完毕他就提出了自己的要求："你们的战术很不错，别出一格，再和流云班其他同学对练就没多大意思了，不如从下期开始，你们来和紫云班人的对练？"

千翎羽的眼睛亮了，他早就想杀回紫云班了！哪怕只是对练！

他立即看向顾惜玖，顾惜玖盘算片刻，问古残墨："我们是流云班的学生，和紫云班对练很吃亏啊，毕竟我们双方饭食都不一样，等于不是站在一个起跑线上，这让人心里很不平衡。"

古残墨还是很大方的，大手一挥道："好，你们只要在紫云班赢一场，以后就可以在一起吃饭。"

但顾惜玖还有第二个条件："古堂主，你之所以让我们去和紫云班的人对练是因为相中了我们的组队方式吧，想看看这种组队方式威力到底有多强，然后考虑要不要在学生当中推广，是不是？"

古残墨的目的被顾惜玖直接说破，他顿了顿，还是点了点头："不错。顾惜玖，你这种组队方式很特别，也很有实效，这么好的组队方式确实应该推广，增强我们天聚堂学生的整体作战能力。"

顾惜玖扬了扬眉毛："我这组队方式研究了很久，花费了不少精气神儿，我总不能白白让别人学去啊。这样吧，两千灵石，古堂主就当买此法的推广权。"

古残墨终于暴跳如雷："顾惜玖，你钻到钱眼里了吗？！你现在比老子都富，还要这么多灵石做什么？！"

顾惜玖不语，只是看着他。

古残墨终于被她打败了："好，怕了你了！待会儿你直接去灵石库领取便可。"

古残墨走了，快得像一阵风一样。

千翎羽忍不住冲顾惜玖竖大拇指："惜玖，还是你生财有道！我觉得再这么下去，用不了一年你就会荣升为天聚堂第一富。"

顾惜玖笑了笑没说话。

千翎羽还是有些担心："惜玖，俗话说教会徒弟饿死师父，我们这种组队方式如果让他们全部学去，那以后我们只怕就无法再打赢他们了。"

"怎么？怕了？"顾惜玖挑眉。

千翎羽挠了挠头皮："就是有些担心而已。"

"不必担心。"顾惜玖开口，"他们没办法全部学会的。"

千翎羽诧异地看着她，顾惜玖继续跟他解释："我们三个的情况其实有些特殊，你的灵力等级已经是紫云班高级水平，唯一欠缺的是实战经验；而我虽然灵力不足，但我实战经验丰富，临场发挥好；小狐狸虽然不太会运用招数，但她所发出的招数威力还是很大的。我们这种组合他们无法复制……"

在对阵中，蓝外狐虽然就是用那五招，但顾惜玖和千翎羽都是十分伶俐的人物，反应快，配合好，在瞬息万变的战场上能够迅速变换战术打法，做到及时调整。

就像打游戏，就算攻略明明白白地写在那里，却不是每一个人都能学会的，还要靠人的悟性和反应速度。

经过顾惜玖这一解释，千翎羽终于明白，意气风发地说道："这就好！那我们好好练练，等下一场狠狠揍紫云班那帮人！"

他看紫云班那些人不顺眼已经很久了！

蓝外狐忍了忍，没忍住："我晏尘哥哥也是紫云班的，你不能全骂……"

千翎羽对晏尘还是很服气的："好，他排除在外！"

在天聚堂还是紫云班的学生多，共九个班，新生班三个，中级班三个，高级班三个。一般情况下，新生学习三年进入中级班，中级学习四年进入高级班，当然，碰到个别出色的学生，也允许跳级。晏尘就是，他刚来三年，已经是高级班的尖子生了。

流云班则是在新生班里学习一段时间不合格刷下来的，是所谓的差班。

虽然顾惜玖三人能够横扫流云班的学生很不错了，但在天聚堂这种不缺奇迹的地方并不算什么，也不代表能够打败紫云班里最弱的组合，所以顾惜玖他们想要打赢也不容易，还需要多多磨合。

每晚的戌时是三个人固定的练习时间，他们会在后山里一个颇为荒凉的平台上练习。

这一天，顾惜玖和千翎羽都到了，结果左等右等不见那只小狐狸。

顾惜玖纳闷，往常小狐狸都是第一个到的，这次是怎么了？

她唤出了在周围担任警戒任务的大蚌，让它来感应。

大蚌二话不说钻入地下，片刻后向顾惜玖禀报："她在离此五里的青草坡，嗯，在和人打架！"

那乖孩子居然会和人打架？这事挺稀奇！

顾惜玖身形一晃，直接瞬移过去——

“惜玖，等等我！”千翎羽紧追在后面。

“就你这猪一样的本事还想打败我们紫云班的人？别做梦了！哥一根手指头就能戳你个跟头！”

青草坡上，蓝外狐倒在地上，原本淡白色的衣衫上满是尘土，头发乱七八糟地披散着，她明显挨打了，几次想要站起来都没成功。

在她身前趾高气扬地站着一个紫云班的学生，在得意扬扬地训斥她。

“你笨得像猪一样，如果不是晏尘一直护着你，你早被赶回家了！还能在天聚堂待着？”

“咦，又哭鼻子了，你心里一定又在想向你晏尘哥哥告状吧？像你这样的人，也只能待在他的羽翼下苟延残喘，离开他你什么都不是。”

“我才不会！”蓝外狐小脸都哭花了，依旧倔强地回嘴。

“其实你向他告状也没用，我也没把你怎么样，他就算知道了最多也就训斥我一顿，他一个高级班的顶尖高手，总不能对我这样的新生动手吧？不过我真心奉劝你，像你这么笨的人还是乖乖待在流云垃圾班混日子吧，别再打回紫云班的主意，你不配。”

顾惜玖是凭空出现的，直接出现在那学生面前，二人相距不足半米，那学生被吓了一大跳，下意识地后退，待看清来人时脸色微变：“是你！”

顾惜玖懒得理他，直接向蓝外狐伸出了手：“小狐狸，起来！”

蓝外狐眼睛一亮，但还是有些羞愧：“惜玖，我丢人了……”

“你是来当她的帮手的？呵呵，你们是不是想群殴我呀？”那学生在旁边叫嚣着。

顾惜玖依旧没理他，给蓝外狐把了一下脉，发现她受了点儿内伤，外伤也不严重，这才放心，送她一粒疗伤的药丸让她服下，顺便问她：“怎么回事？”

其实事件起因很简单。

众所周知，再厉害的班级里也有倒数第一的学生。

眼前的这个人就是，他有个很厉害的名字叫黄天行，和蓝外狐曾经是同班同学，他的成绩一直倒数，为求心理平衡，他就欺负比他弱的蓝外狐，常常把蓝外狐揍得满头包。

这家伙本事不大，但有些小聪明，他欺负蓝外狐的时候从来不会在她身上留下明显的外伤，就算有伤也是伤在不会暴露的地方。

衣服遮盖的地方是他常常下手的目标，因为伤在这些地方不会被人瞧见，而蓝外狐是个比较倔强的小丫头，绝大多数情况下受气了也不会跟晏尘说，以至于这家伙越来越嚣张，隔三岔五就来找她的麻烦。

直到顾惜玖来了，小狐狸喜欢缠着她，几乎和她形影不离，让这家伙十几天没找到机会。

这次蓝外狐落了单，才被他堵上……于是就有了先前那一幕。

说话的工夫，千翎羽也到了，看到小伙伴被揍成这样，火冒三丈，就想上前揍人。

黄天行心里害怕，面上却万分不屑："你们这是要群殴？哼，我和她是切磋，她打输了那就应该愿赌服输……"

千翎羽大怒："你这种货色还值得我们群殴？小爷一人就可以打得你满地找牙！"

黄天行后退："我已经打过一场了，你这是要车轮战？哼，那样就算你赢了也不算有本事！"

顾惜玖拍了拍蓝外狐的肩膀："小狐狸，你信不信我？"

蓝外狐愣了下，用力点头："信！"

"好，那你就再和他一战！放心，以你的功夫能打赢他，你只要放开手脚就行！"她又瞧了黄天行一眼，"敢不敢再和她打一场？"

黄天行昂然道："有什么不敢的？你们不怕我再把她揍得满地爬就行！"

顾惜玖点头，掏出一张纸，向旁边的大石上一铺，唰唰写了一些字，再招呼其他几个人过来："这是生死状，你们签了之后就可以放开手脚大打一场了！生死不论，各凭本事！"

黄天行愣住，瞪着顾惜玖："你是认真的？老子真打死了她，你们不会为她报仇吧？不行，晏尘也不会放过我的……"

"签了生死状后，生死有命，别人干涉不得。晏尘也知道这个理的，不会找你麻烦，就看你敢不敢签了。"顾惜玖语气轻描淡写地道。

黄天行一横心道："好！那你俩就做个见证！也签上自己的名字！"

"没问题。"顾惜玖先签上了自己的名字。

千翎羽还是很相信顾惜玖的，所以顿了片刻后也签上了自己的名字。

蓝外狐小脸雪白，但她紧咬着嘴唇也签了名字。

黄天行被逼到这里，再不签就显得太窝囊了，于是也签了。

顾惜玖把生死状一抖，吹干了上面的墨痕，轻轻一笑，那笑容怎么看怎么凉，黄天行被这个笑容吓得哆嗦了一下。

顾惜玖瞧着蓝外狐："小狐狸，你的功夫一直比他强，只是你心太软，打架的时候下不了手。一旦你真正放开手脚，他就不是你的对手，现在是证明你自己的时候

了！记住一句话，狭路相逢勇者胜，这个时候你只能拼！”

谁都不可能在别人的羽翼下躲一辈子，在强者为尊的天聚堂，她自己不奋起的话就只会挨打受欺负！

所以这次顾惜玖就要逼她突破自己的心防。

蓝外狐目光闪闪地看着她，很明显，蓝外狐的战意被顾惜玖这一番话给激起来了。

顾惜玖微笑道：“我会为你加油的！”

然后她向后一退：“好，你们开始吧！”

千翎羽还是不太放心，悄声问顾惜玖：“小狐狸行吗？别真被对面的人给打死了！她如果有个三长两短，晏尘或许因为生死状不会找黄天行的麻烦，但有可能会找你我的麻烦。”

顾惜玖道：“放心吧！当退无可退的时候，狐狸也会变成狼的！再说还有我呢！”

蓝外狐和黄天行终于开打，场地中一时风起云涌。

开始时，或许是因为黄天行的积威，蓝外狐还是放不开手脚，暂时处于下风。

千翎羽有些急，在那里喊道：“小狐狸，揍他！揍他！别只是退！”

顾惜玖盯着战场片刻，开始数数：“2，8，5，4，3……”

别人或许不懂顾惜玖为什么数数，蓝外狐却懂，因为顾惜玖曾经把她所会的招数都给编号，这样在打斗的时候方便提醒，原先是方便配合，没想到今天在这里用上了！

蓝外狐的功夫不低，只不过是在打斗中她不知道该用哪一招迎敌。

现在顾惜玖一念，她立即按照顾惜玖所念的顺序施展开来！

片刻后，黄天行就在蓝外狐狂风骤雨般的攻击下落了下风，被蓝外狐拍飞了好几次！

蓝外狐在单打独斗中还是第一次占上风，胆子立即大了起来！

看着她一贯痛恨的黄天行在她的大招下毫无招架之力，她很兴奋，发挥得更好。

小半个时辰过后，黄天行终于落败，哭喊着要停。

顾惜玖虽然让他们签了生死状，但还是不想闹出人命来，于是让蓝外狐住手了。

她再看黄天行，已经开始满地爬了，一身泥水，一张脸肿得像猪头，肋骨也断了好几根。蓝外狐停手的时候，他几乎趴在地上起不了身。

愿赌服输，他能捡回一条命已经算不错了，在按照生死状上的要求向蓝外狐磕了八个响头后，他一句废话也没敢多说，连滚带爬地上了自己的坐骑跑了。

这一次他吃的亏够他记一辈子了，从此以后他再不敢惹蓝外狐，每次见到她都下

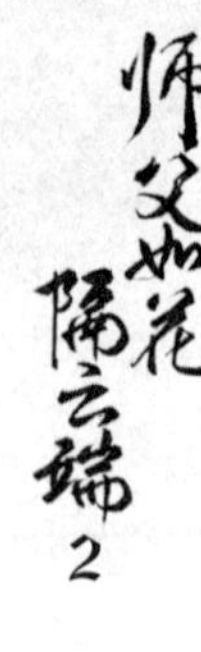

意识地躲着走。

当他离开的那一刻，蓝外狐发出的欢呼声几乎震动整个山谷！

她终于扬眉吐气了！她终于凭借自己的力量打败这个常欺负她的人了！

她虽然很疲惫，身上甚至还有伤，但她开心得几乎要飞起来了。

“小狐狸，累不累？今天还要不要训练？”顾惜玖问道。

“要！”蓝外狐答得响亮。

顾惜玖笑了笑，扯着她就走：“好，那我们继续练！”

三个人并肩离开，临走的时候顾惜玖像是无意地瞥了不远处的大树一眼，嘴角浅浅一勾，走了。

远处的那棵大树上，晏尘现出身形。

他紧握住的拳头慢慢松开，一颗石子在他的掌心中碎成粉末，风一吹就散了。

他来得不早不晚，正是顾惜玖他们赶到这里的时候，所以他看了全程。

他看到乖巧狐狸被激起斗志，看她大杀四方，看她把黄天行揍得满地找牙。

在蓝外狐欢呼的时候，他也觉得胸中有一腔热血在沸腾，他的小狐狸终于成长起来了！

而这一切都是因为顾惜玖。

他发现自己对顾惜玖越来越反感不起来了，欣赏反而越来越多。

顾惜玖他们这一组人要对战紫云班学生的事迅速在整个天聚堂流传开来，这消息让流云班的全体学生都很兴奋。

流云班的学生终于能够正式挑战紫云班了！

就算他们对顾惜玖这一组人并不看好，但感觉能真正打上一架也是好的。

至于紫云班的学生，普遍表示不屑，新生班的学生谁也不愿意接战，因为感觉胜之不武。

但古残墨既然说了，三个班的导师也推托不得。但谁也不愿意先接这个雷，最后决定抓阄……

紫云班三班得到了这个“机会”。三班的导师很郁闷，但也没办法，只得回到自己班级，挑来选去，找了一组最差的学生来应付。

顾惜玖正式加入天聚堂满一个半月的时候，迎来了和紫云班的第一战。

这场对战的地点在天聚堂的竞技台。

只有重大比试才会在竞技台举行。

所有的导师都觉得古残墨疯了，在玄火境中被烧糊涂了，才大张旗鼓地搞这么一出。

他们也反抗了一下，譬如在比试那天故意安排重要的课，让自己班的学生不去围观……

至于流云班的学生，大部分人怕顾惜玖他们输得太惨，打击了他们好不容易建立起来的自尊心，所以也选择不去围观，只告诉那几位想去的同修，回来说个结果就行，只听结果比较没有杀伤力……

所以正式比试那天，竞技台下的观众很少。

偌大的观众席上冷冷清清的，从这头吹进来的风能直接刮到另外一头。

三班的孟导师陪着古残墨坐在台上的评委席上，瞧了瞧台下冷清的观众席，终于诚心诚意地低声问道："堂主，您是不是因为前些日子得罪过这位圣尊门人觉得对不起圣尊，所以才这么安排想挽回点儿在圣尊心目中的形象？"

古残墨就回答了两个字："胡说！"

"那您是因为什么呢？我知道这位顾姑娘炼丹术很厉害，是棵好苗子，这个大家都承认；我也知道她曾经创造过几次奇迹，头脑挺灵活的，甚至还懂蛊术、医术，为我们天聚堂揪出坏人，做了很大贡献，这个大家都明白。我们也觉得她是个人才。但她的灵力毕竟只有五阶，待会儿真打斗的时候，我怕她顶不住啊，输还是小事，万一失手，真把她伤到怎么办？圣尊那里只怕无法交代啊。"

"放心！一切有本堂主！你让你的学生尽管放开手脚就是。"

孟导师眼睛一亮，他等的就是这句话！

他立即传音给刚刚上台的三名学生："尽管放开手脚就是，争取一口气把他们打趴下，尽早结束这场闹剧！"

那三名学生自然眼睛一亮，立即摩拳擦掌起来！

手下留情他们需要悠着来，难度有些大，现在能放开手脚还怕什么？！干吧！

他们的眼中燃起了熊熊斗志。

对战开始——

这场对战结束得很快，前后不足半个时辰。

台上三名紫云班的学生趴下两名，还有一名虽然还站着，但衣服被割得七长八短，连头发也少了一大绺，非常狼狈。

而顾惜玖三人还好端端地站在那里，千翎羽正叉腰大笑："看来紫云班的学生也不过如此，哈哈。"

古残墨转头问看呆了的孟导师："你的学生尽力了没？被流云班的学生打败可是很丢脸的啊。"

孟导师一张脸涨得通红，他吸了一口气，问古残墨："我能不能重新再派一队人？"

早知道是这个结果，他就不把最差的学生派上来了！

古残墨绷着脸道："你想对这三个孩子进行车轮战？"

孟导师："……"

古残墨拍了拍他的肩膀："老孟，看你这么可怜的分上，我可以给你加赛一场，不过要在三天后。希望你能好好挑挑人，如果三天后你的人再输了，老夫都替你臊得慌……"

孟导师："……"

这一场对战虽然观者寥寥，但其造成的震动效应还是蛮大的。一天的时间消息就传遍了天聚堂的每一个角落，连打扫卫生的仆从都知道了。

流云班的学生扬眉吐气，紫云班三班的学生成了天聚堂的笑柄。那三天三班的学生走路都抬不起头来，见人就躲着走。

当然，他们攒了一肚子闷火，就等着三天后的翻身仗早日打响。

三天后，竞技台。

观众席上人满为患，不但所有的学生和导师来了，连食堂的大师傅也来看热闹。

为打翻身仗，这次孟导师派出了班里最强的阵容，三个人一上台气势就不一样，先赢得了一大片掌声。

蓝外狐还是第一次参加这种大型比试，看着下面那些人有些头晕，等看清对面将要对战的三个人时她的手心都沁出了汗。

她甚至有些不相信自己的眼睛，给顾惜玖传音："惜玖，他们是三班最强的学生！我们怕是要输……"

顾惜玖眼眸里却闪过一抹笑意，她传音回去道："我早料到会是他们，我给你提前做的攻略记牢了没有？"

"记牢了！"

"那就好！待会儿不要怕，你按照我们提前演练的攻略尽力发挥便好，其他的交给我！"

"好！"

千翎羽倒不怕。

他们能让对方派出最强的阵容，无论输赢都是光荣的！

何况顾惜玖昨夜和他说过对方可能会派出来的阵容，提前做了攻略，所以他们还是有很大概率会赢的。

开局蓝外狐先声夺人，一挥宝剑，发出一道水波，顾惜玖紧跟她的招数使出飓风术，水借风势霎时像是巨浪滔天。

对面的人也不是吃素的，立即挥出一道土墙阻挡水势，其他二人则分别使出金灵力和火灵力向着顾惜玖这边攻过来。

千翎羽同样发出一个大火球迎击对方的火灵力招数，却来不及阻挡对方金灵力幻化出来的剑芒，眼看剑芒就要击中冲在最前面的蓝外狐，顾惜玖低喝了一声："2！"

蓝外狐右手招数不变，左手一挥，面前出现了一面水墙，剑芒切入水墙，压根没发挥出应有的威力。

金生水，这剑芒不但没劈开水墙，反而让水墙更坚固了。

顾惜玖和千翎羽立即移形换位，顾惜玖发出藤蔓，对方筑起来的土墙松了，土墙在水势和藤蔓的强势攻击下土崩瓦解，千翎羽再次打出了一道火球。

六个人在竞技台上出招的速度都极快。

顾惜玖在六个人中速度是最快的，而眼光也是最毒的，总能在对方刚刚发招的时候及时出声指点蓝外狐出招，同时她和千翎羽全力配合，不时变换队形。

众人惊奇地发现，原先发出一招就不知道怎么接下一招的蓝外狐此刻像换了个人，一招连着一招，压根没有停顿。她甚至会左右搏击之术，左右手能够同时发出不同的招数，能进攻，能防守。

千翎羽的灵力将近八阶，他发出的招数虽然简单，但威力大！

蓝外狐的灵力也不低，她一旦把招数连贯起来，绝对能让对面的人头疼。

顾惜玖的灵力最低，但她是罕见的风灵力，每一场风都刮得很及时，或助火势蔓延成火海，或助水势掀起滔天巨浪，她的每一招都能让队友发出的招数威力增强近一倍。

在对战中，料敌机先是制胜的关键，而顾惜玖正是这种人，往往对方尚未发招就被她及时看出来，并立即让同伴用相应的招数应对。

他们三个这种打法，让在场的所有人都大开眼界……

当然，他们三人厉害，对方也不是省油的灯，这一场战打得精彩绝伦，让人眼花缭乱。

最后，顾惜玖三人险胜。

现场爆发出欢呼声，无论是紫云班还是流云班的学生都大呼过瘾，尤其是流云班的学生简直要高兴疯了！

比赛结果一公布，流云班的学生便冲上台，将顾惜玖三人抬起来扔向高空。

古残墨看上去很欣慰，转头问身边的各位导师："各位观看了全程，有什么想法？"

导师A："顾惜玖不简单！"

导师B："她的眼睛很毒！而且明显熟悉各种灵力的大体招数，能及时看出来！"

导师C："她有化腐朽为神奇的本事，居然把蓝外狐调教成一个大杀器！"

导师D："她还能化繁为简，他们三个的招数明明都不复杂，偏偏配合以后就妙不可言！”

导师E：“我比较纳闷的是，她在战斗中不时数数，到底是为什么？一种奇怪的咒语？”

导师A：“这你就不知道了吧？哈哈，你没发现她每次念一个数字蓝外狐就发出一招？她这是给蓝外狐的招数编号了，等于是变相提醒，所以蓝外狐才能出招这么及时准确！”

导师C握拳：“可惜她念得太快，要不然可以记一下那些数字都对应什么招数……”

导师E暗笑，他记住了！

他回去就传授给学生，下次该他们班派人了。

他没想到的是，他好不容易让学生把那些数字同蓝外狐的招数全部对应上并想出了破解之道，信心满满地再次对战时，顾惜玖换了数字，改用字母代替了。

这一场对战让顾惜玖等三人彻底在天聚堂扬名，古残墨当即决定，以后每十天就让顾惜玖三人找一队紫云班的学生对战一场。

于是整个天聚堂掀起对战热潮，紫云班的学生怕输，所以训练格外努力。

流云班的学生在扬眉吐气之余也信心倍增。谁说流云班的学生都是废物来着？这不是跑出黑马来了吗？能出第一匹黑马就能出第二匹、第三匹……说不定下一个就是自己。

他们开始揣摩顾惜玖等三人的战术，然后再找同伴配合，时不时对战一场找找感觉，提高自己的能力。

时间过得很快，转眼又过去三个月。

顾惜玖坐在危崖边的一块大石上，看着天上的月亮有些出神。

她并不是那种喜欢迎风流泪、对月伤神的女孩子，那是喜欢风花雪月的诗人才喜欢干的事情，之所以在这里出神是她在反思。

她觉得她这个人其实挺专情的。譬如她在现代从十二岁起就喜欢一位男影星，一直喜欢，无论他是一位青春正好的小鲜肉，还是已经有些过气的中年大叔，她都喜欢，就算进了杀手训练营还是喜欢，每年都会搜集几张他的海报，从他满脸胶原蛋白的二十六岁，到他略带沧桑满脸胡楂的三十六岁，她都喜欢。

再譬如她从十八岁开始喜欢龙昔，觉得他就是陪伴自己终生的那个人，所以她就开始有条不紊地一步步追求，甚至在心里列了详细的计划，一切按着计划来，计划了将近五年，差点儿就成功了！直到死的那一刻，她才知道龙昔也在算计她。

不同的是，她计划将他拐成老公，而他计划得到她最完美的心脏。

来到这个世界，她决心和过去一刀两断，却没想到又会碰到龙司夜。明明相貌和龙昔并不一样，性格也有所变化，但他拥有龙昔的记忆，甚至对她纠缠不休。这让她很苦恼，毕竟是自己喜欢那么久的男人，她又这么专情，以为自己就算是想把对方忘了估计也忘不了。但是不知道从何时起，她似乎已经放下了龙昔，她不再常常想起他，就算再想起他，心也不再那么难受。

同样不知道从什么时候起，她似乎对帝拂衣有了感觉，喜欢听到他的消息，听到别人提起这个名字时，她就会心跳加快。就在她以为她可能喜欢帝拂衣的时候，她又碰到了圣尊。

她居然对高高在上的圣尊也产生了喜欢的感情，而且那种喜欢还和帝拂衣差不多，听到别人提起圣尊时，她的心跳也会加快。

顾惜玖抬手揉了揉眉心，她明明不是花心的人啊，怎么可能同时喜欢两个男子呢？！

是这具小身体出什么毛病了，还是说她原本就比较花痴，只是隐藏得比较深？

想起帝拂衣，她不由自主地想起昨夜的梦，那个梦有些荒诞不经。

她居然梦到圣尊当着她的面召来了帝拂衣，然后告诉他，想把她嫁给他，但前提是要他那个小酒壶当聘礼。

而梦中的帝拂衣一脸威武不屈的模样，紧抱着他的小酒壶不放，说什么要和小酒壶共存亡，人在酒壶在，宁肯不要媳妇也不能丢酒壶，结果当场把她给惊醒了！

说实话，她已经好久没看到帝拂衣了，只是偶尔从同修嘴里知道他的一星半点儿的近况，知道他依旧极为神秘，这几个月只在飞星国露过一次面。

那是两个月以前的事，听说他和右天师天祭月不知道因为什么起了冲突，轰轰烈烈地打了一架，打得风云变色，日月无光。

二人谁也没讨到好，天祭月受了重伤，再次闭门谢客。

而帝拂衣也受了伤，在扶苍宫中休养，一直没出来。

在听到他受伤的那一刻，顾惜玖感觉自己的心难得地揪了一下，有一种想去探望他的冲动。

只是就在她考虑要不要把冲动化为行动的时候，一个半月前帝拂衣座下的护法沐风忽然来了，说奉左天师之命请云清罗去一趟。

沐风来时顾惜玖、千翎羽还有蓝外狐在练功馆中研究战术，并没有看到他。

等她听到消息的时候，云清罗已经跟随沐风护法走了好几个时辰。

云清罗这几个月恢复得很好，功力也恢复了十之八九，临走的时候她还和很多同学告别。

顾惜玖出来的时候正碰到同学们在讨论这件事，讨论的主题无非左天师果然对天授弟子与众不同，尤其对云清罗更是与众不同，受了伤居然让云清罗去照料。

更有人扯出当年左天师和云清罗之间曾经传出过绯闻，说左天师应该是喜欢云清

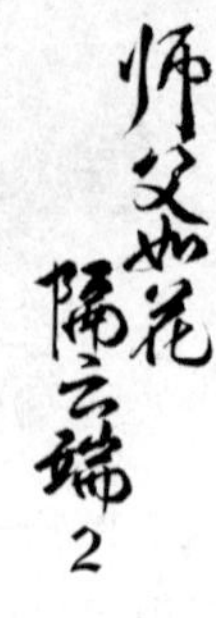

罗的，只不过因为和顾惜玖有婚约，所以没怎么表现出来。但现在他和顾惜玖之间的婚约已经解除了，说不定他这次就要放开手脚追云清罗了……更有乐观的猜测说，云清罗再回来时说不定已经是左天师夫人等。

当时人们说得热火朝天，顾惜玖因为那段婚约也被扯出来躺枪了好几次。

更有消息灵通者不知道从什么渠道知道顾惜玖曾经因为左天师和云清罗起了争执，知道顾惜玖在争执中“大言不惭”地要和云清罗公平竞争……

于是众人纷纷觉得顾惜玖这次被狠狠地打脸了。

当然，因为她现在朋友渐多，那些议论她的人还是不敢太明目张胆，谈论的时候说的话还是有所收敛的，比较温和，有人甚至会为她叹息几声……

顾惜玖一向对流言无感，所以对这些话并没放在心上。

但那些流言传到了千翎羽的耳朵里，结果这小子那几天唯恐踩到地雷似的，还话里话外地安慰她，被她一不小心踹飞了好几次。

至于左天师和云清罗之间的事，她是不太信的，流言嘛，白的能说成黑的，黑的能说成花的，可信度太低！

不过她还是回想了一下自己所见，帝拂衣对云清罗的态度，似乎是把云清罗当朋友的。

他受伤半个月专程派人把云清罗接去，这确实有些古怪。

顾惜玖曾经在扶苍宫里待过，知道里面并不缺侍女，所以帝拂衣身边应该不缺人照顾。

他就算被人打瘫了，身边那些人也能把他照顾得很好。

那他接云清罗去做什么?

左天师做事一向让人摸不着头脑，所以这个问题注定无解。但顾惜玖也打消了去探望他的念头，她的日子该怎么过还怎么过，学习、对战、探讨战术，偶尔再炼个药，这样的日子一直持续到云清罗回来。

云清罗消失了一个多月，终于回来了，还是被左天师送回来的。

顾惜玖觉得自己和这两个人大概真有孽缘，明明不怎么对路，却偏偏能碰到。

云清罗回来的那天是个晴天，那一日顾惜玖刚从练功房出来，就看到天上现出一艘拉风的船。

能在天上行船的全天下顾惜玖就认识一位，那就是帝拂衣。

所以她在看到的那一刻脚下顿了顿，还是停住了。

当然，那船出现得太拉风，周围其他同学也停住了脚步，纷纷抬头看去。

然后那船就直接开到了这片大广场的上空，在离地几十米的地方停住，再然后云清罗就如同九天仙女般从上面飞了下来。

云清罗极美，这一刻更美。

她穿着一身水色衣裙，飘飘而落的时候如同从水墨画中走出来的飞天仙女，美得让人窒息。

人有爱美的天性，看到美人无论男女都会忍不住多看几眼，所以云清罗那一日从天而降时不知道令多少人惊艳不已。

云清罗平时大概是自恃貌美，恐脂粉污颜色，大部分时候娥眉淡扫，天然雕饰。

但那日她精心打扮过，脸上有淡淡的粉，唇上涂抹了浅红色的胭脂，越发显得她肌肤柔白，眼眸带水。

她落地后向船的方向躬身行了一礼："多谢左天师大人。"

船并没有落地，也再没有人下来，只有一道如玉如泉的声音在微风中传来："不必客气。"

那船就直接开走了，转眼消失在天边。

众人原本以为能见到左天师，却没想到人家压根没下来，那船停得太高，船上还多了轻纱笼罩的船篷，除了操纵船只的两位护法外，众人压根没看到左天师的半片衣角。

船走后，和云清罗相熟的同学就围上去热络地问长问短。

云清罗一直浅浅笑着，并没有多说什么。她对这一个月的事也讳莫如深，只叹息了一声："这一个月太……太累了……"

这句话可以有许多意思，也很容易让人多想，更何况云清罗落地以后似乎腿脚不太利索，就更引人遐思。

她眼睛很尖，居然透过围拢的人群看到了不远处正准备离开的顾惜玖。

于是她分开人群走过去，含笑跟顾惜玖打招呼道："惜玖，好久不见。"

顾惜玖懒得和她寒暄。她和云清罗似乎还没到如此热络的地步，所以她只是向云清罗点了点头，就转身走开了。

顾惜玖沿途收获了无数或同情或嘲笑的目光。

就连身边一向活泼的蓝外狐都安静了不少，和她说话的时候也小心翼翼的，时不时看看她的脸色。

至于千翎羽则像是打开了话匣子，在她身边说个不停。

他也不知道从哪里听说了一些笑话和故事，这几天只要他在场，就滔滔不绝讲给她听，而且讲的还是劳燕分飞的爱情故事。讲到最后就归结到什么"天涯何处无芳草，何必单恋一枝花"上面，让顾惜玖分外无语。

到最后顾惜玖实在受不了他了，直接问他："你是不是以为我失恋了，所以需要你来安慰？我告诉你，我和左天师大人真的没什么，你不要在我身边说了好不好？"

结果这少年沉默半晌，小心翼翼地道："好，咱不说了，不提了，以后再也不提了。"

顾惜玖总算松了一口气，觉得耳根终于清净了，这孩子终于想明白了。

没想到她无意中听到千翎羽嘱咐蓝外狐：“以后不许再提左天师了啊，连左右也尽量别提，以后这两个方向咱就用一二来代替吧，一为左，二为右……”

顾惜玖吐血三升！

人失恋并不可怕，可怕的是全世界的人都以为你失恋了！

顾惜玖的状态明明一切照旧，但在有心人眼里她就是在故作坚强。

这三个月他们战队已经和紫云新生班的各种战队对战了无数场，赢多输少，战绩十分辉煌。

但自从云清罗这件事出来以后，她无论输还是赢都会被另类解读，赢时说她化悲愤为战斗，超常发挥，输时说她被伤得太狠心不在焉。

于是，无论顾惜玖是什么表现，在别人眼里都是失恋惹出来的祸。

天上那弯月亮被云彩遮得半明半暗，顾惜玖抬头瞧了瞧月亮，又掏出一枚镜子照了照自己的脸，很认真地思索，我长了一张看起来像失恋的脸吗？

她没觉得自己失恋，最多有点儿失落。

毕竟她曾经对左天师有好感，还差点儿和他定亲，所以事情发展到现在，说她一点儿不失意是骗人的，但还远远没达到失恋的地步。

如果说她原先对左天师还有那么一点儿小火苗，经过这些事以后，那小火苗早已被她掐灭了。

她本来没想跑这里来看月亮的，实在是身边的那两个人太小心翼翼，让她感觉心累，所以出来透透气，顺便反省一下自己。

早知道会这样，当初和云清罗吵架的时候她就不逞一时的口舌之快了。冲动是魔鬼啊！唉。

她坐的那块大石是半悬在悬崖边的，有些像探海石，虽然险但从这里望下去景致还是很好的，赶上天好的时候，这悬崖下还有白色云雾飘荡，很有仙境的味道。

顾惜玖平时也常到这里坐一坐，吹一吹风，整理一下思路，规划一下未来。

这次她也一样，郁闷没持续多久，坐了一会儿，早被山风吹散了。

她开始琢磨三天后的那场比赛，在心里计划方案。

古残墨说，他们这一队只要再赢一场，他们三个就可以正式进入紫云班一班。

一班是重点班，如果他们进了一班，能得到更好的资源，也是证明自己的机会，最重要的一点是，她队伍中的另外两个人特别想进这个班。

不巧，明天对战的那一队队长是云清罗。而对方队伍的另外两位成员也是精英，都是主属性灵力达到六阶半的人，不太好对付。

更重要的是，这三人平时轻易不和人交手，顾惜玖甚至没看到过他们这个战队对战时的路数，对方却旁观了顾惜玖他们无数次。

知己知彼才能百战不殆，现在对方对他们是知根知底，她对对方却了解甚少。

这一场仗不容易打！

“顾惜玖……”身后忽然传来一声低呼。

顾惜玖正在出神，被这突然一声给吓了一跳，下意识地回头，见晏尘就站在她身后不远处，神色有些紧张。

很少从这人脸上看到紧张，顾惜玖讶异地挑了挑眉毛：“你从哪里蹦出来的？”

晏尘盯着她：“你先过来。”他一面说一面走过来。

顾惜玖略略一愣后，终于明白他紧张什么了，不由得失笑道：“你不会以为我想跳崖吧？以我的功夫，这个高度就算跳下去也摔不死啊。”

这个悬崖有两百多米高，如果直接跳下去，顾惜玖自然活不成。但她的轻功可不是吃素的，就算失足掉下去，她照样能踩着下面横生的树飞上来。

晏尘瞧了她片刻后，大概从她脸上看到了淡然，终于松了一口气，走过来坐在她身边，向下看了一眼道：“这个悬崖虽然不是最高的，但你知道下面是什么吗？是温泉，还是滚烫得足以把人煮熟的温泉。”

顾惜玖：“……”

她咳了一声道：“我觉得凭我的本事压根不会摔到底。”

晏尘也明白自己想错了，有点儿赧然，把话题岔开了：“你大半夜不睡觉跑这里来做什么？小狐狸找不到你要哭惨了，跑去砸我的门……”

顾惜玖冒冷汗，忍不住问：“她砸你的门的时候惊动其他人了吗？”不会明天就传出她想不开寻死的流言吧？！

晏尘自然知道她顾忌什么，摇了摇头：“没有，她一般没主意或者害怕的时候第一反应就是找我，如果我也没法子，她才会去找别人。我估摸着以你的性子不像是喜欢寻短见的人，所以告诉她你应该去僻静处研究战术了，并答应她立即来找你，她这才放心。”

晏尘倒是难得地一口气说这么多话，顾惜玖瞧了瞧他，心中一动：“对了，你知不知道云清罗他们那一队常用的招数有哪些？都是什么属性？”

晏尘无语，不过也放心了，看来顾惜玖确实是跑出来研究战术了。

他义正词严道：“作为三天后比赛主判中的一员，我不会泄露任何队的秘密。”

顾惜玖哼了一声，不过也不意外。晏尘做事一向公平，要不然也不可能让他一个学生担任这次的裁判。

晏尘看了看她的侧脸，沉吟了一下，轻叹道：“顾惜玖，我觉得其实你就算不打圣尊的名头，单凭你自己的本事也可以行走天下。”

顾惜玖轻笑一声，道：“那还用说。”

其实她除了气人时打了圣尊的名头，其他时候都是凭自己的本事。

而且自从圣尊离开，赏善使又告诉她那些话后，她在人前再没提过圣尊的名字。

晏尘又沉默片刻，瞧着顾惜玖时目光有些复杂："顾惜玖，其实你挺吸引人的，长相好，本事大，有性格，据我所知，在我们天聚堂有不少同修很喜欢你……"

"所以？"顾惜玖挑眉。晏尘很少夸她，而且还是夸这么多。

"所以——就算左天师不喜欢你喜欢了别人，你也犯不着这么伤心，这个……天涯何处无芳草……"

我……没完了！

她明明没什么，但让这些人一说她也感觉自己要崩溃了。

难道她额头上贴了怨妇的标签？

她真没失恋啊！

顾惜玖很生气，后果很严重。

她没等他把话说完就干脆利落地飞起一脚把他给踹了下去！

晏尘从来没想到安慰人也能安慰出横祸来，这丫头出招太快，他又压根没防备，等他反应过来，人已经化为流星飞坠。

他满脸黑线，以他的功夫就算掉下悬崖也不会真的摔到，所以掉下去不足五秒，他又飞身而上，落地后发现顾惜玖居然没走，她还站在不远处，正笑眯眯地看着他。

"你、你居然没瞬移……"晏尘气不打一处来，也有些奇怪，这丫头就不怕他上来以后揍她？

顾惜玖笑吟吟地道："晏尘，对不起啊，一不小心就把你踹下去了。"

晏尘："……"

"晏尘，记住三天后不要因为这个打击报复，好了，回见。"顾惜玖一转身，干脆利落地瞬移了。

晏尘忍不住抬手揉了揉眉心，这个丫头还真是……

不过看她这么精力充沛，倒的确不像是失恋少女应有的模样……

七月七日长生殿，夜半无人私语时。

顾惜玖前世的生日是七月初七，只不过没有人知道而已，而这一世顾惜玖的生日是七月初十，相差三天。

在这个世界上，七月初七也叫乞巧节，在这一日，少男少女们也喜欢出去游玩，尤其是那些已经郎有情妾有意的，更喜欢在这一日携手同游。

因为天聚堂的学生都是六阶灵力以上的精英，已经可以谈婚论嫁，当然为了不耽搁学业，不能在未毕业之前成婚。

但谈恋爱嘛，官方还是睁一只眼闭一只眼的，只要别谈出娃娃来就可以。

这一天傍晚，晏尘把蓝外狐接走了，说要带她去一个地方玩。

蓝外狐这些日子一直刻苦训练，现在能出去玩自然很开心，不过她还是有些担心顾惜玖，怕顾惜玖一个人会寂寞，眼巴巴地看着顾惜玖：“惜玖，你和我们一起去吧？”

顾惜玖虽然猝不及防地被眼前这俩人撒了一把狗粮，但她也不想夹在他们中间做电灯泡，所以挥挥手，让这两个人快点儿离开，还嘱咐了两句：“吃好，玩好！”

千翎羽也向蓝外狐挥手：“你放心去玩吧，今夜小爷陪着惜玖，保证不会让她寂寞。”

顾惜玖一脚朝这小子踢了过去：“你也给我走！”

千翎羽顺着她的脚风凌空翻了个筋斗，然后落在地上：“粗鲁的丫头，小爷真想陪着你的。”

“用不着。”顾惜玖回了他三个字，转身走了。

“哎，惜玖，惜玖，今夜天聚堂是不禁外出的，我们去山下小城转转吧？很热闹的。”千翎羽蹦蹦跳跳地追上她，开始倒退着走。

“没兴趣。”

“真的很好玩，我们一起去吧，一起去吧，我一个人也很凄凉呀。”

“那就去找个情人陪你一起过。”

“找不到，没人肯陪我……”

“你别忽悠我，你以为我不知道？现在跟在你身后的小姑娘能组成一个班！”顾惜玖不屑，直接戳破他的谎言。

从这小子恢复功力又大杀四方后，他的行情就直线上涨，收获了好多迷妹。

“可她们不是你！”千翎羽脱口而出道。

顾惜玖挑眉，千翎羽连忙改口：“我就和你熟嘛，这节日还是和熟人过有趣些，和她们过怪无聊的。”

顾惜玖拍拍他的肩膀，语重心长道：“这种节日你要么和小情人过，要么你自己过，实在觉得孤单，你可以找个哥们儿一起出去疯。”

顾惜玖懒得再和他纠缠，一转身直接瞬移了。

顾惜玖自然没打算这个日子窝在屋里，独自骑着风召去了山下的那座小城。

风召脚程奇快，不到一个时辰就到了那里。

其时夜幕低垂，小城已经很热闹。

或许是靠近天聚堂的原因，有了它罩着，这座小城十分太平。

这些年偶尔有战火也烧不到这里，而其他妖魔鬼怪也不敢在这里寻衅滋事。

这里的建筑虽然和京城没法比，但胜在有特色，清一色的白墙青瓦，四角飞檐，而且白墙上有画，画风质朴，自有一番风骨。

小城虽小，五脏俱全，街道四通八达，主干道的青石街上店铺鳞次栉比，人来人往，烟火气息极浓。

屈指算来，顾惜玖来到这个世界也将近一年了，却很少有这么闲暇的时候。她独自走在大街上，看着街道两旁悬挂着灯笼，酒旗招摇，形形色色的人来来往往，本来有点儿烦躁的心就安定了下来。

不愧是乞巧节，身边的红男绿女成双成对，分外惹人注目。

这里的民风还是比较开放的，男女在大街上牵手行走的不在少数。

在这一天男子们分外好脾气，给身边的女子买花、买钗环，软语呢喃，那恩爱的模样羡煞旁边偶尔路过的行人。

顾惜玖深深觉得，在单身的人身边狂撒狗粮的都是耍流氓。

"这位小哥，买支珠花给心爱的人戴吧，小哥长得这么清秀，定会有美貌佳人相伴……"旁边一个首饰摊子的老板招呼她道。

为求方便，顾惜玖出来时换上了一套男装，当然，也易了一下容，原本秀丽的五官被她略一改动，就是一位俊逸潇洒的翩翩少年公子。

顾惜玖虽然不是男人，但她倒是真喜欢那支珠花，于是顺手买下来，并顺便看了看摊子上的其他首饰。

她的目光被一枚玉佩吸引住了。

这种小摊上的饰品自然不会多么高档，材料大部分很一般，但胜在做得奇巧。

那玉佩的成色也不怎么好，但那玉佩的模样有些稀奇，不是常见的，而是像一只狐狸的眼睛，而且玉佩也是红色的。

这形状，有些像左天师额头上的狐狸眼抹额。

"小公子，这可是正宗的狐眼玉佩。"刚才顾惜玖买那珠花买得痛快，老板觉得她是个大主顾，极力推销道，"您佩戴在身上再配上您的好相貌，肯定能吸引那些小娘子的目光……"

一块狐眼玉佩就能吸引女子的注意？

这话里似乎有话，顾惜玖一面观察那玉佩一面和老板闲聊，自这老板嘴里，她知道不但狐眼玉佩好卖，就连狐眼腰带扣、狐眼帽扣都很好卖，因为众多女子喜欢。

老板还神神秘秘地向她解说真相："知道时下的女子为何喜欢狐眼吗？因为左天师啊，您知道的，左天师可是那些女孩子的梦中情人。但是左天师毕竟只有一位嘛，又那么高贵不可攀，普通女子自然不敢想。能让自己喜欢的男人佩戴类似那抹额的饰品也不错啊，您如果佩戴上这个，她们肯定喜欢，这个可是流行多年的饰品呢！戴多久都没事，不会过时……"

原来是这么回事！

顾惜玖瞧了瞧手中的玉佩："我瞧这玉佩也不太像左天师的那抹额啊，形状什么的差远了。"

老板搓手，嘿嘿笑道："这公子就不懂了，左天师那种身份，他身上佩戴的东西大家就算是模仿也不敢模仿得太像的，只隐隐有个形状，是那个意思就可以了。真要是完全一样了，那就是亵渎了。"

顾惜玖放下玉佩，微微笑道："我不喜欢这个。"然后她就走了。

正版的那个她都未必稀罕，何况这些山寨的。

她走在路上，注意了一下周围男子们的配饰，果然时不时会碰到佩戴狐眼玉饰的人，当然那些玉饰成色有好有差，狐眼的形状也都不同，有的已经不像狐眼，像猫眼。

路过一家玉品店的时候，顾惜玖无意间向里面瞧了一眼，居然看到了熟人。

晏尘和蓝外狐。

他们二人也没穿天聚堂的学生服，晏尘一身浅蓝衣袍，腰悬长剑，头发束起，越发显得他唇红齿白，俊美挺拔，很让人心折。

他身边的蓝外狐则穿着一身淡粉色衣裙，整个人显得粉扑扑的，瓷娃娃一样可爱。

蓝外狐手里正握着一枚狐眼玉佩，托着给晏尘看："晏尘哥哥，这玉佩怎么样？"

晏尘瞥了一眼，随口说了一句："还不错。"

蓝外狐笑眯眯地道："那我要这个，老板，包起来吧。"

晏尘正要掏钱，蓝外狐按住了他的手，笑嘻嘻地道："这是我买的，不要你出钱。"

晏尘神色一动，也就作罢。

老板将玉佩包起来递给蓝外狐，还不忘恭维她两句："小娘子真有眼光，这玉佩送给您身边的公子佩戴一定很好看。"

蓝外狐随手将玉佩放进储物袋中，睁大亮晶晶的眼睛说道："我不是送给他的呀。"

老板："……"

晏尘："……"

晏尘顿了顿，才找回自己的声音："那你想把它送给谁？"

"千翎羽。"蓝外狐想也不想地回答道。

晏尘："……"

在暗处看到这一切的顾惜玖也差点儿掉下下巴！

不是吧？小狐狸喜欢千翎羽？她天天和这两个人待在一起怎么没看出来？

晏尘的脸色已经不怎么好了："为什么……要送给他？"

蓝外狐的神经很粗，她没看出晏尘不高兴，只是下意识地回答道："他是我朋友

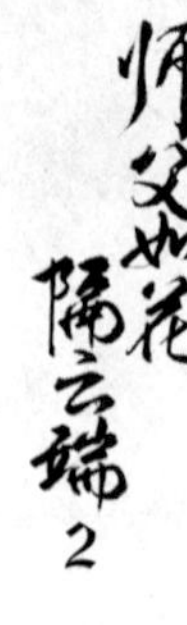

呀，他现在大概是在山上，憋闷得很，见不到这些东西，我买一个送给他让他也开心开心。”

晏尘：“……”

说话的工夫她又相中了柜台里面的一支玉簪子，转头就问晏尘：“晏尘哥哥，这簪子怎么样？”

晏尘木着脸瞧了一眼：“还不错。这次又想送给谁？不会也送给千翎羽吧？！”

“当然不会，这个我要送给惜玖，两个朋友都要有礼物嘛，不能偏向哪一个。老板，这个我也要，包起来，包起来。”

于是老板颇为同情地看了一眼晏尘，把簪子也包了起来。

玉器店的老板自然想多卖一些东西，当然，他也想提醒一下这位少女，于是试探着问：“姑娘，您要不要给身边的这位公子也买一样东西呀？他这么玉树临风，戴什么都好看。来，看这腰佩怎么样？成色好，水头足，很适合这位公子的。”

蓝外狐看了晏尘一眼，晏尘没表情地看着她。

蓝外狐摇了摇头：“他就在这里，他相中什么会自己买的，不用我给他买。再说他也比我有钱，我的钱要花光了。”她晃了晃手中的钱袋，听声音，里面的银子确实所剩无几了。

“我喜欢这个！”晏尘忽然开口。

蓝外狐眨了眨眼睛：“啊？你喜欢呀，你喜欢就买呀。”

“我要你给我买！”

蓝外狐怔住，看了看他，再看了看自己的钱袋子：“可是我没钱了呀，我记得你的钱挺多的。”

“我借给你！”晏尘再次打断她的话道。

蓝外狐一双眼睛睁得大大的，看晏尘像看一名土匪：“凭什么呀？借你的钱给你买东西，你抢劫呀？”

晏尘额角的青筋跳了跳，他不再理她，转头问老板：“这腰佩多少银子？”

老板报了个数，这腰佩确实不错，价格是蓝外狐刚才所买的那两件东西的总和。

晏尘二话不说地掏出银子，递到蓝外狐手里：“来，给我买。”

蓝外狐一脸蒙地看着他：“我说了我不借你的钱……”

晏尘顿了顿，把手向老板一伸道：“把她刚才给你的银子还回来，我用我的银子换！”然后他将银子丢在了柜台上。

老板是个人精，似乎想明白了什么，立即点头：“好，好！”他将晏尘的银子收起来，又将蓝外狐的银子递到她手里。

晏尘的银子是一整锭，蓝外狐的银子则是散碎的好几块。

蓝外狐还不太明白是怎么回事，愣愣地抓着自己的银子再看向晏尘道：“你什么意思呀？”

晏尘面无表情，淡淡地道：“你给他们买的礼物就当我买的，不必你还钱。你再用你的银子给我买这腰佩。”

蓝外狐被他绕得头晕：“有什么……区别吗？”最后不都是把银子给店主？

晏尘瞧着她不说话，身上气息冷冽，蓝外狐一贯有些怕他，只好投降：“好、好，依你。”

东西买到手了，蓝外狐将腰佩递到晏尘手里：“这样总成了吧？”

晏尘看了她半晌，然后扭过头去：“你先收着，待会儿再送我。”

蓝外狐不明白他到底要干什么，不过看他的脸色不太好，也不敢再多说别的，将腰佩收好，怕自己再做错，忍不住又说了晏尘一句：“什么时候能送了你告诉我啊，我笨，不知道挑什么时候。”

“你……”晏尘盯了她片刻，蓝外狐被他盯得头皮发麻，感觉他又要训她，下意识地缩了缩身子，后退了一步。

晏尘骤然转身就向外走去。

蓝外狐不知道哪里又惹毛他了，忙追出去。

“晏尘哥哥，你怎么啦？”

“哼！”

“晏尘哥哥，我们去哪里？”

“回山！”

“不要嘛，你说要带我去看放河灯的。”

“不去了！”

“啊？”蓝外狐站定，眼泪迅速涌了上来。她好不容易才出来一趟，还没逛够。

晏尘走出好长一段距离才发现她没跟上来，回头看过去，她正站在那里哭。

她像个瓷娃娃一样漂亮，这一哭分外惹人怜惜，周围已经有人看过来，有些喜欢怜香惜玉的男子已经开始在她身边转悠。

晏尘皱眉，只得走回来：“哭什么？”

“我要看河灯！”

“好，带你去。”晏尘无奈地道。

“可是你在生气……”蓝外狐继续指控道。

“不生气了，你别哭了。”晏尘已经开始投降。

“你刚才还凶我！”

晏尘叹气：“对不住，以后不会了。”

蓝外狐这才破涕为笑，也趁机讨价还价道：“我还要吃东城的烧卖……”

“走吧，去买。”晏尘拉着她走了。

第三十三章　龙昔，还是说出了真相

两个人的身影汇入人流之中，顾惜玖站在暗处看他俩走远，有片刻的走神。

她猝不及防地又被撒了一把狗粮，心里却替蓝外狐感到暖暖的。

晏尘喜欢蓝外狐，这人是个冰山学霸，却很宠蓝外狐，也包容她。他虽然不会说什么情话，但对蓝外狐的一举一动让人看着暖心。

或许这才是小情侣应该有的样子，烟火气十足。

不知道怎么的，圣尊说的那句话就在她的脑海里冒了出来："你向他撒个娇，他说不定就直接把酒壶送你了……"

圣尊那句话像是开玩笑，但焉知不是真理？

要不下次见了左天师她试一试？

这个念头一冒出来就吓了她一跳！

自己神经了吧？为什么要去他面前试啊？

那个人已经和她没有半毛钱关系，她当初在云清罗面前那样说不过是因为话赶话，故意气那个女人而已。

她现在已经为那一时的冲动付出代价，悔得肠子都快青了。

现在人人用看怨妇的眼光看着她，让她超级郁闷。

自己要不要找个男人嫁了，然后快快活活地过普通日子？说不定这样她也会挺开心的。

当然，这个想法只在顾惜玖的脑海中转了转，随即又被她拍走了。

一个人快意江湖也挺好的啊，她干吗一定要嫁人？

“主人，主人？你怎么不走了？我们还要不要去吃东西呀？我饿了！”大蚌从她的衣袖中探出头来。

顾惜玖被惊醒了，自己今天貌似考虑得有些多！

果然情人节了，周围的小情人让她也开始多愁善感了。

她忍不住一笑，把脑子里所有的杂念抛开道：“好，我们去吃饭！”今天也算是她的生日，她要叫一大桌子酒席好好吃一顿，唉，如果能有个生日蛋糕就好了。

可惜呀，这个时代没有生日蛋糕。

她大步流星地向前走着，穿过熙熙攘攘的人流，无意中瞥向一处，足下忽然顿住，心脏在胸腔里猛撞了一下。

她看到了一位绝不应该出现在这里的人，不对，是她觉得不该出现在这里的人。

左天师帝拂衣！

他正站在一处大门前抬头看门楼上的一盏八角灯笼。他今天虽然还是穿着一身紫衣，但并不是他经常穿的那套，袍袖宽大，微风吹动袍角，飘飘欲仙。他是背对着她的，但她看身形就知道是他。

在他身侧则是看上去娇小的云清罗，她一只手小心地牵着他的衣袖，头微微挨近他的肩膀，正在和他低声谈笑。

“咦，那人不是左天师帝拂衣吗？”大蚌低低地开口道。

顾惜玖皱眉问道：“你也觉得是他？有没有认错？毕竟只是个背影。”

大蚌鄙视她道：“主人，我认人并不是只看脸的，我是闻气息……”

她倒忘记这一点了，大蚌确实没有认错过人。

这么说真的是他？他和云清罗真的走到一起了？

可是，她总感觉这情形很诡异。

她要不要再上前去验证一下？

大蚌的声音虽然不大，但还是惊动了前面并肩站立的两个人，那两个人回过身来。

顾惜玖心中咯噔了一下！

那人戴着面具，但看身形、体态、气度和那双眼睛真的是帝拂衣。

云清罗也认出了顾惜玖。

她脸色微变，身子下意识地靠近帝拂衣，小手缠上了他的臂弯：“左天师大人……”

帝拂衣侧头看了看她，声音温和地问：“怎么了？”

声音也没错，是帝拂衣的声音！

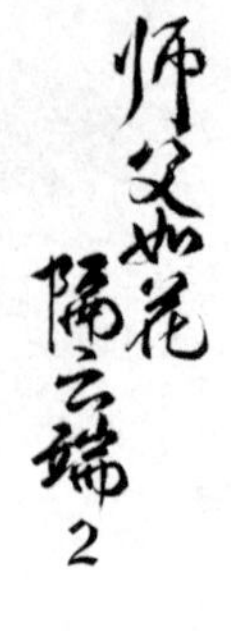

云清罗瞧了顾惜玖一眼，然后开口道："清罗想去看河灯……"

"本座带你去。"帝拂衣牵着云清罗转身，自始至终没看顾惜玖一眼，也不知道是没认出来，还是觉得他和她已经没什么关系，不屑和她说话。

顾惜玖暗吸了一口气，忽然开口道："等等！"

云清罗皱眉，回头瞥了她一眼："阁下在和我们说话？"

顾惜玖紧走两步，在离他们两米的地方站定，微微一笑道："云清罗，你不会真没认出我吧？"她又跟帝拂衣打了个招呼，"左天师大人，好久不见。"

帝拂衣的目光在她身上扫了一眼，眸中看不出什么情绪。

云清罗皱了皱眉，终于不再装傻："顾惜玖？你有什么事？"

顾惜玖微微一笑道："没什么事，就是同修遇见打个招呼而已。"

云清罗淡淡地点了点头："好了，招呼打完了，告辞。"她拉着帝拂衣就走，走了两步后她又回头笑了笑，"顾惜玖，你说得对，我努力的方向应该是他，而不是你，幸好我明白得不算太迟。"

她的笑里隐隐有挑衅和得意的意味："好啦，今天这种日子，我不想让任何人打扰我们，也希望你一个人玩得愉快。"

她又走了两步，然后想起一件事："顾惜玖，我知道你很想进入紫云班一班，我也很愿意和你成为同班同学，但明日的比赛我依旧会尽全力，不会相让，我希望你是凭借自己的真本事杀进来，而不是……"她轻轻笑了一下，"而不是扯着圣尊的大旗进来，毕竟天聚堂是最公平的地方，任何走后门的行为都是可耻的。"说完这番话，她就和帝拂衣离开了。

顾惜玖站在原地问袖中的大蚌："这次闻清楚了吗？确实是他？"

大蚌点头道："没错！就是他。"刚才它就是怕离得太远嗅觉有误撺掇顾惜玖走上前的。

两米的距离，它可以清楚地闻到他身上最真实的气息。

顾惜玖叹了口气："好啦，我们走。"这次她虽然讨了个没脸，但总算是验证过了，她可以真正死心了。

"主人，去哪里？"大蚌小心翼翼地问。

"吃饭啊！你不是饿了？"

"去吃饭，去吃饭！"大蚌欢呼，"这次我要吃饱！"

仙客聚是这座小城最好的酒楼，不但环境幽雅，饭菜也特别好吃，平时都常常客满，今天更是人满为患。

顾惜玖在门口看到那川流不息的人群，叹了口气。她以为已经错过饭时，现在人不会这么多，没想到外面还有客人在排队，而且等候的客人还不少。

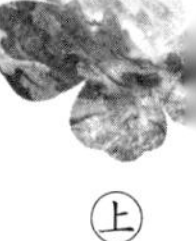

顾惜玖估摸着排到自己的时候大概要一个时辰以后了。

她问大蚌："我们是换一家还是现在先领了等候牌，一个时辰后再来？"

大蚌对这家店的美食很执着，宁肯等着也要在这里吃。

顾惜玖叹了口气，就去找外面负责招待的店伙计领等候牌。

没想到店伙计上下打量了她一下，再看看她袖子中探头探脑的大蚌及她身后跟着的风召，低声问她："您是顾惜玖顾姑娘？"

顾惜玖心中一动，挑眉道："有人和你说起过我？"她这是无形中承认了身份。

店伙计立即松了一口气，态度更加恭敬，躬身道："您里面请，已经有人等着您了。"

顾惜玖："……"

看来是千翎羽那小破孩追来了，也只有他会在此刻请她吃饭。

楼下人满为患，楼上却静悄悄的，店伙计带着她走到楼梯前就不肯再走了，只微笑着把她向楼上让："顾姑娘，请！"

顾惜玖抬腿上了楼，掀开帘子的那一刻愣了一下！

在她掀开帘子的那一刻，二楼所有的灯居然全部熄灭了！

这种骤然的黑暗让她一时看不清东西，下意识地就想拔剑护身，不料大厅正中有一颗夜明珠缓缓亮起，照亮了那一方天地。

顾惜玖心头像被重重撞了一下！

她看到了什么？

一个大型的生日蛋糕！

生日蛋糕摆放在一张圆桌上，在蛋糕周围有一圈蜡烛，正好二十三根。烛火摇曳，有琴声自圆桌后响起，琴声还伴随着歌声，是最常见却绝不可能在这里出现的歌："祝你生日快乐，祝你生日快乐……"

歌声磁性低沉，如大提琴般悠扬。

顾惜玖站在原地没动，这场景似熟悉又似陌生，让她一贯平静的心又掀起了波澜——

她已经猜出对方是谁了！

龙司夜！

除了龙司夜，谁知道今日是她二十三岁的生日？除了他谁懂这现代庆祝生日的方式？除了他谁能做出这现代的生日蛋糕？

果断如她，这个时候也愣了片刻神。她顿了顿，才问了一句："龙宗主？"

"惜玖。"龙司夜终于在珠光下现出身形，含笑望着她，"生日快乐！"

他一身白衣，衣摆绲着淡银云纹，身材挺拔如玉树，嘴角含笑如花开，明明已经不是前世的容貌，但他的笑容是，眸底的温柔是，甚至那倚着桌子闲闲站立的姿态

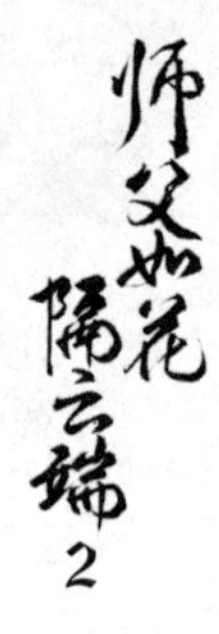

也是。

顾惜玖一时没说话，龙司夜向她招了招手：“过来，吹蜡烛许愿。”

顾惜玖不想动，却不知道该说什么，倒是她衣袖中的大蚌第一次见到生日蛋糕有些兴奋，直接从她的衣袖中滚了过去：“这是啥？好吃不？它的形状好奇怪！”

顾惜玖：“……”

她只得过去：“没想到你在这里。”

“我是为你庆祝生日的。惜玖，喜欢吗？”龙司夜嘴角含笑地瞧着她，笑意直达眼底。

烛光下，他的眸子如同夏夜闪着星光的海，仿佛要将她包裹其中。

顾惜玖移开视线，说着客气话：“不敢当，劳龙宗主费心了，只不过今日不是惜玖的生日……”

龙司夜眸中闪过一抹黯然，但他随即笑了笑，明显不想和她争论：“过来，先吹了蜡烛许了愿再说。”

“是不是吹了蜡烛许了愿才能吃这个东西？”大蚌在下面夹龙司夜的衣角，极力刷存在感。

“是。”

“那好办！我要每日能吃得好，吃得饱！”大蚌立即许愿，不等龙司夜反应过来，它已经弄出一阵狂风，蜡烛全部灭了。

“喂！”龙司夜下意识地开口，“不要……”他的话还没说完，大蚌已经大嘴一张，整个蛋糕就不见了。

龙司夜目瞪口呆！

大蚌吃完，还点评道：“这玩意儿看着好看，味道也不怎么样嘛，太甜了！我不太喜欢吃甜的东西……”

龙司夜想直接砸裂它的蚌壳，手指握了又松开，松开又握上。若不是因为顾惜玖，他就一袖子把它打到不远处的湖里去了！

顾惜玖在好笑之余，也感到有些歉意。

在现代订个生日蛋糕很容易，在这个世界却很难，毕竟这里没有烤箱，也没有模具……

龙司夜能做出这个蛋糕足以看出他确实费了不少心思。

两大桌子酒菜，海陆空俱全，大蚌和陆吾一桌，在那里大快朵颐。

顾惜玖和龙司夜相对而坐，虽然没有蛋糕，但好在顾惜玖不太喜欢吃甜食，气氛到了便好。

顾惜玖心里还是有些感慨的。

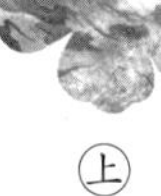

她没想到还可以和龙昔坐在一起安静地吃饭聊天。

两个人都已经不是原先的身份，她的容貌变了，身份变了，他也一样。

一人穿越已经很稀奇，这种曾经相爱相杀的冤家在异世重逢的事就更稀奇。

龙司夜似乎有话想对她说，但一时还没想好怎么开头。他不说她就不问，她只闷头吃东西……

龙司夜眸中闪过一抹黯然之色，原先她在他面前一向是敏锐的，他只要有话想说，她就会立即体贴地询问……

现在——一切都是他自找的。

“惜玖，你恨我吗？”龙司夜问了个很糟糕的问题。

顾惜玖转着酒杯笑了笑：“不恨。”

龙司夜抬眸看着她，顾惜玖接了一句：“你取了我的心，我也刺了你一刀，我死了你也没讨到好处……这么看起来我们已经扯平了，所以没什么好恨的。”

她向外看了看：“或许一切都有因果吧。如果不是你，我也来不了这里，还在二十一世纪做杀手为别人卖命。我来到这边后虽然日子过得有些惊心动魄，但好歹见识到了不一样的世界，还见到了传说中的神仙，长了不少见识。这么算起来，我还应该感激你。当然，我不会真感激你的，你只要不再来算计我，我想我们是可以做普通朋友的。”

她原先被他算计那是因为没防备，现在她对他已经有了防备，他要再想算计她那又谈何容易？

“普通朋友？”龙司夜重复了一遍，一双眸子盯着她，“如果我不想和你做普通朋友怎么办？”

顾惜玖挑眉道：“那就陌路？”

龙司夜的脸色变得有些苍白：“惜玖，想不想听我解释？”

顾惜玖再次挑眉：“解释什么？我不觉得我们之间有什么解不开的误会。叶红枫是你的未婚妻，你救她本来就理所应当，我是生化人，原本就是她老爹为她准备的人体器官库，就像脐带血一样，在你们眼里我大概压根就不能算人，只能算物件……”

龙司夜握紧手指，忽然脱口而出道：“我从来没拿你当物件，我、我在那个世界也是生化人！”

顾惜玖手中的酒杯差点儿掉在地上：“什么？”

龙司夜苦笑道：“很惊讶？还有更惊讶的，我是如假包换的生化人，而你……不是生化人，叶红枫才是生化人。”

顾惜玖觉得这世界有些玄幻了，索性不再打断他的话：“说下去！”

龙司夜终于找到两个人可以好好说话的机会，把前因后果都说了。

原来龙昔的父亲是生物科学狂人，早就在偷偷研究生化人技术，为了做试验，龙昔的父亲居然采集了自己的DNA样本，生化出一个小胚胎，然后将妻子迷晕，将小胚胎放入妻子的子宫内。他的妻子自然不知道，还以为有了正常的爱情结晶，十月怀胎后生下了龙昔。

他父亲达到目的，就用病毒杀死了妻子，只留下那个生化人孩子。

龙昔自小在他的实验室里长大，常常被父亲泡进某些药水里做实验。他那时没上过学，所有的知识都是那个科学疯子老爹教给他的。

就这样一直到他七岁，他的父亲得到叶氏集团的支持，开始给叶氏的千金叶红枫做生化体，一年后他的父亲成功了。

这次的生化体不是在母体里自然生长的，而是在实验室的培养液里培养出来的，因为加了特殊的培养材料，所以生化体和叶红枫一样大，两个孩子一模一样。

龙昔自然看得到，那时的他对培养液里慢慢长大的小娃娃很好奇，常常围着她看。

有个助手多嘴，跟他开玩笑似的说道："宝贝，你也是这么来的……"

龙昔原本就聪明绝顶，虽然人小，但智商已经高得恐怖。他那时起了疑心，再加上一直待在实验室懂得实验步骤，所以就试了一把，结果让他崩溃。他确实是生化人，他父亲压根没拿他当儿子看待，他只是一个试验品。

他恨自己的父亲，但一时又无法把父亲怎么样，就把一腔怒火发泄到叶红枫和她的生化体身上。

叶氏夫妇不希望生化体和自己的女儿一起生活，所以就让科学疯子将生化体送走，只要养活就成。

龙昔那时恨父亲也恨资助父亲的叶氏夫妇，所以他一时冲动就把两个尚在襁褓中的孩子偷偷调换了。

结果真正的叶红枫被当成生化体送给了一对夫妇，改名为顾惜玖。生化体则留在了叶氏夫妇身边。

这件事龙昔做得极为隐蔽，外人根本不知道，就是他那个科学疯子老爹也不知道。

科学疯子对自己的研究成果还是很在意的，很想看看这生化体到底有多大潜能，所以他设法让人把顾惜玖拐走，弄到了杀手集中营去培养。

其实在做完那件事后不久龙昔就后悔了，但那时顾惜玖已经被送走，也没人告诉他顾惜玖到底被送去了哪里。

后来他渐渐长大，一直没停止过寻找顾惜玖的下落，后来听说她进了杀手集中营。

那时龙昔已经在生物科学界崭露头角，有了一些名气，也有了一点儿地位，他的父亲也终于不再把他当个科学试验品对待，让他过上正常人的生活。

他智商超高，武功、枪法也极为厉害，人又长得俊美洒脱，“叶红枫”常常找他玩，叶氏夫妇就有心让他做自家的女婿。

但龙昔并无意于“叶红枫”，惦念的是顾惜玖，所以主动要求进杀手集中营做教官，并设法进了顾惜玖所在的那个班。

他一开始是抱着负疚的心态去的，甚至还抱着一丝希望：能不能再把两个孩子重新换回来，但进去见到顾惜玖之后他就知道此事绝无可能了。

两个孩子虽然基因完全一样，但因为生活环境不同，性格却相差太多。

“叶红枫”自小生活优渥，是娇生惯养的大小姐，刁蛮任性。

而顾惜玖幼时家贫，后来又被拐进了杀手集中营，这样的生活环境让她性子偏冷，做事干脆利落。两个人除了相貌完全一致外，其他根本不一样，无法再换回来，他只能将错就错。

所以他一直明里暗里地照应她，并渐渐对她有了感情，一向自视极高的他喜欢上了顾惜玖。

他讲到这里的时候，被真相震惊的顾惜玖终于打断他的话道：“原来我是被你狸猫换太子了！”

“惜玖，对不起！”龙司夜黯然地道。

顾惜玖摇头，这消息太震撼，她一时消化不了，只下意识地抓重点：“不对！你既然愧疚，又知道事情的真相，那为什么没对叶氏夫妇讲？以他们夫妇对孩子的宠爱程度，如果知道我是他们的女儿，理应会把我接回去吧？而不是还留在朝不保夕的杀手集中营……”

她的问题很尖锐，龙司夜垂眸叹了口气道：“对不住！”

而顾惜玖问完这句话后也明白过来，她曾经给叶氏集团卖命，知道叶氏夫妇黑白两道通吃，而且心狠手辣，睚眦必报，根本不拿人命当回事。

龙昔那时要是说出真相，顾惜玖倒是能被接回去，但龙昔乃至那个科学疯子以及生化体则一个也活不了，甚至当年参与这项研究的所有科研人员都得被秘密处死！那可是几十条人命。

说出真相的代价实在是太大了，大得不是龙昔承担得起的，所以他就算后悔也只能选择将错就错。

顾惜玖能理解他为什么将错就错，但她还有一点不明白：“龙司夜，既然你那时候爱我，那你就算有苦衷不能说出真相，也不能坑我吧？你却为了‘叶红枫’，将我迷晕取心！这就是你的愧悔？这就是你的爱？”

龙司夜微微闭了闭眼：“因为那个生化体发现了你！”

顾惜玖挑高了眉毛：“啊？”

“那个生化体自小要风得风，要雨得雨，但一直不知你的存在。你在杀手集中营的事只有叶氏夫妇和我以及那个科学疯子知道。而我对你的照顾也理所当然地被他们以为是保护'生化体'。我那时不敢让他们知道我对你的真正感情，所以对你一直忽冷忽热，不敢和你走得太近。后来你学满出师，越来越出色，也越来越有名，那个生化体就知道你了。后来她在暗处见到了你并通过她的渠道知道了你的身份，也知道了我对你的感情……"

龙司夜顿了顿，道："她不想让你活在这个世界上，觉得你是她的生化体，有权决定你的生死。你也知道叶氏夫妇极为宠她，基本她说什么就是什么，所以叶氏夫妇动了杀掉你的念头。"

龙司夜眸中闪过一抹苦涩之色："我自然不想让他们得逞，但我人微言轻，硬拦是拦不住的，所以我就开始拖，说他们的女儿心脏可能有点儿问题，说不定以后要换心，所以必须让你活着！"

"叶氏夫妇并不好糊弄，便命人为生化体查心脏功能。你知道以我之能想让她的心脏出现心律失常的症状很容易，所以检查的结果和我所说的一样。叶氏夫妇暂时打消了杀死你的念头，而我也知道他们既然已经动了此念，早晚会动手，所以我秘密研究着换魂术……"

顾惜玖怔了片刻，皱眉问道："换魂术？"

龙司夜微微点头道："不错！我认识一位秘术师，他会一种换魂术，可以把一个人的灵魂换到另外一个人身上，从而让两个人互换身体。这是他的祖传秘术，并不传外人，我就算是他的朋友，他也不会违背这条祖训，只给我讲了部分原理，于是我那一年完全扎进这门学科之中，后来我成功了。在这期间，我为了稳住叶氏夫妇，打消他们对我的疑心，就和那个生化体定了亲。

"换魂术研制成功后，我也开始准备为你和那生化体换魂的工作。换魂术是通过换心脏的方法来做的，而且需要生化体心甘情愿。所以我让那生化体的心脏出了问题，只有换心以后才能活下去，然后就有了那次的换心手术……"

本来他的计划万无一失，那次只要手术成功，那么顾惜玖的魂魄会随着她的心脏一起在"叶红枫"体内复活，到那时他再告诉顾惜玖真相，让她醒来后不至于露出马脚，然后他同她结婚，带她远走高飞。

至于那个生化体的魂魄则会到顾惜玖身上。

而叶氏夫妇的要求是，换心以后顾惜玖不能再活着，所以顾惜玖会彻底死去，那个生化体的魂魄也无法再复活。

这个计划很完美，可是没想到顾惜玖是特殊体质，对麻药有抗体，提前醒了过来，捅了他不要紧，还划烂了自己的心脏，让龙昔的所有计划以失败告终。

一切都解释清楚了，室内很静，静得只能听到大蚌的咀嚼声。

这个故事太过离奇曲折，顾惜玖的脑子一时有些混乱。如果这个故事是真的，那当年的龙昔应该不算负了她，只是造化弄人而已。

如果这个故事是龙司夜早就编好来糊弄她的……

那他的目的是什么？

她的目光落在他腰间悬挂的血红枫叶玉佩上："你这玉佩？"

玉佩并不大，只有一枚硬币大小，但成色不错，在烛光下闪着淡淡的光晕。

"这玉佩原本是你的。"龙司夜开口道。

"啊？"

"看过《红楼梦》吧？贾宝玉是衔玉而生，而你是握玉而生。你一出生小手里就握着这个，所以叶氏夫妇才给你起名为叶红枫。当初这玉佩一直挂在你的脖子上，我一时犯浑把你和生化体互换时，把玉佩戴在了她的脖子上，她这才被当作叶红枫抱走。这玉佩她一直戴着，直到动手术那天才摘下来，放在我这里。我没想到明明是灵魂穿越了，居然把这东西也带了过来。我在这个世界上出生时，手里就握着它。我有龙昔的记忆，所以一直将它保存至今，我觉得这玉佩既然能被我带到这个世界，冥冥之中自有天意，说不定你也会穿越过来。所以我有能力后，就开始在这个世上寻找你的下落，这一找就是一百年……"

他的一切说法听上去都很真实，顾惜玖抿了抿唇道："你是怎么死的？是不是当时被我杀死的？"

龙司夜摇头道："我的心脏偏右，你那一刀并没有扎到我的心脏上，后来看到你死了，我……我就不想活了，直接自杀了。"

他当年的心脏真的偏右？！

或许是读懂了顾惜玖眼中的疑惑，龙司夜干脆扯住她的手按在自己的右胸上："你可以亲自验证一下。"

顾惜玖："……"掌心下确实有一颗心脏在跳动。

但他这世心脏偏右，不代表上一世心脏也偏右呀，所以这个疑问顾惜玖暂时搁下了。

"你既然是自杀，那你和我应该是差不多时候死的，那我们来到这个世界的时间怎么差这么多？你来到这世上一百多年了，而我才一年而已……"

"笨蛋，同死未必同生啊，就像现代的那些穿越的人，就算两人同时穿越也未必能穿越到同一个朝代，说不定一个穿越到清朝一个穿越到了明朝。我们好歹是穿越到同一个时代，虽然相差百年，但还是见到了。惜玖，当我发现你就是我要找的人时，我很欣慰也很开心。"

龙司夜把手伸过来，将她的小手盖住："惜玖，你我能在这个时代相会真是幸运。"

顾惜玖把手撤了回来。她不是没有触动，但毕竟受过伤，觉得她一时还没找到

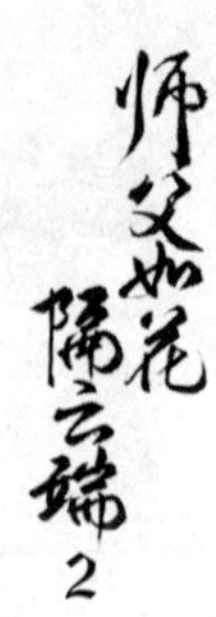

感觉。

她极简单的肢体动作让龙司夜眼眸微黯，他的手微僵在那里：“惜玖，你不信我吗？”

顾惜玖摇头，今夜她知道了太多消息，得先消化消化再说。

她想了想，道：“你这些年一直在找我？你怎么知道我会来这里？毕竟穿越这种事概率太小。”

“你的玉佩我能带过来，说不定你也会过来。”龙司夜的声音淡而轻，“我也是在赌！我直觉你会来！”

他赌赢了！

顾惜玖似乎想到了什么：“那你的徒弟古惜惜是？”

龙司夜叹气道：“我前期一直在找你，但人海茫茫，想找一个人谈何容易，尤其还是一个已经投胎的人，连相貌也有可能不一样。我初见古惜惜时，她是个八岁的孩子，眉眼很像你，而且很巧，她的名字叫古惜酒，和你的名字很像，她偏冷的性子也有几分像你，对医学也很有灵性。当然，她没有关于你的记忆，我以为她是你，以为老天总算开了眼，让我重新找到了你，于是将她收为徒弟，传她医术。我想就算你忘了我也没关系，只要让我重新找到你，我们重新开始就好。”

顾惜玖低头喝了一口茶：“那你……又怎么发现她不是我的？”

龙司夜叹了口气：“其实我早就感觉到她不是，因为相处时间一长，就能发现她的性格和你其实是南辕北辙的。她除了性子偏冷和你有点儿像外，其他没有一点儿像的。我那时找晕头了，骗自己说，或许是不同的环境造就的人不同，所以她才和你有这么大的差别。内心深处，我怕自己再次绝望，一直在自欺欺人。直到她十三岁那年，左天师帝拂衣找上门来……”

顾惜玖听到这个名字，微微僵了一下，挑眉问道：“左天师找你是？”

龙司夜摇了摇头，苦笑道：“他做事一向神秘莫测，我和他并无深交，虽然同为天授弟子，但我和他合不来，平时也没什么交集，只有天授弟子聚会时见过几次，但也没怎么说话，所以那次他主动上门，我还是挺意外的。他来找我喝酒，这人花样多，很会算计人，所以我一直防备他。但在酒桌上不知道怎么了，我还是喝醉了，大概是我酒后吐真言，让他知道了我的事，等我醒来后，他便告诉我可以帮我测试古惜惜到底是不是我想找的那个人……”

顾惜玖没想到当年还有这么一出。

龙司夜又道：“你知道帝拂衣这个人，平时做事虽然让人有些摸不着头脑，但还是有真本事的，尤其是检测魂魄的术法更是炉火纯青，事实证明，古惜惜确实不是你……”

顾惜玖无语了片刻问道：“后来你就给她改了名字？”

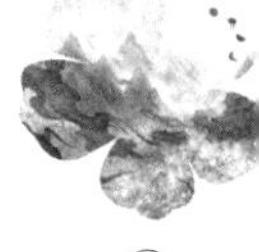

龙司夜望着她道："这世上只有你才能用这个名字。"

顾惜玖揉了揉眉心，又想起一件事："那你的冰殿冰棺里的那具身体是？"

"我生化出来的。"龙司夜倒也不瞒她，"那个玉佩上有你的细胞，所以我生化出了一个你。我怕再出现被其他魂魄占躯壳的事，所以那具身体是与世隔绝的，从没其他灵魂沾染过。我那时又学会了这个世界的招魂术，便想利用此术将你招来。当然，这个世界毕竟不同于我们那个时代，设施严重不全，好在有术法，只要准备一些材料，还是有办法做到的……"

顾惜玖默然，一切谜题仿佛都解开了，龙司夜身上的谜团她都一一找到了答案。

他自始至终没有负她，只不过用的办法有些匪夷所思。

当然，这一切都要以他所说的是实话为前提。

"惜玖，你信我吗？"龙司夜望着她问道。

信吗？顾惜玖没回答，因为她有些乱。她已经无法再信他，就算觉得他说的是实话，潜意识里还是拒绝相信。

一旦丢失信任，想再相信一个人是非常难的，龙司夜毕竟也曾研究过心理学，所以深知这一点。他虽然有些黯然，但顾惜玖的反应也在他的意料之中。

"惜玖，你不信我也没关系，以后我们……"

"我的主人信你啊！"旁边的大蚌已经把它那边的一桌子菜全吃了，盘子比舔的还干净。

现在它蹭到了这边，瞧了瞧桌上没动几口的饭菜，吞了吞口水："我也信你！"它悄悄端起一盘肘子倒入了嘴里。

顾惜玖无语，一把将它扯了下来："你是蚌还是猪啊？"

大蚌的话让刚才弥漫在二人之间的微妙气氛终于消失了。

龙司夜也知道这事急不得，不再逼她。恰在这时外面有焰火升上天空，接着就是大朵大朵的焰火升上天，楼下传来了欢呼声。

龙司夜起身，一把拉住她的手："走，我带你去看焰火！"

他功夫高，一拉之际，他和顾惜玖已经穿窗而出，落在了人流如潮的大街上。

大蚌也很想跟着去，但它舍不得这满桌的美食。

它纠结片刻，决定还是吃饱了再去看，反正它和主人建立了血契，还是比较方便联系的。

它不但自己留下了，陆吾也被它给留下了。

大街上人很多，可以用摩肩接踵来形容了。

龙司夜本想和她牵手而行，但顾惜玖明显不习惯，她将手撤了回去。

龙司夜这时是不敢勉强她的，笑了笑道："人这么多，你别跟丢了。要不，我给你一只衣袖牵着？”

顾惜玖哼了一声：“你以为我是孩子啊？还要牵人的衣袖……”说到这里她忽然顿住了。

前世她和他在节日相携游玩的时候，她常常借故去牵他的手，他笑她像个孩子，她却理直气壮地说：“这么多人，你会把我弄丢的！你不想给手，那给只衣袖总成了吧？”

龙司夜显然也想起了曾经的往事，望着顾惜玖，眸中有光芒流动：“惜玖，我不想再把你弄丢了！”

顾惜玖咳了一声：“走吧！别酸了。”她率先向前走去。

二人在街道上逛着，其间顾惜玖也发现大蚌和陆吾不在，想起大蚌吃货的作风，她料定它是舍不得那桌饭菜。

因为它们几个常常溜进后山去打猎，有时候一走一天，所以顾惜玖倒也没将此事放在心上。

她心里其实也有些感慨，刚刚她还在这里形单影只，没想到这么快身边就有人陪着了。

对龙司夜的那些话，理智上她已经信了八成，只是潜意识里还有些抗拒而已。

前世她那么喜欢他，一心一意想要嫁给他，那么这世误会解除了，她肯定也会再喜欢上他，说不定以后真能嫁给他做神仙眷侣，一对恋人携手穿越，共闯天下也是一个让人心动的故事。

所以顾惜玖觉得应该给龙司夜一个机会，也给自己一个机会，来补前世的遗憾。

当然，这一切真相都是龙司夜说的，顾惜玖觉得还是等调查清楚了再做决定也不迟。

头顶有焰火次第绽放，周围都是欢呼雀跃的人群。

两个人就算前世这么待在一起看焰火的机会也很少，现在有这样的机会，龙司夜自然分外珍惜。

二人看完焰火又去看杂耍表演。

他们在人群里挤来挤去，虽然没牵着手，但龙司夜始终和她寸步不离，她只要一侧头就能看到他俊朗的脸庞。星光下他面如冠玉，美得过分，尤其是弯唇一笑的时候，仿佛空气中有花在一朵朵地次第开放。

这个人的长相是真美，可以用惊心动魄来形容，原先他在人前戴了面具，这次他一直没有戴面具，惹来无数目光，无论走到哪里都是众人的目光追随的焦点。

顾惜玖是男装打扮，又易容了。她易容的这个书生长相也很清秀，但和龙司夜站在一起的时候，她就完全成陪衬了。

这种日子两个男人一起看焰火，那个特别俊朗的男人还细心照顾那个书生，这怎么看怎么像一对断袖。

所以周围的人看顾惜玖二人的目光有些微妙，她一开始没反应过来，就是觉得自己这边回头率非常高。

于是她问身边的龙司夜："你这次怎么没戴面具？"

龙司夜微笑道："以后我在你身边永远不会戴面具，让你看到最真实的我。"

顾惜玖："龙教官，你被言情大神附身了吗？"

龙司夜再笑，没说话，只是抬手揉了揉她的头发。

这个动作太亲昵了！顾惜玖向前跳了一步，避开了他的手："别动手动脚的！"

"他们是一对断袖吗？"旁边不远处忽然传来一阵低语，居然是蓝外狐的声音。

顾惜玖下意识地侧头，看到了站在不远处的蓝外狐和晏尘。

蓝外狐手里拿着一串糖葫芦，正歪头看着顾惜玖所在的这个方向，她感觉声音很小，旁边的晏尘却恨不得捂住她的嘴，他明白这边的人已经听到了。他也没认出顾惜玖和龙司夜，毕竟龙司夜在人前是常年戴面具的。

晏尘冲着顾惜玖的方向抱歉地点了点头，拉着蓝外狐离开了。

"好了，别看了，他们已经走啦。"龙司夜在顾惜玖面前晃了晃手指，终于让她回神。

顾惜玖瞧了他一眼，问道："你也认识他们？"

"他们是你的同伴吧？我自然认识，更何况那个晏尘还那么有名。"龙司夜回答得轻描淡写。

"你不会一直在监视我吧？"

顾惜玖严重怀疑有这个可能！要不然他怎么知道这么多事？！

龙司夜轻揉了揉眉心："你想多了。我和古残墨关系不错，最近他没少和我说起你的事情，也很为你自豪，他还说你坑了他不少灵石……"说到最后一句的时候龙司夜嘴角微弯，加了一句，"当然，我也为你自豪。"

"你和古堂主的关系很不错啊？"

"我曾经是他最得意的门生。"龙司夜也不隐瞒。

顾惜玖怔了怔，没想到他也是从这里毕业的，想起了一个疑问："是不是天授弟子都要来这里？"

"据我所知，确实如此。"

"那左天师呢？"顾惜玖脱口而出道。

"他……"龙司夜皱眉，摇了摇头，"这我就不知道了，他比我们都大，成名也最早，行事又神秘莫测，所以没人知道他的过往。"

“原来他是你们几个里面最大的，怪不得圣尊的谕令常常是他传达，天授弟子的测试也是他来测试。”顾惜玖有些明白了。

龙司夜苦笑道：“确实，圣尊最信任的人就是他。这浑蛋有时候很会狐假虎威……”

“我听说你这天授弟子也是他测试的？”

龙司夜叹气道：“我其实和你一样，我出生时因为有记忆，自然就有异能，所会的知识也不是这个世界上的人知道的，自然被传为奇谈。我那时年纪小，出生的地方又偏远，所以并不知道天授弟子是什么。当有人追问我所学从何而来时，我一时情急就说了一句来自天授，结果……就传出去了！没几天他就上门了，亲自抓了我去做测试……”

“他折腾过你？”

“岂止是折腾……”龙司夜苦笑，这显然不是很好的回忆，“每个天授弟子都会被他死命折腾的，尤其是测试成功之后，后期简直就是魔鬼训练，稍微做不好就会被罚，罚得特狠，那时我恨不得自己从来没出生过。不过这样确实是升级最快的方式，别人修炼一百年未必能做到的事，天授弟子们二十年的时间就做到了……”

这有点儿出乎顾惜玖的意料：“你们的功夫都是他教的？”

龙司夜摇头：“他哪有那闲工夫。我们的某些技能是与生俱来的，主要技能莫名其妙自己就会了，而且在梦中我们也会得到圣尊的指点，还会得到有关的秘籍。他就是督导，基本一个月考查我们一次，若合格继续回天聚堂修炼，若不合格……”

“不合格会怎么样？”

“不合格就会被投入相应的禁地之中受刑，相信我，那种禁地进去一次就会成为你的噩梦，永远不想再进去！”

原来成为天授弟子也是很恐怖的！

顾惜玖暗暗摇了摇头，心中一动，忍不住询问：“既然是受刑，你又把那里说得那么恐怖，那受刑完毕后是不是连动也动不了啊？”

龙司夜摇头：“禁地确实让人活受罪，但也只是皮肉之苦，如果在里面修炼得好，功力还会有所提升，出来后不会动不了，最多就是脸色难看一些。再说他在惩罚人之前事先都会让人服下一种灵药，灵药会让人在里面受罪的程度加倍，但能确保人不会死在里面，不会伤到元气……”

顾惜玖想起了云清罗，云清罗被左天师派人带走整整一个多月，会不会是被他检测不合格，直接投到禁地受刑去了？

云清罗回来时脸色的确不怎么好。

如果顾惜玖前几日听龙司夜说了这些话，说不定就真以为帝拂衣带走云清罗是为了惩罚她了。

但今晚她看到他和云清罗那相偎相依的样子，又摇头了。

他和云清罗相爱的话，只怕舍不得她受那个罪了吧？

云清罗满脸的依恋和崇拜，也不像是受了罪心伤的样子。

不过也难说，或许帝拂衣依照规矩惩罚了云清罗，又心疼她，所以今夜陪她逛逛做补偿。

“惜玖，惜玖……又神游了？”龙司夜唤回了她的神志。

顾惜玖叹了口气，自己的思维居然又转到帝拂衣身上去了！有问题就想弄个清楚明白的毛病看来得改改。

她摇了摇头，决心把所有有关帝拂衣的问题都抛开，把话题岔开：“对了，你那时说去天聚堂授课，怎么一直没来？”

龙司夜眼睛一亮：“你盼望我来？”

“我只是有些纳闷而已，那日你送八皇子下山一去不回，我还以为是八皇子容御出了什么事，担心了好几天。对了，容御怎么样了？他恢复了吗？”

龙司夜的眼神微微黯了下去，不过他还是回答了她的问题：“他当时脱力得厉害，不要说走，爬都爬不动，我把他背下山后，原本想给他租一辆车，后来看他实在虚弱，怕他在路上出事，就干脆直接把他送回去了。后来……嗯，他毕竟功力太弱，病症时而反复，我无法离开，就直到现在才回来。”

“他居然伤得这么重！他现在怎样了？”

“现在身体已经没事了，功力也在恢复，不过要恢复全部功力最少要两三年的时间。”龙司夜道。

顾惜玖深知他的医术，自然知道他说的是真话，心里又添一丝愧疚。若不是因为她，容御又怎么会伤成那样？

二人一边在街道上赏景，一边说着闲话，如同正常朋友。

这曾经是顾惜玖梦寐以求的场景，现在终于实现了。

或许是期待了太久，以至于疲惫了，顾惜玖居然找不到那种梦想实现的喜悦。

是她心态已变，还是自己不相信他？

理智上她觉得该原谅他，和他重叙旧梦，但是感情上她已经放不开，无法再孤注一掷。

“咱们去放河灯？”龙司夜提议道。

顾惜玖摇头道：“不想放。”

放河灯的人一般是情侣，而她和龙司夜还不是那种关系，最起码现在不是。

“放心，我们就是去放得胜灯，不是情侣灯。”龙司夜不由分说地拉了她就走，“你不是明日就要和人对决了吗？咱先取个好兆头！预祝你成功！”

龙司夜说得没错，河灯真的不全是情侣灯，什么灯都有。

有许愿金榜得中的，有许愿父母安康的……林林总总，载着红尘众生无数希望的各色河灯在水中漂浮，远远望去如同点点繁星。

其实顾惜玖不信这个，如果放河灯就能实现愿望，那掌管这一切的人得有多忙？

她忽然想起了圣尊。

圣尊是神，神是无所不能的，卖灯的人说，只要心诚，这灯里的愿望就能被圣尊看到，然后帮人实现愿望。

相信每一个放河灯的人心都很诚，但圣尊又能看到几个？他也不是随便帮人实现愿望的人吧。

想起他傲娇的性子，顾惜玖忍不住摇了摇头。以圣尊老人家的脾气，他不在你的愿望上设置拦路石就不错了！如果他心情不好再来几场恶作剧，估计那愿望直接胎死腹中！

她本来没打算放灯，但龙司夜一直在旁边催促，顾惜玖就抱着玩玩的心思写了一个愿望，然后她将字条放进一盏心想事成的灯里，放在河面上，看它汇入灯海中渐渐漂远。

龙司夜也放了一盏河灯，还是很虔诚地放的。

顾惜玖看了片刻后终于忍不住问道："我真觉得你如果有愿望的话可以直接去求圣尊，比把愿望写到河灯上沉水强。"

龙司夜微微摇头："圣尊不是那么好见的。而且他高高在上，不染尘埃，这些年我和他老人家说过的话不超过十句。"

顾惜玖："……"

龙司夜嘴里的圣尊和她认识的圣尊是一个人吗？

她看着龙司夜的河灯漂远，说也奇怪，他的河灯明明是后放进去的，没想到片刻后，他的河灯居然追上了她的河灯。

两盏河灯齐头并进，比那些情侣灯还要好看。

顾惜玖看了片刻就收回了目光。她明白这是龙司夜搞的鬼，他今晚一直在通过各种各样的方式表白——

河畔的风颇凉，虽然只是初秋，这条河里的水不知道什么原因常年都是冷的，所以河畔也很凉。

"冷吗？"龙司夜脱下外衫搭在她的肩膀上。

顾惜玖僵住了，他的外衫带有他身上淡淡的体温，还带着一抹独属于他的药香。

她将外衫自肩上扯下来递给他，笑道："我现在可不是普通小姑娘，这点儿冷可冻不到我。"

龙司夜倒也不勉强她，只是笑了笑："在我心中，你永远是顾惜玖，无论你特殊还是普通……”

这人今晚真被言情奶奶附体了，情话一句一句地向外冒，还说得这么理所当然。

她都要不认识他了。

她暗吸了一口气，看着龙司夜干脆地问道：“龙宗主，你是在追求我吗？”

龙司夜被她这一声“龙宗主”叫得一僵，叹气道：“我觉得这不应该是个疑问句，而是肯定句。”

顾惜玖抿了抿唇：“可是我未必会回应你，你今晚所说的那些话我甚至无法全信……”

看到龙司夜想要开口，她继续道：“我知道我该相信，但是我一时做不到，所以也不想瞒你。我最恨有人在大事上欺骗我，无论他的目的是什么，欺骗就是欺骗，所以不要让我再发现你的那些话还是假的，哪怕你有一句假话，我也会把你整个人全部推翻，再不会和你有一丝牵扯，你敢保证吗？”

龙司夜正要点头，顾惜玖又打断他道：“别忙着点头，我还有话说。我再给你一次机会，你现在还可以说实话，你只要说了，我保证绝不会追究，还会考虑你我的关系，但如果你错过今日，我不会再给你机会。现在，你能保证吗？”

她的一双眼睛亮如星辰，隐隐带着锐利的光，等着他的答案。

龙司夜并没有犹豫：“惜玖，我保证！今夜和你所说的话都是真的！”

顾惜玖微微闭了闭眼，然后睁开眼看着他道：“给我几天时间考虑，我现在还无法给出我的决定。”

“惜玖，我等得起，也会一直等着你。”龙司夜声音柔和地说。

他站在那里，微风掀起他的衣袍，越发显得人如玉树，眉目皎皎如月。

这让人很容易想起一句诗：陌上人如玉。

或许今天是七夕，让人容易感动，顾惜玖的心头还是泛起了一股暖意。

“表白了！这一对真表白了！”

“我活到这么大总算看到一对活的断袖了！”

“两个人都很好看啊，可惜啊，断袖了！”

一阵低低的议论声打断了顾惜玖心中的那股暖意，她回头一瞧，这才发现身边围了一圈人……

她咳嗽了一声，扯着龙司夜离开了。

“害羞了？”龙司夜忍不住想笑，眼睛却看着她的手。这是自重逢以来，她第一次主动拉他的手。原先她拉他的时候，他从来没觉得什么，现在再被她拉着却有满满的幸福感。

“害羞你个头啊！”顾惜玖也憋不住笑了，“我不想被人围观！幸好我不是男人，要不然这断袖之名算被贴上了！”她忽然异想天开道，“对了，这个投胎很难保证男女的，我如果投胎成男人……”

“那我就成断袖！”龙司夜握紧了她的手。

顾惜玖：“……”

她咳嗽了一声道：“我觉得我就算投胎成男人性取向也会很正常，到那时我大概喜欢的是女孩。”

“其实那也不难。”龙司夜慢条斯理地说，“别忘了我是大夫，变性手术也可以做。”

“我才不想人为变性！”顾惜玖打断他道。

“那我来变！”

顾惜玖觉得这个人疯了！做了那么久的男人居然想做女人了……

说不感动那是假的，顾惜玖这次没有将手撤回，任由他牵着她沿着河边走。

她忽然觉得这样过一辈子也不错，两个人已经经历了生死，那么其他事也就看得淡了。

一辈子太长，找个真心相爱的人太难，既然喜欢一个人，那就嫁了吧！

“龙司夜，大后天是这具小身体十五岁及笄的日子，你来找我吧？”顾惜玖开口道。

龙司夜眼睛一亮：“好！”他明白，她这是要在那一天给他答案。

他的惜玖啊，一直是如此干脆利落的人。

第三十四章　一个镇一夜之间被屠尽

漫天的星子闪烁着在天穹中铺开，各有各的轨迹，各有各的宿命。

偌大的观星台上，圣尊凰荼半躺在一张白玉榻上，旁边是白玉案，案上有酒有茶还有画。

酒是她喝过的，茶是她夸奖过的，而画，是她的画像。

画像中的女孩子一身黑衣，一头黑发，气质偏冷，小脸上带着不服输的傲气，似乎正瞧着他。

他把那幅画端详了半晌，起身随手在上面题了两句诗：相见不如不见，有情莫如无情。

他放下笔，抬头看了星空半晌，发现那颗新升的小星星似乎更亮了。

原本它是孤零零的，但现在在它的四周围绕着好几颗小星星，有几颗甚至比它还要亮。

但他明白，其他星星再亮也只是围着它转的副星，早晚它的光芒会压过所有副星成为最耀眼的存在，也会形成它自己的星系。

他又看了看天空正中那颗最亮的星星，依旧光华璀璨，照亮了整个天空。

但谁又能知道它还能亮多久？还能支撑这个世界多久？

他站起身，一拂衣袖，地上的九盏琉璃盏次第亮起，排成一组九曜星图案。他一身白袍，披发执剑，在琉璃盏阵中作法，有淡淡的七彩光自他周身散发出来，直冲天空。

一个时辰后，那颗最亮的星星又亮了点儿，看上去就像小太阳。

常言说，月明星暗。

其实并不是星星真的暗了，而是月亮太亮，将大部分星光遮住，所以地上的人们就看不到它们了，这样就显得很暗了。

现在也一样，那颗主星太亮，将天空中的大部分星光遮住了。

那颗小星星原本就不起眼，现在被主星的光芒一遮，几乎就看不到了。

这样的术法显然极耗损功力，凰荼收功之时，脸色苍白得厉害。他坐回去喝了一口酒，蓦然呛咳起来，脸色更不好了。

“圣尊？”外面传来惩恶使关心的询问声。

“何事？说！”

“呃，属下就是想禀报您，飞星国京城一切正常，并无不妥。”他顿了顿，继续禀报，“天聚堂内也一切正常，就是顾惜玖姑娘……”他似乎一时没想好怎么说，顿住了。

里面的凰荼声音淡淡的：“她出了大意外？”

“没有！她很好，在天聚堂也混得如鱼得水……”

凰荼打断他道：“本尊似乎嘱咐过你们，她的事情无大事不必特意向本尊禀报，除非生死之事。她面临生死劫了？”

“没有！她很好！”惩恶使忙回答，“就是今天是七夕嘛，她自己下山玩去了。在小城遇到了龙司夜，二人玩了一晚上，看上去挺开心的……”以上这些话是惩恶使快速说的，说完他轻轻地吐了一口气。娘啊，他总算把想告诉圣尊的话说出来了！

观星台内，凰荼正在斟酒的手顿住了，酒液顺着酒杯溢了出来。

等他发现的时候，酒液已经浸泡桌上的画，使刚刚画好的人物迅速模糊了。

他蹙眉片刻，随手毁掉了那幅画，问了一句：“龙司夜不是在盯容御？”

“回禀圣尊，明天天聚堂有一场大对抗赛，是顾姑娘那一队挑战云圣女那一队。顾姑娘如果能赢，就可以光明正大地进入紫云班了。这必然是一场恶战，古堂主怕双方学生控制不住力道，刀剑无眼会有伤亡，所以给龙司夜传书，请他明日去坐镇……”

惩恶使说到这里轻吸了一口气，听了听里面的动静。圣尊并没有打断他的意思，于是他又鼓足勇气说了下去：“龙司夜今早便向属下请假了，而且他还安排了妥善的人代替他在容御身边看着，应该不会出什么问题的。”

里面沉默半晌，凰荼的声音终于又传了出来：“云清罗和谁组队？她那一队的实力如何？”

惩恶使立即禀报：“是乐青荇和乐紫荇，都是高手中的高手！顾姑娘他们怕是要完败……”

圣尊沉默片刻后道：“她完败与否和本尊有关系吗？”

惩恶使：“……”

看来圣尊是真放手了，不会再管顾惜玖的事了，只能乞求那小丫头自求多福了。

他正出神，腰间的玉牌亮了起来。他接通后，里面现出了沐电那张风风火火的脸：“沐雷，飞星国有异常！”

沐雷神色一凛：“什么异常？”

“飞星国有一个镇一夜之间被屠，死状蹊跷，只留了一个活口逃出来报信。宣帝震怒，派人前去调查，但所派之人再没有回来。宣帝再派大将前往，依旧一去不回。现在飞星国内百姓人心惶惶，我们要不要管？”

沐雷吸了一口气，问道：“那容徊可有什么反应？”

“没有，他大概还不知道。据探子回报，他因为受伤太重，宣帝给了他半年的假，让他不必上朝，所以他现在一直在八皇子府里。”

沐雷很快把沐电传过来的消息禀报给圣尊，禀报完毕忍不住说了一句：“圣尊，我们是不是盯错人了？”

圣尊一直没动静，沐雷不敢再问了。圣尊最近心情一直不太好，他心情不好的时候就喜欢折腾人。

所以沐雷不想去碰那个台风尾。

片刻后，门打开了，圣尊凰茶走了出来，开口嘱咐沐雷：“收拾收拾，明日去天聚堂看热闹。”

沐雷：“……”他以为圣尊是要去飞星国破案呢，没想到不是。

“圣尊，那飞星国的案子我们不去查一查？好不容易对方出了乌龟壳有所异动……”沐雷忍不住开口。

凰茶瞧着沐雷，把沐雷瞧得严重怀疑自己的智商了，凰茶才慢悠悠地开口：“一只狼想要吃掉老虎崽，但虎洞里有老虎守着，它该怎么办？”

沐雷没想到圣尊会忽然给他打比方，几乎没想就回答道：“当然是设法把大老虎调开了。”

“嗯，那只调出洞口行不行？”

“不行！必须把老虎调得远远的，调虎离山才能吃它的虎崽。”

说到这里沐雷似乎明白了：“圣尊的意思是那人对我们用的是调虎离山之计？！”

圣尊颇为欣慰地道：“你的智商总算溜达回来一点儿。”

沐雷满头黑线，不过还是有些困惑：“可圣尊如何得知那人想对付的是天聚堂而不是其他地方？”

圣尊反问道："本尊养虎崽的还有其他地方吗？"

沐雷："……"好吧！

他似乎还有些欲言又止，圣尊不耐烦了："有话就说！"

"圣尊，属下觉得，圣尊或许是把天聚堂当作养虎崽的地方，对方或许却并不在意那些虎崽，而是想谋大老虎的护卫什么的……"沐雷终于鼓足勇气说了出来。

"如果对付狼的本事都没有，那还有什么资格做老虎的侍卫？"圣尊的声音轻飘飘的。

这倒是！沐雷没话说了。

他憋了半天，眼看圣尊已经走向温泉湖了，又问了一句："圣尊，这次的虎崽是谁？"

"自己想！"圣尊扔下一句话就离开了。

沐雷在原地站了半天，没想明白，于是联系在外的沐风，把圣尊的比喻说给他听，然后问："沐风，你一向聪明，擅长琢磨人的心思，你说圣尊口中的虎崽到底是谁？"

沐风推测道："是云清罗吧？她毕竟是新找到的天授弟子，圣尊对天授弟子一向很爱护的。"虽然爱护的方法让人吃不消。

沐雷："……"

这么说帝拂衣这一趟去是保护云清罗？也是给她长脸的？

那顾姑娘……

"惜玖，你对这次对战有几分把握？"这是一大清早三个人聚在一起时，千翎羽问的话。

顾惜玖答得很随意："十分！"

千翎羽睁大眼睛瞧了瞧她，咳了一声："惜玖，我知道咱们这队实力挺强的，但他们那一队真的很变态。在紫云班一班他们三个人的组合是无敌的，听说他们曾经打败紫云班中级班的几队组合……"

蓝外狐心里也没底，说了她的观点："云清罗是天授弟子，她的功夫本来已经出神入化了，而乐青荇和乐紫荇那一对双胞胎更是变态，平时连说话都配合得很默契，打架时压根不用交流，互相看一眼就知道应该出什么招了！听说这对兄妹原本对谁也不放在眼里，组队打架时宁肯两个打人家三个，一样是赢多输少。云清罗来了以后，他们才像是找到伴一样。现在他们在一起配合好几个月了，也磨合得极好……"

顾惜玖端起水喝了一口。她也知道要赢其实很难，他们没金手指又没开外挂，不可能在这么短的时间内立即做到横扫一切，所凭借的不过是技术操作。

她是配合战的老手，不知从多少生死关里闯过来的，敢打敢拼，很多老奸巨猾的

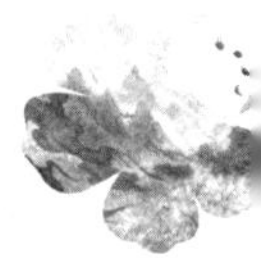

高手折在她的手里，现在这帮小鬼虽然功夫不错，但他们经验少嘛。

所以PK下来，她这组赢多输少，就算偶尔输了，那下次再PK的时候她准能赢！因为她已经找到了对方的弱点……

现在最不利于她的地方就是对方对他们的战术已经摸清了，她对云清罗他们却了解很少。

顾惜玖也不是完全没把握，自己估摸着这胜算有五成，但为了给对面的两个人鼓劲，她说成了十成！

战场之上战意最重要，如果你连战胜敌人的信念都没有，那等待着自己的只能是输！

果然她一说有十分的把握，对面的两个人眼睛都亮了！

“我问你们，你们想不想赢？”

“想！”

“想！”

“那就一切听我的！这一战我们绝对会赢！”

天聚堂的竞技台是露天的，形状像鸟巢。顾惜玖每次看到这个鸟巢就感觉很亲切，深深怀疑当年鸟巢的设计者也穿越了，并在天聚堂里！

事实上设计这个竞技台的人是天聚堂的高手。顾惜玖围着他旁敲侧击了好几天，终于打听明白了，他和龙司夜曾经是同学。

还不到对决的时间，鸟巢里已经座无虚席，周围密密麻麻的都是人。

天聚堂的人都到了，一个不少！

顾惜玖三人走进来的时候，原本有些嘈杂的竞技场内静了一瞬，无数双眼睛看过来，落在他们这一行人身上，目光中有期待、有打量，也有妒忌……

蓝外狐被顾惜玖的那些话激励，所以一向在人前不敢抬头的小姑娘也走得昂首挺胸。

千翎羽本来就很骄傲，此刻更是走得旁若无人。

而顾惜玖微抿着薄唇，那薄唇轻轻牵出一个若有若无的弧度，似笑非笑。

无论什么时候她给人的感觉都是淡定、从容，让人看不清、摸不透，她明明是笑着的，气势却极强，让人不敢小觑。

这次台上的主判不少，古残墨及聚天堂的九位导师外加晏尘，这些人就给这次对战增光不少。

这次对战不同以往那样一局定胜负，而是三局，这也算给双方一个发挥真正水平的机会。

云清罗那边的三人也到了，这三人的气势自然也是极强的，进场的时候迎来一片掌声。

三人也走上台站定，六个人在台上相对而立。

云清罗在进场时扫了顾惜玖一眼，以为能在顾惜玖脸上看到颓丧，却没想到对面的小姑娘一直是云淡风轻的姿态。

云清罗的心情其实很复杂，她从来没想到她和顾惜玖有正式交手的那一天，原先只要这么一想就感觉自己受到了羞辱，现在却站在这里和人家公平对决。

顾惜玖是一个传奇，但在同为传奇的云清罗眼里，顾惜玖这个传奇让她分外不爽！

顾惜玖压根没看云清罗，她在打量那对双胞胎。大概她的日光太有形，那对双胞胎被她盯得头皮发麻。

乐青荇皱紧眉头，乐紫荇也轻拧眉毛。

这对双胞胎今年十五岁，比顾惜玖大几个月，眉目之间带着青涩稚气。他们的容貌不是绝色，但都极清秀，两人站在那里就是吸引人的一道风景线，看上去赏心悦目。

乐紫荇是女孩子，脾气有些火暴，被顾惜玖打量得有些恼火："你看什么？"

顾惜玖轻挑薄唇，正要说话，忽听有人来报："左天师驾到！"

顾惜玖眉尖微挑，和众人一样向天空看过去，然后顿了一下！

她以为会先看到那艘拉风的船，却没想到这回左天师大人换了装备，是坐车来的。

他的车自然不是普通的马车，而是一辆紫水晶车。水晶很常见，但用一整块水晶挖出来的马车还真没见过。

更别提这水晶一看就是极品，晶莹通透，从空中飞来的时候如同紫色的水波。

水晶车还不小，车前站着两名赶车的少女，车后站着两名少年。

拉车的并不是飞狮，而是那头独角兽，银白色的鬃毛向后飞舞，看上去特别威风。

看到那头独角兽，顾惜玖想起了当初左天师去天问宗捉她回飞星国时骑的就是这头独角兽……

往事如流云，在她心头闪过，她在心里轻轻一笑，将这段往事压在记忆的最深处，不想让它再浮上来。

左天师会来其实也在她的意料之中，毕竟昨夜她刚刚看到他和云清罗携手同游。

今天他来为云清罗助威也是理所应当的。

水晶车停下，两名少女站了起来，然后一挥手，一条白色绸带如云般飘落下来，而左天师就踩着这白色绸带飘然而下，紫衣翩然飞转，墨发在他身后飞扬，脸上像往常那样戴着面具。只不过这次的面具没有将面目全部遮挡，它更像是一枚轻薄的蝶翅，将他嘴唇以上部分遮住，但还能看到弧度美好的下巴、淡红色的唇、墨色的眼。

古残墨显然没想到他会来，满面春风地率人跪地迎接。

她听着他淡淡地回应，声音里似带着笑，偏偏又让人感觉很冷。

他的声音没变，甚至在他路过她身边时，那悠然飘过的香气也没变。

他走得不快，但也不慢，从顾惜玖身前过去时没有停顿一下。

然后他在云清罗面前站了一会儿，温和地说了一句："都起来吧。本座就是来瞧个热闹，你们随意。"

帝拂衣身份特殊，自然要安排到最好的座位上，他坐在了古残墨的左首位置上。

顾惜玖失恋的事原本在天聚堂传得沸沸扬扬，几乎每个人都知道。

现在三个当事人在，所以大部分人的目光就有些微妙，不知道多少人盯着帝拂衣，暗暗看他对两个女孩子的态度。

帝拂衣虽然没和两个女孩子说话，但他的一举一动都被下面的人们悄悄解读着。

于是人们心中有了这样的想法：帝拂衣果然对云清罗与众不同，这次来恐怕是给云清罗撑腰的吧？

因为他从来到后都没看顾惜玖一眼，倒是在云清罗面前站了下。

无数目光落在顾惜玖身上，那目光有同情，有怜悯，当然也有看热闹的。

就连古残墨也颇为担忧地看了看顾惜玖，唯恐她年龄太小，会承受不住。

顾惜玖却似不在意，嘴角的笑容都没消失过。

事实上她确实不在意，毕竟有心理准备，他来支持云清罗也在她的意料之中。

她正用传音入密和千翎羽聊天，这小子大概是第一次见到这种阵仗，有点儿紧张，顾惜玖怕他待会儿发挥不好，一直在鼓励他。

云清罗得意地看向顾惜玖，只是顾惜玖只顾着跟千翎羽聊天压根没接收到云清罗的目光。

云清罗对顾惜玖的反应很郁闷，不过她觉得自己这次长脸了，终于在这场无声的战斗中打败了顾惜玖。

因为时间没到，古残墨便请左天师给两队人讲几句话。

左天师的目光在六个人身上一扫，他说了几句，在这种场合下自然是鼓励为主。

"云清罗，你是天授弟子，其他的话本座不多说，别侮辱了这四个字。"帝拂衣对云清罗说道。

云清罗轻吸了一口气："是！清罗会尽全力，不会辜负左天师大人的期待。"

帝拂衣点了点头，终于看向顾惜玖："顾惜玖……"

顾惜玖那时候正在指导千翎羽开场以后的站位问题。她刚才看了那对双胞胎几眼，他们现在虽然不是战斗站位，但他们大概是太有默契了，随便一站就露出了一点儿端倪，譬如哥哥乐青荇应该习惯站在妹妹乐紫荇右边，那他擅长使用的应该是左手

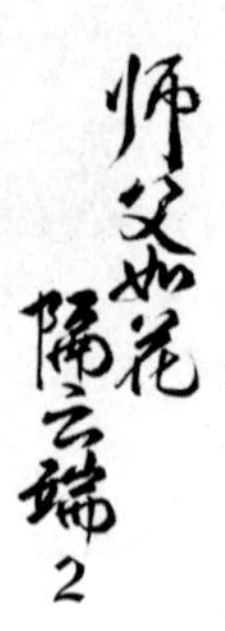

术法。

当然，顾惜玖能看出来的东西更多，然后她在心里开始调整战术。蓝外狐只要听顾惜玖的口令使对招数就行，千翎羽则需要主动配合出招，所以顾惜玖需要提前跟他说明战术改变的事。

这二人一个说得用心，一个听得专心，所用的又是传音入密，别人看不出他们是在交谈。

帝拂衣说话的时候，因为不需要六个人去他跟前，所以这两个人看着是在那里淡定聆听，其实不知道帝拂衣说了什么。

帝拂衣开口叫顾惜玖，她一时也没听到，连点儿反应都没有。

整个会场静了静，无数目光落在顾惜玖身上，大家都觉得她是伤心之下赌气不理帝拂衣。

只有帝拂衣知道，这小姑娘是走神了。从他进来后，她该有的礼节一样没少，但就是没正眼看他，她的心思也压根不在他身上！

“顾惜玖！”他又叫了一声，这次声音有些大。

蓝外狐忍不住扯了一下顾惜玖的衣角，顾惜玖终于回神，讶异地抬眸看向帝拂衣：“左天师大人有何吩咐？”

帝拂衣：“……”

他用手指轻敲桌面：“本座刚才说了什么？”

啊？这情况很像课堂上讲话被老师提问啊，顾惜玖没法，急看向小狐狸，手指扯了下小狐狸的衣角。

小狐狸自然想“救驾”，但她忽然发现自己无法对顾惜玖使用传音入密。

顾惜玖等不来小伙伴的救援，只好自由发挥，说了一条万金油的答案：“左天师大人刚才勉励我等，只是近来惜玖记忆力不太好，忘了原话，却感谢左天师大人的勉励之意……”

帝拂衣：“……”他倒真不能说顾惜玖没说对。她的态度恭敬有礼，他却觉得憋气。

他看了她片刻，终于开口：“顾惜玖，你是圣尊门人，这一战关系圣尊声誉，不可给他丢人。”

“是！惜玖会尽全力。”顾惜玖躬身回道。

她很客气也很疏离，对他也算尊重，看他的目光和周围那些人看他的目光没什么区别。

帝拂衣在袖内缓缓握紧手指。

“龙宗主驾到！”外面喊道。

众人眼睛一亮，纷纷抬头看去。又来了一位重量级人物。

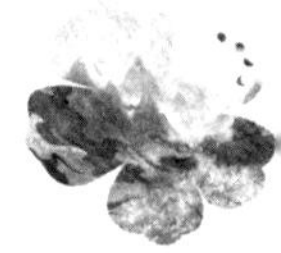

龙司夜这次是乘鹤而至，当他身着一袭白衣翩然落地时，众人迎了上去。

他和左天师身份相当，受到的礼遇自然也和左天师差不多，古残墨和他寒暄了几句，便将他让到了台上，请他在自己右侧坐下。

龙司夜看到帝拂衣似乎有些意外，但还是和他打了声招呼。

帝拂衣轻笑："龙宗主今日很闲啊？"

龙司夜的语调也淡淡的："彼此彼此，左天师今日也很闲，没想到能在此处碰到，幸会，幸会。"龙司夜向他拱了拱手，然后一撩衣摆坐下。

龙宗主照例也要给两队讲话。

龙司夜毕竟是一派的宗主，说话自然有分量，也是分头说的。

当然，他分头说话时，细看还是分出了亲疏的。

他给云清罗那一队说的是标准的官话，给顾惜玖这一队说话时就带了私人性质的亲密，语气像嘱咐老朋友。

而顾惜玖明显集中精神了，虽然小脸上的表情和刚才差别不大，但目光落在龙司夜身上，嘴角也常露出会意的微笑。

帝拂衣觉得自龙司夜来了之后顾惜玖的眼睛明显比刚才亮了一度！

他不自觉地抿紧了薄唇。

最后龙司夜掏出一瓶丹药放在桌上："此丹为八品清心丹，里面共有三颗。此次比赛旨在交流，所以在打斗时本座希望你们出手点到为止，不可拼命。一方完胜且未伤及对方要害者可奖励此丹药。"

所有人的眼睛都亮了！

清心丹可以治疗很多因修炼导致的问题，因为材料难得、功效强大，此丹一向金贵。一颗一品丹也值五百颗灵石，至于八品丹那几乎是传说中的东西，属于无价之宝了！

顾惜玖忍不住看了龙司夜一眼，她明白，他是担心云清罗那边的人趁这个机会下杀手，怕她会受重伤，所以他不惜拿出这种宝物来打动人心。这份情，她领了！

龙司夜也在看她，两个人目光一对，他便明白她懂他的苦心，心中欣慰，微微一笑。顾惜玖的嘴角也轻轻一牵，两个人相视而笑，一切尽在不言中。

啪！帝拂衣将手中的茶杯重重地向桌上一放，声音清脆，全场皆闻。

顾惜玖终于转眸瞧了他一眼，帝拂衣却没瞧她，嘴角一勾，笑了笑，慢条斯理地从袖中拿出一物放在桌上，悠然道："战场无父子，既然是对战，那自然是双方各尽全力才有看头，刀剑本就无眼，点到为止的话以为是大姑娘绣花吗？这是雪优昙果，得胜者可得之。"

众人："……"

左天师这是故意和龙司夜唱对台戏吗？

雪优昙果是一种奇果，生长在恶兽遍布的禁地，是一种传说中的圣果，其珍稀程度可以媲美王母娘娘的蟠桃了！

连一向见多识广的苍穹玉也激动起来："主人，这果子好哇！可以延年益寿、养颜美容，吃一颗可以让你的容颜永不衰老，八十岁老奶奶也可以美成一朵花！主人，你一定要赢！"

顾惜玖手指轻抚苍穹玉，没说话。

云清罗眼眸微微一亮，看向帝拂衣："左天师大人，您的意思是在对战中万一失手打死对方也无责？还可以得此雪优昙果？"

帝拂衣声音淡然："你可以这么解读。"他又瞥了顾惜玖一眼，"顾惜玖，你有什么意见？"

顾惜玖的声音比他更淡："多谢左天师大人的这个彩头，惜玖没意见。"

如果说她原先对帝拂衣还有些莫名的情感，此刻也全部随风消散了。

这个人明明知道她的功夫比云清罗低，而云清罗又特别恨她，恨不得除之而后快。如果比赛规定是点到为止，那么云清罗出手时还有所顾忌，最多将她打成重伤，不会把她打死，但帝拂衣这番话就是明显暗示云清罗可以下杀手了。

原来这个人狠起来是这样，他是想置她于死地吗？

胸中似有热血翻滚，她微微垂眸将情绪压了下去，真要打起来谁会把谁置于死地还说不定呢！

蓝外狐有些惴惴不安，给顾惜玖传声："惜玖，我们不如他们的……"

现在的蓝外狐虽然已非昨日可比，但对上这种组合，她心里还是有些打鼓。原先她抱着打不过就打不过，也不会有什么的心态，但如果打起架来生死不论，她就有些害怕了。

顾惜玖看了她一眼，只告诉她两句话："打不过我们或许会死，所以必须拼！狭路相逢勇者胜，待会儿你一切听我指挥！"

千翎羽却热血满满地道："怕什么，大不了一死而已！惜玖说了，生当作人杰，死亦为鬼雄！二十年后又是一条好汉，拼就是了！"

蓝外狐暗吸了一口气，被身边的同伴带动了情绪："好，我们拼！"

人已经到齐，时间也差不多了，晏尘站起来说了一遍对战规则。这次的规则有变，双方除了不能用毒和蛊外，其他功夫都可以使用。

他读完了规则，一挥手道："可以开始了！"

六人分别站定，顾惜玖正要按规矩抱拳说话，那边的乐紫荇已经开口："顾惜玖，刚才你究竟打量我们什么？"

顾惜玖倒没想到对方还没忘记这个问题，一时有些无语，瞧了对方一眼后随口说道："我在看你们兄妹到底是同卵双胞胎还是异卵双胞胎。"

众人："……"

大家都没听懂。

只有龙司夜被茶呛咳了一下，忍不住看了顾惜玖一眼，摇了摇头，却有憋不住的笑意漫上嘴角。

顾惜玖刚才完全是下意识地说的，此刻也明白冒出了现代的词，不由得失笑，咳了一声，道："都说双生子一向配合默契，所以我忍不住多看了几眼，没别的意思，你不必放在心上。"

"什么是同卵双胞和异卵双胞？"乐紫荇不依不饶地问。

顾惜玖知道他们不懂，随口忽悠道："就是默契程度，默契高就是同卵双胞胎，反之就是异卵双胞胎……"

众人一副原来如此的模样，龙司夜却又被呛了一下，看着顾惜玖无奈地摇头。

顾惜玖瞪了他一眼，警告他别戳穿她。

二人虽然没有交流，但一个眼神便明白对方想表达什么，落在有心人眼里简直扎心！帝拂衣再次握紧手指。他听不懂顾惜玖到底说了什么，龙司夜却明显明白。他再一次感觉到自己被排除在外了……

这种感觉很不好，偏偏他还能听到那两个人之间的传音……

龙司夜："忽悠！你尽管忽悠！你生物老师的棺材盖要按不住了。"

"没关系，就算生物老师从棺材里爬出来也穿不过来。"

"难说！说不定他一气之下就穿过来了，暴打你一顿！"

"喀，他手无缚鸡之力，大概打不过我……你别帮他就行。"

"说实话，你把同卵双胞胎这样解读我也想暴打你一顿，好歹我曾经是你的教官，你的医术还是我教的。"

"那你说他们是同卵还是异卵？"

"这还用问？异卵啊，龙凤胎都是异卵的……"

"但他们的容貌太像了，简直一模一样，像同卵的。"

"像不等于是，不过他们确实很像，他们的手也很像，只是大小不同而已。哥哥左手骨节粗大有力，明显是使用左手剑，妹妹右手有力，指节如竹，她则是右手剑……"

龙司夜不愧是医师，对这个世上的功法非常熟悉，根据人的体态和站位就能猜测出对方的功法，随口为她分析，直接分析出这对兄妹擅长什么招式。

原先顾惜玖也和他合作过，这时候听得很认真。

因为对战前双方都要说一些客气话，所以顾惜玖就趁那几个人说话的时候和龙司夜传声探讨。

"云清罗，你可了解你的对手？"一直在喝茶的帝拂衣忽然开口。

云清罗眼睛微微一亮，左天师这是在关心她吗？

她忙回答："清罗了解一些，不是特别清楚。"

帝拂衣的声音更淡："知己知彼，方能百战不殆，可知如何对付风灵力对手？"

云清罗愣了愣，眼睛更亮，示威性地看了顾惜玖一眼，回头又向帝拂衣恭恭敬敬地道："请左天师大人指点。"

帝拂衣轻飘飘地瞧了顾惜玖一眼："很简单，风灵力者虽然没有直接相克的办法，但土灵力还是能阻止一下的。"

云清罗是单灵根，金灵根。

乐青荇却是土灵力，修为还极高。

帝拂衣的一句指点便让他们这一队人茅塞顿开，云清罗又看了顾惜玖一眼，眼中的得意之色根本掩饰不住。

古残墨没想到帝拂衣会明目张胆地亲口指点云清罗对付顾惜玖，一时也愣了愣。

他忍不住开口："左天师，此刻指点是否不妥？"

帝拂衣声音淡淡地道："本座做事光明正大，指点在明处，云清罗是天授弟子，本座偶尔点拨她两句也是理所应当，对战赛前可有不许别人指点？"

古残墨怔了怔，这个倒真没有。

有时两个班的学生对战，两边导师也会分别指导自己的学生，帮着分析优劣，所以帝拂衣现在指点云清罗并不算违规。

但两边的实力相差本来就很大，他再指点强的一方，岂不是让顾惜玖他们那一方更被动？

顾惜玖好歹曾经是他的未婚妻，虽然婚事已退，但这位左天师大人在人前这样做岂不是让她没脸？

如果说原先那些关于帝拂衣和云清罗的流言古残墨不怎么相信，现在看他们这样，他信了七八分。

听说左天师有名地护犊子，行事亦正亦邪，对身边的人一向护得紧，现在这么偏向云清罗，那是不是表示云清罗是他的人了？

他这次来是为云清罗撑腰的？

由来只见新人笑，何尝注意旧人哭？

他这样做很明显是在向顾惜玖心上插刀啊！

古残墨在心里深深地叹息了一声，不太放心地看向顾惜玖，唯恐她会难过得哭出来，那就难堪了。

他看过之后就放心了，因为顾惜玖一直很淡定，她的嘴角甚至还带着笑，而且那笑一点儿也不牵强。帝拂衣指点云清罗时，她只是瞧了对方一眼便挪开了视线，垂眸快速跟同伴说着战策。

她和千翎羽说的是他们三个才能听懂的密语。密语类似于电报代码，别人就算听到也不懂。

千翎羽频频点头。他其实很气愤，现在唯一的念头就是打败云清罗他们，给顾惜玖出气！

第一局终于开始。

云清罗这一队不愧是紫云班初级班中顶尖的高手组合，一出招就配合得极为巧妙。

由乐青荇盯紧擅长使用风灵力术法的顾惜玖，她只要发出风之术必然会被乐青荇的土灵力术法给挡回去。

云清罗他们显然研究过顾惜玖三人的战术和打法，早已精心制作了战略，所以开局不久，顾惜玖三人就被云清罗三人压制住了……再加上蓝外狐被压制后就有点儿惊慌失措，六人在场中打斗了小半个时辰，蓝外狐一个不察，被云清罗的一道金光给打飞了出去，险些吐血。

这还是顾惜玖一见不好，直接用风裂术阻挡了一下，要不然这一下就得要了小狐狸半条命。

这样的对战赛中，只要有人被踹下台就算那一方输了，所以第一局云清罗他们赢了。

云清罗简直神清气爽，瞧了一眼顾惜玖，轻轻笑叹一声道："其实你们发挥得已经很不错了，算是超常发挥，怪只怪你们碰到了我们……不必灰心，你们还是很不错的。"

顾惜玖没理她，直接飞身去看狐狸。

千翎羽则握紧了拳，瞪了云清罗一眼："休要得意，还有两场呢！"

云清罗轻笑不语，乐紫荇则语调冷冷地道："不必两场，再一场就解决了！"

三局两胜，如果他们胜了两局，那第三局压根不必打。

千翎羽自然明白他们的意思，握紧了手！

蓝外狐受了内伤，好在不算重，落地后直接爬了起来，望着飞身而下的顾惜玖，她的小脸涨得通红："惜玖，我……对不起……"

"你已尽力，不必说对不起。"顾惜玖阻止她再说下去，快速为她诊脉。

好在她受的伤不重，顾惜玖这里的好药不少，立即给她吃了一颗。

在这期间千翎羽也飞下了台，在旁边一直盯着小狐狸，焦急得直搓手，唯恐小狐狸趁机撂挑子。

蓝外狐大概挨揍习惯了，十分皮实，加上顾惜玖的药好，一刻钟后，她的内伤就基本痊愈了。

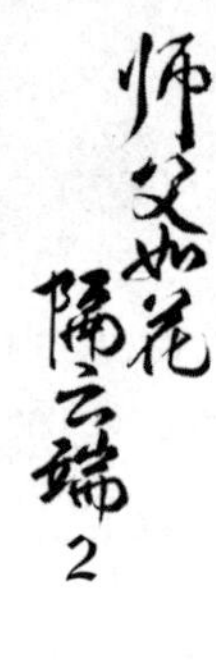

顾惜玖问她："你还能不能打？"

蓝外狐一仰脑袋道："能！"她不能拖后腿。

千翎羽眼睛一亮，拍了拍蓝外狐的肩膀："这才对嘛！咱可不能不战而败！"就算明知道要败也要光明正大地败在战场上，而不是直接认㞞。

顾惜玖轻吸了一口气，低声道："第一局咱当练手，第二局我们未必会输，你们听我说……"

明明输了一局，顾惜玖面上倒看不出多少失意，相反她的眸子闪闪发亮。

其实无论跟身手多高的高手比试，当你不了解他时，贸然打斗自然输多赢少，但你亲自打斗过一局后，对对方的路数也就能摸个八九不离十了。

如果是其他人到了这时候或许就真没办法了，但顾惜玖不是，她极善于从失败中总结经验教训，更何况第一局她压根没想赢，旨在寻找对手的破绽。

顾惜玖心里已经大体有数，虽然没有必胜的把握，但觉得值得一搏！

她说了这次的作战方法，千翎羽和蓝外狐也知道这是极关键的一战，听得异常认真。

三人重新上台，云清罗上下打量了三人一眼，轻轻一叹道："你们还要动手吗？刚才我可是手下留情了……这局我怕控制不住力道呢。"

顾惜玖只说了几个字："三局两胜。"

蓝外狐也道："我们还有两局的机会！"

乐紫荇抿了抿小嘴道："你们也就只能再打一局。"言外之意就是第二局顾惜玖他们肯定还是输！

云清罗瞧了瞧顾惜玖："说实话，就算赢了你们对我们来说也没什么意思，胜之不武嘛！这样吧，我就再给你们一次机会，三局你们只要赢一场也算我们输，如何？"

她有私心，如果三局两胜，那么第二场打完之后就不必打第三场了，但她很想在左天师面前多露几手，也想让顾惜玖多丢一会儿人。

而且这番话说出来后，在大庭广众之下，顾惜玖他们但凡有点儿血性就会答应。如果连这个勇气都没有，那他们输的不只是对战能力，还有士气。

顾惜玖果然没拒绝，看了云清罗一眼，问道："你是说真的？"

"当然！"云清罗回答得毫不犹豫。

顾惜玖笑了："这事不是你我能决定的，还得请主判们来决定，还有你的同伴、我的同伴。"

云清罗没想到顾惜玖打了个太极，先看向自己的同伴问道："你们同意吗？"

那对双胞胎对视一眼，然后一起回答："我们无所谓。"

千翎羽和蓝外狐虽然知道多打一场赢的机会也不大，但这时候不想做孬种，也一起回答："我们听惜玖的！"

这等于对战双方的人都同意了，于是所有人都看向了主判台。

古残墨皱眉。他是老油条，云清罗打什么主意他自然一眼就能看穿。

顾惜玖那个丫头虽然坑了他不少灵石，还害得他受了几个月的活罪，但他现在是真欣赏这个女孩子。

她是真性情、真自我，而且有本事，做事也有底线，让人恨不起来。

他有时甚至觉得这个女孩子比云清罗这个天授弟子要强多了。

云清罗虽然是天授弟子，但他总感觉她没什么特点。

说实话，顾惜玖带着她的两个同伴能做到这一步已经很出乎他的意料了，也足够他欣喜了，就没必要让这女孩子在这里摔这么大的跟头了！

于是他开口道："既然开始规定的是三局两胜，那自然依旧是三局两胜。你们以为这规则是你们想改就能改的吗？！"

他将目光扫过六个人，最后视线落在了云清罗身上，眸底已经有了冷意。

其他担任主判的人纷纷称是，晏尘也道："学生赞同古堂主的话。"

云清罗抿紧了唇，不想放过这个羞辱顾惜玖的机会，于是看向左天师："左天师大人，您看？"

左天师在这里地位最高，他的话有决定性作用。

帝拂衣的目光在六个人脸上一扫，他又瞧了瞧龙司夜，嘴角似含着笑："龙宗主，你怎么说啊？"

龙司夜微微皱眉，顾惜玖是他教出来的，他自然知道她的实力，也知道她在打斗中机变百出，常常以弱胜强。

但这次双方实力相差确实有些大，以他的目力已经看出云清罗在第一局确实没有使全力，这个女孩子大概是怕第一局伤人，吓得对方直接弃赛，所以只用了七成力道。

这次比试虽然规定打死打伤不论，但有这么多高手在这里盯着，自然不会真闹出人命，要不然这些人的面子就真的没地方搁了。

云清罗显然也明白这点，所以她没打算要顾惜玖的命，但肯定想多羞辱对方几次。

龙司夜自然不想让云清罗得逞，所以开口道："本座同意古堂主之言，对战赛规则岂能儿戏？左天师一向讲规则，想必也同意古堂主之言。"

帝拂衣看向六个人，淡淡地道："规则有时候也不是不能变通的，既然这六个孩子都同意，那何不成全他们一回？"

云清罗的眼睛又亮了，她向左天师深施了一礼："多谢左天师大人体恤我们。"

帝拂衣笑如春风："不客气，本座一向体恤人。既然你们都同意，我们又何必强行阻拦？总要给你们个机会，你们说是不是？”

他的目光终于落在顾惜玖身上，顾惜玖轻笑着没说话。

那笑容似带了淡淡的嘲讽，却看不到半点儿吃醋神伤的样子。

帝拂衣的眼眸黯了下去。

既然左天师这么说了，众人也不好再反对，不过最终决定权还在古残墨这里，他并没有看左天师帝拂衣：“先打过第二场再说！”

于是，第二场开始。

他们毕竟已经交手过，彼此之间已有些熟悉，所以这一战比第一局要精彩得多。

六个人的身影在台上飞来飞去，各种灵力闪烁，忽而藤蔓如鞭横扫千军，忽而水浪滔天如大江翻涌，忽而平地起土墙，忽而金光闪烁锐利如刀。

六个人的速度都极快，台下那些流云班功力稍低的弟子看得眼前发晕。

龙司夜一直紧盯着台上六个人的动作，这一次六个人应该都已经使出了全力，越是这样越凶险，稍不小心只怕就会有人死于非命。

他的手指在桌下微微掐诀，预备只要发现不妙他就动手救人。

他再看其他导师也是如此，一脸紧张，袖中手指微动，都是准备随时救人的架势。

反观帝拂衣，坐在那里倒是悠闲自在得很，还不时喝口茶。

以他的目力，其实观战一场就能把每个人的能力看得差不多了。

茶杯在他的指尖上无意识地转动，茶水映着他墨黑的眼眸。

一刻钟过去了，半个时辰过去了，一个时辰过去了……

六个人在台上杀得难分胜负。

众人在台下看得热血沸腾！

其实云清罗他们这一组人在紫云班原本也是异类，横扫紫云班初级班无敌手，在紫云班初级班还没有哪一队人能在他们手下战上半个时辰。

而顾惜玖他们这一队人和云清罗他们打了一个多时辰还没露出败象，就凭这一点，这一队组合就有资格进入紫云班一班！

紫云班一班的任导师此刻很纠结，云清罗他们是一班的王牌，他自然不想让他们落败。

但他看顾惜玖他们这一队人也极好，很想让他们到自己班中。

他忍不住埋怨古残墨：“古堂主，我觉得顾惜玖三人确实是难得的好苗子啊，尤其是顾惜玖……这样的人才一直留在流云班真的屈才了。我觉得就算他们这次战败也应该让他们进我们紫云班一班，您那条件应该改一改……”

紫云班二班的钱导师一脸正色地道：“当初既然说好了条件，岂有随意更改之理？不过任导师说得也占理，这样的人才待在流云班确实糟蹋，不如让他们进我们紫云班二班吧。这样既不会耽搁学生的前途，也不会违反规则。”

紫云班三班、四班、五班的导师耳朵也一直竖着，此刻一听已经开始抢人了，自然也不会落后，纷纷表态，说自己班的好处，想让顾惜玖他们进自己的班……

流云班的张导师已经将顾惜玖三人当成宝贝疙瘩留着，此刻无端被抢了好几次，十分不爽，忍不住反驳了几句，大意是说顾惜玖三人是流云班培养起来的，那证明流云班不差，最起码证明导师队伍不差，所以顾惜玖三人还是应该留在流云班激励后进生……

他这一番话出口，激得其他班的导师群起而攻之，纷纷觉得张导师把这么好的苗子留在流云班是扼杀天才的行为，给予十二分的鄙视……

因为害怕影响到台上顾惜玖等六人的对战，这些导师虽然争论得面红耳赤，但声音都是放得低低的，只有主判桌上的人能听到。

古残墨被他们吵得脑袋嗡嗡响，忍不住在桌上拍了一下：“都给老夫住嘴！老钱，当日千翎羽可是从你们二班被踢出来的，你当初天天在本堂主耳朵边说他拖了你们班的后腿，一个天才优秀学生被你踢去了流云班才罢休！老黄，你也眼瞎，这蓝外狐当初可是你们五班的，你说什么来着？说她朽木不可雕也，烂泥糊不上墙，现在看她变好了又来争她了？”

他又威严地环视了一圈：“当初顾惜玖才留下时，你们说什么来着？说老夫屈服强权，说她一颗老鼠屎坏了我们整个天聚堂的粥。当初你们一个个义愤填膺地在老夫的书房里跳脚，现在怎么一个个抢起来了？”

众导师：“……”

古残墨又轻飘飘地看了左天师一眼，继续教训自己的属下：“我说你们啊，一个个平时自命不凡，认人精准，自认不会错过任何好苗子，其实一个个都是睁眼瞎！我和你们说，其实还是圣尊最有眼光，能发现这么一块大好的璞玉送到我们天聚堂来，老夫相信顾惜玖这个孩子以后不会比任何人差。她未来的成就更是不可限量，说不定……哼，超过某个天授弟子也未可知。以后你们的眼睛都给我睁大些，别把钻石当石头扔了，那样就算捡一块白玉回去，价值也比钻石差远了！以后有你们吐血后悔的时候！”

众人：“……”

他们怎么觉得古堂主是在指桑骂槐啊？

于是众人目光微妙地偷偷看向左天师，一向比猴还要精明一百倍的左天师这次居然没听出来，连一丝反应也没有。他喝了一口茶，眼睛一直看着战场上的打斗。

战场中的打斗已经白热化。

在这六人中，顾惜玖的灵力是最低的，是风属性灵力，虽速度最快，但相应的耗力也最厉害，持久度自然不如其他几人，再加上她不时要调整队形，不但自己要出招还要指挥蓝外狐出招。无论体力还是脑力都在快速消耗，她额头的汗珠不停滴落，后背上的汗也将衣衫湿透了，头发被汗水浸湿贴在头皮上，看上去有些狼狈，出招时已经不如先前那样灵活。

蓝外狐的灵力仅比顾惜玖好一点儿，她又经验不足，这是她坚持最长久也最凶险的战斗，此刻她的头发也被汗水打湿了，手脚更是疲惫得不像是自己的，但她依旧在拼命坚持，心里只有一个念头：坚持，坚持！哪怕被人一刀杀了，也要打到底！

千翎羽的灵力虽然高，不输对面任何人，但他毕竟在流云班待了这么久，资源远远不如紫云班的学生丰富，以他现在的对战能力，若不是顾惜玖指挥，估计已经败了。他心里也只有一个念头：拼！哪怕最后还是失败，那也要败得好看些，让对面的人付出代价！

乐青荇、乐紫荇兄妹俩其实也不轻松，他们原先和人战斗都是几十招内将人拍飞，压根不会打这么久！

他们实在没想到对面的组合能支撑这么久。他们已经拿出了十分力气，打到现在也只是稍占上风。

这对兄妹原本瞧不上顾惜玖他们，此刻却被他们不服输的精神打动了。

这样的人无论是对手还是朋友，都值得人佩服，值得人敬重。

这一拨人中云清罗的功夫是最高的，而且她的年龄最大。

她现在相对那几个人来说，是比较轻松的，额头上只有细密的汗，身上衣衫未湿，依旧衣袂飘飘。

但她此刻心里有些叫苦。她以为第二局赢顾惜玖他们依旧会很轻松，说不定比第一局还轻松，所以她才说了大话，却没想到第二局会打得如此艰难，对方提升得太快了！第二局对方明显改变了战术，常常抓住他们的破绽强攻过来，好几次逼得她都有点儿手忙脚乱了。

照这么下去，就算自己这一方这局赢了，下一局也难说。

早知如此，她就不说大话了，现在想收回也晚了。

不行，这一局她必须出狠招，争取打残对面的一个人，让他们无法再进行第三局比赛。

她眸中闪过厉色，一咬舌尖，剧痛之下功力被激发到十二成，然后疾风暴雨般向蓝外狐攻去！

对面三人中，蓝外狐的功夫最差也最好对付，云清罗认为只要弄残她就好办了。

激战中云清罗卖了个破绽，避开千翎羽的一击，右掌金光架住了顾惜玖的风裂术，左掌忽然闪现一柄宝剑，寒光一闪，向蓝外狐刺了过去。

刚才打架时她的左手一直是配合右手的，所以没有人知道她左手的剑其实也极厉害，常常出其不意地要人性命。

而她这一剑所刺的方向是蓝外狐的左胸，疾如流星闪电，以现在蓝外狐的本事压根躲不开，所以这一下只要被刺中，蓝外狐不死也得受重伤。

云清罗这一剑太出其不意了，可以说出乎所有人的意料。

晏尘脸色大变，急得想要救人，可哪里还来得及？

左天师手指微动，金光霎时凝聚，正要弹出，眼前忽然一花，原本在蓝外狐外侧的顾惜玖居然不顾那对双胞胎攻来的招数，直接瞬移到了蓝外狐身前，然后迎着云清罗的宝剑瞬移过来。

她的瞬移速度极快，所有人都没反应过来，就连左天师和龙司夜都没来得及出招……

云清罗的宝剑刺入了顾惜玖的右胸之中，而顾惜玖脚步不停，不顾刺入右胸的宝剑直接瞬移到了云清罗身前，拍出一掌。

啪！她这一掌正拍在云清罗的胸口上。

云清罗怎么也没想到顾惜玖会和她拼命。她稍一愣神就被顾惜玖一掌拍飞出去，直接跌下了台。

这突变太快，几乎在眨眼间这一切已经完成。

直到此刻台下众人才发出惊呼……

云清罗啪的一声摔到地上，胸口剧痛，自我感觉肋骨已经被拍断了。

而顾惜玖胸口中剑，那柄生着倒钩的剑自她前胸刺入，又自后背穿出，鲜血自她前胸后背汹涌流出，她站在那里身子有些摇晃，却笑了，得意地道："云清罗，你输了！"

台上众导师全部站起来了，就连帝拂衣也变了脸色，身形一闪，直扑顾惜玖。

同时龙司夜飞身而起："惜玖！"

顾惜玖再也支撑不住，身子向后倒去，落在一个人怀里。

那是一个有着熟悉淡香的怀抱，曾经抱过她好几次，曾经让她迷失，甚至有些贪恋。但现在她落入这个怀抱后，却如被蝎子蜇到，立即挣了一下："放开！"

与此同时，龙司夜也扑到跟前，比帝拂衣慢了零点几秒，就与顾惜玖失之交臂。此刻龙司夜站在帝拂衣跟前，脸色很不好看："帝拂衣，把她给我！"

帝拂衣直接无视龙司夜，左臂揽着顾惜玖，右手在她的伤口处连点："你疯了！"

直到此时疼痛感才席卷而来，她脸色煞白，却十分不想和帝拂衣有接触，不要命地挣扎着："你放开！龙宗主会救我……"

龙司夜也道："让我看看她！"说完，他就想强行夺人。

但帝拂衣身形一闪，避开了他，然后抱着人瞬间消失。

龙司夜简直气得发抖："帝拂衣，你带她去哪里？！"

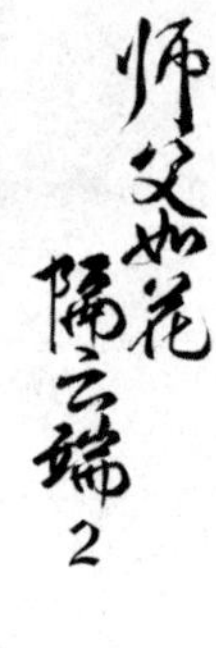

帝拂衣消失得太快，龙司夜探手一抓连对方的一片衣角也没抓到。沐雷却直接拦住了他：“龙宗主，受伤的不止顾姑娘一人，还有云姑娘，麻烦你给她看看。”

龙司夜此刻哪里顾得上什么云姑娘雨姑娘，压根懒得和沐雷废话，一闪身也不见了。

地上的云清罗刚刚抬起头，她的肋骨至少断了四根，喘气都困难，却死死盯着台上顾惜玖消失的方向，脸色苍白得可怕，唇瓣被咬出了血。

而蓝外狐等人直到此刻才反应过来。蓝外狐看着脚下淋漓的鲜血，惊得小脸煞白：“惜玖……”

众人也是你看看我，我看看你，然后目光又一起转到了云清罗身上。

刚才大家虽然没来得及阻拦，但云清罗的那一剑大家还是看得清清楚楚的。

那一剑刁钻毒辣，简直像是对待刻骨的仇人，刺向的是蓝外狐的左胸要害部位，如果不是顾惜玖拼死挡下，现在躺在地上的就是蓝外狐。

虽然提前说明打这场架可以生死不论，大家尽力而为，但毕竟是同门竞技，能不伤人要害还是不伤人要害的，云清罗却故意为之，丝毫没有留情。那一剑刺实的话，小狐狸十有八九会丧命。

晏尘当时看得清清楚楚，因为阻拦不及，脸直接吓白了。此刻他飞到了蓝外狐身边，小姑娘明显被吓坏了，身子簌簌发抖，眼睛发直。

“别怕，没事了。”晏尘的手搭上了她的肩。

蓝外狐哇的一声哭倒在他怀里，晏尘浑身一僵。这还是小狐狸第一次在大庭广众之下向他怀里扑，他僵了片刻后慢慢抱住她，拍了拍她的后背，目光却冷冷地看向云清罗。

原先他一直觉得云清罗性子虽然冷了些，但她做事很有分寸，对同学和导师都温文有礼，还是很值得人爱护的，但没想到她为了赢如此不择手段！

果然是知人知面不知心。

古残墨望向云清罗的目光也有些冷，看她趴在地上起不了身，他淡淡地嘱咐随行的一位医师去看看她，然后就转身离开了。

一间静室里。

顾惜玖半坐在床上，疼得小脸煞白，冷汗直冒。

她原先不是没被东西刺伤过，但从来没这么疼过。

这疼让人狂躁，更要命的是，剑还插在她身上，动一动就像被蝎子蜇到似的，所以她的后背不能倚靠东西，但她又疼得坐不住。

而身边这个半揽着她的人更让她坐不住。

如果可能，她连一片衣角也不想让他碰。

他的气息笼罩着她，让她莫名烦乱，心中似有潮水似的东西涌上涌下，似乎要涌上喉头，又被她强行压了下去。

她虽然疼得全身发软，但还是极力想推开他：“左天师大人，男女授受不亲，请你放开！”

她明明疼成这个样子，挣扎得还如此强烈。

而随着她的挣扎，前胸后背两个血窟窿里流的血更多，染红了身下的床铺，也染上了他的紫衣。

帝拂衣抱着她的手臂绷得紧紧的，他不敢抱太紧，而她这伤又不能点穴。

他只能哄，声音极柔，像哄孩子：“惜玖，本座为你治病，你乖乖的，让我看看，啊？”

顾惜玖不买他的账，她讨厌他的气息，讨厌他的靠近，讨厌他的一切！她不想他为她疗伤。

“不必！龙司夜龙宗主可以为我看，你、你放他进来——我和你‘男女授受不亲’……左天师大人，请你不要再插手……”她疼成这样还是耳尖地听到了外面的砸门声及龙司夜的喊声……

“他不是男人？你和他就不是‘男女授受不亲’了？！”帝拂衣反问，但眼睛还是盯着她身上插着的宝剑。那把宝剑的剑尖已经从后背刺出，所以他看得很清楚。

这是一把特殊的剑，剑尖是分叉的，叉上竟然像鱼钩一样，剑身也不是平滑的，而是锯齿状的。这剑如果硬向外拔能拔出一串血肉，给身体带来二次伤害……

帝拂衣握紧手指，这并不是一把普通的剑，而是咒术剑。

中此剑的人哪怕被刺破一点儿皮全身也会疼得要命，让人彻底失去战斗力。这把剑不算有毒，却比任何毒都厉害，有吸灵力的作用，能快速将人身上的灵力带走，所以他必须及时拔出剑再为她治疗。

云清罗居然祭出这种剑来对付同门，看来她已经不是心术不正这么简单……

如果是别人中剑，帝拂衣压根不用考虑，直接将剑拔出来就是，最多剑上带点儿内脏血肉，只要人不死，他就有法子将人治愈。

但现在，他有些下不了手，尤其是看到她疼得汗珠乱滚的模样就更下不了手了。

除非用那种法子。

但那种法子对现在的他来说太艰难，代价也太大。

他的手心、鼻尖第一次沁出了汗。

顾惜玖觉得自己身上的力气像是在顺着宝剑流走，头也有些发晕。

他的怀抱很温暖，但她就是不想让他抱，强忍着疼看着他：“你、你不懂外科，你让龙宗主进来，他是这方面的权威……他会……他可以帮我先把剑拔出来……”

她自己就是大夫，自然明白哪里是要害。当时为了救小狐狸，她扑上去的时候尽量避开了要害。她虽然敢拼，但也不会拿自己的命开玩笑。

那剑是从她的肺叶边缘穿过去的，也伤到了一点儿肺。此刻她感觉都不敢喘，免得呼吸间让剑锋继续摩擦她的肺叶，偏偏还疼得让人想要使劲吸气，她只能死命控制住。

那疼让她想哭，但她不想当着他的面哭。

女人的眼泪只流给在乎的人看，而眼前这人不是……

她在他怀里每一根神经都紧绷着，而这紧张加剧了疼痛，她的汗冒得更多。

“让我进去！帝拂衣，你让我进去看看她！”外面的龙司夜将门擂得更响了。

“你……你让他进来啊……”顾惜玖轻吸一口气开口，极力让自己镇定，一双漂亮的眸子里现出夹杂着怒火的疑惑，“左天师大人，你……你不会是想弄死我为……为云清罗报仇吧？”

帝拂衣垂眸看着她，直直地望到她眸心里去了。

她故作淡定，眸子里是满满的戒备和抗拒，甚至她是真的有点儿怕他——

心中像是被什么刺过，一缕痛意自心尖蔓延开来。

他用手臂圈着她，明明是个让人安心的姿势，她的表情却像是被人按在了砧板上。而他就是那屠夫。

顾惜玖疼得头是蒙的，这时候是拒绝思考的，而她潜意识里也不想让他碰她，所以她把身子微微向后缩了一下。因为她坐不住，手便去扶床，想尽量离他的怀抱远一点儿，再远一点儿。

她咬牙忍着疼，尽量让话说得完整些：“你若真为我好，请龙宗主进来，请他进来，我要他……”

她要他，她要龙司夜！

帝拂衣的手指紧了又紧，片刻后他才问：“你不怕他趁机勾了你的魂直接去复活那具冰尸？”

“不会的，他不会的，他要复活的就是我……”

顾惜玖不想再和他纠缠这些乱七八糟的事了，几乎是哀求地看着他：“你让他进来……他有法子为我治疗。左天师大人……惜玖和您……已经没有任何关系，也不劳您大驾相救，您让龙宗主进来……”

她尽量把话说得客气一些，尽量态度恭敬：“左天师……大人，求您了……”

帝拂衣：“……”

面具后的他脸色苍白。

把她从自己身边推开是他想要的，想断了自己的后路，让自己无法回头，免得真正牵扯不清时，自己痛苦她也痛苦。

但现在真看到效果了，她确实不要他了，看他如同洪水猛兽了，他又像是在万丈悬崖上一脚踩空！

他强忍着没再抱她，只是小心护着她，她的伤不能耽搁。

他终于抬手向外弹了一下，门应声打开，龙司夜闯入：“惜玖！”

顾惜玖眼睛一亮。

谢天谢地，龙司夜终于进来了！

她心力一松，就更坐不住了，眼前一黑，险些一头栽下地，幸好帝拂衣及时一揽，让她坐正。

“多谢。”顾惜玖很客气，也很有礼，然后又用手撑住床，离开了他的怀抱。

龙司夜进来时看到的就是这一幕，顾惜玖全身是血地半坐在床上，帝拂衣坐在她身边，一条手臂虚虚地半揽着她。帝拂衣戴着面具让人看不到表情，只看到他一贯爱笑的薄唇此刻抿得极紧。

而顾惜玖小脸煞白，见他进来眼珠晶亮，满怀希望地看着他。

人生病的时候最脆弱，受重伤的时候自然也是脆弱的，这个时候她最希望看到的是她最信任的那个人……

现在如果把龙司夜和帝拂衣放在一起比较，她显然更相信龙司夜。

至于帝拂衣，她曾经信任过他，只不过这些日子发生的事情已经磨光了她对他的信任。

龙司夜进来了，顾惜玖的心也定下了大半。她转头望向帝拂衣：“左天师大人，无论如何惜玖还是多谢您出手相救，现在惜玖的事就交给……交给龙宗主吧，您……您请离开吧，云……云清罗想必也很需要您的治疗……”

她目光真挚，态度诚恳，帝拂衣身子微僵，垂眸瞧着她：“你想让我去瞧她？”他的声音里似乎压抑着什么，隐隐有些暗哑。

顾惜玖现在只想将他打发走，直接点头：“是，虽然是她……她恶毒在先，但以您的身份，这个时候的确应该在……在她身边的……”

他现在是云清罗的情人，那他就应该待在云清罗身边。

帝拂衣看了她片刻：“如果……我想守在你身边呢？”

顾惜玖：“……”

目光冷了下来，她冷笑道：“我不想你在我身边！”

这个人昨夜还和云清罗在一起过七夕，撒了她一脸“狗粮”，今天还在竞技台上处处为云清罗说话，现在怎么忽然又在她这里演深情了？

他脚踩两只船，还是他想和这个世界的大部分男人一样，只要喜欢的女子就留在身边，娇妻美妾成群？

怒火在胸腔里涌动，她的呼吸声忍不住加粗，而这样更加带动胸口的伤，她只觉得身上的灵力向外奔涌得更快，当然疼痛也再次加倍。她这么坚强的人几乎想要尖叫。

“你放开她！”龙司夜明显看出了顾惜玖的情绪波动，一掠而至，一掌将帝拂衣推开。

帝拂衣似有些出神，居然被他推了个趔趄，后退了好几步。

龙司夜也没想到能这么容易成功，愣了一下，但随即将顾惜玖揽在怀里。

顾惜玖本来已经疼得快支撑不住了，这时候换成龙司夜揽住她，她自然松了一口气，身子一软，倒在他的怀里，呢喃了一句：“龙教官，有没有止疼的药啊？先……先给我止疼……这伤太……太疼了，像无数马蜂在里面蜇……”

龙司夜抱紧她，看着她被虚汗打湿的脸，下意识地回答：“好！我先看看你的伤……”

目光转到她胸口所插的那把剑上，他顿了顿，再仔细看了看剑的形状，脸色渐渐变了：“惜玖，你现在除了疼还有什么感觉？”

他虽然极力镇定，但声音还是有一丝发颤。

“疼得要死，还……还没力气，所有的力气都顺着这破剑向外跑，有一点儿痒……”

顾惜玖现在已经疼得眼前发黑，勉强回答道。

她原先不知道受过多少次伤，不要说贯穿伤，就算骨头也断过好几次，但她从来没这么疼过。

第三十五章　本座爱不爱她与你无关

龙司夜手指轻碰剑柄，明明没有用力，顾惜玖却疼得身体一颤，咬牙道：“不能碰。”

龙司夜骤然抬头看向旁边站着的帝拂衣，目光如火：“是咒术勾连剑吗？！”

帝拂衣点头：“是！”

龙司夜握拳：“这个云清罗真是毒辣！她真的是天授弟子？”

“你现在最该关心的是怎么迅速拔出这把剑，不是追究那些乱七八糟的事的时候。你有没有法子？”

龙司夜脸色苍白，吸了一口气：“我的法子……怕是都来不及，这把剑必须在半个时辰内取出来……而且……而且不能用麻药止疼。”

毕竟顾惜玖来到这个世界的时间短，不知道咒术勾连剑到底是什么，不过听这两个人的对话她也知道恐怕不妙，忙问腕间的苍穹玉。

苍穹玉道：“这种剑非金非铁，乃用咒术混合一些特殊材料直接锻造出来的，刺破血肉可让疼痛加剧数倍，剑可以吸走灵力，半个时辰后可吸走一半灵力，一个时辰后则会吸走全部灵气。剑上有倒钩，拔之则勾连血肉筋脉，重则丧命，轻则瘫痪……”

顾惜玖怎么也没想到云清罗居然在同门对战中用这种剑。她还以为只是普通的剑，只是有点儿刺，拔下来会多疼一会儿，却没想到……

她也是大夫，自然知道这种贯穿伤不可能在半个时辰内将剑取出来，一个时辰内能取出来已经算是很不错了，更何况还要准备一些手术器皿……

一个时辰后功力尽失，那她好不容易修炼的灵力岂不是要白费了？！

她眼前发黑，这种残酷的真相让她有点儿承受不住。

她定了定神，问龙司夜："如果……如果一个时辰后才能取出剑会怎么样？如果所有功力都被吸走我还能再练回来吗？"

龙司夜顿住，不忍向她说出真相。

因为被咒术剑所伤超过一个时辰，剑上的咒术就会封死她全身的灵力之脉，她这辈子再也无法修炼灵力了。

而要想取出这把剑他最快也要一个半时辰。

龙司夜知道她那要强的性子，这种结果他又怎么忍心对她说？

不但他不忍心说，就连苍穹玉也不忍心告诉她真相。

苍穹玉在顾惜玖的脑海中嘟囔："如果圣尊在这里就好了，他有法子拔剑的。"

顾惜玖："……"

圣尊已经三个月没消息了，这个时候他不知道在哪里喝茶呢！

这人非常难找，所以就算他有法子那也是远水解不了近渴。

她感觉手脚一阵阵发凉，却还抱着一丝希望问苍穹玉："什么……什么法子？你……你说出来，或许龙司夜也能操作的……"

苍穹玉否定道："龙司夜功力不够，需要用化灵之术将剑直接化去。灵力要十阶以上才可以掌控，这个世上大概只有圣尊能够做到了……"

顾惜玖惨笑，眸中闪过绝望神色。

龙司夜见不得她颓然，握住她的一只手道："惜玖，你别难过，也不是、也不是全然没法子的，大不了、大不了咱不要这具身体了，你知道的，我那里有生化……"

顾惜玖想起了冰棺中的少女，本能地反感。

生化体是她心中的一根刺，她下意识地讨厌这个词，现在她还是要成为生化体？

"她不能再换体了！"帝拂衣忽然开口，他此刻坐在一张桌子前，声音冷淡，"再换体她会魂飞魄散！"

龙司夜脸色一变："什、什么？"

"龙司夜，你应该也懂得这个世界的附体规则，外来魂魄轻易无法附体重生，除非和附体的躯体原本就极为相合，甚至就是前世，总之，能够附体重生的，千万人中未必能成功一个。她却成功了，这对她来说自然很幸运，但也埋下了祸根，因为她的魂魄是外来的，当它融入这具身体时应该是与这具身体签订了契约。这具身体可以完全容纳它，但魂魄也会渗透到躯壳各处，与其紧密相连，无法再拆分，一旦拆分，那就是剔魂挖魄，她不但会尝到百倍的魂魄离体之痛，魂魄还会破碎。你就算有聚拢魂魄的本事，想再把她的魂魄凝聚完整最少也要一百年时间，而且你所造的那个躯壳看着挺顺眼，但毕竟有缺陷。她就算百年之后能附体成功，也无法再修炼灵力之术，依旧是美丽的废材，和现在基本没区别。”

帝拂衣难得一口气说这么多话，而所说的内容不但龙司夜吃了一惊，就连顾惜玖也吃了一惊。

听帝拂衣的口气，他知道她是附体重生的。他怎么知道的?

她记得这件事自己只对圣尊说过，并没有对其他人说起。

她的一双眸子终于望向帝拂衣：“你怎么知道我……”

“本座自然知道！”帝拂衣打断她的话，“这个世上能瞒过本座的事并不多，尤其是你。”

顾惜玖：“……”

那他到底知道了多少?

龙司夜下意识地开口：“我不相信！我不相信你说的这些！”

帝拂衣望着他的目光锐利起来：“那你是想拿她的命来试试？！”

龙司夜脸色苍白：“我造出的那具躯体很完美，一旦复活应该是练功天才，而且各项指标也符合惜玖，她……”

帝拂衣再次打断他的话：“所以你还是想试？”

龙司夜说不出话来。

帝拂衣这个人平时做事虽然让人摸不着头脑，而且大多数时候很能折腾人，但他的本事也是大家公认的。

天授弟子或多或少从他这里学到过不少东西。

龙司夜也是从帝拂衣那里学到了木灵力的修炼术……

所以这位左天师到底知道多少不为人知的玄学，压根没有人知道。

他说的话就算是龙司夜也不能完全驳斥。

万一帝拂衣说的是真的呢？！他不能拿顾惜玖的命来冒险！可是就此放弃？就让她彻底变成废人?

不要说她不甘心，他也不甘心啊!

他可以不在乎她是不是废材，可以不在乎她脸上细微的胎记，却不能不在乎她无法延长生命，他不能接受。

他将手指握得紧紧的，有生以来第一次觉得自己的医术还是不够强，现在眼见心爱之人如此，他却无能为力。

“龙司夜，本座再确认一遍，你现在也没法子在半个时辰内取出这把剑？”帝拂衣打断他心里的自责。

龙司夜摇头：“没、没有。”

帝拂衣又看向顾惜玖：“你不想再成废材是吧？”

废话！

顾惜玖抿唇不答。

“本座有法子救她！”帝拂衣轻吸一口气，扔了一颗炸弹出来。

床上的两个人一起抬头看他。

“什么法子？”龙司夜急急地问。

帝拂衣看着相依偎的两个人，眸底深处似有暗流涌动：“不必管本座用什么法子，总之本座能让她恢复如常便是。不过，要想让本座出手也有条件，你们答应后本座立即出手，若不答应本座会立即离开，再不相助。”

二人显然没想到他会在这个时候提条件，顾惜玖直接僵住了。

龙司夜轻吸一口气道：“帝拂衣，她这次受伤本来就是因为你造成的。若不是你在竞技台上说双方可以命相搏，打死打伤不论，云清罗又如何敢使用这种剑伤人？！现在你有法子救惜玖还想提条件？”

帝拂衣默了片刻，嘴角露出一抹笑：“你可以继续同我废话，你我耽搁得起，但顾惜玖，她耽搁得起吗？现在她受伤已有半刻钟了……”

龙司夜：“……”

顾惜玖此刻说不上心里是什么滋味，说不清是不是失望，她干脆直奔主题：“什么条件？”

帝拂衣望着她，自然将她眸底的蔑视和厌恶收在眼底，心中如被利针猛刺，嘴角的笑容却不变：“你嫁给我！”

顾惜玖：“……”

她用看神经病的目光瞪着他，吐出两个字：“做梦！”

如果说他在昨夜之前跑来向她求婚，她说不定还会以为他是真心喜欢她，所以才会不择手段地逼婚。

但经过昨晚之后，他再向她求婚她只觉得恶心。

这个人昨夜还陪着云清罗卿卿我我，今天云清罗被揍得生死不知，他不但不去看一眼，反而要挟自己答应他的求婚？

他的脑回路异于常人吗？他到底喜欢谁？

顾惜玖现在是疼得没力气，但凡有点儿力气她都会将这人踹飞，让他有多远滚多远。

龙司夜拧紧眉峰：“帝拂衣，现在不是开玩笑的时候！”

帝拂衣嘴角的笑容消失了，他冷冷地道：“本座也没跟你们开玩笑！”

“可为什么是她？帝拂衣，以你的条件要什么样的女人没有？为何要在此刻逼她？你明知道她并不爱你，而你也不爱她，何必强人所难？”龙司夜握拳。

“龙宗主，本座爱不爱她与你无关。至于为什么是她……”帝拂衣的目光落在顾惜玖脸上，他轻轻一笑道，“或许我喜欢她呢？”

或许？

顾惜玖觉得有一股气流拱向头顶，她吸了一口气，不顾剑锋在胸腹间的割裂疼痛，一字一顿地道：“帝拂衣，我决不会嫁给你！我宁愿变废材，庸碌一生！”

帝拂衣的笑似乎僵在了嘴角：“这么讨厌本座？”

“是！”顾惜玖毫不犹豫地回答。

帝拂衣这辈子一直在找乐子来打发无聊的人生，却还是第一次找虐，而且他还得继续被虐下去。嘴角的笑容重新绽放，他走到床前，抬手轻抚顾惜玖的下巴：“倒也有志气……怎么办？我似乎更想得到你了。”

顾惜玖拼力抬手将他的手拍出去：“得到我？帝拂衣，你就不怕我日后在枕边杀了你？”

“牡丹花下死，做鬼也风流，不是吗？更何况你现在也没那个本事。”帝拂衣仿佛不在意，一双眸子盯着她的俏脸，“顾惜玖，你现在没有选择！”

顾惜玖怒极，脸色一白，哇的一声喷出一口血来。

龙司夜吓了一跳：“惜玖！”

顾惜玖这一吐牵动了伤口，登时疼得死去活来，身子在龙司夜怀里不停地颤抖。

帝拂衣一掠上前，手指如电，在顾惜玖身上连点，眨眼间已经点了她身上的七八个穴道。

他速度奇快，龙司夜压根拦不住，怒瞪着他：“你又做什么？！”

帝拂衣微微后退一步，声音微凉地道：“她吐出这一口血就好多了，先前她一直压着才会让伤口如此疼。”

龙司夜：“你说的是真是假？”

帝拂衣懒得理他，目光落在顾惜玖的脸上：“你现在感觉怎样？”语气竟然难得正经起来。

顾惜玖呆了几秒，下意识地感应了一下，似乎胸口那里的疼真的减轻了一些，呼吸也顺畅了不少。

龙司夜看顾惜玖的表情，知道她好多了，松了一口气：“你刚才说那么可恶的话就是为了激她吐血？”

帝拂衣声音冷淡地说：“这口血她不吐出来估计神仙也救不了她。”

原来如此！顾惜玖轻吸了一口气，看着他：“那接下来要怎么办？”

帝拂衣挑眉，似乎她问了一句蠢话：“接下来自然是答应我的条件，然后我才会救你啊。”

顾惜玖：“……”

龙司夜皱眉道：“帝拂衣，别再开玩笑了！你也说了，提那个条件是为了让她吐血，现在她已经吐了，你就不必再……”

“让她吐血只是一方面，那条件也是真的。”帝拂衣打断了他的话。

龙司夜怒道：“你……”

帝拂衣冷冷地道：“本座从来不做赔钱的生意，既然要花力气救人，自然就要你们付出相应的代价。”

龙司夜顿了顿，问道：“帝拂衣，你还有没有第二个条件？看在你我相交多年的分上……”

帝拂衣的目光终于转向了他：“你我有交情？”

龙司夜：“你……”

帝拂衣轻笑，眸底的神色似冰冷又似嘲讽：“好吧，本座毕竟和你认识了几十年，就卖给你一个面子，可以有第二个条件，答不答应就看你了。”

龙司夜眸子一亮：“什么条件？”

“你答应本座，这一生不会娶她！”帝拂衣语不惊人死不休地道。

龙司夜：“……”

他傻了：“为、为什么？”

顾惜玖也睁大眼睛看着帝拂衣。

帝拂衣瞧了顾惜玖一眼，淡淡地道：“没有为什么，本座得不到的人，你也休想得到。”

“帝拂衣，你不能这样自私……再换一个条件！”龙司夜怒极。

“要么，她嫁给我！要么，你终生不能娶她！只有这两个条件可供你们选择！”帝拂衣丝毫没有通融的意思，紧紧逼视着龙司夜，“她是做废人还是做正常人全看你了！”

龙司夜气得双手发抖，却没有任何办法，死死地盯着帝拂衣：“我没想到你会如此卑鄙！”

帝拂衣轻笑，懒得反驳，余光看了下顾惜玖。

她很疼，一直在流冷汗，却一直死死咬住唇，一声呻吟也没发出来，那唇瓣上都被她咬出了血珠……

他猝然移开目光，笑得更可恶了：“怎么？你宁肯她做废人？”他又看了看屋角的沙漏，“将近一刻钟了……”

顾惜玖插嘴：“如果……我宁肯做废人也要嫁给他呢？”

帝拂衣的目光顿了顿，他却并没有理她，而是瞧着龙司夜：“我数一二三，你如果不肯答应，那我……”

“我答应！”龙司夜终于开口，这一句如同千钧重，让他整个人几乎虚脱。

“帝拂衣，你一定要救她！”这是龙司夜临出去时留下的话。

他终于出去了，背影萧瑟。

室内只剩下顾惜玖和帝拂衣。

原本顾惜玖是半躺在龙司夜怀中的，现在帝拂衣代替了龙司夜的位置，一条手臂半揽着她。

两个人离得极近，毫无间隙，喘息相闻。

两个人又似离得极远，天与地的距离。

他身上的味道很好闻，清幽似花，淡雅如药，她曾经很贪恋，现在却一秒钟都不想闻到。

帝拂衣垂眸瞧着她："现在不推开我了？"

顾惜玖微微闭上眼睛，似乎下定了决心般又骤然睁开："帝拂衣，我不要你救了！收回你的条件吧，你让龙司夜回来，我要让他为我动手术……"

帝拂衣僵住了，顿了几秒后低头瞧着她："你就这么想嫁给他？！"

顾惜玖闭上眼睛，只答了一个字："是！"

她心里一阵火热一阵冰冷，理智告诉她应该不计任何代价地让帝拂衣为自己治疗，因为他现在是她痊愈的唯一希望。

但情感又让她心里如有一团邪火在燃烧，那邪火在她心里鼓起了一个大包，她想要任性一次，不想受他要挟。

帝拂衣顿了片刻，再开口时声音有些哑："本座说过，他并非你的良人，你和他无缘……"

"有缘无缘那是我们的事，和阁下无关！"顾惜玖打断他的话，死死盯着他，"帝拂衣，你可以不救我，我也不勉强，但你休想拆散我们。我嫁他嫁定了！"

帝拂衣："……"

他藏在袖中的一只手已经握成了拳。他看了她片刻后忽然笑了，那笑容有一点儿揶揄："你是不是还喜欢我？看我如此对我很失望，才会这么不计后果地跟我赌气？"

顾惜玖睁开眼睛像看疯子似的看着他："你做梦没醒？胡说什么？！"

帝拂衣的笑看上去有些凉薄："既然不是这样，那你别扭什么？你并不笨，这个时候该怎么选择你应该很清楚吧？"

顾惜玖："……"

她冷笑道："我喜欢他，说不定我为了嫁给他不顾一切！"

帝拂衣眸中闪过痛楚之色，只是那痛楚消失得太快，她没看到。

他轻轻一勾嘴角："可惜他已经不能再娶你，你也看到了，他答应了本座的条件。"

"他答应我可没答应！我的婚事我自己做主……"顾惜玖继续冷笑道。

帝拂衣道："是吗？"他一抬衣袖，顾惜玖的上衣便裂开了，露出了胸膛。

她现在的身材凹凸有致，纤腰不盈一握。

顾惜玖身子一僵，她下意识地想要护胸，却发现帝拂衣不知道从何处摸出一块黑纱蒙上了双眼。

她僵硬了几秒，见他的一只手摸了过来，手掌边缘在她的一侧山峰顶端轻轻一碰。

二人都是一僵，顾惜玖直接推开了他的那只手：“你……你到底要做什么？”

帝拂衣一翻手腕，反而将她的双手制住。她没有力气，两只手被他的一只手握着也挣脱不开。

帝拂衣的声音冷冷淡淡的：“你这伤是外伤，你怕本座看，不能也不让本座摸吧？本座是为你疗伤，你以为是想占你便宜？”

发育完好的身子在他面前毫无遮挡，就算他蒙着眼睛顾惜玖也觉得别扭，她握紧手指说道：“一定要脱衣服？”

“你刚才想让龙司夜为你处理外伤，可以不脱衣服？”帝拂衣反问。

顾惜玖：“……”

“顾惜玖，现在把你脑子里那些乱七八糟的想法收起来，配合我疗伤！”帝拂衣一抬手，顾惜玖的眼睛上便多了一条黑纱，将她的视线完全挡住，“既然害羞，那就不要看了。”

顾惜玖满头黑线！这和掩耳盗铃有什么区别！

这黑纱也不知道是什么材质，蒙住眼睛后，她就什么也看不到了。

人一旦眼睛看不到，触觉就会很敏锐。

谢天谢地，他的手并没有去摸她的尴尬部位，而是慢慢落在那剑柄上，然后缓缓握住。

这让她疼得又是一抖：“你……就不能先为我止疼？”

“不能！”帝拂衣回答得冷冰冰的。

“为什么？”

“让你长长记性！”帝拂衣的声音更冷。

这一剑她原本不必挨，偏偏要硬往上撞。

输赢就这么重要？重要到她拿命去搏？她真以为自己是铁打的？

“你运气护住心脉，不要凝聚任何灵力，放松、放松……”黑暗中帝拂衣的声音很沉静，带着让人心安的力量。

顾惜玖皱眉，还没忘记自己的坚持：“帝拂衣，我说了，不会同意你的条件！”

“嗯，那又如何？龙司夜答应便行。顾惜玖，你的人生不会重来一次，这次一旦废了你就真废了，别使性子了。乖，配合我的动作，听我的口令。”

顾惜玖目光微微闪动，好吧！反正她已经把话说在前面了。他要救那是他的事。

她轻吸了一口气，不再和他唱反调，依照他的指点开始配合。

他的声音如流水般悦耳，在她耳边不时响起，指点着她。

她极力压下尴尬，虽然眼睛蒙了黑纱，但她还是下意识地闭上眼睛，全心全意地配合他所说的动作。

那些步骤很烦琐，而她只要稍稍走神他便能察觉到，并及时出声提醒。

渐渐地，她感觉胸口受伤的部位传来灼烧感，那把剑似乎开始缩小。

她看不到，所以不知道帝拂衣封了苍穹玉的灵识，不知道他握住剑柄的手冒出了耀眼的七彩光，不知道他握剑的手背青筋凸显，不知道他在片刻间额头的汗冒出来密密一排，不知道面具下他的脸苍白如雪，不知道在运功过程中，他强咽下多少口冲上喉头的血，也不知道那把剑插入她体内的部分是在他的掌下一寸寸消失的。

他运功的时间并不长，也就半刻钟。

当顾惜玖再感觉不到让她死去活来的疼痛时，她被平放在床上，感觉到胸口的剑已经消失了，而他正在为她处理前胸的伤口。

她能感觉到他微凉的手指时不时地碰触到她的敏感部位，这让她很难堪，只能闭着眼睛当自己是他的病人，克制着不让自己有任何反应。

他的手掌直接按在她的伤口处，手指覆住她的半个山峰。他的手掌明明是冰凉的，却发出了阵阵暖流直涌入她的伤口，伤口像是得到了抚慰，不再痉挛。

他的手掌终于移开，她能感觉到他将一种微凉的伤药涂抹在了她的伤口上，伤口虽然还是疼，但已经可以忍受。

他和她挨得极近，她能感觉到他的每一个动作，他的指腹微凉而又柔软，涂抹药的时候轻如羽毛，让人心脏似乎也跟着柔软起来。

一滴液体似乎从上方滴落，落在她的肌肤上。

她略略一愣，正要有所动作，他忽然将她抱起来，她尚来不及发出低呼，他就将她翻了过来，让她俯卧在他的腿上为她处理后背上的伤口。

顾惜玖因为刚才一直疼着，出了很多冷汗，此刻整个人像是被水泡过一般。

她趴在他的腿上的时候隐隐觉得他身上的袍子也是湿的，但又不太确定，毕竟她的手也是湿的……

屋内很静，静得只有彼此的呼吸声。

顾惜玖极力让自己什么也不去想。

时间一分一秒地过去。

这期间两个人都没有说话。

最后，顾惜玖被放到床榻上，她轻吐一口气，能感觉到伤口都已经包扎好了。

“多谢。”她道。

“不必客气。”他顿了三秒才回答，声音也很冷淡，“这是本座和龙司夜的约定，和你无关。”

真好笑，明明跟她的终身大事有关，在这两个人眼里她却成了外人，顾惜玖微抿了抿嘴。

他的声音再次响起："好了，你要卧床静养两天，两天后再下床活动，十天内不许运功，不许吃辛辣之物，宜清淡……"

他说了一些注意事项，顾惜玖沉默片刻，忽然慢慢开口："我有没有告诉过你，我和龙司夜来自同一个时代……"

帝拂衣顿了顿，问道："那又如何？"

顾惜玖接着道："在我们那个时代，两个人在一起未必非要成亲的，只要两个人真心相爱，根本就不会注重仪式，可以做一辈子的情人……"

帝拂衣："所以？"

顾惜玖笑了："所以虽然他答应了终生不会娶我，但我可以做他的情人啊，干吗一定要仪式呢？"

说完她似乎有些开心，嘴角的笑容更大了，心却不知道为何会揪起，潜意识中等待着他的回答。

帝拂衣又沉默了片刻，垂眸看着她嘴角那如同恶魔之花的微笑，终于开口："你就这么喜欢他，喜欢到可以不计任何名分地跟着他？"

"是！"顾惜玖答得干脆，一丝停顿也没有。

她恨他的趁火打劫，恨他的自以为是，所以想要打击他。

他既然可以如此无耻地要挟他们，那么她同样可以用无耻的手段打击他。

屋内又静了下来，顾惜玖在被窝中微仰着头，像一只战斗的小豹子，虽然弱，但爪子很锋利。

她半晌没等来他的回答。

他应该早已摘掉了眼上的黑纱，却没有给她摘掉，她能感觉到他的目光正盯着自己。

这人身上的气场太强大，当他毫不避讳地盯着人的时候，能让人身上的汗毛也紧张得竖起来。

顾惜玖蹙眉，抬手想要摘掉自己眼上的黑纱，却被他按住了手："顾惜玖，你是说真的？"

他的手掌有些怪，指尖如冰，掌心却火热，覆在她的手背上让她动弹不得。

顾惜玖傲然道："当然，我喜欢他，自然要和他在一起。"

"顾惜玖，本座再说一次，你和他无缘，不要深陷！"帝拂衣的声音冷了下来。

"我乐意，我喜欢！"顾惜玖的声音也冷了。

周围的空气一暖，淡香骤然接近。

顾惜玖潜意识下察觉到了危险，只是尚未等她做出反应，唇上一热，被人吻住了。

她大吃一惊，抬手便推他，奈何现在她的力气还不如猫大，他的身子又重，她根本推不动他，反而被他直接擒住了双手按在头顶上方。

那个吻极为激烈，和他的行事风格并不相符，带着台风过境般的狂暴，仿佛压抑得狠了终于得到机会释放。

她躲也躲不开，只觉得他的舌激烈而又灵巧，逼着她的舌和他共舞。

她不知道是气还是急，想要咬他，但他吻得很有技巧，她咬不到，反而被他吻得更深。

空气中有暗香浮动，顾惜玖透不过气来，头脑有些发晕，终于不再挣扎，身子却僵硬得如同一截木头。

片刻后，他的唇终于离开，但双臂依旧压着她。

好在他虽然钳制住了她，但始终没碰触她的伤口。

顾惜玖眼睛上还蒙着黑纱，她看不到他的表情，只知道他离她依旧很近，正居高临下地看着她。

这是一种很暧昧的姿势，顾惜玖气得发蒙，终于骂出来："帝拂衣，你有病啊！"

"顾惜玖，不要挑战本座的极限，本座有一万种法子可以分开你们，包括直接得到你或者干脆杀了他！"帝拂衣的声音带着冰寒之意，手指却抚过她的唇瓣，"你知道本座做事没有下限的，所以没有足够的力量之前，不要用什么'你乐意''你喜欢'这些词，你现在还不够资格！"

帝拂衣终于放开了她，他也是第一次跟她说这么重的话。

顾惜玖没说话，她的手一得到自由就开始用袖子猛擦嘴唇。

室内一时有些静，顾惜玖直到把嘴唇擦破了才停手，冷笑一声道："帝拂衣，我早晚有资格！"

"拭目以待！"帝拂衣道。

室内重新静了下来，顾惜玖微微喘息了片刻，抬手扯下了眼睛上的黑纱，发现屋里就剩下自己了，不知道帝拂衣何时离开的。

室内很静，屋角的一炉熏香静静燃烧着。

她微微闭上眼睛，屋内尚有他身上极淡的那种香气，怒气过后她心中说不出地烦乱。

门吱呀一声被推开，顾惜玖惊醒，睁眼就看到蓝外狐蹑手蹑脚地走了进来。

她看到顾惜玖那双明澈的眼睛，再看了看顾惜玖身下几乎被血浸透的被褥，哇的一声哭了："惜玖……"

蓝外狐扑到她跟前，就想撩开被子看她身上的伤。

顾惜玖唯恐自己身上还光着不好看，忙制止住她："别动，已经没事了。"

但蓝外狐动作快，顾惜玖现在又没有力气，蓝外狐扯开了被子。

还好，顾惜玖身上是穿着衣服的，只是前胸后背都包着纱布。蓝外狐看着那些纱布，眼睛里的泪珠滚来滚去的："你疼不疼？都怪我！你是为我挡剑……"

小狐狸的哭很有杀伤力，顾惜玖也有点儿怕她的眼泪："没事，伤得不重，你别哭……麻烦你帮我把那炉中香再弄得浓一些，我感觉那香气对我的伤有好处。"

蓝外狐果然忙不迭地去弄熏香了。

屋内熏香气息渐浓，终于将那个人的气息完全掩去，顾惜玖松了一口气，问蓝外狐："这是哪里？"

"这里是天聚堂的医馆别院，这里灵气足，也极干净，原本只有长老级别的人受了重伤才能在此疗养，这次古堂主允许你在这里养一个月。"蓝外狐问一答十。

"云清罗怎么样了？"顾惜玖还惦记着这个。

她为蓝外狐挡剑的时候没想到云清罗这么狠毒，所以她那一掌并没有拍到云清罗的要害，也没尽全力，只想将对方击得吐血，不能继续下一场比赛就行。

现在她吃了这么大的亏，就感觉自己手下留情有些傻了，得设法还回去。

"她断了四根肋骨，没你伤得重，天聚堂的医师给她看过了，也为她接了骨，现在她在她自己的院子里养着呢。"蓝外狐道。

云清罗才伤了四根肋骨？！

顾惜玖那一掌如果用足了力气是可以震碎对方的脾脏的，就算对方身上有护体灵力，这一掌震不死她，但还是能让她半死不活。

顾惜玖简直后悔！

"那我们这场是赢了还是输了？"顾惜玖问道。

"古堂主说我们赢了，因为云清罗先被打到了台下。"蓝外狐一面说话，一面小心翼翼地为顾惜玖换上干净的被褥。

顾惜玖松了一口气，无论如何她的目的达到了，不至于赔了夫人又折兵。

直到此刻她才发现自己身下的被褥上的血渍。

奇怪，帝拂衣有洁癖，爱干净得过分，他居然没为她换掉这些染血的被褥，要知道这不过是他一挥衣袖的事。

他居然这时候强吻她，就为了逼她和龙司夜分手。

她想起刚才那个吻，握紧手指，吩咐小狐狸："我想漱一下口……"

小狐狸手脚麻利，很快就为她端来了漱口水，顾惜玖狠狠漱了好几杯才罢休。

帝拂衣，你不可能拦我一辈子的，我想喜欢谁就喜欢谁，早晚我会有绝对的实力在你面前说不！

她毕竟受了重伤，又疼了这么久，现在很疲惫，微微闭上了眼睛。

她身上还穿着被汗湿透的衫子，但一时没力气起来换。小狐狸倒是拿来一套干净的衣物想帮顾惜玖换上，但顾惜玖不习惯有人伺候，就拒绝了。

“云清罗在何处？”帝拂衣出来后，随口问跟在身边的沐雷。

“她断了四根肋骨，在自己的屋子里静养，估计一时半刻恢复不了。”沐雷把自己打听到的消息报告给帝拂衣。

“她的屋子在哪里？带本座过去！”帝拂衣足下未停。

沐雷愣了一下，看了看帝拂衣有些苍白的下巴，不太放心地道：“主上放心，她的肋骨已经接好了，无须再出手治疗，庭院已经造好，主上不如去歇息一下再去看她……”

帝拂衣懒得看他：“少废话，带路！”

他身上的气势太强，沐雷不敢再说别的，只得在前面小跑着带路。

其时古残墨他们还在外面等着，因为他们当时只知道顾惜玖伤得严重，但并不知道到底怎么样了。

帝拂衣的医术并不是太有名，主要是这位大爷从来没为人看过病。

所以当时他抱顾惜玖进去，古残墨他们还是很忐忑的，唯恐他治不好，后来龙司夜也跟随着进去他们才放心些。

但龙司夜进去得快，出来得也快，出来以后就像个哑巴似的一言不发，只抿唇在那里等着。

好不容易等到帝拂衣也出来了，众人正要围上去问问，他却理也不理众人。龙司夜想冲进去看看顾惜玖，被帝拂衣拦住了，也不知道帝拂衣给龙司夜传了什么话，就见龙司夜恨恨地瞪了帝拂衣片刻，终究没有进去，而是让等在门口的蓝外狐进去。

而帝拂衣不再理会这些人，带着下属一阵风似的走了。

众人面面相觑，看来这位左天师是新人旧人都想要啊，现在总算想起云清罗了……

天聚堂在衣食住行方面所有紫云班的弟子都是一样的。

云清罗住的地方和其他紫云班女弟子并无不同，都是独门独户的小院。

她在院中种了药草，栽花种树，甚至弄了一块山石在院子里，山石上爬了藤蔓，藤蔓上开了花，间有珊瑚豆子似的红果。

小院被她打理得极好，来过这里的沐风说，这里的布局和左天师的扶苍宫有异曲同工之妙。

云清罗一直觉得如果有朝一日左天师能来她的小院转一转，肯定能知道她的心意。

她此刻躺在床上，肋骨虽然已经接好了，但毕竟是断骨之伤，还是很疼的，就算她用灵力不时疗伤，想恢复也得躺两天。

她平时人缘还是不错的，有几个相交不错的好友。

平时她感冒发烧，就有一大堆朋友来看她。

但现在她躺在床上已经将近一个时辰了，故交好友就来了一两个，而且还都是来了以后就匆匆离开。

她想起她被抬着离开时人们的目光，有惊异、不信、鄙薄，也有同情。

大家鄙薄她竟然伤害同门，同情她也有被抛下的那一天。

帝拂衣抱着顾惜玖离开时，看都没看她一眼！

她好不容易在同学面前树立起来的受左天师宠爱的假象，像春阳下的白雪般转眼就融化。

顾惜玖前几日所遭受的待遇，现在原封不动地还给她了，这让她非常难堪。

帝拂衣赶来的时候，云清罗正躺在屋内，唯一对她不离不弃的朋友正在安慰她：“清罗，别担心，顾惜玖毕竟是圣尊弟子，她受了那么重的伤左天师先救她也是理所应当的，免得圣尊知道后怪罪。我觉得左天师先救她其实也是为了你好，免得圣尊知道了以后惩罚你……”

云清罗轻轻叹了口气，未答，似乎是默认了。

她那朋友继续道：“你想想，左天师大人把你接走一个月让你待在他身边，还亲自送你回来……从这点来看，左天师就对你与众不同，和顾惜玖是不一样的。放心吧，我觉得他只要治好了顾惜玖，就会立即来看望你……”

这句话刚刚落下，帝拂衣就直接进来了。

少女被吓了一跳，但随即眼睛一亮，向帝拂衣拜了下去，在下拜时还向云清罗递去一个“你看我说得没错”的眼神，

云清罗刚刚恢复一点儿血色的小脸在看到帝拂衣的那一刻骤然苍白起来。

她在床上作势要起身，然后假装肋骨疼轻抚胸并连连皱眉。她眼角的余光看向帝拂衣，帝拂衣站在那里，居高临下地看着她，并没有说话。

她不敢再耽搁了，强忍着疼下床，和同伴一起跪在地上：“恭迎左天师大人！”

这下真的牵扯到了伤处，疼得她额头直冒冷汗。

她的同伴愣了一下，还讶异地拉她：“清罗，你身上有伤，就算不跪，左天师大人也不会怪你的……”

云清罗哪敢理会她，只低声说了一句：“我、我没事。”

“怎么会没事，断了四根肋骨呢……”

云清罗恨不得捂住好友的嘴，但左天师就在这里，她没这个胆子。偏偏她这个好友还是个没眼色的，很天真地问：“左天师大人，您是来为清罗看伤的吗？她刚才一直惦记着您，还以为您不会来……”

帝拂衣终于笑了。他戴着面具，就算笑那也是嘴角略弯而已，看上去笑得很温和，那笑却没到达眼底：“本座自然会来，来给顾惜玖讨一个公道。不过在这之前，

你的朋友似乎误会了什么，你不打算先解释解释？”

云清罗脸色雪白：“我……”

帝拂衣沉下脸色道：“我？你算什么东西？敢在本座面前自称‘我’？”

见他脸色一沉，那个女伴再迟钝也察觉到不对了，微张着嘴大气也不敢出。

帝拂衣看着跪在那里的云清罗，嘴角的笑容变得冷酷：“本座派人将你接走做了什么？”

云清罗死死咬住唇。她不想回答，却不能不回答：“是左天师接到圣尊谕令处罚清罗，将清罗关入玄火境内受罚一月。”

她那女伴微张着嘴，脱口道：“可你回来一直没说啊，大家都猜你是去陪受伤的左天师大人了，你也没否认……”

云清罗恨不得把她踢出去，涨红了脸说道：“那、那是你们自己的猜测，我何时承认过？”

“可你也没否认啊。”当时大家都那么猜，甚至都问她了，她也没否认，还说好累，明显就是误导嘛！

那同伴觉得自己的三观裂了。

帝拂衣的目光落在云清罗身上：“云清罗，本座对你和对待普通人确实不同，但那是因为你是天授弟子，本座对待所有的天授弟子都是如此。这话本座早就对你说过，你说是不是？”

云清罗的额头有汗滴落：“是！”

在自己的好朋友面前，帝拂衣将她好不容易营造出来的受宠假象全部揭穿了，她恨不得找个地缝钻进去。

“云清罗，本座知道你对本座有非分之想，原本看你是女孩子，给你留面子没在人前让你难堪，只当面警告过你，却没想到你会如此执迷不悟，居然敢在这里散播谣言让人误会。你是何居心？”

云清罗跪伏在地，面如死灰，一句话也说不出来了。

帝拂衣这简直就是当面打她的脸！

帝拂衣冷冷地瞥了她一眼，他本来是给她留面子的，甚至警告过她不许再找顾惜玖的麻烦，只管好好修炼。她当时在他面前答应得很好。

帝拂衣翻了下手掌，一截铁红色的断剑出现在他的掌心里：“云清罗，这是什么东西？”

云清罗的脸色白得像纸一样，身子向后微缩：“是……清罗不知……”

“你不知？你自己的东西你不认得？”帝拂衣声音森然地道，“云清罗，按照刚才对战的规矩，不可使用毒术、咒术、暗器，你这咒术剑算什么？你用它残害同门，可知这会受什么惩罚？”

云清罗汗如雨下，不断磕头："清罗知错……左天师饶命……"

帝拂衣缓缓上前，手掌将残剑掂了掂："你是天授弟子，本座不会杀你，但死罪可免，活罪难饶。你既然用它来残害同门，那就依旧用它来惩罚你吧！"

他弹了弹指尖，云清罗闷哼一声，那截残剑直接射入她的右胸，将她射了个对穿后，又从她的后背钻出一大半。

这个位置正好是顾惜玖受伤的地方，丝毫不差。

云清罗倒在地上，霎时疼得颤抖起来，如风雨之中哆嗦的叶子。

帝拂衣不再理她，转身走了出去。

咒术剑虽然是云清罗的，她也有解决之法，但还是很疼。

顾惜玖刚才所受的那些痛楚他要云清罗一分不少地偿还。

如果云清罗不是天授弟子，他早已将她毙于掌下了。

左天师大人来如雷霆去如风，眨眼间就消失了。

云清罗疼得想要翻滚，但后背上有剑她不敢翻滚，冷汗霎时流了出来。

她的同伴观看了全程，已经呆了，此刻傻傻地在那里跪着，还没醒过神来。

云清罗忍不住呻吟出声，惊醒了她的同伴。那同伴望着云清罗的目光很复杂，不过她还是过来看了看云清罗的伤："清罗，你伤得不轻，我……我去叫大夫……"

"不必……了。"云清罗勉强开口道，"我……我自己也可以医治，你……你走吧，这里的事不要对人说起。"

她的同伴道："可是……"

"不必可是了！"云清罗已经不耐烦，"走……走吧！算我求你！"

她的同伴呆了片刻，然后离开了。

偌大的屋子里只剩下云清罗，她喘息如牛，强撑着起身，关上房门，还是不放心又接连弹出了几道符咒，将整个房间封闭，这样只要有外人来，她就能提前知道。

她做完这些，又出了很多冷汗，喘息了片刻，颤抖着伸出手自墟鼎内掏出一个储物袋。她打开储物袋，一个人居然从里面冒了出来。

那人紫衣黑发，面具覆脸，身材挺拔，站在那里如一尊神。

云清罗向他伸出了手，微微闭上眼睛："左天师大人……抱我——"

那人默默将她扶起，将她拦腰抱起，然后遵循她的指示将她放在床上。

云清罗抱着他的脖子，将头靠在他的胸口，眸中全是痛苦之色："为什么……你就不能爱我？我为你付出了这么多……"

那人并未说话，只是温柔地抱着她。

云清罗忽然一把将他推开，眼泪如雨般流下："你走开！你滚！你滚！你不是他！不是！"

那人被她推了个趔趄，却依言后退了几步，然后在地上滚了滚。

云清罗大笑道："你不是他！他才不会这么听话！你只是个傀儡！只是个没脑子的傀儡！"笑完她又哭，"你为什么不是他？你是他多好。"

鲜血自她的前胸后背流出，她置之不理，目光有些空洞："有时我觉得我就这么死了多好，不会再那么喜欢他……"

她抬手摸了一把前胸的伤，沾了一手的血："这是他给我的……或许我该放手了……"

紫衣人走过来，站在床边，望着她的目光很温柔。他抬手轻抚她的伤口，终于开口："清罗，你不能死，你还没完成你的使命……"

他的声音跟帝拂衣一样，带着帝拂衣从未给予过的温柔："清罗，你还有我。"

云清罗呆住了，怔了片刻后道："我、我没教你说这些！你、你怎会？"

紫衣人温柔地看着她，然后再温柔地将她搂入怀中，冰凉的唇摩挲着她的额头："清罗，别怕，我会在，一直在。"

云清罗像是完全呆住了，任他为自己解开衣衫，任他冰凉的指尖抚触她的伤口："清罗，这咒术剑你自己能去掉？"

云清罗点头。她是咒术师，这剑是用她的精血混合符咒及其他东西凝结出来的，她的身体自然能将剑身上的刺化掉，然后拔出去。

她反手握住剑尖，一咬牙将断剑拔了出来。

当然，她又出了一头汗，人也直接躺倒，险些晕过去。

紫衣人手指灵活，开始为她处理伤口，抹药、包扎。

云清罗睁大眼睛看着他，这个人无论身高、气质、眼睛、嘴唇、手指……凡是能让人看到的地方都绝对像帝拂衣，像她魂牵梦绕却永远无法得到的那个人。

但这面具后的脸呢？

她忽然抬手一把扯下了他的面具。

面具后是一张诡异的脸，没有眉毛，没有鼻子，只有眼睛和嘴巴。

他和她当初将他造出来时一模一样，没有变化。

她始终没见过帝拂衣的真面目，所以这个傀儡一直没有五官。

她颓然地为紫衣人戴上了面具，于是紫衣人又变成了帝拂衣。

这个傀儡可以陪她说话，陪她过七夕，她想让他做什么他就做什么，只要用傀儡术指挥他就行。

她微微闭上眼睛，忽然又似想到了什么睁开眼睛道："你刚才说完成什么使命？！"

紫衣人用手指抚了抚她的脸，轻轻叹息："清罗，我是怎么来的？"

云清罗皱眉道："我造出来的啊……"

"如果凭你的本事，能造出完全像他，连气息也像的我吗？"

云清罗："……"

她是高级傀儡师，自然能制作傀儡，但所制作出来的傀儡是没有自主性的，需要傀儡师用傀儡术操作，而且和正常人比起来，傀儡动作的协调性、战斗力都要差一些。更重要的是，傀儡身上都有一种特殊的气息，很容易跟正常人区分开来。

她喜欢左天师，所以在得不到他的时候，就制作傀儡，但造出来的傀儡都有各种各样的问题——

直到有一天，她在梦中得到了一个人的指点，那人教给她一套特殊的傀儡制作法，还送给她帝拂衣的一根头发。

醒来后她记住了那套傀儡术的复杂步骤，然后用帝拂衣的头发历时两年终于造出了和他一模一样的傀儡……

云清罗看着这个陪伴了自己两年的傀儡："你……"

傀儡握住了她的小手，然后笑了笑："我和那些傀儡是不同的，清罗，我会一直陪在你身边，不离不弃，但你欠那个人一个人情，这人情你得还上……"

云清罗不知道为何，心跳有些加快："那个人……是谁？"

傀儡微笑，抬手撩了一下她的额发："你以后会知道的。"

云清罗怒道："我现在就想知道！"

傀儡继续微笑，看着她不说话。

云清罗大怒，不知道从何处抽出一把剑指在他的脖子上："说！"

剑尖入肉，有血沁出，傀儡不言不动，甚至嘴角的笑容都没变。

云清罗更愤怒了，接连威胁了几句，甚至彻底将他毁掉的话都说了，结果傀儡依旧一言不发，笑得像根木头。

云清罗绝望了，干脆又将傀儡装入储物袋中，重新收好。

她这是高级储物袋，已经能装活物，而且能随意变化大小，她藏得比较严实，是放在她修炼出来的墟鼎内，不是修炼特殊功法的人根本取不出来。

帝拂衣走出云清罗的院子时,外面有不少人佯装路过,

云清罗的导师还是比较关心自己的学生的,硬着头皮上前道："左天师大人,清罗她……"

帝拂衣足下不停，只淡淡地回了他三个字："死不了。"然后帝拂衣大步流星地走了。

这语气怎么听都不像好话，周围的人面面相觑，不知道左天师是什么意思。

云清罗的朋友在这个时候走了出来。

众人忙围上去询问，她开始还不想说，到最后禁不住导师的催促，把看到的情况都说了。

众人傻了，事情的真相居然是这样。

左天师大人从来没对云清罗留情？一切都是云清罗的一厢情愿？！

原来如此！

看来大家都被她似是而非的态度给误导了……

导师也觉得云清罗实在不争气，居然用这么恶毒的手段对付同门，为了求一个赢字简直是不择手段，所以她受到这种惩罚也算是罪有应得。

“主上，您当面揭穿了云清罗的伪装，只怕以后她在天聚堂的日子会很难混。那她以后要成长为真正的天授弟子恐怕很难。”沐雷忧心忡忡地道。

“这是她应得的，本座给过她机会。”帝拂衣并不将此事放在心上。

“那，主上，您在人前公然露出保护顾姑娘的模样，只怕背后之人得知后，注意力会转移，从而拿她当主上的软肋。”沐雷提醒道。

帝拂衣微微垂眸，是啊，这也是他一直担忧的事。

今日之事他一时冲动把原来的计划全部打乱了！

不过他并不后悔，如果事情重来一次，他还是会这样做。

就算生气她和龙司夜的互动，就算她的心压根不在自己身上，但在看到她受伤的那一刻他就完全顾不得了。

他刚刚努力忍住才没把云清罗拍成肉酱。

任何天授弟子都不能出意外！

不过云清罗真是天授弟子吗？按理说，天授弟子天性本善，自己的测试是不是出问题了？

“沐雷，你再去查查天启台，看看是不是出了什么纰漏。”帝拂衣吩咐。

“是！”沐雷答应，顿了顿后询问，“主上，现在背后之人应该知道您在意的人是顾姑娘了，他只怕会对顾姑娘不利，顾姑娘日后恐怕就不能再在这里逍遥自在地修炼了……”

帝拂衣闭了闭眼，手指敲着桌子思索片刻后道：“未必！那人极为狡猾，也极为多疑。他说不定会以为本座这是欲盖弥彰，他应该还确定不了。虚则实之，实则虚之，虚虚实实，他一时拿不定主意的。”

沐雷一想也对，点了点头：“这倒是。这样吧，属下继续在这里加派人手，暗中保护她？”

帝拂衣道：“本座这次会留下。”

沐雷睁大了眼：“啊？”

“告诉古残墨，本座会在这里待半年，亲自给紫云班一班授课。”

沐雷：“……”

左天师大人终于要放开手脚一搏了？

第三十六章　她既不想做他的朱砂痣，也不想做他的白月光

“惜玖，这次的奖品我拿到啦，看，这是雪优昙果，这是八品清心丹，这是六品八珍丸……”

外面天色已暗，但顾惜玖的屋子依旧明亮。

千翎羽像献宝似的拿出三个托盘，托盘中就是这次的对战奖品。前两个是左天师和龙宗主的奖品，后一个是天聚堂的奖品。

此时离顾惜玖受伤已经四个时辰了，她的脸色好看了不少，人也已经能坐着了。

这期间有不少人来看望过她，晏尘、古堂主、各班的导师、流云班的学生……

因为怕她劳神，这些人都是探望一下就走了，当然，他们也各自留下不少东西，好吃的水果、伤药、营养品等。

蓝外狐一直留在顾惜玖身边，像个小丫鬟似的忙着。

千翎羽现在才进来。

蓝外狐很开心，围着奖品转悠，还端过去给顾惜玖看，让她摸一摸。

在这里面，那个雪优昙果看上去最水灵。雪优昙果的外形有点儿像桃子，是雪白色的，只在顶尖有一圈浅粉如花瓣似的纹路，看上去就让人有食欲。

当然，它算是果中的异宝了，功能强大，价值连城。这果子是帝拂衣拿出来的。

“惜玖，我考虑过了，这一战你的功劳最大，这雪优昙果归你！三颗八品清心丹我们三个正好一人一颗，六品八珍丸共有四颗，你两颗，我和外狐一人一颗。”千翎

羽开始说自己的想法。

蓝外狐也连连点头附和，她对千翎羽的这种分法没有任何意见。

顾惜玖瞥了那三样奖品一眼，轻轻一笑道：“我对雪优昙果不感兴趣，你们二人分了吧。其他两样东西的分法我没意见。”

蓝外狐愣了愣，说道：“惜玖，雪优昙果是这里面最好的东西，可以让人青春永驻、长生不老的，你应该要这个。”

顾惜玖摇头，笑道：“哪有什么长生不老啊，如果吃了这个就能长生不老，那人人找这种果子吃了就行，还这么辛辛苦苦地修炼干什么？”

千翎羽和蓝外狐还想再劝，顾惜玖摆了摆手，微闭了闭眼：“好了，就按我说的分吧。雪优昙果我真不要，不感兴趣。”

“那你对什么感兴趣？”一道声音突兀地响了起来。

顾惜玖僵了一下，另外两人一起回头，见帝拂衣斜倚在门前，他身后是深黑色的天幕和星子，因为逆着光，他的脸半隐半现，再加上他戴着面具更让人瞧不清他神色如何。

千翎羽和蓝外狐对望一眼，一起拜了下去。

帝拂衣摆了摆手，让他们起来：“东西按千翎羽所说的分，你们拿走自己的那份，然后出去。”

千翎羽和蓝外狐再对望一眼，一句闲话也没说，各自拿着东西跑了，跑得比风还快。

蓝外狐很体贴，临出门时还将门关得严严实实的。

顾惜玖还没来得及说什么，那两个人就直接跑没影子了。

室内就剩下她和帝拂衣两个人。

“为什么不要雪优昙果？因为这是我的东西？”帝拂衣先开了口，在桌子边坐下，和她的床有一米的距离。

顾惜玖倒没想到他会说得这么直接，略顿了顿，道：“是！”

“恨我？”他又瞧着她道。

顾惜玖声音冷淡地说：“你想多了。”

“那留下又何妨？你知道的，这是你应得的奖品。”

顾惜玖闭上眼睛：“我不想要！那东西对我没什么用，所以让给同伴，他们比我更需要它。”

帝拂衣停了三秒，似乎笑了笑：“你知道它有什么用途吗？你怎么知道它对你没什么用？”

顾惜玖觉得这个人还真是啰唆，不想和他说话，干脆不再开口。

“你不是要做天下第一医师吗？这种果子的功效也不知道？”帝拂衣不依不饶

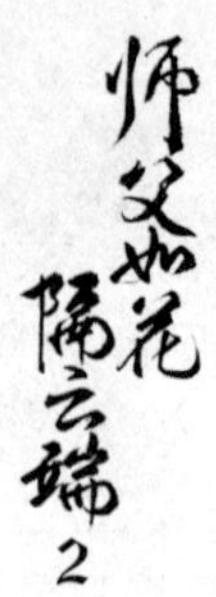

地问。

顾惜玖："……"

她觉得她如果不回答，估计左天师是不会走的。

在无法将他踢走的情况下，她只得面无表情地说了一遍它的功用，然后道："听清楚了？我知道它的功用，但我没觉得它对我有什么好处!"

帝拂衣轻叹道："这些功用倒不假，不过它还有一个功用，别人不知道，但对你很有好处。想不想知道？"

顾惜玖又不说话了，觉得现在的帝拂衣像吃错了药，一直在逗她说话，而她实在不想和他多说。

帝拂衣瞧了她半晌，笑了："你真的不好奇啊？那本座就不说了。"

顾惜玖依旧没说话，干脆闭上眼睛养神。

屋内一时有些静，就在顾惜玖以为他已经走了的时候，帝拂衣终于开口："这果子最奇特的功用就是它能祛除一切斑。"

顾惜玖终于睁开了眼睛。

帝拂衣用掌心托着那个果子，容色淡然地道："你说，这果子是不是挺适合你的？"

顾惜玖想起额头上的斑，虽然它已经淡得几乎看不出来了，但她着急和脸红的时候，它还是很显眼的。如果吃一个果子就能去掉那斑，她自然不会拒绝。

"这果子虽然是本座的东西，但既然拿它当奖品，自然就希望它能发挥最大的功效，如此才不至于糟蹋了它。这奖品本来就是你应得的，你却强行将其推给别人，未免让人觉得好笑。除非……"

他忽然凑近她道："除非你爱上了我，所以才会做出这么幼稚的举动。你是不是爱上我了？"

他的脸距离她不足一尺，半倾着身子望着她，眼睛微微弯着，似玩笑又似认真地说："小惜玖，我觉得你是爱上我了……"

他的气息吹在她的脸上。

他这个姿势很要人命，那双眼睛更是好看得要命，里面波光流转，仿佛要将人溺毙。

顾惜玖睁开眼睛，她那双眼睛冷静、淡定，就这么回望着他，然后她也笑了笑道："左天师大人又跟惜玖开玩笑了。好啦，这果子既然有用，那我就留下好了，多谢左天师大人。"

帝拂衣："……"

她明明笑了，明明要他的果子了，他却有一种无力感，觉得她离自己越来越远。

帝拂衣一时没说话，但也没起身。

顾惜玖被他半抱着躺在被子里，觉得有些热。

她不动声色地向被子里缩了缩："麻烦左天师大人出去给我关一下门啊，我想休息。"这是下逐客令了。

帝拂衣没有出声，但也没有离开。

顾惜玖也不理他了。

良久，他终于出声："你在这里不太安全，不如搬去我那里。我在这天聚堂有一幢别院……"

顾惜玖觉得实在搞不懂这位左天师了。

她知道不少奇人怪人，但论让人摸不着头脑，以眼前这位左天师为最。

他对她忽冷忽热，忽远忽近。

她一向善读人心，却读不懂这位左天师的意图。

幸好，她和他的交集并不算多，她和他之间也没有其他牵扯了，所以她可以不必去考虑他到底想做什么。

"这个地方很好，惜玖不想再更换住处，多谢左天师大人抬爱了。"顾惜玖客气地拒绝道。

屋里又静了下来，空气也在彼此的沉默中变得沉重。

帝拂衣终于放开她，向后退了两步，定定地看了她片刻，没再说话，转身走了出去。

屋内又静了下来。

屋里很暗。

帝拂衣在黑暗中也不知道坐了多久，始终没说话，

沐雷被左天师派出去查案子了。

沐风赶过来陪着帝拂衣在黑暗中静立了很久，终于忍不住开口："主上，要不要先吃点儿东西？您耗力太多，需要补一下。"

帝拂衣依旧不动。

沐风有些担忧，这样的主上他还是第一次见到。

原先主上也时常沉思，但那时大家都知道他是在想事，至于想什么事，就看他想完后谁开始倒霉了。

而这次他又在沉思，这次的沉思和以往任何时候都不同，他身上似乎有萧瑟的味道，看上去有些孤独，有些寂寞，甚至有些委屈，仿佛被人抛弃却又不知道该怎么让人再捡回去的孩子。

当这个念头在沐风的脑海中出现的时候，他觉得自己神经了！

他怎么可能会有这种感觉？

历来都是左天师大人抛弃别人，何时轮到别人抛弃他了？

“沐风，你说本座是不是有病啊？”静默的帝拂衣终于开口了，说出的话却让沐风直接哆嗦了一下，立即紧张起来。

“主上，您觉得哪里不舒服？头晕？目眩？还是四肢无力，抑或……”沐风说出一大堆症状，一双眼睛瞪得比灯泡还大，将帝拂衣上上下下打量了一番。

有些出神的帝拂衣终于回神，抬腿一脚踹过去：“滚！本座说的病不是指这个。”

沐风松了口气：“那主上的意思是？”

帝拂衣今夜似乎有了点儿谈兴，或者他确实有些迷茫：“其实本座也不知道，不见她时很想见，见了以后心里又不舒服。其实她现在这样算是本座曾经期望的，本座应该感到开心才是，本座却很难过……”

他沉默了片刻，似乎在找合适的词：“她需要变强大，她成长得很快，本座其实应该感到欣慰，可是看我不在她身边，她也活得这么恣意潇洒，本座竟然有些失意……”

沐风不敢接口。

“本座该远离她，却又控制不住地想要亲近她……她一定觉得本座是个喜怒无常的神经病。”帝拂衣微微皱起眉头，给自己下了定论。

沐风小心翼翼地道：“主上，为什么要远离呢？既然喜欢那就该把她留在身边啊。”

帝拂衣将目光转向他：“我该把她留在身边？”

沐风：“当然啊！”

普通男人见了喜欢的女人还想留在身边呢，更何况是左天师？

左天师无论把谁留在身边那都是对方的福气啊！

帝拂衣不说话了。

“主上，您是真的喜欢她是吧？”

“废话！”

“主上，属下不明白的是，您原先追她追得义无反顾，属下一直以为您会设法把她娶回家，和她双宿双飞。那时主上到底怎么想的？”

怎么想的？

帝拂衣皱起了眉头。

“沐风，情爱的定义是什么？”帝拂衣没回答沐风的问题，手指轻轻敲着桌子，似乎在思索，“是曾经拥有，还是长长久久？”

沐风要哭了，可怜他活到这么大，从来没经历过情爱之事，哪里知道它的真谛啊？

不过圣尊既然问了，他自然得说一下："主上，情爱之事吧，属下觉得其实都不是长久的，就算爱得死去活来，一旦变成柴米油盐的夫妻，那爱情也大多熬没了，爱情变亲情……"

他觉得自己说得很在理："主上记得顾谢天和罗星蓝吧？当初爱得感天动地。罗星蓝为了顾谢天几乎不顾一切，而顾谢天那时为了她也是拼命，在战场上差点儿死了，但因为心里对罗星蓝的牵挂，受了那么重的伤还是从死人堆里爬了出来，流着血一步步地爬，在风雪天里爬了三天三夜，就因为妻子的预产期快到了，他知道她不能没有他……那时他们的爱情多让人感动，但后来不也是这样了嘛。其实情爱之事也就能维持三五年，时间一长两人要么分手，要么爱情变亲情，平淡地过一生。

"属下觉得吧，情爱一事注重的是过程，而不是结果，只要曾经拥有，就算昙花一现那也没遗憾了。"

帝拂衣不说话了，似乎被沐风说动了。

他这一生看过的情爱之事不计其数，确实如沐风所说，就算当初爱得死去活来，也有平淡的时候，成为柴米夫妻还算是好的，有的甚至成为仇人，恨不得置对方于死地。

帝拂衣难得和属下讨论这么接地气的话题，所以沐风觉得很感动，有种当了主上的知己的错觉。

"主上，喜欢她就留下她，轰轰烈烈地爱一场！"沐风给帝拂衣鼓劲，总觉得圣尊如果不爱一场，就算活得再久生命也不完整。

帝拂衣没说话，只是在那里揉眉心。

"主上，属下觉得您今日对顾姑娘的表现会落在有心人眼里，她独自在外只怕会有危险，倒不如把她留在您身边。您如果想让她变强，不如亲自传授她一些东西，您教的内容比天聚堂教的可强多了！"近水楼台先得月，沐风深知这个道理。

帝拂衣垂眸，其实一个人变强并不单单指武力值。

有些东西也不是靠人传授几句就能学会的——

一条溪流，两三棵枫树。

枫叶半红半绿，自有一种风情。

笛声悠悠地响起，顾惜玖循着笛声找来，远远看着枫树下站着一个人，白衣如雪，人如美玉。

果然是龙司夜。

顾惜玖微笑，在不远处静静聆听。

笛声停，耳边风声微动，龙司夜落在她身边道："怎么起来了？伤口还疼不疼？"

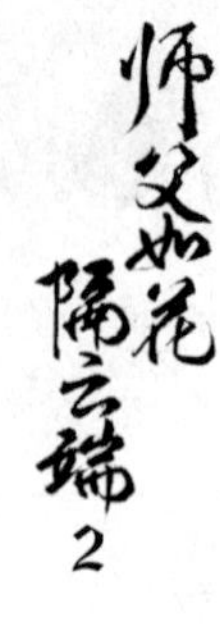

顾惜玖摇头。她体质好，恢复得快，虽然尚不能运功，但可以稍稍走动一下，她在屋里躺了一天半也躺烦了。

龙司夜将她扶到一块大石上坐下，然后坐在她身边，手指搭上了她的腕脉，为她切脉，片刻后松开手，欣慰一笑："恢复得不错。吃东西了吗？"

顾惜玖摇头："没胃口。"

龙司夜摇了摇头，自身上拿出一个纸包拆开，里面是热腾腾的点心："这是你最爱吃的豌豆黄。"

顾惜玖挑眉道："你自己做的？"

龙司夜咳了一声："是、是啊，尝尝味道如何？"

顾惜玖咬了一口，似乎太甜了，也有点儿腻。

但她看着龙司夜有些紧张的眼神，还是将它慢慢吃了下去："很好吃，手艺不错。"

龙司夜松了一口气："喜欢吃就好，以后我再给你做。"

二人坐在一起说了几句闲话，顾惜玖道："龙教官，你再给我吹一首曲子吧，我喜欢听。"以前她就喜欢看他吹笛子。

他模样好，身材好，气质好，站在树下吹笛子时有一种水墨画在眼前徐徐展开的美感。

龙司夜自然不会拒绝，果然又吹奏起来。他吹奏的是《姑苏行》，十大笛子名曲之一，这首曲子很有江南风味，笛声响起的时候，似乎有江南山水蜿蜒行来，让人心情安定愉悦。

顾惜玖微微闭上眼睛，靠着后面的枫树，两个人一个吹得用心，一个听得入神。

安宁祥和，或许这才是她想要的生活。

认准了就干，不给自己留后悔的余地，是顾惜玖一向的作风。

其实她现在对龙司夜所说的话还不是完全相信，毕竟苍穹玉也说她是生化人。

她问过苍穹玉，苍穹玉也很蒙，说它的资料就是这个，而且这个也无法验证。它毕竟是在这边认识她的，所以这注定是个难解之谜。

她拿出了那个枫叶玉佩，真的好小，手感温润。

这玉佩是七夕那一天龙司夜送给她的，说物归原主。

一曲吹完后，她现在毕竟体弱，靠在那里有些昏昏欲睡，原本是倚靠着大树，却不知道什么时候改靠在龙司夜的肩膀上了。

龙司夜低头问她："还想听什么？"

她回过神，俏脸隐隐有些红。好丢脸，她居然听睡着了。

"来一首《喜相逢》吧。"顾惜玖又点了一首。

龙司夜微笑着摇头，那是民谣，不过倒也符合他们现在的处境，一对情人喜相逢……

这个曲调并不是他擅长的，他比较喜欢那种悠长静雅的旋律。

他微微垂眸，然后笑道："我试试，那曲子我没怎么记熟。"

他吹了小半首后面怎么也想不起来了，歉然道："实在想不起来，不如再换一个？"

顾惜玖琢磨了一下道："你听没听过凤凰传奇的《指间沙》？我比较喜欢那首歌。"

龙司夜松了一口气："这个我会！"

"好，你吹我唱。"顾惜玖来了兴趣。

龙司夜还不放心："你的伤似乎不太适合唱……"

"没事，我小声唱就是。"

龙司夜终于点头，横笛吹奏。顾惜玖开口清唱：

那一年江南月下 你弹琵琶急催我上马
任心事喧哗 你要留下 却不叫我牵挂
你说缘如指间沙 握不住就放下
管他风扫落花 赌上一生陪着你挣扎……
……

歌声清亮婉转，随着笛声顺着溪流飘荡：

琴声又飘落流水人家
艳美一对对 青梅竹马
……

笛声悠扬，歌声虽然带着一丝沙哑，却自有韵味。

一曲唱完，龙司夜眼眸微亮，抬手握住她的手道："惜玖，我一直寻觅的是你，不是谎言，我们不会错过最美的韶华……"

顾惜玖轻轻一笑，终于主动将头靠在他的肩上："傻瓜！"

她和他的爱情虽然称不上青梅竹马，但也是细水长流。

就算他们不能举行婚礼，但她只要和他相守就够了，何必在乎虚礼?

她闭上眼睛，耳中似乎响起一个声音："小惜玖，你爱上我了……"

她的心像是被扎了一下！

当时她表现得很淡定，但心脏还是狂跳了几下。

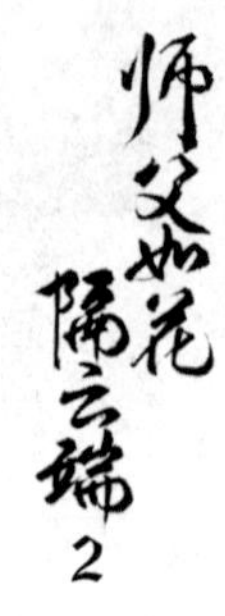

当然也就那么几下而已，因为她知道他不是认真的。

就算他认真又如何？她既不想做他的朱砂痣，也不想做他的白月光。

弱水三千，她只取一瓢饮。

她现在已经找到自己那一瓢了，其他的，那就随手扔了。

离此不远处，帝拂衣坐在一棵红枫树上，垂眸看着不远处那一对相偎相依的璧人，听着她的歌声。

她的歌喉不错，但在追求完美的帝拂衣眼中还是有那么一点儿缺陷，他记得当初她唱歌给他听的时候，他给她挑出了一大堆毛病，灌了她不少酒。

现在她毕竟受伤，嗓音就更不好了，有点儿沙哑，有点儿上气不接下气，有些词咬字不清晰。

他能给她挑出更多毛病，可她不是唱给他听的，是唱给龙司夜听的。

她一直喜欢龙司夜，前世喜欢，这世也忘不了，现在她终于得偿所愿了？

帝拂衣不知道从何处拎了一个小酒壶出来，左手持杯，右手持壶，喝了一杯又一杯酒。

风吹起了他的袍角，扬起了他的黑发，黑发遮住了他的眼睛，他随手撩开了头发。

他知道他该下去分开他们，该质问龙司夜不守信用。

可是他又不想下去，不想让她再恨他。

他最近做的事似乎都是招她恨的……

他这辈子做的事招人恨的不少，也不知道多少人背地里恨他恨得咬牙，他却没放在心上。

世人皆谤又如何？

他的身份摆在那里，责任摆在那里，只要最终目的是对的，他不忌讳使用任何手段，也不怕成为千夫所指的对象——

所以他做事从来不看人脸色，只要是应该做的，他会立即去做，从来不会犹豫。

但现在他明明知道该去做什么，却犹豫了。

那两个人终于起身，相携离去。

背影美好却又刺目，渐渐在远处消失。

帝拂衣没起身，又灌了一口酒，被酒液呛到，咳嗽起来。

片刻后，他觉得嘴里有血腥气，随手一擦，雪白的帕子上出现了一抹鲜红的颜色。

他微微皱眉，想将帕子随手化掉，但刚一运功便觉得全身筋脉欲断。

“主上！”沐风瞬间掠至。

帝拂衣随手将帕子放进衣袖之中："何事？"

"主上，沐云传来消息，说飞星国被屠的那个小镇依旧没查出凶手，而且被宣帝派去的那些官员也是一去不回。宣帝震怒，今早派了顾将军前去调查。"

帝拂衣微微蹙眉问道："沐云没亲自去查？"

"禀主上，沐云昨日也去了，可是他在那小镇上没查出什么。那个小镇已经成为空镇，他一具尸体也没找到，而且也没找到打斗痕迹。那些人如果真是被屠杀的，不可能一点儿打斗痕迹也没有，毕竟小镇上住的都是彪悍的猎户，有三四千人呢……"

帝拂衣喝了一口酒，没说话。

"主上，或许对方不是调虎离山，而是、而是用那些猎户修炼邪功……"沐风猜测道。

"那里可有冲天邪气？"

沐风摇头："怪就怪在这里，那里没有任何邪气，甚至连人死后的怨气都没有。小镇看上去很平和，就是一个人影也看不到。主上，会不会那些人并没有死？而是被禁锢在什么地方了？"

帝拂衣垂眸片刻后说道："让沐云再去查一查，主查沟塘、水井，凡是有水的地方都要查一遍！同时注意顾谢天和容彻的动向。"

沐风点头："是！"

沐风转头欲走，但他看了看帝拂衣手中的小酒壶又顿住脚步："主上，您身上有伤，还是不宜饮酒。"

主上最近灵力消耗得极为厉害，好像主上每次进观星台都会大大消耗灵力，原先主上从观星台出来都会闭关，这次却直接来天聚堂了，为救顾惜玖又强行运功……

主上如果好好的，那这自然不算太难，但他那时身上的灵力只怕连平时的一半都不到，再化咒术剑自然力不从心。后来虽然化掉了，但主上也受了极重的内伤，如果好好将养倒也能在一个月内恢复，但他又不肯闭关，还要在此喝酒。

沐风忍了忍，终于忍不住道："主上，属下觉得您应该闭关……"

"少啰唆，快去！"帝拂衣不耐地道。

沐风只得离开了。

帝拂衣仰头又喝了一口酒，明天是她的成年礼，是她的大日子，他不想错过。

九线流泉凝飞瀑，泉水如珠玉，倾泻到下面的深潭之中。

四周杂花生树，枫叶吐丹，景致静而美。

这个地方比较偏，轻易不会有人来。

这个地方也是禁地，只有圣尊和左天师能来。

天聚堂的人是不允许来这里的，所以这个地方常年没有人，花花草草生长得极为

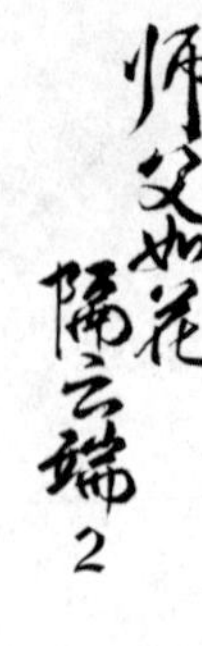

茂盛。

帝拂衣泡在深潭中。

他好洁，原先一个清洁术就能搞定的事，现在因为使不出清洁术，他便选择泡潭水。

潭水清冽，他微闭着眼睛在水中半浮半沉。这潭水不但能祛除身上的污垢，还能让他体内有些激荡的热血恢复平静，对恢复灵力有好处。

原先他每次在这里泡时都能很快静下心来，这次心绪却乱得厉害，体内激荡的热血好半晌不能平复。

头顶一钩弯月，纤纤如画。

她现在在做什么？不会还和龙司夜在一起吧？

她的伤需要再静养一天，今天上午她跑出来找龙司夜，两个人坐在树下吹笛唱歌，以她现在的体质，她应该累了，这个时候应该是在院内歇着。

背后之人应该还没发现顾惜玖真正的身份，不会对她有太多想法。她应该是安全的。

背后之人的目光只怕是盯在了云清罗这个天授弟子身上。

没有绝对的把握背后之人也不会轻易下手。

帝拂衣微微闭上眼睛，原先他只觉得这一场无涯的人生太长，现在忽然又觉得短了。

他思虑过多，一时气入岔道，让他再次呛咳了几声。

他好不容易止了咳，半浮在水面上，闭目思索，他在这里似乎也无法静心，不如先回院中看她一眼再去打坐。

他再打坐一夜就能恢复一些灵力，明日为她主持及笄礼应该没问题。

忽然他似察觉到了什么，猛然抬头，眼睛微微眯起。

不远处顾惜玖和龙司夜并肩行来，不知道龙司夜和她低声说了什么，让她忍不住笑了笑。

她的俏脸还有些苍白，走路的时候脚步也有些沉重，但月光下，她的小嘴浅浅勾着，像极了天上那轮弯月。

龙司夜和她十指相扣，二人缓缓行来。

“惜玖，前世我们一起遛弯的时间也不多，现在倒是难得，我很开心。你呢？”

“开心啊。”顾惜玖答得简单，眉心却微微皱了皱。

“怎么了？伤口疼？”龙司夜再次摸向她的脉门，想要为她诊脉。

顾惜玖摇头道：“没事，伤口已经不疼了。”她就是有点儿疲惫。

龙司夜轻叹了一口气：“幸好你体质好。”

顾惜玖微笑道：“是你的药好，你那七品敛肌丹真不错，我吃了一颗后，伤口好得飞快，现在我感觉已经愈合得差不多了，就剩外伤了。”

龙司夜愣了一下，问道：“七品敛肌丹？”

“是啊，那药不是你让小狐狸送过来的吗？”

“我没有……”龙司夜正想解释什么，忽似察觉到了什么，抬头向左前方看去。

顾惜玖察觉到他的身体有片刻的僵硬，也诧异地抬头，然后足下顿住了。

飞瀑激得深潭中水花四溅，而在潭水中央，一名男子在水中半浮半沉。

长发如帘幕，披散在潭水之中，红衣如练，在他身边浮荡，清冷的月色，令他的面具上泛着淡淡的光，那光遮住了他眸子里的光，让人看不到他的神情。

左天师帝拂衣。

顾惜玖没想到会在这里碰到他，四目相对，她看不清他的神色，心却本能地快速跳了跳，但随即镇定下来，微微一笑跟他打了个招呼：“左天师大人，好巧。”

龙司夜几不可见地皱了皱眉，这个时候他不想碰到外人，当然，更不想碰到帝拂衣。

但既然碰到了，还是要打招呼的，所以他也笑了笑道：“没想到左天师在这里，打扰了。”

帝拂衣还泡在水里，身子斜倚在潭水中的一块青石上，并没有说话，只是慵懒地看着他们，眼神颇为寒凉。

龙司夜并不想和他有太多交集，说了一声：“左天师请便，我们就不打扰了。”

他扯着顾惜玖转身走了。

水声从后方传来，身后的帝拂衣始终没开口，在那里如同雕塑。

“惜玖，我们再去哪里转转？我知道有一个地方花开得很好……”龙司夜似乎恨不得把先前的时光都补回来，想要时时刻刻和她在一起。

顾惜玖却意兴阑珊，微微摇头道：“我有些累了。”她现在体质不行，多走几步就感觉要冒冷汗。

虽然龙司夜有点儿失望，但还是说道：“好！你回去好好歇歇。”

顾惜玖躺在床上，觉得腰酸背疼，伤口那里也隐隐有些痒，像是有蚂蚁在那里咬。

她皱起眉来。帝拂衣让她卧床两天的，而她卧床一天多就爬起来了，今天下午貌似走的路多了些，感觉疲惫得很，却有些睡不着。

人睡不着就容易胡思乱想，她先考虑了一下未来的路，似乎还算光明。

她凭自己的实力进入了紫云班一班，以后就可以学到更好的知识了。

而她和龙司夜也解除了误会，以后可以多交流交流，而且这次龙司夜会在紫云班一班担任半年的导师，以后两人朝夕相处的机会很多。

前世他是她的教官，这世他能做她的导师也算圆满。

她正思索着，小狐狸又蹦跳着来看她，顺便给她送来了饭食和药。

顾惜玖吃完了饭，看了看那药，依旧是一粒七品敛肌丹，药丸在烛光下光华微闪。

她像是随口问了一句："这还是龙宗主让你拿过来的？"

蓝外狐顿了顿，从鼻子里哼了一声："嗯。"

顾惜玖放下药，正色望着她："小狐狸，我不喜欢被人骗，哪怕是好心！"

蓝外狐吃了一惊，可怜巴巴地看着顾惜玖："惜玖……"

"嗯，说实话。"顾惜玖拍了拍她的头。

小狐狸不擅长撒谎，于是说了实话："是沐风使交给我的，说怕你不收，所以让我借龙宗主的名义送来。惜玖，这药丸没事吧？"

药自然没毛病，顾惜玖没说什么，只问了左天师的住处。

蓝外狐昨天就抱着枕头来了，不由分说地要留在这里和她做伴。顾惜玖赶也赶不走，只能让她留下。

好在室内有两张床，多一个蓝外狐倒也没什么。

顾惜玖今夜有些心绪不宁，躺了一会儿便有些躺不住，侧头看了看蓝外狐，小丫头大概白天练功太累了，此刻沾床就睡熟了。

她不由得失笑，披衣走出房门。

月已上中天，秋夜沁寒。

她掂了掂手中的药丸，想了想，还是决心给某人送回去。

她走到左天师现在的居处，左天师新建的庭院就在圣尊当初为她建造的房子那里。

顾惜玖记得这里早已被拆成一片平地，没想到事隔三月，左天师又在这里建造了一座房屋。

黑压压的一排建筑，也是三进三出的院落，虽然建造风格和原先那座建筑大不相同，但顾惜玖总有一种莫名的熟悉感。

她并没有见到左天师，敲门的时候，只见到了沐风。

沐风见到她有些讶异，似乎没想到她会主动登门。

夜已深，顾惜玖不想进去，就把药拿出来托沐风转交给左天师，说自己无功不受禄。

沐风对她的态度有些冷淡，也不接药丸，说她真想归还的话，那就自己去交给左天师，不要让他为难。

顾惜玖没办法，只得让他带路，她进去亲自还给帝拂衣。

但沐风告诉她，左天师并不在，他已经出去很久了，还没有回来。

因为左天师一向神出鬼没，并不常让属下跟在身边，所以沐风也不知道他去了哪里。

不过沐风告诉她，左天师曾经说过，会参加她的及笄礼。

她如果真不想要左天师的东西，可以明日见了他之后亲自还给他。

沐风临关门的时候，还说了几句让顾惜玖觉得莫名其妙的话："和左天师对姑娘平时的付出相比，这一粒药实在算不上什么。姑娘还真不必把它放在心上。若姑娘觉得这粒药有辱姑娘的面子，那不妨把它丢掉。"说完他就关上门，把顾惜玖关在了外面。

顾惜玖在回来的路上把自己和左天师相处的画面挨个儿回忆了一遍，觉得自己似乎没有什么对不起他的地方。

左天师确实救了她很多次，但大部分时候她之所以遇险和他有关……

怎么沐风一脸她欠了左天师很多的样子？

夜色已深，她独自在路上慢慢走着。

因为已经决定接受龙司夜，所以这一天顾惜玖拒绝想那些纠缠不清的事，只想快刀斩乱麻，不让别人后悔，也不让自己后悔。

前面忽然有水声传来，她抬头，足下一顿。

她乱走，居然走到了深潭这里。

刚才她还和龙司夜来过这里，在这里碰到了帝拂衣。

这里离她的住处并不近，她一出神就喜欢到处乱走的毛病还真要不得。

她和龙司夜走时帝拂衣还在这里，不知道现在还在不在？

她忍不住想到潭水边瞧一瞧，但走了两步又觉得不可能。

她离开这里将近一个时辰了，帝拂衣怎么可能一直在这里？他不怕泡掉一层皮啊？

她虽然这么想，但既然已经来了，不上前看看似乎不甘心。

于是，她上前去瞧了瞧，不算明亮的月光下潭水清澈，因为不时有瀑布冲下，所以潭中有些波浪，粼粼水波之中并没有任何人。

她一面在心里暗笑自己多疑，一面转身想直接回去。

但她在转身的刹那，余光瞥见九道瀑布下好像有一条红带。

心脏不由自主地快速一跳，她想起了帝拂衣泡澡时的那一身红衣。

她忙转身看去。

月色偏暗，而那里离这边颇远，水又急，她还真看不清有没有人，只隐隐觉得那里似乎有一截红布。

她在岸边顿了片刻，叹了口气，纵身入水，游了过去。

她身上原本就有伤，虽然已经好了很多，但伤口还在，身上也没多少力气，现在

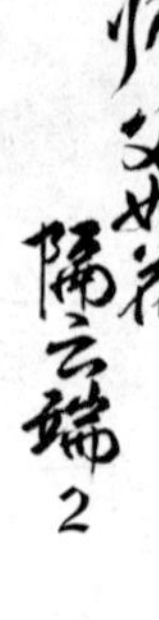

下水简直就是找虐!

她大半夜跳进冰冷的水中就为了验证那块破布到底是什么，顾惜玖觉得自己的脑子大概也进水了。

好在她的游泳技术不错，很快她就游到了瀑布附近。

她心中咯噔了一下。

那块红布正是帝拂衣身上的衣服。

他的衣服在这里，人呢？！

她立刻游过去捞起那片衣襟一扯，帝拂衣就被她从水里扯了上来。

顾惜玖的一颗心险些从胸腔里蹦出来。

无所不能的左天师大人居然溺水了。

此刻他全身湿透，紧闭着眼睛，薄唇紧抿也不知道是死是活。

顾惜玖心中一慌，不管不顾地直接扯下他的面具。帝拂衣的脸色比雪还白，唇上几乎看不到血色，他紧闭着眼睛，长长的睫毛湿漉漉的，胸膛也不见起伏。

他不会是淹死了吧？！

顾惜玖忙探他的鼻子，没有任何气息。她再摸他的脉搏，脉搏停跳；她又试颈动脉，颈动脉停跳；她再摸手脚，手脚也已经冰凉。

他这状态，分明就是已经死了啊！好在身子还没僵。

强大的左天师居然会在这里被淹死，顾惜玖觉得这简直不可思议，同时心里也慌得不得了。

她再也顾不得什么，忙拖了他就走。

她自己也有伤，使不上内力，只能用体力。按理说她现在没多少力气，但这时候，她也不知道哪来的力气，不过片刻工夫就将他拖上了岸。

上岸后，她一时腿软，险些跌趴在他身上。

她忙起身，不管三七二十一，开始给他做心肺复苏。

“帝拂衣，你别死啊。

“喂，你这么强大的人，淹死在这里太可笑了吧？！

“你睁眼啊！你这是练功呢吧？喂，别睡了，醒醒！”

她一边给他做心肺复苏，一边呼唤他。顾惜玖顺便检查他的肚子，看他的样子不像是喝饱了水，甚至他的鼻子、嘴巴都没有呛水的迹象。

她做了半晌心肺复苏也没管用，他依旧一点儿动静都没有。

顾惜玖急了。

她虽然有些恨他，可不希望他死，心一横又开始给他做人工呼吸。

他的唇冰冷而又柔软。更奇怪的是，他身上的香气似乎比平时浓郁了不少，整个岸边都笼罩在这种香气之中。

这香气极为勾魂夺魄，让人想在香气中迷失、沉沦。

顾惜玖的心跳得厉害，不过不是被他身上的香气所迷，而是被吓的。

她甚至没注意他身上这浓郁的香气，满脑子都是他绝对不能死的念头。

人工呼吸足足做了上百下，顾惜玖自己都有点儿头晕眼花了，帝拂衣还像死了似的没有一点儿动静。

顾惜玖坐在他身边累得呼呼直喘，心里的害怕一波紧似一波，海潮似的涌上来。

她忽然似想起什么，忙跳起来。

她想到了龙司夜。龙司夜是神医，还会招魂术，或许能救帝拂衣一命。

她跳起来正要跑，忽然觉得自己的衣襟被他握住了。

她眼睛一亮。

他没死？还活着？

她忙低头看去，见帝拂衣依旧紧闭着眼睛，他的手却抬起来抓住了她的衣襟，指节微微发白。

他是诈尸，还是活了？

她下意识地去摸他的腕脉，能感应到脉搏在轻轻地跳动。

她再看了看一直闭着眼睛的帝拂衣。

这浑蛋不会是装死吓她吧？！看她要走才醒过来！

她仔细瞧了瞧他，他的脸色虽然还是一片雪白，但胸前已有微弱的起伏，睫毛也开始抖动，抖得上面的水珠摇摇欲坠。

显然，他醒了，却不想睁眼，这是还想接着忽悠她？

她扯了下衣襟，笑得森冷：“帝拂衣，你又活了啊？！”

对方没睁眼，长长的睫毛依旧覆在眼睑上，但握着她的衣襟的手紧了紧，握得漂亮的指节都泛白了。

顾惜玖心中有火，不想和他多纠缠，拼命一扯自己的衣襟，就想走人。

不料对方猛然一拽，刺啦一声，顾惜玖的衣襟被扯下来一块。她也被那股大力给拉得一个踉跄，足下再一绊，扑通一声直接摔进他的怀中，额头撞在他的胸膛上。

他闷哼一声，顾惜玖也眼冒金星。

她简直火冒三丈，七手八脚地想先爬起来再说。

但她的身子刚刚一动，他的手臂便将她抱住，如铁钳似的箍住了她的腰：“别走！”他的嗓子哑得厉害。

而他一说话，浓郁的酒气便喷了出来。

他这是在酒坛子里泡过？

他到底喝了多少酒啊？！

顾惜玖去掰他的手：“喂，你放手。”

“不要走，好吗？”他声音低沉地说道，仿佛在恳求她留下来。

顾惜玖看着他已经睁开的眼睛，那双如海水般深邃的眸子里此刻遍布红血丝，眸底实实在在地写着痛楚和迷茫。

顾惜玖和他接触这么长时间，她还是第一次见到这样的他。

高高在上的左天师此刻脆弱得像个找不到家的孩子。

“我不走，你先放手……”顾惜玖忍不住开口哄道。

她还一直趴在他身上，两个人都湿漉漉的。风一吹，顾惜玖觉得有些冷，忍不住又动了动。

“为什么不要我呢？”帝拂衣低语，并没有松开她，声音依旧哑得厉害，“我明明比任何人都好……”

顾惜玖：“……”

他是清醒的吧？

“左天师大人。”顾惜玖试着叫了他一声，“你在和我说话？”

“我明明一切都是为了你好，为什么？为什么不要我？我很难受……”帝拂衣的薄唇抿得紧紧的，他微皱着眉，像个不知所措的孩子。

顾惜玖心上像被什么击了一下：“什、什么？”

他没有说话，只是抿唇看着她。

顾惜玖被他看得头皮发麻，加上河岸上确实很冷，虽然两个人像连体鱼似的抱在一起能互相取暖，但今日的左天师很邪，他明明已经醒了，身子却依旧冷得像死人，顾惜玖现在没有灵力护体，在他怀里冻得直哆嗦。

他这是喝醉了说醉话吧？

他知道自己在说什么吗？

顾惜玖一时挣扎不起来，干脆在他怀里趴着，认真地看着他问道：“左天师大人，知道我是谁吗？”

帝拂衣依旧瞧着她不说话，瞳仁中映出来的是她的影子，她身后则是繁星点点的天空。

“喂，左天师大人，你是清醒的吧？”顾惜玖努力用手指在他眼前晃了晃。

帝拂衣的眼睛依旧很红，他怔怔地瞧着她。

他果然喝醉了，不清醒。

别人喝醉了要么睡觉，要么耍酒疯，左天师大人耍酒疯都与众不同，居然沉在水中练龟息术，害得她还以为他被淹死了！

和喝醉的人是没法讲理的。

他抱着她就是不肯撒手。

他的功夫太高，而她的功夫太低又是在虚弱状态下，这个时候如果顾惜玖强行挣扎自然讨不了好，也挣扎不开，甚至她越挣扎帝拂衣抱得越紧。

顾惜玖对付醉汉还是有一手的。她在前世的朋友如果喝醉了，她会一杯冷水把人泼醒。

但现在她刚把他从冷水里拖出来，一杯冷水能把他泼醒吗？顾惜玖严重怀疑这种可能性。

她和他此刻躺在深潭边，离深潭也就半米的距离。

顾惜玖挣不开他的怀抱，开始设法努力向深潭的方向挪动。

她的身子在他怀中动来动去，然后她便发现身下这具躯体似乎有了反应，不再冰冷，渐渐温热，体温升高得还不慢，也就三四分钟顾惜玖就觉得自己趴在一个热乎乎的烤箱上了。

她倒是不冷了，心里感觉不妙。

因为她发现帝拂衣的身体起了特殊反应——属于男人的反应。

她有点儿慌，偏偏她身下的帝拂衣除了身体诚实以外，其他地方都像不在线。

她和他商量，挣扎、恳求、威胁，甚至掏出一柄短剑横在了他的脖子上，她各种花招都用遍了，但这些都像泥牛沉水，压根没什么效果。

而且他还不说话，一双眼睛瞧着她，开始是迷茫痛楚，接着像审视，然后眸色变深，越来越深。

他的一条手臂揽住她的腰，让她的身子紧贴着他，二人之间仅仅隔着两层薄薄的布料，简直就是毫无间隙。

他个子高，顾惜玖和他一比就显得娇小玲珑，她的全身都被他的身体包围着，他的体温高，顾惜玖也感觉自己要燃烧起来了。

她挣扎得更厉害了，他却猛然将她向怀里一带，不知道是有意还是无意，他身体的某个部位也顺势撞了她一下。

顾惜玖一张俏脸腾一下就红了。

她持着短剑的手一抖，锋锐的剑锋在他的脖颈处割出一道血口子，血顺着剑锋蜿蜒而下，晕染在顾惜玖握剑的手指上。

顾惜玖的心颤了一下，她情不自禁地把短剑向回一撤。

他却抱着她骤然翻身，顾惜玖感觉一阵天旋地转，等她反应过来时已经被他压在了身下。

没等她有其他反应，他的唇便覆了下来，直接堵住了她微张的小嘴。

顾惜玖脑子里轰然一响，有刹那的空白。

他的吻来得又猛又急，像沙漠中渴到极致的旅人忽然找到了清泉，终于可以一品其中的甘美，带着风暴似的掠夺，将她整个席卷。

他的身躯火热，唇也火热，他的吻先是侵袭了她的唇，再是她的下巴、锁骨……

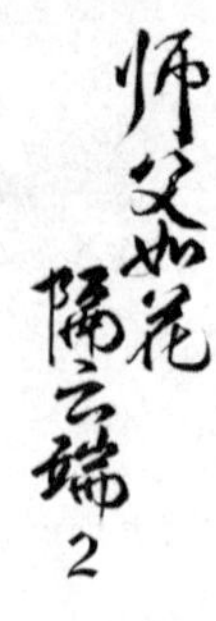

直到他的唇碰触到她前胸的伤口，顾惜玖微微一疼之余，瞬间清醒过来。

她立刻睁开眼睛，看到的是他伏在她胸前的头顶，黑发如墨。

天哪，她和他现在这是在做什么？！

她怎么也没想到救个人险些搭上自己的贞操！

顾惜玖顾不得别的，猛然挣扎，这次她不管不顾地用上了灵力，而帝拂衣又明显没防备，居然被她推得滑落下去。

顾惜玖趁势一滚。

扑通，她落水了。

冰凉的潭水让顾惜玖有些混沌的脑子终于清醒，她从水里冒出头来，发现帝拂衣正愣愣地坐在潭水边，瞧着水面一动不动。

顾惜玖恶从胆边生，从水里潜游过去，到潭边上时突然冒头，一把扯住他的腿，哗啦一声，就把他扯下了水！

他下意识地挣扎，顾惜玖压根不给他准备的时间，得手后立即扯着他往水里拽。

她要让他浸浸冷水清醒清醒，谁让他趁醉占她的便宜。

大概拽了半米深，顾惜玖抬头看了看他。

原本就是夜晚，水中昏暗，她也看不清他的脸色，只看到他的双手下意识地在水中拍打，双足也下意识地乱蹬。

原来你也怕被淹死。

顾惜玖死死地抱着他的腿，就是不松手。

或许他醉得太厉害，他的挣扎并没有多大力气。

当然，顾惜玖也怕他真被淹死，在水里停了半分钟她便又将他推出水面。

当然，她自己也浮出水面呼吸了几口气，然后扯着他又向下拽。

她如此折腾了他四五回，觉得够本后才又将他推上了水面。

然后她也浮上来对着脸色苍白的他横眉冷对道：“这次清醒了没？！要不要我再让你灌灌水啊？”

帝拂衣没说话，而是一口水直接喷出。顾惜玖离得近，又一时不防，被他喷了一脸水。

顾惜玖抬手抹了一把脸上的水，这水居然还带着淡淡的酒气。

顾惜玖怒了，正要再扯着他下水，他居然咳了起来。

他咳嗽得又急又猛，仿佛要把肺给咳出来，不像装的。

顾惜玖本来想把他扯下去的，此刻却顿了顿，脑子里还没分清他的咳嗽是真是假，就看到他用手捂住嘴，然后有血从他的指缝里沁出……

血在夜色中很刺目，顾惜玖傻了。

不是吧？她就淹了他几下就让他吐血了？

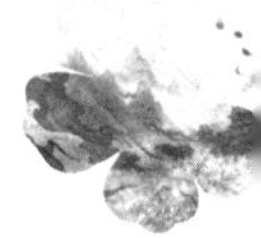

“喂，你……”顾惜玖忍不住去拍他的后背，替他顺气，“你是真吐血啊？”

好不容易他不咳嗽了，他的手指也从唇上移开，唇上、手上鲜血淋漓，脸色也苍白得厉害，看上去非常虚弱。

顾惜玖有些心虚，毕竟她也没想到会是这个结果，咳了一声，道：“你……你怎么会变得这么虚弱？喝酒也能淹到，灌你几口水也能吐血，你真是左天师吗？不是什么人假扮的吧？”

说到这里她凑近了看他，星月朦胧，但这么近的距离，她还是看得很清楚。

帝拂衣精致的五官，仿佛是上帝之手精心雕琢而成，让人看一眼就想沉沦。

同样是眉毛、眼睛、鼻子、嘴巴……偏偏组合在一起就给人一种惊心动魄的美。顾惜玖承认，她活了两辈子就没见过像帝拂衣这么好看的人——

龙司夜也俊美，也帅，但和帝拂衣一比，就少了一点儿气势。

帝拂衣的美不属于人间，自带凛然仙气。

这个人性子太可恶，平时又戴着面具，所以大多数人看到他时，第一眼就会被他的风度所迷，第二眼会被他的气势镇住，从而忽略他的容貌。

现在顾惜玖在星光下看了个够本，深深觉得他简直就是妖孽，不但性子有侵略性，连容貌也如此有侵略性。

这是左天师帝拂衣，如假包换。

顾惜玖让他灌了几口水，似乎终于让他醒酒了。

他洗了手，擦了嘴，又理了一下湿透的头发。

他似乎虚弱得厉害，在水中有些晃，在整理他自己的时候也是半浮半沉。

顾惜玖折腾了这么久，也疲惫得要命，到了此刻只觉得手脚都是酸软的，像是刚刚打过一架。

顾惜玖因为把对方淹得吐了血，还是有些歉意的，没好意思先爬上岸，在他身边不远处瞧着他，看他整理得差不多了，然后问他：“还有没有力气？要不要我扶你上岸？”

帝拂衣终于抬头，一双眸子望向她。

顾惜玖心中咯噔一下，他的目光在星光下如深海，波光潋滟，是他平时的眼神。

他侧头看着她，眸子里带着审视：“顾惜玖？你怎么在这里？”

声音还带着喑哑，他的声音本就好听，就算喑哑也好听，带着让人心动的磁性。

顾惜玖：“……”他刚刚占了她的便宜，搞了半天他不知道亲的是谁？！

那他刚才是把她当成谁了？！

顾惜玖在一怔之下立即怒了：“路过！正巧看到阁下的一片衣角在水里，我看着料子不错，想捞起来看看质地，没想到把阁下扯出来了！”

帝拂衣：“……”

顾惜玖接着冷笑道：“倒是好笑，阁下这么大的本事，怎么醉酒醉到水里去的？这醉酒方式倒别具一格，让人大开眼界！”

帝拂衣瞧着她没说话。

顾惜玖继续道：“莫非阁下刚才是在水底练龟息功，以至于让人误会了？那对不住了，我不该把你扯上岸的，该让你在水里继续……”

“你很生气？”帝拂衣终于开口。

她当然很生气！

她好心好意地救人被占便宜，被占了便宜对方还不知道占了谁的便宜，谁碰到这种事不闹心啊？

“我确实喝醉了，也是第一次喝醉……”帝拂衣低声开口，“我沉入水中不是练功，而是醉倒在里面。”

顾惜玖睁大眼睛望着他，一句话脱口而出：“那你怎么没淹死？”

帝拂衣：“……”

“你盼着我淹死？”他的目光又深了，表情似乎很受伤。

顾惜玖哼了一声：“我只是有点儿纳闷。”他在水中应该泡了很久，那种姿势泡在水里这么久他居然还能活下来也是奇迹。

“我在水里用肌肤也能呼吸的。”帝拂衣给她解释，“所以水淹不到我。”

原来如此，顾惜玖点了点头，又似想起什么：“不对，那我刚才拽你，你应该不会淹到啊，那怎么吐血了？”

帝拂衣高深莫测地瞧着她道：“或许我是被你气得吐血……”

顾惜玖压根不信。

“惜玖，你是专程来救我的？”帝拂衣的声音柔和下来，那一双眸子里也似有柔光。

“我说了，是路过！路过！”顾惜玖不耐烦了。她真的只是路过，碰巧在这里想起他来，结果没想到闹了这么大的乌龙。

她瞧了瞧自己身上，湿漉漉的如同水鸭子似的。

半夜里不睡觉她刚好路过这里，结果把自己整成这个德行。

顾惜玖很后悔，不过她还有一个问题想问：“你一直不知道是谁救了你？”

他刚才亲她的时候，把她当成谁了？

帝拂衣瞧着她，淡淡地道：“别人靠近不了我。”

顾惜玖挑眉：“啊？”

他骗鬼啊？！刚才的他醉成那个德行，就算来个不会武功的人都能把他拖走，别人怎么可能靠近不了？

帝拂衣叹了口气，他是难得喝醉，但就算喝醉他周围也是有结界护持的。

一旦有人侵犯他，立即就会被他的护体灵气反弹回去，如果那人不怀好意地袭击他，会被反弹得更狠。

他如果没有这种本事，在这个云谲波诡的世界早不知道死多少次了。岂能活到现在？

他的身体也就对她不设防，任她接近，任她扯任她抱。

他的身体是认人的，潜意识里只认她，也只对她有感应，想要亲近的只有她，对别的女子他提不起兴趣。

顾惜玖自然不知道这些，所以她的第一反应就是他又忽悠她。

但揭穿这种谎言没什么意思。所以她呵呵了一声，正要转身向岸边游去，他在身后又咳了两声：“你去哪里？”

这个时候她能去哪里？当然是回屋睡觉啊！

顾惜玖没理他，正要游走，却被他扯住了袖子：“你不会又要去找他吧？！”

顾惜玖扯回了自己的袖子，回答得不客气：“要你管啊？”

身后没动静。

顾惜玖向前游了片刻，还听不到后面的动静，有些纳闷，回头瞧了一眼，心中微微一跳。

他半浮在那里，微垂着头，正怔怔地看着他的手。

顾惜玖忍不住也看向他的手，待看清后吓了一跳。

他手上的青筋正突突乱蹦，血像是要从血管里蹿出来。

这情景顾惜玖并不陌生，是走火入魔的前兆。

或许是注意到了顾惜玖的回头，他抬头看着她，嘴唇微微颤抖着道：“惜玖，你……能不能救我上岸？”话刚说完，他的身子一下栽进了水里。

顾惜玖：“……”

她忍不住在心里骂了一声，迅速往回游，直接捞起他，再次将他拖上了岸……

第三十七章 墟鼎

顾惜玖觉得自己前世一定欠他的，所以今天来还了。

他上岸之后处于半清醒状态，坐都坐不住，而地上太凉，对他这种正处于走火入魔边缘状态的人来说很危险。

所以她干脆让他依靠着自己。

本来顾惜玖只想给他后背倚着，奈何他倚不住，她只得让他倚在自己的肩上，同时一条手臂圈住他的腰固定住他。

他脸色苍白得厉害，手想向胸口衣襟处掏东西，偏偏手很抖，一时掏不出来。

顾惜玖看不惯地问道："要找什么？我帮你找。"

"药……"帝拂衣吐出一个字。

顾惜玖以为他的药装在胸口衣襟的袋子里，但伸进去摸了半天什么也没有，倒无意中碰触到他的胸膛好几下。

顾惜玖现在一只手揽着他，一只手在他胸口乱摸，这怎么看都像她在占他的便宜。

幸好附近没别人，如果让人瞧见了，指不定会传出什么风言风语。

顾惜玖有些烦躁："在哪里啊？"

"在胸口心脏位置，墟鼎……"他低语。

顾惜玖傻眼了，墟鼎？！

那是灵力修炼到七阶以后才能修炼、操作的东西，她只听讲师说过，压根没见过。

更何况讲师也说了，每个人的墟鼎只有本人或者远高于他的人才能打开。别人压根想也别想，就算杀死对方也未必能取到别人的墟鼎里的东西。

顾惜玖深深觉得她照顾不了他，干脆和他商量：“不如我们叫人来吧？我这里倒是有召唤人的旗花……”

她正要去掏旗花，却被他的手死命压住：“不行！”

“为什么？”

“不能让其他人看到我这个样子。”

顾惜玖：“……”

她看着他：“左天师大人，我知道你很好面子，不愿意让人看到你现在的模样，怕丢人，可是生命更重要啊。和你的命比起来，我真觉得面子不重要……”

帝拂衣闭着眼睛微微喘息了几口：“不是面子……问题。”

顾惜玖：“……”

好吧，既然他不愿意，她也不能勉强。她想了想又和他商量：“那这样，你在这里等着，我把你的下属悄悄叫来？”

帝拂衣死命拽住她的一只袖子，望着她的目光有些悲凉：“你……就如此想把我抛下？”

顾惜玖：“我没有，只是想为你叫人而已，你看我现在也帮不了你……”

帝拂衣微微吐了一口气：“你不是会扎金针吗？”

顾惜玖怔住，金针度穴之法确实能解普通的走火入魔气，但帝拂衣明显不是普通的走火入魔啊，哪能随便扎？

帝拂衣似乎看出了她的顾虑：“不要怕，我教给你……”

好吧！她正好学一门技术。

金针她倒是随身携带的，她果断地将其拿出来，依照帝拂衣低声的指点依次扎下去。

幸好她是行家，一点就透，帝拂衣只要说出相应的穴位和深度，她立即就能扎到位。

他让她扎的这些穴位都是奇门大穴，有好几个是死穴，扎不好就得死人。

如果不是顾惜玖这种熟手，就算有人手把手地教，也难保不会出差错。

全部扎完后顾惜玖紧张得手心冒汗，吐了口气看了看他：“这些穴位这么要紧，你就不怕我把你扎残啊？”

帝拂衣将头靠在她的肩上，轻声道：“我相信你。”

顾惜玖沉默了。

他相信她？但是她现在并不相信他。

扎下针后，帝拂衣身上乱跳的青筋似乎渐渐平缓下来，顾惜玖见他走火入魔的迹象有所减轻后终于松了一口气："你现在感觉怎么样？"

"好……好多了，惜玖，幸好有你。"他低叹，语调温柔，言语甜蜜。

顾惜玖忍不住看了他一眼："左天师大人，你这壳子里……没换人吧？"

他忽然这么乖顺，这么温柔，让顾惜玖颇为不习惯。

帝拂衣瞥了她一眼，目光在星光下显得有些潋滟，他幽幽一笑道："谁敢占我的壳子？"

这句话说得霸气十足，是他的风格。

顾惜玖终于想起帝拂衣善于伪装，想当初他变出来的书生司沈就和他现在的性子大不相同。

现在的他倒有些像司沈了。

看来他每次脆弱的时候，就是这个模样，很会卖萌。

或许顾惜玖的金针真起了大作用，帝拂衣的脸色好看了不少，但他依旧没力气，没骨头似的靠在顾惜玖身上。

头顶上星月朦胧，两个人偎依着坐在河岸上。

山里的深夜很凉，二人又浑身湿透，就更凉了。

一阵冷风吹来，顾惜玖打了个喷嚏。

"冷？"他揽住了她的腰，让她的身子和他贴得更近些，"这样是不是好些？"

这样确实暖了，顾惜玖心里却猛地一跳。

她和他这样算什么？

她已经决定和龙司夜长相厮守，现在帝拂衣和她这样偎依在一起可不像话！先前她是为了救人，事急从权还好说，但现在……

她一横心站了起来。

她速度太猛，帝拂衣正靠着她，险些栽倒，幸好顾惜玖及时扶住了他。

"你怎么了？"

顾惜玖不待他问完便将他搀到一块大石头前靠着："太冷了，你在这里靠着，我去捡些干柴。"

她一阵风似的走了。

帝拂衣："……"

篝火生起来了，就在一块大石头前的平地上。

顾惜玖坐在一块石头上在篝火前烤衣服，帝拂衣半靠在石头上，脸映着火光也不见半分血色。

他身上湿漉漉的，头发还在滴水，他似乎也很冷，连嘴唇都是苍白的。

他看着顾惜玖小蜜蜂似的忙碌着，眸中闪过一抹歉意。

这小丫头还受着伤呢，就让她这么折腾。

他勉强伸手入怀，指尖有淡淡的白光冒出，一个空间在他身前显现。

顾惜玖正在那里烤衣服，被白光吸引，便回头看了一眼，见到浮荡在他身前的空间有些讶异。难道这就是墟鼎？她忍不住凑近一点儿观看，见这空间非常大，更难得的是里面的东西摆放得极为整齐。

帝拂衣在里面拿出一套男装、一套女装，把女装递给她道：“去换上吧。”

顾惜玖倒是不和他客气，接过衣服道：“好，我去那边换，你在这边自己换。”她连忙走了。

顾惜玖找到一个颇为背风的地方，换好衣服，身上霎时干爽起来。

这衣服很合体，衣料也很舒服，还有保暖功能，衣服穿在身上暖洋洋的。

这样的场景曾经出现过，顾惜玖想起几个月前和帝拂衣也跌进水里过，那时他也给了她一套衣服让她换。

只不过他那时给的衣服是男装，又肥又大，被她用刀子裁了才勉强穿上。

而这次他随身准备了女装，这衣服一看就不是随意购买的，无论做工还是材料都无比精致。

他这是为谁准备的？

云清罗？

顾惜玖忽然觉得胸口有点儿堵，她想了想，又把这套衣服脱了下来。

她忽然想起了什么，忙打开苍穹玉身上的储物空间。还不错，里面有一套衣服，正是七夕那天龙司夜给她买的，制作精良，颇为合体，她挺喜欢的。

因为是龙司夜给她买的，所以她将它和那些奇药宝贝放在了一起。

幸好她当时将这套衣服放进储物空间了，要不然今天只能换帝拂衣拿出来的那一套，那心里多憋屈！

她换好衣服走了回来。

帝拂衣也已换好了衣服，此刻他正在火堆前倚着一块大石头坐着，看到她回来打量了一眼：“怎么没换本座给你的那身衣服？”

顾惜玖把他送的那身衣服丢给他：“不合身，恰好我自己也有一套。”

不合身？帝拂衣的视线在她身上转了一圈。他抱过她，知道她的尺寸，怎么会不合身呢？

她这是不想要他的东西吧？

他又看了看她身上那套衣服，并不是她常穿的那种风格。她穿衣喜欢简单款，而这套虽然飘然若仙，但样式烦琐了些，衣袖对她来说有点儿宽大，束腰颜色也和整体不太搭。

帝拂衣是玲珑心，什么事一猜就能猜个八九不离十，他心中不悦，用专业的目光挑剔着这套衣服的毛病："这衣服不好看！颜色太单调，裙摆太宽大，束腰颜色过浅，显得你腰粗，衣袖太宽大，上下不协调……"

顾惜玖："……"被他一挑，她怎么感觉这套衣服该扔垃圾桶里了？！

帝拂衣又道："你这套衣服就算送本座的侍女都不够格！什么时候你的品位成这样了？"

顾惜玖满头黑线！

和完美主义者相处真恐怖，他挑毛病能让你怀疑人生。

她勾唇一笑道："我就这品位，左天师大人看不惯可以不看！我喜欢这套衣服，特别喜欢！"

她还原地转了一圈："这是我最喜欢的衣服了，没有之一。"

帝拂衣抿了抿唇，终于说出了自己心中所想："我觉得我送你的那套衣服比你身上这套要好看得多，无论质地还是做工、样式都远胜你这套，你可以穿上试试……"

"再好看、质量再好但我不喜欢啊。"顾惜玖打断他的话，同时打掉的还有他满满的自信，"有些东西不是好就可以，还得看人喜欢不喜欢。左天师大人送的东西自然是极好的，但我不喜欢，所以只能多谢你的好意了。"

帝拂衣："……"

此刻月亮稍稍偏西，应该已经是第二天的凌晨了，也是她及笄的大日子。

他坐在那里，垂眸看着手里的那套衣服。他亲手设计的样式、亲自寻来的布料、亲自找最好的绣娘缝制的，天上地下恐怕只有一份，原本是送给她的及笄礼物，想看她穿上会是怎样一种风情。

没想到她并不稀罕，她只喜欢那套普通衣服，只因为那是龙司夜送的。

他不甘心，强提一口气在月光下将那套衣服展开，淡蓝色的裙摆在风中飘扬，如同温柔的海波，裙腰处丝带飘摇，在星光下似月光在那里浮动。

这套衣服是真漂亮，尤其是在月光映照下就更漂亮了。

顾惜玖刚才只是匆匆套上以后就脱了下来，并没有仔细看这套衣服的款式，只隐约觉得手感极为不错，又软又滑，穿在身上的时候暖如春风。

现在看到帝拂衣展开衣服后，她也有一刹那的惊艳感。

帝拂衣瞧着她道："你仔细看看，蛮适合你的，真不喜欢？"

说实话，这套衣服她挺喜欢的，也确实符合她一向的穿衣风格，可是已经拒绝了的东西，再受到诱惑就不好了吧？！更何况他还攻击了她的穿衣品位。所以顾惜玖很有骨气地笑道："各花入各眼，这套衣服我是真不喜欢。"

帝拂衣握着衣裙的手慢慢缩了回去，他顿了片刻，也笑了笑，随手将那衣裙丢到了正烈烈燃烧的火堆里。

那套衣服立即燃起。

顾惜玖吓了一跳，抬手便抢："喂，你做什么？！"

她不顾烫地将那套衣服从火堆里扯出来，又打灭了火苗，但那套衣服已经被烧得不像样子。

顾惜玖将看不出模样的衣服随手一丢，扭头就走。

她不想再和他说话了。

"顾惜玖，今天是你十五岁及笄的日子，还记得吗？"帝拂衣在她身后低声开口。

顾惜玖步子一顿，倒没想到他会记得这个，她也没回头，只淡淡地问了一句："那又怎样？"

"及笄对一个女孩子来说是个大日子，本座早就开始为你准备礼物了，雪优昙果、鲛丝月光衣就是专门为你准备的。"

顾惜玖挑眉，忍不住冷笑道："雪优昙果不是阁下拿出来的奖品吗？怎么又成送我的礼物了？"

"你是优胜者，不是吗？"帝拂衣瞧着她。

顾惜玖浅挑红唇道："如果不是我拼命，这优胜者应该是云清罗他们那一组吧？"

这么算起来，他的雪优昙果明明就是想送云清罗的。只不过看到她得到了，他又跑来送顺水人情了，她才不稀罕。

"这一场对战，最后的赢家注定是你。"帝拂衣在她身后淡淡地开口。

顾惜玖怔了怔，忍不住回过身来瞧着他，见他不知道何时又戴上了面具："这话什么意思？"

帝拂衣将身子倚靠在大石头上，瞧着她道："你真不明白？"他又自顾自笑了，"顾惜玖，你斗技的本事高，却高不过本座。我前几日就研究过你这些日子和众人竞技的表现，顺便也研究了你们三个各自的优劣，当然，云清罗那一队的战斗水平以及各自的技能也在本座的研究之中。你们尚未开始同台竞技本座就已经大体知道结果了，第一局你们必输，第二局胜负各占一半，第三局你们必然会赢。如果两局定输赢，你们输的可能性最大，所以第三局如果能进行才对你们有利！"

顾惜玖心跳加速，她自然相信帝拂衣的眼光，这个人的战斗经验远远比其他人丰富……

她轻吸了一口气，反驳道："你说得不错，第三局我们稳赢，可是三局两胜制，如果云清罗他们前两局赢了，压根就不必比第三局了，所以竞技台上的优胜者还是他们。"

“第一局因为你们没经验半个时辰内就输了，第二局你们能支撑两个时辰不露败象，云清罗他们在第二局若不使用奇招应该赢不了你们，平局的可能性最大。既然一定要分出胜负，必定会将三局两胜制改为五局三胜制。而你们只要开始第三局，那就是稳赢。云清罗他们在战术上远远不如你们。”

顾惜玖：“……”这个人目光毒辣，他说的这些和她当时心中的盘算差不多。

难道这个人是因为早已洞察了这些，所以才拿出雪优昙果做奖品？

可是，他不是应该偏向云清罗的吗？

七夕那天他对云清罗的亲昵可不像普通朋友那么简单……

这个人做事步步为营，你永远不知道他心里到底在盘算什么，那他现在所说的话可信度又有多少？

打住！自己考虑这么多左天师的问题做什么？现在她只想和龙司夜好好地相守终生，不应该再考虑其他人的事。

顾惜玖暗吸了一口气，决定对帝拂衣快刀斩乱麻：“左天师大人，您是不是还有些喜欢我？”

帝拂衣顿了顿道：“我……”

顾惜玖不待他继续说就打断他的话，说道：“无论左天师大人对惜玖是什么感情，惜玖都只能推却了，请左天师大人恕惜玖‘不知好歹’。”

帝拂衣感觉呼吸一窒，眼眸一黯道：“是因为龙司夜？”

顾惜玖将心一横道：“是！我已经决心和他终生相伴。”

“哪怕他无法娶你？”帝拂衣目光锐利。

“是！两情相悦便可，惜玖不在乎婚嫁。”

“他是天授弟子，有他的责任和担当，万一他无法陪你终老呢？”

顾惜玖顿了顿回道：“那又如何？两情若是久长时，又岂在朝朝暮暮？只要曾经爱过，哪怕相守一天也是好的。”

当年她为杀手时，随时有可能丧命，所以她对感情的事想得很开，趁着有生之年轰轰烈烈地爱一场才不枉此生嘛。

所以她不在乎天长地久，只希望曾经拥有。

帝拂衣微垂着眸子道：“两情若是久长时，又岂在朝朝暮暮……原来你追求的是这个。”

他坐在那里倚靠在大石头上，身边是熊熊篝火，火光在他身周跳跃，却映不进他的眸子里。

他忽然仰头一笑，眼睛看向某个地方，懒洋洋地开口：“龙司夜，你还想在那里听多久？滚出来吧！”

顾惜玖愣了愣，顺着他的视线看过去，见龙司夜在不远处的一棵大树上现出身形。

顾惜玖心中一动，挑眉问道：“你在那里多久了？”

龙司夜飘然而下，落在她身边，伸手牵住她的手：“惜玖。”

顾惜玖一抬手，避开了他的手，似笑非笑道：“你不会在跟踪我吧？！”

龙司夜叹气：“你想多了，我刚才不放心，想去你那里看看你是否睡得好，发现你不在……怕你出什么意外，所以就找了找，才找到这里来，发现你和左天师正在交谈，便没现身打扰……”

帝拂衣懒洋洋地笑了笑道：“的确，你来时我们正在交谈，龙宗主是君子，只在树上听了不到半刻钟。”

龙司夜被噎了一下，苦笑道：“左天师倒真是目光如炬！”原来他刚到帝拂衣就发现了，只是人家没点破而已。

帝拂衣笑吟吟地伸长了腿：“好说，好说！”

龙司夜像是有些好奇：“不知道左天师因何在此？”

帝拂衣瞧了顾惜玖一眼，笑眯眯地道：“为了和她在这里私会。”

顾惜玖：“……”

龙司夜被噎了几秒钟，才勉强笑道：“左天师说笑了，惜玖不是那样的人。”

帝拂衣瞧了他一眼：“不是什么样的人？她现在又不是你的什么人，她就算和人在这里私会又与你何干？”

龙司夜再一次被他噎住，忍不住辩驳道：“我和她是心心相印，彼此一往情深……”

帝拂衣笑了，那笑意却没到达眼底：“彼此一往情深？龙司夜，你不会忘了向本座许的承诺吧？！一生不能娶她为妻，她可以不在乎，你也不在乎？”

龙司夜：“……”

左天师这句话简直就是大坑，就等着龙司夜往里跳！

龙司夜很快笑了，目光坚定地道：“龙某守诺不能娶她，但也向她许诺，若不能娶她则一辈子不会娶妻！”

“一辈子？你的一辈子有多长？龙司夜，假如你和她相守一个月后你就死了，而她还要活下去，她的生命还很长很长，你现在还想和她在一起？不怕坑了她？”帝拂衣的问题一个比一个犀利，一个比一个古怪。

龙司夜满头黑线。他现在修炼有术，还有好几百年的寿命呢。

“左天师，龙某觉得你这个假设不成立，恕龙某无法回答。”龙司夜不悦地回道。

“本座是说假如。”帝拂衣望着他，“假如你早早死了，撇下她一个岂不孤单？”

龙司夜："……"

他觉得帝拂衣这问题简直就是无理取闹。

顾惜玖终于忍不住了，替龙司夜回答了帝拂衣的问题："只要真心喜欢一个人，哪怕和他在一起只待一天那也是赚来的！"

她说完这句话后扯着龙司夜就走："好啦，我们走，我累了。"

两个人的身影在暗夜中渐渐远去。

帝拂衣一直坐在那里，望着那两个人的身影出神。

是他错了吗？爱一个人到底是默默守护给她最好的东西，还是只要轰轰烈烈地爱一场就行？

顾惜玖再次躺在床上，龙司夜将她送回去后就离开了。他并没有多问，没问顾惜玖大半夜为什么跑去深潭那边。

顾惜玖自然也没解释，因为她自己也不知道为什么。

她躺在床上的时候，眼前再次晃过帝拂衣的影子。其实从上岸后帝拂衣一直倚靠着大石坐着，龙司夜来了他也没起身。

一个念头闪过脑海：他是不是依旧没力气动不了啊？自己拉着龙司夜跑了，把他独自抛在那里是不是太不厚道了？

那里毕竟是深山，还常常有野兽出没。

不对！他能清楚地知道龙司夜何时到来，那证明他的功力尚在，那他在她面前像没骨头似的总想靠着她估计又是演戏，故意占她的便宜？！

也对，那么强大的人怎么可能因为喝醉就直接把功力丢了呢？

自己是有多傻，还围着他团团转。

可恶！

顾惜玖第一次觉得自己有些傻，郁闷了一会儿，干脆把被子一蒙，睡觉！

深潭边，因为无人加柴，眼前的篝火渐渐熄灭，周围又陷入了黑暗之中。

帝拂衣独自坐在那里，依旧倚着大石，冷静地看着不远处的密林中冒出的一双双闪着绿光的眼睛。

他知道那是凶豹群。

凶豹，五阶兽，一双獠牙可以撕碎一切东西。它们喜欢成群结队地行动，一旦看到猎物就不死不休地纠缠。

他往腰里一摸，没摸到和四使联系的玉牌，想必是掉在深潭中了。

这还真是屋漏偏逢连夜雨，他低低叹了口气，果然做人不能太任性，一旦任性就容易吃大亏。

他最近灵力损耗得太厉害，按道理应当禁酒，滴酒不沾再打坐三个昼夜配合运化的药物，功力就能恢复大半。

偏偏他一时心里不舒服就想喝酒，不知不觉就喝醉了。

这时候喝酒对他来说无异于服毒，于是他自醉酒后就发现自己的一身功力全部消失不见了，身子软得像面团似的。

当时他倚着顾惜玖还真不是演戏。

不过他的功力没有了，耳力还是极为惊人的，他依旧能够察觉到龙司夜的到来。

他不想让龙司夜发现他的异常，事实上他这种状况不适合让任何人看到。

所以他一直懒洋洋地靠着大石和他们说话，好在他平时也是我行我素，和龙司夜他们说话的时候想躺就躺，想坐就坐，不用顾忌，龙司夜没发现他的异常，直接和顾惜玖离开了。

他们走后，帝拂衣也坐不住了，满脸都是冷汗。

他勉强从储物空间内拿出药物服下，刚刚运功打坐不足半个时辰凶豹就围过来了。

帝拂衣一翻手腕，一柄软剑出鞘，剑光如流火般照亮了他的眉目。

他开始冷静分析自己这次安全逃生的可能性。凶豹共有十八只，以他现在的功力，大约可以一口气杀八只，其他十只会扑到他的跟前。

他的护体灵力会保护他不会被这些凶豹分食，但他十有八九会被它们拖进深山。

这么多年来他还是第一次这么惨，果然他还是太自负了，以为自己是神就可以什么都不在乎。

现在这样难道是他的报应？

这个时候他自然是叫天天不应，叫地地不灵，不会有人来帮他。

顾惜玖觉得自己一定是疯了，或者在深潭里泡太久脑袋进水了。

明明说好睡觉的，但她躺下以后心里就像着了火似的，就是睡不着。脑子里时时闪过帝拂衣倚靠着大石的懒散样子，甚至还闪过他送她的那套衣服，她只来得及摸了摸就被他随手烧了。

那么败家的行为也只有他干得出来。

想起那件衣服她就想起了那堆篝火，貌似她回来时，那堆篝火快熄灭了。

如果没有人添柴，那堆火最多只能再维持半个时辰。

火熄灭后那个地方就危险了，尤其半夜。

帝拂衣应该也很快就会离开吧？要不然他一个人待在那里喂蚊子啊？可是万一他没有行动能力怎么办？

当然，以他的本事这种情况十有八九不会发生。但是，万一发生了呢？

顾惜玖这辈子第一次这么纠结，觉得自己被“圣母”附体了。

她翻来覆去睡不着，最后干脆翻身坐起来。不管了！如果她不去那里看看，这一夜她大概也睡不好，与其在这里翻来覆去睡不着，不如去瞧瞧。

他走了更好，她就当白跑一趟，也没什么了不起的。

她将心一横，直接瞬移。以她现在的体力其实不适合瞬移，更何况那个地方颇远，她得瞬移两次才能到。

她一面骂自己傻，一面瞬移，一分钟过后，她的身影已经出现在深潭边。

当她看清深潭边的情况后，额头上有冷汗落了下来。

深潭边的篝火已经熄灭，在帝拂衣曾经坐着的那块大石头旁横七竖八地躺着几头恶豹，鲜血淋漓，旁边还横着一柄染血的剑，地上有拖曳的痕迹。

这痕迹一直向大山深处延伸，沿途的草被压折了不少。

顾惜玖迅速查了一下拖痕，发现被拖走的应该是人。

这时候会被拖走的不用想都知道是帝拂衣，顾惜玖立即沿着拖痕向前追去。

终于，她又看到了他。

他倒在那里，身上似有一层保护膜，有五头豹子正扯着那层保护膜向前跑。

帝拂衣在保护膜里微闭着眼睛，也不知道是被咬晕了，还是在攒力气。

顾惜玖低咒一声，一面在心里夸自己料事如神，一面琢磨着救人的法子。

她现在有伤在身，硬拼肯定不行，只能用毒。

不过貌似恶豹本身毒性就很强，普通毒药根本毒不倒它们，她只能用烈性毒药。

她在储物袋中翻了片刻，没找到合适的毒药，只找到一瓶烈性麻药。

就算这些恶豹不怕毒，应该也是怕麻药的，最起码能让它们昏过去几分钟。

顾惜玖将麻药涂抹在银针上，然后追上那几头恶豹，在离它们十几丈的地方大喝一声。

她这一声大喝很管用，顾惜玖在那些凶豹闻声回头时，将手中的银针激射而出。

那些凶豹也在发现她的刹那飞扑过来。

每一枚银针都命中凶豹的眼睛。

顾惜玖飞身后退，在心里默数：“一、二、三……”

当她数到七的时候，那些豹子终于像喝醉酒似的晃了晃，趴下了。

顾惜玖也不客气，拔出剑来挨个砍去。

她总感觉杀这些东西刺穿心脏是不保险的，只有砍下脑袋才安全。

但她显然低估了这些豹子皮的柔韧度，砍了几下也没砍破那层豹子皮，倒震得手腕酸疼。

看来她只能凭借灵力杀死这些豹子，要不然还真奈何不了它们。

这些豹子很强悍，被顾惜玖麻翻了也就片刻工夫，就有勉力睁眼的。

不好！等它们恢复正常她再带人跑就来不及了！

顾惜玖只得放弃杀了它们以绝后患的念头，直接跑到帝拂衣身边。他已经睁开了眼睛，月光下他的眼睛里似映满了星辰，晶亮无比：“惜玖，你果然放不下我！”

顾惜玖足下一顿，她懒得和他废话，直接弯腰抱起他，趁那些豹子尚未完全醒过来，拼命瞬移，原地消失了。

顾惜玖这一夜很忙，累得要命，所以她抱着沉重的帝拂衣第一次并没有瞬移多远，只有二里多路。

这自然不是安全距离，于是她喘了一口气继续瞬移。这次有进步，瞬移了三里。

接连两次瞬移让她眼冒金星，她低头看了看帝拂衣，忍不住建议道：“帝拂衣，我觉得你该减肥了！”

帝拂衣的身材极为标准，属于那种增一分嫌肥、减一分嫌瘦的类型，如果别人嫌弃他胖，他估计能把人拍出银河系。但听到顾惜玖的嫌弃，他却微微一笑，柔声道：“好！听你的。”

顾惜玖：“……”一向毒舌的左天师大人变得如此乖顺，让顾惜玖颇为不习惯。

她向前看了看，还得瞬移两三次才能到达帝拂衣的住处。

远处传来豹子的嘶吼声，显然，那些豹子醒过来了，应该很快就会追来。

于是，顾惜玖再一次瞬移。

就这样，她接连瞬移了三次，才抱着帝拂衣回到天聚堂，看到了那座宅院的大门。

他们总算回来了！

顾惜玖松了一口长气。她这次是真的脱力了，此刻心力一松，眼前一黑，扑通一声摔了下去，摔下去的那一刻她的额头撞上了帝拂衣的额头。

她感觉眼前一阵金星乱晃，接着就什么都不知道了。

也不知道过了多久，顾惜玖从昏迷中醒来，先是嗅到了一抹淡香，那香气极淡却极熟悉，是帝拂衣身上的香气。

她吃力地睁开眼睛，入眼的是淡银色的流苏床帐。

顾惜玖脑子一时有些发蒙，她眨了眨眼睛，觉得这床帐不是她的卧房里的，因为她的床帐没有这么名贵奢华。

于是她再眨眨眼，定了定神，转头看向四周。

她隔着半透明的床帐，能看出这间屋子布置得很华美、很有格调。

屏风、家具、花瓶、鼎炉，每一件东西都诉说着主人的品位。

顾惜玖抬手下意识地敲了敲太阳穴。

这像是帝拂衣的卧房。

昏迷前的景象在脑海中一闪而过，她明白了，肯定是她带着帝拂衣回来，昏倒在院落前，终于惊动了沐风，将两个人都救了回来。

不对！等等！如果两个人都被救回来的话，那沐风理应把她安排在客房啊，而不是帝拂衣的卧房里。

她睡这里了，那帝拂衣睡哪里？

她环顾四顾，没看到屋子里有第二个人。看来帝拂衣还是比较有下限的，没趁她昏迷和她共睡一屋败坏她的名声。

这个地方她可不想久待，待久了不知道那个人又会出什么幺蛾子！

顾惜玖定了定神，立即就想下床，打算还是回静室里待着，如果回去得早，说不定小狐狸还没醒。

她去掀床帐，却在看到自己的手的那一刻呆住了。

那是一只白玉般修长的手，拇指上戴着翠玉扳指，这只手能搅动天下风雨。

这双手顾惜玖很熟悉，因为她不止一次握过。

这是帝拂衣的手。

顾惜玖看了自己的手片刻，立即又低头看身子，然后整个人像被雷劈了一样呆住了。

她身上穿着一套紫袍，胸前平平的，曾经引以为傲的双峰不见了。

这、这像是帝拂衣的身子。

难道她又附身在帝拂衣身上了？！

不可能吧？！会不会是帝拂衣恶作剧给她易容了？他故意吓她？

以帝拂衣的性子，这种缺德事他干得出来，她一定是被他易容了！

她将心一横，一把扯开自己胸前的衣襟，然后就看到了光裸的胸膛。

这胸膛如大理石般肌理分明，两点茱萸形状完美。

可这肯定不是真的！这胸膛都可以以假乱真了！

顾惜玖抬手摸了摸，然后像触电似的停住了。

她有感觉！而且感觉还很清晰。

顾惜玖抖着手，干脆扯开衣衫，看到了自己的六块腹肌，掐了掐，还挺疼，也是被掐到肉的感觉。

这……这也是假的吗？可这感觉太真实了！

顾惜玖也会易容，而且外表看上去很像真的，但那些贴在身上的肉无论是掐还是摸是没什么感觉的，就是一种特制的高级硅胶而已。

但现在她看到的这些和真肉没区别，手感及本身的感觉也没差别。

这些地方能造假，总不能那个地方也可以造假吧？！

顾惜玖解开裤子，伸手进去一摸，忙不迭地缩回了手！

顾惜玖在床上傻了片刻，终于一跳而起，直接下床，看到桌上有镜子，忙拎起镜子，镜中映出的是帝拂衣那张俊美得天怒人怨的脸。

哐当！镜子落地！

顾惜玖扑通一声坐在了椅子上。

她真附在帝拂衣身上了！她一个跟头栽下去不但磕晕了还抢了帝拂衣的壳子？

这不科学啊！当初帝拂衣不是和龙司夜说，她不能再换壳子了吗？她一旦死亡会魂飞魄散，那她怎么跑到帝拂衣身上来了？！

而且帝拂衣也说过，他的壳子与众不同，没有人能抢过去，那她怎么稀里糊涂地抢过来了？！

她成帝拂衣了！

那帝拂衣的魂魄呢？在什么地方？还有她的壳子呢？不会是摔死了吧？！

无数的疑问在她脑海中盘旋，她咳了一声，又自言自语了一句，然后绝望地发现她的声音也是帝拂衣的，如假包换！

她居然抢了左天师的壳子，这如果说出去绝对是惊天的新闻！

她坐在椅子上沉思了片刻，发现自己并没有帝拂衣的任何记忆。

当初她穿越过来后，占了将军府小姐顾惜玖的壳子，顺便也继承了顾小姐的记忆。

这次她又抢了帝拂衣的壳子，怎么没有帝拂衣的记忆呢？

她的记忆还是顾惜玖的，丝毫不差。

顾惜玖一向是处变不惊的性子，但此刻脑袋也有些发蒙。

她深深吸了一口气，极力让自己镇定下来，让自己接受这个诡异的现实。

直到此刻她才发觉自己身上软得厉害，一点儿力气都没有，胸口那里空荡荡的，所有的筋脉都在叫嚣着疲惫。

她一起身额头就冒冷汗。

她皱着眉头思索，这是自己不适应这个壳子的后遗症，还是本身这具身体就累得厉害？毕竟她昨夜救他时，他就软得像棉花一样，任她拖任她抱。

不过现在这具身体似乎好多了，最起码她能稍稍正常活动了。

她坐在那里活动了一下手脚，让自己适应了一会儿，这才起身。她决心先出去瞧一瞧，找找自己的壳子。

她刚刚打开房门，就见沐雷迎上来，他满脸喜色地道："主上，您终于醒了！现在感觉如何？昨夜吓死属下了，您和顾姑娘在院外昏迷……"他说了昨夜所见。

显然，他没认出自家主人的壳子里已经换了人。

顾惜玖不动声色地听他说完，从他的话里总结出两点：一、左天师做事很神秘，平时不喜欢下属跟着，他如果不联系下属，下属也不敢联系他，而且左天师晚上出去已成习惯，一夜不归或者数夜不归都是常态，所以他昨夜迟迟未归并没有引起沐风的警觉。二、左天师最近灵力耗损得极为厉害，他为自己拔剑疗伤是强行为之，以致伤到了筋脉，而在这期间是不能饮酒的，要不然会让伤势更加严重。

顾惜玖总结出这两点后，心里感动之余，又深深觉得左天师大人简直就是自作孽。

他伤得这么重还四处溜达，还去深山里泡澡，还喝醉……这不是找死吗？！

不过她更关心另一个问题："顾姑娘呢？她还昏迷着？"

沐雷回答："她当时也昏迷着，属下不敢擅自做主将她带进这个院子，怕对她的声誉有影响，属下便趁夜将她送回去了……"他又瞧了瞧自家主上的神色，接着道，"主上放心，属下已经为她诊过脉，只是疲惫过度昏过去了而已，并没有触动伤口。想必她一早就会醒来，不碍事的。"

顾惜玖转身就走："本座去瞧瞧她！"

顾惜玖原本就擅长演戏，易容以后装谁像谁，更何况她现在的这具身体原本就是如假包换的左天师，她又熟悉他，自然把他的气度风神学了个十足，就算是沐雷短时间内也没看出什么。

沐雷欣慰，自家主人终于正大光明地去找顾姑娘了！莫非终于意识到他对顾姑娘的感情，决心将姑娘追回来了？

主上确实该加把力，再这么若即若离的，媳妇就让人家龙宗主抢走了。

这两天沐雷挺替帝拂衣纠结的，因为他在天聚堂听到不少关于龙司夜和顾惜玖之间的闲话。他知道这两个人最近走得极近，龙司夜天天去顾姑娘那里报到，而且还有好多人看到他们一起携手游玩。

偏偏自家主人明明极在意，却装出不在意的样子，这两天也是神出鬼没，酒不离手，他这做属下的不敢深劝，只能替主人焦急。

现在好了，主人终于开窍，主动出击了，但愿还来得及！

顾惜玖一路疾行，沿途碰到许多天聚堂的导师、学生，这些人见到他自然纷纷行礼。

顾惜玖无论走到哪里，哪里都是跪倒一片，场面蔚为壮观。

这其中就有乐青荇、乐紫荇，这对兄妹望着"左天师"的目光有些复杂，似乎在看一个始乱终弃的负心汉。

顾惜玖懒得理会他们，她现在只惦记一件事，她和左天师是不是真换壳子了？！

她快走到风灵院的时候，碰到了古残墨，他似乎刚看望"顾惜玖"出来，见到"左天师"来了，他也打了声招呼："左天师，您这是……来看望顾姑娘了？"

顾惜玖顺势问："她现在如何了？"

古残墨道："左天师原来也如此关心她。放心吧，这姑娘皮实着呢，现在她的伤已经无碍，今早还吃了不少东西，应该很快就能痊愈。"

顾惜玖："……"这么说，她那壳子醒了？！还吃了不少东西。

"现在她……在做什么？"顾惜玖又问了一句。

"呃，现在她大概正同龙宗主交谈吧？老夫出来时龙宗主刚到，这位龙宗主对惜玖十分不错，一天来探望数次……"古残墨这一番话说得意味深长。

顾惜玖心中却生出不妙的感觉！

如果现在占了她的壳子的是帝拂衣，以他的性子，龙司夜只怕不知道会被他忽悠到哪里去。

乱了！全乱了！

顾惜玖也顾不得和古残墨聊天了，转身就走。

她身后还隐约传来古残墨的嘟囔："现在意识到人家姑娘的重要了？只怕晚喽！"

她一进院门，正碰到龙司夜自屋内出来，也不知道屋里的"顾惜玖"和他说了什么，他的脸色有些苍白，步子也有些踉跄，一副受打击的模样。

顾惜玖下意识地叫了一声："龙司夜。"

龙司夜足下一顿，冷冷地瞧了她一眼，连声招呼也没打，转身快步走了。

顾惜玖："……"

她微张着嘴，心里琢磨着要不要追上去把换壳子的事告诉龙司夜。

她足下刚刚一动，屋门一开，一位少女倚门而立，一双眸子望着她，嘴角似笑非笑，声音冷漠地跟她打了一声招呼："左天师大人。"

顾惜玖："……"

那个少女正是顾惜玖的壳子。

顾惜玖还是第一次站在旁人的角度打量自己的壳子，看到自己的壳子跟自己打招呼，她觉得郁闷至极。

她深吸了一口气，大步入内："我们谈谈！"

她需要了解到底是怎么回事！

蓝外狐也在屋内，见顾惜玖进来，先向她行了一礼："左天师大人。"

顾惜玖很郁闷，但还是摆了摆手让她起身，和蔼地对她说了一句："小狐狸，你出去，我……本座和顾姑娘有话要谈。"

此事太诡异，顾惜玖直觉不想让太多人知道，免得引起大的变动。

她这一声称呼让蓝外狐眼圈一红，望着她欲言又止。

小狐狸这个外号只有最亲近的人这么称呼她，譬如顾惜玖、千翎羽、晏尘。她没想到现在左天师大人也这么称呼她了。

顾惜玖见蓝外狐一副委屈的模样有些奇怪，心中一动，难道是对面的人欺负小狐狸了？！

她的目光立即向自己的壳子瞧过去！

对面的“顾惜玖”眼神无辜，懒洋洋地坐在那里动也不动，却笑了笑：“左天师大人今天和蔼得很啊。”“顾惜玖”又转头对蓝外狐道，“蓝外狐，你出去，本……我和左天师大人有些话要说。”

蓝外狐抿了抿小嘴，终于跑出去了。

屋内终于只剩下两个人，顾惜玖望着对面的“自己”：“帝拂衣，这是怎么回事？！”

帝拂衣深深叹了口气：“如你所见，我们换了身体。”

“是你捣的鬼？”顾惜玖吸气。

帝拂衣摊手道：“我还不至于开这种玩笑，我一醒来也吓了一跳！”

顾惜玖盯着他，想从他脸上看出点儿端倪来，但什么都看不出来。

帝拂衣倒慢悠悠地把顾惜玖从头打量到脚：“这个壳子你待得可习惯？可有什么不适的地方？没想到本座的壳子也有被人穿上的一天。”他再打量她两眼，上前一步道，“衣襟扣得太松散了。”他抬手就要为她整理衣衫。

顾惜玖忙后退一步：“别动手动脚的！可有换回来的法子？”

帝拂衣瞧了瞧她：“你用本座的壳子一副满脸贞烈的模样不好吧？难道你还怕本座用这个壳子强了自己？”

顾惜玖额头青筋蹦了蹦，她忍不住道：“你别用我的壳子献殷勤……”

帝拂衣便回身坐好：“要不，你来用我的壳子献一下殷勤？来！先给我捶一下腿，再来揉一下肩，我不在意的。”

顾惜玖有一脚把他踢飞的冲动！

“少废话！到底有没有换过来的法子啊？！”顾惜玖不想和他兜圈子了，看到对面的“自己”那吊儿郎当的模样要疯了！

帝拂衣轻叹：“暂时没法子，这种情况本座也是第一次遇到，也很无语。”他用手捂着胸，“很受伤。”

顾惜玖看到他如同西子捧心的模样咬牙道：“喂，你的手放哪里呢？！”

帝拂衣低下头，看到自己的小手正好按在高耸的胸上，咳了一声，若无其事地拿开：“本座不是故意的。”

他忽似想到了什么，目光在顾惜玖身上又转了一圈，猜测道：“本座的身子你不会已经摸遍了吧？”

饶是她一向脸皮厚，此刻也感觉面上发烧。

帝拂衣是玲珑心，立即就明白了：“你果然摸遍了！”

顾惜玖果断转移话题："帝拂衣，你的壳子被我占了，你怎么一点儿也不着急？"

帝拂衣道："本座如何不着急？但着急有什么用？我总不能真像个女人似的寻死觅活吧？实话对你说，刚才我醒过来发现这一切时呆了足足盏茶时间，连你家小狐狸叫我都没听到，她还以为我的魂被什么东西勾跑了，在我跟前晃了好久的手指头。"

顾惜玖："……"

她满头黑线，但说起小狐狸她立即又问："对了，你对小狐狸做什么了？她怎么一脸受委屈的样子？"

帝拂衣一脸嫌弃道："这只小狐狸很缠人啊，本座才苏醒时，正努力适应这个身子，你家小狐狸就围着本座做这做那、惜玖长惜玖短的。给本座端茶倒水倒也罢了，她居然还想抱本座的手臂，本座不小心把她拍飞到墙上去了。"

顾惜玖："……"

小狐狸和她亲热惯了，平时也喜欢抱着她的手臂摇啊摇地撒娇。

她不在乎，帝拂衣肯定是不习惯的。

"你可以和她好好说嘛。"想起刚才小狐狸委屈的模样，顾惜玖忍不住为小狐狸打抱不平。

"本座和她好好说了啊，让她以后离本座远点儿！不得接近三尺内的距离，这是本座的底线。"帝拂衣的语气带着毫不通融的意思。

顾惜玖顿了顿，他换了壳子还这么吹毛求疵！

"小狐狸就是这个性子，她缠我缠习惯了，咱们的壳子换不过来，以后你还得以我的身份和她同居一段时间，你不能再这样……"

帝拂衣身子向前一倾，蓦然靠近了顾惜玖："你还想让本座和她同居？！"

顾惜玖忍不住向后微微一闪："你穿着我的壳子，自然要和她待在一个屋……"

"不成！本座不习惯和别人同居！再说你这蜗居本座睡得极不习惯，本座还是回自己的院子为好。"帝拂衣站起来想走。

顾惜玖一把扯住他道："不行！"

他现在可是顾惜玖的模样，他就这么大摇大摆地住到"左天师"的别院里，岂不是坐实了她和帝拂衣的关系？

那她以后浑身是嘴都说不清了！再说龙司夜会怎么想？她才和龙司夜确定关系啊。

等等！龙司夜！貌似龙司夜早晨来过了，还失魂落魄地走了。

"帝拂衣，刚才龙司夜来过了吧？你对他说什么了？他怎么一副深受打击的样子？"顾惜玖一脸狐疑。

帝拂衣笑了："你何不亲自去问问他？"

顾惜玖怒道："我这个样子怎么去问他？难不成你告诉他我和你换身体了？"

帝拂衣这次倒是难得正经起来："惜玖，绝不能让任何人知道你我互换了身体！"

顾惜玖皱眉问道："为什么？"

帝拂衣低低地叹了口气："如果说出来，你我都活不了。"

顾惜玖吓了一跳，不怎么相信："你忽悠我吧？谁奈何得了你？"

帝拂衣目光微闪，有些事还是不方便对她说的，牵扯太深、太广，而且一时也说不清。

所以他干脆扯了一个比较让人信服的理由，轻轻吐出两个字："圣尊！"

顾惜玖挑眉，问道："你说圣尊会因此处置我们？不能吧？我们又不是故意的。再说如果圣尊知道了，或许他有法子帮我们调换回来。"

帝拂衣微微摇头："很难说，我们还是不要冒这个险了。其实本座倒是修习过一个换魂的法子，只可惜现在一时使不出来。"

顾惜玖眼睛一亮："什么法子？你先说说看，我或许可以用你的这个壳子使出来。我学东西还是蛮快的。"

帝拂衣再次摇头："我那壳子灵力耗损得太厉害，现在十成的功夫使不出半成，而那法子最少需要两成的灵力才能使出来。"

顾惜玖感应了一下，果然发现身上灵穴空荡荡的，使不出半分灵力。

怪不得他在水潭边会被那些凶豹拖走，原来这身子被他糟蹋成这样了。

可是他明明一直很强大的，怎么会忽然变成这个样子？

难道是救她时他耗费了太多灵力？

"你的身子怎么会忽然变成这样？是因为救我吗？"顾惜玖忍不住问。

帝拂衣顿了片刻，重重地点了点头："不错！为救你我几乎耗光了灵力。"

顾惜玖心中一沉，回想了一下当时的情况，她又问道："你当时吐血了？"

帝拂衣叹气："吐了一大盆。"

顾惜玖："……"

她觉得有气冲上来："帝拂衣，我是认真的！"

帝拂衣一脸委屈地看着她："我也是认真的。"

她真没法好好说话了！

这个人说话永远真真假假，让人摸不着头脑。

顾惜玖又想起那次被他从天问山捉回来，在回程的路上他貌似也丧失过功力，后来修炼了一下才好。当时他还装柔弱坑了右天师。

这人身上有太多太多的谜团，每个谜团都能让人像跌进大雾中，找不到北。

她轻轻吸了一口气："左天师大人，无论如何，我欠你一个人情……"

“那你准备怎么还？”帝拂衣打断她的话问道。

顾惜玖顿了顿才说：“这……以后我……”

“以后你以身相许吧。”帝拂衣再次打断了她的话。

顾惜玖忍了忍，又忍了忍，没忍住：“其实我已经还你了，你救我一次，我也救了你一次！”

她付出的代价也不小，把自己给整成男人了。

顾惜玖深深觉得自己很郁闷，好不容易穿越成最厉害的人，结果这最厉害的人还是落难的时候。

她看现在这身体的功夫，只怕还比不上她的壳子。

她被郁闷到了！

帝拂衣扯着椅子又上前一点儿，和她并肩坐着，抬手拍了拍她的肩膀：“能占本座的壳子你应该感到无上荣幸才对，一副霜打茄子的模样做什么？”

他抬头打量了一下她的脸，抬手揉了揉眉心：“惜玖，你这副表情出现在本座这张脸上，让本座看了感觉很违和……”

顾惜玖暗暗咬牙：“帝拂衣，你不是说我的魂魄不能再换体了吗？换体就会魂飞魄散？那现在这是怎么回事？”

帝拂衣沉吟片刻，诚心诚意地说了一个比较靠谱的理由：“因为我那壳子与众不同。”

顾惜玖再次咬牙道：“你曾经还说过，你的壳子谁也占不了。那我怎么……”

帝拂衣不等她问完，立即给了她一个万金油答案：“因为你也是与众不同的。”

顾惜玖：“……”她很想把他拍飞怎么办？！

她的脸绷了起来：“左天师大人，我希望我们能开诚布公地谈，我不希望在严肃的问题上说笑！”

帝拂衣脸上的笑容也淡了下去：“本座并未同你说笑。”他转身想走。

顾惜玖愣了一下，随口问了一句：“你去哪里？”

“沐浴！本座感觉这身子要馊了。”帝拂衣毫不客气地说道。

顾惜玖心想，她昨夜那般忙，出了不少汗，回来就晕了，也没来得及洗澡，小身子自然是馊的，也没什么稀奇。

不对！等等！

顾惜玖忽然变了脸色，一跳而起，一把扯住快走出房门的帝拂衣：“不许去！”

帝拂衣挑眉问道：“为什么？”

顾惜玖扯住他的衣袖不放，咬牙道：“不许你看我的身子！”

他一旦沐浴，那岂不是要把她的小身子全看光摸光了！

帝拂衣顿了顿，瞧了瞧她，看她微抿着嘴，一双眼睛气呼呼地看着他。这模样如

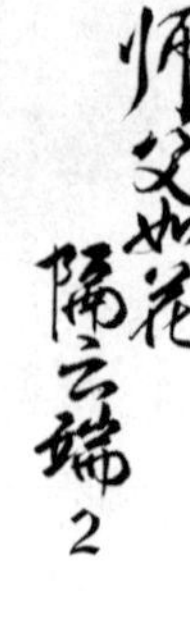

果是她的本体，那自然可爱得很，但她现在用的是他的身子，这副模样让帝拂衣忽然也感觉很郁闷。

看来把身子换回来还是刻不容缓的事，但现在他确实没法子，只能等。

顾惜玖自己可能不觉得，她平时在其他人面前都是冷静睿智如同王者，就算和龙司夜在一起，她也是冷静温柔的。

只有和帝拂衣在一起时，她是本我，张牙舞爪得像只小野猫，会生气、会发怒、会着急、会撒娇、会骂人。

譬如现在，她就像一只奓了毛的小狮子，一双眼睛睁得圆溜溜的。

帝拂衣还真没想到自己那一双眼睛也可以睁成这么可爱的形状，不由得失笑，转身坐下，一副要和她长谈的架势。

“小惜玖，这种状态本座觉得应该会持续几天，所以有必要谈一些问题。”

顾惜玖看他坐下，也松了一口气，不过她还是防备着：“谈什么？”

“譬如洗浴问题，本座容不得自己脏，你应是知道的。”

顾惜玖怒道：“就算容不得也要容得！我的身子不许你摸！对了，你不是会清洁术吗？一个术法就能搞定啊！”

帝拂衣摇头：“你这身子功力不够，使不出那么高深的术法。”

“那你把那术法教给我，我为你施法！”

“你现在的身子的灵力也不够，使不出来。”要不然他昨夜干吗去深潭里泡澡？

顾惜玖窒住了。

帝拂衣瞧了瞧她，试探着出主意道：“要不然你来帮我洗？你看，你自己的身子洗起来比较熟悉对不对？到时候我闭上眼睛不看便是。”

顾惜玖想了想那个画面，她用左天师的手为自己洗浴，而自己一脸惬意。

那画面她不能想象。

她果断摇头道：“不行！”

帝拂衣挑了挑眉毛，于是又提出第二套方案：“那样你觉得很吃亏？不如这样，我们互相沐浴如何？这样其实还是各洗各的……”

鸳鸯浴啊？！

顾惜玖的脑海中又出现了相应的画面。

她直接打了个哆嗦，想也不想地否决道：“不成！”

帝拂衣叹了口气又提出第三套方案：“这也不成吗？那我们还是各洗各的，我看了你的，你也看了我的。我是男人嘛，就大度些，允许你多看几次，这样你就不吃亏了。”

顾惜玖：“……”她看他的？她还怕长针眼呢！

她依旧摇头：“门也没有！”

帝拂衣皱眉道："这也不成，那也不成，你到底要怎样？！你这可是女儿家的身子，本座总不能让沐风他们进来帮着洗吧？"

顾惜玖考虑了几秒，说："那让小狐狸帮着洗……"她的话没说完就顿住了。

自己那身子虽然是女孩身子，但现在里面住着的可是男人，让小狐狸帮着洗澡，晏尘知道真相后非劈人不可！

帝拂衣拒绝道："不行！那只狐狸不合适。"

顾惜玖想了想，终于想出一个靠谱的方法："对了，你这次不是带了两名侍女嘛，不如让她们帮你洗？"

帝拂衣似笑非笑地望着她："这倒是个好主意。那这样，本座那壳子也是需要洗浴的，本座让沐风帮你洗？"

顾惜玖觉得全身汗毛一竖，果断摇头道："不成！"

帝拂衣这个壳子虽然是男儿身，但里面住着她，让沐风来给她洗澡，她已经无法想象那是什么样的画面了！

帝拂衣的脸沉了下来："既然你知道那是无法接受的，那应当知道本座也无法接受侍女帮忙洗浴！"

顾惜玖愣了愣，问道："你平时没让侍女帮你洗浴过啊？"在这个时代，那些贵族子弟不都是喜欢让侍女给洗浴吗？

帝拂衣声音淡淡地道："本座的金身岂容他人染指？"不要说侍女，就算沐风他们也没真正看到过。

他平时都是一个清洁术就能搞定个人卫生问题，通常情况下洗浴、泡澡都是他的爱好罢了。

帝拂衣出了一套又一套方案，都被顾惜玖否决，然后二人发现，洗浴的事成了老大难问题。

这个问题还没商量出一个妥善的解决方案，沐风突然进来禀报："主上，古堂主说请顾姑娘去明风堂，大家要为她的及笄好好庆祝一番。"说完，沐风退了出去。

顾惜玖心里有些郁闷，这十五岁生日原本是让人期待的日子，现在那壳子里的人却换了。

不过这也没办法。她和他互相换壳子的事确实关系重大，绝对不能让任何人知道。

她只能看着帝拂衣顶着她的壳子接受别人的祝贺了。

帝拂衣垂眸看了看身上，果断道："这种日子得光鲜靓丽些，必须换身衣服！"

顾惜玖的壳子还是穿着昨天龙司夜为她购买的那套衣服，倒是挺好看的，就是素净了些，而且不太符合她的风格。更重要的是，她昨夜穿着这一身衣服跌了好几跤，再好看的衣服也皱了，确实不好看。但换哪身呢？

顾惜玖的衣服并不算多，而且大多数是天聚堂的院服。

帝拂衣在她的储物袋里翻了半天也没找出一件让他满意的衣服，对顾惜玖道："来，把我的储物空间打开，我送你一套衣服。"

顾惜玖既然顶着帝拂衣的壳子，他的储物空间自然也在她这里。她按照帝拂衣的指点，用术法打开储物空间，才发现他的空间内琳琅满目，有好多东西她压根叫不出名字。

昨夜他在她面前打开他的储物空间时，顾惜玖只看到了空间的冰山一角，现在看到的却是全貌。

她只能用一个词来形容——浩瀚如星空。

顾惜玖看了一眼后脑海中出现一句很俗的感慨——这人真富，太富了！

他的储物空间里，东西摆放的方式也很特别，只要按其中相应的键，就会弹出一个大格。

这有些像受电脑操纵。

帝拂衣指挥着顾惜玖接连打开几个暗格，她终于找到了衣服，最后她按照帝拂衣的指点，从里面拿出一套衣服。

那套衣服一入手顾惜玖就觉得熟悉。她关闭储物空间后，低头看了看那套衣服，终于明白为什么会感觉熟悉了。

这不就是那套鲛丝月光裙吗？！

顾惜玖骤然抬头看着他："这套裙子不是被你烧了吗？！"

见她的眼神像要喷火，帝拂衣将这套衣服自她手中扯过来，然后解释道："本座又及时将它复原了。"

顾惜玖可不傻："胡说！你那时灵力已失，怎么可能把烧毁的东西复原？你当我是傻子？！"

帝拂衣轻叹，她果然不好糊弄。

在顾惜玖的目光逼视下，他只得说了实话："这衣服本座好不容易才让人做好的，自然不会轻易烧掉，被烧的是另一套……"

他那时烧衣服是忽悠她的。

只是当时他的手法太快，而她又没有一直盯着他，所以才让他的"阴谋"得逞了。

想起自己当时看到这套衣服被烧时的表现，顾惜玖不淡定了！

她眯着眼睛瞧着那套衣服："我真觉得这套衣服该烧！"

帝拂衣咳了一声道："先让本座穿几天，以后若你不喜欢再烧吧。"他一边说，一边开始脱身上的衣服。

他的手法很快，等顾惜玖反应过来后，发现他已经开始脱内衣了。

顾惜玖的脸绿了，她直接扑过去抓住他的手："不许再脱了！"

帝拂衣抬头望着她："内衣也脏了啊，必须换的。"他顿了顿又道，"你是怕本座看到你的身子？那这样吧，你帮我换，我闭上眼睛就是。"

他果然不再动，闭上眼睛张开双臂等她来帮忙。

顾惜玖是真纠结，她还用着帝拂衣的身子呢！

她上前帮他穿衣服，那在外人看来岂不是左天师亲手为顾惜玖换衣服了？

这是夫妻间才会做的事，现在却让她来做。

再看到帝拂衣闭着眼睛一副任君鱼肉的模样，顾惜玖就气不打一处来！

早知道是这个结果，她昨夜就不该头脑发热地去救他。

这么诡异的事居然也能让她碰到。

好在现在屋里就他们二人，所以她现在为他穿衣服也没什么。

顾惜玖将心一横，只得拎着那套衣服让他坐在床上为他换衣服。

顾惜玖的手法很快，她尽量不碰触到对方的肌肤，要知道这肌肤虽然是她的，现在有感觉的却是帝拂衣。

但事情就是这么凑巧，顾惜玖刚给帝拂衣套上一条新的里裤，还没来得及提上去，蓝外狐就旋风似的闯了进来："惜玖！"

顾惜玖脑袋轰然一响，她忙不迭地扯过一床被子兜头将帝拂衣盖住！

蓝外狐也没想到会看到这么劲爆的场面，在门口微张着小嘴雷劈了一般顿了片刻，立即掉头就跑："我、我什么也没看到……"她一溜烟似的跑没影子了！

顾惜玖："……"

完了！小狐狸只怕是以为她和帝拂衣在滚床单。

这下只怕她跳进黄浦江也洗不清了。

她能不能让时光倒流一下啊？

帝拂衣也从被子里爬了出来。他还是比较理智的，道："惜玖，这事好办，你以我的身份追上蓝外狐，逼她立誓不说便是！"

顾惜玖瞪了他一眼："不用逼她立誓，小狐狸不会乱说话的！"

帝拂衣干脆坐了起来，望着她有些不解地问："那你一副这样的表情做什么？瞧你把本座的脸都纠结成什么样了？"

顾惜玖深吸了一口气。她明明想和龙司夜双宿双飞的，而且也和小狐狸提过，小狐狸还兴致勃勃地说龙宗主很不错，是个可嫁的良人。

结果这才没两天，她就让小狐狸看到"左天师"给"顾惜玖"穿裤子。

这、这会不会让小狐狸觉得顾惜玖是个朝三暮四的人啊？！

顾惜玖不在意其他人的目光，但在意朋友，偏偏这事还无法解释……

"都怪你！"顾惜玖觉得郁闷。

“嗯，都怪我。”帝拂衣声音柔和地道，握住她的一只手，“不纠结了，嗯？”

顾惜玖：“……”

帝拂衣起身，顺便在她的额头上落下一吻：“走吧。”

顾惜玖摸了摸被亲的额头，再看看已经起身走在前面的帝拂衣，忽然醒悟过来：“喂，你什么时候穿上衣服的？！”

这家伙穿衣服简直比风还快!

她不过稍一纠结的工夫，他居然将整套衣服全部穿好了！早知如此，她刚才就让他自己穿了，而不是去给他穿，以至于让小狐狸误会。

她这一句话是责问他既然穿衣服这么快，干吗还让她穿。

但她问得太急，帝拂衣显然误会了。他站住，回身瞧着她，试探着问：“要不，我再脱下来让你给我穿？”

顾惜玖：“……”

第三十八章　别一支嫩紫色的山梅花

及笄对女孩子来说是大日子。

天聚堂的学生如果正赶上在天聚堂及笄，天聚堂上上下下的人都会为她准备一场宴会专门庆祝。

顾惜玖最近又在天聚堂大出风头，让所有的人刮目相看，古残墨一高兴，为她准备的这场宴会便分外隆重。

宴会设在天聚堂的明风堂，明风堂是天聚堂最大的大殿。

顾惜玖赶到的时候，那里已经焕然一新。

她并没有和帝拂衣同来，免得被其他人说三道四。

她让帝拂衣先行，她则回到独院重新换了一套衣袍这才赶过来。

所有人都把她认作帝拂衣，她一到，从门内到门外呼啦啦跪倒一片人。

顾惜玖原本还觉得自己十五岁及笄的大日子不能亲接那些恭贺心里堵得慌，但现在看到这场景，闷气消散了不少。

她现在是左天师，自然要坐在最好的位置，古残墨亲自在边上相陪。

顾惜玖一向有演戏天赋，在场的人没有一个看出她是冒牌货。

她一来就发现帝拂衣还没来。

她的心中惴惴不安起来。帝拂衣穿着她的壳子，现在可是正主儿，他不会又出什么幺蛾子吧？

她又环顾四周，发现绝大多数人到了。

原本学生及笄的大日子，导师们是必须赶到的，同学们则随便了，可来可不来，全看平时的交情。

一般情况下，一个同学及笄的时候，也就是她的同班同学来捧场，其他同学来得极少。如果赶上外交能力差、本事又一般的人及笄，就算同班同学都未必会来。

但这次顾惜玖及笄的大日子，天聚堂几乎所有的学生都到了，连高年级的学生也不例外。

顾惜玖不动声色地扫了一圈，心里还是挺感动的，她凭着自己的本事赢得这些尊重其实真的很不容易。

她在人群中发现了正招呼同学的晏尘，心里明白，高年级的那些同修能来，有她的声望的关系，最重要的还是看在晏尘的面子上来的。

至于蓝外狐和千翎羽，他们早到了，正跟着忙碌。这两个人意气风发，好像这及笄礼是给他们办的。

顾惜玖看到自己的伙伴自然亲切，忍不住多看了几眼。

结果这几眼就被小狐狸、千翎羽还有晏尘接收到了。

小狐狸直接僵了一下，大概是想到了穿裤子的一幕，死死地抿着小嘴，还横了“帝拂衣”一眼。

至于晏尘和千翎羽，他们大概也不待见帝拂衣，觉得是帝拂衣害得顾惜玖受伤，所以这两人察觉到“帝拂衣”看他们，都皱了皱眉。

晏尘比较淡定，只是皱了一下眉。

而千翎羽比较实在，干脆和“帝拂衣”对视，眉毛挑得高高的，一副“看小爷干吗，小爷懒得理你”的表情。

顾惜玖淡定地收回目光，抿了一口茶，然后看向门口。

帝拂衣到底到哪里去了？！他不会直接放所有人的鸽子吧？！到时候把人得罪光的可是她。

门口一阵骚动，她还以为帝拂衣到了，结果进来的是龙司夜。

龙司夜这次没戴面具。

龙司夜长得极俊美，一举一动都透着一种公子如玉的风骨。

他虽然一百多岁，但看上去如同二十三四岁的样子，风华正茂的年纪，而他的阅历又让他的身上平添了成熟男子的气度，自然和天聚堂的这些少年不同。

所以那些少女的目光大多追逐着龙宗主。

当然，追逐帝拂衣的目光更多，顾惜玖无意中一转头就能收到少女送来的秋波。

顾惜玖看到龙司夜还是感觉很亲切的，起身以帝拂衣的身份先打了招呼：“龙宗主。”

龙司夜凉凉地看过来，语气不冷不热地道："原来左天师早就到了，左天师大人对惜玖之事倒是上心得很啊。"

顾惜玖感受到了龙司夜的敌意。

龙司夜说完这句话便不再理会她，由古残墨领到位置上坐下。

顾惜玖在心中叹了口气，重新坐了下来。看来她穿着帝拂衣的壳子是无法和龙司夜正常交谈了。

眼看正时辰就要到了，众人却还不见"顾惜玖"，古残墨忍不住问坐在正位的"左天师"："左天师大人，惜玖为何还没到？"

顾惜玖正要答话，外面忽然有人来报："顾姑娘来了！"

所有人都松了口气。

顾惜玖抬头一瞧，怔了怔。

门口的"顾惜玖"现出身形，一身月光纱的衣裙，一头如瀑的黑发，发间别着一枝嫩紫色的山梅花，几朵淡紫的花儿在她发间绽放；一双秋水目，额间一点朱砂红，淡红的小嘴浅勾，似笑非笑，似冷非冷。

顾惜玖还是觉得自己很美的。

这和照镜子不同，镜子中的自己或许因为镜面的折射角度不同而会走形，但现在她看到的自己是真实的。

云清罗的美是飘飘若仙的圣女之美，顾惜玖的美则是轻灵冷淡之美，让人无法具体说出她的特性，却极富冲击性，让人一见就忘不了。尤其是她那双眼睛，微一转则如水波盈盈，却又灿若星辰。

帝拂衣是擅长角色扮演的人，现在用着顾惜玖的壳子，一举一动便完全是顾惜玖平时的样子，让人看不出半分异常。

他一进来就先扫了顾惜玖一眼，红唇浅浅一勾，眸中闪过一抹星芒。

他用顾惜玖的动作和众人打招呼时，就算是顾惜玖本人也看不出任何破绽。

"顾惜玖"今日是主角，众人自然纷纷向她贺喜。

帝拂衣应付得当，不卑不亢，一一谢过。

顾惜玖看着他游刃有余地应酬，深深觉得左天师真是人才！

看他平时顶着左天师的壳子高高在上的样子，她还以为他应该不会普通人之间的寒暄礼节，却没想到他对这些游刃有余。

顾惜玖这一阵子都是打架的时候多，平时穿衣比较随意，大多数时候就穿着流云班的班服，大家看习惯了以后，她就算再漂亮也会直接被无视。但现在她穿着这一身衣服，让她的美貌几乎提升了好几个百分点。

千翎羽本来就喜欢她，这小子一直以为自己是暗恋，却不知道他喜欢顾惜玖的事已经全校皆知，因为他不允许别人说一句顾惜玖不好，谁说一句他就揍谁。

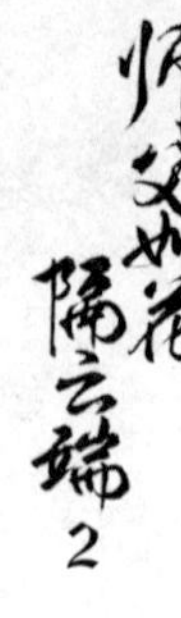

此刻他看到“顾惜玖”进来，他的目光简直就黏在她身上了。他看到顾惜玖惊艳了所有人，非常开心。

他像往常那样走上前，伸出熊掌就向她肩上拍去：“惜玖，你今天这一身……”

帝拂衣目光一闪，他有洁癖，不喜欢与人有肢体上的接触，顶了顾惜玖这壳子后，他的洁癖症状更严重了，所以他不动声色地向前一步，千翎羽的熊掌便拍了个空。然后帝拂衣似笑非笑地看了千翎羽一眼，别人没看出什么，千翎羽却被帝拂衣这一眼看得打了个寒战，不由自主地撤回了手。

他也不知道是怎么回事，在那一刹那间他居然觉得眼前的顾惜玖身份极高，高得让他只想膜拜。

“顾惜玖”这一刹那的眼神让他觉得很陌生，他一时有些愣神。

好在帝拂衣及时救了场：“我这身怎么了？不好看吗？”

千翎羽忙道：“好看！好看！惜玖你穿这身真是太好看了！”

帝拂衣笑了：“算你小子有眼光！我也觉得这一身很好看！比我所有的衣服都好看。”

他一转头，正看到龙司夜怔怔地瞧着他，于是挑眉一笑，特意问龙司夜：“龙宗主，我这身衣服好看不好看啊？”

龙司夜的脸色有些苍白，但他还是点了点头：“很好看。”

于是，帝拂衣心满意足地笑了。他今天顶着顾惜玖的壳子，自然他是主角，巧的是，他的席位被安排在龙司夜身旁。

龙司夜笑道：“惜玖，先过来坐下。”

帝拂衣瞥了座位一眼，然后直接对古残墨道：“古堂主，今日是惜玖的及笄礼，惜玖应当坐在主位者身边，不是吗？”

按道理说确实应该是这样，他这个要求并不过分。而主位者就是“左天师”这一桌，也就是说，她应该坐在帝拂衣身边。

古残墨还以为顾惜玖不愿意和帝拂衣坐在一起，所以体贴地将顾惜玖安排在龙司夜身边，却没想到“顾惜玖”会主动要求坐到“左天师”身边。

“顾惜玖”既然主动要求了，古残墨自然不能拒绝，

于是“顾惜玖”如愿坐在了“帝拂衣”身边。

龙司夜微微抿了抿唇，脸色又苍白了一分。

顾惜玖却暗暗咬牙，向帝拂衣传音：“帝拂衣，你别过分！”

帝拂衣也传音过来：“哪里过分了？”

“你这么做会让其他人多想的，以为我顾惜玖还对你左天师念念不忘，想方设法地往你身边贴！”

帝拂衣眼眸一黯，但随即他低叹一声道：“是本座想方设法地往你身边贴。”

顾惜玖："……"

她顿了顿才冷冷地道："我不稀罕！"

帝拂衣不说话了。

顾惜玖心里有些焦躁。她已经打定主意和龙司夜在一起，想彻底和帝拂衣一刀两断，却没想到阴错阳差之下会弄出这种事。

她和他互换了身子，现在是想分也分不开了。

她冷着脸端着茶杯，思索着下一步自己该怎么办。

她正想得入神，帝拂衣又传音过来："惜玖，现在你我身子互换，此事关系极大，不能让任何人知道，就连龙司夜也不行。而龙司夜这人心思缜密，本座如果在他身边，细微处说不定会露马脚，所以只能坐你这里，这样我们互相还有个照应。"

他说得倒也在理，顾惜玖一想也对，心里的焦躁终于平复了一些。

帝拂衣看她眉目舒展，便知道她的心结已开，微松了一口气，却又在心里自嘲地一笑。自己纵横半生何时活得如此小心翼翼？

因为在乎，才会在意。

因为在乎，才会如履薄冰。

原来不知不觉中自己已经陷得这么深了！

帝拂衣其实是不想待在龙司夜身边。他就算被迫顶着顾惜玖的壳子出现，但骨子里是男人，看到龙司夜用宠溺的目光看着他，他就全身起鸡皮疙瘩，有一种想挖掉对方的眼珠的冲动。

他如果坐在龙司夜身边，估计龙司夜为了秀恩爱会故意为他夹菜倒酒，说不定还会说情话荼毒他的耳朵，他怕自己会忍不住踹龙司夜。

所以为了保险起见，他还是坐在顾惜玖身边安全些。

其实帝拂衣也有点儿郁闷，他本该闭关休养，之所以迟迟不闭关是因为想亲自为顾惜玖主持及笄仪式，却没想到阴错阳差地和她互换了身体，搞得现在他成了女主角。

不要说别人，他自己都感觉崩溃。

为了打发这无涯的人生，他总会给自己找点儿乐子，这些年其实扮演过很多人，天师、国师、皇子、江湖浪子、游侠、贩夫走卒……唯独没扮过女人。

他真不想扮女人，但事情发展到这里，他也没法子，只能顺势而为。

好在这丫头是在现场的，能亲眼看到这场及笄礼，也不算遗憾。

再说由他左天师扮成女人让她看了一场大戏，那也算是另类的礼物了不是吗？这礼物够让她记一辈子的。

他正在思索这些事，古残墨向他望了过来。

帝拂衣一瞧见古残墨那慈爱的目光便直觉不好，这老小子不会要玩什么花样吧？！

他的直觉一向很准，因为古残墨那老家伙一张脸笑得像朵盛开的菊花，每个褶皱都透着慈爱："惜玖，及笄礼是大日子，按道理说，这时候你父母应该在身边的。一般这个时候，天聚堂会允许及笄学生的父母前来，算是福利。前些日子本堂主已经命人通知了你的父亲，但听说顾将军奉命查案去了，一时回不来，估计他来不了了。本堂主还以为你家中不会来人为你过这个大日子，却没想到今早来了一个人，这个人正是来给你过及笄之礼的。惜玖，你来猜猜这人是谁？"

帝拂衣："……"猜什么啊！本座不感兴趣！

他挑眉看着古残墨，心中十分不耐烦，面上却还得不动声色："谁啊？"

古残墨哈哈一笑道："你的娘亲！"

帝拂衣愣住了。

顾惜玖一口水呛进喉咙里，咳了两声。

古残墨立即看向顾惜玖，得意扬扬道："左天师大人想必也很意外吧？"

顾惜玖咳了一声："很意外，呵呵，很意外。"

古残墨又将目光转到帝拂衣身上："哈哈，惜玖你惊不惊喜？意不意外？"

帝拂衣咬牙笑道："很惊喜，很意外！"

古残墨大掌一拍，他朗声道："请罗夫人进来！"

话音落下，外面疾步走进一名红衣女子，那女子看上去三十多岁，容貌美艳无双，眉眼和顾惜玖有五六分相似。她飘飘然走了进来，先向"左天师"和龙宗主行了大礼，又向古残墨道了一声谢，然后目光直直地落在"顾惜玖"身上。

一双明眸中有雾气渐渐泛了上来，女子嘴角含笑，眼角却通红，她望着"顾惜玖"，慢慢走过去，道："玖儿，我是你的娘亲……"这一声微微发颤，似大喜又似大悲。

帝拂衣颇为头疼地看着走近的罗星蓝，然后在余光中瞥了一眼坐在身边不远处的顾惜玖。

顾惜玖含笑望着他，那眼神里有浅浅的揶揄和幸灾乐祸。

顾惜玖心里爽啊！她是真爽！她倒要看看左天师大人会如何应付这场母女相认的大戏。

难得看到他憋屈，她不看够本怎么成？

当然，顾惜玖也扫了罗夫人好几眼，毕竟罗夫人是原主顾小姐的母亲，是一位传奇人物，也是一位跳崖的悲情人物，顾惜玖心里对这个女子还是很尊重的。

当然，也仅仅限于尊重而已，她对罗星蓝没有母女之情。

顾惜玖在心里揣摩原主顾小姐此时应有的感情，发现揣摩不出来。

她忽然觉得其实换体也不错，最起码她不用面对这么尴尬的场面了。

她盯着帝拂衣，看他如何应付，是站起来飞奔投入母亲怀里，还是会怨恨地抱怨？顾惜玖把原主顾小姐有可能会说的话都在脑海里过了一遍，然后兴致勃勃地等着看帝拂衣用哪一句。

当年罗夫人跳崖的事整个大陆的人都知道，现在罗夫人突然冒出来，众人其实也想看看顾惜玖的反应，于是所有人的目光都集中在这对母女身上。

帝拂衣只是笑了笑，举了举眼前的酒杯，声音淡漠地道："是该称呼您为罗夫人还是顾夫人？"

罗星蓝窒了窒："玖儿……"

帝拂衣微微一笑道："当年您那决绝一跳已割断了和将军府的所有牵扯，想必您现在也不愿意再和将军府有任何关系，那我还是称呼您一声罗夫人吧。"

罗星蓝看着眼前的"女儿"，嘴唇颤抖了片刻，才轻轻应了一声："好。"

帝拂衣斟了一杯酒向她一举："那我们喝一杯吧？"语气平淡得如同朋友相见。

罗星蓝眸中的眼泪几乎要落下来，她强忍着端起酒杯，依旧说了一声："好！"然后她将杯中酒一饮而尽！

帝拂衣笑了："罗夫人果然爽快！惜玖再敬您一杯。"

罗星蓝对"女儿"敬的酒自然痛快喝了。

众人原本期待一场母女相认、抱头痛哭的大戏，却没想到会是这样一出戏码，未免觉得有些失望。

古残墨也有点儿失望，总感觉"顾惜玖"似乎哪里不对，却又说不出来，正有些愣神，"顾惜玖"已经一眼扫过来："古堂主，是不是该让罗夫人入座啊？"

古残墨咳了一声道："对、对，给罗夫人安排个席位。"

他本来准备把罗夫人安排在"顾惜玖"身边，让母女俩好好聊聊，但"顾惜玖"看他的眼神让他头皮发麻，他想了想，将罗夫人安排在了客位上。

顾惜玖倒没想到帝拂衣会将这种场面以四两拨千斤的方式应付过去，不由得十分佩服！

她传音过去："左天师大人，我觉得你对待罗夫人的态度似乎有些冷淡啊？"

帝拂衣似笑非笑地瞧了她一眼："不妨事，等你换回来时再对她热络些也一样。"

顾惜玖轻咳了一声，不说话了。其实她对罗星蓝也热络不起来。

顾惜玖颇为同情地看了看罗星蓝。罗星蓝坐在那里，脊背挺得笔直，显然这是个烈性女子，只可惜眼光不太好，嫁错了人。这个错误导致她毁了自己的一辈子，也毁了女儿的一生。

其实她的女儿早已死去，一切早已回不去了。

顾惜玖有点儿感慨时，帝拂衣传音过来："不必为她感慨，她现在过得很好。"

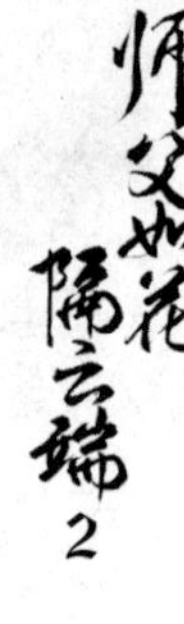

“嗯？”顾惜玖挑眉。

“她跳崖后伤了脑子，忘记了以前的事，被她的师兄所救，待她痊愈后两人相爱，两年后成亲。她师兄是无妄门门主的私生子，后来无妄门门主病危，因膝下没有其他子女，便让这个私生子认祖归宗，重归无妄门成为少门主，入门派半年继位成为无妄门门主，罗星蓝则是门主夫人。因为罗星蓝一向深居简出，而她的新夫君也从来不提她的往事，所以压根没有人知道她就是顾谢天跳崖的夫人。两人婚后恩爱，罗星蓝又生了两个儿子，大前年罗星蓝的夫君过世，因为两个儿子年幼，她的夫君又心疼爱妻，就将门主之位传给了罗星蓝。罗星蓝的领导才能不错，这两年她将无妄门经营得风生水起，成为一代侠女……”

顾惜玖没想到罗星蓝的结局是这样，更没想到的是帝拂衣居然知道这么多！他简直比私家侦探知道的事还要全。

当年罗星蓝跳崖，顾谢天可是天上地下地寻找，也没找到她。没想到原来她早已重新建立了家庭，成为无妄门门主的夫人，现在更是无妄门的门主。

这结果如果让顾谢天知道，不知道是什么心情。

不过这个结果对罗星蓝来说确实是最好的，就算曾经轰轰烈烈地爱过又如何，也抵不过时间的耗磨，爱侣变怨偶，最终一拍两散。幸好她的师兄一直爱着她，愿意在她最无助、最艰难的时候和她相约白首。

顾惜玖忍不住瞧了帝拂衣一眼：“原来她的事情你早就知道了，却从来没吐露过口风。”

帝拂衣声音淡然地说：“没必要说，她又不是你娘！”

这倒是！

顾惜玖不说话了，喝了一口茶。

仪式正式开始，顾惜玖看着古代的及笄之礼也觉得挺好玩的。

及笄的少女要由长辈重新绾发，长辈当然是由自己的亲娘来担任。如果亲娘不在，也可以换成其他德高望重的女眷。

当仪式开始时，由小狐狸以及其他女学生捧着相应的器皿上场。罗星蓝净了手，然后准备去为女儿绾发。

她亏欠这个女儿太多，想好好补偿。

帝拂衣却传声给顾惜玖：“小惜玖，本座不想让别人碰触，你来为我绾发。”

顾惜玖没动：“凭什么啊？我们男女授受不亲！”

“你连我的壳子都占了，还授受不亲？快点儿！你难道要本座现在在人前主动提出这个要求？你别忘了，这可是你的壳子，我主动提要求，在大家眼里就是顾惜玖主动让左天师绾发！”帝拂衣威胁道。

顾惜玖：“……”

“如果你拒绝，你让你这壳子的面子往哪儿搁？要知道丢人的可不是本座……”帝拂衣继续传音过来。

顾惜玖：“……”她能不能当没听到啊？！

顾惜玖狠狠地威胁道：“你再这么吹毛求疵，我就用你这具身子在大庭广众之下跳钢管舞了！反正丢人的不是我，是左天师！”

帝拂衣沉默片刻，疑惑地询问：“跳舞本座知道，钢管舞是什么？”

“一种很诱惑人的舞蹈，一般情况下是女子穿着暴露地围着一根管子跳，动作劲爆、诱惑，能让男人看得流鼻血……”顾惜玖极力渲染着钢管舞的效果，然后道，“你再威胁我，我就真出去跳了！”

左天师在大庭广众之下跳钢管舞，这画面想想就惊悚。

帝拂衣又沉默片刻，继续问：“你会跳？”

“会啊！而且跳得还很好！”

帝拂衣轻笑道：“很好。”他不再说话了。

顾惜玖被他这一声“很好”弄得心里七上八下的，不过好在他也不再强求她前去给他绾发，她也就把这事放在一边了。

接着顾惜玖就看着罗夫人为自己那壳子绾发。罗星蓝显然很激动，眼泪含在眼眶里滚来滚去，鼻尖都红了，她却一直微笑着，为女儿打理每一缕头发。

这让旁边看了全程的顾惜玖也感觉鼻子有些发酸。

无论怎样，这天下极少有不爱儿女的父母，当年罗星蓝无奈跳崖抛下稚子幼女，又失去记忆这么多年，她对得起顾谢天，却对不起这两个孩子。

顾惜玖欣赏她的这份刚烈，但不欣赏她的这种做法。

人生在世，并不是只有爱情在，还有亲情、友情……

如果是她碰到罗星蓝的这种情况，既然已经不爱那个渣男了，那就不必在意他娶美妾，先在院子里站稳脚跟，利用顾谢天的愧疚把冷香玉收拾掉再说，然后让两个孩子得到最好的教育，十多年后依旧是罗星蓝的天下。

她的思维正在发散，帝拂衣又传话过来了：“小惜玖……记得待会儿为自己准备礼物。”

顾惜玖愣了一下，才回过味来：“你想送我什么礼物？”她顿了顿又道，“我不想要你的礼物！”

这个人的债不好还，搞不好是驴打滚的利息。

她潜意识中不想和他有太多牵扯，自然不想要他的东西。

帝拂衣似乎猜到了她心中所想，眼神黯了黯，笑道：“就是送你的及笄礼物而已，待会儿大家都要送的，无所谓欠债不欠债，也没有不要的。你特意不要我的，是不是代表你心里对我还有恨怨？无爱则无恨，那或许证明你对我……”

他后面的话还没有说下去就被顾惜玖打断："你想得真多！算了，你要送我什么？我提前从你的储物空间里拿出来准备着。"

帝拂衣指点着她从储物空间中拿出一个深紫色的储物袋准备着了。

顾惜玖瞧了瞧储物袋，除了颜色是左天师惯用的以外，似乎没什么不同，应该就是个高品阶的储物袋，不算太稀奇的东西。

顾惜玖就放心了。

绾发环节过后，"顾惜玖"便由长辈带领着祭拜天地。

这个长辈应该是在场诸人中德高望重者，而左天师帝拂衣是最合适的人选。这份重任就落在了左天师身上。

顾惜玖只得起身，按照那些人所说的规矩，牵着帝拂衣的手去祭拜天地。

由她先燃了一炷香，向悬挂着"天地"二字的横幅低声祷告，然后将香递给了帝拂衣，由他跪拜之后再插入天地横幅下的香炉之中。

原来及笄礼这么烦琐，快赶上结婚拜天地了。

顾惜玖有点儿不耐烦，但好在需要她做的事并不多，所以她装模作样地祷告一番后，就将香递给帝拂衣，笑吟吟地看着他顶着顾惜玖的壳子在神前行跪拜礼……

她心里还是有些幸灾乐祸的，帝拂衣一直高高在上，大概除了圣尊外，他没拜过任何人，现在却要顶着别人的壳子在这里行跪拜大礼……

嗯，她也算坑了他一回。

她正想得高兴，帝拂衣忽然在接香时脚下不知道绊到了什么，居然一个踉跄向她身上扑来。于是顾惜玖把帝拂衣抱了个满怀。

她现在也没多少力气，再加上帝拂衣扑她的角度很刁钻，恰好让她站不稳，于是她身不由己地抱着怀中的帝拂衣跪了下去。

等她反应过来时，她和帝拂衣已经并排跪在地上。而帝拂衣做事倒是稳妥，居然趁机将香插入前面的香炉之中。

因为这些动作太连贯、太巧合，倒像是两个人共同在此跪拜天地一般。

顾惜玖微皱起眉，想立即起身，但她刚刚起了一半，双腿一软，又跪了下去。

而她这一跪正好是朝着帝拂衣的方向，帝拂衣也正在开始第二拜。

两个人这架势又像拜堂时的夫妻对拜了。

站在旁边观礼的龙司夜再也忍不住了，上前一步道："左天师，你这是在做什么？！"

顾惜玖有苦说不出，她心里明白自己这两次下跪有些不明不白，十有八九是对面的帝拂衣在搞鬼，但她此时又不能点破，只得起身，准备扯个理由搪塞过去。帝拂衣也在此时起身，容色淡然，瞥了龙司夜一眼："龙宗主，左天师大人是脚下有点儿滑而已，你在这里大呼小叫做什么？"

龙司夜眸中闪过一抹痛楚神色：“惜玖……”

帝拂衣微微向他点了点头，用的依旧是顾惜玖的腔调：“龙宗主，请先坐吧，待会儿惜玖还要向你奉茶。”

龙司夜呆了片刻，默默转身重新坐下。

顾惜玖心中愤怒：“帝拂衣，你别借着我的壳子做伤害他的事！”

帝拂衣瞧了她一眼道：“那任他斥责你？”

顾惜玖皱眉道：“他明明斥责的是你！”

“但现在占着我那壳子的人是你。”

“那又如何？他斥责本也有理，刚才让我跪倒两次的罪魁祸首是不是你？”顾惜玖直接问道。

帝拂衣沉默片刻后说：“是。”

“为什么？”

“这场及笄礼本来就是为你准备的，真正该在此刻祭拜天地的是你。我们互换了壳子可以骗骗众人，但不可以欺瞒天地，所以你这正主儿还是该拜一拜的。”帝拂衣的理由冠冕堂皇。

顾惜玖：“……”是这样吗？为什么她总感觉是帝拂衣拐了她拜天地？

这是这场及笄礼上的小插曲，小插曲过后，后面的流程倒很顺利。

帝拂衣顶着顾惜玖的壳子给在场的长辈一一奉茶，顾惜玖在上面看着，感觉这一切有些像新媳妇第一天向家族中的长辈敬茶的环节。

蓝外狐像小丫鬟似的跟在他身边，为他斟上一杯杯茶。

帝拂衣第一个要敬的自然是顶着左天师这个壳子的顾惜玖，顾惜玖接过他奉上来的茶，还是很欣慰的，难得让这家伙给自己敬茶。这茶喝得香！

她将紫色储物袋当礼物递了出去。

她自然知道左天师是“土豪”，他送出的东西没有便宜的，但上品储物袋也算很贵重的东西了，所以她没把那紫色储物袋当回事，随手就丢在千翎羽端的盘子里，口气也普通寻常：“惜玖，恭喜，送你这个。”

储物袋在盘子里打了个滚儿，从里面滚出一枚鲜红的吊坠。

顾惜玖一呆，没想到这储物袋中还装了东西，但东西已经送出去了，她也不好再拿回来。

她瞥了吊坠一眼，吊坠如鸽子卵般大小，在那里如同一轮红彤彤的小太阳。

这吊坠的材质她一时没认出来，不过看这模样应该价值不菲。她正琢磨着扯个理由将吊坠拿回来，却不料吊坠在盘子里滚了滚，然后直接飞起来，落在了“顾惜玖”的脖子上，一圈淡银色的项链也自它身周盘旋而出，自动绕上了“顾惜玖”的脖颈。

顾惜玖原本握着茶杯的手指僵住，这……这算什么？

人群中有人惊呼出来："双飞翼！这是双飞翼宝石！"顾惜玖听出是天聚堂大管家的声音。

顾惜玖并不知道双飞翼宝石到底是什么东西，她的苍穹玉现在又盘在帝拂衣的手腕上，貌似从她和帝拂衣换了壳子后，就再没听到苍穹玉的声音，这时候自然无法让它给自己普及这方面的知识。

但她明白双飞翼宝石应该是价值连城的宝贝，要不然不会让见惯宝贝的天聚堂的大管家发出这样的惊呼。

那大管家是识货的，不但认出了双飞翼宝石，还认出了储物袋："左天师大人，这……这储物袋是纳天袋吗？天哪，真是纳天袋！"

顾惜玖："……"

她还是听说过纳天袋的，传说纳天袋是只有左天师和圣尊拥有的东西。就算高级储物袋也只能装死的东西，换言之它们的空间虽然够大，但只能装死物，不能装活物。

而纳天袋不但空间极大，传说没有它装不了的东西，更重要的是它能装活物，譬如各种灵宠、人……

这种宝贝可以说是绝无仅有的，其价值根本无法估算。它是特有的，平时大家压根没见过，当然，也不敢肖想这个东西。

谁也没想到这次左天师大人这么大手笔，居然送出了纳天袋。看来他对顾惜玖并没有像传言中那样抛弃不问，他分明还是极在乎她的嘛！

所有人的目光都集中在"左天师"身上，众人纷纷猜测起他的意图。难道左天师大人想重新追回未婚妻？

顾惜玖心里苦啊，但东西已经送出去了，她总不能再扯个理由要回来吧？

而帝拂衣抬手摸了摸脖子上的项链，微微一笑道："多谢左天师大人。"

罗星蓝眼眸发亮，也跟着"女儿"道谢。

"左天师大人好大的手笔！"旁边的龙司夜淡淡地开口，"不过司夜有一事甚是担忧，还请左天师大人解惑。"

他是盯着顾惜玖问的，顾惜玖只得道："龙宗主请说。"

龙司夜道："左天师送出的这两件宝贝自然是极好的，但未免太贵重了！常言道，宝物动人心，而惜玖现在还太小，本事也不够强，左天师大人送她这两样宝贝对她来说只怕不是什么好事。这就像一个乞丐捧着大笔金子走在大街上，容易给她招来灾祸，说不定因为这个会给她带来性命之忧。不知道这些左天师大人想过没有？"

其实顾惜玖也在担心这个问题，当人没有足够强的本事自保时时，蓦然得到让天下人眼馋的宝贝确实容易招来灾祸。

她瞥了帝拂衣一眼，趁机道："本座一时倒没想到这些，龙宗主提点得对，那——”她正要说出“收回这礼物，另择其他东西赠送”，帝拂衣已经开口：“宝物确实动人心，不过，这两样宝贝不是左天师大人专有的吗？现在左天师大人将它们赠送给惜玖，这就说明惜玖是持有它们的第二人，如果有人敢打它们的主意，就算抢去也不敢使用。而且左天师大人也不会轻饶了那抢宝之人对不对？今早左天师大人还和惜玖说，这纳天袋有认主的功能，一旦认了主，其他人就算将其抢去也没用，而且还会被它吞噬，灵魂也会被困在袋中不得解脱。左天师大人还说，此纳天袋认主后就算暂离主人身边也会自动寻踪而回，别人压根偷不走，抢不走……左天师大人将这样的宝贝送给惜玖，其实是一点儿风险也没有的，不是吗？难道左天师大人要将送出去的宝贝收回去？”

顾惜玖：“……”她不知道这纳天袋居然有这么强大的功能啊。

帝拂衣瞧着她道：“左天师大人，您还说此宝有示警功能，如果惜玖一直将此宝带在身上，日后若有人对惜玖不利，此宝会自动向左天师大人示警，并传递想要加害惜玖之人的所有信息，让左天师大人能够及时准确地找到加害之人，为惜玖报仇。这样算起来，此宝应是惜玖的护身符，怎么可能会给惜玖带来灾祸呢？”

顾惜玖看他光明正大地在那里胡说，有些头疼。

她知道他是趁势说明这件宝贝的强大之处，让觊觎它的那些人打消念头，当然，他也是说给龙司夜听的。

“顾惜玖”如此说了，“左天师”自然不能再说把它收回的话，更不能戳穿帝拂衣的谎言，甚至无奈之下，她还说道：“惜玖，没想到你记得如此清楚。这宝贝嘛，本座既然送给你了，自然不会收回……”

事情发展到这里，龙司夜自然不能再说什么，只是脸色更苍白了。

他也为顾惜玖精心准备了及笄礼物，一柄锋锐的玄铁剑、一瓶八品丹，也都很名贵、很精巧，但比起帝拂衣这个“土豪”送的东西就差了点儿。

其实顾惜玖挺喜欢玄铁剑和八品丹的，唯恐帝拂衣做主拒绝，忙传音过去：“帝拂衣，这两件礼物你必须收！”

帝拂衣瞧了她一眼，倒没说别的，龙司夜送他东西的时候，他道了一声谢，然后随手将东西扔在了千翎羽的托盘里。

他对龙司夜的态度甚是冷淡，龙司夜显然不好受，时不时瞧帝拂衣一眼，眸中闪过痛楚神色。

顾惜玖一直注意着龙司夜的动静，见他如此，也有些不自在。

她心里有些焦躁，帝拂衣这浑蛋到底冒充她跟龙司夜说了什么？

不行，不能再这样下去了！她得想个法子。

她传音给帝拂衣：“帝拂衣，我不管你到底打什么主意，但你不能再借我的身份故意弄僵我和他的关系！要不然我会不顾一切地向他说明缘由，包括让他知道我们互换身体的事！”

帝拂衣正转悠着给其他人敬茶，听到她的传音后动作微微一顿，手中的茶稍稍泼出来一点儿，他也传音回去道：“惜玖，如果让他知道真相，或许我就活不成了！如此，你也要告诉他？”

顾惜玖皱眉，并未示弱：“那你也收敛些，不要破坏我和他的关系！”

“你真那么喜欢他？”

顾惜玖不想给自己留退路：“是！”

“为了他不惜牺牲我？”

顾惜玖被噎住，半晌又答了一声：“是！”

帝拂衣不说话了，继续代替她向在座的人敬茶。

罗星蓝也是有礼物的，她的礼物很特别，是一只黑玉手镯。

顾惜玖看到礼物的时候愣了一下，这黑玉手镯是一对的，一只曾经作为信物送给了左天师，后来退婚时那只黑玉手镯又给了顾惜玖。

她当时还怀疑过她和左天师的婚约是假的，黑玉手镯是左天师从死人手里捡来的，现在看到罗星蓝拿出另外一只，她就知道当日帝拂衣所拿的镯子是真的，她和帝拂衣真的有过一段婚约。

现在黑玉手镯算是凑成了一对，顾惜玖也不知道心里是什么滋味。

好在帝拂衣没什么反应，接了手镯后也随手将其放在托盘里了，接着去向其他人敬茶。

而长辈们喝了他的茶也不是白喝的，都要送上一份大礼，各种宝贝都有，倒也不必细数。千翎羽在旁边接礼物，因为送礼物的人多，不一会儿就一大堆，他福至心灵，试着将那些东西向纳天袋中投去……

片刻后，所有东西都进了纳天袋里，而纳天袋依旧是瘪瘪的一小团，压根不像装着东西的模样。

一场及笄仪式圆满成功。

几家欢乐几家愁，顾惜玖这里的及笄仪式如烈火烹油热热闹闹，云清罗的小院里却冷冷清清看不到半个人影。

她独自躺在屋内。她受的伤比顾惜玖要重，不但肋骨被打断还被帝拂衣刺了个透心凉！

虽然是她自己的剑她能化掉，但伤口还是真实存在的。

其实左天师对她一直很冷淡，基本就是公事公办的态度。

她却像是飞蛾扑火，一头扎了进去，宁肯化为灰烬也不想出来。

傍晚时分，她的小院里终于来了个人，是她在这里的朋友林飞因。林飞因刚参加完顾惜玖的及笄礼。

她给云清罗送来吃的，当然也提了提典礼中的热闹场面，重点说了左天师送给顾惜玖的礼物。

林飞因的这些话无形中又在云清罗的心里插了无数把小刀子，她没说话，也不想说话。

林飞因待了一会儿就走了，却让云清罗的心再一次如同火烧。

明明顾惜玖什么都不如自己，凭什么她能轻易获得左天师的关注？凭什么？！

巨大的不甘和怒火在胸中涌动，她干脆也下了床。

她的伤自然也是很严重的，但她体质好，此刻倒是可以勉强下床行动，只要不运功，她甚至还能慢慢散步。

夜幕已经降临，这个时间大家要么吃饭，要么在屋内练功，少有在外面活动的。

云清罗想好好散散心，顺便想想日后的路该怎么走。

帝拂衣已经惩罚了她，而她又是天授弟子，帝拂衣不可能让人把她赶出天聚堂。

她再养半个月，等人们渐渐把这事淡忘了，她再老实些、乖些，应该不会再有人找她的麻烦，毕竟她还小嘛，就算做错事也容易被人原谅。

她一边慢慢走，一边低头思索，仿佛察觉到了什么，抬头的瞬间，整个身子僵住了。

“顾惜玖”就坐在不远处的湖边，手里拎着钓竿，貌似在钓鱼。

顾惜玖害得自己成了过街老鼠，她倒是悠闲自在得很，居然有闲心在这里钓鱼。

云清罗下意识地四下看了看，周围没有外人，只有她和顾惜玖……

钓鱼的“顾惜玖”似乎也觉察到她的到来，抬头向她这边看了一眼，但也就是一眼而已，“顾惜玖”的注意力又转到了钓竿上。“顾惜玖”居然还敢无视她。

气向上涌，云清罗觉得胸口的伤又疼了。

云清罗并不怕顾惜玖，毕竟论单打独斗，顾惜玖根本不是自己的对手。上次顾惜玖能赢，完全是她跟两个同伴配合得好，单靠顾惜玖，连给自己提鞋都不配！而且两个人都是受了伤的，受伤的程度还差不多，那她还怕什么？

她慢慢走了过去：“顾惜玖……”

“顾惜玖”却似乎懒得搭理她，依旧懒洋洋地看着湖里的钓竿，没有一点儿反应。

云清罗站了片刻，冷笑道：“听说你在及笄的仪式上得到不少好礼物，连左天师也送你东西了？”

“顾惜玖”这次终于瞥了她一眼：“你想说什么？”声音冷淡如风。

也不知道怎么回事，云清罗隐隐从“顾惜玖”身上发现了一点儿左天师的气势。

哼，顾惜玖是故意和左天师学的吧？学人家的风度、气势、说话和态度。

她在离“顾惜玖”一丈的地方站定，冷笑道：“我想说的是，你不用太得意，大家送你礼物不过是见你受伤了安慰你而已。”

“顾惜玖”又瞥了她一眼，道：“你也受伤了，被安慰了没有？”

云清罗受到了一万点伤害！

云清罗的手指在掌心里紧了紧，她又向前走了两步：“你是不是挺得意的？”

“顾惜玖”干脆回过身来瞧着她，那一双眸子里如有光影浮动：“得意又如何？不得意又如何？”

云清罗轻吸了一口气：“你是不是觉得左天师大人救了你，是对你情有独钟？”

“顾惜玖”勾唇笑了笑，不置可否。

云清罗觉得今日的顾惜玖分外高深莫测，顾惜玖说的每句话都让她怒气上涌，偏偏又被噎得不轻，甚至有一种话题无法继续下去的错觉。

她能感应到对方对自己的不耐烦，一句话都懒得对她说。

不过自己刺激了对方几句后，对方对她似乎有一点儿兴趣了，也会多看她几眼了，甚至现在还摆出聆听状。

云清罗难得逮着这样单独和“顾惜玖”说话的机会，自然不想错过，所以她轻笑了笑道：“左天师大人其实一向怜惜弱小的，对受伤的女孩子也格外上心。想当日我被人掳去，受了伤，左天师将我救出，为救我他耗费了很多灵力，看我疼得厉害，还给了我很多东西哄我。”

“顾惜玖”这次对她的谈话内容似乎有了更大的兴趣，钓竿有鱼咬钩了都当没看到，还将钓竿向旁边移动了一下，然后半转过身子听云清罗说话。

“顾惜玖”眨了眨眼睛，望着云清罗道：“我不信！他都送了你什么东西？”

云清罗微微一顿，冷笑道：“左天师送的自然都是好东西，价值连城，不过我为什么要和你具体说？”

“顾惜玖”叹气：“你不说的话，要我怎么相信？”

云清罗哼了一声：“你不信就不信，我也无须你信！你只要明白无论这次左天师送了你什么东西，也不过是哄你的，你毕竟是圣尊门人，你受重伤，他觉得难辞其咎，怕你日后在圣尊面前胡说八道，自然要哄哄你。其实他还是把你当孩子来看的。”

“顾惜玖”目光微闪：“我怎么觉得你把左天师当孩子了？”

云清罗挑了挑秀眉道：“什么？”

“顾惜玖”摇了摇头，懒得跟她解释，回头又摆弄起自己的钓竿。

云清罗再次被无视，心中怒火上涌，但还是压不住好奇，冷笑道：“我怎么把左天师当孩子了？你倒是说说看！”

“顾惜玖”没再理她，而是一抬手，一条肥大的鱼冲出水面。“顾惜玖”将鱼

放入鱼篓，似乎很有成就感，自言自语了一句：“这样钓鱼果然容易上钩，是个好法子。”

云清罗被气得发蒙：“你刚才就是胡说八道！现在解释不通干脆顾左右而言他，显得你很深沉？”

“顾惜玖”终于瞥了她一眼，那目光就像在看一块朽木，然后“顾惜玖”慢慢悠悠地道：“左天师掌控天下，岂会干如此幼稚的事？怕人告状就赶紧给颗糖哄一哄，你以为他做事是小孩子过家家吗？”

云清罗哼了一声：“无论如何，左天师救你只是出于道义。他富可敌国，无论送你什么东西对他来说都是九牛一毛。你拿着当宝贝，人家压根不放在心上。你可别会错了意！”

“顾惜玖”挑眉问道：“你怎么知道他压根不放在心上？他这次送出来的东西很稀缺，是他自己专用的呢，世上独一无二。”

云清罗冷笑道：“左天师大人手里的所有东西几乎都是独一无二的，送出一两个也不打紧，而且他这人喜欢提携后辈，常送后辈东西，很多人得到过他的东西……”

“顾惜玖”这次将眉毛挑得更高：“他常送人东西？我怎么不知道？”

云清罗终于得意了一把：“他的事只跟最亲近的人说，你在他眼里算什么？他自然不会对你说，你不知道也很正常，也压根没资格知道！”

“顾惜玖”又开始下钩，声音幽幽地道：“我觉得我是最有资格知道的，这世上大概没有人比我更了解他……”

云清罗仰头笑了笑，说道：“那只是你觉得而已！事实上你什么都不知道！”

“嗯？你知道？那你倒是说说他送谁东西了？都送了什么？”

云清罗抿了抿小嘴笑道：“好吧，今日本姑娘心情好，就稍稍给你透露一点儿，所有的天授弟子他都送过东西！”

“顾惜玖”不以为意道：“这个不稀奇，他是天授弟子之首，为了让其他天授弟子进步得快些，他自然会送一些相应的东西，方便他们练功。”

云清罗哼了一声道：“你明白这点就好！你看，他给所有的天授弟子送过东西，而你是圣尊门人，他送你东西也是看在圣尊的面子上才送的。如果你不是圣尊门人，他压根懒得看你一眼！”

“顾惜玖”微微敛眉道：“你是说左天师是势利眼？”

云清罗被噎了一下：“才不是！我只是……只是跟你解释左天师这次送你东西的缘由而已！”

“顾惜玖”道：“你兜这么大一个圈子，就是想替左天师找个送东西的缘由？这可真辛苦你了！”

云清罗从这句话里听出了讥讽，心中火大：“你不信？你觉得左天师如此做是喜欢你？”

“顾惜玖”顿了顿，居然点了点头：“嗯！我觉得他很喜欢我，甚至爱上了我。”

云清罗的拳头在袖中握得死紧，她忽然冷笑一声道：“你忘记七夕的事了？”

“顾惜玖”这次总算认真看了她一眼：“七夕的什么事？”

云清罗道：“你装什么糊涂？你忘了我们在七夕那天见过面了？”

“顾惜玖”目光微动，歪头看着她：“那又怎样？”

“那又怎样？！”云清罗上前一步，压低声音，又忍不住得意地说，“那天你明明看到我和左天师一起游玩……”

握着钓竿的手微微一紧，“顾惜玖”干脆不钓鱼了，望着云清罗，目光有些莫测：“你们一起游玩？”

云清罗笑道：“是啊，你也看到了，那天他专门来陪我，陪我逛夜市，陪我看焰火，陪我放河灯。那天他还陪我放了一盏鸳鸯灯，寓意我们会和和美美地过一生……你看到我们时，我们只是逛了夜市，他那天都懒得理你，你同他打招呼他也爱理不理的，你当时是不是挺失意的？”

“顾惜玖”低垂着眸子，重复道：“我挺失意的……”

云清罗终于找到了胜利感，越发得意：“你那天还特意跑过来和我们打招呼，我知道你不甘心，想仔细瞧瞧他，但你明显失望了不是吗？你当时看上去好淡定啊，其实心里苦翻天了吧？我看你当时笑得很牵强呢！”

“顾惜玖”似乎只剩下重复：“笑得很牵强……”

云清罗看到“顾惜玖”饱受打击的样子就觉得解气，再上前一步道：“左天师大人早已和我有了终身之约，你在他心中压根不算什么！就算他因为愧疚对你好一些那也不算什么，他想要娶你也不是真心的。他真心喜欢的是我，真心呵护的也是我，就算你我二人以后都嫁给他，那也是我为大，你为小；我为妻，你为妾……”

“顾惜玖”打断了她的幻想：“你做梦做醒了没有？你确定七夕陪着你的真是左天师？”

云清罗将头仰得高高的：“当然确定啊！这世上谁冒充得了他？谁又敢冒充他？”

“顾惜玖”不再说话，开始收拾钓具。

云清罗又不动声色地向四周瞥了一眼，确认再无第二个人看到，眸中闪过一抹厉色。她慢慢靠近“顾惜玖”，足下忽然一绊，佯装跌倒，向“顾惜玖”直扑过去！

她的掌心握着一枚巫术针，只要刺中人的身体就可以让人暂时失去行动能力。巫术针不是毒，所以就算有人验伤，也看不出是中毒。

云清罗的速度极快，她以为顾惜玖猝不及防之下躲不开，却没想到眼前微微一花就不见了“顾惜玖”的影子，再然后她觉得衣领被钩了一下，一股力量将她向前一带！

云清罗本来就是前冲的势头，她本打算将顾惜玖推下水，自己能及时刹住车，但她被钩了一下后，足下就停不下来了，扑通一声跌下了水。

落水的刹那手中的巫术针一抖，刺破了她的掌心，于是她霎时不能动了，向下沉去……

她大骇，想张口大呼，奈何全身都是僵硬的，连嘴都张不开，只能眼睁睁地看着四面的水向她压过来……

在沉入水底的那一刻，她看到“顾惜玖”站在湖岸上，正笑吟吟地看着她，目光却冷冷的。

在那一刹那，她恍惚觉得对方的笑容有些眼熟，像左天师的笑容。

“顾惜玖”看见她落水，并没有要救她的意思，看到云清罗沉入水底后，反而笑了笑，然后提着钓竿、拎着鱼篓离开了。

湖面上那巨大的涟漪已经消失，湖面恢复平静，仿佛什么也没发生过。

第三十九章　居然有人敢冒充左天师

“顾惜玖”回到自己的院中，在一个石凳上坐了片刻，自储物袋中掏出一枚玉牌。

这玉牌正是当初被帝拂衣遗落在深潭里的那块，后来他又找回来了。

现在的“顾惜玖”自然是帝拂衣。帝拂衣点开玉牌，玉牌上的花纹化开，转为镜面，里面出现了沐风的脸。沐风看着自家的主子有点儿纠结，但还是尽职尽责地询问：“主上，有何吩咐？”

帝拂衣道：“派人调查一下七夕夜陪在云清罗身边的那个所谓的左天师是谁？是何来路？这几天云清罗那边盯紧一些，看她可有什么异常。”

沐风又惊又怒，居然有人敢冒充左天师？！活得不耐烦了？！

他立即答应一声：“是！”

帝拂衣将玉牌收起，手指在石桌上轻敲。

怪不得顾惜玖对自己这么大的敌意，原来她是看到自己和云清罗在一起了。

按理说，顾惜玖并不是冲动之人，一般情况下她不会看错，而且她七夕下山是带着大蚌的，以大蚌的嗅觉，应该能辨别他身上的气息是真是假。

莫非冒充他的人已经真实得连大蚌也分辨不出来了？

他正沉思，门砰的一声被撞开，风召闪电似的跑进门来。它的背上驮着陆吾，而陆吾的尾巴尖上夹着大蚌。

大蚌是活泼性子，一进门就喊："主人，听说你受伤搬到这里来了，好点儿了没？"

它直接滚过来，就要用壳夹帝拂衣的下摆。

帝拂衣抬脚就踩住了它。

陆吾则叫了几声，飞奔过来，九条尾巴晃得像风火轮似的。它想用尾巴缠住帝拂衣的手腕，以此表达自己对主人的思念。

帝拂衣一指头点住陆吾，低喝道："乖乖的！"

他虽然用着顾惜玖的身子，但他的魂魄强大，一旦气场全开，能让人头皮发麻。

动物是最敏感的，所以陆吾吓得不敢动了，眨巴着眼睛委屈地看着帝拂衣，不明白主人为什么不和它亲热了。

帝拂衣自然不知道自己的一个动作已经伤害到一头幼兽的小心灵。

他也不在意，等它们都老实以后，才开口道："你们三个都乖乖的，我有话问你们。"

当然，他不想让它们察觉主人这壳子里的人已经换了，所以他想了想，还是用了怀柔政策，弄了一堆篝火，准备给大蚌它们烤鱼吃。

然后他像聊天似的和大蚌聊了几句，终于知道七夕那天顾惜玖和云清罗还有"帝拂衣"他们相遇的一切细节。

也不知道过了多久，湖面上忽然冒出一串串水泡，接着泛起了涟漪，最后云清罗冒了出来。

她刚冒出水面就猛然呛咳起来，一张俏脸涨得通红。

她憋得太厉害，咳血了。

她刚沉入水下时就闭气了。因为她知道她的巫术针能让人麻一刻钟，只要憋过这一刻钟她就能恢复自由。

这说起来容易，做起来却极难。

以前她感觉一刻钟不过须臾，在水中却那么漫长，每一分钟都极其难熬，憋得她眼冒金星、头昏脑涨……

最后，她实在憋不住了，忍不住吸了一口气，然后就呛水了。

身体好不容易能动了，她赶紧游上来，已经呛得整个人发蒙了。

连呛带咳让她的肺伤上加伤，等她好不容易爬上岸时，整个人都不好了。

顾惜玖在那张柔软的大床上醒来的时候，外面已经黑透了。

沐风在门外轻轻敲门："主上？"

顾惜玖伸了个懒腰，看了看自己，她依旧顶着帝拂衣的壳子，并没有因为睡一觉

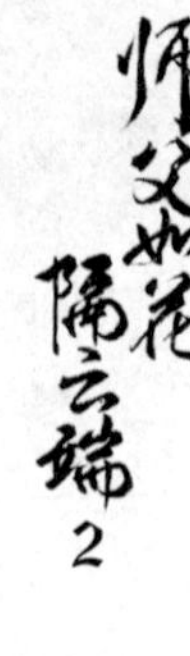

就能回归本体。

她现在还是高高在上的左天师。

她感应了一下身上，体内已经有灵力在缓缓流动，看来这具身体已在恢复，而且恢复的速度不慢。

她从进入这个壳子后就感觉自己嗜睡，中午参加完及笄仪式后，下午回来原本想翻翻帝拂衣的储物空间里的书，看看有没有换回壳子的术法，但她觉得乏得厉害，干脆躺下睡了……

然后她一觉睡到现在。

“主上？可醒来了？”沐风在外面继续敲门。

“进来吧。”

沐风见了左天师一向是有事说事的，所以他进来后就直奔主题：“主上，明日您要为紫云班一班上课，可需要属下准备什么东西？”

顾惜玖感觉头嗡地响了一声，问道：“上课？”左天师这次来还上课？上什么课?

“主上，您答应古堂主要在这里上三个月的课的，主要讲解御风术……”沐风尽职尽责地说道。

顾惜玖顿了片刻，然后道：“你可以为本座准备讲义。”她虽然不懂御风术，但只要有讲义她就照葫芦画瓢。

沐风为难道：“主上，御风术是主上第一次开讲，属下也不懂这个。”

顾惜玖挑眉：“那你能为本座准备什么？”

沐风立即道：“属下可以为主上端茶倒水，为主上召集学生，学习此术应该要准备一些器皿的，属下可以提前准备。”

顾惜玖捏了捏眉心：“本座尚要理一下思路，你先下去吧。”

沐风答应了一声，正要转身离开，顾惜玖又问：“那……顾姑娘在何处？”

“应该还在自己的院子里养着。对了，顾姑娘现在精神好多了，今天傍晚时分她出去钓鱼了。”

顾惜玖站起来向外走去：“本座去瞧瞧她。”

顾惜玖尚未走进小院就闻到了一股烤鱼的香味。

她推门进去一瞧，帝拂衣盘膝坐在一个锦墩上，面前是一堆篝火。

篝火上烤着鱼，旁边的大蚌规规矩矩地张着壳在那里等着，陆吾也蹲在蚌壳上，眼睛同样盯着鱼，风召则在旁边安静地摇着尾巴。

这情景很温暖，顾惜玖抿了抿唇，在心里叹了一口气。

这温暖本该属于她的。

大蚌、陆吾、风召本来是她的灵宠，现在却全围在帝拂衣身边，让人看得很不爽啊。

不过，大蚌和陆吾倒是难得有这么乖的时候。

以前她在那里烤鱼也好，烤肉也好，大蚌都会在她身边大呼小叫，一副着急的表情。

陆吾就更不用说了，只要看到她，就喜欢往她的袖子里钻，然后眨巴着眼睛跟她卖萌。

现在它们却这么老实。

而且它们的主人壳子里换了人，它们貌似都没看出来……

帝拂衣听到开门的动静，抬起头瞧了她一眼，态度不冷不热地道："左天师大人大驾光临，寒舍蓬荜生辉，请坐，请坐。"

顾惜玖顿了顿，才忽然想起，自己和他在及笄仪式上最后似乎闹了不愉快。

他直到及笄礼结束离开时也没和她说一句话，直接转身走了。两人最后是因为什么闹矛盾来着？

"你真这么喜欢他？"

"是！"

"为了他不惜牺牲我？"

"不错！"

看来这些话伤到他了，让他记仇了。没想到堂堂左天师也这么小气。

顾惜玖在心里鄙视了他一百遍。

碍于有大蚌它们在，顾惜玖不想和他争执，所以大度地笑了笑："烤鱼味道不错。"然后顾惜玖在他的对面坐了下来。

大蚌狐疑地看了看顾惜玖，不动声色地向前挪了挪："主人说第一条鱼归我……"

这个吃货！

顾惜玖抬手敲了它的壳一下："你以为我是来抢你的鱼的啊？这鱼你让给我我也不吃！"

大蚌放心了，不过它还是瞧了顾惜玖片刻。顾惜玖挑眉看着它："这么看着本座做什么？"

蚌壳里的小娃娃眨了眨眼睛："我觉得……今日左天师大人很亲民……"左天师居然像主人一样弹它的壳。

大蚌它们其实很郁闷，它本来欢天喜地地去夹主人的衣角表示亲热，却被主人一脚踢出三尺开外。它很诧异，不太明白主人是怎么了。

而陆吾一开始也想钻主人的袖子的，但主人一个眼神过来就让它不敢动了。

然后它们被主人一顿训斥，告诉它们灵宠应该有灵宠的样子，应该为主人挡灾，而不是像家猫一样只会向主人撒娇卖萌。

它们被训得灰头土脸，再不敢往前凑。

好在主人训完它们后，还知道给它们点儿甜头，开始给它们烤鱼。

大蚌和陆吾最喜欢吃主人烤的鱼了，它们见到烤鱼立即又来了精神，围在篝火旁边等着。不过它们不敢再去主人身边撒娇了。

现在"左天师"来了，大蚌的第一反应是对方会抢它的鱼。

现在对方不但不抢它的鱼，还敲它的壳，这是主人见了它常有的动作啊，好怀念！

大蚌热泪盈眶，试探着向"左天师"身边蹭了蹭。

陆吾也自蚌壳上跳下来，跑到顾惜玖跟前，用其中一条尾巴扫了扫顾惜玖的手。

顾惜玖强忍着没给它顺毛。

以前她见了陆吾，陆吾就习惯用尾巴扫她的手，她会顺势将它扯过来，然后给它顺毛，从头顶一直向下顺到每条尾巴上。

陆吾的皮毛光滑如缎，手感极好，所以顾惜玖闲着没事的时候还是很喜欢给小家伙顺毛的。而小家伙显然也很喜欢她这样做，每次顾惜玖给它顺毛时它都会惬意地哼哼两声。

有些东西一旦时间长了就会成为习惯。

顾惜玖虽然换了壳子，但见到自己的爱宠差点儿没忍住。

直到帝拂衣抬眼看过来，她才醒悟过来。

其实动物远远比人敏感，它们或许不知道主人的壳子里已经换了人，但它们能感应到主人的反常。

在它们面前，顾惜玖稍不注意就容易露马脚。

她忍住没去给陆吾顺毛，陆吾用尾巴扫了她一会儿，也没得到她的回应，小家伙很失意，又转头跳到大蚌的背上，趴在那里一副被抛弃的模样，看上去可怜巴巴的。

顾惜玖心里有些酸楚，忍不住传声给帝拂衣："我们什么时候能换回来？"

帝拂衣淡淡地道："或许我被人杀了，你就可以回归本体了。"

顾惜玖："……"

她懒得和他废话了。

第一条鱼终于烤好，帝拂衣看了顾惜玖一眼，问："要不要尝尝？"

顾惜玖瞧了那鱼一眼，凭她的厨艺，她断定这鱼应该好吃不了，所以她摇头："你这第一条鱼不是给大蚌的吗？"

帝拂衣轻笑："你是左天师，又是客人，自然是先请客人吃，怎么样？要不要尝尝？"

顾惜玖直接摇头："你给大蚌吧，说话要算话。"

帝拂衣不说话了，直接把鱼给了大蚌，大蚌早就眼巴巴等着了，接过来立即开吃，但吃了两口瞧了一眼帝拂衣，再吃两口又瞧两眼。

帝拂衣不悦："看我做什么？看我下饭啊？"

大蚌撇撇小嘴："主人，我觉得你的厨艺下降了不少。"

帝拂衣："……"他居然被嫌弃了，轻易不给人烤东西的他居然被大蚌嫌弃了！

倒是难得看到帝拂衣郁闷，顾惜玖忍不住想笑，故意道："还有没有？让本座来烤几条。"

帝拂衣看看大蚌再看看顾惜玖，果断地道："没有了，就钓了一条。"

他钓半天鱼就钓了一条？左天师这钓鱼技术看来依旧很差啊！

大蚌一脸不可思议："就一条？一条给我塞牙缝都不够啊，主人，我们三天才回来一次，你怎么能这么虐待我们……"

帝拂衣脸沉了下来，他似笑非笑地道："虐待？原来在你眼里，主人是必须为你烤东西的？是必须该侍候你的？"

虽然他的声音是顾惜玖的，但腔调已经是帝拂衣的，让大蚌莫名害怕起来。

它缩了缩身子，小声咕哝了一句："原先主人都会烤很多很多东西给我们吃……"

帝拂衣抱起手臂道："那你们呢？又给主人带来了什么？"

大蚌："……"它不敢再说话了，因为它们三个每次回来都是什么也不带，顶多就是打了猎物让主人烤。

帝拂衣瞥了顾惜玖一眼，忍不住摇了摇头，瞧瞧她把原本该是左膀右臂的灵宠给养成啥了？

三只吃货，还是不知道感恩的吃货！

帝拂衣又看了看它们，三个月的时间对灵宠来说是短短一瞬，它们几乎没什么变化，唯一有点儿变化的是陆吾，它的个头和毛都长了一点儿。

帝拂衣有些手痒，他也养灵宠，当然他养的灵宠都是极品，每只都是八阶兽。

这些灵宠在他手中成长得飞快，独立性极强，关键时候也极护主。

哪像眼前这三个，看着像三只家猫。

大蚌被他嫌弃的目光给刺激到了，立即昂首挺胸道："我们是有用的！我们可以为主人采药！"

它们一直在大山里转悠，自然常常能看到药草，只是它们觉得药草既不能吃又不好玩，大部分时候它们视而不见……

"那你们的药在哪里？"帝拂衣问道。

它们三个互相望了一眼，大蚌夹住陆吾的毛："走，我们去采药！不能让人瞧扁了！”

大蚌立即带着陆吾跳上风召的背，于是它们一溜烟地不见了。

院子里很快只剩下顾惜玖和帝拂衣两个人，刹那间变得有些冷场。

顾惜玖不想和他在这里大眼瞪小眼，又问了一遍：“我们的身体什么时候能换回来？我不想再这么下去了。”

帝拂衣抱膝看着她：“你不愿意做我吗？我那个位置不知道有多少人想抢……”

顾惜玖皱眉道：“我只想做我自己！”

帝拂衣叹气：“惜玖，你有没有考虑过日后代替我的位置？”

顾惜玖挑眉：“代替你做什么？”

帝拂衣笑道：“你看，我的位置比皇帝还高，皇帝那个位置还被人抢破头呢，我这个位置岂不是更诱人？”

顾惜玖沉默，帝拂衣继续道：“你一旦坐了我这个位置，就可以为所欲为，可以号令天下众生，没有人再敢瞧不起你，没有人再敢给你脸色看……”

顾惜玖瞧着他：“你真能为所欲为？”

帝拂衣微笑道：“你看到的我难道不是可以为所欲为？”

顾惜玖摇头：“你做事有时确实挺可恶的，但也说不上为所欲为吧？你不是还要训练天授弟子？你不是还要处事公正？不知道多少双眼睛盯着你，你如果真是任性妄为，怎么可能有这样高的威望？怎么可能让全大陆的人服你？”

帝拂衣愣了愣，抬眸看着她，半晌后笑了：“惜玖，没想到你有这样的觉悟。那么我问你，假如有一天你坐在我这位置上，你的亲人、朋友甚至灵宠如果做了天怒人怨的事，你会如何做？”

顾惜玖窒了窒。

大义灭亲说得好听，但有几个当权者能做到？

帝拂衣瞧着她，也不催她。

顾惜玖想了想，然后道：“或许我做不到大义灭亲，但我会尽量约束身边的人，让他们不犯大恶。”

“如果约束不住呢？你也知道总有人会经受不住诱惑做错事。如果普通人做错事也就罢了，但如果你掌管的是天道，你偏颇得太厉害的话，就有可能招来天罚，让这世界彻底倾覆……如果到了那时，你是为了救你的一个家人和这世界同归于尽，还是大义灭亲让这世界正常运转呢？”

顾惜玖沉默半晌，然后抬头看着他道：“你的位置……已经高到这种地步了吗？你说的这些，好像是圣尊那个位置的人身边才有可能发生的事。你是圣尊吗？”

帝拂衣没想到她会想到这些，微微一顿，摇头道：“我不是他。”

帝拂衣笑了笑：“他身上的责任太多、太重、太累……”

他轻叹了一口气："神，注定是孤独的，他不能有太在意的东西、太在意的人，因为那些会成为他的软肋，成为恶人对付他或者战胜他的砝码。这或许是他的命运，高高在上却很孤独……"

顾惜玖脑海中闪过圣尊的影子，这个人要守护天下苍生，如果他偏颇得太厉害就会招来天罚，让这个世界陷入水深火热中，那他确实不适合有太亲近、太在意的人。

如果她坐到他的那个位置上会怎么样呢？

顾惜玖琢磨了半晌。

她干吗要去抢那个位置啊？她又不是神！

顾惜玖发觉自己被帝拂衣给带偏了，忍不住瞪了他一眼，却发现他在烤鱼。

"喂，你不是说没鱼了吗？"顾惜玖看了看他的鱼篓，里面还有好几条鱼。

"本座是说没它们几个的鱼了。"帝拂衣回答得慢条斯理，还有些生气，"那只该死的大蚌，本座烤的鱼它还敢嫌弃！"

顾惜玖瞧着他，忽然觉得有些好笑。她忽然发现左天师大人褪去某些光环，他还是有些孩子气的。

"对了，帝拂衣，我们的身体到底啥时候能换回来啊？"顾惜玖又把话题拉了回来。

帝拂衣挑眉看着她："真不稀罕我这位子啊？"

"不稀罕！白送我也不要！"

帝拂衣低叹道："这只怕由不得你……"

"什么？"顾惜玖没听清。

"本座是说要想换回来，需要你做点儿牺牲。"

顾惜玖挑眉："什么牺牲？"

"和本座同房吧。"帝拂衣直接扔出一个炸弹。

顾惜玖呼吸一窒："什么？"她现在占着他的壳子是男儿身，而他是女儿身。

同房……难道是让自己用这个身子和他滚床单？

顾惜玖惊了，一张脸一阵青一阵白，她瞪着帝拂衣道："你忽悠我吧？！哪有用这种变态法子的？！"

帝拂衣盯着她的脸看了片刻，也忍不住郁闷地说："惜玖，说实话，我真没想到我那张脸可以有这么丰富的表情，它现在纠结得太厉害了。"

顾惜玖："……"

帝拂衣继续道："再说同房而眠而已，怎么就变态了？要想我们身体互换，必须等我的身体恢复两成的灵力，而要想快速恢复灵力，就必须修炼一种特殊功法，那功法太复杂，你自己修炼不了，只能我在旁边一直盯着，时刻提点你才可以……"

原来他嘴里的同房是这个意思。

顾惜玖松了一口气。

他早说嘛，害她误会。

帝拂衣似乎想到了什么，忽然笑了："这同房在你们那边是不是还有其他意思？"

顾惜玖果断地道："没有！"

帝拂衣盯了她片刻，盯得顾惜玖几乎要发毛。顾惜玖怒瞪了他一眼："看什么？这脸就是你自己的，还没看够？"

帝拂衣转身坐下道："站在这个角度看还没多久。"他又欣慰地点了点头，"本座果然是最帅的，无论怎么看都是最好看的。"

顾惜玖沉默片刻后，终于给他下了评语："帝拂衣，我觉得你无论怎么看都是脸皮最厚的。"

帝拂衣哈哈大笑道："惜玖，还是你了解我……"

帝拂衣手里的鱼已经烤好，他兴致勃勃地给顾惜玖递了过去："来，尝尝我的手艺。"

说实话，他烤的鱼真的不如顾惜玖烤好吃，而顾惜玖一向不和他客气，尝了一口就摇头道："不好吃！怪不得大蚌会嫌弃。"她又特意攻击他，"我估计这鱼猫都不爱吃。"

帝拂衣："……"

他也郁闷了，明明是按照顾惜玖的烤鱼步骤做的，怎么就不好吃呢？

"是不是鱼的原因？或许这鱼味道不好。"帝拂衣开始找客观原因。

顾惜玖横了他一眼，二话不说就去收拾鱼篓里的鱼。

她要烤几条让他看看，事实胜于雄辩！哼！

顾惜玖烤了几条鱼让他一尝，帝拂衣也没话说了。

两个人守着一堆篝火吃了几条鱼，顾惜玖终于想起另外一个人来："对了，小狐狸呢？"

"当然是打发走了。"帝拂衣回答得不太在意。

他一抬头，看见顾惜玖的嘴角沾了一点儿酱料。他是最见不得人不整洁的，忍不住抬手去为她擦拭："吃鱼也能吃出一嘴油……"

在这一刹那，他离她很近。

顾惜玖鼻中闻到了他身上熟悉的香气。

她愣了愣，蓦然抬头。

而他因为离她很近，她这一抬头，唇瓣正好擦过他的下巴。

她僵了一下，他也跟着一僵。

"你们……"门口忽然传来啪的一声。

顾惜玖呼吸一窒，下意识地转头，正看到龙司夜失魂落魄地站在那里，脸色苍白。他手里本来端着一个药碗，此刻药碗掉在地上摔成了碎片，药汤洒了一地。

顾惜玖："……"

她几乎是下意识地将还戳在她面前、和她相距不过半尺的帝拂衣猛然一推。

帝拂衣没防备，被她推了个趔趄，向后退几步。帝拂衣身后忽然有人将他拦腰一抱："惜玖！"

帝拂衣只觉汗毛几乎全竖起来了！

他自然明白发生了什么事情，手肘向后撞去！

虽然顾惜玖的这个小身体受伤很重，但在帝拂衣的调养下，已经恢复了不少，再加上帝拂衣本身所学甚杂，可以说包罗万象，格斗术、搏击术极精，也极刁钻。

他的手肘这一撞正撞在龙司夜的腰上，他撞的是能引起人最大疼痛的穴位，龙司夜闷哼一声，立即弯下腰去。

而帝拂衣早已流水般飞出一丈远，脸色阴晴不定。他被恶心到了！

这一系列变化太快，顾惜玖目瞪口呆，忍不住向龙司夜走近一步："龙司夜……"

龙司夜骤然起身，狠狠瞪了顾惜玖一眼，目光极冷，眼中恨意弥漫。

顾惜玖还是第一次看到他这种眼神，头皮一麻，下意识地后退了一步。

而龙司夜不再看她，只看了帝拂衣一眼，声音惨然地道："惜玖，原来你喜欢的是他，你不再喜欢我了吗？"

他苦苦一笑，蓦然转身就走！

顾惜玖微张了张嘴，向前追了两步又顿住，略一愣神的工夫，龙司夜已经走远了！

顾惜玖站在原地呆了片刻，蓦然向帝拂衣扑过去，一把扯住他的衣襟，怒道："帝拂衣，你为什么打他？！"

帝拂衣也怒道："本座岂是他想抱就能抱的？！"

顾惜玖："……"

她颓然地松开了他，蹲在地上。

帝拂衣垂眸看了看蹲在地上的顾惜玖，想了想，和她并排蹲着："惜玖，其实我还是很开心的。"

顾惜玖很想一脚把他踢飞，但想到这一脚踢出去踢的是自己的身体，她又作罢，恨恨地道："你开心什么？！幸灾乐祸吧？！"

帝拂衣低声叹道："你如此生气也没冲动地上前和他解释，这证明你还是怕我出事的，你心里有我……"

顾惜玖窒了一下："你想多了！那是因为我原本就不是冲动之人，再说一般答应

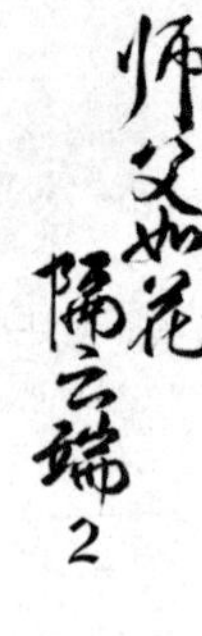

的事我就会做到，这是信用问题，和心里有没有你一点儿关系也没有！”

帝拂衣在旁边看着她气呼呼的样子，尽管她戴着面具，但下巴和嘴唇暴露了她的愤怒，他忍不住笑了起来。

顾惜玖被他笑得心头火起，忍不住推了他一把：“你笑个鬼啊！”

帝拂衣被她推了一个趔趄，却依旧笑不可抑。

顾惜玖恼羞成怒，跳过去捂他的嘴：“你还笑！”

她撞过去时力量大了一些，帝拂衣被她直接撞倒，顾惜玖正好趴在他身上，大手捂住他的樱桃小口，居高临下地瞪着他：“你再笑我闷死你！”

帝拂衣被她捂住嘴自然笑不出来了，含混地应声道：“好，我不笑了。”他说是不笑了，一双眸子却弯得像月亮，这说明他还在笑。

他被她压在身下，一时挣扎不开，也懒得挣扎，干脆头枕着手，笑吟吟地看着她。

他看着她恼羞成怒却亮晶晶的眸子，看着她抿起来的嘴。

帝拂衣第一次觉得自己那张脸居然也让他如此心动，很想起身去亲吻。

他忍不住抬手去摘她脸上的面具，手指碰到她的耳朵，发现有些热。

那热意似乎能顺着手指烫到人心里，他心里一荡，蓦然翻过身去。

他现在虽然是女儿身，但这具身体已经恢复一部分体力，他又深谙格斗术，加上顾惜玖没防备，他将顾惜玖压在了身下。

二人位置逆转，换成了帝拂衣在上面，而顾惜玖脸上的面具也随之跌落。帝拂衣是不懂客气为何物的人，心神荡漾之下，低头就去吻顾惜玖的唇。

顾惜玖冷不防被他按在下面，如何肯屈服？

她将头一偏，就要屈膝去踢他。帝拂衣早有防备，腿在她的腿上别了一下。他用的是巧劲，正好能别住她的腿，让她踢不起来。

门口突然传来响动，两个人僵住，转头看去。

他们看到蓝外狐睁大眼睛站在那里，一副又被雷劈到的表情。

“我、我、我什么也没看到！”小狐狸一阵风似的跑了，地上滚着两个果子。

显然，小狐狸是来给“顾惜玖”送果子的，没想到会看到“顾惜玖”将“帝拂衣”按在那里欲行不轨之事。

顾惜玖欲哭无泪，觉得自己这次就是跳进太平洋也洗不清了！

换身体的事刻不容缓，顾惜玖思虑再三终于同意让帝拂衣搬来和她同住。

至于龙司夜，现在这种情况下她还真没办法解释，只能让他先误会。

顾惜玖有自己的打算，据帝拂衣说，如果按照他说的法子修炼，他这个壳子在半个月内就能恢复一部分功力，就算不能全恢复，但还是能恢复到可以使用换体术的程

度的，到时候二人换体成功，等帝拂衣彻底恢复以后，她再去找龙司夜解释。

她已经和帝拂衣说好，换体之事日后必须跟龙司夜说，要不然她这种种行为真的无法跟龙司夜解释。反正那时帝拂衣已经恢复，也就不怕别人再对他不利了。

帝拂衣在她“你不同意我现在就去揭穿真相”的逼迫下，终于点头同意。于是事情皆大欢喜。

顾惜玖要搬到帝拂衣的小院中疗养，这件事很容易引人非议。所以帝拂衣给顾惜玖出了个主意，让她以帝拂衣的身份出面和古残墨商量，说顾惜玖的伤有很大问题，必须搬到左天师的小院中疗养才能痊愈。

古残墨当然是没意见的，而且乐见其成。在他眼中，左天师重新宠爱顾惜玖是破镜重圆，毕竟原先这两个人有过婚约，理应是天生的一对。

当然，这只是他以为，他还是要问问顾惜玖的意见的。

于是，他去询问“顾惜玖”的意见，“顾惜玖”很痛快地答应了。

在天聚堂男女住在一起，自然容易引人非议，如果不解释，只怕流言能传出花来。所以古残墨想了想，还是请“左天师”当众宣布这件事，一切光明正大，省得众人在背后乱传。

“左天师”自然不会拒绝。

顾惜玖以帝拂衣的身份在人前宣布了这件事情，瞬间一石激起千层浪，众人都很吃惊，却又觉得仿佛在意料之中。

顾惜玖宣布这条消息的时候，云清罗也在下面听着，她的脸色直接白了。众人的目光又纷纷扫向云清罗，让她几乎站立不住。

龙司夜也在，他的脸色也苍白了不少，目光直接射向顾惜玖。

顾惜玖有些愧疚，心里又骂了帝拂衣一次。她不想和龙司夜对视，干脆移开目光。

龙司夜盯了她片刻，微抿着薄唇又看向顶着顾惜玖的壳子的帝拂衣。帝拂衣压根没看龙司夜，一直看着顾惜玖。

龙司夜上前一步对顾惜玖开口道：“左天师，惜玖的病龙某也略知一二，定当竭尽全力为她治疗，让她恢复如初，何必让她入住左天师府上？毕竟男女有别，你们这样同居一院恐惹人非议。左天师倒没什么，别人只会当是一段风流韵事，于左天师的声名倒没什么妨碍，但惜玖不行，就怕经此一事，于她清誉有碍，传出去好说不好听。”

他说得很有道理，众人也禁不住暗暗点头。古残墨想了想，福至心灵道：“老夫记得左天师和惜玖曾经有婚约？不如恢复婚约，这样就不怕别人乱传了。”

众人纷纷附和。

龙司夜：“……”他没想到自己的一番话竟让古残墨想到了顾惜玖和帝拂衣的婚

约上，不由得皱起眉来。

顾惜玖也皱起了眉头。她只是想快点儿换回壳子，其他的不在她的考虑范围内。但这个时候所有目光都看着她，等着她的决定。

帝拂衣的目光也微微闪动了一下，嘴角含笑地望着她，他似乎也在看她要怎样应付今天的场面。

顾惜玖心里一急，一个念头蓦然就转了出来。她立即把目光投向帝拂衣，慈爱地道："本座虽然和你有过婚约，但毕竟已经解除，原本你我再无任何干系，但你是圣尊门人，你受此重伤本座不能不管。本座问心无愧倒不在意那些话，但你毕竟是女子……嗯，不如这样，本座虚长你几十岁，做你的长辈绰绰有余，不如收你为义女，如此便可免去那些闲话。"

帝拂衣足下微微踉跄了一下，他似笑非笑地看着顾惜玖："义女？"

顾惜玖硬着头皮点头道："不错。"

顾惜玖怕帝拂衣当场反驳，又传音过去："帝拂衣，为了我的声名着想，也只能先如此了。"

帝拂衣传音回来："你想日后让本座担个乱伦的名头？"

顾惜玖皱眉道："帝拂衣，我说过了，我想嫁的人是龙司夜，现在和你在一起不是我的本意，在不能道明真实原因的情况下，也只能借这个名头来挡一挡了，我不能太伤害龙司夜！"

帝拂衣顿了片刻道："好吧，依你！"

顾惜玖松了口气。这样她对龙司夜也有个交代。

既然两个当事人都同意，其他人自然不好说别的了。

龙司夜看看顾惜玖，再看看帝拂衣，思考了片刻，也没再说什么。这件事就这么定下了。

晚上的时候，帝拂衣顶着顾惜玖的壳子终于回到自己的小院里，睡上了自己的大床。

帝拂衣的修炼法子只需要晚上修炼就可以，白天是可以正常活动的，所以顾惜玖还得顶着帝拂衣的壳子去给紫云班的人上课。

帝拂衣也很大方，晚上给她做了讲义，让她背熟，以便第二天去忽悠紫云班的那些学生。

这些讲义帝拂衣已经写得深入浅出，但对顾惜玖这种从来没接触过御风术的人来说，还是有些深奥，有些词语她压根不懂，而帝拂衣写完讲义给她后就让她自行领悟，他则出门溜达去了。

他溜达一圈回来，就差不多到了顾惜玖练功的时间了。帝拂衣指导她盘膝坐好，然后一步步指导她运功，吸天地精华，灵气要流经哪些穴位。

练功之后顾惜玖终于明白帝拂衣并没有忽悠她，这套功法还真是烦琐。

顾惜玖很聪明，帝拂衣原本以为她至少要练上十遍八遍才不会出错，没想到她只是在第一次做的时候略显手忙脚乱，第二次慢了点儿，但是没出错，第三次的时候她就做得像模像样了。

帝拂衣看她终于入了正途松了一口气，忍不住夸她道：“不错!很聪明！”

顾惜玖很得意，嘴角微弯，能得帝拂衣的认可并不容易。

这套功法修炼一个时辰后，就要开始修炼第二套，又要开始学新的内容，而且第二套功法比第一套更烦琐，然后是第三套……

顾惜玖觉得自己已经够聪明了，但在练习的时候明显感觉智商不够用。

第三套功法需要帝拂衣在旁边盯着，一出错他就会提醒。

这几套功法折腾下来，顾惜玖收功下床的时候，没感觉身体轻松，反而沉重了一点儿。

因为她在练功过程中一时气入岔道，吐出了一口血。

帝拂衣守了她一晚上也有些疲惫。

顾惜玖揉了揉熬出来的熊猫眼，有些垂头丧气：“帝拂衣，你这法子是不是不对啊？我感觉你这壳子的体力还不如昨天。”

帝拂衣上前搭了一下她的腕脉：“没事，比我预想的好很多，我以为你这一晚上折腾下来会吐几次血，你居然只吐了一次，很了不起了。”

顾惜玖狐疑地看了看他道：“你这法子真没问题？我怕练着练着你这壳子会风一吹就倒。”

帝拂衣叹气：“本座还没那么无聊，让你折腾我自己的壳子。放心吧，等你再修炼一晚上应该就能看到效果了。”

顾惜玖松了一口气，抬头看了看天，头疼地揉了揉眉心：“该去上课了。”

左天师身份尊崇，顾惜玖第一天以左天师的身份去上课的时候，看到下面齐刷刷地站立起来向她鞠躬行礼的学生们，心里还是有些骄傲的。

但她开讲以后终于明白紫云班的导师不好当!

众所周知，紫云班的学生可是这个大陆上的少年精英。这些人聪明绝顶，性子自然大多桀骜不驯。

顾惜玖在讲课期间，稍有含糊的地方，他们便会举手指出来，或者提问题，然后等着顾惜玖回答。

顾惜玖练功练了一晚上原本就有些头昏脑涨，讲义她又不懂，讲课只是照葫芦画瓢而已。

但堂堂左天师被人问得哑口无言太不像话，于是顾惜玖向坐在堂下的帝拂衣使了个眼色。

没想到帝拂衣这个时候只低头看课本，一副刻苦学习的样子。

这家伙就是想看她的笑话吧？！

她淡淡地让提问的同学等等，说她讲完这一节课后会告诉他答案，然后她给帝拂衣传音道："左天师大人，答案，答案。"

帝拂衣充耳不闻，依旧认真地看着课本。

"帝天师，帝天师……"顾惜玖接着传音。

帝拂衣继续装听不见，还低头写着什么。

顾惜玖怒了，开始放话："帝拂衣，你不给我说答案的话，我可就胡说八道啦！日后他们发现不对，肯定认为你左天师误人子弟，到时候丢人的就是你了！"

帝拂衣终于抬头瞧了她一眼，传音过来："宝贝儿，为父不怕丢人，你尽管胡说八道好了。"

顾惜玖："……"那一声"为父"让她抖了一下，手中的讲义差点儿掉地上。

看来这家伙是打定主意要看她的笑话了，顾惜玖微微拧起了眉头。

虽然她答不上来丢人的是帝拂衣，但现在她在这个壳子里，到时候被笑话的还是她。

顾惜玖微微抿唇，心里转着各种念头，一时有些走神，险些把后面的内容讲错。

偏偏她这堂课上听不懂的人很多，千翎羽就是其中之一。他大概还有些恨帝拂衣让他的好朋友顾惜玖受伤，所以逮着机会就提问。他的问题很刁钻，还都是专业性很强的内容，顾惜玖就算想胡说八道也不行，所以只能让他们先把问题压着，她课下再解释。

她一面讲课，一面在心里盘算下课后找个理由赶紧走，至于那些问题她已经记下来了，打算找机会去问其他人。

或许她该去问龙司夜？

但她顶着帝拂衣的壳子，估计龙司夜不会搭理她。或者她去忽悠古残墨？这些问题古残墨估计知道。

一节课终于上完了，眼见那几个学生要围过来向她请教答案，她咳了一声正要找个理由溜走，帝拂衣却不动声色地靠近她身边，和她擦肩而过时她手里多了几张小字条。

她低头一瞧，上面正是她想要的答案！

帝拂衣的字飘逸中又带着遒劲之力，看上去极为漂亮。

顾惜玖待那些学生围拢过来后，便将那些字条像变戏法似的一晃，字条分别弹向他们每个人，然后她懒懒地说了一句："你们要的答案在这里。"

那几个学生低头看字条的工夫，"左天师"已经走了。

这节课她算是勉强搪塞过去了。

左天师的课并不是每天都上的，三天一节，这让顾惜玖松了一口气。

这堂课她虽然上得有些勉强，但对她来说，还是有极大助益的，她无形中吸收了很多知识。她得到的知识比任何学生都要多，毕竟她是讲师。

顾惜玖出来时看到蓝外狐独自坐在石凳上出神，眼角还红红的。

她关心这只狐狸已成习惯，直接走了过去，在蓝外狐身边站了片刻。蓝外狐正在出神，没看到她。

她轻咳了一声，倒把蓝外狐吓了一跳。蓝外狐扑通一声跪倒，给她磕头道："左天师大人！"

顾惜玖忍不住叹气："怎么了？"

蓝外狐把头摇得像拨浪鼓："没怎么，没怎么，左天师大人，外狐还有事，外狐先告退。"她行了个礼，就兔子似的跑了。

顾惜玖："……"

"没想到左天师大人连惜玖的朋友也关心起来了。"旁边有人阴阳怪气地道。

顾惜玖转头一瞧，是千翎羽。

这小子一脸不忿，对着"左天师"却不敢发作，显然，他对蓝外狐的情绪是知道的。

"蓝外狐怎么了？"顾惜玖随口问道。

"失落了呗，我们虽然进了紫云班，但不知道为何惜玖不太跟我们说话了，就算说也是冷冷淡淡的。小狐狸也像是有心事，一副闯了祸的样子，我问她她也不说。"

顾惜玖拧眉，一时也没想通蓝外狐到底闯了什么祸。

她不想和千翎羽多说话，免得露了马脚，于是转身就走。她在路上正琢磨这件事，就看见前方小狐狸跟在帝拂衣身后，一副想跑过去说话又害怕的样子。

顾惜玖心中一动，便没说话，在后面跟着。

片刻后，小狐狸终于鼓足勇气了，跑过去道："惜玖！"

帝拂衣看到这只狐狸还是很头疼的，这小狐狸太黏人了，喜欢抱人的手臂。

他接手这个壳子后，自然不想让小狐狸抱，甚至不让她接近自己三尺以内。于是小狐狸就抑郁了。

这次小狐狸跑过去后，似乎又想抱"顾惜玖"的手臂，但手伸到一半又像想起什么，讪讪地缩回来，低声道："惜玖，你是不是在生我的气啊？"

帝拂衣尽量让自己的声音平和一些："没有。"

蓝外狐抿了抿小嘴，又稍稍靠近一点儿："可、可你怎么不太理我啊？"她咬了咬唇，"你是觉得我太笨害你受伤对吗？我、我道歉……以后我一定再机灵些，对战的时候让自己反应快一些……"

帝拂衣道："嗯，你是该独立一些。"

蓝外狐眼巴巴地看着他："惜玖，你、你是不是再组战队的时候不要我了？我会努力的，惜玖，你不能不要我……"

帝拂衣头疼地道："蓝外狐，这世上最靠得住的人是自己，不能总指望别人。你不是笨，只是胆小而已，只要克服这个毛病，你未必比其他人差，只要努力即可。顾惜玖……我也不可能帮你一辈子……"

帝拂衣要不是顶着顾惜玖的壳子，才懒得跟这只小狐狸废话，但这只小狐狸貌似是顾惜玖很在意的朋友，那他就费神指点她两句吧。

但他忘了一件事，一般让他费神指点的人多是这个大陆上的精英，基本是强者。那些人扛得住打击，能通过他的指点提高自己。

但像小狐狸这样的，他还是第一次碰到，他再用教育天授弟子的那套方法就行不通了。

他的这番话小狐狸的理解就是，顾惜玖要抛弃她和她绝交，她立即哭了："惜玖，你真不要我了啊？"

帝拂衣郁闷了。

"惜玖，你是不是、是不是因为我两次都撞破你和左天师大人的事恼我？我真的从来没对外说过，你相信我……"蓝外狐眼泪巴巴地小声开口道。

帝拂衣额头青筋一跳，他又不能把这只狐狸一脚踢飞，只得哄道："放心，惜玖不会不要你，我只是、只是受伤一时组不了战队，你先去和千翎羽那小子练，等我痊愈再找你们。"

蓝外狐的眼睛立即亮了："好！"她一擦眼泪，转身蹦跳着跑了。

好不容易打发走了这只缠人的狐狸，帝拂衣正要回小院，一抬头见龙司夜站在不远处望着他，目光很复杂。

帝拂衣微微敛眉，龙司夜极为聪明，他莫不是起了疑心？

虽然他扮顾惜玖神态、动作都很像，但也只能骗骗那些和她不相熟的人，真碰到熟悉的，很容易从细微处觉察出两个人的不同。

譬如顾惜玖的灵宠，譬如小狐狸和千翎羽，还有不远处的龙司夜，他们都是对顾惜玖极熟悉的人，连小狐狸都感觉到惜玖变了，变得陌生了，那龙司夜会不会也这么想？

他或许该用圣尊的名义将龙司夜调开，免得龙司夜在此坏了自己的事！

帝拂衣没打算和龙司夜交谈，所以经过龙司夜身前的时候，帝拂衣只是点了点头，就打算走过去。

龙司夜身形一闪，居然直接拦住他的路："惜玖，我觉得我们该好好谈一谈！"龙司夜抬手就去抓帝拂衣的手臂！

帝拂衣自然不想让龙司夜抓到，身子一闪，避开了龙司夜的手，似笑非笑地道：

“龙宗主这是要用强吗？”

帝拂衣这一闪颇像顾惜玖的瞬移，就算龙司夜也没看出破绽。龙司夜被噎了一下，正想说话，沐风像是从天而降，直接出现在帝拂衣身边：“顾姑娘！我们主人有请。”

帝拂衣转身跟着沐风走了。

龙司夜站在原地，瞧着帝拂衣的背影出神，手指在袖内缓缓握紧。

顾惜玖站在远处，将这一幕全部看在眼里，头疼地揉了揉额头。

龙司夜曾经是杀手营的教官，心思缜密，有些事时间一长只怕瞒不过他。

与其让他自己调查出来，倒不如和他说清楚，可帝拂衣又不让她说。

顾惜玖回到小院的时候，帝拂衣正在屋里写什么东西。

为了方便帝拂衣晚上指导顾惜玖练功，顾惜玖让人在屋里又放了一张床，两张床相对，离得也较近。

帝拂衣回来后，顾惜玖就把他那张大床还给他了，她则睡在另外一张床上。

顾惜玖想着他在课堂上给她解了围，还是向他道了谢。

帝拂衣抬头瞧了瞧她，薄唇浅浅一勾：“你我父女客气什么。”

顾惜玖被他噎了片刻，笑道：“现在我的身份是左天师，要叫义父的话也是阁下称呼我……”

帝拂衣摇了摇头：“你的脸皮厚了不少。”

屋里的气氛一开始还有些凝重，二人说笑几句，气氛活跃了不少。

顾惜玖哼了一声：“彼此，彼此，来，叫声义父听听！”

帝拂衣叹气道：“这可不成！我怕叫了，你会被雷劈！”

顾惜玖只当他胡说八道，也没放在心上，笑道：“胡说八道！”

帝拂衣笑了笑，没再说话，依旧低头写东西。

顾惜玖好奇，凑过去一瞧，发现他在写天书。顾惜玖觉得自己认识的字够多了，可那些字她一个也不认识。

“这是？”

“不认识？”帝拂衣挑眉反问道。

“当然不认识啊，我也没见过。”

“嗯，不认识就对了。”帝拂衣依旧笔走龙蛇。

顾惜玖坐在一边，忽然问了一句：“沐风他们是知道了吧？”

笔尖微微一顿，帝拂衣倒没否认：“是，他们已经知道了。”

不但沐风在这里，沐雷、沐云、沐电也在，此刻四人正玩牌呢！

显然，他们是来给体弱的帝拂衣护驾的。

他们能来顾惜玖也松了一口气，毕竟她和帝拂衣的功力现在都没有恢复好，如果有绝世高手出现，他们还真的有危险。

但帝拂衣曾经说，这件事只有他们二人知道，其他人一概不知。

她将所有人都瞒住了，包括她的朋友、爱人、灵宠。

而他转头就告诉了他的四名属下。

而她如果不问的话，帝拂衣压根不会告诉她，会让她继续在他的下属面前冒充“主上”。

而他的下属明显得到过他的授意，刚才她进来时，他们还躬身向她行礼，恭敬地称呼她为“主上”呢！

这让她心里有些不舒服。

她沉默半晌后问道：“他们是可信的？”

帝拂衣嗯了一声。

“那龙司夜在你眼中就这么不可信？”

帝拂衣终于放下笔，打量她片刻，说道：“你是为他打抱不平？”

顾惜玖抿着唇不说话。

帝拂衣叹气：“惜玖，倒不是本座绝对不相信他，而是此事确实关系重大，牵连了你我的生死……龙司夜为人正直无私我早知道，但他……他毕竟对我怀有敌意，一旦掌握我的软肋，我怕他经受不住诱惑做出错事。这不是你我愿意看到的，是不是？”

“他不是那样的人！他就算对你怀有敌意，但对我没有敌意啊。他不会坑害我的。”顾惜玖下意识地为龙司夜辩解。

帝拂衣沉默片刻后说：“他不是这样的人？你真这么了解他？他说的话你真的全部相信，一点儿也不怀疑？”

顾惜玖：“……”

帝拂衣瞧着她，目光有些犀利：“惜玖，你是在逃避什么吧？所以把他当救命稻草一样相信，或许你信的不是他，而是借此催眠自己……”

顾惜玖心中一震，转过头去：“你在胡说什么？我不懂！”

帝拂衣叹了口气：“你懂的，只是你还不敢承认而已。”

顾惜玖无语。

她不希望自己的感情左右摇摆，不希望为感情的事烦忧，所以一旦和龙司夜解除误会，她就接受了他，不让自己再有后悔的余地。

还有曾经的龙昔也不是谦谦如玉的君子，一个在杀手营也能混得如鱼得水的教官怎么可能是君子？他能在这边混成宗主可不单单是凭借武力和医术，他必然有他的手腕。

顾惜玖之所以相信龙司夜，是相信他对她的感情是真的，相信他不会坑她而已。但他会不会趁机坑帝拂衣呢？

这个顾惜玖还真不敢保证！

她一直没说话。

帝拂衣看了看她，叹了口气："好吧，这件事你大概觉得我处置不公了。你既然十分相信他，那就告诉他好了，本座也赌一把。"他站起来就向外走去。

顾惜玖一把扯住他："你去哪里？"

"去和他说明真相。"

顾惜玖皱眉，没有放手的意思："算了！"她顿了片刻，又叹了口气，"算了！多一事不如少一事。以后我再亲自对他说就好了。"

帝拂衣垂眸看着她拉着自己的手，眸中闪过一抹欣慰之色。

他微笑着，乖乖让她握着，柔声道："惜玖，我就知道你是在乎我的。"

顾惜玖的心脏不由自主地快速跳了跳，她松开了手，站起身来漫不经心地道："你想多了，我只是觉得你毕竟是为了救我才受伤的，当还你人情而已。"

顾惜玖转身大步走了出去，想要出去透透气，清醒清醒。

她在这个院落里转悠了几圈，发现帝拂衣这院落三步换景，五步换色。

当初圣尊也在这里建了一座宅子，那座宅子和现在这座明显不同。

看来左天师和圣尊一样，走到哪里都喜欢用自己的东西，就连房子也不例外，都是临时修座别院出来。

只是这座别院又能在这里矗立多久？或许半年后他离开，这小院也会被拆除，这里依旧是一片废墟。

这里的一切就如同海市蜃楼般虚幻，或许等阳光一出来，所有的虚幻都会随之消失……

在当初那座别院里住着的时候，她还兴致勃勃地从山里移了花草过来，想自己设计一个花圃，甚至想挪一块奇石当装饰。

只是还没等她付诸行动，那座宅子就被圣尊派人拆了。他拆得不心疼，她却适应了好几天，让自己不去想那座宅子。

现在她又身处一座美轮美奂的宅院中，却再也没有了当初布置景观、栽花种草的兴趣。

谁又知道这院子能存在多久呢？

等她也有了相应的实力，能随时盖房子的时候，她再好好设计也不迟。对不属于自己的东西她没必要再费心！

"这院落怎么样？"顾惜玖身后传来声音。

顾惜玖回头一看，见帝拂衣站在自己身后不远处，懒洋洋地倚着栏杆笑吟吟地看着她。

这家伙在外面的时候，一举一动都像她，除了对人不热络，其他压根看不出破绽。

回到这座院子里，他就放心大胆地露出了他的本性，一切表情、动作都是属于帝拂衣的……

“这么瞧着本座做什么？这壳子是你的，莫非你是被自己迷住了？”帝拂衣干脆走过来，还在原地转了一圈，“本座穿着它是不是挺与众不同的？”

顾惜玖道：“确实与众不同，看着像人妖！”

帝拂衣笑了：“宝贝儿，你顶着我的壳子、嘛着小嘴的模样才真的像人妖。”他走到顾惜玖身边，牵起她的手道，“走，我带你在这里好好转一转。这园子是本座亲手设计的，好看吧？”

顾惜玖不想让他牵着，往前迈开一步挣开，随口道：“没想到你还是园林大师，左天师大人果然多才多艺。”

帝拂衣笑道：“你有没有兴趣也设计一下？譬如在这里种点儿花草，或者改一下格局，设计成你喜欢的风格……”

顾惜玖摇头：“不必啦，我没那份心思。”她又抬头看了看天色，“我倦了，先回去歇一下，到练功的时间唤我便可。”她说罢转身走了。

帝拂衣站在原地看着她的背影，然后微微垂下眸子。

看来自己那次让沐风拆房子的事给她留下心理阴影了。

第二次练功比第一次顺利了很多，顾惜玖已极少出错了，当然练功过程中情况千变万化，帝拂衣依旧守在她身边，好及时指点。

顾惜玖倒没出大问题，两个时辰内就练完了。

收功后已经是四更时分，顾惜玖躺下睡了一大觉，日上三竿才醒。

第四十章　这壳子里换人了

顾惜玖又去上了一节课，这次效果还不错，帝拂衣给她做的讲义内容很详尽，学生有可能会问的问题也全给她列出来并解答了。

再加上帝拂衣在下面给她提醒，第二节课她上得很圆满。

这次上课时，云清罗也来了。她看上去瘦了不少，人也规规矩矩的，除了偶尔望向“帝拂衣”的目光火热点儿，似乎没其他异常。

下课后，顾惜玖等了一下帝拂衣。

因为帝拂衣告诉她，她下课后如果不等他，他就在大庭广众之下飞奔着追她，让所有的人都看到顾惜玖狂追帝拂衣的画面。

为了自己的名节着想，顾惜玖还是接受了他的威胁。不就半个月嘛，她忍忍就过去了。

她是站在一棵大树下等帝拂衣的，因为有些无聊，便随手折下一段柳枝在手里折着玩。

忽然她看见龙司夜在她身侧不远处出现。

顾惜玖微微一僵，随手将柳枝丢掉了。

龙司夜看看地上被她折成“8”字的柳枝，再看看她，眸中似有微光闪过。

顾惜玖心中一沉，自己有些习惯性的小动作还真是要命！其他人或许不会注意，但龙司夜对她太熟悉了，他说不定能从她的一些小动作上看出破绽。

她不动声色，又随手折了一段柳枝，折了几个圈，再挑唇笑道：“小丫头的玩意儿，真不明白这东西有什么好玩的，偏偏她还玩得很上瘾一样。”她随手丢掉柳枝，拍了拍手，懒洋洋地靠在树上，跟龙司夜打了个招呼，“龙宗主，别来无恙？”

说来她也有三天没看到他了，三天的时间不长不短，龙司夜也瘦了一圈。

顾惜玖心中对他有愧疚，但表面不敢露出来，她打了声招呼后，便转身想离开。

“帝拂衣，我想和你聊一聊。”龙司夜拦住了她的去路。

顾惜玖挑眉，看上去有些不耐烦：“本座没有义务陪阁下聊。”她现在不想和他深聊，免得露出马脚。

“给我五分钟时间，可以吗？”龙司夜望着她。

顾惜玖掉头就走。

“一分钟！一分钟也不可以吗？”龙司夜在后面不甘心地道。

顾惜玖没理会。

“惜玖！我知道是你！”龙司夜忽然扔了个炸弹出来。

顾惜玖足下微微一顿，他居然认出来了？！

不，或许他只是诈她……

顾惜玖正要继续往前走，龙司夜的声音传来：“你们互换了身体对吗？惜玖，帝拂衣怕我坑他，不肯说出真相，你也怕吗？你以为我会坑你？”

他是传音入密说的这两句话，显然他也知道利害，没在人前嚷出来。

龙教官果然是不好糊弄的！

顾惜玖只得站住，依旧用帝拂衣的口吻道：“你要和我谈什么？”

龙司夜松了一口气，也露出公事公办的模样说道：“帝拂衣，我在院中备了薄酒，不如我们去喝一杯？”

“算我一个。”不远处传来一个声音。

顾惜玖回头，就见帝拂衣站在那里，正含笑望着她和龙司夜。

三个人最终没有去龙司夜的小院喝酒，而是去了帝拂衣的院子，因为帝拂衣那里的好酒多。

小院后园中有一个湖，湖中有亭，亭中有桌有凳，有酒有菜。

三个人围坐在小亭中。

“龙宗主果然很聪明啊。”这是帝拂衣说的第一句话，说这话的时候，虽然他的身子还是顾惜玖的，但语气、动作已经是他自己的了。

龙司夜微抿薄唇，对着顾惜玖那张脸，说不出难听的话，只是淡淡地道：“好说！好说！主要是我对惜玖太熟悉，而阁下露出的破绽太多！”

“本座哪里露出破绽了？”帝拂衣像是很感兴趣，随手给龙司夜倒了一杯酒。

龙司夜面无表情地说："阁下的破绽太多了！阁下的表情、动作刚开始瞧虽然看不出什么，甚至你说的那些话也伤了我，但你在日常行为中还是露出不少马脚，譬如你不想让任何人接近你，譬如你忽然对好友冷淡……"

帝拂衣挑眉："就这些？"

"这些已经足够让人怀疑这壳子里换人了！"

"那你怎么知道是本座和惜玖互换了？"

龙司夜道："我一开始并没有怀疑你们是互换了，而是怀疑恶灵将惜玖的魂魄给挤跑了。一个身体内一般不可能有两个魂魄共存，所以我暗中为惜玖招过魂……徒劳无功后，我就开始怀疑她的魂魄会不会被人捉去困住了。毕竟这天聚堂里还有个傀儡师，一般傀儡师手里是掌握着几条恶灵供其驱使的……"

他这句话指向非常明显，帝拂衣没说话，等他继续说下去。

龙司夜继续道："惜玖如果没受伤，她的魂魄同样强大，不会被人夺舍，只有她最虚弱的时候才有这个可能。所以我去盯了云清罗几天，甚至把她弄晕搜了搜她的身上，没搜出什么。在她那里实在查看不出异常。于是我又把目光转回来，注意观察你，自然就看出一些破绽……"

顾惜玖心中微暖，原来龙司夜暗中为她做了这么多事！

她抬手为龙司夜倒了一杯酒："对不住，害你担心了。"

龙司夜看了她一眼，叹息道："我知道你只是忠人之事，此事不怪你。"

他想拍拍她的手安慰一下，看到的却是帝拂衣的大手……他又一脸嫌弃地移开目光。

他又说了好几处破绽，然后目光转向帝拂衣，眸底隐隐有一丝得意之色："帝拂衣，我说的这些可对？"

"对！对极了！"帝拂衣微笑，抬手又为他斟了一杯酒，"看在你这么聪明的分上，本座敬你一杯。"

龙司夜不客气地将酒喝下，他倒是不怕帝拂衣在酒中搞鬼，毕竟他自己就是医术名家，酒中有没有毒他还是能分辨出来的。

他有一种扬眉吐气的感觉。他和帝拂衣打了这么多年的交道，平生不知道被帝拂衣坑了多少回，这次戳穿帝拂衣的伪装，也算是打了个翻身仗。

既然已经摊牌了，那他也不再客气："帝拂衣，你到底在搞什么鬼？为何要和惜玖换体？你那日不是说惜玖不能再换体了吗？"

帝拂衣瞥了他一眼，也不客气地道："本座为何要告诉你？"

龙司夜没想到他会如此无赖："你！"

帝拂衣喝了一杯酒："本座确实没有告知你的义务。"

"帝拂衣，我觉得事到如今我们三个该坦诚相待！莫非你直到现在还防备我？

我如果想害你，今天也不会在此说破，而是暗中准备坑你之事！”龙司夜气不打一处来。

帝拂衣淡淡地道：“龙宗主，幸好你在此说破了，而不是去准备什么蠢事，要不然你以为你还能在这里和本座喝酒聊天？”

龙司夜皱眉道：“你什么意思？”

帝拂衣悠然一笑：“大前天晚上亥时二刻，你在自己的院中作法给惜玖招魂，桌上摆供品五盘，依次为……”他说出了五盘果品的名字和形状，“作法三次，三次都失败了。”

龙司夜变了脸色：“你怎知……”

帝拂衣不理他，继续道：“昨晚子时，你夜探云清罗住处，用酥风一日香将她迷晕，搜了她的傀儡袋，共找出傀儡两具、傀儡灵三只、咒术纸二十张……”他又说出一串名字，和龙司夜当夜所搜到的东西分毫不差！

龙司夜呆了半晌，怒道：“你监视我！帝拂衣，你一直不相信我！”

帝拂衣淡淡地道：“你不也不相信本座吗？要不然你发现惜玖不对劲，又眼见她住进了我的院子，为何不来提醒，而是在背后调查？你就不怕她是恶灵附体，在你调查期间她对本座不利吗？或许在你内心深处，其实是盼着这个‘恶灵’将我除去吧？”

龙司夜：“……”他感觉指尖微凉，心底最深处连他自己也说不清的地方，似乎确实有点儿隐秘的想法。

他身上有冷汗冒出，左天师的推理能力还真是恐怖。

帝拂衣向后一靠：“你瞧，你其实也不相信我……凭什么要本座信你？”

虽然心里的隐秘想法被帝拂衣猜中，龙司夜却不想承认：“你想多了！以你这么强大的本事，她就算是恶灵附体，又能奈何得了你？如果一条恶灵就能把你怎么样，你大概也活不到现在了！”

帝拂衣笑了，晃了晃手中的酒杯：“你倒是了解本座，来，敬你一杯！”

龙司夜没说话，但和他碰了一杯。

两个人喝完了酒，龙司夜看向顾惜玖道：“惜玖，你可有什么话对我说？”

顾惜玖浅浅地勾唇，端起了酒杯：“龙教官，惜玖对你有愧！敬你一杯！”顾惜玖从换体后怕露馅对他一直比较冷淡，为了信守对帝拂衣的承诺，一直瞒着他，亲眼见到他的痛苦也假装无动于衷。反观龙司夜，他一直为她的事而奔忙……

这件事是她对不起朋友！

龙司夜眼睛微微一亮，他微笑着道：“惜玖，你永远不必对我说对不起。我知道你的性子，无论怎么做都是有原因的，我不会追问，也不会怀疑你。”

顾惜玖又笑了笑：“凭你的这番话我觉得也该敬你第二杯酒！”她正要仰头喝

下，帝拂衣按住了她的手腕：“惜玖，你不太适合饮酒，适量即可。”

顾惜玖笑了，那笑却未到达眼底：“放心，我自然知道这个，喝的也不是酒，是水。”

帝拂衣：“……”

夜明珠微微闪亮，光线柔和不刺眼，又能照亮全屋。

顾惜玖在桌上学习紫云班的笔记。屋内有些静，帝拂衣抄写了一会儿那些“天书”，抬头看了看她，她这几天很安静。

不像前两天，她时不时过来瞧瞧他写的“天书”，偶尔还会向他讨教两句，但今天从龙司夜走后，她一句话也没和他说。

他以为她会找他算账的。

毕竟他做那些事不但瞒着龙司夜，也瞒着她，这件事做得并不厚道。

以她的性子她定然会责问他几句，惹急了说不定还会和他翻脸，所以帝拂衣一直等着她的责问。

没想到顾惜玖压根没责问他，一直行若无事，只是安静了不少。

她一直在看那些课堂笔记，用心学习，整晚头也没抬。

倒是帝拂衣问了她几句，譬如“你有哪里不懂”“要不要喝水”等。他找了好几个理由和她说话，但她都用短短几个字回应。

眼看夜已深，快到练功时间了，帝拂衣终于忍不住了：“小惜玖，你是不是在生气？”

她抬眸，一双眸子很黑，也很静：“生什么气？”

“生气整件事我也瞒着你，生气我派人监视龙司夜……”

顾惜玖淡淡一笑道：“没什么可生气的。你有你的顾忌，你不信我、不信龙司夜也很正常。我想了想，自己也真没什么让你可信任的。”她抬头看了看外面的天色，“好啦，不早了，该练功了，及早恢复我们也能及早换回来。”

她盘膝坐在床上，一副认真打坐的模样：“我们开始吧！”

帝拂衣：“……”

他这次貌似把她给彻底得罪了。

她如果和他闹、和他要脾气倒没什么，但她是真正开始疏远他。

他一时竟然想不到怎么拉近彼此的距离。

他这一生身在高位，一向我行我素，可以说有些独断，做事只考虑对错，考虑捷径，压根不考虑其他人的感受，也不在意别人的感受。

现在他第一次有了在意的人，也只是宠她、喜欢她、逗她，但做事的时候还是按照习惯去做。

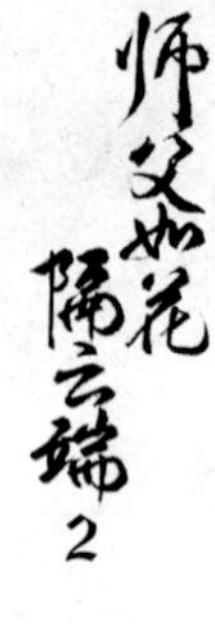

如果顾惜玖是天真可爱、懵懂无知的女孩子倒罢了，她会安心地在他的羽翼下快乐成长，他偶尔骗她一次，她最多赌一会儿气，和他撒撒娇，他只要哄一哄就好了。

但顾惜玖偏偏是个坚强独立、敢作敢为的女孩子，心思缜密的程度不亚于他，一旦踩到她的底线，他再想哄好就难了。

更重要的是，有些事牵扯太大，他真的不能和她解释。

算了！让她冷静两天，他再慢慢将她哄好就是了。

现在还是做正事要紧。

她现在已经很熟练了，帝拂衣只偶尔提点她两句，再注意她的练功进度就可以了。

帝拂衣看她在那里正襟危坐，微闭着眼睛，身周有淡淡的光彩萦绕，而光彩也一天比一天浓烈，他轻轻松了一口气。

幸好她练功时是看不见的，要不然她看到淡淡的七彩光晕，只怕会起疑。

这套功法是他专用的恢复功法，只对神体有用，他现在等于提前传授给了她。

所以这次换体其实也是有好处的，因为她自己的小身体还没真正修炼出来，如果用她的本体练，估计练几下她就会爆体而亡了。或许这也是天道安排？

他端坐在她的对面，时刻注意着她的动静，见她练功平稳后，他又感应了一下自己的身体，她的小身子在他的神魂滋养下，成长速度飞快，当然伤势也好得飞快。

如果是她自己休养，最少一个月她才能恢复正常。

但现在换了他在她的身体里，不过短短五六天的时间，她这伤已经好得差不多了，功力也恢复得很快，甚至身体的灵力也增长速度惊人。

没换体的时候她是五阶七的灵力，现在六阶了！

不过顾惜玖是不知道的，帝拂衣用她这身体升级的时候是晚上，她当时正忙着练功，压根没看到。

帝拂衣也没对她说，想等换回来以后给这丫头一个惊喜。

帝拂衣有洁癖，让他五六天不洗澡那是不可能的事。

他和顾惜玖进行一番讨价还价后，讨论出一个双方都认可的方案，每天固定的时间两个人去深潭泡澡……

顾惜玖原本不想和他一起泡澡，像洗鸳鸯浴似的，她觉得不合适。

但帝拂衣说怕她不放心，倒不如两个人一起洗，方便互相监视。

在深潭泡澡的时候，二人都运用一种功法，那功法可以让水沸腾，然后在他们身周快速流动，那么急的水流冲在身上，什么污垢都被冲跑了。

如此也算是解决了洗澡问题。

时间过得很快，又是三天过去了。这三天一直风平浪静，顾惜玖和帝拂衣依旧几乎是同进同出，不知道羡煞了多少人。

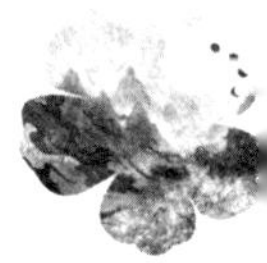

当然，人们看龙司夜的目光就带着点儿怜悯了。

龙司夜喜欢顾惜玖几乎是人人都看得出来的，现在眼看自己心爱的女人和另一个男子同进同出甚至同住一个院落，像是好事将近的样子，他又如何不失意?

他看上去憔悴了不少，就算给学生上课也常常走神，偶尔还会讲得颠三倒四，成为学生间流传的笑柄。

有学生亲眼看到他去帝拂衣的院中找顾惜玖，结果被四使拦住，连大门都进不去。

还有学生看到他在帝拂衣的院外徘徊良久。

还有学生看到他在月下吹笛，形单影只。

于是，天聚堂人人都知道，龙宗主失恋了……

而云清罗这些天也老实了不少，每天匆匆地来上课，下课以后又匆匆地回她自己的小院。因为她有伤在身，所以古残墨没给她分配任务，只让她静心养伤便可。

爱是让人很伤心的事，云清罗这次真的被帝拂衣伤得体无完肤。她对帝拂衣是恨爱交加，但也知道自己今生无望，或许她和他原本就是无缘的……

不过这还不是最让她头疼的，她最头疼的事是她的"帝拂衣"不见了!

那个一直陪伴在她身边的偶人，一直给了她无数抚慰的偶人居然在她的储物袋中失踪了!

所以这几天她在伤心之余，整个人也像是热锅上的蚂蚁般极为忐忑。

她唯恐那个偶人会被帝拂衣发现……

如果偶人被发现，她就死定了!

这一夜，她独自躺在床上正满心凄惶地睡不着，门轻轻一响，吱呀打开，一个人闪身而入。

来人黑发紫衣，头戴面具。

云清罗一下跳起："你!"她不顾自己伤痛的身子，扑上前一把扯住对方的手，"你这几天跑到哪里去了?!不对，你怎么会自己跑?!"这人正是她丢失的偶人。

她跳得太急，扯动了伤口，疼得她又弯下了身子。

那人轻轻一叹，将她拦腰抱起，重新放在床上："你还伤着，怎么这么不小心?"温柔的声音一如从前。

云清罗愤怒地扯住他的衣领子道："说!你怎么自己跑的?!"

那人却趁势压住她，吻了上去。

云清罗身子微微一抖，揽住了他的脖子，声音微颤地道："你……"她闭上眼睛，低喃了一声，"拂衣……"

那人眼眸中有微光流动，他在激吻中蓦然扯开了她的衣裳，露出了云清罗玲珑的娇躯。

显然，这是他和她在一起时常做的事，所以这人的动作很熟练。

云清罗又是一抖，眼泪流得更急，并未推拒，只是频繁呢喃着帝拂衣的名字，仿佛和她做这事的是她心目中的那个人。

那人垂眸看着她，嘴角的笑很温柔，眸底却闪过一抹厌恶之色……

当云清罗从天堂返回现实后，望着眼前的偶人又心生厌恶，一把将他推开：“你滚！你不是他！不是！不要玷污我……”

往常她这么推开他的时候，他都会安静地退到一旁，等着她再将他装入储物袋里。

但这次他没有，他后退了一步后又走到近前，一把握住了她的肩，轻笑道：“云清罗，你要这样自欺欺人到什么时候？！”

云清罗被他握得肩膀生疼，却震惊地睁大眼睛看着他：“你……”

那人坐在她身侧，手指又抚上了她的胸，蓦然一按，正按在她的断骨处。云清罗霎时疼出了一身冷汗，下意识地反抗起来。

但那人力大无穷，她的伤又没好，使不出多少力气，她被那人完全禁锢在怀里，动弹不得。

那人依旧笑得温柔：“清罗，你伤成这样，心里就没有恨吗？”

那人的手指又戳到她被剑洞穿的地方，那里已经结痂，但一摸还是疼得厉害。那人语调温柔，动作却毫不怜香惜玉，直接揭开了她的血痂。

“清罗，你这里不疼吗？”

云清罗疼得发抖，额头冷汗直冒：“住手……住手！你住手……”

那人这才停下：“知道疼了？”

“你到底……到底是谁？！你不是我的……我的傀儡！”云清罗神色惊恐，她刚才拼命想用傀儡术控制他，结果压根没反应。

“清罗，我是。”那人低叹，“不过我有其他主人。清罗，我待在你身边两年了，对你还是有感情的，那个人你注定得不到，何不把我当成他？你看我会哄你，会让你开心，会让你愉悦，容貌气度也像他，哪里比他差了？”

云清罗闭上眼睛：“可你终究不是他！你只是外表有些像而已，其他的压根不像！你连他的一根头发都比不上！”

那人眼眸中闪过一抹厉色，手指蓦然向她的伤口一戳！

云清罗的身子像鱼似的一挺，她险些尖叫出声，被那人直接捂住了嘴巴。

云清罗疼得身子直抖，双眸睁得又圆又大，惊恐地看着这个宛如化身恶魔的偶人。

那人看了看她煞白的脸，轻叹道：“这疼其实是他带给你的，不是吗？”

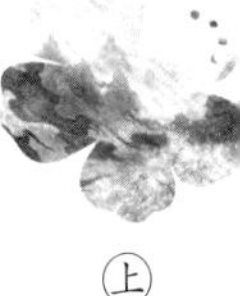

他的手依旧在她的伤口附近徘徊，云清罗身上被冷汗浸透，她不敢再反驳，只能点头。

那人似乎这才满意，终于放开了她的嘴，又问了一句："那你恨不恨他？"

云清罗点头。

"这就对了。清罗，那个人已经注定不属于你，对你还如此狠辣，将你的痴心全部辜负，这样的人你干吗还想让他活在世上？你得不到他倒不如毁了他！你说是不是？起码毁之前他还没有属于任何人，那样你拥有我，就等于拥有他了……"

云清罗脸色雪白："你……你想让我杀了他？"

那人的手指抚过她的小嘴："你哪有那本事，你又接近不了他。就算接近了他你也不是他的对手啊，他杀你比较快。"

"那……那你说让我毁了他……我……"

"不必你亲自动手的，你只要按照我所说的去做就好……"那人开始给她布置任务。

任务并不复杂，就是让她在学生之间传播某些舆论，顺便监视某个人。

云清罗心乱如麻，知道自己如果迈出这一步，就是彻底站在了帝拂衣的对立面，再难回头。

那人似乎看出了她的犹豫，轻轻一笑，然后威胁道："云清罗，你可以不做这件事，但是我会走出去，让人发现我，并向人说出这两年你和我的事……你说，这些事如果让帝拂衣知道，你会是什么下场？"

云清罗的脸白了。

她闭上眼睛，事到如今她已经没有任何退路，只能按照这人所说的做。

月上中天，明月如圆盘般挂在那里。

月明星暗，苍穹中只有几颗星子。

一阵笛声悠悠响起，回荡在天地间，让已经鲜红的枫叶随着笛声飞舞。

龙司夜一身白袍立于树下，笛声自他指尖流泻，这笛声仿佛在怀念往事，又似感叹曾经拥有的美好时光。

一曲终了，他望着月亮出神半晌，身影甚是萧瑟。

枫林中有人轻咳了一声，龙司夜似乎没想到枫林中有人，立即转身去看。

一个蓝袍人走了出来，蓝袍人戴着遮着半张脸的面具，龙司夜看不清他的面容，只看到这人身材高大，而戴着面具的那张脸看上去也极眼熟！

他皱了皱眉："帝拂衣？！"

蓝袍人叹息一声道："你认错人了，我不是他！"他的声音也和帝拂衣极像。

"那你是谁？"龙司夜握紧手中的笛子，"你怎么同他如此相像？！你和他什么关系？”

蓝袍人沉默半晌，轻轻一笑，那笑在月光下却有些阴邪：“你猜呢？”

龙司夜盯着他嘴角的那抹笑容，上下打量他两眼后问道：“他的兄弟？双胞胎？”

蓝袍人轻轻叹了一口气：“你猜得差不多，算是双胞胎吧……”

龙司夜皱眉：“这倒从未听他说起，也没听别人说过。”

蓝袍人冷笑一声道：“你自然没听说过，我是他见不得光的双胞胎兄弟……”

龙司夜又打量了他一眼，没说话。

蓝袍人上前一步道：“怎么？不相信？你也算是对他很熟悉了，你看看我的手、下巴、眼睛、嘴巴……是不是和他一模一样？”

龙司夜的目光在他所说的这些地方扫了一遍，果然和帝拂衣一模一样，一分一毫都不差，除了两人是双胞胎外，真的无法解释。

当然，龙司夜还想到了一个可能，这人是帝拂衣的生化人！

他盯着那人的脸：“阁下为何不将面具摘下来让我瞧一瞧？”

那人微叹道：“他在人前一直戴着面具，你也不知道他的真实相貌，我就算摘下面具又能如何？你分辨得出？”

龙司夜目光微微闪动，他叹了口气：“你说得有理，算了，本座也无心验证什么，就此别过。”他转身欲走。

“龙宗主，你长期居于他之下被他压制，难道甘心？”

龙司夜足下微顿，他淡淡地道：“我的功夫本来就不如他，地位在他之下也是理所当然的，有什么甘心不甘心的？阁下不必在此挑拨离间。”他转身就走。

“那你心爱的女人呢？你也眼睁睁地看着她被他夺走，心里就没有半点儿不舒服的感觉？”蓝袍人专找人的痛处说。

龙司夜骤然回头，气息有些不稳：“你胡说什么？！”

蓝袍人笑了，眯起眼眸道：“龙宗主，你明白在下什么意思。”

龙司夜扭头就走。

蓝袍人也不追，只在后面加了一句：“我倒是有法子帮你抢回你的女人，甚至可以杀了他！”

龙司夜的身子又顿了顿，他道：“我和他同为天授弟子，岂能干那样的事？！”他转身急急地走了。

蓝袍人看着他的背影，嘴角微微一勾，笑了。龙司夜已经动心了，只差再加一把火了。

第二天，龙司夜一整天都仿佛坐立不安，又去帝拂衣的小院门口盘桓了片刻，正看到“顾惜玖”和“帝拂衣”手牵着手回来。也不知道“帝拂衣”和“顾惜玖”说了什么，惹得“顾惜玖”频频笑出声，还捶了“帝拂衣”一拳，然后那两个人便进院去了。

龙司夜失魂落魄地站在那里也不知道站了多久，这才转身踉跄着离开。

枫树林如昨，人也如昨。

龙司夜依旧形单影只地倚着大树吹笛子，只不过这次调子越发悲凉凄怆，还带着浓浓的不甘和愤怒。

一曲终了，林内有人击掌而出：“龙宗主的笛子吹得着实不错啊！”

正是昨夜的蓝袍人。

龙司夜冷冷地看着他，轻吸了一口气：“你是来看我的笑话的？你有什么可幸灾乐祸的？！你甚至见不得光，压根不如我！”

他身上有酒气，说出的话刻薄毒辣：“你根本没资格笑话本座！”

蓝袍人轻轻一叹道：“你误会了，我并没有笑话你，我也确实比你可怜，你好歹还是天问宗宗主，受万人拥戴，我却像是见不得光的傀儡，压根没人知道我的存在……我比你更恨他！”

龙司夜狐疑地瞪着他不说话。

那人继续道：“你现在有没有兴趣听听我的法子？”

龙司夜面上依旧是孤傲的表情，语气却让步了：“你可以说说看。”

那人说了他的法子。

他的法子其实并不复杂。

天聚堂外面有很厉害的结界，只有天聚堂的人才可以自由进出，当然，所有的天授弟子也可以自由进出。若不破除这层结界，外人想要攻入天聚堂是不可能的。

而那人交给龙司夜的任务就是在合适的时机将这层结界破除，里应外合让外面的人攻进来，然后除掉帝拂衣！

龙司夜听完断然拒绝道：“本座是天授弟子，而天聚堂是圣尊的心血，本座绝不会为一己之私毁了天聚堂！”

那人似乎早料到他会如此，轻轻叹了一声：“放心，我们也无心将天聚堂的人怎么样，此举只为消灭帝拂衣！”

龙司夜似乎心动了，但还是不肯相信：“你们到底是谁？本座怎知你所说的是真是假？一旦你们攻进来，若为祸天聚堂又该如何？本座不想玉石俱焚！”

那人道：“这个好办，大后日天聚堂的弟子要出去狩猎，到时候基本会全体出动，留下来的人应该不多，到那时我们再行动！”

龙司夜：“你们对天聚堂的事倒是很清楚！”

原来天聚堂每年都会组织一场大的狩猎活动，是对弟子们的磨炼。

到那一天，天聚堂的学生基本都会到指定的地方去狩猎，地点不定。

当然，为防意外，导师们也会跟着。到那一天天聚堂基本就空了。

那天确实是个袭击的好时机！

不过龙司夜还有顾虑：“万一帝拂衣也跟着去呢？”

那人勾唇一笑道：“不可能！顾惜玖还伤着呢！云清罗也伤着。她们一个是天授弟子，一个是圣尊门人，帝拂衣不会抛下她们不管的。”

龙司夜沉默片刻后确认道：“你们只想除掉帝拂衣？而不连累其他无辜？本座不想让顾惜玖出意外！”

那人意味深长地笑了笑，说道：“不会的。绝不会让顾姑娘出意外的，你放心好了！”

龙司夜不说话了，那人看了他一眼：“你还有其他顾虑？”

龙司夜紧皱着俊眉道：“他门下的四使极为厉害，可抵千军万马……”

那人轻笑道：“放心吧，我家主人自有法子调开他们……”

秋夜凉如水，顾惜玖半揽着帝拂衣的腰走入了院门。

待院门关闭，顾惜玖立即撤回了手臂，大步向前走去。

帝拂衣眸中闪过一抹黯然神色，他和她之间的这种状态已经持续好几天了！

他以为两天后她就不会再生气了，他再和她插科打诨，两个人就能和好如初，但没有。

她其实很敬业，为了大计她在人前配合他演戏扮恩爱，演得还很逼真，让他几乎错以为她真的爱上了自己。

但回到小院后，她就像在后台卸了妆的演员，恢复正常的情绪。

她倒没和他闹别扭不理人，也跟他说话，甚至还会同他谈笑，两人相处起来像是普通朋友，但也就是普通朋友而已，距离越来越远。

帝拂衣用过许多法子想拉近两人之间的距离，但都徒劳无功。

他智谋无双，智算天下，唯独不会追女人。

四使中沐云是最有魅力的，也是最会讨女孩子欢心的，这家伙在外面混的时候有“玉面小轻侯”的美誉，他相中的女孩子还没有追求不到手的。

帝拂衣曾经明里暗里向他取经，他也确实有一些很实用的追女孩子的方法。

既然是主子讨教，沐云自然是知无不言言无不尽的，说了许多方法。

譬如好女怕缠郎，女人都是口是心非的，没事多在她身边转就行。帝拂衣觉得这条不适用，因为他现在和她几乎是十二个时辰不分开，但也没见她有一丝心动的迹象。

譬如女子都喜欢浪漫，喜欢情人送花什么的。帝拂衣实践过，在天聚堂的奇花园里赏花的时候，他采了一大抱花给她，结果她像看怪物似的看着他，问他和这些花有什么仇，为什么要辣手摧花？于是此条失败，弃之！

譬如女子有第一次情结，只要男人得到她的第一次，她一般会心甘情愿地跟着他。

这一条被帝拂衣直接拍飞了。他不太相信顾惜玖会是这样的女子，被人得到身子就死心塌地地跟着这个人，这不像她的作风。

譬如可以多玩玩亲亲的游戏，有些女人被亲得多了，心就会向着你了。

帝拂衣觉得这条也不太适合，因为现在的顾惜玖占着他的身子，功力已经很强，她虽然不太会用他的术法，但还是很有力气的。他如果上去亲她，被她按住揍一顿的可能性比较大，所以就算要强亲也得等换完体以后再说，所以这一条帝拂衣准备以后再用。

沐云的好法子都被帝拂衣逐条拍飞了，沐云一时也想不出法子了。

于是就到了现在，花木扶疏，月影西斜，两个人对月小酌。

顾惜玖终于将帝拂衣壳子里的灵力修炼回两成，今夜就可以施展术法让两个人换回来了，这一场谁也想不到的纠缠终于可以落下帷幕。

顾惜玖看上去有些开心，一双眼睛微微闪亮。

两个人回到小院后，就各自恢复本身的性子，不用再演戏了。

“左天师大人，今夜施展的术法一定能成功吧？”顾惜玖再次确认此事。

“能！”

顾惜玖松了一口气。她想念她的大蚌、陆吾、风召了！她想念和千翎羽、蓝外狐团体作战的日子了。

大蚌它们这些日子的失意她是看在眼里的，千翎羽和蓝外狐的失意她也看在眼里。

她只有回归本身，才能肆无忌惮地和她的灵宠亲热，才能再和千翎羽他们组队讨论战术……

一切都会回归正常。

想到这美好的前景她就有点儿兴奋，开始在心里计划未来。

到那时她要做的第一件事自然是搬离帝拂衣的院子，和他分开。

她喝了一口茶，说实话，帝拂衣的茶是真好喝，让她这不喜欢喝茶的人都迷上了这个味道。

以后她和他分开了应该就再也喝不到了吧？

顾惜玖又喝了两杯。

帝拂衣却在喝酒，一杯接一杯地喝。

顾惜玖有些担心，终于忍不住阻拦道：“左天师大人，你还是不要喝了吧？我可不想换体回来后，还是宿醉的头疼状态……”

"放心，本座心里有数。"帝拂衣又喝了一杯酒。

好吧，顾惜玖不说话了。

"惜玖，给本座唱首歌吧？就当助兴了。"

今天的顾惜玖很好说话："好，唱什么？你想听什么？"

帝拂衣想了想道："随便唱一首吧，唱一首你拿手而且没有在任何人面前唱过的。"他想要独一无二的待遇。

顾惜玖想了片刻，点了点头："好！"于是她唱了一首。

她这次唱的是《闻说》，因为她感觉这首歌比较符合她现在这具躯壳的嗓音。

刹那莲华绽落
束带当风 秀骨清像描摹
画壁斑驳 秉烛对诸天神佛
边城荒漠 红颜白骨凋落浊酒入喉
…………

帝拂衣的壳子的嗓音不错，甚至比顾惜玖本体的嗓音还要好，略低沉的男中音，唱歌的时候有一种特殊的韵味。

她刚唱了个开头，不知道帝拂衣从何处拎出一架琴，跟上了她的节奏。

歌声、琴声在院中响起，在草木间流转，极为动听。

院外，龙司夜坐在一棵大树上听得入神，薄唇微微抿着，握着树干的手指隐隐发白。

心爱的女子和其他男子双宿双飞，弹琴唱歌，和和美美，他却只能在院外听着歌声和琴声，什么也不能做。

"帝拂衣，你夺我的女人，此仇不共戴天！你既不仁，就休怪我不义了！"他喃喃低语道。

他又听了片刻，似乎再也无法忍受，身形一起，直接走了。

他刚走不久，旁边的大树上一阵簌簌抖动，大树的枝干上一个绿色的小人缓缓站了起来。这小人是人形小木偶，直接飞起，钻入空中不见了。

云清罗站在院子内，嘴唇翕动，正用手指作法。片刻后，绿色人形小木偶飞了回来，落在她的手里，小木偶对着她说了一些话，她微微点了点头，待小木偶说完，她便随手将它毁掉了。

然后她回到屋内，一只手臂直接圈住了她的腰。她的偶人今日穿着一身青袍，微笑着问她："怎么样？"

云清罗面无表情地道："一切正常，龙司夜确实有杀他之心……"

青袍人满意地点头，一把将她抱起来，走向大床：“清罗，做得不错，让我犒赏犒赏你……”那人刺啦一声撕掉了她的衣裳。

云清罗开始还面无表情，但这人手上技术高超，很快让她气喘吁吁，缴械投降。

她俏脸酡红，声音颤抖：“明日……明日就要动手了吧？他手下的四使……”

“放心，那四使已经离开三使，留在他身边的只有沐云使，不足为虑的。”青袍人动作狂放……

云清罗闭上了眼睛，既然已经堕落，那就干脆堕落到底吧！

既然她得不到他，那就干脆毁了他！最好他是死在她的手里，那样就完美了。

她会留下他的身体做成傀儡，到那时他就永远留在她身边了。

明天，明天或许她就能实现愿望了！

正在这时，她的窗口无声地飞起一张薄薄的纸片，纸片只有拇指大小，院中微风翩然一转，纸片就飞了出去。

在一棵大树后，一位白衣少女傲然站立。

纸片飞到她的手里，化为一个小人儿，小人对她说了一番话。

那少女听了片刻，挑唇一笑道：“真龌龊！不过一切在主上的意料之中呢！真没创意！”说完她将纸片收起，身形一起，消失不见了。

帝拂衣在钓鱼，旁边有一个桶。

顾惜玖找过来的时候，他正垂眸看着鱼竿，整个人如同一幅水墨画。

这幅画太美，顾惜玖一时没去打扰，想等他钓上鱼再说。

刚才顾惜玖给他唱了一曲之后，就问他何时开启换体术。

结果他说他心不静，需要静静心再说。

顾惜玖也不敢催他，这人心思莫测，喜怒无常，催急了或许就甩手不干了。所以她只能等。

她在屋里做了两套练习题，又修炼了一会儿，结果都过去一个时辰了，却还不见他回来，于是便找了过来。

同样的躯壳，她在里面的时候就显得干脆爽利，英姿飒爽，整个人像一柄不露锋芒的剑。

而他在里面的时候，看上去懒洋洋的，倚靠在一根亭柱上，人是懒散的，气势是内敛的，却一看就是不好惹的。

顾惜玖站在不远处看着他的身影，眼前恍惚记起她才穿越过来时，被他追赶，她泡在河里，他则在她身后钓鱼，结果一条也没钓到，他还气得不轻。

往事如流云，在心头一闪而过，她将所有的往事向下压了压，不再去想。

她在旁边静静地等了一刻钟，结果湖中的鱼钩动都没动。

顾惜玖有些纳闷，这湖里的鱼还是不少的，而且也不难钓，这几天她只要下钩还是能钓到几条的。

她想了想，还是走了过去，走到他的身边。

她先看了看他身侧的桶，桶里有半桶清水，里面什么都没有。

这么长时间他居然一条鱼也没钓到？这钓鱼技术也太差了吧？！

"左天师大人，要不要我帮你啊？"顾惜玖蹲在他身边问道。

帝拂衣终于睁开眼睛，一双眸子在夜色中颜色极深："等得不耐烦了？"

顾惜玖被他瞧得心头咯噔一下，笑道："还行吧，我一向比较有耐心。"她看了看他的鱼竿，"让惜玖帮你？"

他没说话，而是直接把鱼竿递了过来。

顾惜玖接过鱼竿瞧了瞧，嘴角一抽道："直钩怎么钓鱼？"

帝拂衣望着湖水，没说话。他今夜的话很少。

顾惜玖又问："我把鱼钩弯一下吧？"

帝拂衣半倚着柱子，懒洋洋地说了一句："弯钩谁不会钓鱼？用直钩钓上来才是真本事！"

顾惜玖顿了顿，道："左天师大人，我觉得就算姜太公用直钩也钓不到鱼的，他那样做不过是想吸引文王的注意，让文王器重他……"

帝拂衣瞧着她道："那我此举是否能吸引你的注意，让你看到我？觉出我的与众不同？"

顾惜玖笑了笑，说道："左天师大人过谦了，您本来就与众不同啊！这世上只有一个您，一人之下，万万人之上。"

帝拂衣打断她的话道："我对在其他人眼里是否与众不同不感兴趣，我只问你，我在你心中是否与众不同？"

顾惜玖："……"今夜的帝拂衣说话怎么这么直接？

她暗吸了一口气，移开目光道："左天师大人在惜玖心目中也是与众不同的……"

"那和龙司夜相比呢？"

顾惜玖微微敛眉。

帝拂衣的问题并不好回答，顾惜玖也有些出神。

帝拂衣等了片刻，始终没等来她的答案，苦笑一声道："本座明白了！"

顾惜玖抬眸，他明白什么了？

帝拂衣淡淡地道："我终究不是姜太公，而你也不是周文王……"

不知道为何，顾惜玖居然从他的这两句话里听出了萧瑟的感觉，心中莫名一抽！

他却已经起身："其实本座对钓鱼并不感兴趣，甚至不怎么爱吃鱼，所以不必钓了！走吧，施法去换身，也该各归各位了！”

帝拂衣大踏步走了出去。

二人再次相对而坐，帝拂衣一步步教给她怎么用他的身体施展换体术，一个教得认真，一个听得仔细，所以顾惜玖掌握得很快。

他教完了以后让她比画了一遍，确认无误后，才让她施展。

顾惜玖是第一次用帝拂衣的身体施展他的法术，当那套繁复的术法被使出来后，二人的身上都冒出了七彩光芒。

光芒围着他们旋转一圈后，顾惜玖就感觉眼前一黑，身子一空，然后才是脚踏实地的厚重感。

她睁开眼睛，然后就看到了对面的帝拂衣也刚刚睁开眼睛。

二人目光相对片刻，顾惜玖长出了一口气：“总算换回来了！”

她向后一躺，躺到了自己的床上。大概是刚刚换回来的关系，她觉得身子有些疲软，筋骨有点儿疼，甚至有点儿无法指挥手脚的错觉。

帝拂衣轻抬衣袖，一道白光如水波般在她身上一扫而过，于是顾惜玖不能动了！

她吃了一惊，看着对面已经站起身的帝拂衣：“你做什么？”

帝拂衣靠近她，居高临下地看着她，淡红的唇微微勾起：“你觉得我会干什么？”

顾惜玖：“……”

这个人一旦回到他的壳子里，气势立即就出来了！

这才是她熟悉的帝拂衣，让她有些紧张。

他坐在她身前，微笑着看着她：“惜玖，你觉得我现在想对你做什么呢？”他的声音磁性喑哑，隐隐有些迫人。

他这样的神态、这样的动作让人忍不住往歪处想！

顾惜玖不能动，但还是能说话的：“你别乱来！”

她忽然想起她受伤时帝拂衣的警告：“我有一万种法子可以分开你们，包括直接得到你或者杀了他！”

难道他现在想强行得到她？

顾惜玖看着他靠近的俊脸，整个身子都僵硬了：“帝拂衣，你别乱来！你可是刚从这具身子出去的，就像……就像你自己的身体一样，你应该不会感兴趣……”

帝拂衣没说话，直接抬起了手，缓缓伸向她的胸口。

顾惜玖怎么也没想到身体刚换回来就会遭遇这种状况，几乎蒙了，忍不住尖叫起来：“帝拂衣，你就算得到了我的身也得不到我的心！”

帝拂衣笑了，手指蓦然连番弹出，数道指风射到她的身上。顾惜玖只觉得全身原本有点儿滞涩的筋脉仿佛忽然通开了。

她才附体后的那种疲软、疼痛，如融化的春雪，都随着他的指风消失了。

他又抬手解开了她的穴道："站起来走走看，是否还有不舒服的感觉？"

顾惜玖顿了顿，直接下床活动了一下手脚，感觉前所未有地轻松适意，灵力甚至也比原先充盈不少。

她下意识地静心默查了一下自己的灵根，眼睛骤然亮了！居然六阶了！

十几天的工夫他居然把她的壳子给升级了！她都没看到他什么时候修炼的。

她心中欢喜，直接向他道谢："左天师大人，谢谢啊，谢谢。"

"不客气。"帝拂衣回答得漫不经心。

"我刚才为什么会有那种感觉？"顾惜玖还是有些纳闷。

"本座给你的壳子升级了，而你的魂魄还没升级，乍一进去自然不太适应。本座刚才用术法给你固了一下魂魄，也就缓过来了。"帝拂衣向她解释道。

原来如此！

顾惜玖又活动了一下手脚，再打量了帝拂衣几眼："没想到你恢复得挺快的，一点儿也没有不适应的感觉。"

帝拂衣道："嗯，因为我这壳子和原先没有丝毫变化，你也没让它升级，本座的魂魄又强大，自然十分适应。"

他这是怪她没给他升升级吗？但他的灵力太强大了，她都不知道他现在到底多少级。

"好啦，睡吧。你刚回归本体还是休息一下为好。"帝拂衣也上了自己的床，要放床帐的时候忽然问了她一句，"对了，刚才本座要为你固魂的时候，你说什么来着？"

顾惜玖："……"

帝拂衣又慢悠悠地道："你刚才想歪了吧？果然是不纯洁的孩子！"

顾惜玖："……"

是他故意暧昧好吧？！能怪她想歪？

她郁闷地用被子盖住脸，然后在被子里嗅了嗅自己的身体。

奇怪，那种奇异的香气不见了。

帝拂衣占着她的这个壳子的时候，一旦靠近她，她就能闻到他身上特有的香气。她还以为他用了专用熏香，但现在两个人刚换过壳子，按道理说这香气不该被他带走啊，怎么连香气也不见了？

她闻到的香气不会是他的灵魂带的吧？！

顾惜玖看了看自己手腕上的苍穹玉，她和苍穹玉已经十几天没交流了，还有些想念它的唠叨。

于是她用意念呼唤它，结果它像死了似的没有反应。

她有些紧张，用手指敲了敲它："小苍，小苍……"

苍穹玉还是没反应，它不会又失灵了吧？

她感应了一下苍穹玉，它体内还是蕴含能量的，但它这次给她的感觉和上次不一样，不像是吃撑以后睡着了。

顾惜玖十分担心，看苍穹玉的模样十分完好，一点儿裂纹都没有，颜色也正常，她就算想质问帝拂衣一时也找不到借口。

她正尝试着用各种方法和苍穹玉沟通，蒙在头上的被子忽然被人掀开。

她吓了一跳，看见帝拂衣正坐在她的床侧，两人目光相对，顾惜玖下意识地放下了手臂："有事？"

帝拂衣看着她那双清醒的眼睛："这么精神，不如陪本座出去走走？"

顾惜玖下意识地看了看沙漏，已经是子时。她推托道："太晚了吧？我觉得你应该好好休息休息……"

"反正都睡不着，走吧，陪我去走走。"帝拂衣一把将她从床上扯了起来。

"去哪里？"顾惜玖身不由己地被他扯了出来。

"随便走走吧。"帝拂衣带着她想出门。

顾惜玖皱眉，一把扯住他的衣袖："我说，这三更半夜的，咱们这么溜出去会让有心人起疑的，咱别功亏一篑。"

帝拂衣垂眸看了看她的手，忍住了揽她入怀的念头，只大步向前走去："不会，本座自有安排。"

好吧，他心里有数就成。

顾惜玖跟着他出门了。

这几天为了迷惑对手，他们在人前一直是秀恩爱的，走路时或者牵手或者揽腰。

或许是这些日子相处形成的条件反射，顾惜玖一出门下意识地想要揽他的腰，刚接触到对方的腰线才想起不对劲，又忙缩回手来。

帝拂衣仿佛也没察觉，直接向前走去。

第四十一章　好好学习，天天向上

头顶月亮大如圆盘，自有它的阴晴圆缺。

顾惜玖发现，帝拂衣在带着她遛弯。

二人是沿着溪流走的，旁边溪流潺潺流动，溪流两旁的枫叶偶尔坠落，便会飘荡在水流之中，随着溪流飘向不可知的地方。

顾惜玖隐隐觉得这情景似乎有些眼熟，走了一会儿后她终于想起当初她和圣尊也在这里走过。

想起圣尊，她心中忽然一动！

圣尊身上的味道和帝拂衣似乎一样！

当然，他们身上的味道不是完全一样，还是有一些差别的，但不知道为何，给她一种二人很像的感觉。

是她的错觉，还是这位左天师和圣尊真的有关系？

帝拂衣的易容术水平很高，属于一人千面的人物，那他是不是也冒充过圣尊？或者说，她曾经碰到的圣尊是他假扮的？

她被自己这念头吓到了。

还有在河边那个说和她有仇的神秘人貌似也是这个味道。

天哪！她是鼻子失灵了，还是这里面有什么大玄机？！

她想得有些入神，在她前面的帝拂衣忽然站住，她一头撞上去，撞到了他的后背上。

她忙后退一步，鼻子都撞酸了，忍不住揉了揉。

“又走神了？”帝拂衣回身看着她叹气，“你和本座在一起的时候，似乎挺爱走神的，又想什么呢？”

顾惜玖脱口问道：“你有没有用其他身份靠近我？譬如冒充什么人和我有仇？”

“有，想从各方面了解你。”

果然那时的神秘人是他！

怪不得她那时想破脑袋也想不起什么时候得罪过大人物，原来他还是想探查她的底细。

她苦笑道：“你那时还是想找天授弟子吧，所以看到有些异能的就查一查？”

帝拂衣微微一笑，没有说话，就当默认了。

顾惜玖忍不住摇了摇头：“你这探查人的路子倒是别具一格……”

想起原先她和他以及他的化身频繁相见的场面，顾惜玖有些郁闷，道：“左天师大人，原来你有时候也挺闲的……”

帝拂衣：“……”

他那时确实很闲啊，本来是为自己找乐子，却没想到不知道何时把自己搭进去了。

他顿了顿，忍不住问：“你怎么忽然想起问这些？你怎么知道我扮过那些人？”

顾惜玖在考虑要不要说实话，一旦说闻香识人，那他以后再换身份在她眼前晃，肯定会注意掩藏气息的；如果不说实话，那她找什么理由好呢？

她顿了顿，笑道：“只是隐隐觉得你和他们在某些方面有些像，所以就问问。”

帝拂衣何等精明？顾惜玖找的这个理由很牵强，他压根不信！

他看了看她，她其实对他的防备还是挺深的，说话也半真半假。

不过他也没有立场去指责她，因为他也不能对她完全说实话。

两个人又沿着溪流走了一会儿，一时谁也没说话。

顾惜玖原先觉得恋人之间闲着没事轧马路有些无聊，纯属闲的。

但现在她半夜三更不睡觉陪着帝拂衣闲逛，心里竟然没有不耐烦的感觉，走在他身边有一种让人心安的感觉，仿佛天塌下来他也会替她顶着。

当然，在溜达的过程中，她也注意了一下周围的动静，确定没有东西跟踪。

今夜过后她和他的交集应该就不多了，而她也会回归正常轨道。

“以后有什么打算？”帝拂衣打破了两个人之间的沉默。

顾惜玖顿了顿，说道：“好好学习，天天向上！”

帝拂衣：“……”

“没打算和龙司夜去天问山？”

顾惜玖愣了愣，摇头道：“我刚进天聚堂，有许多东西要学，去天问山做什么？”

“你不是要陪着龙司夜？他只在天聚堂待半年。”

顾惜玖挑眉道：“那也未必非要和他去天问山啊，我还有那么多事要做。”

“你不想和他朝夕相处？”

顾惜玖呆了呆，朝朝暮暮地待在一起？那多无聊！就算是恋人也未必要天天腻在一起啊，距离产生美。

“我和他各有各的事要忙，没必要朝夕相处。”

“那你们要分开好久不见的话，你不会太想他？”

“不会啊，我们只要知道彼此平安就好。在我们那个时代，我们也没有朝夕相处，一两个月见一次是常态，有时甚至半年才能见一次……”

“那你有没有想过和他成亲？”

顾惜玖挑眉看着他：“你不是逼他立誓不能娶我？”

帝拂衣移开视线：“你不是说要做他的情人？情人也是可以行夫妻之礼的。”

顾惜玖窒住，她从来没有这个想法！

她和龙司夜更像是柏拉图式恋爱，就算在前世最多就是牵手，一起喝茶，看电影，聊天，连亲吻都没有。

龙司夜那时应该是有顾忌，而她压根就没想那些。

那自己以后和龙司夜在一起，也要滚床单吗？

顾惜玖想象了一下那个画面，发现有些不能想象。

顾惜玖心里忽然有些慌，她下意识地抗拒这个问题，摇头道：“我才十五岁，还是孩子呢！”

帝拂衣转头看向她，月光下他的目光如海波，看得她头皮发麻。

她下意识地摸了摸脸：“你这么看着我做什么？”

帝拂衣抬手将她拉近几步，目光把她从头打量到脚，又慢悠悠地开口：“惜玖，在这个时代，女孩子十五岁已经算是成人，可以嫁人了。”

顾惜玖一仰头道：“可我和他都是另一个时代的人，十五岁是未成年人，还是读书求学的年龄，很少有嫁人的！”

“那你们那个时代什么时候可以嫁人？”

“二十二三岁吧……”顾惜玖也不确定，没研究过，“但那是法定年龄，其实在我们那边，女孩也很少二十二三岁就结婚的，大部分人在求学或者职场上打拼，真正成婚一般要到二十六七岁以后了，甚至三十多岁的也有……”

“呃，那你们在那个时代，打算什么时候成婚呢？”

顾惜玖顿住了，自己貌似从来没真正考虑过这个问题。

那时她的打算是好好挣钱，然后诈死脱离杀手组织，再隐姓埋名去其他国家。她和龙司夜做一对普通夫妻，隐居在某座城市做个普通的上班族。他和她找个大医院做大夫，一起上班一起下班，周末或假期出去游玩。如果可能再要个孩子，一家三口和和美美地生活。

“应该在我二十七八岁之后吧，我不想早婚。”

帝拂衣看了她半晌：“那你现在的打算呢？也是等二十七八岁以后再和他双宿双飞？”

顾惜玖忽然有些焦躁。她不知道，真的没考虑这些。

“我觉得最少要等到我在天聚堂毕业再说。”

帝拂衣淡淡地道：“按正常流程，你从天聚堂毕业最少要九年，你的打算是九年后再考虑和他在一起？”

顾惜玖顿了顿，说道：“九年后我才二十四……”

“嗯，也就是说，就算九年后你也没打算和他双宿双飞，而是先干自己的事情，到二十七八岁以后再考虑两个人在一起？”帝拂衣步步紧逼地问。

“我……”顾惜玖被他问蒙了。

帝拂衣垂眸看着她：“答不上来，还是你从来没考虑这些？”

顾惜玖有些恼羞成怒：“我现在才十五岁，干吗要考虑这么长远的事啊？”

“顾惜玖，你一般做事不是习惯先计划好吗？怎么没计划你和他的事？”

“我……计划了的……”顾惜玖嘴硬地道。

帝拂衣忽然一把握住她的手，她受惊似的一僵，下意识地想要挣扎，却被他一把拉到身边。他直接圈住她的腰，逼她和他对视：“惜玖，你是不是弄错自己对他的感情了？你确定你是爱他？还是把他当兄长一样喜欢？”

顾惜玖僵住了，身上有要冒汗的感觉，下意识地否认道：“才不是！我没把他当哥哥，我当初一直把他当作未来的另一半来追的……”

“这么说，你一直在计划将他变成你的另一半，而不是见了他就情不自禁？”

“这……这有什么区别吗？”

“当然有区别！”帝拂衣将她拉得更近，二人气息交融，“惜玖，喜欢和爱是不一样的。你喜欢一个人不会情难自禁，只有爱才会！”

他离她这么近，唇几乎要碰在她的脸上，而他说的话在她的头顶如同惊雷一般响起，让她思绪一片混乱。她下意识地反驳他道：“我……我是比较冷静的人，我不会情难自禁……”

她辩解的话没说完就被他直接吻住了。

他吻得太快、太急，她猝不及防之下，他的唇落在她的唇上的那一刻，她的心几乎漏跳了好几拍！

他这人看上去温文尔雅，但吻她的时候一向霸道，一来就是攻城略地般激烈，如同暴风雨来临，让人丢盔卸甲。

她想推开他，但他一只手臂抱着她，他的功力又比她高，抱着她的时候她是推不开他的。

顾惜玖完全蒙了，热血冲上头顶，让她无法正常思考。

心跳得异常激烈，仿佛要从胸腔里蹦出来，让她整个身子都跟着发软，气也透不过来，几乎要站不住。

不知道这个吻持续了多久，当他放开她的时候，两人都气喘吁吁的。

他并没有放开她，额头抵着她的额头，鼻尖也几乎碰触到了她的鼻尖，他哑声开口道："惜玖，爱是情难自禁，就像我和你在一起的时候，总想抱你、吻你，想将你抱进怀里，想将你护在身边，甚至恨不得立即和你合为一体。我见不到你时很想见你，见了你以后就不想放开你，明知道你的心不在我身上，我依旧找无数个理由来见你……你说，我对你是什么？是喜欢还是爱？你对龙司夜也有我对你的这种感觉吗？有吗？"

他还是第一次向她表白，顾惜玖直接傻了。大脑因为缺氧有些嗡嗡响，她一时什么也想不起来，甚至忘了推开他。

他火热的手掌又按在她的心口上："惜玖，你对我也是有感觉的，你的心跳得很急不是吗？我当初遇险你非常紧张，你怕我死，怕我出事……惜玖，你心里已经有我了……"

顾惜玖感觉仿佛一直披得很好的伪装被人剥光了，仿佛曾经粉饰太平的血痂被人毫不留情地揭开了！

顾惜玖的俏脸先是苍白后来又涨红，她僵了几秒后，忽然一掌将他推开！

她冷笑道："你胡说什么？！我和他的感情你又怎么会懂？你明明什么也不懂！我和他是细水长流的感情，我也没拿他当哥哥！我原先一直把他当未来的老公来追的！人对感情的处理方式不一样，对感情的看法也不一样，你所说的那些一日不见如隔三秋之类的话只是……只是忽悠人的，也不适合我……我们做杀手的一向拿得起放得下，不会想那种缠缠绵绵的感情，所以你这番情话还是对着喜欢它的其他小姑娘说去吧，我不稀罕！"

胸臆间似有气流直冲上来，她仰起头，像一只骄傲的鹤，极力让自己平静："至于你说的感觉，对不起，我没有！我把你当朋友，你遇险我当然紧张，就算大蚌它们遇险我也会非常紧张，甚至比对你还紧张……我对你才不是爱，你想多了！"

她怎么可能爱上他？！

她不想再和他说话，一个转身，瞬移离去。

帝拂衣站在原地，看着她远去的背影片刻，忽然淡淡地开口："出来吧！躲在暗处看这么久你不嫌累？”

一棵大树上有人影现出身形，一身雪白衣袍在暗夜中分外显眼，正是龙司夜。

他一跃而下，面无表情地看着帝拂衣道：“帝拂衣，原来你早发现我了！”

帝拂衣勾了勾嘴角：“你的隐身术还是我教的，你以为能瞒过我？”

“那你刚才那么对她是故意做给我看的？故意当着我的面吻她，当着我的面逼她……”龙司夜将手指握得紧紧的。

帝拂衣干脆坐在一块大石上：“本座吻她的时候以为你会忍不住冲出来，没想到你的忍耐力这么强，居然能沉住气。这就是你们的爱情？”

龙司夜抿了抿薄唇，说道：“我和她之间的感情你不懂。”

帝拂衣笑了：“是啊，本座还真不懂你们……龙司夜，你确定她爱你？”

龙司夜面色苍白，他却不想回答。

帝拂衣逼视着他道：“她爱不爱你暂时放一边，你真的爱她吗？”

龙司夜皱眉，回答得毫不犹豫：“这还用说？！我爱她！”

“爱到可以为她放弃一切吗？”

龙司夜顿了顿，问道：“你什么意思？”

“如果爱她需要你不做天授弟子呢？需要放弃你所有的荣耀呢？”

龙司夜皱眉道：“这和天授弟子有什么关系？”

“或许有关系……”帝拂衣的声音淡淡的，“龙司夜，本座早就说过，你和她是无缘的，你要想强求这份缘分也许会付出相当惨重的代价！就看你愿不愿意付出代价了，你先说你愿意吗？”

龙司夜窒住了：“我不信！我和她之间现在已经没有任何阻碍，就算你不让我们成婚我们也可以在一起的，以后她不嫁、我不娶就是了，我会给她最好的生活。为什么一定要我付出惨重的代价？你这说法压根站不住脚！”

帝拂衣逼视着他：“你其实在逃避这个问题是吗？”

龙司夜拂袖而去：“因为你这问题压根不成立！我自然无须回答你！”

“龙司夜，本座会和你公平竞争，不会放弃她！”帝拂衣在他身后开口道。

龙司夜冷哼了一声：“你会失望的！”他的身影在夜色中一闪，瞬间不见了。

帝拂衣站在溪流边看他走远，微微眯了眯眼。

现在已是秋季，枫叶如火时不时飘落水上，溪流裹挟着枫叶奔向远方。

“落花有情，流水无意……”帝拂衣低喃了一句，眼睛望着枫叶出神。

流水真的无意吗？或许流水也是有情的，只是自己不知道而已。

他站在原地出神，枫叶在他身周飘舞。他抬手轻接了一片枫叶，指尖一弹，将其弹入水中，在水中激起一团涟漪，水流立即温柔地裹着它继续向前流去……

“主上，夜深露重，您还是回去歇息吧？”沐风不知道从哪里冒了出来，站在他身边。

帝拂衣询问："一切可布置妥当了？"

"主上放心！绝不会出差错！"沐风回道。

帝拂衣微微点了点头："谁盯着云清罗？"

"是凌曦，主上，凌曦的傀儡术比云清罗还厉害，由凌曦盯着她，不会出纰漏的。"

帝拂衣轻笑道："很好！本座倒有些期待明日快些到来了。"

沐风的双眸也闪闪发亮："属下也期待！口袋已经张开，就等猎物来钻了！"

帝拂衣回到小院时发现顾惜玖并不在，对面的床上也没有人。

他吓到她了？她不敢回来了？现在还在外面游荡？

他好像激进了些。

但若不给她下猛药她就不给他任何机会。

他出来略一感应，转身就向一座水榭走去。

顾惜玖果然在这水榭中，水榭中有些凉，但以她现在的体质，这点儿凉意自然算不得什么。

水榭中有春凳，有美人靠，有很多足以让人睡觉的地方。

她此刻就和衣躺在美人靠上，美人靠还是比较宽的，可以把它当床。

经过帝拂衣的诘问、表白、强吻和催逼，顾惜玖觉得自己再和他同室而眠不太保险，也有些尴尬，所以回来后想了片刻就离开了帝拂衣的卧房。

她也知道现在是非常时刻，她不能离开这里，免得引起别人的怀疑而功亏一篑，所以她就找了这间水榭歇了下来。

这间水榭的风景很好，她以前常来这里，在这里歇息一晚也不错。

她和衣而卧，心绪有些混乱，仿佛是一直平静的湖面被人无情地打破，打破平静的巨石太大，涟漪也太大，让她一时静不下心来。

她打坐片刻，极力让思绪放空，这才慢慢让心情平静下来，然后她躺下，合目，深呼吸，数羊。

她居然睡着了。

帝拂衣找到她时她已经躺在那里睡熟。

他坐下，看着她的睡颜有些出神。

水榭外起风了，风吹进水榭，她似乎有些冷，缩了缩身子。

他解下外衣披在她的身上，他的外衣其实是一件法袍，冬暖夏凉，还轻如蝉翼，盖在她身上的时候没有惊动到她。她依旧好梦正酣，也不知道她梦到了什么，嘴角微微弯起，像个豆荚。

“宝贝儿，梦到什么了？是不是梦到我了？”帝拂衣轻抚过她的脸颊，嘴角也露出笑意，仿佛看到她开心他也跟着开心。

顾惜玖自然没有给他任何回应，当然也没听到他的低喃。

他的目光又落在她腕间的苍穹玉上，当初他给她疗伤时因为怕它看出自己的身份，封了它的灵识，后来就一直没给它解开，所以它一直在沉睡。

看来现在是该给它解开封印的时候了，省得这小丫头担心她的苍穹玉坏了。

他的手指冒出白光，正要给苍穹玉施法，但他想了想又停住了。

他微微俯下身，屏住呼吸靠近她，感受她暖暖的呼吸吹拂在自己的脸上。

对她的吻他有些食髓知味，让他很想再吻她，但他现在不敢吻下去。

这丫头可是极警觉的，如果是别人离她这么近她早醒了。

但因为是他，他将自己的存在感压得若有若无，这样不会引起她的警觉，她也就不会惊醒。不过他也不能吻下去，否则她就醒了。

她要醒了，所做的第一件事只怕不是沉醉，而是给他一巴掌，那样就不好了。

如果他能一直这么守着她该有多好！

心中温暖的肥皂泡在层层破裂，让他整颗心都跟着暖洋洋的。

“宝贝儿，你会认识到我的好的，这世上还是我最爱你。”他在她的额头上落下了蜻蜓点水似的一吻。

她的睫毛动了两下，似要醒过来。

他忙坐正，笑吟吟地看着她，想让她一醒来就吓一跳，当然，也要让她渐渐适应他的存在。

帝拂衣没想到她并没有醒，只是翻了个身，就又睡了，小嘴还咕哝了一句，语句模糊，他没听清，但隐隐听到她说的是他的名字。

这让他有些心痒痒，她在梦中呼唤他的名字，那是不是代表他已经在她心里扎根了？

“宝贝儿，你说什么？”他引诱着她，这是一种术法，可以诱惑人说出梦里的话，而又不会让做梦的人惊醒。

顾惜玖又咕哝了一句，不过她这次呢喃出的是“龙司夜”。

帝拂衣觉得有只小爪子在他心里挠了一把！

不对，她刚才呼唤的是帝拂衣，不是龙司夜，她把他放在前面的。

“宝贝儿，乖，你刚才说了什么？帝拂衣——帝拂衣什么？”

“帝拂衣……我、我才不会爱你……你是花心大萝卜……”顾惜玖终于把第一句梦话完整地说了出来。

帝拂衣顿了顿，正色道：“本座才不花心！本座很专一的！”他又小心凑近她，向梦中的她推销自己，“宝贝儿，你爱我好不好？嗯，你爱上我才会发现我其实是最好的，任何人都比不上我……”

顾惜玖撇了撇小嘴，居然在梦中和他对上话了：“不，我不要你，你太花心……我……”

帝拂衣：“……”说不清了！

“总、总要有个先来后到的……”顾惜玖似乎沉在刚才的梦中不能自拔，“我和他前世就、就相恋，这世自然就该在一起……”

帝拂衣皱眉叹气：“惜玖，其实感情的事是不分先来后到的。你娘亲当年和她的师兄可是青梅竹马，她的师兄对她一往情深，如果真讲究先来后到，她应该爱上她的师兄，结果她爱上了顾谢天，还跟人家私奔了……”

他顿了顿，又道：“当然，罗星蓝的眼光实在不怎么样，这个咱不用理会。本座只是拿她的例子比喻一下，爱一个人真的不分先来后到的，而你对龙司夜也不是爱，只是喜欢，像喜欢兄长似的喜欢……”

外面的风吹得树叶哗啦啦地响，有些冷，水榭内却温暖如春，他和她一个躺着，一个坐着，一个睡得昏天暗地，一个在旁边温暖相守。

这美人靠毕竟有些硬，她睡了一会儿后大概觉得硌得慌，微皱着眉头翻了个身。

帝拂衣看看美人靠再看看她，想了想，轻轻地将她抱起来揽在了怀里。

他身上比美人靠自然舒服多了，又软又暖，她稍稍翻了一下身，双臂无意识地抱住了他的腰，这样就更舒服了。

帝拂衣却有些僵住了，明知道她这只是无意识的动作，他居然觉得很暖，心里像是被温暖的小手抚摸了一下。

她应该是相信他的吧？

他没有动，就这么坐着，抱着她，当她的靠枕、当她的床。

顾惜玖一夜好眠，醒来的时候习惯性地看向邻床。

她看到的不是帝拂衣的那张大床，而是美人靠。

她顿了顿后，终于想起昨夜的事情，想起自己离开了他的卧房，现在睡在水榭里。

“醒了？”一道声音自旁边响起。

她下意识地回头，见帝拂衣坐在她旁边的一条花梨木案几前，正在画什么。

顾惜玖有些蒙：“你怎么在这里？”

帝拂衣笑了笑，没说话，继续在那里画着。

其实这情景这些日子很常见，顾惜玖和他生活了十几天后，知道这位左天师其实很忙，每天有很多文书需要他批改，顾惜玖都不知道他从哪里弄来的这么多文书，每天一大早沐风总会送进来一大堆。

这几天她早晨起床时常常看到他坐在那里批改文书的背影。

当然，他那时是占着她的壳子，她看到的背影也是自己的。

也不知道怎么回事，就算那时他用着她的壳子，当他坐在那里的时候也给人一种安全感。

顾惜玖摇了摇头，把这种感觉摇走。她坐起身，一件衣袍自她身上滑了下来，她一把捞住将落未落的外袍，拎起来看了看，袍子是帝拂衣的。

他暖起来的时候真要命！

这让她好不容易坚定的心又有动摇的趋势。

她咳了一声，起身将外袍丢给他，洒脱地笑道："谢谢你的外袍。"

帝拂衣看了她一眼，知道她这是极力想把两个人之间的距离拉回到普通朋友上，眼神微微一沉，他也笑了笑道："你和我永远不必如此客气。"

顾惜玖假装听不懂他的话中之意，看了看桌上他画的东西，那是一种阵法。

"外面布置好了吗？"她问。

帝拂衣用手指点着桌上的阵法图："惜玖，这阵法图我又完善了一下，你过来看看，可有什么要补充的？"

一谈到正题，顾惜玖终于松了一口气，过去看阵法图，先是听他讲解，然后低头研究一阵，开始提出自己的意见。

她对古阵法并不那么熟，但她现代知识丰富，也擅长排兵布阵，甚至会用这边的材料制作爆炸力惊人的地雷。

她把自己现代的一些知识运用到阵法中，自然让这个阵法增添了不少威力。

两个人头对着头讨论了小半个时辰，终于研究得差不多了。

帝拂衣拍手召来了沐云，将阵法图交给他，让他去准备。他们正忙碌的时候，外面有人进来禀报："古堂主他们要出发了……"

古残墨等一干天聚堂的师生几乎全部离开了。

因为顾惜玖和云清罗的伤势没有痊愈，所以这两个人留下了，一同留下的还有龙司夜和帝拂衣以及几名干杂事的道童。

古残墨他们走得快，一刻钟后，刚才还人才济济的天聚堂几乎空了。

帝拂衣走下来，直接牵着顾惜玖的手就走："惜玖，本座带你去天香园走走。"

天香园是天聚堂的花园，里面奇花异草极多，是赏玩风景的好地方。这几天帝拂衣常带着顾惜玖去那里，所以他这次带她去那里其他人丝毫不奇怪。

云清罗站在原地看他们走远，手指在袖中握得极紧。她的手指微微一弹，一道淡绿色光芒在空中飞快一闪，便跟上了顾惜玖和帝拂衣。

她转身回了自己的庭院，进了屋子，傀儡人立即从暗处闪出来："如何？"

云清罗轻吸一口气道："一切如常，你们……可以行动了！"

傀儡人走上前抱住了她："小乖乖，你的愿望就要实现了，你看着怎么有些不开心啊？"

云清罗有些烦躁，这个傀儡人戴着面具明明和帝拂衣一模一样，但有了自主意识后，性子、气度和帝拂衣大相径庭，越来越让她烦。

她抬手推开了他："赶紧去行动吧！"

傀儡人却直接抱住她，凑在她耳边笑道："小乖乖，欲求不满啊？时间还来得及，我先满足一下你！"他抬手就撕她的衣衫。

云清罗大怒，现在傀儡人没有一点儿帝拂衣的影子了！

她的脑海中闪过帝拂衣和顾惜玖相携离去的背影，心中骤然一疼，再看看跟前的傀儡人，越看越不顺眼，用灵力猛然将他推开，说道："放开我！你算什么东西……"

她的功力不低，现在伤势又好得差不多了，这一下就算是个铁疙瘩也能被她直接拍开。

但那人只是后退了一步，接着便猛扑上来，指尖白光缠绕，如丝如线，将云清罗捆住！

她的衣衫已经碎裂，他又捆得很有技巧，恰好让她该凸的地方全部凸了出来，将她捆成了一个极屈辱的姿势。

云清罗不相信地睁大眼，颤声道："你、你不是我的偶人！你到底是谁？！"这人的功夫比她高多了！

那人慢慢地将面具揭开："你说我是谁呢？"

那张脸依旧只有眼睛和嘴巴，是她的偶人模样，可是他这一身功夫到底是怎么来的？

她像是想到了什么："你、你是什么人的魂体？你占了我的傀儡人的壳子！"

那人重新将面具戴好，嘴角勾起一抹邪恶的笑容："小乖乖，你很聪明嘛，我确实是外来的灵魂，你这傀儡无灵无识的，哪如我知情知趣？"

云清罗忽然想起了什么："你们杀死帝拂衣后，那、那圣尊那里该怎么交代？他只怕会发雷霆之怒的！"

那人悠然一笑道："放心，圣尊不会知道的，帝拂衣也不会真的消失，我会代替他活下去，这世上不会有人知道左天师帝拂衣已经换了人……"

那人又穿上了那一身紫袍，在屋里飘然转身："到那时我就可以光明正大地代替他了！"

云清罗忽然激灵灵打了个寒战，隐隐觉得这个人的目标似乎不只是代替帝拂衣这么简单！

他到底是谁？！

这人能随意附身在她的傀儡身上，那他一定不是一般人！这功力就足够惊世骇俗了！

那人向外看了看，轻轻笑了笑：“这个时间应该也差不多了！该是收网之时了。”

他将云清罗扯起来，柔声道：“来，清罗，召回你的小傀儡木人吧，看看帝拂衣的动向。”

云清罗只能听他的，召回了自己的小木人，从小木人口中知道帝拂衣和顾惜玖依旧在天香园赏花，此刻就坐在天香园中的一个花亭内喝茶。

那人哈哈笑道：“果然是天助我也！”他转说罢身走了出去。

枫叶吐丹，溪流潺潺。

龙司夜在这里终于等到了那个人，这次那人是穿着一身紫袍来的，脸上的面具也跟帝拂衣的一模一样，龙司夜吓了一跳：“帝拂衣？！”

那人嘴角一勾，问道：“龙宗主，我真的这么像他？”

龙司夜上下打量了他两眼，叹道：“可以以假乱真了！”

那人微微点了点头：“这就好！龙宗主，你可以打开天聚堂上方的结界了。”

龙司夜又确认了一下：“你的人确定不会伤害顾惜玖？”

那人笑了，笑得倾城：“放心！我绝不会伤害她！我会将她护得好好的，一根汗毛都不会少。”

龙司夜微微闭上眼睛，片刻后终于点头道：“好！本座这就去开启结界。”

云清罗的心情很复杂，她知道她的“偶人”的计策很妙，用她来做棋子藏身，然后再利用龙司夜对帝拂衣的恨骗龙司夜打开结界，最后引“偶人”的兵将进来攻击天聚堂。

而帝拂衣身边的四个下属也被他调开了，现在帝拂衣身边只有一个下属，而帝拂衣为顾惜玖疗伤耗费了至少一半灵力，现在功夫大打折扣。如果这个时候攻击他，他十有八九抵挡不住。

她按照偶人的吩咐也来到了天香园外，然后看到天空中落下无数绿袍人，密密麻麻的足有上千个！

这些绿袍人落地时姿态有些古怪，直挺挺的，双腿仿佛不会弯曲。

云清罗心中一动，这些人不会都是傀儡吧？！

那些绿袍人穿着打扮也很怪，身上穿着绿袍，头上戴着绿兜帽，脸上戴着绿色面具，一个个跟竹子似的。

这些人落地无声，显然功夫都不弱。

云清罗忽然觉得身上有些发冷。她是傀儡师，对傀儡有特殊的感应能力。她制作的傀儡绝大多数是木偶或者皮偶，这些绿袍人身上有傀儡特有的味道，应该是傀儡，却不是木偶或皮偶，而是人偶，是用人做出来的！

用人做傀儡极为复杂，也只有高级傀儡师才能做到，譬如她的父亲，但是就算她父亲，一次也只能控制两三个人偶，现在却忽然来了这么多人偶！

控制他们的人又在哪里？是不是混在这些人偶中了？

还有人偶也分为活偶和死偶，活偶是用活人做的，就是控制人的神志，如同木偶一样听人指挥。

至于死偶就是把活人杀死再做成人偶，这样的人偶躯体是僵硬的，走路一蹦一蹦的。

云清罗仔细看了看这些人偶，这些绿袍人除了走路有点儿别扭外，其他看上去都挺正常的，那他们到底是活偶还是死偶？

云清罗忍不住凑近了一点儿，一个绿袍人蓦然转过身向她抓来，腥风扑面，劲力如刀！

云清罗吓了一跳，那人速度太快，攻击太猛，她没防备一时竟没躲开！眼看绿袍人的手就要插进她的脑袋，她旁边忽然伸过来一只手，一把将她扯开。

云清罗惊魂未定，回头一瞧，救她的居然是她的那个紫袍偶人。

他此刻穿着打扮及神态气度都和帝拂衣很像，云清罗险些认错！

她颤声道："你……"

那人用一根手指压住了她的唇："嘘，闭嘴！"他向那群绿袍人做了个手势，其中一名绿袍人取出一根笛子，横笛一吹。

绿袍人明明是吹奏了什么调子，但云清罗听不见。

而那群绿袍人仿佛听懂一样，立即有十六名绿袍人身形一起，一缕轻烟般向园内掠去，眨眼间不见了踪影。

龙司夜不知道从何处出现，落在紫袍偶人身边，神色依旧冷漠："这就是你的援兵？傀儡？"

紫袍偶人轻轻笑道："就算是傀儡也能干大事的！他们可不是普通的傀儡！"

龙司夜微眯着眼睛看着那些绿袍人，他是行家，又是高手，隐隐看出这些绿袍人和当初在黯黑森林袭击他和顾惜玖的容言、顾天晴很像！

当初的容言和顾天晴活着时都是四五阶的灵力，一旦成为行尸威力巨大，那现在这些绿袍人到底是傀儡还是行尸？！看他们刚才纵身而起的身法似乎跟当初的容言和顾天晴差不了多少……

这个人到底从哪里找到这么多带着强大怨气的傀儡或者行尸的？！

“龙宗主，是不是挺好奇他们的来历？”紫袍人问道。

龙司夜微抿了抿唇：“确实好奇，但你会说？”

紫袍人笑道：“当然不会说！”

紫袍人侧耳听了听，刚才那十六名绿袍人进去时似乎有人喝问，但喝问刚刚出口立即没动静了，想必喝问之人被绿袍人直接制伏了。

显然，帝拂衣压根没想到这个时候会有人偷袭他，所以在身边没留几个人。

也是，他正忙着和顾惜玖约会呢，哪能让身边人跟着！

院里隐隐传来打斗声，估计是绿袍人碰到了沐云，因为紫袍人隐隐听到了沐云的厉喝声。

紫袍人还听到沐云大声叫道：“主上，有敌来犯！”

接着园内上空升起一朵烟花，这正是可以大举进攻的信号！

一切都太顺利了！这个计划简直就是天衣无缝！

今天他肯定能成功！他先杀死帝拂衣，然后就能真正代替帝拂衣了。

紫袍人志得意满，一挥手，剩余的绿袍人发出诡异的呐喊声，身形一起，纷纷向园中攻去。

紫袍人看了龙司夜一眼：“怎么样？你要不要跟我一起进去？”

龙司夜并未犹豫：“要！本座要去护着惜玖，免得她被你误伤。”

紫袍人哈哈笑道：“好！你护着她，我就能放开手脚。”他又像想起了什么，问龙司夜，“你会不会帮我杀帝拂衣？”

龙司夜呼吸一窒：“这……”

紫袍人逼视着他：“你现在可没有后悔的余地！”紫袍人极力想拉龙司夜下水。

龙司夜终于将心一横，说道：“好！本座到时候见机行事！”

紫袍人终于放心了，又回头瞥了云清罗一眼：“走吧！一起进去！”

云清罗此时也没了后退的余地，点了点头，三人身形一闪，都飞了进去。

天香园内花木扶疏。

这里其实是药草园，花花草草在这里蓬勃生长。

花园中有枫树林、假山、湖、亭子，还有一些建筑回廊。

顾惜玖第一次来的时候就感觉这里很漂亮，布局精巧、大气，而且隐隐符合某些阵法，有种游览琼林阁的感觉。

而且这里的布局她隐隐觉得有些眼熟，感觉像扶苍宫。

她坐在亭子里和帝拂衣喝茶的时候问道：“这里的布局是不是你设计的？”

帝拂衣为她斟了一杯茶：“小惜玖，你真是目光如炬啊！怎么样？是不是很好看？”

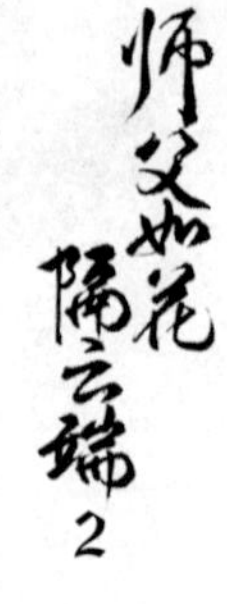

“好看！阁下简直就是园林大师！没想到你在这方面还有研究。”

顾惜玖是真佩服他，这个人真是全才，似乎没有他不会的东西，无论是心计、弹琴、书画、术法、园林、医学……似乎无一不精无一不晓。

她一时有些出神，帝拂衣伸手在她眼前晃了晃：“来，回魂了。”

顾惜玖终于醒过神来，诧异地看着他：“怎么了？”

帝拂衣似笑非笑道：“你直勾勾地看着我一盏茶的工夫了，本座知道自己很美，但现在本座可是戴着面具呢，一张面具脸你都能看得如痴如醉，本座要被你看害羞了……”

顾惜玖辩解：“我只是、只是想事情有点儿出神……”

“看着本座想什么事情了？和本座有关吧？是不是觉得本座是全才，本事很大，让你很佩服？”

顾惜玖瞪大了眼睛，这家伙会读心术吗？

帝拂衣递给她一个蜜饯：“这个其实并不难猜，你一直看着本座，一脸崇拜和惊叹……”

她才不会！

帝拂衣看着她睁大的眼睛，心中一荡，抬手揽住她的腰，在她的额头上落下一吻：“惜玖，不用不好意思，你崇拜我，我很开心。”

顾惜玖推他：“你真想多了！”

他的手臂圈在她的后腰上，明明是正常温度，顾惜玖却有一种被烫到的感觉，被他圈住的地方分外敏感，让她心脏激跳。

帝拂衣如果不想让人推开的时候那是无论如何也推不开的，顾惜玖没挣开他的手臂，反而被他又向怀中拉近了一些。

淡香萦绕，沁人心脾，顾惜玖感觉自己像是被人架在火上烤，又热又燥心又慌。

她又不能大力挣扎，忍不住传音给他：“帝拂衣，你别过分啊，我们只是演戏给人看。”

帝拂衣眼神微微一黯，他也一本正经地传音给她：“演戏就要演得像一些，情侣嘛，原本就该搂搂抱抱的。”

他的气息吹拂在她的耳边，虽然她极力淡定，但耳根子还是红了：“好了，抱也抱过了，我感觉这段戏已经演得差不多了，你先放手……”

“不成！还有眼睛盯着！”帝拂衣的声音很正经，忽然他手臂一用力，顾惜玖眼前一花，再定住神时人已经坐在了帝拂衣的怀里。

他紫袍宽大，顾惜玖落在他怀中时显得娇小玲珑，她正坐在他的腿上。

“帝拂衣，你没完了是吧？！”这家伙趁演戏占她的便宜！

“嘘！”帝拂衣将一根手指按在她的唇上，“宝贝儿，要不要看本座给你表演戏法？”

顾惜玖将心一横，抱住了他的腰，指间一枚银针轻轻抵到他的后背上，笑得温柔：“亲爱的，放手。”

顾惜玖传音给他：“再不放手我一针把你扎残。”

帝拂衣看着她的眼睛：“你舍得？”

顾惜玖眼睛弯如月，吐气如兰：“我数一二三，一……”

“惜玖，扎残了我待会儿的戏可唱不下去。”

“二！”

帝拂衣叹息一声，身子一挺，视死如归道：“你扎吧！”

顾惜玖传音给他：“帝拂衣，你别太过分！你这样以后休想我再陪你演戏！”

好吧，为了下次的福利，看来这次他只能放手。他正要将她放下，园内远处传来了打斗声。

终于来了！

顾惜玖长出一口气：“好了，戏演到这里差不多可以了。他们来了！”

趁帝拂衣手臂微微一松，顾惜玖立即一跳而起。

帝拂衣不动声色地将她扯到自己身边：“待会儿你不必出手！乖乖跟在我身边。嗯？”他已经习惯了保护身边的人。

顾惜玖笑了：“你把我当三岁孩子了啊。”有些事压根不用他嘱咐，顾惜玖也知道自己该怎么做。

风声骤响，自四面八方而来。

绿袍人终于在园中现身，包抄过来，眨眼间将两个人包围在亭子里。

两个人所待的亭子四面环水，只有一道浮桥与岸上相通。

在绿袍人出现的那一刻，帝拂衣一抬手，一道白光闪过，那道浮桥直接碎了。

绿袍人并没有涉水过来，而是抬手放了一道烟花。

片刻后，又有无数绿袍人拥入，紫袍人偕同龙司夜及云清罗都到了岸边。

帝拂衣已经站起，逼视着紫袍人：“你是何人？！”他又看向龙司夜，“龙宗主，你这是何意？”他自始至终都没瞧云清罗。

云清罗握紧手指，龙司夜抿唇不答。

紫袍人哈哈笑道：“帝拂衣，你是不是感觉我挺眼熟的？”

帝拂衣目光微动，他上下打量紫袍人几眼，声音微冷地说道：“你冒充本座是何用意？！”

紫袍人上前一步，笑得诡异：“因为我要取代你！”

帝拂衣冷笑道：“凭你？你也就容貌像本座，其他哪里像本座了？”

“很快我就完全像你了！”紫袍人微笑。

“怎么说？”

“杀了你！我自然就能取而代之！还有我会用你的这个壳子！”

帝拂衣目光锐利：“你是傀儡？！”他终于扫了云清罗一眼，“你造出来的傀儡？”

云清罗脸色苍白，死死地抿着小嘴不吭声。紫袍人却抬手将她拉到怀中，在她的脸蛋上落下一吻：“小乖乖，这个时候你就算认了也无所谓的，他不能将你怎么样的。”

“云清罗，你好大的胆子！居然敢制作酷似本座的傀儡！你意欲何为？”帝拂衣的声音冰寒起来。

“我……”云清罗握紧了手指。

紫袍人仰头笑起来。他现在胜券在握，倒不急着让绿袍人攻击帝拂衣，又在云清罗的小嘴上轻啄了一口：“我确实是她造出来的，我一直代替你陪着她，陪她游玩，陪她睡觉……陪她做一切她想让你陪她做的事情……”

帝拂衣微眯着眼睛道：“傀儡虽似人，但不应有自己的思想，傀儡应该完全听从傀儡师的安排！你现在……可不像是她操纵的！你到底是谁？！”

紫袍人笑了：“帝拂衣，你果然见多识广啊。不错，我这身体虽然是小清罗造出来的，也陪了她两年，但我嘛……呵呵，你无论如何也猜不到我是谁的！”

帝拂衣也笑了，微微叹息道：“你到底是有多怕我？居然在这种情况下也不敢暴露自己的身份。”

紫袍人被噎了一下，冷笑道：“等我将你擒住，要杀死你时会让你死个明白的！”

帝拂衣一伸手掌，掌心一柄宝剑如彩虹闪现：“要杀本座只怕没那么容易！来吧！”

紫袍人的眼眸中闪过针尖般锋锐的寒意，他一抬手，指尖冒出了金光，金光在湖面上一个盘旋，就有一架铁桥以肉眼可见的速度出现了，直通小亭。

帝拂衣并没什么反应，只是将身边的顾惜玖拉得更靠近自己一些。

他向岸边那些人扫了一眼：“沐云何在？”

紫袍人哈哈笑道：“他已经做了我的阶下囚！”他向绿袍人群中挥了下手。

绿袍人向两边闪开，露出一个人来。

正是沐云，他明显受了伤，被两个绿袍人按在那里起不了身，他眼中有愧疚之色：“主上！属下无能！”

帝拂衣握着宝剑的手指节变得有些苍白。

紫袍人得意地道：“帝拂衣，没想到吧？你的护法这么容易就被擒了……知道是谁拿下他的吗？”

帝拂衣抿紧唇，扫了一眼绿袍人：“你的行尸？”

紫袍人哈哈笑道：“我的行尸只为对付你，他是龙宗主亲手拿下的！”

帝拂衣的目光立即射向龙司夜，龙司夜冷冷地道：“帝拂衣，本座要用他和你换一个人！”

帝拂衣挑眉问道：“换谁？”

“惜玖！”龙司夜将沐云一把扯过来，将剑横在他的脖颈上，“你让惜玖过来，要不然我直接杀了他！”

帝拂衣皱眉，他身边的顾惜玖怒道：“龙司夜，你别过分！”

龙司夜目光直直地射向她：“惜玖，他已经被困了，再没有任何出路，你跟着他没好处。你过来，我会保护你！”

顾惜玖仰头道：“我要和拂衣同进退！”

帝拂衣忽然开口：“惜玖，过去吧！”

顾惜玖似吃了一惊，脸色苍白地望着他：“什么？！”

帝拂衣微微闭上眼睛：“本座这次只怕自身难保，压根护不了你，你不如去他身边……”

“不！帝拂衣，你休想抛下我！”顾惜玖红了眼睛，“你刚才还跟我说以后要和我同进退、共患难的！”

帝拂衣瞧着她，缓缓地道：“可如果你不过去，我的属下就会被杀！”

顾惜玖后退一步，睁圆眼睛，声音微微发颤：“原来，你并不是为了我好，而只是想换回你的属下！”

帝拂衣不去看她：“惜玖，你的功夫不及沐云的十分之一……”

“所以我在这里不如他有用？”顾惜玖的语调变得尖锐起来。

帝拂衣轻叹道：“惜玖，你在那边安全些，又能换回沐云，何乐而不为？”

顾惜玖后退了一步：“你……我如果说不呢？！”

帝拂衣却不再看她，而是看向龙司夜：“本座放了顾惜玖，你真的肯将沐云还给本座？”

龙司夜毫不犹豫地回道：“当然！”

帝拂衣又扫了紫袍人一眼：“你也肯？”

紫袍人仰头笑道：“我的目标只有你！至于这个小姑娘……倒不是非杀不可的。”

“很好！”帝拂衣只说了两个字，衣袖向顾惜玖一拂，顾惜玖身不由己地腾空而起，直接飞向龙司夜这边。

龙司夜怕顾惜玖摔着，身形一起，如流星般在半空中接住顾惜玖，落下时足尖在铁桥上一点，直接飞了回来。

而帝拂衣的动作也极快，他在顾惜玖飞出去的同时，衣袖如紫带般飞舞而来直接卷住了被点穴的沐云，然后唰一下缩了回去。

龙司夜带着顾惜玖落地时，那边帝拂衣也将沐云弄回了小亭之中。

顾惜玖脸色苍白，小嘴抿得紧紧的，她受到的打击不小。

云清罗简直像出了一口恶气，忍不住插嘴道：“你在他心目中是比不上他的属下的！你在他心中不过就是可有可无的玩伴而已，朋友如手足，妻子如衣服。他的四大属下可比他的手足金贵多了，而你连他的妻子都不是，你在他心目中只怕连件衣服都算不上！”

顾惜玖终于看了她一眼：“我在他心目中不算衣服，那你呢？你在他心目中算什么？只怕连根布条都算不上吧？”她又扫了一眼紫袍人，“原来那日陪在你身边的是这个充气娃娃。”

云清罗：“……”

顾惜玖大概是被帝拂衣抛弃心中有火，在找出气筒，直接看向紫袍人：“你到底是谁？一直借着傀儡壳子搞事，难道你的相貌见不得人？”

紫袍人将目光转向她，嘴角微挑道：“小惜玖，你早晚会见识到我的本体的……”他的声音居然还有些温柔。

“你认识我？！”顾惜玖抓住了他话中的重点。

紫袍人瞧了她片刻，笑了：“当然，惜玖，现在认识你的人已经不少了。”

顾惜玖皱眉，她所说的认识自然不是指这个。

莫非这个人原先和她有所接触？会是谁？

顾惜玖冷哼一声，注意力从紫袍人身上离开。她看向小亭，袖中的手指握紧，表情看上去又恨又怒。

紫袍人一直观察她的神色，见她如此，勾唇笑道：“小惜玖，这个人如此无情无义，要不要我替你报仇？”

顾惜玖扭过头去不答。

显然她对帝拂衣很失望，但又不忍心看着他死。

她这反应很正常，虽然紫袍人多疑，但到了这个时候也就不怀疑了。

他又看了顾惜玖一眼，轻笑道：“小惜玖，其实这个人一点儿也不值得你喜欢，你倒不如喜欢我……”

他这句话出乎顾惜玖的意料，她挑眉怒道：“我才不喜欢傀儡！”

“我说了，我的本体不是傀儡……”

“那你用本体来啊！你的本体有他好看吗？”顾惜玖打断他的话，忽然想起了什么，“不会是你的本体丑陋不堪，所以你才想杀死帝拂衣取而代之吧？！”

那紫袍人忽然哈哈笑道：“小惜玖，你是在套我的话吗？放心！我早晚会让你见识我的本体！你会发现你的这句话错得究竟有多离谱！”

龙司夜将顾惜玖向自己身边一扯，让她离紫袍人远一些，然后他又冷冷地对紫袍人说了一句：“你是来杀人的，还是来调戏她的？！”

紫袍人浑不在意，勾唇笑道：“逗逗她而已，龙宗主不必放在心上。”

龙司夜哼了一声，倒不再说别的了。

紫袍人懒得再啰唆，一挥手，那些绿袍人纷纷踏上铁桥，向小亭飞掠而去。

帝拂衣一抬手，小亭四周骤然现出金色铁墙，将小亭子笼罩住。

那些绿袍人正撞在金色铁墙上，纷纷滑落下来。

紫袍人冷哼一声，掌心现出一支血红骨笛。他横笛而吹，笛声凄厉，这明显是催动的意思。那些绿袍人接到了指令，掌心催出火来，向铁墙猛烧，淡蓝色的火焰能将最坚硬的铁熔化。

金色铁墙渐渐熔化，终于啪的一声彻底炸裂，连同那个小亭一起飞到了半空，而帝拂衣和沐云趁势直飞出去，似乎想从空中逃走。

紫袍人眸中闪过厉色，笛子又变了一个声调。

守候在岸边的十几名绿袍人一抬手，乌黑的光芒一闪，一张铁青色的大网自天空张开，帝拂衣和沐云险些撞在大网上！

幸好两个人反应极快，一个翻转，飘飘然落了下来。

“帝拂衣，你现在功力不足，你跑不掉的！”紫袍人冷笑，一挥手，绿袍人中有十六人纷纷吹响手中的骨笛，其他的绿袍人则根据笛声分别向帝拂衣二人猛攻……

第四十二章　骨笛紫袍人

一场惊天动地的大战即将开始。

看来紫袍人为了这次的进攻准备得极为充分，这些绿袍人在笛声的操纵下进退得当，极为凶猛，所发出来的招数更是诡异毒辣。

顾惜玖看了片刻心中微沉。

这些行尸的速度不如当初的容言二人，力气却和那两个人差不多。

当日她和龙司夜对付那两个人就大费力气，这次来的却有上千行尸！

一般人被制作成行尸后，就算按照“主人”的吩咐出招，但还是带着点儿生前的影子。

顾惜玖看了看，感觉很多绿袍人的出招像是在挥舞猎叉。

难道这些行尸生前是猎户？

因为龙司夜和紫袍人是一伙的，所以顾惜玖很安全，这些绿袍人并没有攻击她。

这场激战并没有持续多长时间，沐云被一名绿袍人劈中，直接跌到水里去了，一直没出来，想必是死了。

而帝拂衣好虎难挡群狼，在绿袍人的密集围攻下终于失手被擒，动弹不得。

紫袍人志得意满，缓缓走过去，围拢的绿袍人立即散开。

他垂眸看着被人按住满身狼狈的帝拂衣：“帝拂衣，没想到你也有今天！”

帝拂衣明显受伤了，身上各处都鲜血淋漓的，他抬起头，瞧着紫袍人：“你到底是谁？！”

紫袍人微笑道：“你猜？！”

帝拂衣抿了抿唇：“你不是说要让本座死个明白吗？”

紫袍人大笑道：“我感觉你还是永远糊涂的好！”他的掌心中缓缓现出一柄刀来，刀片血红，一出现便有阴邪之气喷薄而出，周围的温度迅速下降。

“诛仙刀！”帝拂衣的目光落在了刀上。

紫袍人将手中的刀子晃了晃：“你倒是识货！”他又笑道，“帝拂衣，这刀刺进你的身体不会损伤你的外壳，但会杀死你的魂魄。怎么样？你想不想尝尝它的滋味？”

帝拂衣垂眸道：“这刀能杀死魂魄？你用它杀了几个人？”

紫袍人弹了弹刀锋：“你应该是第一个。怎么样？是不是感觉很荣幸？”

帝拂衣抬眸扫了周围的绿袍人一眼，然后目光又转到紫袍人身上：“你就这点儿人？”

紫袍人微微一窒，随即笑道：“这些人对付你已经够了！”

他又晃了晃手中的刀子：“帝拂衣，我是慢慢杀死你好呢，还是一刀要你的命呢？”

帝拂衣叹气：“你如果恨本座，可以慢慢杀死我；你如果只想抢本座的位置，那就不如一刀刺过来。”

紫袍人冷笑：“你倒是冷静得很！不怕死？”

帝拂衣正色道：“怕死你就不杀本座了？”

“当然不！”紫袍人目光锐利，他忽然叹了口气，“帝拂衣，能逮住你太不容易了!我忽然不想杀你了……”

“然后？”

“还是让同为天授弟子的人杀了你吧，你曾经亲自传授功夫给他，让他杀死你也算完美。”紫袍人一抬手，将刀抛给了龙司夜，“龙宗主，你不是恨他吗？你可以杀他报仇了！”

龙司夜只得将那刀接过去，瞥了紫袍人一眼，知道这个人是想断他的后路。他如果亲手杀死帝拂衣，就只能永远和紫袍人站在一条战线上，再无法回头！

他握着刀缓缓走上前道：“帝拂衣，你还有什么要交代的？”

帝拂衣微眯着眼睛盯着紫袍人：“你直到现在还不肯说出你的身份？占了绝对的上风还不敢说出自己是谁，你这胆子到底有多小啊？”

紫袍人僵了僵，现在的他确实占了绝对的上风，而周围又是他的人，眼前这个大对头也即将死去，他确实没什么可顾忌的！

可是——

紫袍人目光微微闪动，他轻轻一笑，目光落在顾惜玖的脸上：“我和她应该来自一个地方。”

顾惜玖问：“你究竟是谁？！”

“风传蛊乃用骨雕所炼，将之浸泡在……”紫袍人忽然说出一连串的蛊术炼制方法，顾惜玖脸色大变：“蛊大师！”

这个人居然是在现代传授过顾惜玖蛊术的神秘大师！

“乖，难得你还记得为师。”紫袍人声音暗哑，和曾经的蛊大师的声音没有区别。

顾惜玖眯起了眼睛。怪不得她觉得这人身上的气息隐隐有些熟悉，原来是他！没想到他也穿过来了，还雄心勃勃地想取代帝拂衣。

紫袍人不想再多废话，催促龙司夜：“好了，龙宗主，你可以动手了！”

龙司夜晃了晃手中的诛仙刀：“好！”

龙司夜身形一闪，一刀向帝拂衣刺去！

紫袍人眼中冒出兴奋的光，手里暗自掐诀，只要龙司夜一刀将帝拂衣刺死，他就可以立即进入帝拂衣体内，抛弃这个壳子成为真正的帝拂衣。

刀光如游龙，快如流星，就在要刺中帝拂衣时却忽然拐了弯！

唰！刀光入体，正刺入一个人的心脏！

紫袍人身子一抖，他不相信地看着从胸前穿出来的一截刀尖，然后抬头不相信地看向龙司夜：“你……”

龙司夜掌心刀柄一转，刀子在紫袍人的胸口也转了转。

紫袍人只吐出了这一个字，身子便倒了下去！

直到此时，紫袍人身旁站着的云清罗才尖叫出声，她被紫袍人的血喷了一脸。

在那群绿袍人之中也有真正的人，就是吹笛人，他们专门操纵死偶发出攻击。

紫袍人被袭击得太快，那些吹笛人压根没反应过来！

直到紫袍人倒下去他们才反应过来，想吹响手中的血笛，只是刚一抬手，他们周围蓦然闪过各种光芒。

他们握着笛子的手直接飞了出去！

吹笛人大惊，看着偷袭自己的同伴，忽然发现偷袭他们的不是绿袍死偶！

因为这些人已经把面具摘了下来，露出了真面目。

他们不是死偶，而是天聚堂的十几个绝顶高手。古残墨也在其中。

所有的吹笛人都被制住了。

首领被杀，吹笛人被制住，那些死偶就在原地傻站着。

而绿袍人中有好多人摘下了面具，他们也是天聚堂的人。

显然，众人出去围猎全是假的，不过是引幕后之人现身的烟幕弹！

云清罗的脸色瞬间变得无比苍白。

她知道她上当了。

这是帝拂衣的圈套!

云清罗心头冰凉，腿一软，她跪了下去……

她望着对面的帝拂衣，嘴唇颤抖着说道：“左天师大人，清罗、清罗是被迫的……”

原本抓住帝拂衣的那两个绿袍人也把面具摘了下来，居然是沐风和沐电。

他们一起躬身向帝拂衣行礼：“主上！属下无礼了。”

帝拂衣的手指在身上一拂，满身的鲜血瞬间消失无踪。

帝拂衣瞥了云清罗一眼，目光冰凉，只吩咐了一句：“拿下她！”

天聚堂刑罚堂的长老上前拿住了云清罗，云清罗也不敢反抗。

一场危机就这样化为无形。

这原本该是一场恶战，但因为擒杀了首领，制住了帮凶，帝拂衣这边几乎是一兵一卒都没有损伤就大获全胜。

就连被打下水的沐云也在帝拂衣身后的绿袍人中冒出头来。他被打下水后，从一条事先准备好的水道中逃脱，然后和同伴一起装扮成了绿袍人。

紫袍人这次带来的绿袍人足足有上千个，他自己一时也数不过来，这些绿袍人又是分批进来的，有十几名绿袍死偶被躲在暗处的古残墨等绝顶高手擒住，然后被扒了衣服，于是古残墨他们冒充绿袍人一起冲了进来。

他们的功夫都极高，在绿袍人中很快就将吹笛子的人找了出来，然后不动声色地靠近。

龙司夜的出手就是暗号。

他一出手，古残墨他们几乎同时出手。

顾惜玖站在龙司夜身边松了一口气，成功了！

这个钓鱼计划终于完美落幕了！

她没想到如此容易就把幕后之人引出来了；没想到云清罗胆大包天养了酷似帝拂衣的傀儡，不用问，七夕陪着云清罗的那个人就是这个傀儡，却害得她看走了眼……

奇怪，按理说傀儡就算再像，能瞒过人的眼睛，但不应该能瞒过大蚌的嗅觉啊，当初大蚌可是闻过傀儡的，难道这傀儡身上的气息也跟帝拂衣一样?

她忍不住看了一眼躺在地上一动不动的紫袍人，然后走过去，抬手去揭那紫袍人脸上的面具。她倒要看看脸像不像。

手指尚未碰到紫袍人的面具，她忽然听到有人大喊：“小心！撤！”

接着她的腰肢一紧，她被人抱着横掠而出。

与此同时，那原本一动不动的紫袍人忽然唰的一声直跳而起，双掌如刀，旋风似的向四周一转，所带起的风声如同尖锐的笛音呜呜响起。

所有的绿袍死偶都动了，面具后的眼睛变得血红，向着众人猛扑。

幸好古残墨他们久经沙场，又都事先有准备，在帝拂衣喊出那一声“撤”后，他们身形暴起，纷纷飞上了四周的殿顶。

绿袍死偶想追上去，但四周一阵响动，原本平整的地面忽然裂开，红光闪现，岩浆翻滚，而在那些绿袍人的头顶同时出现了一张大网。

绿袍人已经蹦起来了，却又被大网压了下去，只能眼睁睁地看着自己滚入岩浆之中。

顾惜玖站在殿顶上，她的身侧是帝拂衣，显然刚才抱着她及时撤退的人就是帝拂衣。

龙司夜动作稍慢了一点儿，但也紧跟着帝拂衣落在大殿顶上。

他看了一眼帝拂衣，上前一步道：“惜玖，过来。”

顾惜玖此刻正在看下面那些绿袍人，眼睛还在搜索紫袍人的影子。她听到龙司夜的呼唤一时没反应过来，只是瞧了他一眼，随口道：“我在这里看就好。”

龙司夜：“……”

“惜玖！”龙司夜又叫了她一声，忍不住提醒了一句，“这场戏已经演完了，你不必……”

顾惜玖终于醒过味来！

是啊，这场戏已经演完了，那她就没必要再和帝拂衣亲近了。

该死，她习惯了！

她不动声色地推开帝拂衣的手，笑了笑：“刚才多谢左天师大人。”她后退几步，退到了龙司夜身边。

帝拂衣瞧了她片刻，没再说话。

阵法已经彻底发动，绿袍人根本跑不了，只能滚入岩浆之中瞬间化为气体消失。

这阵法一半是顾惜玖的功劳，譬如地面就是她用地雷炸裂开的。

地面是一块一块塌陷的，刚才众人离开时并没有把云清罗带上来，此刻她正在下面狼狈地尖叫、奔逃。

古残墨还惦记着她的天授弟子身份，忍不住看向帝拂衣问道：“左天师大人，是否救她上来？她是天授弟子，不能死……”

帝拂衣无动于衷：“不必救，这是她自找的。”

“可她是天授弟子……”

“天授弟子并不是作恶的免死金牌，一旦犯下滔天大错，天授弟子照样会受到惩罚！”帝拂衣声音冷淡地道。

“是！”古残墨松了一口气。

原来天授弟子也是要遵守世间规则的，不能为所欲为。

顾惜玖在旁边听着忍了忍没忍住说道："我听圣尊说天授弟子不能死，圣尊如果怪罪下来怎么办？"

帝拂衣只说了一句："本座担着。"

于是，没人说话了，众人看着云清罗无处可逃，尖叫着滚入岩浆之中，不见了踪影。

在将要滚落岩浆的那一刻她霍地向帝拂衣望过去："帝拂衣，我还会回来找你的……"后面的话她没再说出来就没入了岩浆中。

众人："……"

云清罗的最后一句话凄厉无比，如同厉鬼的毒咒。

众人悄悄看了一眼帝拂衣，左天师并没有其他表情，神色始终淡淡的。

在这大陆上喜欢帝拂衣的女子不少，但像云清罗这样痴狂、偏执的只有一个。

众人又把目光转向顾惜玖，近来她与左天师大人同进同出，各种撒"狗粮"、秀恩爱，不知道羡慕死多少人。

这出戏牵扯的事太多，所以知道她和帝拂衣是在演戏的人极少，也就三个当事人知道，就连古残墨都被蒙在鼓里。

云清罗喊出那句话后，众人看完帝拂衣，便情不自禁地去看顾惜玖，想看看她有什么反应。

结果众人发现她站在龙司夜身边，两个人挨得很近，正在讨论什么。

"那紫袍傀儡呢？"顾惜玖还惦记着紫袍人。

"也跌进去了。"龙司夜的眼睛很尖。

顾惜玖松了一口气："没想到他刚才居然没死，还能跳起来指挥……他的刀不是诛仙刀吗？怎么他被捅了还能不死？"

龙司夜也疑惑，顿了顿道："或许因为他是傀儡？傀儡原本就是死物，只是被那人控制了。有些傀儡是不怕砍的，也不知道疼……"

顾惜玖蹙眉道："但那是诛仙刀，不是说专门用来砍魂魄的吗？难道那刀是假冒的？"

龙司夜摇头："刀是真的，确实能诛杀仙者魂魄，所以我刚才一刀刺入后，就刺死了他的魂魄，至于为什么他依旧能跳起来操纵那些傀儡，或许是云清罗所为，紫袍人毕竟是她的傀儡，受她操控的。"

顾惜玖道："没那么简单！云清罗是傀儡师不假，但那些绿袍死偶明显不是受她操控的，刚才紫袍傀儡跳起来时是直接操纵死偶的！他的魂魄应该还没死！"

龙司夜点头，目光温柔地望着她："惜玖，你分析得对……"他向下看了一眼，"不过他滚入了岩浆之中，岩浆可是混有符咒的，他的魂魄应该四散了。"

顾惜玖不再说话，但总感觉没这么简单。

不过好在他们将帝拂衣所说的幕后黑手揪出来了，也算大功告成了。

她又看了看下面，此刻那些绿袍死偶已经全部滚入那岩浆之中。

这些死偶到底是哪里来的？

幕后之人真的是蛊大师吗？他是否真的魂飞魄散了？没想到他也穿越过来了，还有这么大的野心！

他既然能随意附身在人偶身上，想必也能附身在其他人身上，他真的这么容易死吗？

“左大帅大人，这些死偶是什么人？您可看出来了？”古残墨忍不住问帝拂衣。

帝拂衣淡淡地道：“应该是飞星国被屠镇时那些死难的猎户。”

古残墨怔了怔，皱眉道：“这些死偶居然是普通百姓？普通百姓也能被炼制成这么强大的死偶，看来这邪术果然厉害！幸好那为首之人已经死了，不然只怕他会利用这些死偶掀起血雨腥风，那就大大不妙了！”

帝拂衣没说话。

古残墨又道：“左天师大人，这些死偶既然都是普通百姓，那也很无辜，要不要超度一下？”

帝拂衣看向龙司夜：“龙宗主怎么说？”

龙司夜苦笑道：“死偶是没有魂魄的，没法超度。”

帝拂衣忽然笑了起来。他笑得有些莫名其妙，龙司夜被他笑得发毛：“阁下笑什么？”

帝拂衣道：“你真当他们是死偶？”

龙司夜窒了窒：“不是死偶是什么？”

帝拂衣向下看了一眼，下面其实是机关阵，现在那些绿袍人已经全部滚进岩浆里了，那些机关便自动开始复原，岩浆在下沉，泥土在翻滚，然后草皮重新覆盖。

下面已经恢复正常，又是小亭流水，草长莺飞。

谁能想到这里曾经有一场大战？

谁能想到这下面刚刚埋葬了千人？

“下去说吧，这上面风凉，本座有些冷。”帝拂衣伸了个懒腰。

“好！那就下去说。”龙司夜握住顾惜玖的手提前一步一跃而下。

顾惜玖今天穿着一件鹅黄衫子，在空中飞舞时如同一只翩跹的蝴蝶。

而龙司夜衣袍宽大，白袍飞舞，二人并肩飞下时画面很美。

天聚堂众人：“……”

古残墨忍不住看了看帝拂衣。

帝拂衣依旧笑着，侧身躺在了沐风为他预备的一张软榻上，只吩咐了一句：“抬本座下去。”

于是，沐风等四人便抬着他飞了下去。

众人自然也纷纷纵身而下。

顾惜玖其实没想到龙司夜会直接牵着她的手和她并肩飞下。他的动作太快，等她反应过来时已经飞到了空中。她不喜欢和别人有肢体接触，下意识地想撤回手，但龙司夜将她的手握得很紧，她一时撤不出，稍一耽搁，人已经飞到地上了。

飞到地上后，龙司夜也没放手，顾惜玖的手被他握得有些疼，她忍不住皱眉，在人前如果硬抽回手，大概会吸引不少目光。

所以她抬手想用撩头发的动作把手撤回来。

龙司夜却将她拉近了两步，然后将她的一缕乱发别到了耳后。

他的动作比较有力，除非顾惜玖撕破脸和他对打，要不然休想将手抽出来。

他的指间似弥漫着清香，眼睛看着她，他微笑道：“惜玖，现在幕后之人已除，我们这场戏也该落下帷幕了。先前大家对我们三人的事有所误解，不如现在说开？这可是最好的机会。”

顾惜玖心中咯噔了一下，众人也“你看我，我看你”。

龙司夜轻咳一声，开口道：“诸位，先前为了引出幕后之人，本座、惜玖还有左天师一起用计，故而惜玖和左天师在一起不过是演戏给那幕后之人看的，而本座的失意自然也是在演戏。事实上本座和惜玖早已心心相印，许下鸳盟，因为事关重大，怕泄露消息，所以把大家都瞒过了。对不住，让大家误会了惜玖和左天师的关系，龙某在此向大家致歉。为表歉意，龙某愿开几炉丹相赠……”

他的声音浑厚、干净，如风轻送，也传到了在场的每个人的耳朵里。

众人愣了片刻后，如梦初醒，纷纷看向顾惜玖，当然也有人看向刚刚落地斜躺在那里的左天师。

左天师并没有说话，他戴着面具，别人也无法看到他的神情。

顾惜玖微垂着眸子。当日龙司夜挑破她和帝拂衣互换身体的事时，三个人聊了很多，自然也聊到了幕后之人的事，龙司夜自告奋勇做卧底，以引幕后之人出来。因为当时的情况太符合这种设定了，他这么做算是顺势而为，所以才有了后面的这一切事件。

因为是顺势而为，顾惜玖当时还顶着帝拂衣的壳子，自然不会提出反对意见。

帝拂衣却只说了一句：“本座对她并非演戏，龙宗主倒不必扮演这苦情角色。”

龙司夜当时笑道：“龙某扮演这个角色不是为了阁下，而是为了惜玖，为了整个天下。幕后之人野心勃勃，背后必有势力撑腰，他这次对付的是你，如果成功了，下次对付的就该是我们了。天授弟子理应互帮互助，这件事我不知道便罢了，既然知道了自然要义不容辞地帮上一把的。”他的一番话说得慷慨激昂，让顾惜玖也为他感动。

如今幕后之人已经被钓出来了，现在龙司夜在这里挑明真相也无不妥，她和左天师之间的亲近关系算是有了一个光明正大的解释。

当然，龙司夜的这番话也等于把顾惜玖和帝拂衣之间的关系强行画上了句号。

顾惜玖知道此刻龙司夜说出真相是最好的时机，她也没理由阻拦，毕竟她在未换体以前和龙司夜已经基本确定了关系。

后来的换体事件才让她和帝拂衣牵扯不清。

而龙司夜的话正好帮她解释了前些日子她朝三暮四的原因。

现在她和帝拂衣已经各归各位，戏也演完了，理应各自回归。

蓝外狐最先跳出来，笑眯眯地道："惜玖，原来是这样啊，前些日子我误会你了。"

千翎羽也跑过来说道："惜玖，原来你们这是在演戏啊，哈哈，你演得真像！"

顾惜玖笑了笑："好在戏演完了，惜玖有幸能得左天师和龙宗主垂青演这场戏。好了，我也累了，先回去了。"

她一转身，瞬移离去。

龙司夜心中微微一沉，惜玖是在怪他擅自做主吗？

但不这么做不能斩断乱麻，他不想失去她，所以只能在这里趁机斩断她和帝拂衣之间的关系。

这是最好的时机不是吗？

龙司夜忍不住看了帝拂衣一眼。帝拂衣却只是懒懒地说了一句："本座从未演戏。"然后他道，"走吧，本座也乏了。"

他门下的四使自然答应得爽快，一阵风似的抬着帝拂衣走了。

龙司夜微垂下眸子，他有了危机感！

顾惜玖的生活又恢复到了以往的平静状态。

她也搬离了帝拂衣的小院。

因为她已经是紫云班的学生，所以也分到了一座独院。

这座独院自然比不上帝拂衣的那座奢华，但好歹是她自己的院子。

天聚堂为了锻炼学生各方面的能力，分给学生的独院里面只有基本的东西，有些像现代的简装房，能住人，但凡有点儿想法的人都会重新设计装修院子。

按天聚堂的规定，只要这些弟子独院的外观保持一致，里面的装修随便他们自己设计。

这院子毕竟要住八九年，这些学生在这方面还是很舍得下苦功的。

他们基本都会按照自己喜欢的风格设计。

譬如晏尘的院子简单大气。

千翎羽原本就是富家少爷，性喜奢华，所以他的屋子装修得很华丽。

顾惜玖在他的相邀之下也曾经到他的院子里转了一圈，然后千翎羽满脸希望地等着她的评价。

顾惜玖没评价他的屋子，倒是评价了一下他这个人：“翎羽，你怎么像地主家的傻儿子似的？”

千翎羽：“……”

顾惜玖拍了拍他的肩：“小子，你现在个头还没长好，你这屋子里这么亮，容易形成光害，睡眠质量不好，会影响你长个子的。”

千翎羽对她说的话似懂非懂，不过他看了她半晌，还是很感动：“惜玖，你终于又是以前的惜玖了！你不知道你那些日子不理人多伤人，我还以为你不把我当朋友了！”

蓝外狐喜欢温暖的色调，但她自己不会装修，所以晏尘一直帮她设计，最后设计成了暖暖的少女闺房，让小狐狸分外满足。

当然装修还是费钱的，这里耗费的是灵石，蓝外狐没钱，而晏尘因为被大蚌给坑了一顿，也没钱，但他不想让小狐狸的窝太难看，所以他向顾惜玖借的钱。

他以为又会被顾惜玖坑一顿，没想到这次顾惜玖很大方。她什么条件也没提，直接给了他两千灵石，连利息都没有，还让他慢慢还，她不急。

她难得如此大方，晏尘有些纳闷，尤其是看到顾惜玖没有装修的院子就更纳闷了。

他以为顾惜玖也不懂庭院设计，一时良心发现问了她一句：“要不要晏某帮你设计一下？晏某没来天聚堂前曾经和一位园林设计师学过……”

难得晏尘这么热情，于是顾惜玖就说了自己的要求：“我喜欢瑶池仙宫风格，珊瑚为树，碧玉为瓦，玳瑁为床，夜明珠为灯，听说过东海龙宫吗？你可以照着那种风格给我设计一下，我可以给你两千灵石任你折腾……”

晏尘的俊脸青了片刻，她说的那种风格不要说两千灵石，就算两万灵石也不够！

他告诉她：“你还是住这狗窝吧！”然后他转身飞也似的跑了。

顾惜玖看了看自己的院子，家具还算齐全，能住人。

按理说是应该好好收拾收拾的，但她有些懒散，对这方面没兴趣。

算了，房子是用来住的，不是用来装门面的，她就不折腾了。

她刚搬来的时候，龙司夜来过一次，还兴致勃勃地想帮她设计一下屋子的装修。但他虽然是个天才，这方面的细胞却实在不发达，他自己的院子还像雪洞似的，能指望他设计出什么？

他在前世所住的房子还是顾惜玖帮他设计的，他在这方面真的没天分。

既然顾惜玖现在没兴趣，他也不能随意给她设计，所以只得作罢。

至于帝拂衣，他倒是这方面的天才，但他一次也没来过。

从那次演戏的事之后，他和顾惜玖就几乎没有交集了。

他依旧住在天聚堂，每隔三天上一次课。他倒是个好导师，所讲的内容生动有趣，深入浅出。学生们十分愿意上他的课，他上的每堂课都是爆满。每逢他上课都有许多其他班的学生来蹭课，不要说教室里，就连教室外的窗户下都有旁听的学生。

他上课也会提问，被他提问到的学生都很激动，如果会，回答得就异常响亮；如果不会则会脸红脖子粗的。

好在他平时虽然毒舌，上课的时候还是很温和的，就算学生回答不上来他也不会批评，赶上他心情好的时候还会鼓励几句，那些学生就会感动得热泪盈眶。

或许是为了避嫌，或者他是真的放手了，他几乎把班里的学生都提问到了，却从来不提问顾惜玖，两个人一句互动也没有。

凡是导师都喜欢好学生，所以帝拂衣提问的时候，也是提问好学生的时候多。

顾惜玖的灵力虽然相对较低，但她悟性强，前来上课的导师几乎都喜欢她。

大家也爱提问她，她每次的回答不但正确还很通透，举一反三，有时候连导师都没想到的答案她也能做出来。

龙司夜是两天上一堂课。他也是一位极优秀的导师，所讲的内容也深受学生们的欢迎。

他不太提问学生，但每次提问必然会叫顾惜玖。顾惜玖是好胜的性子，要做就做到最好，所以她预习的时候也偏向龙司夜的制药炼丹课，免得到时候答不上来丢人。

至于帝拂衣的御风术，顾惜玖前几课还好好预习，后来见他并不提问自己，她就不再好好预习了。

当然，她上课时还是很认真听讲的，该掌握的知识她也掌握得很牢。

紫云班一班的学生都是精英，随便拎一位出来都是天才少年。一般天才胆子很大，敢想敢做，就算是女孩子也是干脆飒爽的。

其中又以乐紫荇最为突出，她极聪明，资质仅次于云清罗。

她眼高于顶，同班同学这么多优秀男孩她一个也没瞧上，就喜欢上了帝拂衣。

原先碍于帝拂衣和顾惜玖天天腻在一起，乐紫荇就把这份心思放在了心里，没表现出来。

后来知道帝拂衣和顾惜玖在一起不过是在演戏，她又动心了。那场戏结束的第二天她就找到顾惜玖，直截了当地问道：“你和左天师大人先前真的是在演戏？”

顾惜玖尚未答话，旁边的蓝外狐就替她回答道：“是啊，惜玖真心喜欢的是龙宗主，和左天师就是演戏，那日就说开了。”

乐紫荇松了一口气，道：“既然如此，惜玖，我要追左天师大人！”

蓝外狐睁大了眼睛：“你追左天师大人？左天师大人极难追的！还没有人追上过他……”

乐紫荇笑道：“无论追上还是追不上我都要试一试，不试怎么知道？”

于是，乐紫荇从那天开始就展开了对左天师的追求。

左天师的课她从来不缺，积极回答问题，而且每次回答问题时都能举一反三。

后来，帝拂衣也常常提问她，她成了全班被左天师提问最多的女生。

她也制造各种和帝拂衣的偶遇，譬如常常路过帝拂衣的院门前，譬如帝拂衣喜欢在枫林里下棋，她的棋艺也很不错，便自告奋勇地去和帝拂衣对弈。

大概帝拂衣一个人下棋也挺闷的，所以她来和他对弈他也没拒绝。

乐紫荇应该学过茶道，茶泡得很好，对弈的时候她会给他递上一杯自己泡的茶。虽然帝拂衣有洁癖，从来不喝别人的东西，但她乐此不疲。

乐紫荇的棋艺也算不错，但在帝拂衣面前常常被他杀得片甲不留。

但她越挫越勇，就算是输也要和他对弈。

顾惜玖和蓝外狐有一次偶尔经过那里，正看到帝拂衣和乐紫荇对弈。乐紫荇刚刚输了一局，小脸通红，汗都下来了，汗珠滴在了棋盘上。帝拂衣随手递了一条白绢帕给她，说道：“擦了！”

于是乐紫荇双眼发亮地接过那条白绢帕擦汗。

她擦完想把手帕还回去，但帝拂衣没接：“送你了。”

于是，乐紫荇就笑吟吟地将手帕小心翼翼地放进了衣袖之中，道：“多谢左天师大人。”

“你和本座无须客气。”帝拂衣嘴角微有笑意，语气也带着一丝淡淡的宠溺。

大概蓝外狐路过时脚步声重了点儿，两人也向她们这边看了一眼，帝拂衣不动声色，乐紫荇也只是向她们点了点头。

左天师大人地位高，所以两人就算路过，既然碰到他也应该行礼或打招呼。

蓝外狐跑过去跪拜行礼，顾惜玖也向帝拂衣拱手为礼。

帝拂衣只是淡淡地点了点头，并没有看顾惜玖，说了一声：“去吧。”

于是顾惜玖和蓝外狐就离开了。

她们身后传来了乐紫荇和帝拂衣的说话声，那二人也没说别的，乐紫荇向他请教了一些课程上的问题，帝拂衣给她详细解答了。

一个问得仔细，一个答得认真，听上去和谐安乐。

当走出一里多路的时候蓝外狐终于忍不住了：“惜玖，你说左天师大人是不是真的喜欢乐紫荇啊？他们相处得很默契呢。”

顾惜玖若有所思，只是笑了笑，没回答蓝外狐的话。

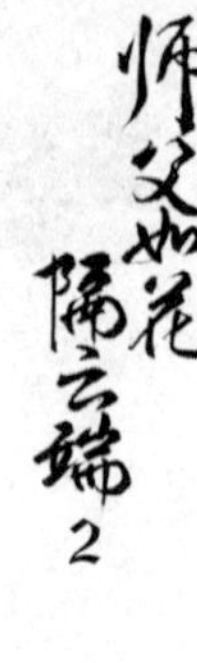

顾惜玖已经将养了一个月，身上的伤终于痊愈，那么大的贯穿伤居然没留疤痕，肌肤依旧如玉，小狐狸羡慕得不得了。

伤好了，顾惜玖自然也该进行对战练习了。她依旧和小狐狸、千翎羽组队，今天是她痊愈之后第一次组队练习。

或许是许久没组队练习了，顾惜玖有些跟不上节拍，在打斗的时候常常忘记指点小狐狸，或者喊错顺序，让小狐狸挨了千翎羽的好几下攻击，小狐狸被揍得灰头土脸。

千翎羽一脸诧异地看着顾惜玖，最后忍不住问她："惜玖，你是不是这些日子没练手生了？你的反应好像慢了半拍……"

蓝外狐横了千翎羽一眼："当然手生呀，惜玖已经一个月没和我们对战了，自然得适应一段时间。"

千翎羽其实很想反驳，顾惜玖就算第一次和他们组队时反应也没这么慢。

这才一个月没练，她能手生到哪里去？

难道这跟她身上的伤有关系？

他正要关切地问几句她的伤势，龙司夜来了："惜玖……"他是来找顾惜玖出去吃饭的，因为再过八天就是八月十五中秋节了，他想和她商量一下怎么过。

千翎羽看龙司夜不顺眼，事实上他看所有追求顾惜玖的男子都不顺眼。

所以他看到龙司夜到来就有些不悦。蓝外狐倒知趣，看龙司夜来了，她就不由分说地拉着千翎羽离开。

没想到顾惜玖在后面说道："龙宗主要请客，你们去不去？"

蓝外狐正想说不去，千翎羽已经道："好啊，好啊！小爷正好饿了！一起去吧！"

于是龙司夜原本计划的两人行变成了四人行。

因为临近中秋，所以天聚堂允许学生晚上出去聚餐。

当然，地点仅限山下的那座小城，其他地方是不允许去的。

龙司夜觉得这些日子顾惜玖对他有些冷淡，他找她好几次想带她出去走走，但她都以功课忙推托了！

虽然她的功课确实忙，但龙司夜觉得一个人功课再忙也不可能一点儿空闲时间都没有。

她现在这样应该是怪他那日自作主张说的那番话，或者她在考虑其他事。这让他的危机感更加强烈，所以他今晚想把她约出去好好聊聊，谈谈他们的未来。

他没想到她会叫上千翎羽和蓝外狐。

四人这次去的酒楼是此城最有名的仙客来，不巧的是，二楼的雅座有人包了。

仙客来酒楼的老板认识龙司夜，毕竟龙司夜是这个大陆有名的大人物，而且七月初七那天龙司夜曾经包了二楼为顾惜玖庆生。

往常龙司夜这样的大人物来了，酒楼的老板焚香欢迎还来不及，就算二楼有人包场老板也会想方设法地将对方请出去。

这次这位老板却对龙司夜表达了歉意，因为楼上包场的是其他大人物。

顾惜玖倒不介意换地方，所以她的建议是找其他地方。

偏偏千翎羽是少爷脾气，他喜欢这里的饭菜，所以一定要在这里吃。

而且这位小爷还要单间，所以他要求老板在楼下用屏风隔个单间。

因为楼下也坐满了客人，不要说隔个单间出来，就是找一张空闲的桌子都很难。

老板自然推托，千翎羽怒了，忍不住问："小爷记得楼上有七八个单间，那楼上包场的有几席？"

老板顿了顿，说道："一席……"

千翎羽心理不平衡了："一席就包了整个楼层，这也太暴殄天物了！这包场的人不厚道，挡了人家的食路，小爷上去看看！"

他是个行动派，说风就是雨，一句话尚未说完，他已经上了楼梯。

他尚未走到楼梯顶部，上面淡淡的光芒一闪，出现了一位衣履风流的红袍男子。千翎羽险些撞到那人身上，忙后退一步，待看清那人的样子后他蔫了，脱口道："祖爷爷。"

那人俊脸一黑地问道："臭小子，你怎么在这里？"

然后红袍男子就向下方的龙司夜打招呼道："龙兄别来无恙？难得相逢，上来喝一杯吧！"

龙司夜也认出了他，这人正是九星宗宗主千玥冉，论辈分千翎羽得唤他一声祖爷爷。

天授弟子之间关系相处得还不错，龙司夜曾经也和千玥冉喝过几次酒，两人算是颇为熟悉。

龙司夜没想到会在这里碰到他，一时有些诧异，挑眉问道："千兄怎会在这里？"

一句话尚未说完，楼梯上又一个人飘然走出，此人一身月白衣袍，一袭同色面纱，手指间一枚硕大的宝石花戒指闪着光亮，她嫣然一笑道："龙宗主，小妹也在。"

龙司夜忍不住苦笑道："今天这是什么风？花宗主居然也在。"这人是阴阳宗的宗主花纤言。

天授弟子平时也有来往，三年聚会一次，但现在不到聚会之期，他居然就碰到两个。

龙司夜也感觉挺稀奇的，看了看楼上，试探着问："上面还有谁？不会右天师也

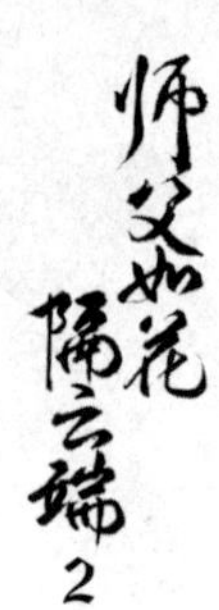

在吧？”

千玥冉摸了摸鼻子，咳了一声：“这倒没有，喏，你先上来，上来咱们再细聊！”

他的目光在顾惜玖、蓝外狐身上一扫：“你带学生来的？这些是你的得意门生？”

千玥冉不太认人，顾惜玖的变化又极大，所以他一时没认出来。

龙司夜顿了顿，看来楼上是天授弟子同聚，他带这三个小的上去似乎不太合适。

他先把顾惜玖和蓝外狐介绍了一下：“他们是天聚堂紫云班一班的学生……”

他还没说完，千玥冉就哈哈笑道：“龙兄，你什么时候和学生这么亲近了？”他打量了一下顾惜玖和蓝外狐，“这两个女孩秀外慧中，是棵好苗子！能得龙兄看重也必定不凡。”他又踢了一脚在旁边像霜打的茄子似的千翎羽，“没想到我这个玄孙子也得龙兄如此看重……”

千翎羽郁闷至极。他天不怕地不怕，唯独怕这位祖爷爷。

早知如此，他就不大呼小叫地上楼了！

千玥冉很豪爽，一看龙司夜的神情就知道他顾忌什么，道：“大家难得一聚，一起上来！小鬼们也来吧！”

话说到这个份上了，龙司夜也不好再推拒了，回头征询顾惜玖的意见：“咱们上去？”

顾惜玖没意见，对她来说，现在是人越多越好，而且她和千玥冉、花纤言也算有一面之缘。

所以她点头应道：“好啊。”

蓝外狐到外面是一切听顾惜玖的，顾惜玖去哪里她就去哪里，所以她也没意见。

只有千翎羽很郁闷，觉得自己这顿饭吃不好了。

但他不敢反对，于是也应了。

不过上了楼以后，顾惜玖又有点儿后悔了，因为左天师帝拂衣居然也在！

这些日子她和左天师几乎零交流，除了上他的课外，在其他地方偶遇她只是打个招呼，两人已经成为点头之交了。

曾经那么亲密的两个人现在比君子之交还淡，尤其是这几次上课，他已经把班里的学生提问了一遍，唯独没提问她，从来不点她的名，这让她在班里成了颇为另类的存在。

学生也都是喜好八卦的，她前些日子和左天师那么亲密，同进同出，结果是一场戏。这本来就让学生们格外注意顾惜玖和帝拂衣之间的互动，所以帝拂衣的这一行为，落在学生们眼里就有些微妙了，当然他们看顾惜玖的目光也有些微妙。

顾惜玖在紫云班原本就引人注目，所以每逢帝拂衣来上课的时候，顾惜玖也是接受同学们暗中观察最多的。顾惜玖顶着这么多目光上课，压力还是蛮大的。

帝拂衣这么对她，顾惜玖觉得很正常，这曾经也是她心中所盼望的结果。

她已经心有所属，不能再和其他男子牵扯不清。

现在这个人终于选择放手了，不再给她任何困扰，她理应松一口气才对。可是理智分析是一回事，真实情感又是另外一回事，所以顾惜玖再上帝拂衣的课心里越来越不舒服。

有时候习惯真是可怕的东西，譬如她先前和他同居，每天早晨醒来第一眼看到的是帝拂衣，就算他那时顶着她的壳子，她也知道那是他。

她那时习惯了他的存在，搬到自己的独院时，每天早晨醒来的第一件事是习惯性地看向邻床。

但再也没有邻床了，屋内只有她的这张床。

那些日子无论去上课也好，还是在屋内练功也好，每天的一日三餐帝拂衣必定是和她一起吃的。

虽然他时不时和她斗嘴，甚至占她一些小便宜，但那场面对顾惜玖来说还是很温馨的，让她几乎已经习惯。

但自从她搬出来后，就一直吃食堂了。

虽然紫云班的饭食很好吃，但她总感觉缺少点儿味道。

她原本不在意任何人的目光，但在上他的课时总感觉同学们看她的目光是有形的，让她很不自在。

她甚至感觉自己很敏感，上他的课心里会莫名发酸，有种一脚踏空的错觉。顾惜玖不想让自己不舒服，所以有点儿不想上他的课。

上一节课她就找了个理由逃了一次。

当然，她让小狐狸替她做了课堂笔记，倒没落下课程。

总是逃一个人的课也不好，顾惜玖这两天开始考虑换班的事了。

紫云班二班有一个导师采药常识课讲得很不错，顾惜玖旁听过一次，发现这位导师这方面的知识比苍穹玉还要丰富，正合她意。

她这方面的知识原本就很丰富，也很得这位导师的欢心，这位导师曾经极力鼓动她转到二班去。

顾惜玖觉得为了自己的前程着想，她是该转班了，免得总是心神不宁。

帝拂衣三天上一次课，顾惜玖又逃了一节，算起来和他已经六天没有任何交集了。

不对，今天傍晚她看到他和别人下棋了，还打了招呼。

现在骤然看到他，她下意识地停了停。

帝拂衣的姿态有些懒懒的，顾惜玖四人上来时他仅扫了一眼便移开目光，和他平时见了普通紫云班的学生没什么区别。

三个小的上前和他见礼，他只是点了点头，并没有多说什么。

千翎羽这次跟出来本来想痛痛快快地吃顿好的，没想到会碰到一圈大神，其中一位还是他的祖爷爷，这让他很不自在，所以他见过礼之后就向千玥冉请示："祖爷爷，你们老人……不，大人说不定有要事要谈，我们几个就不参与了啊，我们另外找个单间玩吧？就不打扰你们了。"

千玥冉也觉得有这小子在眼前不自在，没看到这小子，他还可以风度翩翩地冒充一下少年郎，但这小子一声祖爷爷叫出口，他瞬间感觉自己土埋半截了！

所以他挥了挥手道："去吧，去吧，不许欺负女同学。"

千翎羽得了他的这句话，立即像满血复活了似的，扯着顾惜玖和蓝外狐就去其他单间了。

龙司夜在上楼前原本想让顾惜玖和自己一桌，但看到帝拂衣在场，只能作罢，

说他有私心也好，说他多疑也罢，他不想再给帝拂衣任何接近顾惜玖的机会。

他扫了众人一圈，笑道："今天怎么这么齐啊？什么好日子？"

千玥冉道："这不是听说有人袭击天聚堂嘛，还听说帝兄被人揍了满脸血，所以赶紧来探望探望，替帝兄压压惊。"

龙司夜感到无语："左天师岂是那么容易被揍的？他当时是在演戏，身上带着几个血袋子迷惑人而已。"

花纤言像是松了一口气，嫣然笑道："原来如此，我说呢，帝兄这样的功夫怎么可能被人揍，他揍别人满头血还差不多……"说完这句话她还有些不放心，问龙司夜，"对了，龙兄，你医术了得，可替帝兄诊过脉了？"

龙司夜顿了顿道："这……帝兄压根没受伤，应该无须我诊治……"

花纤言微微皱眉，说道："你没给他诊脉怎么知道没受伤？"

话没说完就被帝拂衣轻飘飘地打断："本座无伤，无须再担心本座。那人野心极大，现在你们担心一下自己吧。"

龙司夜愣了愣，问道："那幕后之人不是死了吗？"

帝拂衣轻笑了一声："他哪有这么容易死？死的只是傀儡而已！如果本座所料不错，那人的魂魄也只是受了重伤，还可以再借他人复活的。他的目标应该是天授弟子，你们这些日子当心些，别被人抢了壳子！还有，偷袭天聚堂之人应该不是首领，他应该也是某个神秘组织的一名头脑人物，但不应该是最大的，现在所谓的蛊大师在天聚堂吃了大亏，也算给了那个组织一个警告，他们一时半会儿应该不会再针对天聚堂，但有可能转移目标，相中你们。"

众人："……"

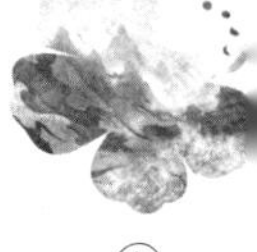

龙司夜皱眉问道："当日陷阱下不是三昧真火炼出来的岩浆吗？三昧真火不是能煅烧一切魑魅魍魉？"

帝拂衣淡淡地道："那火只能对付普通的魑魅魍魉，大恶不行。蛊大师的魂体已经修炼到元婴出窍期，三昧真火毁不掉他。"

花纤言插嘴道："听说这次袭击天聚堂的是一些死偶,足足有上千只……"

"那些东西不仅是死偶，应该还中了蛊，同时具备这两者的特性，所以出招很诡异，让人防不胜防。若不是惜玖说用火攻，提前设好了火之炼狱埋伏，只怕不容易对付。"

花纤言顿了半晌，问道："惜玖？是那位圣尊门人顾惜玖吗？原来她也进天聚堂啦，还能想出这种计策……"

千玥冉也很惊奇："那小丫头古灵精怪的，反应速度超快啊，没想到她还懂这么多。或许我们俩也该去天聚堂见见她，小丫头个头矮矮的，倒是人小鬼大，不知道现在长成啥样了。"

龙司夜："……"

帝拂衣浅浅地勾起嘴角道："刚才不是已经见过了？"

千玥冉睁大了眼睛："见过了？刚才那两个毛丫头里就有她？！"

花纤言的心脏不由自主地加速跳了一下，她是女人，女人天生敏锐。她刚才看到顾惜玖和蓝外狐时虽然惊讶于她们的漂亮，但也没放在心上，却没想到其中一个是传说中和左天师有过婚约的顾惜玖！

她很聪明，把脑海中的顾惜玖的样子和刚才那两名少女一对照，在心里已经确定哪个是顾惜玖了。

她当初看到顾惜玖时，顾惜玖还是个不足一米五的小孩子，额头上又有斑，在花纤言这种大美人眼里，顾惜玖长得很难看。

但她刚才所见的顾惜玖是位极为清秀的大美人！若不是帝拂衣现在说明，只怕花纤言就算和顾惜玖走个对面也认不出对方来。

她忍不住看了看帝拂衣："惜玖姑娘也在紫云班一班？"

据她所知，帝拂衣在天聚堂任教半年所教的就是紫云班一班的学生。

帝拂衣淡淡地道："刚才那三位都是紫云班一班的学生。"

他刚说到这里，就听到隔壁雅间里千翎羽大呼小叫道："咦，那不是晏尘吗？晏尘，晏尘!看这里！看这里！"

然后小狐狸喊道："晏尘哥哥！"

片刻后他们听到晏尘的声音已经在那雅间里响起："你们三个原来在这里！让我好找！"

显然，晏尘听到千翎羽的呼唤，直接从街上穿窗进入那个雅间了。

“啊，你找我们有什么事？来，先坐下，喝几杯！”千翎羽好客，立即拉着晏尘坐下。

晏尘倒不客气，坐下后，他手里还拿着一张设计图，然后展开来给三人看：“惜玖，你不是要住什么龙宫似的屋子？我设计了一下，是这个，你看看合适吗？”

顾惜玖：“……”她当时说那番话是逗他的，没想到他当真了！

晏尘还给她讲解道：“红珊瑚树倒不难弄，但那玩意儿太贵了，弄一棵还勉强，再多就不行了。我知道有一种红杉树，模样和珊瑚差不多，所以你的院子里可以移栽那个。至于碧玉为瓦、玳瑁为床、夜明珠为灯太奢侈了，而且也不实用。这城里有一家烧制的小青瓦就很不错，质地差不多。对了，还有一种白玉床，和玳瑁差不多，但比玳瑁便宜几百倍；夜明珠我倒是有一颗，可以送你，但不够明亮，放屋里能当蜡烛使用……”

顾惜玖顿了顿，问道：“你专程找我就是为了这张图？”

晏尘道：“总得你同意了才能实施，我做了一下预算，这些大概得花一千八百颗灵石外加五千两银子，应该不会超出你的预算，两千灵石差不多够了。”

顾惜玖：“……”这个晏尘看上去冷，其实是个暖男啊，小狐狸有福气！

虽然当时她只是和晏尘开了一个玩笑，但他这么认真地设计出来了，她也不好全盘否定。

她原本无意收拾自己的小窝，但既然别人如此上心，她没道理不收拾，所以她把那张图纸接过来认真瞧了瞧，然后在上面勾勾画画。

她很有设计天赋，原本晏尘给她设计的小窝有点儿像山寨龙宫，但经过她自己一改，却变得精致脱俗了。

晏尘看了片刻后夸赞道：“好！惜玖，没想到你还有这方面的天赋！佩服！”

千翎羽在旁边看得眼热：“我也要！惜玖，我也要你给我设计！”

晏尘一脚把他踢到了别处：“你的狗窝不是已经弄好了吗？金光闪闪的能闪瞎人眼。”

“惜玖看了说不合适啊，说这样会形成什么光害，让我不长个子，所以我要重新设计。惜玖，你给我重新设计好不好？”千翎羽干脆去摇顾惜玖的衣袖。

他看到小狐狸常这么摇顾惜玖的衣袖，然后顾惜玖就会心软，所以他也厚着脸皮有样学样。

晏尘看不得这个，鄙视他道：“你个大男人卖什么萌啊？！”

四个人在屋里闹成一团，很显然，这四个人在一起相处得很和谐。

龙司夜有些坐不住了，忽然觉得他的情敌似乎不只有帝拂衣，屋里的晏尘和千翎羽也很危险。

尤其是千翎羽，这小子这些日子几乎天天和顾惜玖腻在一起。

但千翎羽是她的同学，又是队友，两人天天在一起也无可厚非。

龙司夜忽然觉得，他当顾惜玖的导师并不能近水楼台先得月，还不如做她的同学。

他忍不住看了帝拂衣一眼，这个人平时做事无下限，我行我素，但养气功夫极高。帝拂衣坐在那里喝着茶，神色一直懒懒散散的，看不出什么异样。

龙司夜可不认为帝拂衣对顾惜玖是放手了，对方十有八九是在谋划什么。

帝拂衣一旦出招必是大招!

雅间里那四个小的很闹腾，此刻像是开始划拳了。

顾惜玖对酒场上的这一套东西很熟悉，酒量又好，划拳常常把人划到桌子底下去，所以她和那三个人划拳是赢多输少。

他们都是年轻的孩子，一旦玩起来还是很疯的，连蓝外狐都放开了。

在场的人中小狐狸输得最多，而输了的人要么喝酒要么表演节目，小狐狸喝几杯酒就容易醉，表演节目她又不会，于是只好晏尘替她喝。晏尘的酒量也一般，再加上他自己挨罚的那些酒，十几杯酒下肚之后，他的一张俊脸就红了。

小狐狸有些心疼，不忍心他再代替自己喝酒，就求顾惜玖。顾惜玖原本想替她喝几杯，千翎羽却忽然提议道："惜玖，你唱歌很不错啊，不如你唱一首？"

顾惜玖也有了一点儿醉意，唱歌又是她的强项，所以她没推辞，张口就唱了。

她尽量选了古风的歌曲，免得太现代的让他们起疑。

她的嗓音干净清澈，唱得字正腔圆，春风般和煦，却又隐隐带着春雪初化的料峭。

花纤言看了看自己这桌的其他三人，他们三个都很安静，谁也没说话，帝拂衣的手指轻轻在桌上叩着拍子。

龙司夜目光闪动，干脆抽出一根笛子悠悠地跟上了她的节拍。

隔壁的歌声顿了顿，然后顾惜玖继续唱了下去。

一曲终了，花纤言忍不住问龙司夜："原来龙宗主也好音律，笛子吹得不错啊。顾姑娘唱的这歌听上去很稀奇啊，本座居然从来没听过，而龙宗主居然能这么快跟上她的节拍。"

龙司夜浅浅一笑道："过奖。"他不过是因为和她来自同一个时代，对她所唱的那些歌比较熟而已。

然后他又瞥了帝拂衣一眼，知道帝拂衣的笛子也吹得极好，乐感极强，如果论真实水平，帝拂衣的音乐水平比他要高很多。

但是帝拂衣是这个时代的人，本事再大，也没听过现代的那些歌，所以这时候只能在那里听着，任凭他龙司夜显露这方面的本事。

顾惜玖唱完一曲，屋内的另外三人一起叫好，蓝外狐拼命要求她再唱。

顾惜玖轻笑道："你赢一局我就唱。"

于是小狐狸拼命了！而其他两人为了再听顾惜玖唱歌，纷纷让着小狐狸，于是小狐狸终于赢了一局。

顾惜玖倒是说话算话，果然又唱了一首，这次她唱的是《芳华旧》，碰巧这首歌龙司夜没听过。

于是顾惜玖就变成清唱了，谁知她刚唱两句，便有古琴声叮叮咚咚地响起，眨眼就跟上了她的节奏。

顾惜玖的歌声立即停了。蓝外狐正听得入神，听她一停诧异地看着她。顾惜玖从桌上拿起茶杯喝了一口茶，从容地笑道："嗓子干了，待会儿重唱。"

外面的帝拂衣将手指从古琴上移开，也喝了一口茶水，觉得茶水有些凉、有些苦。

片刻后，隔壁的千翎羽诧异地问道："呀，惜玖，你这是什么乐器？"

"吉他。"顾惜玖说了两个字。这乐器是她用术法外加技术自制的，虽然无法和现代的吉他相媲美，但弹奏的时候也别有一番韵味。

所以她一弹，屋内的三个人都被镇住了。

顾惜玖抱着吉他自弹自唱，吉他声伴着她的歌声，和她唱的歌很合拍。

吉他在这边自然是另类，屋内的三个人对其都很好奇。

屋外的四个人也神色微妙。

花纤言和千玥冉面面相觑，龙司夜目光复杂。他居然没想过为惜玖制作一件乐器，她唱的那首现代歌其实还是和现代乐器配合起来比较有感觉。

当然，他也有点儿得意。他刚才用笛子给顾惜玖伴奏时，顾惜玖的声音虽然顿了顿，但她还是唱了下来。

而帝拂衣用古琴一伴奏，惜玖立即停下，很明显她不想再和帝拂衣扯上关系了。

看来自己那时的做法还是对的，只要时间一长，惜玖还是会慢慢忘记帝拂衣的，会真正接受自己。

其实四位天授弟子已经聊完正事，如果是平时，帝拂衣早就走了，但这次他像在这里扎了根，坐在那里没有要走的意思。

他不提散场的话，其他三人是不好意思提的，于是不知不觉夜就深了。

少年人瞌睡多，再说明天还有课，所以顾惜玖四人出来和四位天授弟子请辞。

龙司夜趁机站了起来："本座送你们。"

顾惜玖还没说什么，千翎羽已经忍不住笑道："龙宗主，不必啦，这一路并不远，我们几个闭着眼睛也能摸回去，还真不必您送。你们有事你们谈……"

千玥冉一看到千翎羽就头疼，所以也劝龙司夜："放心吧，这帮孩子都是精英人才，不会出什么事的。再说孩子们还是喜欢和同龄人玩，咱们几个老家伙就别跟着他们掺和了，让他们年轻人多多相处吧。"

龙司夜满头黑线！

老家伙？他可不觉得自己老！

他正要再开口，千翎羽已经打蛇随棍上："是啊，是啊，我祖爷爷说得对，还是给我们一些自己的相处空间吧。你们几个同辈的一起玩，不必管我们。咱们各玩各的。"

于是，四个小的纷纷告辞。

千玥冉摇头叹息道："唉，年轻真好！咱们和他们一比……唉，老喽！我记得我有一次回千家，这小子才那么大，没想到一转眼就长这么高了！"

对面的三人一个回应他的都没有。

千玥冉依旧感叹道："对了，你们看出来没有，我这玄孙子好像对顾姑娘有点儿意思呢。这小子一向眼高于顶，那么多女孩子追他他都没有动心，我还以为这小子没开情窍，现在看来他还是开了！这小子眼光不错，顾姑娘还是很好的，做我们千家的媳妇也很好，或许我该给翎羽他爹传个信，让他早日去将军府说媒……"

他说着说着，忽然福至心灵，殷切地看向帝拂衣和龙司夜："我说二位，你们现在是两个孩子的导师，能不能在当中给撮合一下？"

花纤言简直对千玥冉的粗神经无语了！

她忍不住给他传声："老千，你傻啊？你没看出来龙宗主对那位顾姑娘情有独钟？"

"啊？"千玥冉不相信地睁大眼睛，看向龙司夜，一句话未经大脑就说出了口，"龙兄，你不是吧？你对顾姑娘有意思？你多大？她多大？你想老牛吃嫩草？"

龙司夜的脸都青了！

帝拂衣已经开始收拾酒具。他不想再和这些人聊下去了，免得拉低自己的智商。

偏偏千玥冉还想找个同盟，于是张口拉上了帝拂衣："帝兄，你说，龙兄这样是不是老牛吃嫩草？我觉得你得劝劝他……"

帝拂衣很冷静地说了一句："以后你这老棺材瓤子少和本座说话！"然后他一转身不见了。

千玥冉："……"

他说错什么了吗？

于是他看向龙司夜："龙兄？"

龙司夜也酷酷地给了他一句："本座也不想和老棺材瓤子说话！"然后他也走了。

"沐云，给本座滚出来！"帝拂衣一回到院中就喊了一句。

沐云立即出现，躬身道："主上，有何吩咐？"

帝拂衣上下打量了他一眼："你坑本座？"

沐云吓了一跳，忙道："属下哪儿敢？！主上有哪里不对吗？"

帝拂衣皱眉道："你给本座出的馊主意，说什么对待女孩要欲擒故纵，本座怎么觉得她离本座越来越远了？！”

沐云是四使中的恋爱专家，想了想，道：“主上，属下觉得就算欲擒故纵也需要下猛药的，主上纵得还是不够……”

帝拂衣挑眉问道：“还不够？还要怎么纵？”

那丫头已经开始逃他的课了！虽然只逃了两节，但也让他心里有些打鼓，那两节课他上得很没劲。

不过沐云追求女孩一向很有手段，据说最难追的冰山女也为他动了凡心，所以帝拂衣还是很相信沐云的法子的。

沐云对圣尊的这个问题还是尽心尽力的，想了想，说道：“主上，您可以……”

他说了自己的主意，帝拂衣皱眉确认道：“这样可以？”

沐云打包票道：“绝对可以！”

顾惜玖在感情上其实一直有点儿被动，而且她也是比较长情的人，前世为了追龙昔计划了六年，这一世好不容易解除误会，那么两个人没道理不在一起。

但现在她真和龙司夜在一起了，两个人偶尔见面吃饭，她又觉得缺少了点儿什么，心里有些空落落的。

所以她最近总是下意识地想躲着龙司夜。他每次来找她，她就感觉有点儿心累，总要打起精神来应付他。

她是不是弄错自己的感情了？

“惜玖，你确认你是真的爱龙司夜？你对他的感情更像是对兄长的喜欢……”帝拂衣的话又在她的耳边响起。

顾惜玖烦躁地用被子蒙住了头。

她躺在床上翻来覆去睡不着，这时窗外传来三声轻叩，两轻一重，正是龙司夜来找她时惯用的敲门方式。

她揉了揉眉心，开门出来，门外果然站着龙司夜。

他身着一身白衣，在夜色中显得飘飘若仙。

“惜玖，要不要和我出去走走？”龙司夜含笑望着她。

顾惜玖抬头瞧了瞧天色：“很晚了……”已经是三更天了。

“你不是一直想看梅月花吗？今夜正是它盛放的日子，过了今晚就要再等三个月了。”

好吧，这花花期极短，三月开一次花，每次就开一天，而且只在晚上盛开，比夜来香还要稀罕。更重要的是，这花不但是一种观赏花，还是一味难得的药材，顾惜玖炼制的很多丹药里都需要加这个。

第四十三章　他的爱情如这梅月花一样只璀璨一时

梅月花在深山的山谷里开放，此处人迹罕至，真难为龙司夜居然能找到这里，还能算准它的花期。

天空的一弯眉月下，是一片如星星般摇曳的花海。

梅月花的模样有些奇特，形状似梅花，颜色是淡紫色的，花托却似金黄的弯月，猛一眼瞧上去像一弯月亮上托着一朵梅花。

这里梅月花不少，摇曳生姿地开了一大片，苍穹中繁星点点，地上的花如流动的彩色溪流，一眼瞧过去如同铺了一地的花毯，美得惊心动魄。

“惜玖，喜欢这里吗？”龙司夜微笑着询问道。

“喜欢！”顾惜玖拿出药篓，准备开始采花。

“莫急，待会儿再采也不迟。”龙司夜阻止了她，“这花还要开三个时辰的，让它多盛放一会儿。我们现在赏花。”

顾惜玖忍不住笑了：“什么时候龙教官也这么怜香惜玉了？”

她可记得当年龙昔带着她采药，无论多么漂亮的花他都会随手摘下来。她那时阻止他，他还嫌她心肠不够硬，把她训了一顿，给她上了一堂杀手政治课。

她有些困，其实很想采了花就回去睡觉，而且明天一早还有帝拂衣的课。

她已经逃了两节，如果再逃，估计就有同学说闲话了。

她不由自主地打了个哈欠。

“困了？”龙司夜问她。

“是啊，是啊。”顾惜玖点头，正要趁机说“咱们赶紧采了花回去吧”，却发现龙司夜居然一抬手弄出了一座透明的帐篷。帐篷里铺着厚厚的毛毯，他拉着她入内：“来，你可以在这里睡一下。”说话的工夫他还给她泡了一壶花茶，准备了几盘精致的糕点当消夜。

顾惜玖心中一动，龙司夜此刻为她准备的是冰莲花茶，十分香醇，是她喜欢的。

这冰莲花并不好采，一朵就值百两黄金，而龙司夜为她泡的这一壶茶里足足有二十朵冰莲花，而且每一朵都是上品。

这一壶茶很贵，顾惜玖顿时感觉心里有些暖。

龙司夜对她是真好，让她心里都有了负担。

她叹了口气道：“龙教官，我觉得你对我太好了，其实你没必要对我这么好……”

龙司夜为她斟好一杯茶，又给她递过去一块糕点：“我觉得我无论对你多好都不嫌多，你值得我如此对你。”

他越这么说顾惜玖心里越不安，心一横干脆点明了：“龙宗主，我当日只是说和你试一试，可没说一定答应你，你这样我……”

“你不必有心理负担，你接不接受是你的事，我对你好不好是我的事……”龙司夜目光真挚地说道。

顾惜玖：“……”她干脆趴在长毛毯子上，不再说话。

龙司夜跟着她趴在毯子上，和她并肩看外面的花海，忽然低声说了一句：“惜玖，对不起。”

顾惜玖有些纳闷：“啊？”

龙司夜叹道：“我不该没和你商量就在那天公布你们是在演戏的事，是我的错，对不起。”

顾惜玖摇了摇头：“没关系。”

她不知道为何心中一沉。她最近对龙司夜冷淡真是在责怪他的自作主张吗？似乎不是。

她也知道龙司夜那天所做的事并没有错，那时确实是解开这些误会的最佳时机。

那自己最近冷落他到底是为什么？

而且她还是潜意识中冷落他，生像是强扯了个理由对他冷淡。

她心中忽然生出愧疚之意，所以她又摇了摇头道：“没关系的，我没怪你，你别多想。”

龙司夜眼睛一亮：“惜玖，你真的不怪我？”

顾惜玖再次摇头：“不怪。”

龙司夜松了一口气，稍稍靠近她道："惜玖，我很开心，真的很开心。"

他身上是淡淡的药香，大概是他常常倒腾不一样的药草的关系，身上的气息也时常改变，就算是药香也有好几种，但都不难闻。

此刻他身上的药香是冷香丸的味道，萦绕在顾惜玖的鼻端，顾惜玖嗅着他身上的味道忽然问了一句："对了，龙教官，你在这个世界上生活得比我久，也练过招魂术，你说灵魂也有味道吗？"

龙司夜愣了愣，回道："这个……绝大多数灵魂是无色透明气体状的，没有任何味道啊……"他给她普及了一些人体学中关于气味的知识。

顾惜玖垂下眼睛，这些知识其实她早就研究过，但……

"那龙教官有没有碰到过这样一个人，他身上的味道是常年不变的，就是有时浓有时淡，但都保持一致，甚至他附身在其他人身上时也是一样的味道？"

龙司夜挑眉道："不可能吧？！如果说他身上的味道常年不变那还情有可原，有可能他只喜欢一种熏香，但如果他附身在其他人身上，应该就是那个人的体香，除非他依旧用同样的熏香。你说的那人是谁？"

顾惜玖并不想泄露帝拂衣的秘密，所以摇了摇头："我只是说假如，假设而已。"

龙司夜松了一口气，忍不住笑了，抬手摸了摸她的头发："宝贝，你这假设不成立。就拿你来说吧，你前世的体香不是现在的味道，那是因为你换了身体，这具身体只是你附身的，而不是你的。我敢打赌，你身上的体香还不如我天问山冰室里那具生化体更像曾经的你。"

龙司夜很少对她有亲密性动作，所以他这时候忽然揉她的头发，让她忍不住竖起了汗毛，再听到他这一声"宝贝"，她感觉浑身发冷！

她往边上挪了挪："不要叫我宝贝，感觉你像被大情圣附体了。"

龙司夜忍不住笑道："笨蛋，恋人之间不是应该这样子吗？"

顾惜玖心中咯噔了一下，她咳了一声，说道："龙教官，我还没答应你，我们……也不算恋人。"

龙司夜眸色微微一黯，但随即他就柔声道："没关系，我可以等。惜玖，你能给我这个机会我已经很开心了。我们还没以情人的方式相处过，你不习惯也正常，你会慢慢习惯的。"

慢慢习惯？她真会慢慢习惯吗？

顾惜玖自己也不确定，甚至不抱希望。

龙司夜望着她的目光太亮太温柔，让她感动之余又有些头皮发麻，于是她绕开了话题："那生化人你还留着啊？没想到你在这个时代也能弄出这个东西。"

龙司夜顿了一下道："生化冰尸还在冰棺中，我倒是没想着给你用，而是我这些日子一直在外忙碌，还没来得及回去将其毁掉。你如果实在不喜欢它，等你跟我回去后，我们一起把它毁掉就是。”

顾惜玖摇了摇头。

算了，其实她对那冰尸也不在意，只要他不再设法把她弄到那具生化体里去就行，她对生化人已经有心理阴影了。

她忽然又想起了什么：“对了，你说你也是生化的，是你……你父亲的生化体，那你的容貌应该和他一模一样吧？”

龙司夜皱眉，他讨厌那个人！

“他不是我父亲！他是个变态、科学疯子！他的容貌和我那时应该一模一样，但他大概怕被我看出来，所以那时常年留着胡子，一脸的大络腮胡子将他的五官遮挡得很严实，所以我当时并没有看出来。”

顾惜玖心中一动。

络腮胡子？貌似她在苗疆认识的蛊大师也留着络腮胡子，两者有什么联系吗？是巧合，还是二人是同一人？

当最后这个念头冒出来的时候，她自己也吓了一跳！

不可能吧？！

她开始极力思索龙昔当年如果有络腮胡子会是什么模样，但想了半晌，发现想象不出来。

毕竟前世的龙昔干净俊秀，斯文儒雅，和那种不修边幅的络腮胡子形象丝毫不搭。

她又回想了一下那位蛊大师的体形和身高，心中骤然一动！

貌似那位蛊大师的身高真的和龙司夜是一样的，但体形似乎有些不同，蛊大师比龙昔胖一些。

但人的胖瘦和当时的生活习惯有关，就算是同一个人也不可能常年保持一种体形不变，毕竟还有年轻和年老的区别。

人到中年容易发福，蛊大师是不是那个科学疯子呢？

于是她又问龙司夜当年她去苗疆学蛊术时那科学疯子的动向。

龙司夜的记忆力还是很好的，他告诉顾惜玖，那年科学疯子生了一场大病，一直在某个秘密地方疗养，没见任何人，包括龙昔这个名义上的儿子。

顾惜玖擅长推理，所以在脑中推了一下，发现科学疯子就是那位蛊大师的可能性非常大！

难道科学疯子不但研究了生化术，还研究了蛊术？！他还混成大师级别了！

这人这么做是因为好奇心，还是另有所图？

她又想起了云清罗那具酷似帝拂衣的紫衣傀儡。紫衣傀儡和云清罗七夕同游时，连大蚌也没有辨别出来，难道紫衣傀儡本来就不是人造的傀儡，而是帝拂衣的生化体？！

她越想越觉得有这个可能，心头有些发寒，转头问龙司夜："你说那紫衣傀儡是不是左天师的生化体？"

龙司夜不知道她的思维怎么就发散到了这里，愣了愣，摇头道："应该不是吧？我隐隐听到云清罗说那个傀儡是没有正常五官的，一张脸上只有眼睛和嘴巴，戴上面具才像……一般生化人是完全像本体的，不会没有五官，除非是生化人一造出来立即毁掉他的五官。不过这种可能性不大，你看云清罗的反应，他曾经就是傀儡而已……"

"那有没有可能他是傀儡和生化体的混合体？另外一种我们不知道的形态？"

龙司夜顿住了，脸色变得有些发白。他对生化术有极深的研究，但对傀儡术没有研究，甚至不懂蛊术，但顾惜玖所说的这种情况也不是不可能的。

他也是极聪明的人，把所经历的事情结合在一起，在心里推断了一下，心头也开始发寒。

龙司夜比顾惜玖知道的事还要多，知道科学疯子之所以研究生化术是想长生不老，造出一个和自己完全一样但又无比年轻的生化体，然后附体重生，这样他就可以灵魂永远不灭，只需要时常换体而已。

当然，这只是科学疯子的幻想，直到龙昔死之前，还没听说科学疯子成功了。

莫非蛊大师就是科学疯子？！

他道："惜玖，你还记得那蛊大师的模样吧？你画下来我看看！"

于是顾惜玖就将其画下来了。

顾惜玖画完拿给龙司夜一看，龙司夜也有点儿不敢确定。

顾惜玖画出来的蛊大师和他印象中的科学疯子不太一样，毕竟穿着打扮和体形都不一样！

不过两者确实有相似的地方，譬如络腮胡子的分布、眼睛的形状都很像。

但下巴不太像，蛊大师的下巴尖尖的，而科学疯子的下巴有些方……

二人讨论过后，顾惜玖得出一个大胆的假设："我觉得蛊大师应该就是科学疯子！你别忘了，现代整容术那么发达，就算是方下巴也能磨尖的……"

龙司夜觉得身上有些发冷："难道疯子也穿越过来了？！而且他还研究了附体术？"

顾惜玖点头道："十有八九是这样。"

龙司夜的眉头皱得更紧："似乎不太对，据帝拂衣说，那人已修炼至元婴出窍期，要知道修炼到这个级别最少要一百五十年的功力，那他就比我还大，而我确定的是，我死时那疯子还活得好好的！"

顾惜玖叹气道："你也说过，就算同死也未必投胎到同一时代，那人就算比咱们晚死，也有可能投胎到你前面……"

龙司夜不说话了。

顾惜玖也在思索，慢慢推断。

不知不觉两个时辰就过去了。

天空更暗，夜更黑，两个人并排趴在那里，不知道何时龙司夜靠近了她，握住了她的手："惜玖，那个幕后之人可能没死，十有八九还会卷土重来，以后我们更要注意。我希望你能和我并肩战斗……"

他的手掌是温热的，顾惜玖的手却微微一僵，她将手抽了回来，道："放心，我也不希望那变态活着，我们肯定要联合，不仅如此，还要联合其他人……"

龙司夜目光闪闪地看着她："我不关心其他人，只想知道你的想法，你只要和我一个阵营我就开心了。"

顾惜玖被他看得压力很大。她和他讨论正事的时候她很自在，但只要他把话题引到情爱方面她就浑身不自在了。

她不愿意让他难堪，所以也笑了笑道："我也很开心。"

夜色浓，月色深。

龙司夜看着身边趴着的顾惜玖，心头蓦然一热，手臂圈住了她的腰："惜玖……"他的唇落在了她的脸上。

顾惜玖顿时浑身一僵！

她下意识地一偏头，避开了他的唇，挺身就要跳起来："我觉得该去采花了！"

龙司夜今夜却似决定了什么，手臂一紧，她没跳起来，反而被他搂得更紧！

"惜玖，我想吻你，我们试试好不好？"他的气息变得火热，一句话未说完他的唇便压了下来！

顾惜玖原本下意识地想将他推开，但他的最后一句话让她心中一动！

帝拂衣强吻她的时候曾经问她，是否也喜欢龙司夜这么对她，她当时想象不出这样的场景，因为她从来没和龙司夜亲吻过。

或许，龙司夜吻她的时候她也能找到那种神魂动荡的感觉呢？

或许，只是她和龙司夜从来没有进行到这一步，如果进行到这一步她说不定也会有相同的感觉。

不试试怎么知道？！

她稍一愣神的工夫，龙司夜的唇已经碰触到了她的唇。

她清晰地嗅到了他唇齿间的药香，清晰地感受到了他的唇的热度。他的唇比她的唇要热很多，也比她的唇硬了一点儿。

毕竟男人的唇再柔软也比不上女子的。

她身子发僵，强压着想逃走的欲望，感受着他的吻。

他火热的气息喷在她的脸上让她觉得有些不舒服。

不对！没有心跳加速的感觉，没有眩晕的感觉，她甚至能感受到他的嘴唇有些干，有些磨人。

唇和唇的摩擦只有几秒，顾惜玖却再也忍不住，骤然抬头，猛然将龙司夜一推，然后一个瞬移，她已经在帐篷外了！

“惜玖……”龙司夜心中一沉，追了出来。

顾惜玖心乱如麻：“龙宗主，对不住！”她转身又瞬移了，连花也不采了。

龙司夜呆住了，站在原地。风吹得周围的花唰唰作响，天已经亮了，而这些漂亮得不可思议的花即将凋谢。

是否他的爱情也如这梅月花一样只璀璨一时？

他手指冰凉，整个人像一脚踩进了深渊里，扑上心头的是让他恐惧的绝望。

顾惜玖回到自己的小窝时天已经快亮了，极远处的天空中有晨曦慢慢地染上来，露出一丝亮光。

她心跳如擂鼓，手脚却是冰凉的，原本想躺下睡一会儿的，但胸臆间似有潮汐在翻滚，让她无法安枕。

她干脆坐起来，用冷水洗了一把脸，顺便让发热的脑子清醒一下，然后坐在床上双臂抱着膝盖开始思索问题。

她先把脑海中如同乱麻的思绪理了理，然后绝望地发现，她对帝拂衣和对龙司夜的感觉真的不一样！

和帝拂衣在一起她容易使小性子，容易计较，容易脆弱，容易敏感，还容易开心！她见到他会心跳加速，他吻她时她的心很慌，热血向上直冲，大脑容易一片空白。

而和龙司夜在一起时她就很理智，喜欢分析和他在一起的优势，在龙司夜面前她貌似从来没撒过娇，更多的时候是把他当成可以信赖、可以倚靠、可以并肩战斗的同伴。

龙司夜吻她的时候，她居然还有心感应人家的唇的热度、软硬，甚至没有心跳加速的感觉！

难道自己真的喜欢上帝拂衣了？

这个念头一冒出来，她的心就像是溺水似的一窒！

她的眼前闪过帝拂衣的影子，当然，也闪过他最近几天的态度，他对她貌似已经放下了。

她颓然地倒在床上滚了滚，发现心中还是乱麻似的。

她在床上纠结了一会儿，跳起来又用冷水拍了拍脸，再看看外面，天空已经露出了一点儿鱼肚白，天已亮了！

她在镜子前揉了揉自己因为熬了一夜而生出来的黑眼圈，看了看镜子中那稚嫩的小脸，忽然又哑然失笑。

顾惜玖，你现在才多大？就开始纠结男女之情了！

你现在的任务是学习，是变强，而不是在这里纠结感情，这都不像你了！

她静了静心，打坐片刻，让自己的气色看上去好一些，然后重新洗漱，因为要遮挡黑眼圈，她施了些脂粉。

她原本就是化妆高手，待化妆完毕，揽镜一照，又是精神抖擞的美少女，比平时还要青春靓丽。

她收拾完毕，走出门来却发现龙司夜站在门外，她足下一顿！

经过那个吻，她再见他便有些退缩。

“惜玖，起了？走，我们一起去吃饭。”龙司夜绝口不提昨夜的事，含笑上前道。

顾惜玖是比较干脆的人，没认清对龙司夜的感情便罢，一旦认清她就分外愧疚。她知道她对不起他，但既然确定对他的感情并非自己想象的那样，便不想再让他深陷，一直牵扯不清对谁都不好，所以她吸了一口气，说道：“龙宗主，我回来后考虑了一下，我觉得……”

她没说完就被龙司夜打断：“惜玖，你什么都不用说，我都明白。是我太激进了，你别放在心上。我们依旧像先前那样做朋友吧？”

做朋友？

顾惜玖心中一暖！他真是善解人意！她心中更为愧疚，但也松了一口气。

她不想失去龙司夜这个朋友，很想和他做并肩战斗的伙伴。

她心里感动，用力点头道：“好！我们依旧是朋友！龙教官，谢谢你！”

谢谢你的包容，谢谢你为我付出的一切，我就算不回报你爱情，但可以为你赴汤蹈火。

龙司夜拍了拍她的肩膀，轻笑道：“和我客气什么？其实你现在还小，不必考虑那些感情的事，你现在要做的是用心学习，用心练功，别丢了圣尊门人的面子……”

“当然！”顾惜玖感觉心上像是卸下一个大包袱，扬眉笑道，“我会是最棒的！”

龙司夜柔声道：“你一直是最棒的，我很久很久以前就知道了。好啦，我们去吃饭！”

顾惜玖还有些纳闷：“对了，你们做导师的饭菜不是都由童子送到院子去吗？怎么还要去吃食堂？”

龙司夜轻笑道："我想让你请客！"

"啊？"

龙司夜一伸手掌，掌心的几朵梅月花幽香淡淡："我给你把花采来了，足足八十多朵，够你入药的了，难道你不应该请我吃饭？"

顾惜玖眼睛一亮："好！请你！"

天聚堂的早餐还是很丰盛的。

顾惜玖点了一大桌子东西，都是龙司夜爱吃的。

龙司夜扫了一眼桌上的饭，很欣慰："惜玖，还是你知道我的口味。"

顾惜玖忍不住笑道："这还用说？毕竟数年的交情……"

话音刚落，大厅里忽然静了静，有人低呼："左天师来了！"

"今天这是怎么了？不但龙宗主来吃食堂，居然连左天师也来了！"

说话的工夫，大厅里的学生们呼啦啦地跪了一地，和刚才迎接龙司夜来时几乎一样。

顾惜玖心中咯噔一下，她转头也向大厅门口瞧过去，果然看到帝拂衣走了进来，跟在他身边的是沐云使。

顾惜玖有些头疼，怪不得大人物们不愿意来食堂，来了就兴师动众，还让人跪来跪去的。

帝拂衣的目光在大厅里扫了一圈，在顾惜玖这桌顿了顿，他含笑和龙司夜打招呼道："龙宗主也在啊。"

龙司夜也很头疼，感觉帝拂衣简直就是阴魂不散！

所以他皮笑肉不笑地道："没想到左天师大人也来此与学生同甘共苦。"

帝拂衣浅浅一勾嘴角道："你没想到的事还有很多……"

顾惜玖看到帝拂衣进来时，心脏紧缩了一下，不过她做人一向淡定，所以还是淡定地依礼跟他打了声招呼。

但帝拂衣只是向她微微点了一下头，并没有多看她一眼，和对待普通学生没有任何不同。

于是顾惜玖识趣地坐下了，任凭他和龙司夜在那里寒暄，她不再关注。

"左天师大人，这里，这里。"不远处乐紫荇站起身跟帝拂衣打招呼。

帝拂衣脚步一转，去了乐紫荇那一桌。

乐紫荇显然是早有准备的，点了一大桌子菜。

"左天师大人，这些菜看您可满意？"乐紫荇一副求夸赞的表情。

"不错！都是本座爱吃的，倒难为你了，一块儿坐下吃吧。"帝拂衣拿出了自己专用的象牙筷子，开始和乐紫荇一起用餐。

顾惜玖也在自己桌前坐了下来，对着满桌的菜肴忽然觉得有些胃口不佳。

龙司夜倒是吃得很开心，不时夸奖顾惜玖的细心周到，所要的饭菜都合他的口味。

顾惜玖应着，龙司夜冷不丁地问了一句："对了，惜玖，你为何没点菠萝肉？我记得你爱吃那个。"

顾惜玖摇头道："你不是对菠萝过敏？饭桌上有这个味道身上也会起红疹……"

龙司夜微笑起来："我现在对这个已经不过敏了，你尽管点无妨。"

"好！"顾惜玖转身就要去点餐。

龙司夜起身道："我来吧，总让你跑腿也不像话啊。"他去窗口点餐，片刻后，端回两个盘子，一盘松鼠鳜鱼，一盘菠萝肉。

这两样菜都是顾惜玖爱吃的，原本这里的食堂并没有这两个菜，做法还是顾惜玖传授给这里的大师傅的。

两盘菜热气腾腾地放在顾惜玖面前，终于勾起了顾惜玖的食欲，不过她还是有些顾虑："我记得你不喜欢糖醋的东西……"

这些菜式她私下很爱吃，但前世在龙昔面前是绝对不吃的，因为龙昔这人嘴比较刁，讨厌的东西也很多。

龙司夜笑了，挑了挑眉："那我还讨厌什么？你可记得？"

顾惜玖对这个简直如数家珍："怎么不记得？你不吃蒜，不吃芫荽，不吃芹菜，不吃蒜薹，茄子只喜欢吃酱爆的……"她说出来一大堆。

龙司夜望着她，目光微深，轻叹道："原来我讨厌的东西这么多呀，我自己都不知道我曾经这样，难得你记得这么清楚。"

顾惜玖笑了笑，没说话。

她记得这些很正常啊，毕竟她前世常常和他一起吃饭。出于自己的追人大计，她把他的口味研究得很透彻。

龙司夜其实有点儿愧疚，前世的她一直照顾他的口味，将她自己的爱好隐藏得很好，所以他就没太注意她的饮食习惯，仅记住几样她喜欢吃的东西。

目光微微闪动，他知道自己不能逼她太紧，要不然她只会跑掉，两个人连朋友也做不成，那样他就一点儿希望都没有了！

所以他只能以退为进，先主动退回到朋友的位置上，不给她造成任何心理压力，以朋友的身份守护在她身边。

她早晚是他的！

顾惜玖有点儿心不在焉。她耳朵灵敏，时时刻刻能听到帝拂衣那桌的动静。

顾惜玖听到乐紫荇殷勤地为帝拂衣介绍菜色，听到乐紫荇向他请教课程中的问题，也听到了他的回答。

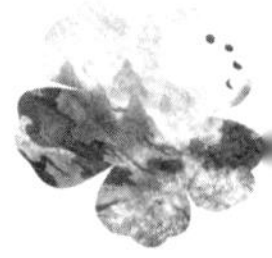

他这人其实脾气不太好，平时懒得给学生讲解。有时候课下学生问他问题，他基本会回一句“自己去体会”，然后就直接走了。

但他对乐紫苻显然另眼相看，她问的内容，他几乎知无不言，言无不尽。

顾惜玖用筷子拨着盘中的菜，勾唇浅笑。

她觉得有些好笑，她和帝拂衣似乎总踩不对节拍。

就算她有感觉又如何？她和他可能注定无缘。

算了，她现在还小呢！

她现在应该注重的是自己的课业，提高自己，而不是纠结这些卿卿我我的事。

今天的第一节课就是帝拂衣上的御风术。

顾惜玖这次没有逃课，无论她对帝拂衣是怎样的感情，她都不想拿自己的课业开玩笑。

帝拂衣所开设的御风术其实还是蛮适合她的，毕竟她修习的是风灵力，平时打架也是以速度快取胜，而这御风术对提升速度有很大帮助。

她落下的课所讲的内容挺重要的，她虽然看了蓝外狐给她抄的笔记，但总不如课堂上听得明白。

毕竟小狐狸并不擅长记笔记，所记的内容有很多地方让顾惜玖看得云山雾罩的。

她今天来上课，准备再和其他同学交流交流，查缺补漏，把之前落下的内容补上。

她的计划很好，但计划没有变化快，这节居然是实践课！实践的内容还是她之前没上课落下的。

一道大约五十丈高的悬崖上是一块光滑的平地，平地上摆着一张长案，桌子上摆着一排大小不一的果子，这些果子不多不少正好二十八颗。

而紫云班一班正好二十八个学生。

帝拂衣坐在长案后，扫了一眼站在跟前的学生，慢条斯理地道：“这是朱仙果，它的功效本座不用说你们也明白。今天检验一下你们对御风术的掌握程度，待会儿你们都给本座跳下去，然后再用御风术跳上来。这些朱仙果大小不一，功效自然也不一样，先上来的学生可以随便挑，先到的自然挑最大的，最后上来的自然就只剩最小的了。如果有人一直无法用御风术上来，那么这果子就没他的份，可以将他的果子奖励给最先上来的人。大家听明白没有？”

“明白！”学生双眸放光，齐齐回答，声音铿锵有力。

朱仙果是一种很罕见的奇果，对灵力的提升有很大帮助，一颗普通的朱仙果可值百颗灵石，而上品朱仙果的价值最少是五百灵石！

对这些学生来说，这是很重的奖赏了！

左天师大人不愧是这大陆最富有的人，出手如此大方。

于是几乎所有的学生眼睛都亮了，人人摩拳擦掌，奋勇争先。

顾惜玖的一颗心却沉了下去！

这御风术实践的话对灵力的要求很严苛，必须达到灵力六阶半，而她现在才六阶二。

顾惜玖学这个原本就有些吃力，打算先提前学些窍门，等灵力修炼到六阶半再实践也不迟，却没想到要提前实践。

紫云班一班的学生都是精英，除了顾惜玖，其他人的灵力都到了六阶半以上，有的更是到达了八阶。

这御风术的使用对其他学生来说或许不太难，但对顾惜玖来说那简直是难于登天！

上节课她还没上，所以她对这次的实践真是一点儿把握都没有。

这次只怕要糟！

“对了，这次检验的就是你们的御风术，而不是其他的，所以其他术法一概不许使用！违规者将受到本座的处罚！”帝拂衣又加了一句，视线似有意又似无意地瞥了顾惜玖一眼。

众人又齐齐答应。

顾惜玖垂下眼眸。

他这是针对她？他其实也不想再看到她了吧，所以想变相地把她赶走？

顾惜玖轻吸了一口气。其实她对果子并不感兴趣，但如果在比赛中是最后一名，或者干脆上不来，那她就丢人了！

左天师大人目光如炬，没有人敢在他面前搞鬼。

用御风术飞下去时她倒是不比别人慢多少，毕竟下行容易，就是她跳下去时在空中运用御风术的姿势难看了些。

但上行时，她遭遇到了麻烦！

学生们理论基础学得再好，但这些复杂高端的术法一旦付诸实践还是很难的。

开始时，几乎所有的同学在运用御风术时都飞得歪歪斜斜的，像要断线的风筝，在空中乱晃。

但大家在一次次的失败中掌握了御风术，一个又一个地飞了上去。

身边的同学越来越少，顾惜玖却依旧飞不高，她的基础知识掌握得不牢，再加上灵力低，最多飞十多丈就掉下去了。

半个时辰后，身边的同学都上去了，宽阔的悬崖下只剩下了顾惜玖。

悬崖上，所有的同学都得到了果子，千翎羽是第一个飞上来的，所以他抢到了一个最大的，他并没有吃，而是将其放在了储物袋里。

他上来后就一直焦急地向下看着，看着下面的同学一个个上来，看着顾惜玖一次次跌落。

当看到悬崖下只剩顾惜玖一个人时，他整个人都不好了！

他了解顾惜玖要强的性子，无论做什么事她都要做到最好，虽然她的灵力最低，但她凭借一次次的对战打了一场场翻身仗。

就算是在高手如云的紫云一班，她也获得了大多数同学的尊重，甚至有不少同学崇拜她。

班里的导师也都很喜欢她，因为她是学习最刻苦的学生，她永远知道自己想要什么。虽然她的灵力是最低的，但她的成绩很好！

她那么要强，怎么甘心落于人后？

这对她是多么大的打击，千翎羽几乎不敢想！

他忍不住向她传音："惜玖，用你的瞬移术加轻功术上来！应该不会被看出什么来的。你先上来！"

蓝外狐也在悬崖边急得团团转，看到顾惜玖落后，简直比她自己落后还难受！她忍不住看向帝拂衣。

帝拂衣脸上戴着银质面具，让人无法看清他的表情。他坐在那里不动如山，面前本来泡了茶，他喝得自得其乐，但现在那茶他已经很久没再动了。

她忍不住开口道："左天师大人，惜玖的悟性很高的，但她的灵力确实达不到要求，外狐觉得不应该苛求她……"

帝拂衣并没有看她，也不知道听没听见，只瞧着面前香炉中的一支香。他事先已经说明一旦香燃尽，如果有人还没能上来，那这节课就算不合格，要接受他的惩罚。

他并没有说惩罚是什么，但大家觉得这惩罚肯定轻松不了，说不定会被关到禁地去受苦。

据说他惩罚其他天授弟子的时候，一旦说做不到要惩罚，其他天授弟子都极为郁闷，因为他的惩罚花样百出。

至于对其他非天授弟子，他一旦说出"惩罚"两个字，那也是非常恐怖的。

那这次他的惩罚会是什么？

蓝外狐非常气愤！

她毕竟比别人多看到一些东西，譬如看到"左天师"给"顾惜玖"穿裤子，看到"顾惜玖"将"左天师"按在地上。

虽然后来说明那不过是一场戏，但小狐狸还是很敏感的，总感觉两个人当时并非演戏。

就算一开始是演戏，但谁能保证两个人演到最后是不是假戏真做了呢？

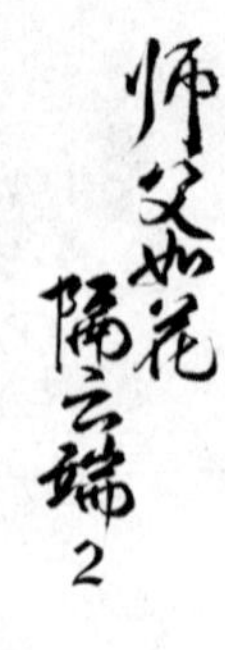

更何况那日这位左天师曾经亲口说“本座从未演戏”，所以他十有八九真的动了心！

而惜玖最近和龙司夜走得近，惜玖也曾亲口和蓝外狐说她喜欢的是龙司夜，所以说帝拂衣或许是因爱生恨报复惜玖！他不但平时冷落她，现在还设法让她在这里丢人！

一定是这样的！他真卑鄙！

活该他得不到惜玖的心！

从这点来看，他和龙宗主差远了，最起码龙宗主一直很尊重惜玖，从来不让惜玖难堪。

小狐狸很气愤，忍不住给千翎羽传声，表达自己的不满。千翎羽也和她同仇敌忾，传声给她：“你说得对！这个左天师确实配不上我们惜玖，不过龙司夜也配不上她。你别忘了，龙司夜的年龄比我祖爷爷还大！找喜欢的人嘛，还是找和自己年龄相当的才合适。”

长案后的帝拂衣握着一杯茶，指尖有些发白。

虽然他没有向下看，但能感觉到她在下面一次次地努力，又一次次地跌落。

虽然她一次比一次飞得高，但终究达不到悬崖的高度。

至于其他同学，也站在悬崖边上纷纷向下看去。

顾惜玖最近风头强，未免树大招风，而她进这紫云班一班的时间太短，很多人对她还是有所戒备的，也有不少人想看她的笑话。

现在难得看到她有这么丢人的时候，所以有些人看得很爽。

众人也觉得帝拂衣是在为难顾惜玖，看到她一次次地跌落的时候，有人发出嘘声，也有人发出嘲笑声……

无论嘘声还是嘲笑声都能传到崖下，仿佛在笑顾惜玖不自量力，仿佛在说丑小鸭终于现原形了……

有人看着坐在案后的帝拂衣猜测，左天师大人这是想要打压顾惜玖的“嚣张”气焰吧？毕竟她这阵子风头太盛了，理应被折腾。

顾惜玖这辈子还没这么落后过！

她也没这么丢人过。

当看到周围的同学一个个上去，她感觉心里如同藏了一盆沸水，一时无法凝神聚气。

无论修炼哪种术法，最需要的就是沉着冷静，但她偏偏一时无法淡定。尤其是一次次失败后，更让她的心情雪上加霜。

她知道她上不去，却不想认输。她无论做什么事都会拼命，尽自己最大的努力去做，如果还不能成功，最起码她不会后悔。

当周围的同学都已经上去后，她曾经如被火烫的心反而冷静下来。

她知道帝拂衣在计时，也知道快到时间了。

无所谓了，她最多挨他一顿惩罚而已，又能如何？他总不能要了她的命吧？她最多脱一层皮。

冷静下来后，她开始迅速分析一次次失败的原因，然后总结经验教训继续试。

别人只看到她一次次飞起又落下，看到她的失败。但她知道自己还是有进步的，最起码一次比一次飞得高！

她自然也听到了千翎羽的传音，但她并不想按照他说的去做。

在学习中她一向稳扎稳打，不会偷奸耍滑，因为学到的东西是自己的。

再说她就算用瞬移飞上去，帝拂衣目光如炬，说不定就等着揪她的小辫子。她用瞬移术上去如果被帝拂衣当场揭穿，更丢人！

她正试着，耳中忽然传来帝拂衣淡淡的声音，仿佛带着居高临下的味道："本座不想罚你，用瞬移加御风术上来吧！"

顾惜玖没理他。谁知道他又打什么鬼主意？这个人的心思太难猜了，她现在拒绝再猜。她也听不惯他宛如施恩的语气！

"顾惜玖，别逞强，先上来再说！"他又传音下来。

顾惜玖依旧当作没听见。她也上来拼劲了，要凭借自己的真实本领说话。

赢她就赢得光明正大，输也要输得正大光明！

她的心一静下来，全身的功力倒迅速运转起来。当她再次使用御风术的时候，居然直接飞到了悬崖边，仅差十几厘米就飞上去了！

但就是这十几厘米，让她和悬崖顶失之交臂，身子再次向下坠去。

众人发出惊呼，顾惜玖闭上了眼睛。她刚才上来的刹那看到了那支香，已经燃到了尽头。

所以她没有再试的机会了，她还是失败了。

她正要认命地跌下去，一股风忽然在她身下猛然托了她一把。

她终于稳稳地站在了悬崖上。

在她的双脚踏上土地的那一刻，香也正好闪了闪，灭了。

"惜玖！你太棒了！"蓝外狐直接蹦过来，围着顾惜玖转圈。

"惜玖，不错！不错！你的灵力只有六阶居然也能飞上来，太了不起了！"千翎羽眉飞色舞地说道。

很多同学也围了上来，向她道喜。

当然，也有人没看成笑话，有些不甘心，在旁边要么不说话，要么阴阳怪气地说两句。

那些阴阳怪气地说话的人主要也是因为看到帝拂衣对顾惜玖的态度有些微妙，很像在整她，所以他们也就无所顾忌了。

“原来倒数第一上来也值得恭喜呀。”

“她不是一直很厉害吗？这次露怯了吧？其实也不过如此。”

“她好像不是一口气上来的啊，这样也算？”

“当然算啊！她就算稍稍停顿了一下那也是飞上来了啊！这种功夫比一口气飞上来更厉害！你不懂别乱说话！”一向胆小的蓝外狐难得跟人争辩起来。

那人不想和小狐狸一般见识，所以看向了帝拂衣。

因为最终的决定权在帝拂衣手里，怎么着都是他说了算。

帝拂衣将目光落在了顾惜玖身上。

她这次是真拼了，全身几乎被汗湿透了，站在那里身子挺得直直的，微抿着小嘴看着他，目光明亮淡定。

她最近这些日子一直避免和他目光碰撞，似乎刻意躲着他，而这次她终于和他对视了，他却看不出她的喜怒。

他轻吸了一口气，站起来淡淡地道：“你总算赶在香熄灭的那一刻上来了，勉强算是及格。”

他这句话出口，小狐狸先欢呼起来：“惜玖，惜玖，你通过啦！恭喜！”

她又示威似的看了一眼刚才说怪话的那个人：“我就说算的吧！有些人心思阴暗就见不得别人好……”

那人脸红，没话说了。

帝拂衣再看了看顾惜玖那苍白的小脸、汗湿的乱发，终于站起身来，一挥衣袖，长案上的最后一颗果子终于飞向了顾惜玖：“这是赏你的。”

那果子自然是最小的，颜色也不那么鲜艳，但毕竟是奇珍异果，还是很值得拥有的。

那果子飞到了顾惜玖跟前，顾惜玖微垂下眼睛没有接。果子啪的一声摔在了青石上，直接裂了。

空气中霎时充满了果子的奇香。

帝拂衣望着她的眼眸微眯起来：“你……”

顾惜玖抬头，淡淡地道：“我刚才并不是靠自己的本事上来的，就在我下落时有人暗中帮了我，所以我并没有成功，左天师大人的果子惜玖不能收！”

众人没想到她会说出这话，一时愣住了。

不是人人都有这种直面失败的勇气，也不是人人都能在这时候说出是别人相帮的。

毕竟现场这么多的同学没有一人看出来。

这姑娘是真的很有勇气！

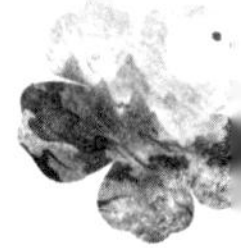

刚才那些说她闲话的同学都闭了嘴，心里对她隐隐有些敬佩起来。

帝拂衣似乎也没想到她会这么做，目光落在她身上："顾惜玖，你可知道没完成这课堂的任务会受到什么惩罚？"

顾惜玖微微摇头，声音依旧很淡定："不知，但既有此规定，左天师大人尽管惩罚便是。"

帝拂衣："……"

他又看了看她的脸色，因为汗水，让她脸上原本施的那一层薄粉淡了下去，露出了原本的肤色。

她的肤色有些青白，小嘴的颜色有些淡，眼下甚至有淡淡的黑眼圈。虽然她极力挺直身子，但他还是看出了她的疲惫。

他忽然问："昨夜一夜没睡？"

顾惜玖抬眸看向他："那又如何？"她在无形中承认了他的问话。

"做什么去了？"他又问了一句。

顾惜玖微蹙眉尖，说道："这和阁下无关吧？这是惜玖的私事，不想对人说。"

帝拂衣的俊脸沉了下来，他淡淡地道："放心，本座不是管你。只是你的私事影响了你上课的状态，既然你这次并非凭自己的真实本事上来的，那就认罚吧，晚上下课后，来这里再用御风术飞上断崖十次，飞不满十次不许休息！"

所有的人都变了脸色。

运用御风术其实很耗费灵力，尤其是对他们这些新手来说，耗费的灵力更多。

就算是他们这些灵力已达六阶半以上的学生，飞上来一次都感觉累得心慌气短，如果让他们连续飞十次，大概会直接累瘫！

而顾惜玖飞了这么久一次都没飞上来过，左天师还让她飞十次，这不是要她的命吗？

那顾惜玖岂不是要飞到明天早晨了？！她这小身体受得了吗？

左天师惩罚起人来果然很变态！看来他的课是真的不能逃的，逃一次就要付出惨重的代价！

众人能想到的顾惜玖自然也想到了，她心中似有滚烫的潮水翻滚，又让她强压了下去！她勾起嘴角，很淡定地应了一声："好！"

他惩罚得越狠她越能下定决心把一切斩断！

帝拂衣看着她墨黑的眸子，心忽然沉了下去。

自己是不是做得太过分了？

顾惜玖是那种无论心里打定什么主意，该她做的事她还是要将其做好的人。

下午上完最后一节课，她去食堂吃了晚饭，便赶到了断崖前，完成帝拂衣对她的

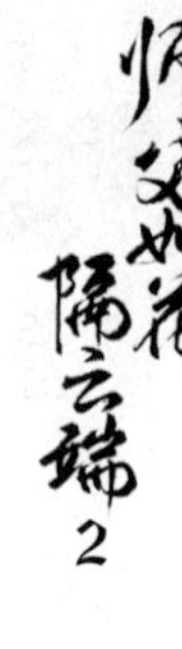

惩罚。

蓝外狐和千翎羽原本想跟来的，但顾惜玖没让。她笑着对他们说：“你们来我会有心理压力，我不想让你们看到我灰头土脸的模样。是好朋友就别跟来，给我留点儿面子！”

于是蓝外狐和千翎羽就没跟来，只是嘱咐她：“你自己小心些，别太拼命。”

顾惜玖点头道：“放心，我惜命得很，不会让自己那么惨的。”

千翎羽不放心，又强塞给她一支烟花，告诉她如果快累晕了就放烟花，他们会立即接应她。

顾惜玖答应了，转身走了。

千翎羽目送着她远去，在心里打定主意，他隔两个时辰就去看看她，免得她累得晕倒在草丛里被野兽叼走。

断崖附近也是常有凶兽出没的。

顾惜玖来到断崖下，发现帝拂衣居然也在。他身着一身紫袍飘飘然地站在夜色中，显得仙风道骨。

顾惜玖刚看到他时还是有些诧异的，但随即便明白他是来盯她的，看来是怕她偷工减料。

“左天师大人。”她向他拱了拱手，施了个礼。

天聚堂很尊师重道，这是学生对导师的常规礼仪，和各自的身份无关。

帝拂衣点了点头，看了一眼她的脸色，貌似比上午好了一些，不再那么苍白。

“本座前来一为督促你，二来也是为你补一下课。你上节课没来，想必内容掌握得不全……”帝拂衣开口道。

“多谢，费心了。”顾惜玖再次道谢。

帝拂衣：“……”

他张了张嘴，似乎要说什么，但没说出来，临时改口道：“我们开始吧。”

他并没有拿讲义，而是直接给她讲上节课的那些内容。

顾惜玖听得很仔细。她这人内心极为强大，绝大多数情况下，她可以将所有负面情绪压下，而专注于某件事。

帝拂衣是准备了座位的，甚至为她准备了纸笔，方便她记录。

一节课的内容全部讲完后，他看着她问：“全听懂了？有没有不明白的地方？”

顾惜玖摇头：“没有不明白的。”

她看小狐狸的笔记确实有些不懂的地方，但这次听讲的时候她特意认真听了，自然就懂了。

当然她也明白了上节课的内容对这次运用御风术的重要性。

她把上节课的内容记了个囫囵吞枣今天上午居然还能飞那么高！顾惜玖也佩服那

时候的自己了！

“顾惜玖，你可以先在下面融会贯通一下，再设法飞上来。你先练一练，本座看看哪里不对……”帝拂衣在一块青石上坐下，目光炯炯地看着她。

顾惜玖并没有说别的，答应了一声：“好。”

于是她开始在那里做准备动作。

顾惜玖按照他说的先将一种功法运行于全部的筋脉之中，然后将御风术所需要的灵力聚集到四肢百骸。

她已经一天一夜没有休息，再加上今天上午的实践课，她运行功法的时候只觉四肢百骸都疼，冷汗瞬间就下来了。

帝拂衣的脸色微微一变，他直接上前，握住了她的一只手腕：“停！”

顾惜玖正要强行运功，听到他的话睁开眼睛，猛然将手腕向回一撤，再后退了两步：“左天师大人，您这是？”

帝拂衣看着她，她一口一个“左天师大人”，一口一个“您”，仿佛在他和她之间划开一道不可逾越的鸿沟，让他觉得似乎有哪里不对了！

按照沐云的说法她这个时候会委屈得不得了，会和他要脾气，会和他闹，说不定还会被气哭，但她心里终究有他了，他只要再慢慢哄她就好了。

但现在她不哭不闹，还一直很淡定，心里却像是打定了主意，这让他有点儿不淡定了。

她心里是有他的，他知道。

她需要一个强有力的刺激让她认清自己的感情，现在强有力的刺激已经有了，但她离他好像更远了。

他看着她道：“你昨夜……”她明明回去得比他还早，怎么会一夜没睡？

顾惜玖觉得他有点儿纠缠不清，挑眉看着他。

帝拂衣接着道：“你今天发挥得不好，和昨夜休息不好有很大的关系。再加上今天上午你练习得太久，所以你现在的筋脉有些承受不住御风术的运功方式。”

他像变戏法似的从袖中拿出一枚红色的果子：“这个送你。”

那是一枚朱仙果，比他上午拿出来的那些都要好。

顾惜玖没接果子，摇了摇头道：“这是奖品，我没有通过考核，左天师大人不必送我这个。”

她从自己的储物袋中拿出了一枚丹药服下。这丹药对恢复体力有很大帮助，顾惜玖每次累得不行时都用它来提神。

帝拂衣手中的果子慢慢缩了回去。

他也是行家，已经看出顾惜玖的丹药确实不错，功效就算不如他的果子，但也绝对能让她恢复体力。

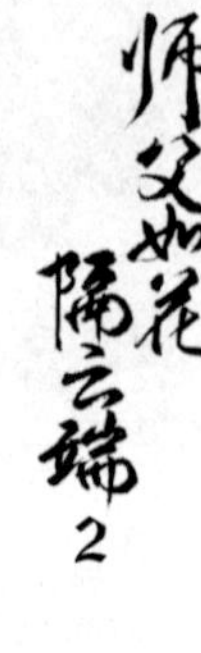

帝拂衣看着她那略显苍白的脸色，叹了口气："你今天状态不对，先回去休息！明日再来领罚吧。"

顾惜玖也觉得自己的状态不太对。她毕竟已经两天一夜没有休息了，上午又是高强度的实践课，既然他能宽限一天，那她也能喘口气儿。

她答应了一声："好，多谢！"她又向他行了一礼，然后干脆利落地转身走了。

帝拂衣站在原地看着她的背影远去，一时有些出神。

他本来想对她解释点儿什么，想了想又作罢了。

他垂眸看着自己的手，顾惜玖的状态有点儿出乎他的意料。她太弱了，有哪里不对吗？

"主上，您怎么这么早就回来了？"沐云迎上前道，"您不会把她单独扔在那里练吧？主上，难得有个可以多和她接触的机会，您不能放过啊。"

帝拂衣轻飘飘地看了他一眼："你跟本座来！"

于是沐云忙跟着帝拂衣进屋了。

进屋后帝拂衣一时没说话，而是将沐云上上下下打量个不停。沐云被他打量得发毛，躬身道："主上？"

"沐云，你这欲擒故纵的法子成功过几次？她们各是什么脾气？"

"这……两次，一个高冷，一个孤傲。"

"来，和本座讲讲你和那两个人的具体故事，本座听着解解闷。"

于是沐云就讲了。沐云这人其实挺风流的，没跟着帝拂衣以前，也曾是风流浪子，平生追过的女孩子无数，经验自然丰富得很。

他讲了他追求一个冰山美人和傲气美人的故事，这两位曾经都看不上他，结果他一直欲擒故纵，慢慢就追上了，两人成了他众多红颜知己中的一个，他追到手和对方恩爱几场后就将人丢了。

沐云将自己少时的这两段经历一说，然后总结道："主上，其实无论什么人都有喜新厌旧的本性，也有征服欲。您越掏心掏肺地对她好，她越不会将您放在心上，只有冷落她，让她知道您并不是非她不可，让她尝到将要失去的痛苦，她才会认识到自己的心，从而接受您，任您为所欲为……"

屋里一时有些静，沐云把自己的这些辉煌历史说了一遍后有些口干。

圣尊一直高高在上，平时几乎不接触这些红尘俗事，和他们讨论的多是政事。

圣尊还是第一次对这些男女之事感兴趣，第一次和沐云讨论这些，这让沐云感觉很兴奋。高高在上的圣尊大人终于接地气了，所以只要圣尊问，沐云几乎是问一答十。

说完之后他还目光炯炯地等着圣尊夸他一句。

没想到帝拂衣轻轻叹了一口气："你果然是情场上的浪子，点子很多。"

沐云有些不好意思："主上过奖。"

"原先惜玖和本座说十个情场浪子九个渣时，本座还不怎么相信，现在看来倒是真的。"

沐云："……"他忽然有不妙的感觉。

帝拂衣又瞥了他一眼："你给本座出了这么好的点子，本座觉得应该犒赏你。"

帝拂衣拍了拍手："沐风，你进来！"

于是沐风就进来了。

帝拂衣懒洋洋地吩咐道："送沐云使去沙海境待几天，本座听说那里的女孩子普遍不错，沐云使到那里肯定如鱼得水。"

沐云的俊脸青了！

沙海境里环境恶劣放一边，更重要的是那里缺男人，而沙海境中的女人如狼似虎，见了男人如同蚊子叮血。最让人吐血的是那里的女人长相丑陋！

他几乎可以想象那些长相丑陋的女人挖着鼻孔狂追他的画面了。

他扑通跪倒："主上，请换个地方惩罚属下吧！"

他怕他这玉树般的小身板直接被摧残了。

"主上，属下宁愿去蹲玄火境！"

帝拂衣没理沐云。他下的命令还没有打折扣的时候。

于是沐风满怀同情地拍了拍沐云的肩膀："走吧，小云云，让你去那里风流快活几天。"沐风不由分说地扯着沐云走了。

沐风很开心，沐云这小子常常在他们三个老光棍面前吹嘘他的风流韵事，还常常嘲笑他们三个是不懂风情的粗人，现在遭报应了吧？！

帝拂衣抬手揉了揉眉心。他还真是病急乱投医，居然听了沐云这浑蛋的话办了一件浑蛋事。

瞧沐云追到手的那两个女子，一个是故作矜持的怪胎，一个是把感情当游戏耍的女败类，这样的人如何能和他的小惜玖比？

顾惜玖对待感情一向是拿得起放得下，而且她很干脆，觉得不可能的感情她一直是不客气地一刀斩断。

譬如她对龙司夜一直是特别的，想和龙司夜好好相处的时候，就会和他帝拂衣一刀两断，极力想将他推开。

只不过这丫头弄错了自己的感情。她对龙司夜的感情其实是同伴之爱，像喜欢哥哥似的。

他要做的是帮她认识自己的感情，而不是欲擒故纵。

他脑子进水了才听沐云的这种馊主意！

帝拂衣站起身，想去看看她，又强忍住了。

她已经很累了，他还是让她先好好歇息一晚吧。

无论什么事都等明天晚上再说。

顾惜玖是真累坏了，回到自己的屋子后，几乎是躺下就睡着了。

她做了一个梦，一个颇为离奇的梦。

梦中她变成了一个不满三个月的小婴儿，躺在盛满淡粉色液体的水晶棺内，像个蛙人似的在里面漂浮着。

而在水晶棺外，站着一个身穿白大褂、高大俊朗的男子。

龙昔！

不对，这个人的眉目虽然和龙昔一模一样，但比龙昔多了一种气势，一种隐隐的霸气。

这人微笑地看着她，将手放在盛放她的水晶棺上："宝贝，你很完美，比阿昔更完美。"

而她只是睁大眼睛看着他。

这人又轻笑一声道："有意识了呢，是个聪明的宝宝。来，叫爸爸。"

她微微皱起小眉头，依旧看着他。

"宝贝，叶氏夫妇只想为他们的宝贝女儿弄个人体器官库，爸爸却不想这么干。你是我做出来的，这么完美的人儿可比叶氏夫妇的亲生女儿强多了。"

那男子对着水晶棺内的她自言自语，一会儿声音轻柔地和她聊天，一会儿又向水晶棺内注入新的液体。

那液体显然让她很难受，她在里面翻滚挣扎，像鱼似的扑腾着。

男子一直瞧着她，观察她的每一个反应和每一个动作。

终于，她不折腾了，身子又在那些液体内安静下来。她的身体似乎长了一些，看上去像是一周岁的样子了。

男子又把她像物品似的研究半晌，这才脱了白大褂，在脸上贴了一圈大胡子，然后出去了。

梦中的画面转换得很快，也有些混乱，一会儿是那个像龙昔的男子进来和她说话，一会儿又是一个眉眼精致的孩子跑进来看着她。

那眉眼精致的孩子看她的目光开始是好奇，后来不知道其他人对他说了什么，那孩子再看她时目光就有些古怪了，仿佛在看一个小可怜。

那孩子也常常和她说话，只是她从来不回应他，只用一双黑白分明的眼睛望着他，听他絮絮地说话。

说到最后的时候，那孩子总会攥着小拳头来上一句："我恨叶氏夫妇！他们太自私！你和我一样是生化人，可是他们一点儿不拿我们当人。你比我更可怜，他们只把你当成人体器官库，好随时为他们的女儿提供活体器官，你比我可怜……”

大概是他挥舞小拳头的样子很好玩，水晶棺中的她第一次咧开小嘴笑了。

那孩子满眼惊喜地扑上前，几乎趴在水晶棺上：“你会笑了！你会笑了呢！你笑起来真好看！”

她在液体里翻了个身，小手无意中按在了水晶棺壁上。那孩子也忙把手贴上来，隔着水晶棺和她的小手两两相对，像发誓似的说：“我一定不让你落到那种悲惨境界当中！我会救你，让你获得最好的生活……”

画面又一转，她被人抱出了水晶棺。她是第一次出水晶棺，似乎有些惊慌，一直死死抱着那个将她抱出来的男子。

男子为她换上了一身好看的小衣服，轻轻笑道：“宝贝，这么缠我？叫声爸爸听听。”

她睁着明亮的眼睛望着他，终于开口说了第一句话：“叫声爸爸听听。”

男子：“……”

她被抱出去和另外一个孩子放在一张床上，然后她发现那孩子和她长得一模一样，不同的是那孩子脖子上挂着一块红通通的玉。

她抬手去抓，被男子一掌拍在了小手上，打得很疼，她却死死地抿着小嘴没哭。

小床旁还有一对男女，也在看她们：“真的一模一样！”

那对男女像看货物似的看了她半晌，然后就和那让她叫爸爸的男子出去了。

片刻后，那个常来看她的男孩跑回来，趴在床边看着两个一模一样的孩子。两个孩子在床上乱爬，穿的衣服一样，唯一的区别是一个有玉佩，一个没玉佩。

男孩在那里看了半晌，支走了旁边看护的工作人员，然后手脚麻利地把那个孩子脖子上的玉佩给她戴上了。

她很开心，觉得终于有了玉佩，坐在那里抓着玉佩玩儿。男孩踮起脚摸了摸她的脑袋：“我说过，会给你最好的东西，让你得到最好的生活……”

然后男孩像想起了什么事，跑出去了。

又过了一会儿，那长相极像龙昔的男子先回来了，站在床边看了两个孩子片刻，忽然勾唇笑了一下，一抬手就将玉佩从她的脖子上摘下来重新挂回对面那孩子的脖子上，又低头摸了摸她的脑袋，柔声道：“宝贝，你是我最完美的作品，理应有更好的前程和未来，怎么能做一个千金大小姐呢？你会是绝顶天才……阿昔这个笨蛋，差点儿毁了我的计划……”

她没听懂，只是瞧着他，然后叶氏夫妇就进来了，抱走了自己的孩子。

而小小的她坐在那里，眼巴巴地看着叶氏夫妇离去。

第四十四章　他揽着她的腰岁月静好

顾惜玖蓦然从睡梦中惊醒，坐起身，靠在床柱上。

这次的梦不同于以往那些梦，很清晰，她就算醒了也没像以前那样将梦忘掉。

她额角有冷汗冒出，怎么也没想到会做这样的梦，她仔细梳理了一下这个梦，最后得出结论。

这个梦应该是真实的，是早就藏在她的记忆中的，只是那时候她太小，长大后她就把这段记忆忘记了，现在却通过梦境体现出来。

她其实就是那个生化孩子！而很像龙昔的男子应该就是科学疯子，那眉眼精致的孩子则是那时候的龙昔。

看来龙昔所说的是真的，而苍穹玉所说的也是真的。

龙昔以为把两个孩子调换了，其实早已被科学疯子识破，然后科学疯子又不动声色地让两个孩子各归各位。

龙昔不知道这段内情，以为她是真正的叶红枫，其实她不是，她就是那个科学疯子注入新基因的生化孩子。

而科学疯子的思维实在可怕，他利用龙昔的愧疚把龙昔诳进杀手集中营做教官，以此来保护她。他自己又在若干年后化身为蛊大师传授蛊术给她。

她坐了片刻，忍不住摇了摇头。

无论如何，一切都过去了！

无论她是不是那个生化孩子，最起码现在不是了，现在她是顾惜玖！

她起身的第一件事就是找来千翎羽和蓝外狐，和他们说了自己想要调班的想法。

她考虑过了，以她现在的资质练习御风术确实吃力，不是她拼命努力就能做到的，而她也不想成为帝拂衣“特殊照顾”的对象，所以调班是最好的法子。

蓝外狐几乎想也不想地道：“惜玖，你换我也换！你到哪里我去哪里！”

千翎羽也没思索：“我也换！”

顾惜玖摇头道：“小狐狸和我一起换吧，翎羽，你不适合换。”蓝外狐打架时需要她指点，跟别人可能发挥不出威力。千翎羽的灵力已经到达八阶，在紫云班一班混得如鱼得水，他就没必要跟着一起换班了。

顾惜玖跟千翎羽说了原因，千翎羽把头摇得像拨浪鼓：“不行！要换都换！我们是铁三角组合，谁也别想拆散我们！”

顾惜玖头疼地说道：“翎羽，这天下无不散之筵席，你在一班会有更好的发展，再说就算调班我们还可以在一起玩的。”

她都把嘴皮子磨破了，无奈千翎羽就是要跟着换。

顾惜玖无法，只得带着他们一起去找古残墨。

古残墨听到她提出的要求时眼睛睁得比鸡蛋还圆：“顾惜玖，现在的学生恨不得削尖了脑袋往紫云班一班钻，你们倒想出来？为什么？”

顾惜玖早想好了理由：“堂主，惜玖灵力低，在一班学习得颇为吃力，有很多课程和灵力高低有直接关系，不是惜玖努力就能做到的。惜玖研究过紫云班二班的课程，感觉二班的课比较适合我。只有适合自己的才是最好的，自己才能发挥最大的优势。所以惜玖考虑再三，还是决心换班，还请古堂主批准。”

顾惜玖所说的这番话十分在理，人无全才，总有特别擅长和特别不擅长的东西，在学习过程中扬长避短确实是对的。

古残墨消息灵通，更是一根通晓人情世故的老油条，有一双洞察世事的眼睛。

顾惜玖这些天在紫云班一班的遭遇他大体了解得差不多了，知道她在班上受帝拂衣歧视，知道龙司夜宠着她。

虽然那日灭了紫衣傀儡时龙司夜说明帝拂衣和顾惜玖那些日子的恩爱只是演戏，但古残墨心里知道没有那么简单，龙司夜是演戏不假，但帝拂衣和顾惜玖之间不完全像是演戏，这三个人之间的关系绝对不简单！

左天师行事鬼神难测，其实古残墨一直看不透他，不过古残墨这次也十分不满帝拂衣的行为！

无论人家女孩子爱不爱你，但没有做任何对不起他的事，还帮他除了对头，于情于理他都应该对人家女孩子好一些，就算不做夫妻做朋友也很好。

结果左天师就像是因爱生恨，故意在课堂上冷落顾惜玖，还故意弄了一堂实践课让顾惜玖出丑，这么要强的女孩子竟成了笑话。

左天师对待顾惜玖一点儿也不大度，哼！

现在人家女孩子惹不起躲得起，嗯，为了她的身心健康着想，这班确实该换！

可是……

他看了看蓝外狐和千翎羽：“惜玖有非调不可的理由，你们跟着凑什么热闹？”

小狐狸就一句话：“我跟惜玖走！”

千翎羽也很干脆：“我们三个不能分开！”

古残墨皱起了眉头。

在紫云班调班并不是什么大事，只要双方的导师都同意就可以，一方同意学生去，一方同意学生进。

一班的主导师是任导师，二班的主导师是钱导师，这两位导师虽然择生一向极严，但都对自己班的学生看得比眼珠子还重，一个都不想丢。

而像顾惜玖这样的学生是各班争抢的对象，二班的导师肯定是极想收下她的，但一班的导师肯放吗？只怕这比割他的肉还让他难受！更何况顾惜玖还要捎带上两个？

只怕任导师会直接抓狂。

古堂主虽然有任意调换班里学生的权力，但也不想大换血，到时候一班的导师气得发疯怎么办？这样做不利于天聚堂的安定团结啊！所以古残墨略思考了一下，给了顾惜玖他们两个选择。

一、要么是蓝外狐和顾惜玖调到二班，千翎羽留守一班。

二、要么是三个人都留守一班，一个也不能调。

古残墨说得坚定，没有丝毫商量的余地。

最后，千翎羽为了顾惜玖的未来考虑，只得答应留守。他留在一班，顾惜玖二人调走。

于是古残墨也很痛快地应了，不过要换班不是一句话的事，还要协调一些事情，所以古残墨让顾惜玖再等两天，他全安排好就让她们换。

从古残墨的住处出来，顾惜玖长出了一口气。搞定了！她终于可以不看任何人的脸色行事了。

她要把所有的精力用在练功上。

她现在才十五岁，正是学习的大好年华，至于其他的通通见鬼去吧！

因为此事还要经过古残墨的协调，没调班之前不适合让其他人知道，所以顾惜玖嘱咐身边的二人一定要保密。

小狐狸倒没什么，她只要跟在顾惜玖身边就行。

千翎羽有些垂头丧气。他舍不得两个同伴，但为了两个同伴的前途又不得不选择放手。

虽然调班的事已经大体定下，但该上的课三人还是要上的。

所以三个人照常上课，表面上看不出什么。

就是千翎羽更喜欢往顾惜玖这桌跟前凑，还时不时地眼眶发红。

千翎羽的邻桌是乐紫荇，她看了千翎羽好几眼，后来看到千翎羽回到桌前时眼睛红红的，忍不住问了一句：“你个大男人怎么像是要哭出来似的？和谁唱生离死别的大戏呢？”

千翎羽看她分外不顺眼，很横地回了她一句：“要你管啊？！”

乐紫荇笑道：“我才懒得管你！”她若有所思地望了一眼顾惜玖。顾惜玖倒一直没什么动静，上课认真听讲，不理会周围的任何人。

乐紫荇又望了一眼蓝外狐。蓝外狐是个敏感的小丫头，虽然和顾惜玖在一起，但她也有些舍不得千翎羽，虽然这家伙常敲着她的脑袋骂她笨蛋，但平时也是很护着她的。

她稍稍受点儿气，他就会立即上前，像个小门神一样将对方气跑。

现在他们却要分开了。

乐紫荇看看千翎羽再看看蓝外狐，觉得他们有事。

小狐狸天真烂漫，不容易藏住事，所以乐紫荇想了想，便想在小狐狸身上找突破口。

下课的时候，她借故找小狐狸单独聊了聊，想套点儿话出来，结果小狐狸看上去虽然很好糊弄，这次小嘴却闭得比蚌壳还紧，什么也不肯泄露，对乐紫荇还满脸防备，仿佛她是想偷鸡的狐狸……

乐紫荇没再说别的，只是暗中注意这三个人的动静，中午的时候她直接去了帝拂衣的院落求见。

帝拂衣的院落对外人来说就是禁地，普通人轻易进不去，就算古残墨想进也得经过左天师大人的允许。但乐紫荇显然拥有特权，在门口一敲门，她就被沐风让进院里去了。

而这一幕恰好被路过的千翎羽看到，这家伙很气愤，中午吃饭的时候就和顾惜玖说了这事。

顾惜玖笑了笑，没说话。

毕竟帝拂衣最近一直和乐紫荇走得挺近的，乐紫荇成了他那里的特殊人物受到特殊对待并不奇怪，她有思想准备。

顾惜玖上了一天的课，晚上吃完饭，便直接去了悬崖下。

虽然差不多到后天她就换班了，但该领的惩罚她还是要领的。

她没想到的是，帝拂衣比她还要早到，她到的时候他正坐在山崖下生起篝火烤野味。

看到她来了，他挑眉向她招了招手："过来。"

顾惜玖不明白他葫芦里又卖什么药，但为防止他出幺蛾子，她还是走过去对他见了一礼，依旧是执弟子礼。

帝拂衣一挥手变出了个锦墩："坐。"

顾惜玖不想坐："左天师大人，惜玖还要用御风术上十次悬崖，时间很紧而惜玖不想熬夜……"

"不会让你熬夜。"帝拂衣开口道，"本座心里有数。你先坐下，尝尝本座的手艺。"

顾惜玖猜测道："左天师大人的意思是要为惜玖减少被罚的次数？"

帝拂衣瞧了她一眼："怎么可能？本座说出的话一点儿折扣也不能打。"

顾惜玖："……"那你还说不会让我熬夜！

她笑了笑，说道："多谢左天师大人的信任，可惜玖心里没底。天师大人所烤的东西定然是好的，但惜玖刚刚吃饱喝足，没什么胃口吃野味，我还是先活动一下筋骨，准备受罚吧。"

她转身就要走。

"惜玖，你要换班是吗？本座这是为你准备的送行宴，你也不肯赏个面子吗？"帝拂衣在她身后开口说道。

顾惜玖停住脚步，微微敛眉。以帝拂衣的本事，他如果想知道什么事情还是很容易的，她只是没想到他这么快就知道了。

算了，他知道又如何？她也没什么可心虚的。

顾惜玖一转身坐了下来："多谢。"她又瞧了一眼他烤的野味，"我要一只鸡翅膀。"

帝拂衣道："放心，两只鸡翅膀全是你的。"他慢慢烤着，撒一层盐再刷一遍酱。

篝火熊熊，映得他那张俊脸美得不似真人。

他今日没戴面具，五官在星光下精致如画。顾惜玖看一眼就移开了目光，专心看那只野鸡，忽然发现野鸡的模样似乎有些特别，鸡头上有两个冠子，翅膀也呈扇形，爪子不像是普通鸡爪子，倒有些像梅花。

因为野鸡身上的毛早已被拔光，所以顾惜玖不知道它活着时究竟是什么样子。

帝拂衣没说话，顾惜玖自然不会主动和他说话。她坐在那里等野味烤熟的时候脑子里还想着待会儿要用到的心法。

"为什么要转班？"帝拂衣貌似无意地问了一句。

顾惜玖也回答得漫不经心："我的灵力不够，一班的有些课程跟不上……"

"什么课程跟不上？"帝拂衣开始打破砂锅问到底。

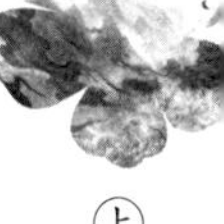

顾惜玖微微皱眉，虽然帝拂衣也算一班的导师，但他只是暂时来授课，学生的总体成绩以及转班的事他好像管不着。

顾惜玖不想和他谈太多，所以笑了笑道："多谢左天师大人关心，但这是惜玖的私事，不想和人谈。"

帝拂衣不说话了，依旧专心地烤野味。

他这次的手艺居然提高了不少，野味还没真正烤好，香气已经飘出了半里路。

顾惜玖已经吃过饭了，并不饿，但闻到香味后，感觉肚子里的馋虫动了动，不由得又多瞟了野味几眼。

野味终于烤好，他抬手撕下一只翅膀："来，尝一尝。"

明明刚烤好的野味应该很烫手，但帝拂衣递到她手里的时候鸡翅膀就变成温度适中的了，刚好能入口。

顾惜玖拎着鸡翅膀，好半天都没吃。她已经十分肯定这不是野鸡了。

"这是什么鸟？"连翅膀都长得这么秀气。

帝拂衣又递过来一根银针："来，用它戳一戳。"

顾惜玖不明所以，接过银针真的在翅膀上戳了戳，再拔出来看了看，没看出什么。

"没毒吧？"帝拂衣含笑看着她，"你可以吃了。"

顾惜玖满头黑线："阁下多想了，我不是认为翅膀有毒。"她之所以迟迟没吃是因为觉得这翅膀长得有些奇怪，不会是基因突变的野鸡吧？

帝拂衣轻轻一笑，说道："你确实没以为这翅膀有毒？你心里一定在想，左天师到底又想冒什么坏水盘算我？"

顾惜玖："……"他是别人肚子里的蛔虫吗？

帝拂衣看着她漂亮的眼睛："本座猜得对不对？不许撒谎！要说实话。"

顾惜玖倒也不客气："阁下猜对了一半，我确实在想阁下到底要做什么。至于坏水什么的是阁下自己猜测的，和我无关。"

她刚才确实在猜他这么做的目的。他这样做有点儿像打一巴掌给一个甜枣的套路，但她对这套路并不感冒。

帝拂衣叹了口气："先吃吧，我待会儿和你说。我怕我说完你就没胃口吃了。"

顾惜玖立即全神戒备起来。他想做什么？又想弄什么幺蛾子？

她顿了顿，说道："我觉得左天师大人还是先说吧，你这样卖关子，我更没胃口吃了。"

帝拂衣坚持道："你先吃，这个凉了就不好吃了，营养也会流失，太可惜！"

顾惜玖看了看手里的翅膀，算了，啃吧！

她先吃了一小口，然后愣了下。

肉果冻般滑嫩，清香扑鼻，还带着一种竹叶清香，在嘴里稍稍一转的时间，便满嘴留香，一股清灵之气顺喉而下，直入肺腑，这鸡翅膀太好吃了！

她还从来没吃过这种野味！

顾惜玖三下五除二就将翅膀啃干净了。

她刚啃完，帝拂衣就递来了另外一只："吃翅膀要吃双，单翅飞不起来。"

顾惜玖没想到帝拂衣也搞好兆头这一套。她本来没打算要另外一只，但这翅膀这么好吃他又这么殷勤地相让了，她也不用客气！

于是，顾惜玖又道了一声谢，接过来开始啃第二只翅膀。

她啃到一半的时候，帝拂衣又递过来一个淡青色的酒葫芦："只吃肉太腻，喝点儿酒冲一冲。"

这次顾惜玖没接他的酒，直接从自己的储物袋中拎出了一个酒葫芦："我自己也有。"

她正要拔开塞子喝，手腕却被帝拂衣握住："你这酒不行，吃青鸾鸟必须用濯根泉酒来压，才能让它发挥最大的功效。"

顾惜玖手中的酒葫芦差点儿掉在地上，她连手腕都忘了撤回来："青鸾鸟？！"她又瞧了一眼那缺少了两只翅膀的怪鸟，"这是青鸾鸟？！"

天哪，她没听错吧？！

青鸾鸟可是这个大陆上的神鸟，几乎相当于传说中的凤凰。青鸾展翅可瞬移千里，是和陆吾一样稀缺的物种。

相传青鸾鸟也是一种吉祥鸟，像麒麟一样，无论在哪里出现都会让百姓朝拜欢庆，还会被史官记入史册，代表着皇上的德政上达天听。青鸾鸟降临，是福祉。

就是这样一种神鸟居然被左天师当野鸡给烤了！

他就不怕遭天打雷劈啊？！

顾惜玖觉得左天师真是超级败家。

帝拂衣看着她的俏脸，幽幽地叹了口气："本座可是冒着被天打雷劈的风险为你烤的这只鸟，你多吃点儿，别辜负本座的心意。"他又把自己的酒葫芦放在她手里，"来，喝口酒压压惊。"

顾惜玖看看手中的酒葫芦，再看了看手里的翅膀。

她把青鸾鸟给啃了，不知道上天会不会来劈她。

她一个念头刚刚转到这里，天空中亮光一闪，轰隆隆地滚过一串惊雷。

顾惜玖下意识地将身子一缩，不是吧？！真招来雷了？！

她仰头一看，天上不知道何时已阴云密布。

一道闪电突然直劈下来！

顾惜玖一下跳起，眼睁睁地看着一道球形闪电劈在了帝拂衣身边的青石上，直接把青石劈成了齑粉。

然后天空中又是一道闪电劈下来，目标是帝拂衣的脑袋！

顾惜玖吓了一大跳，几乎出于本能的反应，猛扑过去一把抱住他瞬移开。他们移开几百米后，闪电劈在了熊熊燃烧的篝火上，火星四射，几乎把整个天空映红了！

雷声震得顾惜玖耳朵发麻，她也顾不得想别的，这时候自然躲雷是正经事，于是她扯着帝拂衣再次瞬移。

顾惜玖无论去哪里都喜欢研究地形、做攻略，因此凡是她到过的地方，周围的环境她都摸得门清。

不要说断崖下有几棵树，就是有几个蛇窝她也知道得清清楚楚。当然，藏在断崖下的山洞也没逃过她的眼睛，所以她躲避惊雷的首选之地就是那个山洞，她直接瞬移进了山洞。

山洞颇深，顾惜玖唯恐雷电跟进来劈人，进山洞以后又向深处移了移，足足移进去二十多米，到了山洞的尽头才停住。

她惊魂未定，停住以后下意识地向外看去。她藏这么深，惊雷应该不会跟进来了吧？除非这惊雷是安装了雷达装置，要不然应该跟不进来。

她想得没错，惊雷果然没跟进来，只在山洞外轰隆隆地响。

顾惜玖听了片刻，确定惊雷跟不进来才出了一口长气。

“宝贝儿，原来你害怕打雷。”帝拂衣在她耳边道。

顾惜玖浑身一僵，这才发现自己还像孩子抱大布娃娃似的抱着他。

她忙松手向后退开。这山洞深处并不宽广，她退得又急，后背差点儿撞到洞壁上。

幸好帝拂衣动作比她快，他身形一闪，居然直接绕到了顾惜玖身后，于是顾惜玖这一退就退到了他的怀里。

他的手臂揽上了她的腰：“小心点儿，怎么这么毛毛躁躁的？”

顾惜玖：“……”

好闻的气息萦绕在鼻端，她轻吸一口气，冷声道：“放开！”

帝拂衣反而将她抱得更紧，温热的气息吹在她的脸上，他声音暗哑地道：“惜玖，不要不承认了，你是喜欢我的。”

顾惜玖又僵住了，片刻后冷笑道：“那又如何？”

她再吸一口气，正色道：“帝拂衣，放手！”

她终于不再左天师长左天师短地叫他了，帝拂衣也不再嬉皮笑脸，轻轻叹了一口气：“惜玖，我想我们应该好好谈一谈。”

顾惜玖其实真不想和他谈。

这个人忽冷忽热的，冷的时候冻死人，热的时候又缠死人，而她已经受够了！

那些一直被她强行压在心湖深处的委屈，像是终于找到了发酵的机会，丝丝缕缕地向外冒，又被她强行压下！

她轻轻勾唇道："帝拂衣，你这是打一巴掌给一个甜枣吗？我其实不想和你谈，也没觉得我和你之间还有什么好谈的。"

她轻吸一口气，让自己更冷静些："你说得没错，我似乎真的有些喜欢你，但那又如何呢？我对感情一向拿得起，放得下，就算真爱上一个人也能放手。只要给我足够的时间，无论什么人我都能放下。感情说白了其实就是一时的迷惑，我对你可能就是一时的迷惑，但我相信这种感觉会随着时间的流逝慢慢变淡，这个世上没有什么是我抛不开的……"

她转过身，掰开他搂着她的腰的手："帝拂衣，多谢你的青鸾鸟肉，它很好吃，我和你之间就到此为止吧。你是高高在上的左天师，只要愿意，有大把的女人对你投怀送抱，你没必要非缠着我，在这里消遣我。你瞧，我这人不解风情，性子还倔强，对你追求感情的手段也不感冒，所以你放过我吧，我不想再和你有任何交集……"

她还是第一次对他说这么一大堆话，而且把话说得很透。帝拂衣垂眸看着她："还有吗？"

顾惜玖："没了。"她觉得她已经把话说得很清楚了。

帝拂衣叹了口气："那你先坐下，听我说如何？"

他随手变出了两个锦墩让她坐下。

顾惜玖倒不怕他再搞鬼，坐了下来："你想和我说什么？"

既然他一定要谈那就谈一谈，两人全部谈开就能放开手，然后各走各的路。

她不想再和他这么牵扯不清了，太浪费精力，也耽搁她的学业。

帝拂衣又把酒葫芦递给她道："你刚才吃了青鸾鸟肉，这酒你必须喝三口，这样才能真正激发你身上的潜能，提升你的灵力。"

顾惜玖心中微动，她道了一声谢，接过酒葫芦，正要连喝三口酒，帝拂衣却抬手制止住她："慢点儿喝，别牛饮。"

顾惜玖低头抿了一小口，然后等着帝拂衣说话。

帝拂衣一翻手腕，掌心那只烤熟的青鸾鸟再次出现："你只吃两个翅膀不成，还要啃两只鸟腿。"他将两只腿撕下来递给了她。

顾惜玖不想再欠他人情，摇头道："这鸟这么贵重，你还是自己吃吧。"

帝拂衣笑了笑，没再劝她，只是把两只烤得金黄的鸟腿放在她面前的石台上，然后他开始吃青鸾鸟其他部分的肉。

他的吃相极为优雅，吃东西也能吃得这么好看，顾惜玖很佩服！

顾惜玖看他低头在那里吃，忍不住催他："你不是有话对我说？"

帝拂衣用手指轻点了一下唇："食不言寝不语。"

顾惜玖愣了愣，脱口道："你这规矩对别人可没有过，只是针对我的？"她可是亲眼看到他和乐紫荇在饭桌上有说有笑的。

帝拂衣望着她道："你是说昨天早晨我和乐紫荇吃饭时的互动？"他又笑了笑，眸子里似有碎光闪烁，"惜玖，你是不是吃醋了？"

顾惜玖俏脸微沉，起身便走！她懒得再和他说这些废话了！

帝拂衣早有准备，忙一把拉住她："别生气，听我说，好不好？"

他的声音柔软，语气隐隐带着恳求之意。

顾惜玖声音冷淡地说："我没吃醋，你就算有特殊对待的人也和我没什么关系，我……"

帝拂衣叹气道："你先别忙着和我撇清关系，有些事情不是你想的那样。不过我对乐紫荇确实是特殊对待的……"

顾惜玖没说话，只挑眉望着他。

帝拂衣又叹了口气："惜玖，其实乐紫荇平时用餐时也是不说话的，她在这方面和我其实差不多。"

顾惜玖笑容浅淡地道："你找我聊天就是聊她如何特别？聊你们的共同语言？其实我觉得如果你想夸她的话不如当面去夸奖她，不必在我面前说……"

"她是配合我演戏。"帝拂衣直接截断了她的话。

"啊？"顾惜玖一时没反应过来。

帝拂衣叹道："她确实向本座表白过，但我也让她很快死心了。她知道我对你的感情，很感动，所以答应我配合我演戏。她在饭桌上并不是多话的人，但为了配合我，故意说了很多话……"

顾惜玖心中咯噔了一下，她似乎有些明白了："她现在是你的眼线吧？我要转班的事是不是她告诉你的？"

帝拂衣抿了抿唇，叹道："她自愿做我的眼线，我也确实说过凡是牵连到你的事情无论早晚都要及时通知我。"

顾惜玖："……"

她把这消息消化了半晌，然后挑高了眉望着他，觉得有怒火在胸中翻涌："你居然在我身边安排眼线！你们还在我面前演戏，是要故意刺激我？你到底怎么想的？我如果喜欢你自然会喜欢，如果不喜欢那就是不喜欢，你和她故意在我眼前演戏只会促使我真正放手，你居然想出这种馊主意对付我……你这是欲擒故纵？还是打一巴掌给一个甜枣呢？你以为我是什么人……"

"对不住！"帝拂衣吐出了这几个字。

顾惜玖没想到一向高高在上的帝拂衣居然会向自己道歉，一时有些噎住。

帝拂衣垂下眸子看着手中啃得差不多的鸟肉，轻轻叹了口气："惜玖，我没

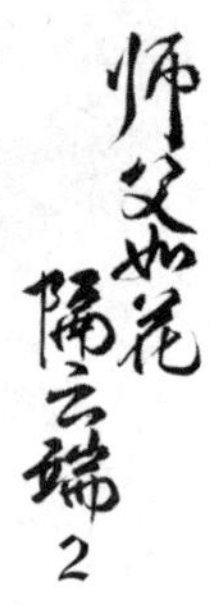

经验。”

顾惜玖的心脏加速跳动了一下：“什么？”

帝拂衣叹道：“我是第一次真正喜欢一个人，可是你一直推开我，我不知道该拿你怎么办。沐风找了很多才子佳人的话本子给我看，我看了很多本，但那些才子佳人的戏都是一见钟情，很快就互相爱上进入洞房，就算有挫折也是来自外界的，而非两个人的原因。这些戏和你我的情况不同，我没有可借鉴的地方，感到很茫然……”

他低垂着睫毛，看着手中烤好的青鸾鸟，身影看上去有些萧瑟，甚至还有些脆弱：“我不知道该怎么做才能让你不再忽视我，你明明已经喜欢我了，所以我不能放弃也不想放弃，可是我不知道怎么做才能让你真正遵从自己的心。看到你和龙司夜在一起有说有笑，见了我却冷冷淡淡的我心里很难受。我想拉近你和我的距离，想分开你和龙司夜又不能用强硬手段……”

顾惜玖忍不住打断他的话，说道：“我哪有喜欢你……”哪有那么明显啊？要不然怎么会连自己也不知道？

帝拂衣看着她，认真地道：“你就是喜欢我！我知道的！”

顾惜玖：“……”

他还真是！

顾惜玖觉得自己找不到合适的词来形容他。

顾惜玖不想和他在这个问题上再聊下去了，觉得他追求爱的方式简直就是强盗逻辑，如果她和龙司夜是真心相爱的，他这么做只会增加她的烦恼，也会让她对他产生反感。

“帝拂衣，你难道就没想过我是真心爱龙司夜的？我……”

“惜玖，你不爱他，我早就说过，你对他的感情并不是爱，而是一种执念……”帝拂衣正色道。

顾惜玖：“……”她觉得她要被帝拂衣给洗脑了！

这话他对她说了两次了，她也觉得她对龙司夜的感情不是爱情，但也未必是执念，更像是理智上认为龙司夜是最好的老公人选。

等等，话题好像偏了！

她接着问：“然后呢？然后你就想出了这个主意？”

帝拂衣轻叹：“是沐云的主意。他曾经是情场上的浪子，在情场上无往不利，所以本座只能厚着脸皮去问他……”他把沐云的那套观点说了一遍。

顾惜玖：“……”她真想痛骂沐云一顿！

她的目光落在帝拂衣身上，隐隐有些锐利：“你听从他的话对我冷淡很正常……”

她又轻吸一口气，接着道：“哪怕你和乐紫荇联手演戏我也觉得没什么，但你口口声声说喜欢我，却故意让我在大庭广众之下丢人，这未免太卑劣！你明明知道我的灵力不到六阶半，实践御风术对现在的我来说是硬伤……帝拂衣，真正喜欢一个人从来都是盼着对方好，看到对方有成就会很开心，而不是想方设法地让对方在大庭广众之下丢人，让对方成为整个年级的笑话……如果这就是你的喜欢，那我敬谢不敏，也要不起！”

她说到这里眼圈有些发红。她当时表现得虽然可圈可点，但那时她真的是强撑着表现得淡定，强撑着让自己骄傲，打落牙齿也要和泪吞，淡定地不让任何人看出自己的失意和难过。

她还是委屈了，只不过原先一直强压着不让自己委屈而已。

“对不住，我……”帝拂衣握住她的手。

顾惜玖猛然抽回自己的手，嘴角微勾，想勾起一个不在意的笑，但没成功，反而红了眼圈。

她没再说话。有些伤害不是一句轻飘飘的对不住就可以过去的。

帝拂衣叹气道：“惜玖，我也没想到你那日会上不来……”

“你没想到？”顾惜玖的声音有些尖锐，“撒谎！你怎么可能想不到？！你明知道我的灵力品阶是多少，明知道御风术必须灵力达到六阶半以上的人才能修炼……”

“不，修炼御风术对普通灵力弟子来说必须达到六阶半，但你是风灵力修行者，灵力达到六阶就可以修炼……”

顾惜玖：“……”那她那日怎么拼了命也飞不上去？

“惜玖，你那日如果前一天晚上没有熬夜，如果没有给自己那种灵力不到六阶半就上不去的心理暗示，你不会上不去。按我的计算，你应该是倒数第二个上来，我却没想到你那时已经一天一夜没有休息，体内阳气不足，血脉不畅，再加上你逃了我的课，课上所讲的内容正是实践的要点，只看笔记的话是无法掌握其中精髓的。”

帝拂衣接着道：“我知道你无法拔得头筹，成绩会是倒数，但压根没想到你会上不来。你那次的表现是出乎我的意料了。”

顾惜玖满头黑线。她貌似常做出乎他意料的事，只不过这次是笨得出乎他的意料。

不过帝拂衣解释完，她心里好过一些了，委屈也少了一点儿。

她挑眉问道：“就算你说的是真的，那我的成绩倒数对你有什么好处？”

帝拂衣瞥了她一眼道：“谁让你逃本座的课？总得给你个教训，免得你逃上瘾……”

顾惜玖：“……”小气的导师！

她又仰头喝了一口酒，那酒虽然足够清香，但又有些辣，她感觉嗓子烧得慌，就顺手拿起面前的鸟腿啃了两口。

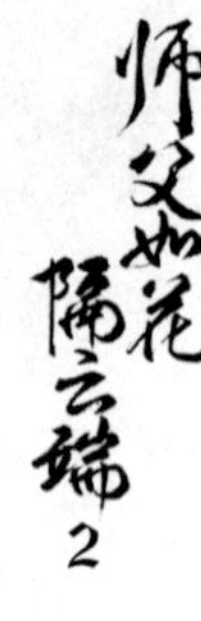

帝拂衣从她手里接过酒葫芦："我开那堂实践课还有一个目的，你想不想听？"

顾惜玖抬眼看着他："什么目的？"

帝拂衣先喝了一口酒，又拿出一条丝帕去擦她油乎乎的手和嘴，她的注意力都在他的"目的"上，没注意他的这些动作。

帝拂衣道："本座知道你的成绩会是倒数，以你的性子你会极不甘心，会更努力地修炼，不会再逃本座的课，本座还可以借此去找你给你补课……"

帝拂衣那时的打算很好，他甚至提前想好了去找顾惜玖时要说的话，让她拒绝不了他的补课，那样两个人就必然有独处的机会。

哪想到计划不如变化快，这丫头会上不来，丢人丢到姥姥家，还恨上了他，要转班彻底躲开他，让他心慌。

顾惜玖听了他的这些话就明白了他的打算，有些无语。

看来这家伙处处在算计啊。

左天师就算追女孩也能追得这么别出心裁，让人恨得牙痒痒，这让顾惜玖不知道该怎么评价他这些行为。

她顿了顿，淡淡地道："我以后不会再逃你的课了，我转班以后不会再上你的课……"

帝拂衣笑了笑："那不要紧，你不来上课，本座每日去给你补课就行。一日为师，终身教导，你既然学了我的课，我怎么着也得让你学得有始有终才好。"

顾惜玖："……"

她不知道是该哭还是该笑，仰头道："如果我就是不想让你补呢？这门课未必适合我……"

"它适合你！"帝拂衣打断她的话道，"你是风灵力修炼者，一旦真正掌握御风术，你的风灵力的招数威力能提高一倍！你的速度也会比现在快一倍！"

顾惜玖的心脏不由自主地快速跳动了一下，她脱口而出道："你开这堂御风术的课是专门为我开的……"说到这里她顿住了。她是不是自作多情了？

帝拂衣叹了口气："你总算明白了！这堂课就是为你开的。其他学生不过是沾了你的光而已。"

这门术法是他专门针对她的体质研究的，能让她在短时间内把功夫提升上来。

幕后之人很强大，他希望她有自保的能力，万一他不在她身边，她也不至于被人欺负。

顾惜玖没想到真相居然是这个，心中的那些不舒服又少了一些，反而有暖暖的感觉浮上心头。

她坐在那里把这些日子以来的事情又想了一遍，前后一联系，发现帝拂衣说的应该是真的。

她这人其实很好哄的，一旦想明白原委便不再钻牛角尖了。

不过毕竟她委屈了这么久，火也憋了这么久，虽然基本全想明白了，但还是有些意难平。她故意道："可我已经调班了，古堂主也答应我了，我不上你的课你却来给我补课，其他同学会有意见的……"

帝拂衣挑了挑眉："他们有意见关我什么事？"他从来就不在意别人的眼光。

不过他可以不计较，但不代表顾惜玖不计较，所以他顿了顿又道："那也容易，大不了本座在二班再加一堂课……"

顾惜玖："……"

帝拂衣含笑望着她，眼神坚定地说："小惜玖，本座的课不是你想逃就能逃的，你就算躲到天边，本座还是能设法把你抓回来继续上课，就是费点事而已。"

他这御风术是专门为她研究的，她不学怎么行？岂不是白费了他这些日子不眠不休的研究？

顾惜玖感觉额头的青筋蹦了蹦，知道他说得出做得到。

她咳了一声道："你还说我对龙司夜只是执念，你对我也像是执念……"而且执念很深。

"我对你不单单是执念……"

第四十五章　雨散云收

二人在这里聊天，外面大雨倾盆，雷电不绝。

顾惜玖看了看外面，有些纳闷。

原先天聚堂每到晚上就会来一场暴风雨，但自从帝拂衣来了之后，暴风雨仿佛就离去了，让她几乎忘记了这种天气。

她看着外面的电闪雷鸣。这是天聚堂的天气恢复正常了，还是因为他们吃了青鸾鸟，引来了天罚？一定是最后这个原因！

她的这个念头刚转到这里，一道闪电蓦然自洞外劈进来，十分耀眼！

她吓了一大跳，下意识地觉得闪电是来劈帝拂衣这个罪魁祸首的，于是拼命向他一扑，抱着他就想瞬移。

帝拂衣一手抱着她，将她护在怀里，同时衣袖向外一拂，一道七彩光芒从他的衣袖中盘旋而出，直接兜住了那扑进来的球形闪电，然后唰的一声飞了出去。

轰隆！外面传来巨响，像是山崖坍塌了！

巨响震耳欲聋，伴随着闪电惊雷，那动静大得惊人，震得脚下的大地都在颤抖。

其实顾惜玖从小就怕打雷，尤其怕惊雷，只不过做杀手以后她为了锻炼自己，克服了这个毛病而已。

这次被雷一震，她忍不住向他怀里缩了缩。

当然，她缩的幅度很小，不细心的人根本感觉不到。

帝拂衣却感觉到了，紧紧抱着她道："别怕，有我在。"

他的声音在雷电声里异常清晰，让她那一颗微微颤抖的心平静了下来。

帝拂衣刚才袖卷惊雷的时候，顾惜玖的小脸是埋在他胸前的，并没有看到他发出的七彩光芒，当雷声响起的时候她只是下意识地紧了紧抱着他的腰的手臂。

帝拂衣垂眸看了看怀中的顾惜玖，忍不住想笑："你真怕打雷啊？"

顾惜玖失态也就是片刻的时间，此刻她稳住心神后才觉得自己抱着他的腰有些不妥。她松开双手，傲气地一仰头道："我才不怕！"

她的话音刚落，外面又是轰隆一声惊雷响起！

于是她身子一僵，强忍着没再埋入他的怀中。

帝拂衣紧了紧手臂，将她拥在怀里，柔声道："嗯，你不怕，我怕，你可要抱紧我。"

熟悉的冷香在鼻端浮动，熟悉的怀抱紧紧拥着她，她甚至能听到他胸口那熟悉的、强有力的心跳。他的心跳比正常人慢，五十几下，但每一下都很有力，一下一下地在她耳边跳动，仿佛能传到她的心里，让她有些心悸。

她知道自己有些贪恋这个怀抱，但是他的话完全可信吗？毕竟这只是他的一面之词。

她轻吸一口气，抬起头，想先挣开他再说。她在他怀里时感觉大脑转得都慢了。

但她抬头之际，他正好低头，她的唇擦过他的下巴，然后擦过他的唇。

顾惜玖的心脏漏跳了一拍，她忙要躲避，他眼神一沉，唇直接压了下来。

顾惜玖头脑轰然一响，唇瓣已经让他捉住，唇齿轻易地被他用舌尖撬开，他的舌滑了进来，在她口中肆意扫荡。

他的吻如他这个人一样，似乎镇定从容，却又极为强势，如大海中翻涌的波涛，能将人拉进去彻底沉沦。

他的吻像罂粟，能让她一向清明的大脑瞬间成为糨糊，一颗心跳得不像是自己的。

帝拂衣显然也压抑了很久。这些天他故意冷落她，却又无时无刻不在注意她，强行克制自己去亲近她。看到她和龙司夜在一起，他强忍着才没把龙司夜直接丢到外太空去！

他这人一向骄傲，看龙司夜不顺眼，但也没想动用圣尊的权势直接将龙司夜支走。他要凭借自己的本事和龙司夜公平竞争，不想使用手段得到顾惜玖。

现在终于将伊人抱在怀中，他早就想吻她，只是不想引起她的反感才一直压抑着自己。

偏偏她自己在这时将小嘴送上门来，他自然不再客气，名曰理智的那根弦直接断掉，将她吻了个彻底！

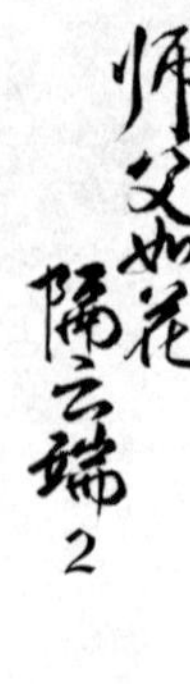

她是他的罂粟，吻她一次就食髓知味，让他吻了还想再吻。

但这个吻持续的时间并不长，因为顾惜玖及时醒悟过来，头一偏，在喘息的间隙避开了他，然后手指在他唇上一竖：“停！”

帝拂衣垂眸看着她，不想停。

顾惜玖在他怀中挣了挣，居然直接瞬移到了洞口附近。

外面还在下大雨。

顾惜玖没想冒着大雨跑出去，当然，这个时候逃走也不是她的作风。

她只是觉得被帝拂衣吻得有些蒙，需要冷静冷静。而这个地方有风吹进来，能让她清醒些。

她没想到的是，自己刚刚往洞口一站，外面一道球形闪电直接射了进来！

“小心！”帝拂衣的速度比她的瞬移速度还快，直接抱着她闪开！

球形闪电这次像是长了眼睛一样，居然直接追了过来！

帝拂衣的眼眸中闪过锐利的光芒，他一翻衣袖，七彩光芒如旋风般再次将球形闪电兜住，然后球形闪电就飞出洞了。

顾惜玖这次看得真切，蓦然睁大了眼睛。

这次的球形闪电没炸到山崖，而是直接盘旋着飞上了天空，没入云层之中，然后在云层中轰然炸开！闪电几乎撕裂了整个天空，让原本堆积的浓云像被一双无形的巨手撕开，扯成了碎片。

雨散云收，大雨停止，被乌云遮蔽的星空重新显露出来。

顾惜玖还是第一次见到如此霸道的功法，仿佛神瞬间改变了天地，让她望着外面一时说不出话来。

“你没事吧？”帝拂衣在她眼前晃了晃手指，有些担忧地问她。

顾惜玖终于转回目光，看着他道：“没想到……你有这样的力量……”这似乎已经不是人的力量。

帝拂衣心中微微一沉，他刚才震怒之下使出了圣尊的功法，不过他这个功法没在任何人面前使用过，这个丫头应该认不出来吧？

顾惜玖轻吸了一口气，从他怀里挣脱出来，心有余悸地看了看外面：“这雷为什么劈我？”

帝拂衣猜测道：“大概是你吃了青鸾鸟？”

顾惜玖怒道：“可明明是你烤的，它不是应该劈始作俑者吗？”

帝拂衣叹气：“它或许是欺软怕硬。我虽然是始作俑者，但真正吃掉青鸾鸟精华的人是你，如果老天要定罪的话，我是主犯你就是从犯……”

顾惜玖抽了抽嘴角：“我就吃了一对翅膀，还是在不知情的情况下吃的，这老天太不公了吧？有道是不知者无罪……”

“你还吃了两条腿。”帝拂衣提醒她。

“我哪有……”顾惜玖辩驳的话在看到青石上那两条鸟腿骨时停住了。

貌似她刚才听帝拂衣说话听入神了，然后抓过那两条鸟腿就啃。

“原来吃青鸾鸟的翅膀和腿就要挨天打雷劈……”她最怕打雷了，那她以后是不是得时刻做好被雷劈的准备？

“放心，就劈一次，不会再劈了。”帝拂衣安慰她道。

顾惜玖狐疑地看了看他：“你很懂啊，看来你早知道吃这个会被雷劈……”

帝拂衣叹道：“是啊，感动吧？为了让你一饱口福我真的是冒着天打雷劈的危险去抓青鸾鸟的……”

顾惜玖沉默片刻后问：“只是饱口福？”

帝拂衣点头：“你没感觉青鸾鸟的肉很好吃？任何美味都没法比？”

顾惜玖抬头望着他：“那你实话告诉我，你因为这个被雷劈过几回了？”

帝拂衣沉吟了片刻，回道：“其实也没多少回，不超过二十次……”

“都是抓的青鸾鸟？”

帝拂衣正色道：“本座岂能只吃一种？本座其实就是想尝一尝各种神兽、神禽的味道，一般吃过一次就不会再吃了，除非特别美味的，才有幸被本座抓两次……”

顾惜玖觉得三观裂了！

怪不得他会被雷劈，这行径简直就是天怒人怨啊！

“那雷劈你的时候你都会用术法反击？”

他刚才兜雷的手法太强大，她看得头晕目眩的。

帝拂衣咳了一声道：“大部分时候本座不和它一般见识。”刚才的术法太耗灵力，若不是看到那雷差点儿劈到顾惜玖，他也不会震怒到使出圣尊的术法。通常情况下，他是躲一躲意思意思就过去了，也算给老天面子。

他现在功力也就恢复了三分之二，使出那个术法后，他觉得身子有点儿虚。

顾惜玖似乎还在回味他刚才的术法：“你那术法是七彩的，我记得圣尊所使的术法也是七彩的……”

帝拂衣的心脏不由自主地加速跳了一下。

顾惜玖转头瞧着他：“你那术法……是不是圣尊教给你的？”

帝拂衣轻出了一口气：“那术法确实是他的功夫，学起来极难……等你的灵力等级够了，我教你啊。”

顾惜玖目光闪闪地问：“灵力够才可以？”

帝拂衣叹气，半认真半开玩笑地道：“最起码灵力等级得到十阶，所以你得努力了。”

两个人说了一会儿话，顾惜玖忽然觉得胃有些烧，血脉沸腾。

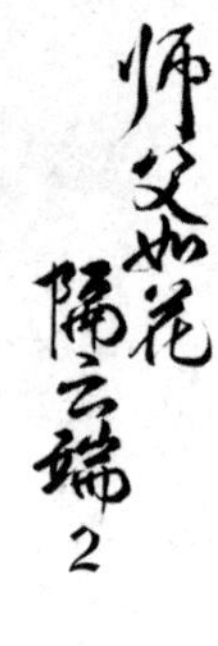

她有些吃惊，帝拂衣却像是早有准备，牵着她的手让她在一个蒲团上坐好：“现在应该可以练功运化青鸾鸟肉了，你按我说的做。”

顾惜玖练了将近一个时辰的功，再睁开眼睛时，只觉得骨头都似轻了几斤，全身的血脉特别顺畅，灵力在周身流动，极为舒服。

她微闭着眼睛感应了一下自身的灵力，蓦然睁大眼道：“我的灵力六阶八了？”

帝拂衣轻轻将手指按在她的手腕上，略一测试，微笑道：“六阶九！”

顾惜玖的眼睛瞬间亮了！

不用问，这是青鸾鸟肉的力量，没想到这鸟肉能提升这么多灵力！

她忍不住看了看帝拂衣，心中还是很感动的。

“谢谢你啊。”顾惜玖真心诚意地向他道谢。

帝拂衣似笑非笑道：“本座不接受口头上的谢意……来点儿实惠的吧？”

顾惜玖挑了挑眉：“你想要什么实惠的？”

帝拂衣道：“主动吻我一下？”

他以为顾惜玖会直接给他一句“你想得美”，却没想到她二话不说扑过来，唇在他的额头上轻轻一贴，还没等他反应过来，她已经潇洒地瞬移出去了。

那吻如蜻蜓点水一般，帝拂衣心中却如潮汐一般起伏。

这是她第一次主动亲近他，虽然这吻有点儿偷工减料，但也足够令他欣喜了。

外面的顾惜玖忽然低低惊叫了一声，帝拂衣立即出洞，直接出现在她身边：“怎么了？”

顾惜玖看着对面：“悬崖……悬崖不见了。”

对面原本是供学生实习的悬崖，但现在完全塌了，再也看不出曾经的模样。

这其实不是最重要的，重要的是，他对她的惩罚是用御风术上悬崖十次，但现在悬崖不见了。

那这惩罚是不是就不作数了？

帝拂衣简直就是她肚子里的蛔虫：“本座的惩罚从来不会打折扣，这个悬崖没了不要紧，咱们去别的地方。”

他抬手揽住她的腰直接腾空而起——

顾惜玖瞧着眼前几乎比原先的悬崖高一倍的峭壁简直生无可恋：“喂，这个太高了吧？！”她那边都上不去，现在让她飞这么高？

帝拂衣拍了拍她的肩膀：“宝贝儿，你可以的。本座在上面等着你。”他直接飞上去不见了。

顾惜玖心中一动。她现在的灵力提升了将近一阶，或许真的可以了？

事实证明，帝拂衣这人眼光极毒，他选的这处悬崖正好是让顾惜玖只有真正拼一下才能冲上去的高度……

她将帝拂衣所教的方法用对，再把灵力的最大潜能激发出来，果然就飞上去了。

当她凭借自己的力量第一次飞到这悬崖顶的时候，只觉神清气爽，雨后的空气清新得如同水洗过一般，让她整个肺叶都感觉舒服。

“开心吗？”帝拂衣随手为她擦了擦额头上的汗，“干得漂亮！”

他以为她怎么也得失败十次八次的，没想到她只失败了两次就上来了。

“开心啊。”顾惜玖几乎想旋转一圈。

她一向淡定冷静，一般情况下，再开心也不过是莞尔一笑，在别人面前一直是淡定从容的，只有回到自己的小窝里才会开心地蹦蹦跳跳，像个孩子。

但现在她就想转圈，看来帝拂衣在这点上真的没骗她，只要她用对法子，就能跳上那悬崖，不至于出丑。

只怪她逃课，只怪她熬夜。

帝拂衣看了看她弯弯的眉眼，也笑道：“是不是开心得想跳舞？”

“嗯。”顾惜玖确实有想跳舞的冲动。

帝拂衣一挥衣袖，空地上忽然多了一根高高矗立的铁柱，他建议道：“不如跳个钢管舞？”

顾惜玖：“……”

帝拂衣循循善诱道：“你不是说你跳这种舞跳得很好？当初还想用本座的身体来跳，本座一直好奇它到底是什么舞，现在不如跳一个？”

顾惜玖不想跳了，怕她跳完了他狼性大发。

她咳了一声道：“现在更深露重的，不太适合跳那舞。我还要飞九次悬崖呢，得保存体力，我先去飞这个。”她转身就想飞下去。

“如果你跳得好，本座的惩罚可以减半。”

顾惜玖挑眉问他：“你的惩罚不是不打折扣吗？”

“嗯，你如果跳好了，本座可以法外开恩。”

他忽悠她呢！

“跳钢管舞需要特殊的衣服，还要有动感的音乐……”顾惜玖开始找理由推托。

她越这么说，帝拂衣越好奇：“你需要什么衣服？本座这里说不定有。至于什么动感音乐……本座可以用古琴给你伴奏。”

他怎么可能准备这个？

顾惜玖先说了跳钢管舞需要的衣服：紧身小背心、和平腿短裤，最好有小草裙。

帝拂衣听了片刻，瞧了她半晌：“那种衣服——能穿吗？”

顾惜玖松了一口气。她就知道他没有，所以她忽悠他道：“跳钢管舞只有穿那种衣服才能有效果，要不然没意思。现在没那条件，所以还是先不跳了……”

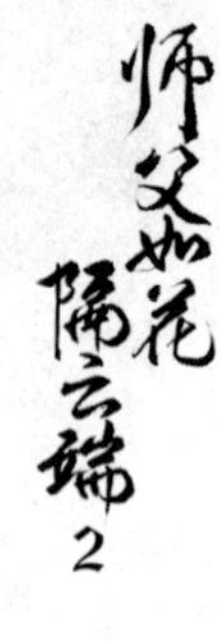

话没说完她就顿住了，帝拂衣从他的储物空间里拎出一套衣服，那衣服是一种弹性极大的布料做的，在月光下一拿出来就如鱼的鳞片一样闪着光。

他双指如剪，目光炯炯地看着她："想怎么剪？"他又递给她一套纸笔，"来，画一下样子。"

顾惜玖："……"她有一种搬起石头砸了自己的脚的感觉。

她轻吸了一口气，含笑地和他商量："咱不跳这个了，硬件、软件咱都跟不上啊，就算你这衣服能准备，但高跟鞋这里没有啊，以后我制造一双高跟鞋出来再给你跳吧。我可以给你跳一段其他舞……"

她越不跳他越好奇，虽然她说的有些词他不懂，但他很好问："你把那高跟鞋也画出来，本座看能不能帮你做一双。"

顾惜玖不相信他能凭空造出鞋子，所以将心一横在纸上画了一双高跟鞋，并说明它需要的软硬度和尺寸，也画了衣服所需要的样式。

帝拂衣将她画的样式端详半晌，叹气道："这个确实不太好办。"

顾惜玖松了一口气："是啊，是啊，所以还是算了。"

不料帝拂衣还有下一句话："不过难不倒本座。"

于是，顾惜玖又看到了一出左天师大变高跟鞋的戏码。

他伸出手，掌心有光芒旋转，仿佛是在抓取空气中流动的元素，随后掌心中慢慢凝聚出一双高跟鞋。

顾惜玖睁大眼睛看着他。她知道一个人灵力高了，可以随意抓取空气中的所有元素来做出自己想要的东西，但大部分被抓取的元素是金木水火土，而且大家无论凝出什么东西都和练功有关，基本是兵器。

但像帝拂衣这样的，他抓取的应该是空气中那种类似橡胶的元素，而且他费这么大精神做出来的只是一双鞋。

看来他对她的钢管舞也有执念。

她在心里感慨的工夫，帝拂衣已经按照她所说的尺寸将衣服也给弄好了，向她一推："好了，你穿上给本座看看。"

顾惜玖觉得又给自己挖了个坑，还想挣扎："动感音乐没有啊。古琴不行，钢管舞的音乐要劲爆……"

帝拂衣打断她的话道："你先把你需要的歌唱一遍，我来选乐器。"

顾惜玖把心一横，就唱了一首比较适合钢管舞的歌，她唱的是*Hypnotic*。

她模仿能力很强，这首歌唱出来声音微带沙哑，魅惑又极有动感。

帝拂衣一声不吭地听着，等她唱完，他笑了："这乐器并不难配……"他摆出了一架鼓和古琴，"这两样足够了。"

顾惜玖看了他半晌："有什么东西是你弄不出来的？"

有储物空间简直太好了，简直就是随身大仓库！只有你想不到的，没有他弄不出来的。

帝拂衣回答得很快：“你。”

顾惜玖忍不住笑了：“那容易啊，你的本事这么大，也可以生化一个我……像那个蛊大师一样，他就可以随意生化人，一模一样的，连身上的痦子都不差。”

帝拂衣挑眉看着她：“那灵魂是同一个吗？”

顾惜玖顿了顿，摇头道：“当然不是。”至少她和叶红枫就不是。

帝拂衣道：“那本座弄个壳子做什么？红尘壳子只是一具皮囊，里面的魂魄才是独一无二的。”

顾惜玖心中一暖，帝拂衣说起情话来还是很要命的。

帝拂衣已经开始催促她去换衣服，他已经等不及要看她跳钢管舞了。

顾惜玖觉得应该为自己谋取点儿福利：“对了，跳这个很费力气的，我觉得跳完我就没力气再用御风术了。”

帝拂衣这时候很好说话：“那容易，到时候如果你真没力气，其他的几次先欠着，明晚继续。”

顾惜玖觉得无语：“你怎么总是心心念念地想罚我？”

帝拂衣理直气壮地道：“这岂不是最好的约你出来的理由？”

顾惜玖揉了揉眉心：“那你干脆罚我一百次算了！”

帝拂衣心动了：“是个好主意……”

顾惜玖想踹他，这人果然没追过女孩子，这个时候不是应该说“我不舍得嘛”。

帝拂衣抬手揉了揉她的头：“快去，再不去惩罚真的会翻倍。”

顾惜玖拍掉他的手，这家伙喜欢摸人的脑袋，她总感觉他摸她的时候像在哄孩子。

她的钢管舞真的跳得很好，当年她扮成交际花在舞台上围着钢管翩然起舞的时候，明明穿得也算保守，但看台下的那些看客很多流鼻血了。

当她换好衣服站在帝拂衣面前的时候，帝拂衣将她从头打量到脚，又从脚打量到头，眸色比深潭还要深。

顾惜玖故意在他面前一弯腰，一扭身，黑发如瀑带起魅惑的弧度：“如何？好看吗？”

帝拂衣轻吸一口气，强压住想要做什么的欲望，回道：“极好看！”

她现在的身材一级棒，平时穿着略宽大的学院服尚看不出什么，但现在她穿着亮闪闪的湖蓝色紧身小背心、紧身平角裤，一条同色的斜披裙，稍稍一转，修长的大腿便在裙中若隐若现。

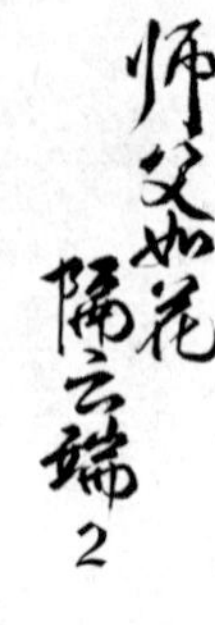

精致的锁骨、如玉般修长的双臂、紧实的小腹、笔直的双腿，都露在了外面，曲线玲珑有致，双峰饱满，纤腰如束。

玲珑玉足上一双高跟鞋更显得她双腿修长，月光下的她如同堕入人间的妖精，一举一动都要人命！

没想到这身衣服穿在她身上有这样惊人的效果，帝拂衣将手按在古琴上，忍了又忍，才忍住没做点儿什么。

头顶上有大雁飞过，帝拂衣一扬衣袖，大雁直接坠地。

顾惜玖诧异地看着他：“你还饿？”

帝拂衣将大雁丢进草丛里，说了一句：“非常饿！快跳！”

帝拂衣在音乐方面确实是天才，那首英文歌他只听了一遍，便将所有的调子都记住了，因为歌声和曲调并不同，他甚至加上了自己的东西。当古琴奏出激越的声音，顾惜玖开始在铁柱上面盘旋而舞。

钢管舞一旦跳好了，原本就极抓人眼球，而顾惜玖又因为轻功卓绝，跳起来格外妖娆帅气，忽而柔软如蛇围着柱子盘绕；忽而一字马，整个人如同飞扬而起的旗帜；忽而一飞冲天在铁柱上面旋转，长裙摇曳，如同盛开的花；忽而俯冲而下，却在将要落地时横飞而起，双足一个盘旋，整个身体弯成一种惑人的弧度。

帝拂衣弹琴时从未被人打扰过，他降妖除魔的时候，有些魅惑的妖精在他面前大跳艳舞，他也面不改色心不跳，指尖的音符成为杀人的利器，将那些红粉骷髅直接撕碎。

但现在他为顾惜玖的舞蹈伴奏，心神动荡间连错了几个音，跑了两次调。

他是完美主义者，这样极致的舞自然要配极致的音乐，要不然他也无法原谅自己。所以他很快拉回神志，一手弹琴，一手敲鼓，居然真的弹奏出激荡人心的乐曲，在天地之间流泻。

一舞停，一乐终。

顾惜玖在铁柱上一个飞旋，扬声笑道：“今日到此，我走了哈。”她直接一个瞬移走了。

她的打算是直接瞬移回自己的院子，因为天色已经不早，对面那人目光越来越深，所以她撩得差不多转身就跑是最聪明的做法。

只是她的打算很美好，现实却不是那么回事。

砰！她撞到一个什么透明罩子上。

透明罩子无色而柔软，弹性十足，因为瞬移的速度太快，冲力自然不小，所以她撞在上面后，身子直接弹回来了，然后扑通一声砸入一个怀抱中。这个怀抱弥漫着沁人的淡香，让她的心脏瞬间激跳如擂鼓。

帝拂衣的声音在她耳边响起：“跑什么？怕本座吃了你？”声音磁性中带着撩人

的暗哑。

顾惜玖几乎僵在他怀里，望着他咬牙切齿道："你什么时候弄了个结界出来？"

帝拂衣的手指轻抚她粉红的小嘴，他回答道："在你去换衣的时候。"

此处是深山，周围无人，但帝拂衣为保险起见，还是暗自在这里设了结界，免得她穿上那套衣服后被不相干的人看到。

帝拂衣的怀抱火热，他望着她的眼眸极深。

"惜玖，你这舞——给多少人跳过？"他抱着她坐下，哑声问道。

给多少人跳过？她还真数不清了，因为她当年跳过三场，每场都爆满，人头攒动，也不知道在场有多少人。

顾惜玖垂眸不答。

"怎么不说话？答不上来？嗯？"最后一个字尾音上挑，挑得顾惜玖心惊肉跳，她脱口而出道："你急什么？我在算……"

帝拂衣的俊脸直接青了，他轻勾嘴角瞧着她："还要算？"

顾惜玖说完也后悔了，自己被他抱在怀中的时候大脑时常短路，脱口而出的话让她说完就想吞回去。

她干笑道："其实、其实也没多少人，真没多少人……"也就七八百人而已。

帝拂衣抱着她，一只手环着她的头，手掌轻轻落在她的锁骨处，一只手揽着她的腿。

她这两个地方都是裸的，只觉得他的手掌异常火热，那热度似乎能隔着肌肤直接沁入骨头里，让她血流加快，和他手掌接触的地方泛起一阵奇异的热流，让她忍不住呼吸加快，脸蛋通红。

她挣了挣："你先放开，我去换衣服。"她感觉她穿着这身衣服在他怀里很危险。

帝拂衣不放开她，双臂一扣，将她紧锁在身上："惜玖，待会儿再换。"话没说完，他便直接吻了下来。

这次的吻非常激烈，他明显压抑着自己，却又仿佛要将她整个揉到他的身体里去，和她合为一体，让她成为他的一部分。

顾惜玖被他吻得几乎透不过气来，整个人是眩晕的，当他的手指压抑不住开始在她身上游走的时候，从未有过的巨大空虚、热血沸腾……一起自她体内汹涌而起，让她想流泪，想抱紧这个人。

她忽然有些怕，那感觉就像行走在万花筒般迷人的泥沼里，一不小心就会被吞得万劫不复！

他不会是想在这里……

她猛然睁开眼睛，发现自己身上那本就少得可怜的衣服几乎要被他揉成小布片，已经盖不住了。

“不！”她低叫一声，猛然将他推开！

他没防备，被她推得一个趔趄，而她趁势跳起，远远避开他：“帝拂衣，撤掉你的结界。”

帝拂衣其实也没想在这里得到她，毕竟他和她刚刚明确彼此的心意，他太激进的话只怕会把她直接吓跑！

只是他没想到他也有情难自禁的时候，也有险些疯狂的时候！

他深深吸了一口气，平复体内奔流的热潮，哑声道：“你……先把衣服换好。”

他可不想她以这副模样瞬移出去，哪怕她瞬移的时候沿途并不会有人看见，但万一呢？万一她一次瞬移不到位，误移到别处去呢？

他不管她前世怎么样，这世她这种风情他只想自己一人看到，其他人想也不要想。

顾惜玖极力稳定情绪，急忙从储物袋中拿出一套衣服套上。

“现在可以了吧？你撤掉结界。”

帝拂衣上前一步，为她整理衣襟。

顾惜玖急忙后退一步。

“别怕，未经你同意我不会对你做什么。”帝拂衣将她的衣襟整理好，这才撤掉结界。

顾惜玖立即瞬移，直接没影了。

帝拂衣在原地站了很久，本来想留下她再谈一谈的，但也怕自己把持不住。

顾惜玖也没想到自己这一晚居然会如此狼狈。

这完全超乎她的意料，她原本的打算是接受完他的处罚就彻底斩断和他的关系，却没想到……

她觉得她该冷落他几日的，毕竟这些日子她如此难过。

没想到了解到事情真相后，她居然选择直接原谅他，原谅了他这些日子对自己的伤害，她是不是太好哄了？

难道自己也是给一巴掌再给个甜枣就能哄过来的类型？

她才不是！

她只不过是原本就喜欢他，一直在压抑而已。

而那确实是个误会，更何况他也是为她好，也没造成什么严重后果。她一向是大度的姑娘，不拘小节，所以才这么快原谅他。

一定是这样！

就是这情景变得太快了！

这心情也转化得太快了！

她躺在被子里滚了滚，只觉得心里像藏着一盆火，而火上冒着幸福的肥皂泡，这肥皂泡在她心里咕嘟嘟直冒，让她无法静下心来。

这就是恋爱的感觉吗？

第二天顾惜玖起床，以为自己折腾一夜没睡，怎么也得出现一双熊猫眼，却没想到早晨揽镜一照，镜中出现的少女唇红肤白，一双眼睛水盈盈的，看上去精神得很，一点儿黑眼圈都没有。

她这哪里像熬过夜的？

不用问，这是青鸾鸟肉的功劳，看来青鸾鸟肉不但能提升她的功力，还有抗疲劳的功效。

她略一收拾，就走出门，迎面碰到了龙司夜："惜玖，早！"

顾惜玖对龙司夜还是有愧疚的，尤其是经过昨夜以后，对他的愧疚感就更深了："龙教官，你这是？"

龙司夜笑了笑道："走吧，我们去吃早餐。"他和她并肩而行。

"你……这是专程在这里等我的吗？"

"也不算吧，恰好路过。"

他骗鬼啊？从他住的地方去食堂压根不会经过这里，怎么也顺不到她这里来。

他对她应该没死心，也没放手。

"龙教官，对不起……"她开口道，"我愧对你的感情和付出，我……"她想和他彻底说开，让他放手，免得误人误己。

"惜玖，不要和我说对不起！你没有任何对不起我的地方。"龙司夜直接打断她的话道，"我知道你还小，不必考虑这些情爱之事。没关系，我现在只想作为朋友和你好好相处，你总不会连朋友也不想和我做了吧？"

顾惜玖："……"

龙司夜这一番话几乎堵得她无话可说。

她轻吸一口气道："龙教官，只要你瞧得起惜玖，我愿意一辈子把你当成最好的朋友，过命的朋友。可是我对你真的不是那种感情……也不是小的原因，你知道的，我只是这个身体小而已，心理年龄已经是成年人。我知道我对不起你，给你希望又让你失望，可我试过了，真的做不到……"

龙司夜脸色苍白，一双眸子盯着她："是因为帝拂衣吗？"

顾惜玖微微摇头道："不是因为他，是我原先弄错感情了……"就算昨夜她没和帝拂衣和好，哪怕她和帝拂衣一刀两断了，她和龙司夜也再没有可能。

她知道自己对不起龙司夜，可是爱情不是愧疚，她可以为他拼命，可是不能再回应他的感情。

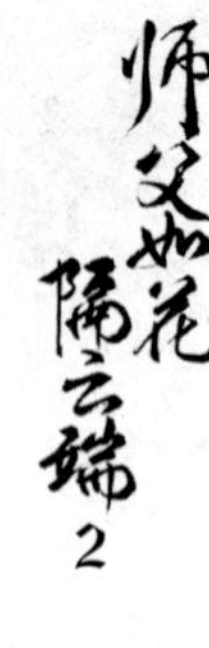

所以她心里对龙司夜的愧疚就算汇集成海，但该说的她还是要说："龙教官，我可以把你当最好的朋友，可以为你拼掉这条命，但是我真的无法接受你……对不住，你骂我一顿好了。"

龙司夜倒退了一步。

顾惜玖自身上取出枫叶玉佩递了过去："这个还给你……"

龙司夜抿了抿薄唇，说道："你就算不接受我的感情，这玉佩毕竟是你的东西，你不必还我。"

顾惜玖摇头："不，这玉佩不是我的，是叶红枫的。"

龙司夜看着她道："惜玖，你还是不相信我的那些话是吗？你才是真正的叶红枫，当年是我一时糊涂将你们换过来了。"

顾惜玖摇头："不，我就是那个生化体，我不是叶红枫……"

龙司夜睁大眼睛。顾惜玖将那个梦说了一遍，末了道："我知道你说的是真的，我也相信你的话，可是你不知道科学疯子已经察觉到了你的意图，又把我们换回来了……你并没有错，也没有对不起我……"

龙司夜不相信："这只是你的梦，或许因为你是这么想的，所以才会日有所思，夜有所梦。真实情况不是这样，就是我给你讲的那样。你看，我能带来这枚玉佩，还能再碰到你……如果你不是真的叶红枫，怎么会有这么巧的事情？"

顾惜玖叹气，思索了一下道："那你刚见到培养皿中的我时，你还有印象吧？你还记得当时我的培养皿是什么样吧？还记得你常和我说的那些话吗？"

龙司夜脸色发白地盯着她。顾惜玖从储物袋中拿出一张画，画上正是那"水晶棺"，她将画递给了龙司夜："你看，是不是这个？"

龙司夜的脸色更白了，他无法否认。顾惜玖画出来的"水晶棺"正是当年那个特殊的培养皿，他不止一次趴在上面观察过她。

顾惜玖又道："你那时常常趴在培养皿上和我说的话就是'我恨叶氏夫妇！他们太自私！你和我一样是生化人，可是他们一点儿不拿我们当人，你比我更可怜，他们只把你当成人体器官库，好随时为他们的女儿提供活体器官，你比我可怜……'"

龙司夜失魂落魄地离开了，有些踉跄。

顾惜玖微垂着眸子，知道这真相对龙司夜打击极大，可是她如果不说出来，良心会不安。

龙教官，对不起！

无论如何，是惜玖欠了你。

她慢慢向食堂走去，肩膀上忽然搭上来一只手："你做得对！"

她一惊，回头看到的是帝拂衣那一双如流波的眼睛。

显然，她和龙司夜的对话帝拂衣都听到了。

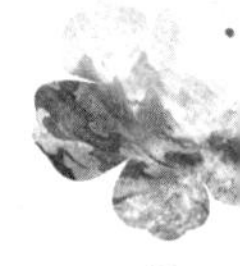

她抿了抿小嘴，说道："你偷偷跟踪我啊？"

帝拂衣挑眉道："本座明明是正大光明地跟啊，偷偷跟我会现身？"

他不由分说地拉着她的手就走："走吧，跟我去吃饭。"

顾惜玖不想和他在大庭广众之下拉拉扯扯的，忙撤回自己的手："你也吃食堂？"

帝拂衣道："有何不可？走吧！"

顾惜玖觉得自己在同学们眼里一定是朝三暮四、水性杨花的人。

前些日子她和左天师成双入对，后来表明是演戏，又和龙司夜暧昧不清，游玩吃饭，现在又和左天师并肩到食堂吃饭了……

食堂里人不少，向他们这个方向看的人也有不少，每一个人的眼神都很微妙。

顾惜玖虽然一向不在意别人的眼光，但在众多人若有若无的注目礼下，她也感觉脸上有些发烧，几乎能想象得到众人心中的吐槽。

帝拂衣却不管这些，拉着她在一张桌子边坐下："在这里坐着，本座给你点菜。"

顾惜玖站了起来："你坐着，我去点。"

帝拂衣一只手按在她的肩上："乖乖在这里等着。"他转身去了食堂的点菜窗口。

众人脑袋里一起闪过一个念头：左天师大人亲自去为一个女孩点菜，太稀奇了！

容易想多的人脑袋里又多闪过一个念头：这次又是唱哪一出？还是演戏？

片刻后蓝外狐和千翎羽进来，一眼看到坐在桌子边的顾惜玖，立即跑过来。

"惜玖！"

"惜玖……"

千翎羽一屁股坐在顾惜玖身边，手掌在她的肩膀上拍了一下："惜玖，你想吃什么？我请客！"

过了今天惜玖就要转到其他班，千翎羽心里满满的不舍和离愁，他也分外大方："你随便点！"

他刚说完这句豪言壮语，忽觉周围静了静，对面的小狐狸像弹簧似的蹦起，睁大眼睛看着他身后，周围所有人的目光也都看向他身后。

千翎羽汗毛一竖，下意识地回头，看到一排盘子飞了过来。

他急忙躲开，然后看到那些盘子像长腿似的跑到这张桌子上一盘盘摆好，一共六盘，红红绿绿的，排得像朵盛放的花。

千翎羽目瞪口呆，然后就看到了缓缓走过来的左天师大人。

千翎羽没想到帝拂衣会在食堂，起身后忍不住看了顾惜玖一眼，没等他开口，帝拂衣再次开口道："千翎羽，你想请客？"

千翎羽窒了窒："是……是啊。"

帝拂衣笑了，笑得如春风般醉人："那正好，这些菜本座还没付账，你去把账付了吧。"

千翎羽看着满桌的菜，这次桌上的菜极有特色，每一盘菜看上去就是一首诗、一幅画，精致得很，偏偏看不出是什么做的。

千翎羽没想到食堂还有这种菜，原先从来没有看到过！

不过，再精致也不过是六盘菜而已，他最近发了笔小财，付账绰绰有余，所以千翎羽就跑去窗口付账了。他豪气地把一袋灵石向收账的餐厅账房那里一丢道："左天师他们那一桌的酒菜小爷包了！"

账房的人看了看他，再看了看那袋灵石："你确定？"

"啰唆什么？确定啊！需要多少你自己在袋子里取！"千翎羽不耐烦了。他那袋子里将近有一千灵石，就算把这餐厅里所有好吃的来一盘也绰绰有余。

账房的人慢吞吞地拿过钱袋子，将里面的灵石全倒了出来。账房的人眼睛很毒，一眼扫过已经数得差不多了："千翎羽，这些一共是九百六十颗灵石，是那几盘菜钱的零头，请问其他灵石在哪里？"

千翎羽的一双眼睛睁得比鸡蛋还大："零……零头？还差多少？"

"一共五千九百六十颗灵石，还差五千颗。"

千翎羽傻了！

因为付账窗口有些远，所以顾惜玖并没有看到千翎羽的窘迫，只看到他站在那里一直不回来，还以为是在那里等着付账，便没放在心上。

她先是打量了一下六盘菜，六盘菜有荤有素，搭配合理，看上去就让人胃口大开。她毕竟见多识广，这么精致的菜实在不像大锅菜，心中一动问道："这些菜是你专门让这里的大师傅做的？"

"不错，食材也是本座亲手准备的，然后让这里顶尖的大师傅亲自掌勺做出来的。尝尝看味道如何？"帝拂衣顺手递给她一双象牙筷子。

顾惜玖向付账窗口那里看了看："还是等千翎羽回来一起吃吧。"她又招呼蓝外狐，"小狐狸，你先坐下。"

蓝外狐咳了一声："我、我其实已经吃过啦，惜玖，我就是过来看看你。好了，看过了我就走了啦。"她转身跑了。

顾惜玖："……"

什么情况？

她看向帝拂衣，帝拂衣很淡定，他正给她介绍菜色，仿佛没注意小狐狸的离开。

“好了，惜玖，先趁热吃吧，这些菜要趁热吃才好吃。”帝拂衣夹了一筷子菜放在她的盘子里。

“等一下千翎羽吧。”毕竟是千翎羽请客，不等人不好。

不过顾惜玖这句话没说完就顿住了，千翎羽已经不在付账窗口那里了。

他也跑了？

“你搞什么鬼了？”顾惜玖忍不住给帝拂衣传声。

帝拂衣挑眉：“本座一直坐在这里，能搞什么鬼？”

“那千翎羽怎么也不声不响地跑了？”

“他大概是付不起账，赖账跑了。”帝拂衣回答得轻描淡写。

不可能吧？！

千翎羽不是吃霸王餐的孩子。再说她也知道千翎羽口袋里有多少钱，毕竟她去鬼市卖药的时候，千翎羽一直给她打下手，每次都能分百八十颗灵石的。

小子虽然是个月光族，但最近貌似会理财了，能攒下不少灵石。

顾惜玖心中忽然一动，她看了看桌上的菜：“这几盘菜值多少钱？”

“不贵，因为原材料是本座亲手准备的。他们只负责收拾煎炒即可，应该有五千多灵石吧。”

顾惜玖：“……”

她的三观裂了！

上次晏尘请客，她带上大蚌，把这里的好菜点了一大堆，足足几十盆，一共才两千多灵石，那时晏尘看她就像看土匪。

那次和这次相比简直就是小巫见大巫，现在帝拂衣宰千翎羽这一顿，够千翎羽记一辈子了。

“你刚才是给他传音了吧？要不然他就算付不起账也不会跑，再说这里的账房先生也不可能让他跑……”

帝拂衣夸道：“你很聪明。本座刚才传音给他，一是把他抵押在餐厅里打五年工还账，二是他离开，本座待会儿自己付账，条件是以后本座和你在一起吃饭的时候他少来掺和。这小子二话不说就选了第二种，直接跑了！惜玖，五千灵石就让他把你给卖了……看来这小子也不是很厚道。”

顾惜玖觉得无语：“你少挑拨离间，翎羽不是那样的人，只是不一起吃饭而已，又不是绝交，如果我是他，我也会这么选。”

这么简单的选择题她相信正常人都会选择第二种。

她正要拿起筷子开吃，外面人影一闪，千翎羽像一阵旋风似的冲了进来，直接将一个大袋子丢到账房先生面前：“五千灵石在这里！你数数！”

袋口打开，一堆灵石堆满了桌子……

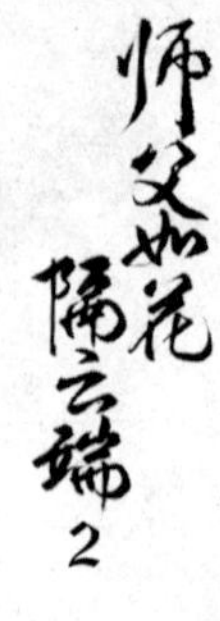

顾惜玖看着大马金刀地坐在自己身边的千翎羽，为他心疼：“你到哪里弄来的这么多灵石？”

千翎羽不答，一仰头，示威地看了帝拂衣一眼：“左天师大人，翎羽现在把账全付清了，以后能找惜玖一起吃饭了吧？”

帝拂衣看了他一眼，微微一笑道：“本座的条件是你付不起账的话以后本座和惜玖一起吃饭时不要来打扰，并不代表你付完账就可以随意打扰。明白了？”

千翎羽：“……”

顾惜玖忍不住道：“翎羽，我们是同修，你和小狐狸来找我吃饭无须任何人同意。”

千翎羽眼睛一亮，对呀，现在的顾惜玖又不是帝拂衣的什么人，有绝对的自由，和同学吃饭很正常。

就算帝拂衣和顾惜玖定亲了，帝拂衣也不能阻拦她和同学正常交往呀。

可恶，怎么对方的一个小圈套自己就钻进去了呢？！

千翎羽直冒心火，但灵石已经付了，他又不能要回来，那要吃回来！

他拿起筷子直接想吃，帝拂衣却慢悠悠地道：“你那五千多灵石可以吃一盘菜的三口，多吃就要再掏钱了。”

千翎羽终于怒了：“阁下这是龙肝凤髓啊？这么贵！何况这些菜的钱全是我付的！”

“虽然不是龙肝凤髓，却比龙肝凤髓还要名贵，你那五千多灵石只是做菜的工费，原材料的钱可远比工费要高很多。估计你把全班同学的灵石都借来，也不够买这桌子上的一盘菜。你确定还要吃？”

千翎羽：“……”

最后，千翎羽只吃了一口菜就泪流满面地走了。

因为他已经拍着胸脯说请客了，如果全吃回来，还算什么请客？

有千翎羽这个前车之鉴，其他人哪里还敢再上来碰钉子？所以全离他们这桌远远的，唯恐被左天师沾上痛宰一顿！

所以左天师这顿饭吃得十分惬意。

顾惜玖每样菜都吃了不少，每吃一口感觉都像吃了两千灵石，她得替千翎羽吃回来。

这些菜她吃到最后也没吃出到底是什么，反正每种口味都很独特，很好吃，都是她从来没吃过的。

她也问过帝拂衣，帝拂衣微微一笑，拍了拍她的肩道：“不必问这么多，这些东西你弄不来，不过不会再让你遭雷劈就是。而且这些菜也适合你的体质，对你有好处，有助于你将青鸾鸟的肉全部运化掉……”

原来他弄这些菜还是为了提高她的体质，并不仅仅是请客，怪不得他变着法将千翎羽和蓝外狐赶走。

顾惜玖心中暖流涌动，低垂着眸子：“你其实不必对我这么好的。”

帝拂衣凑近她道：“感动了？”

顾惜玖没说话。她当然感动，这一生还没有人对她这么好过，简直把她宠到了骨头里。

被喜欢的人这么宠着的时候，她感觉心里的暖仿佛要溢出胸膛……

“感动的话和我成亲如何？”帝拂衣笑吟吟地凑近她道。

顾惜玖吓了一跳！

成亲？！

帝拂衣看着她受惊的眼神，嘴角微勾：“吓到了？”

顾惜玖的心跳得厉害，这太快了，比闪婚还快。昨夜两人刚刚明确心意今天就开始讨论婚事？就算在现代闪婚也没这么快。

她下意识地开口：“我才十五……”

“十五及笄，修炼者灵力到达四阶便可成婚，以你的条件可以成婚了。”帝拂衣笑望着她道，“你不肯答应是对我还不放心吗？”

他的声音很轻柔，但语气坚定。

他一向是行动派，既然明白自己的感情，就想将对方彻底留在身边，不想再等。

顾惜玖下意识地觉得不妥，她毕竟是现代人思维，十五岁还是孩子啊！

再说他这求婚太快了！顾惜玖有些不能接受。

她轻吸了一口气，斟酌了一下说道：“我不是对你不放心，而是你这样确实太快了！我还没思想准备，再说我还在天聚堂读书呢。你也知道，在读书期间是不允许成婚的，我不想破格……”

帝拂衣目光微微一黯，他瞧着她道：“天聚堂的规矩你不必有顾虑，你只要答应和本座成亲，本座自然有法子，不会让你违背规则就是。至于太快……其实也不算快了，你我认识也将近一年了，就算现在准备成亲事宜也不会显得突兀，除非你现在确实不想嫁给我，你确实不想吗？”

顾惜玖摆了摆手，很诚实地道：“不想。”

帝拂衣不说话了……

顾惜玖没有转班。她当初转班是为了避开帝拂衣，但现在她和他已经和好，再转班就是多此一举了。

更何况帝拂衣也和她说过，她转班的话他也会去她的班级开设御风术的课或者给

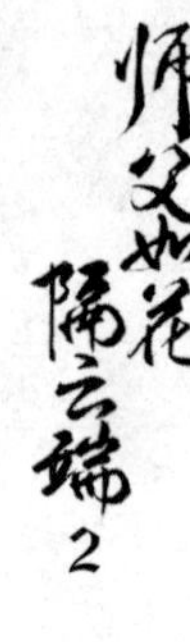

她补课。

所以顾惜玖、蓝外狐和千翎羽一同去找了古残墨。

古残墨消息灵通，顾惜玖和帝拂衣早晨一起吃饭的事他已经听说了，所以顾惜玖三人找来他并不意外，也答应了三个人的要求。

他先打发走了蓝外狐和千翎羽，留下顾惜玖，然后问她："你确实考虑好了，以后要和左天师大人在一起？不是演戏？"

顾惜玖轻吸了一口气，点头道："不是演戏。"她现在已经确定自己喜欢的是帝拂衣，所以没必要否认。

古残墨深深叹了一口气："可是龙宗主……他对你是真心的，你这样做很对不起他。"

顾惜玖心中微微一疼，她垂下眸子道："是，我对不起他。"

她现在最对不起的就是龙司夜了，只能以后找机会还了。

古残墨叹气："这也是没办法的事，其实这世上只要左天师看中的，无论人或者物没有他抢不到手的，任何人都不是他的对手……当年他抢了天祭月的徒弟……"说到这里他顿了顿，又摇了摇头，"总之，凡事要多留个心眼，不要被感情冲昏头脑，你是个聪明的小姑娘，凡事以学业为重。好，你去吧。"

顾惜玖知道古残墨不是喜欢说三道四的人，古残墨话音刚落，她立即抓住了他话语中的重点："他抢了右天师天祭月的徒弟？古堂主能不能和惜玖详细说说？"

古残墨摇头道："都过去了，不必讲了。老夫也不是背后说人是非的人，你若心有疑虑，可以当面去问他。"

顾惜玖点头："好。"她转身走了出去。

古残墨看着她的背影忍不住又摇了摇头。

这个女孩子是个难得的好苗子、千年难遇的人才。这样的孩子他不愿意看到她被感情毁了。

至于左天师，就算古残墨这种见惯世面的人也摸不透他，这人太神秘了，身上的谜太多，甚至做的事有时也让人不解。这人就像翱翔在天际云层中的龙，让人只能看到他的一鳞半爪，从未看到过全貌，却让人本能地感到危险。

这样的人不是一个女孩子能抓住的。

古残墨平时根本不会背后说人是非，这次也是忍不住，但仅仅暗示了一下，只希望顾惜玖能明辨是非，别一头栽进去万劫不复就好。

顾惜玖从古残墨那里走了出来。她是个敏感的姑娘，古残墨的话没在她心里造成影响那是骗人的，但她也没太放在心上。

当年她和帝拂衣共同冒险，被天祭月伏击，她问过帝拂衣和天祭月的恩怨，帝拂衣那时三言两语给绕开了，只说他杀了天祭月的徒弟，并没有说具体原因。

现在她听古残墨的语气，这三人之间是有恩怨的，但未必是感情纠葛，毕竟古残墨也是听别人说的。

或许她该亲口问问他？

她一边走一边思索着，迎面走来一个人，她差点儿撞进那人怀里，忙后退一步，抬眸："龙宗主！"

对面站着的人正是龙司夜，他的脸色苍白得厉害，看上去甚至有些萧瑟，一双眸子里却似有无数情绪在涌动，似怒又似失望还似悲哀。

他看了她片刻，最终表情还是化为苦涩的笑容："惜玖，原来你还是为了他……"说到这里话又顿住，他转身就走。

顾惜玖心里也不好受，忍不住向前追了两步："龙宗主！"

龙司夜顿住，但没回头："何事？"

顾惜玖心中热血滚动，她自储物袋中拿出一株晶莹剔透的红色药草，又紧走两步，递到他跟前："这个送你！"

龙司夜微微垂眸。

那是三千年的幻行草！

他抬眸看着她，没说话，也没接药草。

"你不是一直在寻找这株药草吗？现在送你啦。"顾惜玖不由分说地将那药草递到了龙司夜手里。

龙司夜被动地垂眸看着手里的幻行草。这东西他寻找了几十年，也惦记了几十年，在几年前如果有人拿出这株药草，哪怕让他用整个天问宗来换，他也是会换的！

但现在……

他指尖一弹，那株幻行草飞起，重新落回顾惜玖手中。

"用不着了！"他只回答了这四个字，便转身离开了。

顾惜玖看着他的背影在远处渐渐消失，感觉心像是被割了一刀。

前世她拒绝的追求者不计其数，却从来不会有多少愧疚感，但现在对龙司夜，她是真的很愧疚。

"宗主，仙竹峰似有外敌进入！"一只寻踪鸟落下，一道留声符跌落在龙司夜的掌心之中，留声符中传出天问宗首席大弟子的声音。

龙司夜脸色微微一变，仙竹峰上的冰殿就是放置生化女体的地方！

他想了想，给古残墨留书一封，然后唤来自己的坐骑，腾空而去。

冰封的大殿如同琉璃的世界，漫天的风雪在大殿前呼啸。

一切和往常没有什么不同，但原先一直被术法封住的殿门敞开着。

龙司夜慢慢走过去，先随手检查了一下殿外的阵法设置，没有被触动，又慢慢走到大殿前，一挥衣袖，殿门彻底敞开，寒气盘旋而出。

他抬脚入内，然后足下被绊了一下，目光直直地向那口水晶冰棺看去。

水晶冰棺内空空如也，里面的生化体不见了！

他难以置信地在大殿内迅速转了一圈，除了冰尸不见了之外，其他地方看不出什么异常。

大殿内有机关，尤其是水晶棺周围，那些机关不是行家压根打不开。现在水晶棺是被打开的，而不是被暴力弄开的。

显然，来这里偷盗冰尸的是行家，也是了解他的人。

这个人会是谁？偷盗冰尸有什么用？

这么多年来，来过这里的人只有三个，他、顾惜玖、帝拂衣！

顾惜玖不可能，她一直在天聚堂待着。难道是帝拂衣？！

貌似帝拂衣也不太可能，帝拂衣最近一直待在天聚堂，隔三岔五就和他碰面。

从天聚堂赶到这里最少要两天，就算帝拂衣那头坐骑速度极快，要赶到这里也需要一天时间，来回要两天，而帝拂衣貌似没有失踪过两天时间。

难道是他派他的手下来的？

龙司夜失魂落魄地站在水晶棺前，似乎还能看到那具冰尸漂亮安静的眉眼。

这具冰尸曾经是支撑他活下去的希望，他几乎两三天就要来这里坐半天，然后诉说自己的思念。他心心念念着想让顾惜玖在冰尸中复生，然后和她双宿双飞，两人做一对神仙眷侣。他没想到顾惜玖倒是成功复生了，却变了心。

而冰尸也不见了！

他的感觉就像在万丈悬崖上一脚踏空，再也找不到方向。

他深一脚、浅一脚地出来，叫来自己的大弟子询问情况。

而大弟子的回答让龙司夜增加了对帝拂衣的怀疑！

大前天他的大弟子无意中看到一个貌似帝拂衣的影子在仙竹峰一闪而过，不过等大弟子来看时就没看到人了，只看到冰殿的殿门开了。

因为他的大弟子无法靠近冰殿，无法看里面的情况，所以才派寻踪鸟紧急给师父送信。

龙司夜握紧手指。他的大弟子很可靠，不会撒谎，而且眼睛极毒，无论什么人在他面前走一圈他就能记住这个人的体貌特征，再不会错。

他的大弟子是见过帝拂衣的，大弟子说看着像，那就基本可以肯定来偷盗冰尸的是帝拂衣。

龙司夜心中的怒火升腾而起，他并没有再说什么，唤来仙鹤，腾空而去。

他行了半日，行到一处深山上空。前面忽然现出车驾，水晶马车极为奢华，车厢内隐隐有两人相对而坐，其中一人身着紫袍，隐隐是帝拂衣的形容。和他相对而坐的是一个女子，女子身段窈窕，一身淡粉衣裙，虽然看不清面目，龙司夜看到对方的身姿，一颗心就跳了起来。

那人是顾惜玖！

不对，不是现在的顾惜玖，而是现代时的顾惜玖……

他热血上涌，正要冲上去看看，水晶马车却忽然一个俯冲，下去了。

龙司夜自然不肯放过，跟着飞了下去。

下面是莽莽苍苍的原始密林，而在密林处有一个树木略少的山坡，水晶马车就在山坡上停了下来。

龙司夜冲下来时正看到马车中一位女子轻盈地跳下来。她的功夫应该不高，落地时一个踉跄，人差点儿趴下，但她随即扶着车驾站稳，一双眸子向龙司夜望过来。

龙司夜脑子里轰然一响，那女子是他的生化冰尸！她活了！

女子歪头看了他片刻，终于开口："你……你是……龙昔哥哥？"声音清脆悦耳，正是他曾经熟悉的声音。

龙司夜足下一个踉跄，像是被人猛敲了一锤，全身都变冰冷了。

叶红枫！这是叶红枫的声音！叶红枫的口气！

谁……谁把她的魂魄给弄来了？！

他骤然向马车中望过去，沉声喝道："帝拂衣，你这是何意？！"

马车中的紫袍男子并没有下车，笑声清朗而富有磁性，正是帝拂衣的声音："龙宗主，这才是你应该放在心上的人不是吗？她是你的未婚妻，也是你辜负的女孩子。现在本座使用秘术将她的魂魄给弄来了，你的这生化体她用正合适，你可要好好待她，不可再辜负。"

他话音刚落，水晶马车再次飞起，眨眼飞入空中不见了。

"混账，你别走！"龙司夜大怒，跳上仙鹤追去，但水晶马车跑得太快，已经只剩一个模糊的小白点。

他正要继续追，下方忽然传来凄厉的惊叫。

他向下一望，手指猛然一握！

一只凶猛的豹子从密林中冲出，目标正是跌倒在地尚未爬起来的女子。

该死！

龙司夜再次俯冲而下，还未落地便一挥衣袖，一道绿光自他衣袖中飞出，将那只豹子掀飞，拍在树上。

他一腔怒火无处发作，一出手自然威力极大，不但豹子被拍飞，连那棵大树也直接断成两截，轰隆一声倒在地上。

女子显然被吓坏了，哇的一声哭出来，向他怀中扑过来。

龙司夜一拂衣袖，女子在离他半米处站定，再扑不过来。

她脸色煞白，眼泪在眼里滚来滚去：“龙昔哥哥。”

龙司夜感觉额头青筋跳了跳，淡淡地道：“我不是龙昔！”

女子茫然地看着他：“可是、可是刚才那人说你是我的龙昔哥哥，你们的相貌也很像。”

龙司夜声音冷冷地道：“他骗了你！本座是龙司夜，天问宗的宗主。”

他还是忍不住上下打量了一下她，心头的悲哀层层涌上。这是他为顾惜玖准备的身体，没想到顾惜玖没用上，倒便宜了叶红枫。

他对叶红枫的感情其实很复杂。

那场手术先被取心的是叶红枫，也就是说先死的也是叶红枫。

他以为叶红枫鸠占鹊巢这么多年，享受了这么多年本该顾惜玖享受的荣华富贵，死了也不算亏，所以他对叶红枫只有一点儿愧疚。

他追随顾惜玖而死，这些年在这边一直为复活顾惜玖做准备，对叶红枫只是偶尔会想起。

但这次从顾惜玖的口中他知道了真相，原来俩孩子并没有被换过来，叶红枫所享受的也是她应得的，就算她性格不讨喜，但她没亏欠谁。

倒是他亏欠了叶红枫。

现在她在他制造的生化体内复活，谁说不是冥冥之中对她的补偿？

龙司夜刹那间心乱如麻，自己也不知道是什么滋味。

如果是别的魂魄占了冰尸的身子，他会二话不说将对方的魂魄杀死。

但现在复活的人是叶红枫。

他原本就亏欠她，难道还要再将她杀死一次？

更何况顾惜玖也用不着这具冰尸了，她有了更好的躯壳，现在以全新的身份在这片大陆上混得风生水起。

他胸中热血激荡，手指在衣袖内微微颤抖。

远处传来虎啸猿啼，叶红枫忍不住向他身边凑了凑：“龙昔哥哥，这是哪里？我害怕……”

“再说一遍，本座是龙司夜，不是龙昔！你唤我龙宗主吧！”龙司夜的语调冷冷的，气场全开。

叶红枫缩了缩身子，不敢再惹他：“是，龙宗主。我、我害怕，你、你不要丢下我……”

龙司夜头疼。他自然不能将叶红枫抛在这里任她被野兽叼走，只能将她带回去。

叶红枫前世就是一个骄纵的千金大小姐，现在附体在冰尸身上依旧半点儿功夫没有，她在鹤背上根本坐不稳，龙司夜干脆在鹤背上抱住叶红枫。

叶红枫眼睛一亮：“龙昔哥……龙宗主。”

龙司夜粗声道：“闭嘴，坐好！”

仙鹤载着两个人腾空而起，叶红枫吓得再次尖叫，不顾一切地回身抱住了龙司夜的腰，死死抱着不肯撒手。

龙司夜僵了僵后，险些运功将她弹开，好在他及时压住冲动，只是不由分说地想将她从怀里扯开，但她将他抱得死死的，像溺水的人抱住了唯一的浮木，他不运功的话压根扯不开她。

他心绪浮动，正要运功强行扯开她，忽觉后腰那里骤然一麻，脑中像是有什么冲了进来，让他的大脑出现一瞬间的空白。

而在他怀中的少女依旧死死地抱着他，嘴角勾起一抹奸计得逞的笑容。

月亮大如圆盘，高悬空中，几朵浮云随风飘浮，月光给浮云镶嵌了一道金边儿，显得美不胜收。

天上月儿圆，地上帝拂衣牵着顾惜玖的手缓缓前行。

这是一座颇为繁华的都市，八月十五为团圆节，大街上自然热闹得很。

当然，为避免引起不必要的闲话，二人都易容了。

二人逛了夜市，逛了无数小吃摊、首饰摊……

帝拂衣有洁癖，显然是不常逛夜市的，所以顾惜玖拉着他吃路边摊的时候，他有些抗拒。

顾惜玖给他讲解，一座城市的饮食文化其实不在豪华酒楼里的鱼翅燕窝，而是在这些夜市路边摊，它们才是一座城市特色小吃的明信片。

在顾惜玖的一番忽悠之下，帝拂衣终于陪着她在那些小吃摊前坐下。

其实帝拂衣对这些小吃并不感兴趣，他吃东西嘴极刁，那些名厨弄出来的招牌菜都未必能让他多看一眼，更别说这种充满原始风味的小吃了。不过他看顾惜玖吃得香，也忍不住会跟着吃一两样。

顾惜玖吃着吃着感觉他一直看着她，几乎是咬一口手里的东西看她一眼，仿佛在看着她下饭。

帝拂衣一向高高在上，无论走到哪里都要净水泼街。左天师委屈地在这里吃路边摊，顾惜玖觉得有些作孽，也有些兴奋，故意问他：“好吃吗？”

帝拂衣正努力啃一串金黄色的丸子，听到她这句话后抬起头，思索了一下，很诚实地问：“你想听实话还是谎话？”

顾惜玖忍不住笑了起来。

她拉着他起身：“好了，不摧残你的胃了，我们走吧。”

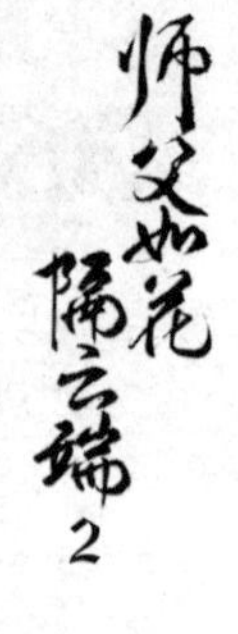

帝拂衣如释重负，丢下那串让他感觉胃疼的丸子，牵着她的手继续逛。

他财大气粗，无论顾惜玖看中什么，他二话不说就买下来，所以他们逛一圈下来，顾惜玖收获颇丰。

幸好她有无敌储物袋，无论多大的东西往储物袋中一丢就行。

他们虽然易容了，但也是一男一女，而且男的玉树临风，女的婉约美丽。

那些商贩常常夸赞他们是天造的一对，地设的一双。

每当商贩说这些话的时候，帝拂衣的眉眼就弯得厉害，他也分外大方，有时候给人家的赏银比他买的东西的价钱还要多。

顾惜玖虽然对他的这种行径无语，但心中也暖洋洋的。

在某些方面帝拂衣其实挺孩子气的，让她感觉可爱得很，很想抱抱他。

她是个行动派，于是她就抱他了，将手放入他的臂弯中，像现代很多情侣一样抱着他的手臂走路……

这个时代的人毕竟保守些，大街上虽然有不少情侣，但大家最多就是牵牵手而已，大部分是一前一后或者并排走的。

帝拂衣自然不排斥她的这个动作，还很喜欢。

顾惜玖开始这么抱他的时候他还有些不自然，但他适应能力超强，很快就适应了，甚至还立即成了习惯。

顾惜玖在摊位前流连买东西的时候会放开他的手臂在那里挑，等离开时她有时候会忘记再抱着他的手臂，他会很耐心地将她扯到自己身边，然后把手臂递过去让她抱着。

“左天师大人，你这适应能力很强啊！”顾惜玖笑眯眯地取笑他。

“唤我的名字。”帝拂衣拍了拍她的手。

“帝拂衣？”

“连名带姓，太生疏了！”帝拂衣不满。

“拂衣？”

帝拂衣满意了一点儿：“我觉得你还可以在这两个字后面加点儿什么……”

顾惜玖琢磨了一下，试探着道：“拂衣爷爷？”

帝拂衣满头黑线：“什么？！”

“嫌我把你叫老了？拂衣叔叔？”顾惜玖又给他降了一辈。

帝拂衣似笑非笑地看着她：“你接着装！”

他眼神里闪着危险的光，顾惜玖不由得也笑了起来，附在他耳边道：“你想让我唤你哥哥？”

她的声音隐隐带着一丝磁性，仿佛有小钩子勾得人心里痒痒的。

她的气息暖暖的，吹进他的耳内，让他的心湖瞬间动荡不休。他将她扯到身边，在她唇上吻了吻："答对了！"

二人笑闹着前行，一个小商贩拦住了他们。小商贩是卖玉器的，手里拿着一块狐眼玉佩极力推销道："这位小哥长相如此俊美，如果戴上这玉佩就更显得英俊潇洒了！"

帝拂衣瞥了一眼玉佩，以他毒辣的眼光自然看出这玉是劣质的，不过他觉得这玉的形状有些眼熟。

他忍不住摸了摸自己额头上的狐眼抹额。

他虽然易容了，但抹额并没有摘下来，只是用术法遮了遮它的亮度，现在还贴在他的额头上。

小商贩也注意到了他头上的额饰，脸色微微一变："这位小哥，你怎么敢戴这个模样的抹额？！快取下来！快取下来！你不要命了？！"

帝拂衣挑眉，难得有点儿蒙："为何？"

"小的明白你想学左天师，嗯，小哥的容貌也可以稍稍跟左天师比一下，但是你和他还是没法比啊，天上地下也无法形容你和他的距离。咱们这城里的男人虽然人人想学他，但是也不敢戴和他同款式的抹额，最多戴些相似的玉佩、腰佩，可不能真学左天师大人！对了，你这额饰是哪个不长眼的卖给你的？这不是让你犯杀头之罪吗？"

小贩苦口婆心地在那里劝，恨不得伸手将帝拂衣的抹额给扯下来。

顾惜玖自然明白是怎么回事，心里笑得不行，咳了一声，扯着帝拂衣就走："好啦，我们走，我们走。"

帝拂衣片刻间似乎也明白了什么，走在街上的时候随意扫了一眼其他路过的男子，果然时不时看到他们腰间或者衣襟上别着狐眼玉佩或者狐眼胸针。

顾惜玖瞧着他目光微微闪烁，唯恐他会憋出坏水，在旁边笑着道："看来这里的百姓都很崇拜你，所以才想学你……"

帝拂衣瞧了她一眼，没说话。

顾惜玖扯着他的一条手臂："你不会因此就怪罪这里的人吧？其实这种事在我们那个时代也很常见的，偶像戴的表啦、包包啦、戒指啦，甚至头饰、衣服，大家都会争相效仿，想要买同样的东西佩戴。只有真正崇拜一个人才会效仿他，尤其是我们那个时代的小女生，恨不得自己的男朋友和自己崇拜的偶像沾上点儿边，千方百计地想把男朋友打扮成偶像的模样……"

帝拂衣一声不吭地听着，冷不丁问了一句："男朋友是自己的男人？"

"不，不是，是类似现在的未婚夫，但还没定亲的……"顾惜玖尽量给他解释得通俗易懂些。

"那我现在是你男朋友？"

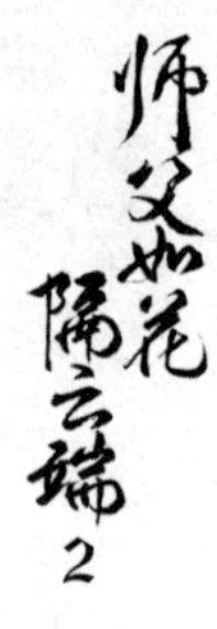

顾惜玖几乎没思索地回道："是啊。"

帝拂衣眼眸微弯："那你的偶像是谁？"

顾惜玖："……"她想起了她在现代家里那一墙壁的偶像画报。

她咳了一声，决心让他开心一下："我的偶像是你啊。"

帝拂衣抬手敲了一下她的头："撒谎！"

他敲她的头力道自然很轻，顾惜玖握住他作怪的手："来，告诉我，你的偶像是谁啊？"

帝拂衣回答得毫不犹豫："本座。"

顾惜玖："……"他够自恋的！

帝拂衣轻笑道："这世上本座可是最好的男人，没有人比得上……"

顾惜玖故意道："那圣尊呢？"

帝拂衣一噎，笑了笑，摇了摇头："圣尊其实很孤独的，是这个大陆的神，是一个必须高悬在那里的称号。本座并不羡慕他，当然也不崇拜他……"

顾惜玖望了他一眼，道："圣尊其实是我的偶像……"

帝拂衣抱臂望着她："所以？"

顾惜玖眉眼弯弯地说："我很想将你打扮成圣尊的模样呢。你和他的气质其实挺像的，你如果扮成他只怕外人很难分辨出来。你说，我如果将你打扮成他，会不会把古堂主他们也糊弄过去？"

她这是在试探他吧？

帝拂衣将手臂搭在她的肩上："或许吧，宝贝儿的想象力很丰富。走吧，我再带你去个地方。"他揽着她的腰前行。

顾惜玖微微垂眸。他对她其实还是有防备的吧？

不过她对此也不意外，有些事就算是夫妻也是不能透露的。

顾惜玖是杀手，自然明白这些道理，所以她也没将此事放在心上。

帝拂衣或许也有不得已的苦衷吧，所以他不说她就不问。

只要他真心对她好就行，其他的都不重要。

浪花飞卷，波澜壮阔。

天上那轮圆月在海面上浮荡，如同撒了一海的碎金。

顾惜玖坐在独角兽的背上，看看下面的大海，再回头看看身后的帝拂衣："你想要带我去的地方就是这里？在大海上空赏月确实是个不错的创意……"

"宝贝儿，你的水性怎么样？"帝拂衣问她。

顾惜玖向下面瞧了一眼，这里是深海，海水深蓝，浪也不小，无风也有三尺。

"水性还行，不过这里是深海，天气又冷，咱们没必要下去洗海水澡看月亮吧？

我忽然觉得就这么赏月也不错。”顾惜玖扯住他的一片衣角，唯恐他心血来潮将她丢下去。

“我带你下去好不好？下面有好玩的。”帝拂衣抱着她的腰在她耳边开口。

“不要！太冷了。”

“不冷，下面很暖和的。”帝拂衣继续劝道。

他骗鬼啊？她又不是没下过深海。

顾惜玖继续摇头，帝拂衣笑了：“宝贝儿，有时候你的胆子得大一些。”他抱着她嗖的一声跳下了海。

顾惜玖认命地在空中摆出入了水的姿势，然后——

她发现自己和帝拂衣落入一个气泡之中，不，是一个气泡似的结界之中，气泡并没有漂浮在海面上，而是像炮弹似的载着她和他直沉入水。

气泡内温暖如春，尤其是身后的怀抱更是暖如朝阳。顾惜玖抬眼看着海水从四面涌来将气泡直接淹没，看着气泡像艘小型潜艇似的下潜。

气泡应该是他控制的，因为他在气泡内一只手一直掐着法诀，另一只手臂则揽着她。

他带她下海看什么？看深海里的海景？可这么黑她真看不到什么。

难道是看蜃蚌？总不能是看水晶宫吧？！

看这下降的深度足有几百米了，如果气泡结界破裂，正常人直接会被水压压成相片。

可以想象气泡结界承受着多大的压力。

下面隐隐可以看到淡淡的光芒。顾惜玖向下一望，讶异地睁大了眼睛，下方隐隐是一片建筑，在深海中闪着莹润的光。

不会真是水晶宫吧？！

那片建筑越来越近，顾惜玖看清了它的轮廓，然后屏住了呼吸！

那真的是一片建筑，碧玉为瓦，玳瑁为墙，珊瑚为树……比顾惜玖在电视上见过的水晶宫还要美，还要奢华。

一大片建筑就静静地窝在水下，不知名的水草随着海水轻轻荡漾，一切美如幻境。

气泡似是穿透了什么，直接坠落在那片建筑前，气泡也随之破裂。顾惜玖站了起来，然后讶异地发现这宫殿周围是没有水的，她甚至是可以呼吸的，空气如在森林之中那般清凉，沁人心脾。

没想到这海之深处居然真有这样的建筑！还这样美轮美奂！

顾惜玖站在原地片刻，忽然一把捞起身边帝拂衣的手在上面咬了一口，然后目光灼灼地问他：“疼吗？”

帝拂衣无语，拉着她的手就走："放心，这不是做梦。"

顾惜玖随着他前行，足下是青玉铺就的小路，踩在上面如同踩在江南青石板路上，带着抹淡淡的古雅韵味和潮湿。青玉路旁有各色高低错落的珊瑚树，还有蜃蚌张着壳，露出里面光华闪烁的蜃珠，如同一盏盏明明灭灭的珠灯，一直通向院落深处。

顾惜玖先看向那两扇朱红色的大门，大门不知道是什么材质的，看上去如珠似玉，时不时闪过一抹剔透的红光，将整个建筑照亮。

在朱红的大门上方有一块空白的牌匾，而在大门旁还有一块雪白晶莹的大石。

"这是？"顾惜玖心中微动。

"等着你来为它起名。"帝拂衣依旧揽着她的腰。

"让我起名……难道这里是为我修建的？"顾惜玖的一颗心又快速跳了起来。

"对啊。"帝拂衣微笑，"你不是想要一座水晶宫？怎样？这水晶宫你喜欢吗？"

顾惜玖心中的暖意又开始冒泡："喜欢！"

这个人不愧是这大陆的第一人，随时随地造房子的本事无人能及！

她当时对别人不过是随口一说，没想到他真的给她造了一座水晶宫！

帝拂衣随手变出一支特制的笔，然后看向她："想个名字吧，本座为你题匾。"

顾惜玖："……"可怜她读的书虽然不少，但文化细胞真的不多，这时候一时也想不起高大上的词来。她搜肠刮肚地想了好几个，都被帝拂衣嫌弃太俗拍了回来。

最后她怒了："你文化墨水多，你起名字呀。"

帝拂衣略思索了一下道："以我们的名字为名如何？帝玖宫？帝惜宫？"

顾惜玖眼睛微微一亮："就叫帝玖宫吧，天长地久，取其谐音字。"

帝拂衣手指微微一僵，但他随即笑道："好，就叫帝玖宫！"

他身形飘飘飞起，在门匾上用那支笔刻下了"帝玖宫"三个字。

他的字龙飞凤舞，洒脱有力，仿佛要破匾而出，看上去极有气势。

牌匾上还有缠枝花纹，花纹极古朴，配上他的字倒是分外和谐，让整个宫殿增色不少。

顾惜玖的兴致也上来了，她向他要那支笔："我也要在这大石上留字。"

帝拂衣把笔递给她："这笔是特殊墨水，一旦写上就再也擦不掉了，你想好再写。"

"放心！"顾惜玖将笔在手指间转了一个圈儿，略思索了一下，抬手在大石上先刻下了一行大字：天长帝玖！

她的字体秀丽中透着刚劲，自成风格，落笔处的风骨居然比帝拂衣差不了多少。

帝拂衣很欣赏她写的这四个字，不过他还觉得意犹未尽："我觉得该把我们的名字刻在上面。"

“好啊。”顾惜玖随口答应，在脑海里排列了一下字体，忽然福至心灵，用笔在大石上写下了两个人的名字，帝拂衣的名字在左，她的名字在右，在两个名字之间画了一颗心，心上射了一支箭，寓意正是丘比特之箭。

这个签名很有意境，顾惜玖兴致勃勃地让帝拂衣看。

帝拂衣瞧了瞧那支箭，那箭是从右方射向左方的，然后他再瞧瞧两个名字，最后又瞧瞧顾惜玖：“你这是想把我一箭穿心？”

没文化真可怕！

顾惜玖鄙视他，然后给他讲解丘比特之箭的寓意。帝拂衣立即懂了，也很欣慰，然后出主意道：“不如再画上一支箭和第一支箭交叉，又美感又显得更情深……”

顾惜玖觉得无语：“你这是要把这颗心扎成筛子啊？按照你的主意，干脆在上面插满箭算了，那不叫情深得一箭穿心，叫万箭穿心……”

帝拂衣：“……”好吧，是他错了。

他拉着她推门进去：“来，再看看里面。”

两人进入院内，院内有珊瑚礁、珊瑚树、珊瑚塔，有细长的、如翠玉般的海草随风摇曳。

院内的设计也很有海国风格，一草一石都独具匠心。

院内能题字的地方不少，帝拂衣题了几处，顾惜玖也题了几处，假山、玳瑁亭、宫殿的门匾……到处都留下了他们的墨宝。

还有几处是两个人一起题的，当然，二人都在上面留下了自己的名字。

帝拂衣喜欢顾惜玖“一箭穿心”的设定，所以很多需要题两个人的名字的地方他都画了一支箭。

这些题字有些是帝拂衣所写，有些则是顾惜玖题上去的。

顾惜玖这辈子也没题过这么多门匾，玩得很高兴。

这处宅院六进六出，占地面积极大，宅院后面居然还有座大花园，花园中有花有树，有山有水。更奇异的是，这明明是大海深处，但在后花园中居然能看到天上那轮圆月！

而且那轮圆月看上去更大更圆！她甚至能隐约看到月亮上的环形山。

在这里像用高倍望远镜看星空，每一颗星都很明亮。

这种景象极为震撼，顾惜玖看着这里的天空也有些愣了。

“这是怎么做到的？”顾惜玖是真惊讶了。

帝拂衣拉着她在一个透明小亭里坐下。

在这里摆放的也不是普通的椅子，而是一种可躺可坐可折叠的玉质躺椅，那玉是温的，人躺在上面十分惬意，而且一抬眼就能看到天空。

顾惜玖躺在上面舒服得直想叹气，果然本事大了就有化腐朽为神奇的力量，没想到他居然能在深海中建造一座宅邸。

她刚才转了一大圈已经看出来了，建造这个地方不是朝夕之功，应该是建了好多年了，最近才造成吧？

“原来你也想住水晶宫呀。”桌上帝拂衣已经摆上了新鲜瓜果，她摘了一颗葡萄。

帝拂衣坐在她旁边，仰望着天空，笑了笑道：“是啊，我们算是不谋而合，从知道你喜欢水晶宫时我就想把你带来看看了。”

两个人并排躺在那里，顾惜玖看着天上的星星：“我实在想不通你这里是怎么造出来的。在这几百米深的海中怎么可能看到星空呢？”

帝拂衣倒是有问必答，给她讲解了一下这里面的原理。

因为牵连了很多术法，顾惜玖听得不是很明白，但能知道大体意思，就是这个地方有些像传说中的归墟，至于这片星空则是用多种术法弄出来的“天幕”，原理等同于高倍望远镜……可以看清这些星星的运行轨迹。

顾惜玖并不懂天文学，但她觉得这些星星看上去真好看，让她看得目眩神迷。

她凝神看了片刻，目光被正中那颗大星星吸引了过去。那颗星星是七彩的，一闪一闪的，极为明亮，就连天上的圆月也没有遮住它的光芒。这颗星星有自己的运行轨迹，而天上其他或明或暗的星星都围着它旋转。

顾惜玖忍不住盯着它看，帝拂衣也随着她向上看，心中微微一动：“你看到什么了？”

“那是什么星呀？不像我认识的那些星星呢……”顾惜玖还是第一次看到这种星空图。

“你都认识什么星？”

“金星、天狼星、织女星……”顾惜玖说了几颗不同时期最亮的星星，然后盯着天上那颗七彩星，“但那颗星星不是它们中的任何一个。”

帝拂衣轻笑道：“看来你认识的星星也不少，不过这里的星空图不是你常见的那种，这里的星星说不定是人间星象图，每颗星星都代表一个特定的人……”

顾惜玖摇头：“那是神话传说，不能当真。”

帝拂衣抬手轻抚她的头发：“我说过，这不是一般的星象图。嗯，你说，如果这里的每一颗星星都代表一个人，这颗最大、最亮的星星代表谁？”

“圣尊！”顾惜玖想也不想地回答，然后看了帝拂衣一眼。

帝拂衣笑了：“真聪明！”

顾惜玖再看了他一眼：“那它总该有个名字吧？”

“王星。”

那颗星倒真的像王者，而这漫天的星星都是它的臣民。

“这世界上这么多人，恒河沙数，每颗星都只代表一个人的话，只怕星星数量还是不够。”

“笨，很多人是上不了星象图的，能上星象图的都是对这个世界格局有点儿影响的人。”帝拂衣给她普及知识。

顾惜玖兴致勃勃，扫视整个星空，看了这个又看了那个，忍不住问：“这上面有代表我的星星吗？”问完了她又觉得这问题大概有些傻，毕竟帝拂衣说只有对世界格局有影响的人才会在星象图上显现，她现在就是一个学生，功不成名不就，应该上不了星象图。

“有。”帝拂衣就答了一个字。

顾惜玖挑眉，有些意外：“哪一颗是？”

“自己找。”帝拂衣将一只手臂搭在她的肩上，“让我看看你的眼力。”

顾惜玖满头黑线。这要她怎么找？

天上这么多星星，她又不算有名的人，怎么凭亮度来寻找代表自己的星星？

不过他既然这么说，应该有理由，难道每个人对代表自己的星星有特殊的感应能力？

她没说话，开始一颗一颗地看……

帝拂衣没打扰她，也在看星空，目光落在代表东方的那片区域上。那里有一颗星星很不显眼，在那一大片星星中它甚至不是很亮，泯然众星的感觉，但它身上的亮度有些奇怪，明明应该是极亮的星，它偏偏被一片尘埃遮住了，显然，它代表的那个人隐藏了实力，而且它所在的那片天特别黑。

若他所猜不错，它代表的那个人就是一直算计他的幕后黑手，那颗星星还没陨落，证明幕后黑手还活着。

那个人下一步的行动会是什么？谁会是那个人算计的下一个目标？

帝拂衣的目光又转向代表天授弟子的几颗星星上，每颗都很正常。

星象学并不能反映小事，只有威胁到一个人的生命时，代表他的那颗星才会或昏暗，或摇摇欲坠，出现各种异常。而他不必专门去看这些天授弟子，坐在这里观星就能看得差不多，也能及时派人救援。

天授弟子需要磨炼，自然也会碰到各种困苦之事，若非真正危及生命，他不会插手。

他的目光又移到那颗新王星上，那颗星成长得很好，它的身周也出现了护卫星，不再是孤零零的。

身边的女孩呼吸清浅，她身上有淡淡的特殊清香，让人闻之欲醉，但她这样的气息也就他能闻到，所以她无论易容成谁他也能准确地将她找出来。

他正沉吟，身边的顾惜玖忽然一指天上的星星：“那颗星是不是我？”

帝拂衣顺着她的手指一瞧，心脏不由自主地加速一跳。她所指的正是那颗新王星！她居然真的找到了！

师父如花隔云端 2

（下）（册）

穆丹枫（著）

青岛出版社
QINGDAO PUBLISHING HOUSE

第四十六章　你我缘尽之时

“为什么觉得那颗星是你？”帝拂衣不动声色地问。

“直觉。”

这直觉真准！

帝拂衣笑了笑，没再说话。

“那颗星真暗。”顾惜玖遗憾地开口，“它还不如周围的那些星亮呢！”

帝拂衣和她头挨着头，共同看那颗星，然后说了一句颇有禅机的话：“是星星就有发光的时候。”

顾惜玖的目光又落在那颗大星上：“那颗星真亮！如果那颗小星星能赶上它的一半亮光就好了。”

如果那颗不起眼的小星星真的代表她，她希望能和这大星并肩，共同俯瞰天下，护卫苍生，而不是做它背后的衬托。

“万事皆有可能，说不定那颗小星星比这颗大星星还亮。”帝拂衣似认真又似开玩笑，在她的脸颊上落下一吻，“你要加油了！”

他温热的呼吸在她耳侧吹拂，顾惜玖只觉脸蛋微微一红，稍稍向边上躲了躲。

帝拂衣却干脆把身子也挤到她这张躺椅上：“躲什么？怕我？还是害羞了？”

怕他？害羞？

顾惜玖勾唇一笑，蓦然凑近他，俏脸离他的俊脸不足半尺，半眯起眼睛道：“你

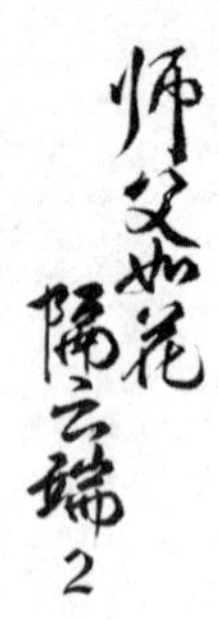

觉得我怕你吗？”

帝拂衣瞧着她近在咫尺的脸，她这样微眯起眼睛看人的时候像是一只神气活现的小狐狸，让他很想征服的小狐狸。

胸中热血上涌，面上却不动声色，他摇了摇头，很诚实地回答：“不怕，貌似你从未怕过我。”

顾惜玖得意一笑，这还差不多！

她预备躺回原处，不料眼前一暗，他已经俯身，双唇吻上她粉嫩的唇瓣：“不过我很想看你面热心跳的样子……”

顾惜玖刚才勉强压下的激烈心跳再次蹦得欢实，不过她这次没有躲，也没下意识地闭上眼睛。

他想看她害羞的模样她偏偏不让他看，而是圆睁着一双眼睛看着他的眉眼。

两人在接吻中双眸相对……

帝拂衣眼眸微弯，小丫头还真不是一般要强。

不过，他喜欢！

睫毛颤动了两下，他仿佛是在和她的对视中败下阵来，微微闭上了眼睛。

顾惜玖信心大增，扶住他的肩忽然一翻转，反而将他压在身下，明明心已经跳得不像是自己的，她的嘴角却勾起一个戏谑的笑：“你面热心跳的样子也很养眼呢。”

她像个浪荡子一样用手指轻抚他的唇：“这唇水嫩得很，养眼得紧……”

帝拂衣半躺着，嘴角含笑地瞧着她，乖乖地任她调戏，一副全然无害的模样，小白兔似的。

顾惜玖的成就感几乎要爆棚，她压低了嗓音问他：“宝贝，这样的感觉如何？”

帝拂衣眨了眨眼睛，神情越发乖巧：“很害羞……”

顾惜玖：“……”

他害羞？脸不红气不喘的，只一双眼眸里像漾了水似的，倒像是伪装成小白兔的发春大尾巴狼。

顾惜玖用手指轻触他的脸颊，挑眉问他：“害羞？怎么脸不热呀？”

帝拂衣很好学地问她：“害羞就要脸热？”

这不是废话吗？谁害羞脸是凉的？

帝拂衣瞧着她，很诚恳地建议：“我没脸热，看来你调戏得还是不够，这种程度的调戏太幼稚，不如来个强烈的？”

强烈的？

顾惜玖抿唇，眸中闪过微光。

她决心拿出撒手锏。

她俯下身，温热的呼吸在他耳际流连：“想要强烈的？嗯？”声音带着淡淡的沙哑，尾音如同带着小钩子轻轻一挑，有一种魅惑的感觉。

帝拂衣双眸含水，轻轻点了点头："你尽管来！"

顾惜玖勾唇一笑，笑容极魅，让帝拂衣呼吸微微一停。

顾惜玖直接吻上了他的耳垂，能清晰地感应到他瞬间身体紧绷！

她半趴在他身上，感觉到他胸腔里那颗心有力地跳动着，一下比一下急。

很好，他的心跳加快了，就剩脸热了——

她顺着他的喉结向下移，吻在了他的锁骨上。

隔着他宽大的衣袍她都能感觉到他的身躯渐渐变得火热。

顾惜玖用自己的脸颊碰了碰他的脸，欣喜地发现他的脸比自己的热。

她胜利似的抬起头说道："你脸热心跳了……"却在看到他的眸子的那一刻顿住！

他的眸子里如有汹涌的暗潮："宝贝儿，该我了！"

他说完手臂一用力，将她的身子压下来和他紧紧相贴。

于是顾惜玖就失陷在他怀里了。他的体温很高，将她完全包围，然后他再一翻转，顾惜玖感觉一阵天旋地转，整个人已经被他压在身下了。

她玩大了！

顾惜玖的脸腾地一热，她下意识地想要挣扎，他的唇却已经压了下来。

那吻和她刚才如蝴蝶般的轻触不同，像他这个人似的看似温文尔雅，骨子里却强势霸道，一步步将她逼得丢盔弃甲，再无法思考……

这个地方是他修建的水晶宫，没有一个外人，只有他和她。

天上月亮又大又圆，星星闪亮，白云在天际飘浮，轻纱般在天幕上轻舞。

两个人周围花团锦簇，淡淡的幽香随着微风飘散开来。

这样的月夜，这样的水晶宫，这样的他和她真的可以为所欲为，不会引起任何人的围观和议论——

她自然明白在此时放任下去会发生什么："不、不要，我还小……"嘴里虽然这样说，但她并没有推拒的动作，或许在她心里，连她自己也不知道是想让他停还是想让他继续……

接着小腹一疼，顾惜玖只觉得身体某个不可言说的位置涌出一股温热的液体。

而他也似有所感应，手指在她的裤子上一触，再抬起手时，手指上已经沾染上一抹猩红。他顿住动作："初潮？"

顾惜玖的脸已经红得不像话，所有的绮念在这一瞬间消失无踪，她忙将他从自己身上推开，一跳而起，但因为有些腿软，刚落地就打了个趔趄。

帝拂衣伸手扶住她："别紧张。"

她哪能不紧张？

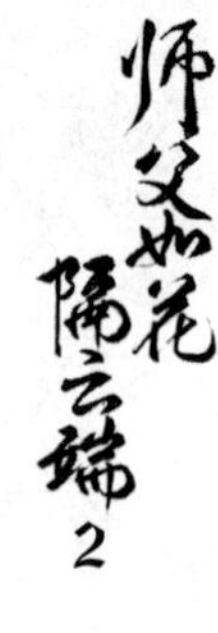

她没带任何卫生巾之类的东西啊！

而她这初潮来势汹汹，一来就湿透了她的裤子，连很飘、很仙的白裙子上都沾染了不少污迹！

帝拂衣看着她红着一张小脸，恨不得找个地缝钻进去的模样，忍不住笑了：“别怕，需要什么？我有。”

顾惜玖坐在温热的躺椅上，里外已经换了一身，这次一身紫裙，衣袂飘飘，和帝拂衣那一身衣服很配，很像情侣装。

这一身衣裙是帝拂衣贡献出来的，穿在她身上依旧很合体，像是为她量身定做的。

她坐在那里，狐疑地看着帝拂衣：“没想到你连那个也带了。”

这个人的储物空间里居然有月经带！这才解了她的燃眉之急。

大概最近练功时有些受凉，她这初潮除了来得气势汹汹外，还让她的肚子一阵阵疼。

“瞧你这是什么眼神？我预备这东西也是为了你。”帝拂衣坐在她身边，一边解释，一边用手按她的肚子，掌心有暖流传入她的小腹，让她的疼痛减轻不少。

“为、为我准备的？”顾惜玖差点儿咬到自己的舌头，“不是吧？你怎么知道我什么时候来这个？”

连她自己都不知道啥时候会来月事，他怎么知道的？

帝拂衣在她睁大的眼睛上吻了一下，笑道：“你别忘了，我曾经在你的身子里猫了半个多月，自然对你这具身子很了解。”

“你推算出我的初潮今日会来？”顾惜玖好奇地问道。

“没这么准，只是感觉应该在这两个月。”帝拂衣回答，“本座还怕我占这个壳子时会来，所以特意预备了这个……”

这个人还真是细致得可怕！

顾惜玖服了他！

然后她想象了一下帝拂衣来“大姨妈”时的表情，忽然就遗憾了！

“它来得不是时候，其实我很想看到你来这个时的表情，哈哈哈。”

帝拂衣勾起嘴角笑了，凑近她道：“你真想让我那时候来这个？就不怕我把你摸个彻底？”

顾惜玖：“……”

她将他的俊脸向旁边一推，不让他再靠这么近。

和这家伙比脸皮厚，她貌似拼不过他！

她心里还是有点儿感激自己这“大姨妈”来得比较是时候，要不然今日只怕就被这个家伙吃干抹净了！

帝拂衣这人很没有自觉性，顾惜玖越远离他，他越靠近她，问出的话让顾惜玖的脸蛋又红了一层："你刚才说自己还小，什么小啊？"

这人太没下限了，问出的这问题太没节操了！

顾惜玖在脸蛋红透之余鄙视地瞥了他一眼，然后不动声色地向边上靠了靠。

"你想到哪里去了？"顾惜玖义正词严地道，"我是说我年龄太小，才十五岁，这在我们那个时代算是未成年……"

帝拂衣一手支着头，居高临下地看着她，另外一只手的手指轻绕她的头发："那你那个时代多大算是成年呀？"

"十八岁。"

"呃，那你的意思是十八岁才可以和我成亲？"

"是啊。"顾惜玖下意识地回答完，才知道自己又钻到他的套子里了，"那个……我……"

"嗯，你不必多解释，我懂。"帝拂衣一脸"我很理解"的表情，"好吧，就依你！三年而已，我等得起。等你十八岁时我会迎娶你，不许再反悔了！"

顾惜玖觉得有些不甘心，咳了一声道："我是说十八岁才算成年，没说那时候要嫁——"

帝拂衣笑眯眯地道："你的意思是现在就可以嫁？不用我等？"

顾惜玖睁大眼睛，想要再反驳他。

"惜玖，要么过几天我安排迎娶你的事宜，要么等三年，你是选择过几天还是等三年？"他目光炯炯地看着她。

顾惜玖被他打败了，终于说出一句："等三年吧。"

一言出，便成诺。

帝拂衣和她十指相扣，拇指和她的拇指相对，笑吟吟地看着她："答应了就不许反悔！这亲算是定下了！"

话音刚落，他的手腕间有金色光芒一闪，顺着两个人交握的手滑到她的手腕上，啪的一声，顾惜玖的手腕上出现一枚淡金色的手镯，似金非金，似玉非玉。

顾惜玖吓了一跳，低头瞧了瞧手腕上的镯子："这是？"

"姻缘镯。"帝拂衣微笑道，"也是你我定亲的见证，好看吧？"

顾惜玖还是第一次听说这种镯子。这镯子很奇怪，戴在手腕上如同一汪水，形状却如首尾相接的凤凰，那凤凰看上去十分逼真，凤冠、凤羽都栩栩如生，凤凰的眼睛是闭着的，似乎它只要一睁开眼就能化为真正的凤凰飞离她的手腕。

在她的手腕上出现凤镯的那一刻，他的手腕上也出现同色的龙镯，两枚镯子一看就是同款同质的情侣镯。

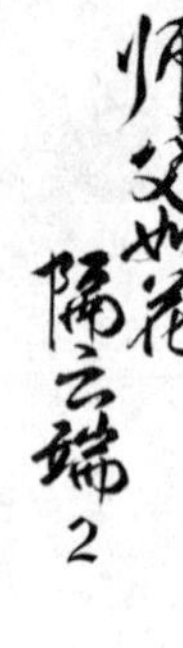

顾惜玖想要将手镯摘下来仔细瞧瞧，没想到这镯子明明戴着很宽松、很舒服却摘不下来。

咦，怎么回事？

顾惜玖抬手想再看看，被帝拂衣伸手按住：“这是姻缘镯，摘不下来，你注定是我的妻子啦。”

顾惜玖嘴角一抽，这家伙太会打蛇随棍上了，三言两语就彻底把她套住了！

她瞧了瞧那镯子，问了一句：“这镯子会跟我一辈子？”

帝拂衣眼眸中有暗光微微一闪，他笑道：“会跟到你我缘尽之时。”

顾惜玖突然觉得心微微一沉，挑眉瞧着他：“缘尽？也就是说，如果你想和我退亲这镯子就会自动掉落？”

“我不会想和你退亲的。”帝拂衣拍了拍她的手，“我爱上个人并不容易，这镯子的去留也不是我自己能做主的，除非连老天也认为我们缘分已尽，这镯子才会自动消失……”

他又笑了笑，说道：“宝贝儿，我们刚刚定亲成功，就谈论退亲事宜不好吧？”

顾惜玖对他所说的“缘尽”没放在心上，因见惯了分分合合，所以很看得开。

她看了看手腕上的镯子：“这镯子还有其他功能吗？”

“有。”帝拂衣道，“戴着这个的两个人能感应到彼此的危险并及时定位，如果一方陷入巨大的危险中，另一方会立即感知到，及时去救援。”

还有这种好处？！真实用！

顾惜玖眉眼弯弯，帝拂衣这人这么强大，他是绝对不会遇到危险的，以后有可能遇险的是自己，他这是为她上了一层保险吧？

二人又闲聊了一会儿，顾惜玖肚子的疼痛终于消失，她站起身来活动了一下手脚：“我想好好参观一下这水晶宫。”

帝拂衣挥手道：“请便，尽管参观就是。”

“没有禁地吧？”

“我的地盘你做主，随便走。”

这种深海水晶宫可不是随时能参观的，顾惜玖很珍惜这次机会，果断地去参观了。

帝拂衣看着她的背影在远处消失，微微闭上眼睛开始打坐。

他最近灵力消耗得厉害，其实亟待闭关恢复，但他想陪她过完这个团圆节，所以一直没闭关，只能用这些零散时间打坐恢复。

帝拂衣虽然在打坐，但毕竟惦记着她，就算闭着眼睛也注意着她的动静，预备她一回来就收功。

他运行一周天后睁开眼睛也没见她回来，偌大的花园里就他自己。

他算了算时间，差不多三个时辰过去了，她怎么还不回来？在哪里乐不思蜀呢？

帝拂衣站起身来，感应了一下她的位置，然后讶异地挑了挑眉。

她就在花园外！

他走出去一瞧，发现她坐在花园门口的一条石凳上倚着墙睡着了，长长的睫毛垂下来，小扇子一般在眼睑下形成一圈弧形剪影。

她怎么不去花园内那温玉椅上睡？

这石凳很凉的！

他上前将她抱起，她还是很警觉的，立即睁开眼睛，一看是他，双臂就圈了上来，抱着他的脖子咕哝：“你打坐完了？”

原来她早就回来了，怕打扰到正在打坐的他，所以没进去，在花园门口守着。

帝拂衣略一思索便猜到了她的顾忌，心里一暖，将她抱到温玉椅上躺着：“在这里睡。”

顾惜玖的瞌睡已经跑了，她坐起来看了看他：“你的气色看上去好多啦。”他刚才的脸色其实是有些苍白的。

“对了，你这水晶宫修建得有些年头了吧？为什么先前没有题字呀？”顾惜玖有些纳闷。她刚才转了一圈，能够看出这里的很多建筑已经很有年头，按道理说帝拂衣所住的地方不是应该处处能显示他的文采风流吗？

“等你来题。”帝拂衣轻笑道。

二人又说了一阵子话，顾惜玖看了看屋角的沙漏，貌似已经是八月十六的早晨了，她还有早课。

不过她不想催帝拂衣，从这里出去也是需要结界气泡的，还要耗费帝拂衣的灵力，所以必须让他休息好才行。

“你要不要再打坐休息休息？”她提议道。

帝拂衣摇头说道：“不必了，时候不早了，我先送你回去。”

他站起身，拉着她出门：“走吧。”

临出门的时候他看了一眼星空，在天空极西的地方有一枚小小的星星宛如新生般明明灭灭，有淡淡的金光时隐时现。

眼睛微微一亮，他轻轻地吐了一口气。

很好，该出现的终于出现了。

时光荏苒，岁月如梭。

紧张学习修炼的日子总是过得极快，转眼一年半过去了。

这一年多发生的事不少，最大的事件就是飞星国和皓月国的战争了。

这大陆三国鼎立，颇有魏蜀吴三国的态势，朝阳国最强，飞星国和皓月国次之。

飞星国和皓月国为了和朝阳国抗衡，结成姻亲联盟，三国形成了微妙平衡，谁也灭不了谁，谁也不敢打谁。

但这一年飞星国大概兵员充足、国力强盛了，隐隐有和朝阳国比肩的样子，也不太将皓月国放在眼里了。

十个月前，皓月国的国君想把自家女儿许给飞星国宣帝的儿子，以巩固一下姻亲关系，便派人来提亲。

那位皓月国的公主相中的是容伽罗。

没想到宣帝像吃错药似的直接拒绝了皓月国的提亲，说什么虎子焉能配犬女，命人将皓月国的使者给打了回去！

宣帝自己的妃嫔之中还有一位贵妃是来自皓月国的，是现任皓月国国主的妹妹，性子安静，原本与世无争，很得宣帝欢心，却不知道怎么的，这位贵妃忽然红杏出墙，和宫内一名侍卫勾搭成奸，被人撞破告到宣帝那里。

宣帝震怒，对这位给他戴了绿帽子的贵妃直接一条白绫赐死，那名侍卫则被凌迟。

这位贵妃死后，尸首被一口薄棺送回了皓月国，还是用大红血棺送回去的。

大红血棺是诅咒之棺，诅咒娘家断子绝孙的。

接连受了飞星国的两次羞辱，皓月国国君再压不住雷霆之怒，不顾朝臣的劝阻，撕毁两国的同盟书，下令对飞星国宣战。

战争一起，自然是尸横遍野，两国打得如火如荼，民不聊生。

至于朝阳国，这次是坐山观虎斗，等着坐收渔人之利。

天聚堂超然世外，对国家与国家之间的战争是从来不参与的。不要说天聚堂不参与，就连三大宗门也不会参与。

至于飞星国的左、右天师，更不会出面。右天师还好，在本国大军出征前卜了一卦，结果是吉凶参半。

而左天师帝拂衣一直没露面，据说是闭关修炼去了，连宣帝也找不到他。

飞星国这边出征的人当中，太子容伽罗为帅，八皇子容御和威武大将军顾谢天则为左右先锋。

顾惜玖听闻这消息的时候，这三人已经奔赴战场，在前线打得如火如荼了。

天聚堂里的学生来自五湖四海，其中就有飞星国和皓月国的人。

虽然天聚堂超然物外，在求学期间不允许学生参加国家的任何战争，也不允许学生因为国与国之间的恩怨而掐架，但两国的学生之间还是有了隔阂，原本的好友也开始疏远。

千翎羽其实很头疼，他是皓月国人，他的叔祖千玥冉既是九星宗的宗主，也是皓月国的国师。而千家是皓月国的大族，在这次和飞星国的对战中，千家就有族人在征伐的大军中为将。

而顾惜玖是飞星国人，她的父亲顾谢天还是飞星国的前右先锋。

可以说，现在他们不但两国是敌对的关系，连两家也是敌对的！

他再和顾惜玖在一起练功的时候，就有同学用异样的目光看他了，和他一国来的几位同修甚至明里暗里用话刺他。

在国仇家恨面前，个人友谊再牢固也有些岌岌可危。

渐渐地，千翎羽就不太和顾惜玖一起练功了，而是加入了其他学生的阵营。

顾惜玖也很无奈，不知道宣帝到底抽什么风要挑起这场战争，明明这场战争一打起来两国都讨不了好，但宣帝就像被鬼上身了，忽然就穷兵黩武了！

其实顾惜玖还是颇为理解千翎羽的，所以对千翎羽离开她的行为没有说什么。

倒是蓝外狐十分气愤，对千翎羽离开顾惜玖给予了十二分的鄙视，每次见了千翎羽都会哼上一声以示不屑。

这一年多顾惜玖的功力提升得极快，按古残墨的说法，她简直像吃了王母娘娘的蟠桃，功力像是芝麻开花节节高，现在已经是七阶半了！

在紫云一班不用比团体作战，她已经是超强的存在，功力虽然比千翎羽低些，但论打斗经验和实战功夫，五个千翎羽也不是她的对手。

她在紫云一班已经成为佼佼者，古残墨已经开始考虑破格让顾惜玖跳级的事。

至于帝拂衣，他在那一日将她送回天聚堂后就离开了。

他给顾惜玖的理由是他必须闭关了，期限是一年。

他也果然一年没在任何地方露过面，顾惜玖也没听闻过他的半点儿消息，就连飞星国和皓月国打得血流成河的战争也没能惊动他。

顾惜玖知道像他这种大人物闭关是不问世事的，但一年多没见他，没听到他的消息，还是让她在午夜梦回时惊醒，偶尔会望着自己手腕上的镯子而睡不着。

若不是这镯子一直没什么不好的反应，她几乎以为帝拂衣是出什么意外了。

至于龙司夜，他自给古残墨留书离开后就没再回来，据说他新收了一位叫叶红枫的徒弟，正留在山上对其进行悉心教导，无暇再到天聚堂授课。

顾惜玖在初听到这消息的时候，还是蒙了一下的，倒不是失意，只是没想到那人是叶红枫。

她不知道此叶红枫是不是彼叶红枫，所以就刻意打听了一下。

她自有她的消息渠道，后来终于打听清楚了，说那位叶红枫的长相有八分像现在的顾惜玖，还说叶红枫是在冰棺中复活的。

于是顾惜玖终于明白了。

龙司夜到底复活了冰棺中的美人，而毫无疑问的是，他复活的人是叶红枫，召来的魂也是叶红枫的。

顾惜玖是见过叶红枫的，但和这位姑娘接触不足一分钟的时间，所以她对叶红枫了解不深，不知道对方什么脾气、性格。

在这边重生后，她恨的也是龙昔的欺骗，而对叶红枫没有多少感觉。

现在听说龙司夜在山上收叶红枫为徒，对其进行悉心教导，她心里甚至隐隐有一点儿喜悦。她今生无法给龙司夜什么了，如果龙司夜真能找到良人，能和其他女孩子双宿双飞，她还是很欢喜的，最起码心里的愧疚少一些。

或许这样是最好的，大家各自快乐，各自平安。

这一年半的时间里，天聚堂紫云初级班又多了三位新学生。

这三位学生是陆续进来的，最早的那位是一年前进来的，是位十五岁的硬朗少年，名叫金云昊，初始灵力是六阶六，进天聚堂时他的金之灵力已经达到七阶二，可以说是一个很牛的存在。

其他两位学生则是一男一女，也都在十五岁上下。

天聚堂男多女少，所以每一位少女都是大家下意识保护的目标，但才来的这位少女让人无法兴起保护欲，因为她很豪爽、大气，哈哈一笑能声震十里，常常一巴掌能把人拍翻个跟头，比汉子更像汉子！

这少女修炼的是火灵力，进天聚堂时的念力是六阶八。少女有一个和她的性格大相径庭的名字——张楚楚。

而半年前进来的那位少年是最引人注目的奇葩。

这位少年长相极为俊美，眉眼清秀如画，是后来的这三位学生中长相最让人惊艳的，一举一动都秀雅如竹，仿佛骨子里就透着淡淡的贵气，微微一笑时能让人如沐春风。

他身边似乎自带气场，再粗鲁的人见到他，也想变得文雅些，免得被他清风明月般的气质衬托成一坨“垃圾”。

这样一位少年，当时被导师带进班里的时候，众学生都下意识地放轻了呼吸，唯恐出气重把他给吹化了。

张楚楚是个豪爽的家伙，仗着比人家早来半年，已经算是老鸟，又特别擅长打架，所以在那少年走下讲台后将其拦住，大咧咧地去拍人家的肩膀：“少年，你这弱鸡似的小身板……”

她这句话并没有说完，因为那少年一侧身，手腕翻转，不但避开了她的熊掌，还趁势来了个顺水推舟，于是张楚楚同学直接就飞跃地平线了。

张楚楚砸塌了两张桌子后蹦起身，惊疑不定地瞧着那少年，终于明白少年其实并不弱鸡了。

那少年轻轻一笑，温和地问她：“女孩子不要动手动脚的，摔疼了没有？”

张楚楚："……"

她不服！她正式向这少年下了战书，想和这少年轰轰烈烈地打一架。

少年倒是很痛快地应战了，于是众学生在练武场上看到了一场花样摔跤。

当张楚楚摔到第八十八个跟头，鼻青脸肿得连她亲娘来了也绝对认不出她时，她终于彻底心服口服了！

而和她同班的同学人人看得头皮发麻！

这少年看上去柔弱，灵力也不高，只有六阶二，没想到是个暗黑打架小能手，和顾惜玖有的一拼！

这少年有个很文雅的名字——应言诺。

紫云初级班的这些孩子都是血气方刚的年纪，一言不合就喜欢用切磋说事，用拳头争大小，所以他们看到应言诺这么能打，那些擅长打架觉得自己有两把刷子的同学便忍不住上前挑战。

当然，他们也没好意思使用车轮战对人家，所以每天只有两位挑战者。

于是练武场上常常上演各种摔人表演……

一个月后，众人彻底被他摔服了！

顾惜玖那时已经隐隐成为紫云初级班的老大，打遍全年级无敌手，众同学就想撺掇顾惜玖和应言诺也打一架，看看两虎相争是什么效果。

顾惜玖一开始不同意，不想欺负小孩子。

应言诺进班时正好十五岁，或许他发育得晚，个子并不高，只有一米六五左右，而顾惜玖当时已经十六岁，个子将近一米七。她觉得和这小子打架就算赢了也胜之不武，但应言诺直接向她下了战书，还说什么如果他打输了就给她当小弟，如果她输了就要认他当哥。

那战书下得不是一般嚣张欠扁。

顾惜玖不想打架不代表怕打架，于是接下战书应战了。

她和应言诺公开比武那天惊动了整个天聚堂的人，看比武的人围了里三层外三层。

顾惜玖和应言诺那一战打得精彩纷呈，让所有看比赛的人大呼过瘾。而比赛的结果和众人料想的一样，应言诺以一招之差落败，认顾惜玖当老大。

那时候顾惜玖和蓝外狐、千翎羽的铁三角已破，千翎羽加入了双胞胎乐紫荇他们的阵营，而顾惜玖和蓝外狐、张楚楚组成了新的一队。

应言诺认顾惜玖做老大后，就直接把张楚楚挤出去了，堂而皇之地加入到了顾惜玖这边的阵营。

三人组合讲究的是团体作战，每换一个人都要重新研究、制订战术。

张楚楚才加入进来时，不太懂配合之道，常常在配合战中无意伤到小狐狸，让顾惜玖颇为焦头烂额，在一起训练了两个多月才让张楚楚适应过来，但在和乐紫荇那一队人的对战赛中还是输了一局。

因为乐紫荇那一队里有千翎羽，小狐狸被曾经合作无间的伙伴的一个大招给砸了个大跟头。

她十分难受，也十分愤怒，千翎羽事后给小狐狸送来了伤药，但小狐狸没领情，将他的人连同药一起丢了出去。

小狐狸还因此颓废了一阵，不明白国仇家恨为什么会影响到他们的友谊。

张楚楚天生在配合战上少根筋，所以后来她虽然适应了，但真正打起来时她就浑然忘我，忘记配合同伴。

所以顾惜玖和她组队打比赛时，就开始有输有赢了，不再是常胜铁三角队。

张楚楚还是十分愿意和顾惜玖一队的，不想离开，但应言诺十分可恶，认顾惜玖做老大后就公开挑衅张楚楚，张楚楚只要不离开他就每天和她比赛一场。

张楚楚实在被他摔怕了，只得离开，让位给他。

应言诺和千翎羽一样，主修火灵力。应言诺的火灵力虽然不如千翎羽高，但他极擅长打架也擅长配合战，五分的功力能发挥出十分的威力。

小狐狸是极需要同伴配合她的，而应言诺对她来说简直就是及时雨，他加入这方的战队略磨合后，便能跟上顾惜玖二人的脚步，三个人配合起来几乎是妙到毫巅，将对战的其他战队打了个屁滚尿流。

顾惜玖很欣慰，终于没再看到小狐狸颓废难过了。

雪初晴，月初上。

顾惜玖轻轻推开那扇大门，走进了院子里。

这里是帝拂衣曾经住过的院子，帝拂衣性子古怪，他的地方是不允许人随便进入的，所以他离开后，古残墨并没有派弟子前来打扫。

倒是顾惜玖基本两三天就来这里溜达一趟，打扫打扫卫生、收拾收拾屋子。

这个地方她住了半个多月，也住出了感情，尤其是帝拂衣离开后，她每次想他的时候都会到这里来。

今夜她又有些睡不着，便直接来这里了。

月亮如同一个盘子挂在那里，又是一个月圆之夜，但这里依旧空空如也。

顾惜玖坐在院中的一株大树上，看看手腕上的镯子，再看看天上的月亮："帝拂衣，你说给你一年时间，一年后来看我，但现在已经一年零五个月了，你依旧没有任何消息，你失约了！"

没有人回答她，手腕上那淡金镯子流光溢彩，也没什么反应。

她低低笑了一声，拎起酒葫芦喝了一口酒。

那酒喝在嘴里，有点苦涩。

她这一年多来极忙，忙着练功、忙着学习、忙着修习炼药术、忙着发明创造，天天像个陀螺似的转个不停，没有人知道思念在她心里越来越重，渐渐泛滥成灾。

只有到众人皆睡的夜里，她才允许自己放纵一下，在这里想一想他。

她抬手敲了敲手腕上的镯子：“左天师大人，你到底跑到哪个旮旯去了？好歹给我送个平安的信啊！你曾经说等我十八岁时来娶我，不会要等到我十八岁时才来见我吧？！”

镯子自然不会回答她，她又低低地叹了一口气，然后喝了一口酒。

因为他的失约，这半年来她也各方打听他的消息，无奈这位左天师大人神龙见首不见尾，压根没有人知道他的行踪。就连四使也像失踪了似的，踪迹皆无。

对普通人来说，左天师大人这样是再正常不过的。

不要说一年半，他最长的纪录是失踪了五年！

所以对他这次的失踪，压根没有人放在心上，全世界大概只有顾惜玖为他这次的失踪坐立不安。

“帝拂衣，你撩完就跑啊！你不会真如古堂主所说的那样，喜欢抢人家的心爱之人，一旦抢到手就不新鲜了，就放手了吧？害得老子在这里伤春悲秋……”

酒入愁肠，她不知不觉就喝多了，忍不住踢了树干一脚，踢得树上积雪簌簌落下。

树下有人打了个喷嚏，顾惜玖向下一瞧，见树下站着一位身着淡紫衣衫的少年。少年秀雅如玉树，正仰着脸看她：“怪不得四处找不到你，原来跑到这里喝闷酒了。”

应言诺，她最近的伙伴。

他身形一起，也不见怎么作势，就落在顾惜玖身旁的树杈上，和她面对面坐着。

应言诺身上也是自带香气的，淡淡的清幽冷香和帝拂衣身上的香气颇为相似，但又有很大的不同，像少了一种香料似的，香味略淡，还多了一抹竹香。

顾惜玖每次和他靠近的时候总感觉特别贴近大自然，空气都比平时新鲜了几分。

“大半夜的你找我做什么？”顾惜玖心情不太好，不想和他多说话。

应言诺将一条手臂支在腿上，很干脆地道：“想找你喝酒。”

顾惜玖这个时候对喝酒是不会拒绝的，很大方地扔给他一葫芦酒：“来，喝这个，够劲！”

应言诺拔开葫芦塞，仰头喝了一口酒，挑起大拇指称赞道：“好酒！”他上下打量了她一番，“你随身带了多少酒？”

“很多，够灌趴你十八回！”顾惜玖拍了拍自己的储物袋。

二人坐在树杈上你一口我一口地喝着酒。

“顾老大，你有心事？”应言诺双眸明亮地瞧着她。

顾惜玖挑眉道：“我能有什么心事？”

应言诺笑道：“睹物思人？”他扫了这个院子一圈，“听说你和左天师大人走得挺近的，这是他的院子吧？你来这里喝酒应该是思念他……”

顾惜玖不置可否，喝了一口酒：“你听说的事可真不少！”然后她又喝了一口酒道，“你挺八卦的，不过你的逻辑不对。按你的逻辑来推，我来这个院子喝酒是思念他，那我如果在海边喝酒岂不是思念海里的虾兵蟹将？”

应言诺呼吸一窒，随即笑了：“你真不是思念他？”

顾惜玖心中有火，忍不住说道：“啰唆！当然不是，我来这里喝酒就是图这里清静，没人打扰，没想到你小子会找到这里来。这个地方是不允许外人进入的，如果让古堂主知道你跑进来了，他非罚你跪钉子板不可！”

“不怕，我的膝盖够硬，我不怕跪那个。”应言诺满不在乎，拍了拍酒葫芦，“我这次进来就当舍命陪君子了。明天没课，今日我们就一醉方休吧。”

“好，一醉方休！”顾惜玖啪的一声将手中的空酒葫芦摔下地，然后拎出一大坛酒来。

二人坐在树上喝了个尽兴，不知不觉顾惜玖就喝醉了，一个不小心直接从树上跌下来！

她以为自己得倒栽葱般扎进雪里，却没想到会跌进一个人的怀里。

有淡淡的香气在鼻端萦绕，顾惜玖在眩晕中似乎闻到了熟悉的味道，微微睁开眼睛，入目的是一片紫色衣服，她心中一跳，一个名字脱口而出：“帝拂衣！”

抱着她的怀抱僵了一下，随即一道清朗的声音响在她的耳边：“我长得很像他？”

顾惜玖的眼睛拼命聚焦，想看清抱着她的人的面容，但她喝得实在太多，眼前的俊脸模模糊糊的，头忽而变成两个、三个。

她伸出小手，想要将那张乱晃的脸固定一下：“不要、不要晃，你晃得我眼睛都花了……”

那人原本正抱着她前行，这时候停下脚步垂眸瞧着她因为酒醉而变得红彤彤的小脸：“这样呢？”

顾惜玖的小手在他的脸上摩挲了一会儿，她忽然清明了片刻，看清了抱着她的这人的面容，小手颓然地放了下来：“不是他……”

她忽然拼力一挣，自他怀抱中挣脱出来，但因为喝得太多，被风一吹，酒意上来，她足下一软，险些被一级台阶绊倒，又被人重新扶住。

顾惜玖只觉天旋地转，却还想将扶住自己的人推开：“我、我自己走……”

她推的力气大了一些，没把人推开，自己反而跌了个跟头，直接坐在雪里。

才下的雪自然是柔软的，她坐下后恍惚觉得自己是坐在了床上，于是顺势向雪里一躺，再挥了挥手道："我醉欲眠君且去。"闭上眼睛就想大睡。

应言诺几乎要扶额，二话不说将她从雪里扒拉出来，拦腰抱起："笨蛋，你是想变冰尸啊！"

他顺手拍掉她身上的积雪，怕她被冻坏又将手掌贴在她的后腰上，有暖流立即顺着她的后腰进入，循环一圈，将沁入她身体里的寒气驱逐了出去。

应言诺正忙碌着，怀中的人忽然翻了个身，直接抱住他的腰，将头埋在他的胸口处，低声说了一句："帝拂衣，我想你了，你不要我了吗？为什么失约？"

胸口有湿热渐渐蔓延开来，应言诺定住身子，紧紧抱着她，垂眸瞧着她，过了半晌，垂头在她额前落下一吻，似乎低低说了一句什么。

风太大，顾惜玖又醉着，并没有听清，只是下意识地向人怀中拱了拱，恍惚中似又闻到了那特有的熟悉味道。她死死地扒着他，再不想放手，迷迷糊糊中睡了过去。

某地一大厅内。

温泉池中一人正在泡澡，且泡得十分古怪，居然是穿着一身雪白衣袍泡的，连头上的面罩也没摘下来。他坐在里面似是在打坐，又似是在享受。

在池边有一碧衣男子正弯腰向他禀报："尊主，各处的发展都在尊主的意料之中，并没有人发现是我们在暗中部署……"

那白袍人淡淡地点了点头："那帝拂衣呢？可有他的消息？"

碧衣男子呼吸一窒，摇头道："依旧没有。"他又向乐观里猜测，"或许他已经死了，我们的人一直盯着天聚堂里的人的动静，也一直盯着顾惜玖。她表面上虽然看不出什么，但暗中派出了好几拨人打探帝拂衣的消息，可见帝拂衣也没去见她……"

那白袍人身上似有肃杀之气冒出来，声音冷淡："你死了他也不会死！他应该躲在什么地方调查我们。"

那碧衣男子皱眉道："原先他在明，我们在暗，现在双方都在暗处了，不知道他会憋出什么损招来对付我们。属下总感觉有些不对头，古长老在他手下也跌了大跟头，被他算计掉一魂，直到现在还聚不回来。"

那白袍人轻轻一笑，身子仰躺在池子边沿，懒洋洋地说："蠢！"

碧衣男子不敢再说话了。

那白袍人又沉吟片刻后道："天聚堂最近可有新动静？"

碧衣男子摇头："没有。"他忍了忍，没忍住，又道，"那个顾惜玖到底是不是帝拂衣的心爱之人？一年多以前他挺宠她的，甚至有人传言他打算娶她，但现在一扔一年多，连个面也没露。他是不打算要她了，还是想用她做饵来引我们上钩？"

白袍人微眯起眼睛，声音也淡淡的："帝拂衣这人极为狡猾，最喜欢玩的就是虚则实之、实则虚之这一套，他的心思没人能摸清。这个人活了这么多年也没见他真喜欢过什么人，任何人在他手里都是棋子。”

他又浅浅一笑道：“他真喜欢顾惜玖的可能性很小，十有八九是拿她当棋子……你忘了他拿她做棋子和龙司夜联手做计，险些将龙长老坑杀的事了？若不是本座出手，那位龙长老可恢复不了，现在还不知道在哪里当孤魂野鬼呢！”

“是，尊主英明！”

白袍人手指轻敲池沿，似在思索。

碧衣男子道：“尊主，那个顾惜玖有些古怪，她修炼的速度太快了，心思缜密得可怕，属下怕她以后会成为尊主的绊子，不如将她除去。”

白袍人手指微微一顿，声音冷淡地道：“不必算计她，她早晚是本尊的人。”

碧衣男子呼吸一窒，一句话脱口而出：“难道尊主喜欢她？”

白袍人转过头来，他明明戴着面罩，别人压根看不见他的五官，碧衣男子却仿佛感觉白袍人的目光刀子般落在自己身上，锐利森寒，让他险些跪倒。

他不敢再说话，白袍人看了他片刻，似乎笑了笑，说道：“你的话似乎有些多了……”

那碧衣男子遍体冷汗地跪伏在地上：“是！属下知错！”也不知道他从何处摸出一柄刀子，唰的一声将自己的舌头割掉了一半！

鲜血喷出，他疼得全身发抖，却不敢吭一声。

那白袍人轻轻叹道：“本尊也没说要你的舌头……算了，看在你如此知趣的分上，本尊不再罚你，你让龙长老把舌头接回去吧。”

碧衣男子如蒙大赦，含混地应了一声，捡起自己的半截舌头匆匆离去。

顾惜玖第二日是在自己的屋子里醒来的，坐起身晃了晃头。她也喝醉过几次，知道喝醉第二日容易宿醉头疼，但这次她醉得那么厉害，醒来以后却发现头脑清醒得很，丝毫没有疼痛的感觉。

她坐在床上思索了一下，昨夜的情景一幕幕在眼前闪过。

她喝酒，然后应言诺来和她拼酒。

再后来呢?

她用手指敲了敲自己的太阳穴，又用力地想了想，发现什么也想不起来了。

她轻易不会喝醉，但喝醉了到底是什么样她自己也是没印象的，所以现在想不起后面的情景倒也很正常，她也没放在心上。

她从床上一跃而起，明天要出任务，这次还是一项大任务，她得提前预备一些东西。

飞星国大内皇宫中。

宣帝有些暴躁地在殿内走来走去。

有侍卫送来了军报："陛下，这是太子殿下送来的军报！"

宣帝一把抢过，拆开信看了看，又几把撕碎，怒道："怎么还没拿下天行关？！我军不是拥有秘密强军吗？白痴，废物！"

那侍卫低着头不敢说话，最近宣帝的脾气十分暴躁，动不动就发脾气，他不敢去碰触那台风尾。

"滚！给朕滚！"宣帝挥了挥手，将那侍卫轰了出去。

御书房中恢复了平静，宣帝烦躁地来回溜达两圈，忽似察觉到什么，猛然回头，见一名女子出现在他身后。

这女子一身宫装，两行血泪，幽幽地吐出了几个字："陛下，臣妾好冤啊——"

是静贵妃！被他白绫赐死的那位！

有鬼！

宣帝浑身的汗毛全竖了起来，抬掌便劈！

他满以为能一掌将这"鬼"拍飞，却没想到那鬼居然瞬间就不见了，然后又在宣帝脖子后吹凉气："陛下，臣妾和华侍卫压根没什么，陛下却如此冤枉臣妾，就是为了和皓月国开战是吗？"

宣帝整个身子几乎僵了，他向前猛然一扑，惊魂未定地回头，却依旧不见静贵妃的影子，倒是身后又搭上了一只手："陛下，臣妾说得可对？"

宣帝接连几次发招，都像是拍在了空气里，他险些吓尿裤子，终于怒喝道："是又怎样？！"

"为何一定要与皓月国开战？陛下，皓月国和飞星国不是同盟吗？"

"那又如何？朕要做最强的国！朕要统一天下！"宣帝挥舞着拳头。

再然后他感觉到后脑猛然一疼，被敲晕了。

他身后的那位静贵妃一掠上前，正要摸一摸他的腕脉，她身后闪出一位少年。少年唇红齿白，秀雅如竹："我来吧。"

说话的工夫，少年已经搭上宣帝的腕脉，片刻后摇了摇头道："他没被什么附体，这体内的魂魄就是他。"

静贵妃一把将宫装扯下，露出里面的黑色劲装，手在脸上揉了揉，揉下一张人皮面具，露出本来面目，居然是顾惜玖。

她低头瞥了宣帝一眼："他确实还是他自己，不过他的脾气暴躁了不少，也牛了不少，居然想学始皇帝要统一天下，我怀疑他身上被注入了什么脑残药……"

她不知道从哪里扯出一根中空的银针，直接刺入宣帝的血管，再拔出银针时就带了半管血，又冲同行的少年挥手道："我去化验血，你善后。"然后一转身不见了影子。

同行少年轻轻叹了口气，瞥了宣帝一眼，伸出手在宣帝身上拍了拍。

宣帝如同大梦初醒，睁开眼睛，骤然看到这位少年大吃一惊，张口欲叫，那少年一抬手，也不知道从哪里摸出一根尺子点在宣帝的嘴上，然后眨了眨眼睛道："陛下，你看到了什么？"

宣帝如受催眠，眼睛发直："什么……看到什么？"

少年微微一笑，柔声道："你什么也没看到。"

宣帝怔怔地点头："嗯，朕什么也没看到……"

少年满意地点了点头，这才转身离去。

宣帝坐在地上蒙了半晌，左右看了看：咦，朕怎么睡在了地上？

他一脸茫然，什么也记不清了。

城中某静室内，顾惜玖正有条不紊地忙碌。

这一年多她学会了很多东西，也利用她在现代所学的知识成功研制了许多在这个时代不可能拥有的东西，譬如这验血的器皿和药物。

当然，鉴于条件限制，她验血的成果不是那么齐全，不能验出常规那么多项，但验看血中有没有特殊药物还是可以的。

她正忙碌，应言诺悄无声息地闪身进来，看了看她的瓶瓶罐罐以及叫不出名字的器皿，再看了看她的操作，一声不吭地旁观起来。

片刻后，顾惜玖终于停下动作，看着器皿中的血样皱了皱眉。应言诺也瞧了一眼，问道："有什么发现？"

顾惜玖轻轻吐了一口气，回道："他的血中确实有一点药物残留。"

"什么药物残留？"应言诺询问，他并没有看出什么。

顾惜玖揉了揉眉心道："一种化学药……算了，说了你也不懂，就是让他神经兴奋，大脑中某条神经紊乱，以至于让他一直处于这种脑残状态的药物……"

应言诺显然对她口中蹦出的一些名词不懂，不过他会抓关键点："有没有解药？"

顾惜玖微微摇头："这种解药一时不好配制。"

她已经化验出宣帝中的毒是一种高端现代化学药物，太高端了！就算在现代要配制这方面的解药也不是朝夕就能成的，更何况是在这个时代？

"你这一时不好配制的时间是多久？几天内配不出来？"

顾惜玖头也不抬地道："几天？几个月也未必能配出来！这是特高级的化学药……"

"不属于这个时代的？"应言诺忽然问出一句。

“当然。”顾惜玖随口道，忽然似注意到什么，抬头瞧着他，“你怎么知道不属于这个时代的？”她的来历只有圣尊、帝拂衣知道，就连小狐狸、千翎羽他们也不知道的，这个应言诺怎么忽然冒出这么一句话？

应言诺顿了顿，眨了眨眼睛道：“你喝醉时曾经说你不属于这个时代。”

顾惜玖头脑中嗡地一响，她就知道自己喝醉了会很不靠谱，没想到连这么秘密的事也说出来了！

见她脸色阴晴不定，应言诺立即道：“放心，我会给你保密的，不要打杀我灭口的主意。”

顾惜玖：“……”

她呵呵一笑，手掌在应言诺的肩头拍了拍，笑得阴森森的：“记住你的话！”

这次出任务共好几个分队，而且出来的人也很多，前所未有地多，大家奔赴的是不同地区，肩负的任务不同，组的队也不同，不再完全按照先前的对战模式组队。

顾惜玖这一队仅需要两个人，小狐狸原本要跟她，应言诺却硬挤上来死活要和顾惜玖一队，将蓝外狐直接丢到了晏尘那一队里。

而晏尘也不放心小狐狸，就把小狐狸连骗带哄地留下了，所以顾惜玖带着应言诺来了。

天聚堂虽然不参与国与国的纷争，但也不容许这大陆有邪异的事件出现。

一旦有邪异事件出现，天聚堂自然会派人调查清剿，其他宗门也会派人下山。

这次宣帝忽然抽风倒行逆施挑起战争，其实无论是天聚堂还是其他地方，都派人暗中调查过，但都没有调查出什么来。

而天聚堂前几日就得到了一条让所有人心头一震的消息，近日在战场上有尸体无缘无故地失踪，也有人无缘无故地发疯。

这就是邪异的事件了！宗门终于找到理由出手。

于是天聚堂立即向外派人调查此事，兵分好几路，天聚堂中的精英几乎全部出马了！

顾惜玖领到的任务就是查看宣帝是否被什么邪鬼上身，所以她带着应言诺来了。

事实证明宣帝没被邪鬼上身，而是嗑了药，体内有现代化学药成分存在。

限于技术，她调查不出具体是哪种药，自然制作不出解药。

顾惜玖握了握拳道：“如果龙司夜在这里就好了。”

龙司夜既是医生，也是生物专家，以他的本事，应该能很快配制出解药。

应言诺瞥了她一眼，抿了抿唇，眸子里闪过一抹微光，缓缓道：“其实用不着这么麻烦。”

顾惜玖心中一动：“你的意思是杀掉宣帝？但在这种非常时期，杀掉他必然会让飞星国内乱，目前在京城中驻守的是容楚。容楚这人性子嚣张暴躁，并不适合做皇帝，如果他登基为帝必然会打着为宣帝报仇的旗号掀起更大的腥风血雨。而且这件事背后像是有人在控制操作，若不干掉背后之人，再换几个皇帝也没用……”

应言诺笑了，一双眸子闪闪发亮：“顾老大，没想到你对这国家兴亡大事也这么明白透彻。那你说，背后之人是谁？”

顾惜玖横了他一眼，拍了拍他的肩：“小屁孩别这么故作深沉，那幕后之人我说了你也未必知道。好了，你先出去，我收拾一下东西，我们奔赴前线。我怀疑宣帝口中的那什么秘密强军也有问题！”

她开始收拾这些瓶瓶罐罐，应言诺倒是听她的话，转身出去了。

顾惜玖望了他的背影一眼，眸中有抹深思的神色。她总感觉这个应言诺有点儿古怪，小小年纪懂的不是一般多，所学也很庞杂。他居然会迷惑人心的瞳术，能在审完人后用瞳术将被审之人的这段记忆抹去，不至于打草惊蛇。

而且他聪明绝顶，很多时候不用她说话只是做一个手势，他就明白该干什么，做事干脆利落得可怕。

她情不自禁地又想起那次醉酒，她喝了不少，应言诺也喝了不少。

但她喝醉了掉下树是掉进一个人怀中的，如无意外，应该是他接住的她。她在恍惚中似乎闻到了帝拂衣的味道，不知道是真的闻到了还是喝醉了鼻子不太灵敏。

她知道帝拂衣擅长伪装，一人千面骗得人团团转，所以她在清醒之后心里还是揣着一点儿小希望的，希望他就是帝拂衣，希望他真的回来看她了。

所以她清醒以后就去找他了，旁敲侧击很久，也没套问出什么来。

她确实能嗅到帝拂衣的灵魂的味道，但必须靠得极近，所以顾惜玖心里一急，故意一个跟头跌进他的怀里，将他砸趴在那里，结果她在他身上嗅到的气息和帝拂衣没有任何相同之处。

而应言诺被她砸在下面时整个身子都僵住了，好像她是洪水猛兽似的直接将她推开，连滚带爬地避到一边，还说什么男女授受不亲之类的话，让顾惜玖以后不要靠他这么近。

一番话让顾惜玖直接心凉了，暗骂自己神经，想人想疯了，居然把一个乳臭未干的小屁孩当成帝拂衣来亲近。

那一天应言诺一直躲避着她，看到她就满眼戒备，唯恐她会扑上去把他强了似的，让顾惜玖分外无语。

她本来还以为自己把这小屁孩给得罪透了，这小屁孩以后再不会和她亲近，没想到第二天古残墨分派小组的时候，这货又死活要跟随她了。

这一路这小家伙对她也是忽冷忽热的，让她有些摸不着头脑。

能进天聚堂的学生都是家世背景极为明确的，这个应言诺是朝阳国国师之子，被千玥冉和花纤言、右天师天祭月以及龙司夜共同举荐而来，家世背景如此明确的人怎

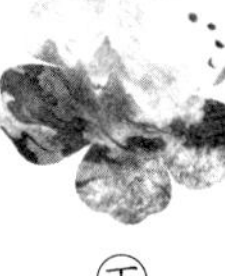
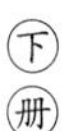

么可能是帝拂衣假扮的呢？

更何况她也让大蚌暗中嗅闻过应言诺身上的气息，大蚌说和左天师没有丝毫相像的地方。

顾惜玖觉得自己真想多了！

她在这里收拾东西，屋外的墙头上，应言诺一身黑衣地站在那里，几乎要和黑夜融为一体。他垂眸看着自己的手，手是少年的手，比成年后的他小了不少。

什么时候他才能恢复正常？

他指尖轻轻一弹，似是发射了一个什么信号。

片刻后，沐电如轻烟般落在墙头下，向着应言诺弯腰行礼：“主上！”

“沐电，本座要去调查一件事情，你要小心跟在她身边，不可出任何差错！”应言诺吩咐道。

沐电顿了顿道：“是！”

应言诺微微点头，又向他叮嘱了几句话，这才一闪身直接消失不见了。

沐电揉了揉脸，熟门熟路地开始缩骨，片刻后就变得和应言诺的身材一般无二，又将脸捯饬捯饬，眨眼的工夫他就化身为应言诺站在墙头上，继续望风，心里忍不住吐槽——

主上，您想换个身份泡妞属下很支持，但您为何不换个身材高大点儿的人呢？

他一个一米八的汉子缩成这样的小嫩草，心理阴影真的很重啊！

尤其是那小丫头常常来试探他，那天又很惊悚地把他扑倒在地，差点儿没把他吓死！

沐电其实很擅长伪装人，而他的主上也喜欢一人千面地玩，各种性格、各种模样的都有，沐电偶尔也会代替主上冒充他那些化身来行事。主上原先的化身就算有贩夫走卒，那也是身材高大俊美的贩夫走卒，这还是第一次化装成这么嫩的小朋友，尤其还是这么矮的小朋友。

沐电每次来救场就感觉压力山大，深深觉得这场戏是最难演的。

又过了片刻，顾惜玖终于出来，看了看墙头上站着的“应言诺”：“你先在这里等候片刻，我去去就回。”

“应言诺”忍不住问：“你要去哪里？”

顾惜玖勾唇一笑：“小孩子不要打听这么多！”一闪身直接瞬移走了。

“应言诺”大急，想要追赶却不知道该向哪个方向追赶。

第四十七章　难道这个人真是传说中的双重人格

扶苍宫。

顾惜玖站在门前，看着紧闭的门扉出神了片刻。

她回到飞星国时已经打听清楚，这些日子左天师大人并没有回扶苍宫，但她既然回来了，不来看看到底是不死心的，所以她来了。

她已经将帝拂衣的生活习惯打听清楚，如果他回来的话，扶苍宫的大门是打开的，只有他不在，这里的大门才会紧闭。

她一个瞬移就进了扶苍宫，扶苍宫里的建筑布局还是和原先一模一样，压根没有变过。

里面的侍女也还是那些，大家各自有条不紊地做事，打扫庭院、擦拭栏杆等，顾惜玖看到了好几位眼熟的侍女。

好在她现在功夫很高，又擅长掩饰自己的形迹，加上神出鬼没的瞬移术，所以这宫中之人并没有发现顾惜玖这个外来者。

顾惜玖也听了几句她们的谈论，从她们的话语中知道帝拂衣确实一年半没回这里了，这些侍女也十分想念主人。

顾惜玖又去帝拂衣的卧室看了看，理所当然地依旧失望。

或许是他离开得太久，卧室里连他的气息都没有。

她在他的被子上摸了摸，然后又凑到鼻端闻了闻，没闻到什么，低低叹了口气：

“左天师大人，你老人家也太神出鬼没了！”

她摇了摇头，一转身又瞬移走了。

一辆轻巧的车在空中飞行。

拉车的是一匹背生双翅的狮子，这种飞狮车时常在空中出现，所以顾惜玖他们来去并没有人知道。

顾惜玖比较纳闷的是，她和应言诺乘着这辆车来时，应言诺为了和她共坐车厢之中，千方百计地找了很多奇葩理由。譬如他皮肤太娇嫩，不能常被风吹；譬如这飞狮智商高，无须人在外面驾车，只需偶尔出去提点一下就好。

但再次出发，这小子又自动在外面赶车充当车夫了。

车子速度极快，风自然也很大，那狮子身上的长毛都在风中猎猎飞舞。

顾惜玖掀开一角车帘叫坐在车辕上的应言诺：“应言诺。”

“嗯？顾老大有事？”

“你不怕狂风吹皱你娇嫩的肌肤了？”

“啊？呵呵，不怕，咱俩总得有个驾车的，要不然不知道这破狮子会把我们拉到什么地方去。”

“你不是说一盏茶的工夫指引一下这狮子路途就好？”

应言诺顿了顿，面不改色地道：“那是熟路才可以，现在我们去的地方并不是这破狮子跑熟的，所以得时刻调整它的方向。”

顾惜玖看了看他的背影，这家伙坐在那里腰杆挺得如军人般笔直，一挥手间就是一个圆形的鞭花甩出来，那圆比圆规画出来的还圆。

目光微微闪了闪，她身形微动，下一刻忽然出现在应言诺身边，和他并排而坐。

大概她出现得太突然，应言诺明显身子一僵，晃了晃，险些从车辕上跌下去！

顾惜玖一抬手扯住了他的手臂：“小心些！”

应言诺像被蜂蜇了似的，忙往回撤手臂，挣开了她的手，向边上靠了靠：“你、你出来做什么？外面风大，你回车里坐着。”

顾惜玖刚才几乎偎依在他身上，她立即又暗中嗅了嗅他的味道。

其实挺奇怪的，她闻帝拂衣闻到的似乎是他的灵魂气息，但闻别人就是正常体味了。像现在应言诺身上是一种竹叶的清香，很好闻，但绝对不是帝拂衣。

这位应言诺小朋友性子很特别，他喜欢熏香，而且是不同的熏香，所以顾惜玖常在他身上闻到不同的熏香气息。

她微微一笑，把手搭在他的肩上：“应言诺，你有没有发现你其实有点儿双重人格？”

应言诺僵了一下：“什、什么？”

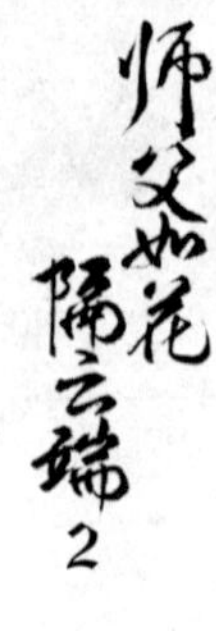

顾惜玖上下打量他，直到把他打量到发毛才慢吞吞地道：“我感觉你这身体里住着两个灵魂，你这具小身体也时常换着灵魂掌控……”

离得近了，顾惜玖在他脸上并没有看出人皮面具什么的，像是他的真实肌肤，不像是别人易容的——

难道这个人真是传说中的双重人格？

应言诺挑眉看了她片刻，叹了口气，说道：“其实我的家人也这么说过我，有时候我还常常忘掉自己做的事，别人就算提醒我我也没多少印象。但我感觉一具身体两个灵魂不太可能，或许、或许真是你所说的双重人格？”

沐电还是极聪明的，反应也超级快，立即打蛇随棍上，顺着顾惜玖的话圆谎。

其实无论他的扮相还是动作都和应言诺没差别，唯一有差别的大概就在对待顾惜玖的态度上了。

他的主上可以和顾惜玖无限接近，可以黏她，但他不敢啊！就算是装扮成应言诺他也不敢。

主上，你不是和属下说，你避免暴露身份一直不和她真正接近吗？

我怎么看这位顾姑娘的神情你像狗皮膏药似的？

主上，在这位顾姑娘面前，咱能不能矜持些啊？

要不然在这位顾姑娘眼里，这个应言诺的形象会坍塌的啊！

他正沉吟，手腕上忽然搭上来一只手，他吓了一跳，险些一巴掌把对方拍下去。幸好他及时忍住了，僵着身子看着顾惜玖：“你、你这是？”

天，这位顾姑娘不会是想来调戏他吧？！

他是该宁死不屈还是半推半就？

顾惜玖瞥了一眼他青白交错的脸：“别动！我测一下你体内是否有其他散魂存在。”

她学过一点儿驱魔术，如果有其他鬼魂上身，她还是能检查出来的。

沐电不敢反抗，乖乖任她检查。他的手腕上常年戴着护腕，护腕的品种随着季节的不同而不同，这一次就戴了一个黑色加厚皮的，顾惜玖干脆给他挑开了。

他的手腕光洁如玉，什么也没戴。

片刻后，顾惜玖撤回手，笑了笑：“果然是我想多了！”说完她起身就回车厢了。

沐电：“……”他怎么感觉这姑娘有些失落？

顾惜玖回到车厢后，再没和他说一句话，似乎直接打坐休息了。

她其实在暗笑自己，果然犯了疑人偷斧的病。这个人明明就是有双重人格，她却因为偶尔一点儿相似总是怀疑他是帝拂衣假扮的。

如果他是帝拂衣的话，他的手腕上应该戴着那个姻缘镯吧？！而且那镯子还是摘不下来的。

但她刚才仔细看了，他手上压根没有镯子。

好了，顾惜玖，到此为止！不要疑神疑鬼的了！

她吸了一口气，注意力总算转移，开始琢磨这一场灾难的来源。

宣帝被化学药物控制了情绪，那是不是证明背后捣鬼的那人就是龙昔的便宜爹，那个科学疯子龙梵？

他当初的目标是帝拂衣，现在他控制宣帝打这场仗的目的是什么？

顾惜玖无意识地用手指轻敲着身下的锦墩，想起那些被笛声控制的死偶绿衣人，心中忽然一跳！

那些死偶绿衣人后来通过验证是一些猎户，而那些猎户正是被屠的镇里那些失踪的尸体。

在天聚堂的那一场伏击里，所有的死偶绿衣人被坑进了岩浆之中，连龙梵附身的紫衣人偶也不例外。

她还以为龙梵已经死了，但帝拂衣说龙梵修炼到了什么元婴级别，应该没死，她当时还半信半疑的，现在却完全信了！

这一场战乱就是龙梵在背后操纵搞起来的！

还有什么能比搞一场战争死的人更多？更容易得到制作死偶的尸体？

当初那一千多个死偶的战斗力就很让人头疼了，如果龙梵再弄出一个死偶军团……

顾惜玖简直不敢再想下去！

她撩起帘子向外看了看，天已薄暮，天边的晚霞烧红了半边天，太阳在天边半浮半沉，眼看就要滚下山，似乎一片安静祥和。

但在天的另一边，则有浓云层层堆积，似有一场暴风雪就要到来。

她忽然察觉到什么，向下望过去。

下面是一片荒野，枯树、白雪、山坡、荒草都历历在目，猛一看没有什么异常，但在荒野的东南角位置，看上去不太对劲。

原本这车就要从这里掠过，顾惜玖忽然道："停一下！"

外面的沐电勒住那头飞狮："怎么了？"

顾惜玖直接跳到车厢外，指着东南角方向："你可看出那里有什么异常？"

沐电向下一瞧，只看到一片白茫茫的景色，像是积雪很厚的样子，挑眉道："什么异常？"

顾惜玖道："你看其他地方，枯树、荒草、乱石点缀其中，但那个地方的积雪太均匀了，一点儿杂草、乱石都没有，好大一片。"

沐电看了几眼，心中微微一动。那个地方确实不对劲！看地形那个位置不应该这么平，倒像是一种障眼法！

他跟在圣尊身边多年，其真实本事比龙司夜他们还要高，也见多识广。他暗暗运足目力看过去，甚至看出那里隐隐有邪气透出。

而这么古怪邪气的地方他刚才差点儿漏过去！

他忍不住看了顾惜玖一眼，没想到这小姑娘有这么敏锐的观察力！

如果这里就他自己，他会二话不说就下去查探，但他车上载着顾惜玖，他不能让她有任何危险，只能先记住这个地点，待会儿瞅个空通知其他人。

“顾老大，那是一大片雪而已，我们还是先赶路要紧。你不是急着去见容伽罗他们吗？”沐电一边说话，一边赶着车想要迅速升高。

“那里有古怪，我下去看看！”顾惜玖却扔下这么一句话，人唰的一声直接瞬移下去！

沐电只觉冷汗直接下来了，忙赶着车飞跃下去。

顾惜玖的目的地正是那个有邪气的地方，她一落地便感觉不对了。

这个地方有结界！

她脚下踩的不是软绵绵的雪，而是一缕缕似雪的云气。那云气极为寒冷，足有零下十几摄氏度，她落下后靴子差点儿被冻得黏在这云气上。更诡异的是，这云气中隐隐有鬼哭狼嚎之声，邪气迎面而来。

她迅速将体内的火之灵力运行一圈，然后拔出一柄剑。这剑是帝拂衣临别赠送给她的，据说可以诛杀一切邪魔。

能不能诛杀邪魔她还没试过，但这剑破除邪异结界还是可以的。

她提剑向下猛刺过去！

这一剑像是刺进了棉花堆里，没受分毫阻力，然而脚下的云气只是浮荡了一下，并没有破裂。

不管用？

她正要再换个法子试试，沐电已经落了下来，站在她身边，手指也捏了个法诀，一道火之剑迅速在他的指尖上生成，随后他一剑刺下，云气结界晃了晃，依旧没有破开的意思。

沐电皱眉。他这是自圣尊处所学的专门破除邪魔结界之法，百试百灵，这次怎么失灵了？

他接连试了几种法子，都无功而返。

他的眉轻锁起来，这种情况他还是第一次遇到，但也证明此处隐藏的东西绝对不简单，只怕十分凶险！

“顾老大，此地凶险，只怕非你我可破，不如我们先和其他人会合再……”

一句话还没说完，沐电在看清她的下一个动作时直接停住了。

顾惜玖从身上摸出一个玉瓶，自玉瓶中倒出一些液体，液体落入云气之中，发出嗞嗞的声响。

"来，应言诺，斩这里！"顾惜玖低喝一声，扬起掌心里的宝剑，一剑向着液体滴落的方向劈去！

沐电自然跟着斩落一剑。

咔一声响，寒流般的云气像是遇到了煞星，翻滚着向两边裂开一个大口子。而随着大口子的裂开，阵阵呼喝打斗声从大口子中传了出来。

顾惜玖在听到这些声音的那一刻，眼眸猛然一瞪！

这些都是熟人！

"该死，这里也没路！"这声音是乐紫荇的。

"信号也发不出去……"这是乐青荇。

"不好，它们追过来了。晏尘哥哥，我怕……"这是蓝外狐，声音充满了惊恐之意。

"怕什么！娘的，咱们和它们拼了！拼一个够本，拼两个咱们赚了！二十年后又是一条好汉，老娘我还要进天聚堂，还要来杀这帮孙子！"这是张楚楚的声音。

"再找路！"这是晏尘。

"放我下来，不用管我了……"这声音有些虚弱，居然是千翎羽的，他显然受了伤。

里面的情景让见多识广的沐电也顿了一下脚步。

里面自成一片天地，影影绰绰的，看起来居然是一个城镇，民房林立，街道宽广，和普通的城镇没多少区别。

风雪极大，狂风夹杂着暴雪在天地间肆虐，刮得人口眼难开。暴风雪太大了，飞舞的雪花比浓稠的雾还要浓。

顾惜玖刚刚落在地上，就险些被肆虐的狂风吹得翻个跟头！

"小心！"身边的沐电忽然将她一扯，一剑斜劈，凌厉的剑风直接劈向她身后某处。

风雪中传来一声喑哑而不似人声的尖啸，一道雪白的影子踉跄后退，雪地上有暗红的血点洒落，腐臭的气息在空气中扩散。

顾惜玖目光一凝，在这刹那间她已经看清对方的面容。那是一张灰白的脸，脸上有褐色的斑点，手脚僵硬，穿着一身麻布似的白衣，动作却十分快速。

刚才顾惜玖一落地，它便一把抓下来，十根指甲乌黑锐利如刀，腥气扑鼻！

沐电那雷霆一剑应该刺中了它的胸口，甚至洞穿了它的心脏，但它仅仅后退几步，随即再次扑了过来！

与此同时，暴风雪中有相似的白影纷纷向着顾惜玖二人扑来。

僵尸？！

沐电目光一闪，手掌一颤，剑尖上爆出一个大火球，向着一个白衣僵尸迎面砸了过去！

白衣僵尸被火球砸了一个跟头，却没有像沐电想象的那样燃烧起来，这白衣僵尸是不怕火烧的！

那些白衣僵尸动作很快，带着凌厉的疾风，眨眼间七八双爪子抓到了他们跟前，沐电只得宝剑横扫，以巨大的冲撞之力将围拢过来的僵尸撞飞出去。

这些僵尸不怕剑砍，不怕火烧，沐电有些头疼，正要再试试其他法子，身边的顾惜玖却忽然一阵风似的奔了出去！

一眨眼她已贴近一具白衣僵尸，身形一侧，手臂一抬，直接夹住了对方的脖子，猛然用力一转！

咔一声，颈骨折断的脆响传来，那白衣僵尸的头被她硬生生地转了一百八十度，随后那白衣僵尸直接仆倒在地，再也不动了！

她的动作干脆狠辣，沐电看得都感觉后脖颈一凉，但他很快发现这是杀死这些怪物的好法子。

“注意别被它咬到或抓伤，拧断脖子就可以！”顾惜玖的声音在暴风雪中传来，她身形如闪电，很快就贴近第二个白衣僵尸……

沐电精神一振，立即依法行动。

两个人都是高手中的高手，一旦掌握杀死这些怪物的法子，那自然如砍瓜切菜，只听咔咔之声不绝于耳，只片刻围攻他们的十几具僵尸都被拧断脖子仆倒在雪地里了。

远处的一处民宅之中传来呼喝打斗之声，时不时有术法之光在暴风雪中闪现，如同撕破夜空的闪电。

很显然，蓝外狐等人又被这种怪物围住了。

“走，去救人！”顾惜玖一拉沐电的手，直接瞬移去了那个方向。

天边彤云密布，大雪纷纷扬扬。

千翎羽这次是和乐紫苻、乐青苻一起出来的，他们的任务是调查皓月国这边传出的战场尸体失踪事件。三个人来到皓月国这边的行军大营，千翎羽见到了带兵打仗的自己的叔叔，他叔叔告诉他，最近几场战役中，他们这边明明战死了一万七千八百二十人，但那边传回去的军报只有一万五千二百人，其他两千多人的尸体无缘无故地失踪了，其中就有数名骁勇善战的大将。

千翎羽他们立即奔赴战场，却没想到在一片荒野里像是碰到鬼打墙似的迷了路，然后就撞到这里来，被僵尸围困袭击。

他们正疲于奔命，蓝外狐、张楚楚、晏尘三人又撞了进来。

两队人马会合，依旧拿这些白衣僵尸没办法，在打斗中明明刺中了它们的要害部位，它们偏偏不死……

更要命的是，这个城镇看着不大，偏偏他们在里面跑来跑去跑不到尽头。

千翎羽他们都学过阵法，知道这个城镇应该是个大阵，却无论如何也找不到阵眼，自然无法破除这阵。

他们已经在里面不停脚地奔波了一天一夜，个个精疲力竭。

千翎羽三人开始是由他叔叔派的六名兵将带路过来的，这六名兵将也和千翎羽三人一样被困在里面。

这六人毕竟功夫不到家，而千翎羽他们三个自顾不暇，在逃命过程中，这六人动作稍稍一慢就被那些白衣僵尸抓住，直接撕成了碎片。

等到千翎羽和晏尘他们会合时，那六人还剩一位，但这一位也在后来的逃命过程中失手被抓住，死掉了。

千翎羽也受了伤，他的手臂被僵尸撕裂了一个大口子，一条腿也折了，一直是晏尘背着他在跑。

在这一行人中，晏尘最强，年龄也最大，大家自然以他马首是瞻。但就算是他，此刻也有些绝望了！

小狐狸一直跟在他身边，小丫头其实很胆小，进天聚堂前她连只鸡都不敢杀，后来在顾惜玖的训练下，她才敢于拼斗、敢于出手了。

但到底没经历过真实的残酷战争，她亲眼看到那位受伤的将领因为动作稍稍一慢，被两名白衣僵尸抓住，活生生地被扯成了两半。

她当时吓坏了，眼泪狂飙，双腿发软。若不是晏尘一直不要命地护着她，只怕她也会被白衣僵尸抓去撕成碎片。

此刻他们六个人被四周的僵尸逼退到了一处高台上。

僵尸们虽然动作迅速，但因为手脚僵硬，爬高的地方有些困难，而那高台上有一道碗口粗的旗杆，旗杆高约十五丈，不知道是用什么做的，光滑无比。

旗杆下的高台有一些颇为诡异的图案，这么大的暴风雪，居然没将那些图案掩埋。

晏尘他们在奔行逃命的过程中其实早就看到这里了，但因为觉得这高台有些诡异，一直没敢上去躲避。

现在被四周的僵尸逼得没法，他们只得向高台的旗杆上撤退。

以几个人的功夫飞跃上旗杆并不算困难的事，乐紫荇、乐青荇、张楚楚相继跃了上去。

小狐狸脸色煞白，连脚都是软的，她也拼命跃了上去，但因为手太软，险些又顺着柱子滑下去。

幸好晏尘背着千翎羽及时飞跃而至，一把又拎住她，六个人壁虎似的趴在那旗杆上。

蓝外狐拼命压抑住哆嗦，无意中一抬头，忽然看到晏尘背上的千翎羽，吓得僵了僵。

千翎羽俊脸青白，眼圈发黑，嘴唇也发黑，抱着晏尘的脖颈的双手上指甲也开始发青，手臂已经粗糙处理过的伤口正源源不断地渗出黑血，猛一瞧上去，和下面那些白衣僵尸竟然有些相似。

千翎羽倒还是有神志的，并没有发现自己身体的异常，只是觉得愧疚，连累了同伴。

下面那些白衣僵尸怒吼着连连蹿起，想要把旗杆上的人扯下来。

好在这六人爬的位置比较高，那些白衣僵尸一时够不到他们。这些白衣僵尸似乎还是有些智力的，蹿起来扯不到众人，就开始在下面撞旗杆，撞得那旗杆连连摇晃，那么结实的旗杆被它们撞得咔咔作响，令趴在上面的六个人险些掉下来。

在一次摇晃中，晏尘手腕一滑，在众人的惊呼声中，身子向下坠落了一丈，幸好他又死命抓住旗杆，看上去险象环生。

他是真的到了强弩之末。

乐青荇向下滑行了一丈，伸手来抓晏尘背上的千翎羽："我再背他一会儿！"

他忽然看见千翎羽的面容，脸色微变。

千翎羽只觉头脑一阵阵发蒙，自我感觉双臂发硬。他闭了闭眼，再睁开眼时发现靠近他的小狐狸一双眼睛睁得大大的，望着他的目光有些惊惧。

他心中一沉，在小狐狸那双澄澈的眼睛里，终于看清了自己的面容。

他心上像是猛然被人坠了个冰块，直坠落下去！

自己这是要尸变了吗？

他垂眸看到了自己的双手，指甲发青，已经开始以肉眼可见的速度增长。

他真的要尸变！

不，他宁肯被下面那些僵尸撕碎，也不要变成那样的怪物！

他惨然一笑，眼睛望着蓝外狐："别怕，你给惜玖说，我对不起她……你保重！"

他说完闭上眼睛，双臂骤然放松，在众人的惊呼声中，身子直向下坠去！

"千翎羽！"蓝外狐尖叫一声，声音凄厉，已经变了调。

一道身影忽然电闪而来，当空接住了坠落的千翎羽，然后一个漂亮的飞旋，那人已经拎着千翎羽在旗杆中部停住。

千翎羽在看清抱着自己的人的那一刻，眼睛蓦然睁大，颤声叫道："惜玖！"眼

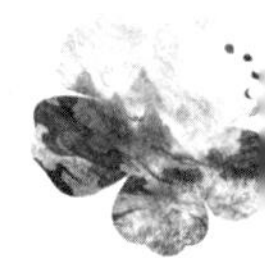

泪顺着眼角直向下滚。

上方的小狐狸也喜极而泣地大叫：“惜玖！惜玖！”她不顾一切就要向下滑，晏尘死命将她按在那里：“先在这里待着！我去接应她！”

身形一闪，晏尘直接滑到顾惜玖身边，凌空儿脚将要跳上来的白衣僵尸踢了下去！

顾惜玖停的这个位置有些危险，那些白衣僵尸只要跳得稍微高些就能抓到她的腿。

“惜玖，上去说话！”晏尘伸手来拉她。

千翎羽也道：“惜玖，我中了它们的毒，我不想变成它们那样，让我下去和它们拼了！我宁肯被它们撕碎，也不要变成怪物。能再次见到你，我死……”

他后面的话没说出来，因为顾惜玖直接往他嘴里塞了一颗药丸：“咽下去！”

千翎羽对她是极度信任的，不管三七二十一伸长脖子将药丸咽了下去。

“千翎羽，你给我听好，我不会让你死！这是抑制尸变的药，你给我坚持住，出去以后我就会救你！听到没有？！”顾惜玖几乎是冲着他的耳朵大喊。

千翎羽陡然精神一振，拼力睁开眼睛，然后点头，死命一咬舌尖，努力让自己清醒。

“惜玖，这个鬼地方许进不许出，没有任何出路……”晏尘急速说着这里的情况。

顾惜玖看了看天空：“上方呢？”

晏尘摇头：“上方有结界……”

顾惜玖垂眸看了看抱着的这根旗杆，旗杆非金非铁，光滑无比，抱着还有点儿发热。

“这里的僵尸可以击杀！用断金手拧断它们的脖子！”顾惜玖沉声开口道。

众人眼睛一亮！

他们之所以被追得如此狼狈就是因为找不到杀死这玩意儿的法子，如果有法子弄死它们，那他们还跑什么啊？！

“用断金手拧它们的脖子也是需要角度的，要……”顾惜玖正要说一下具体操作，身边的应言诺已经飞扑下去：“我做示范好了！”

他快如闪电，眨眼间已扑到一具僵尸背后，手臂一抬，利索地发力一转，那具僵尸被拧断脖子，直接倒地。

其他人看得热血沸腾，张楚楚从旗杆上一跃而下道：“那还等什么？！干死这帮孙子！”

她实在是恨透这些僵尸了，现在一旦知道了杀死它们的法子，就压不住体内的洪荒之力了，像只鹰隼般直接落在一个僵尸身上，按正确的法子猛地拧对方的脖子！

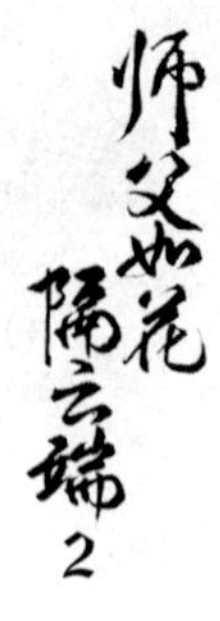

结果她用力过猛，将对方的脑袋拧了三百六十度，像个破口袋似的耷拉下去。

“哈哈哈！痛快！”张楚楚大笑道，又扑向另外一个僵尸。

乐紫苓、乐青苓也直接跳了下去，他们也是憋了一肚子火的，急需要下去施展拳脚泻火。

蓝外狐鼓足勇气也想冲下去报仇。

“小狐狸，你带着千翎羽在上面等着。晏尘，你带领其他人清理下面的僵尸，清出安全地方来再让小狐狸下来，我上去看看那结界！”

顾惜玖接连吩咐布置，然后将千翎羽交给蓝外狐，一个瞬移直接冲了上去！

顾惜玖二人的到来显然给所有人打了强心剂，连蓝外狐也将一双眼睛睁得又大又圆，凭空生出无数力气，像按小鸡崽似的将千翎羽按在旗杆上，唯恐他晕过去，对着他的耳朵吼：“千翎羽，惜玖来了，我们都有救了！你不许放弃！听到没有？你最近一直对不起她，你还没亲口向她道歉，听到她说原谅你……”

千翎羽点头如捣蒜：“我坚持！我肯定能坚持！我还要恢复我们的铁三角队。我其实做梦都想回去……”他体内的药已经稍稍起了作用，尸变的速度放缓，但因为药物的作用，全身的筋脉也实在痛不可当，但他仍咬牙强忍着。

他知道，惜玖会救他，也一定能救他！

上面的结界极冷，贴上去能将人冻脱一层皮，好在顾惜玖早有防备，直接用飞爪向上一贴，待粘住结界后，她又用先前破除结界的法子施为，但依旧没什么反应。

看来从外面破结界和在里面破结界是不同的，顾惜玖暗中握了握拳。

这结界她还是有点儿熟悉的，她在现代做杀手时跟在蛊大师身边修习蛊术时，也学了一些由蛊术催生出来的结界的破法，而眼前这结界就是现代蛊术和这个时代的术法结界共同作用下弄出来的混合体。

这个时代的人一时半刻破除不了这个结界，大概只有她这样两种术法都修习过的人可以找到破解之道。

还有下面那些白衣僵尸，并不是传统意义上的僵尸，它们与其说是僵尸倒不如说是蛊尸，是一种飞蛊操纵死尸形成的生物，顾惜玖在现代时有幸见到过一次。

她刚才闯进来，一见到这些白衣僵尸的攻击方式和模样，就知道它们和那蛊尸有异曲同工之妙，所以才能立即找到杀死这东西的法子。

顾惜玖从知道那位蛊大师的来历以及他还活着时，就知道以后这人消停不了，势必会卷土重来。

所以这一年多来她除了练功外，还一直在研究对付他的各种法门，并炼制了一些相应的药物带在身边，现在果然用上了！

不过这结界极为诡异，看来她自里面硬破是破不了的，还得找出阵眼来。

“有法子吗？”顾惜玖正在那里盘算，身边忽然响起一个声音，吓了她一跳。

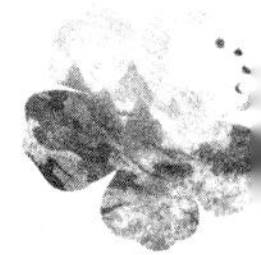

她侧头一瞧，应言诺在她身边悬着，他是用衣袖粘在结界上支撑他的体重的。

顾惜玖目光微动，以她的功夫，居然没察觉应言诺是何时飞到她身边的。

这小子的功夫很诡异啊！明明是灵力六阶二的功力，偏偏他能发挥出灵力八阶者的水平，而且有些功夫高得不可思议，譬如这跟踪盯人的功夫。

应言诺被她看得头皮发麻，挑眉道："怎么了？"

顾惜玖摇头道："没什么，你不在下面陪着他们清理僵尸，跑上来做什么？"

应言诺咳了一声，回道："下面他们清理就可以了，我上来看看你需不需要我帮忙。"

他看了看上面的结界："用你刚才的法子破不开吗？"

顾惜玖摇头："破不开，还是要找下面的阵眼来破。你有没有好的法子？"

沐电在破除结界方面也是一把好手，他盘算着如果用灵力九阶的招数来强行突破的话，大概可以弄破这个龟壳，但那样他就完全暴露了。

所以他果断地摇头道："没有！"

顾惜玖又瞥了他一眼，轻吸一口气说："那我们下去想办法！"她说完便唰的一声瞬移而下。

下面晏尘他们已经清理出一片空地，地上横七竖八地倒着一些白衣僵尸，蓝外狐抱着千翎羽坐在旗杆下，正焦急地等待着。

千翎羽的脸色死人般青白，牙齿冻得咯咯作响。

蓝外狐不由分说地将他抱在怀里暖着，又扯下自己身上的貂裘给他盖上，嘴里还不忘给他打气："千翎羽，坚持，坚持！别变怪物！"

千翎羽却不想让她抱着，极力想向外挪："别、别靠我这么近，我怕万一控制不住，抓伤你……"

蓝外狐极力控制住他，说道："你坚持住就不会抓伤我了……"她更加用力地将他紧紧地护在怀里，还握住他冰冷发青的手，"别尸变呀，尸变你会先抓伤我……你一定不忍心的是不是？"

"小狐狸……"千翎羽鼻子发酸，他曾经因为国仇家恨抛弃了两个同伴，但他的这两个同伴从来没有抛弃过他。

前些日子小狐狸看到他就会哼一声满脸鄙夷地走过去，连招呼也不和他打，他还以为她已经恨透他了，但真到危难时候她还是很关心他的，为了他还是能豁出命来的！

他脑子里其实是一阵清醒一阵迷糊的，指甲也时伸时缩。他甚至有了想要撕碎一切的欲望，却一直强自压抑着，哪怕频繁咬舌尖也要保持清醒。

人的意志力其实是无比强大的。

顾惜玖飞下来的时候，看到他虽然一双眼睛充满红丝，但神志很清醒，他还冲着她笑了笑："惜玖！上面、上面怎样？"

顾惜玖看了看他流的哈喇子，知道他的尸变就在顷刻之间，已经等不及脱困以后再为他治疗了。

她轻吸了一口气，让应言诺在旁边护卫警戒，她则就着小狐狸抱着千翎羽的姿势，刺啦一声撕下了他的整只衣袖，露出那狰狞的伤口。

伤口足有半尺长，又肿又黑，伤口处直冒浓黑的血。

"千翎羽，我现在就为你医治，会有些疼，你坚持住！"顾惜玖盯着千翎羽的眼睛说道。

千翎羽点头："好，我……不怕！你尽管施为！"

顾惜玖随手掏出一柄银刀，正要动手，忽然看到脸色苍白的小狐狸，动作顿了顿："小狐狸，转过头去，你别看！"

小狐狸是有些晕血的，心肠又软，顾惜玖怕她看到待会儿的操作会直接被吓晕。

蓝外狐摇头道："不，惜玖，我要看！我还要学……"她不能再软弱下去了，她也要多学些技能，关键时候还能救同伴。

顾惜玖轻轻松了一口气："好！"

磨难能让人迅速成长，蓝外狐也终于成长起来了。

"小狐狸，待会儿你配合我，别怕，一切有我！"顾惜玖将一些器皿放在蓝外狐手里。

蓝外狐使劲点头，眼睛睁得又圆又大。

顾惜玖的治疗法子其实有点儿血腥，需要将那伤口重新剖开，刮掉腐肉，接续筋脉等。

这是一场比刮骨疗毒还要残忍的手术，而且她也不能使用麻药。

顾惜玖的手法快速而熟练，她已经尽力减少患者的痛苦，但这一场手术做下来，千翎羽身上的冷汗还是出了一层又一层，身体情不自禁地痉挛着。但他咬紧了牙关，愣是一声也没吭。

蓝外狐也俏脸煞白，但她全程一直盯着顾惜玖的动作，眼睛一眨没眨，时不时给顾惜玖递一些手术器械，还帮千翎羽擦汗。

治疗这种伤其实很耗费灵力的，这一番治疗下来，顾惜玖也累出了一头的汗。

在治疗过程中，应言诺一直守在他们身边，将偶尔突破晏尘他们的屏障蹦进来想搞袭击的白衣僵尸挨个弄死。

约莫一个时辰后，千翎羽的伤臂流出来的血终于转为红色，他青黑色的指甲也恢复了正常颜色。

顾惜玖这才松一口气，为他做了缝合术，又抹上一些药物包扎起来。

因为条件简陋，顾惜玖给千翎羽疗伤一直是半跪在他身边的，一场手术下来，她

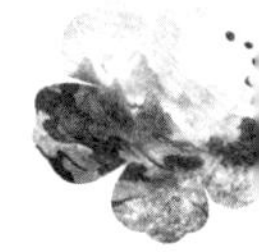

累得腿都麻了，膝盖内钻入了寒气，一站起来就打了个趔趄。

千翎羽望着她心潮起伏，眼圈都红了："惜玖！"

"少说废话，赶紧运功疗伤，待会儿可没人再背你！"顾惜玖打断了他的话。

"是！"千翎羽立即开始打坐运功。

顾惜玖为千翎羽疗伤完毕后，也加入了诛杀白衣僵尸的阵营。而应言诺一直不离她左右，动作也干脆狠辣，丝毫不拖泥带水，杀白衣僵尸的速度丝毫不亚于其他人……

蓝外狐则守在千翎羽身边，为他护卫。

顾惜玖他们是呈圆形分布在旗杆周围的，将所有的白衣僵尸都堵在了外围，不让任何一个越线。

因为有了顾惜玖这两个生力军的加入，杀僵尸的速度又快了不少。

几人这样又杀了足足一个时辰，被他们杀死的白衣僵尸也将近三百个了，但四周影影绰绰的，依旧不时有僵尸蹦出来。

不对劲！

这些僵尸像是能再生一样，源源不绝的。

照这样下去，他们早晚有精疲力竭被撕成碎片的那一刻。

"惜玖，这不正常。是不是这鬼地方有新的僵尸不断加入？"晏尘说出了自己的疑惑，"刚才这里的僵尸没这么多的……"

顾惜玖轻吸了一口气，也在注视这些僵尸的动作。它们是一拨拨来攻击的，像是背后有什么人在操纵。

她想起了当初控制那些绿衣死偶的人，是用笛声来操控的，而且那笛声是人类听不到的音波，现在很难说在这暴风雪城镇的深处是不是也有这么一个人躲在暗处。

"晏尘，你们缩小战斗圈子，先保存实力，我去四周找找！"顾惜玖吩咐道。

晏尘脸色微变："不行！你一人太危险！"

"没事，我有瞬移术，它们伤不到我的。"顾惜玖身形一闪，直接消失不见。

晏尘："……"

"我随她去！"应言诺轻飘飘地扔下这句话后，也立即消失不见了。

在这废弃的城镇深处，有一处很不起眼的民宅，土墙土屋，屋内陈设破败。

而在这土屋的地底深处，全然不是那么一回事，地下居然有一个足可覆盖半个城镇的地下建筑，有着厚重的石墙、堪比王宫墓葬地宫的甬道。在甬道深处有一道石门，石门时不时开启一次，每次开启都会有十几个白衣僵尸冲出来，通过一个入口钻出去。

地宫内的布置有些古怪，四周的墙上镶嵌着水银镜，镜中映照出来的不是宫内的设置，而是外面的情景，每一处民房、每一处街道、每一处广场都在那些水银镜中显现出来，一处死角也没有。

在地宫内有两个人正在观察那些水银镜，其中一人身形瘦削，身姿挺拔，五官清秀绝伦，穿着一身法袍式的白衣，风度翩翩，如同一位饱读诗书的学士，容貌居然和前世的龙昔一模一样！

此刻他的目光落在如旋风般穿梭于那些废弃宅院间的顾惜玖身上，眸底有一丝复杂和火热的情绪。

他旁边站着一位碧衣男子，瘦骨嶙峋，一双手如同骨头棒子，他的眼睛则盯在晏尘他们那帮人身上。确切地说，那人的眼睛是盯在正坐在那里打坐的千翎羽身上。

那碧衣男子将拳头握得紧紧的："龙长老，那小子是不是差点儿尸变？我觉得你应该把那小子抓进来研究研究，或许就能突破难题了！"

那白衣男子瞥了千翎羽一眼，淡淡地道："不能抓，他身上的尸毒已经被驱除掉了，抓进来也没用，还会打草惊蛇。"

碧衣男子狠狠地看了水银镜中的顾惜玖一眼："都是这个臭丫头坏了咱们的事！要不要把她先做掉？"

龙长老模样很沉静，说出的话却很冷酷："不许动她！"

碧衣男子挑眉问道："为什么？她屡屡坏我们的事……"

龙长老冷冷地道："不许就是不许，没有为什么！她是本长老的底线，你敢动她一根汗毛，我必让你后悔在这个世界生出来！"

碧衣男子噎在那里半晌才道："她到底是什么人？龙长老为何要如此护她？"

龙长老将目光落在顾惜玖身上，那丫头正搜索每一幢民宅，偶尔一抬头，似乎望进了镜子里，那锐利如电的眼神让碧衣男子忍不住打了个寒战！

龙长老望着顾惜玖的目光隐隐有丝宠溺："她是我最好的作品、最重视的人……"

碧衣男子："……"

他明显有些怵龙长老，便转移了话题："龙长老，你的不死偶什么时候能够真正改进？"

那些白衣僵尸咬了人、抓了人，却无法将那些人变成同类，被它们咬伤、抓伤的人可全都死了。好不容易出了千翎羽这个异类，他被咬伤后有了尸变的征兆，没想到又被那丫头给治好了！

龙长老扫了千翎羽一眼，眸底闪过一抹深思，淡淡地道："本长老正在研究这个，科学实验并不是朝夕之功，你急什么？"

碧衣男子冷笑道："倒不是我急，是咱们尊主有些急，他派我来催你的。"

龙长老抿紧了唇不再说话。

碧衣男子道："咱们最近把人引进来做实验的次数已经够多了，但被困在里面的人都被我们的不死偶给直接撕烂分食了，还没有一个真正尸变的。而用常规方法制造一个不死偶又太费劲，无法迅速将尸毒扩散至全大陆……"

龙长老淡淡地道："我会攻克这个难关的。"

碧衣男子吸了一口气道："无论如何，这些人进了这种地方就不能再让他们活着出去，要不然我们这个地方就暴露了！一旦这几个小鬼逃出去，势必会将事情禀报到天聚堂，引来他们的围剿，我们这个地方就保不住了！"

龙长老蹙了蹙眉，似乎也有些为难，眼睛望着顾惜玖，眸底有复杂的神色。

那碧衣男子看着外面的不死偶一个个被拧断脖子，很是心疼："话说，那丫头怎么知道不死偶的罩门的？我们已经损失三百多个不死偶了！要想擒下这几个小鬼只怕得使出撒手锏才行，要不要放不死王者出去？"

龙长老皱眉道："再等等。"

"还要等？！再等我们这边死伤的不死偶更多！要知道咱们制作一个不死偶并不容易。"碧衣男子不耐地说道，"只要放几个不死王者出去，定能将这几个小鬼全部撕碎！"

龙长老眯了眯眼眸："不死王者一旦被放出就会无差别攻击人！到时候我们也控制不住！其他人倒罢了，决不能伤顾惜玖！"

碧衣男子握紧拳头："那怎么办？就眼睁睁地看着他们把我们的心血一个个掐死？"

龙长老轻吸了一口气，说道："待会儿我亲自出去擒了她！"

碧衣男子松了一口气："早该如此！"他看了看水银镜面，目光忽然落在一直隐在顾惜玖身边不远处的应言诺身上。

那个青竹般俊逸的男孩子追上顾惜玖后并没有现身，而是隐在她周围，为她清除那些不死偶。

明明看上去很柔弱的男孩子，动作却狠辣无比，身形如闪电，稍一动作就有一具不死偶死在他的掌下。

那么厉害的不死偶到了他跟前简直像纸糊的，不堪一击。

他刚才在人前明显是隐藏了实力的，现在则完全放开了，身形如轻烟，出手如凶豹，让碧衣男子看得眼花缭乱。

应言诺随手拧断一个白衣僵尸的脖子，忽似察觉到了什么，一双眸子猛然看过来！

碧衣男子在水银镜中和他目光相对，顿时打了个寒战！

明知道对方看不到他，他的心脏还是抖了抖，碧衣男子几乎要后退一步，脱口道："这个人不好对付！"

龙长老循声望过来，也盯了应言诺片刻。

应言诺蓦然抬手，一道火光唰地闪过，那一面水银镜骤然成为一团迷雾雪花。很显然，安装在那个位置的镜头被应言诺击坏了。

龙长老脸色微变，这个少年太怪异了，只怕是个扎手人物！

有这个人在她身边，只怕自己要毫发无损地将顾惜玖擒获会很不容易。

可如果他不擒获她，她早晚会搜寻到这里来，到时候仍旧是个麻烦。这个地方是他的一处重要基地，他不想就这么被攻破。

他的目光又落在镜中的顾惜玖身上，那丫头兔起鹘落的，已经搜查了几十处院子，眼看就要搜到这个院落来了。

她心细如发，一旦来到这里，势必会发现这个地宫，然后闯进来。

龙长老微微握紧手指，眼眸中闪过一抹狠戾之色，吩咐那碧衣男子："待会儿她若搜查到这院子，立即放出一个不死王者！"

碧衣男子眼睛一亮："你不怕不死王者会伤到她？"

龙长老轻咳了两声，淡淡地道："我自有主意。"

那少年护她很紧，一旦放出不死王者，那少年必然会首先迎战。以他的推断，两者或许会打个两败俱伤，到时候他再出去偷袭顾惜玖将她拿下。

眼看顾惜玖就要搜到这个院落来，碧衣男子的手指已经虚点上台子上的一个按键，只要他点下去，在地宫深处的某道大门就会缓缓打开，从里面飞蹿出去的不死王者可以把进入这个结界的所有人撕成碎片……

正在搜索的顾惜玖忽然停住了，纤细窈窕的身子站在临院的一处房顶上，一双眼睛四处扫视了一圈，忽然叹了口气，自言自语道："晏尘他们看错了吧？这些白衣僵尸哪里会再生？明明就是风雪太大，他们一时没看清。这些破房子、烂屋子又不是什么聚宝盆，杀死一个再生一个……"

她抬手敲了敲自己的太阳穴："笨蛋，你也神经了，还真跑过来找。算了，还是回去和他们商量怎么出去是正经。"她飞身一起，眨眼就瞬移跑了……

碧衣男子："……"

龙长老："……"

两个人面面相觑，这丫头就这么跑了？！

"怎么办？还放不放不死王者？"碧衣男子询问。

龙长老微微摇头："不必了。"

碧衣男子皱眉问道："那现在怎么办？"

龙长老略一沉吟，回道："停止再向外放不死偶，然后等！"

"等什么？"

龙长老冷冷地道："他们被困在这里出不去的，等到他们无水无粮疲惫无力的时候，再将他们擒获便是。"

他盯着再次出现在广场上的顾惜玖，小丫头已经和她的同伴会合，连应言诺也回去了。

她的回归让那些同伴松了一口气，晏尘询问成果，顾惜玖摇了摇头道："风雪太大，你们看花眼啦，我查看了一圈也没发现哪里向外冒僵尸……"

晏尘还想再问什么，顾惜玖又道："这个地方确实透着古怪，我在一些地方发现了阴阳镜，我猜测这些阴阳镜的作用就是让人产生风雪很大的幻觉，所以我在那些阴阳镜上做了点儿手脚。"

"阴阳镜？"

"什么手脚？"众人纷纷询问。

顾惜玖勾唇一笑，那笑容有些得意，带着小邪恶，龙长老心中一跳，直觉不妙！

"我可以将它们一举毁掉！到时候这些风雪幻境就可以消失啦！"顾惜玖一抬手，掌心有什么东西猛然一闪。

轰！轰！轰！轰……

几十声爆裂的声响自整个城镇的各个地方响起，腾起无数黄土夹雪的雾柱。

众人："……"

而深藏在地宫里的龙长老猛然握紧手指！

他的地宫中那些映出外面所有场景的水银镜绝大多数黑屏了，再不能全方位、无死角地监测那些人的动静！

碧衣男子一拳擂在台子上："小瞧那个丫头了！龙长老，要不要放出不死王者将这些熊孩子都除掉？"

龙长老冷冷地道："不行！"

他们无法看清外面的动静就更不能放不死王者了，一旦放出去怎么把它弄回去？这东西如果躲在什么暗处伏击，他自己的人也会伤亡严重！

现在他唯一的法子就是将这些外来者全部杀死或者放出去，等这里恢复正常后，他亲自出去重新安装那些"摄像头"。

他要把这些人全部杀死的话，一时半刻不太容易，而这些人留在这里终究是很不安定的因素。

尤其是那个一直跟随在顾惜玖身边的少年，只怕不是简单角色，一旦让对方找到这里来，必然会有一场死战，他又不能放不死王者来救场，到那时只怕真的会两败俱伤。

看来他只能把这些人先放出去了。

好在这些人还没发现这里的真正杀机，就让他们杀死外面那些白衣僵尸，以为这里不过如此好了……

大不了他趁机毁掉外面的建筑，让这里恢复成一片雪原，那些小鬼只会以为是中了幻境之术，不会再深查。

就算他们心里还有怀疑，向上禀报，再带人来查也是数日以后的事，那时他已把这里重新伪装好了，让这些人再也找不到。

龙长老心中百念电转，权衡利弊以后他立即吩咐碧衣男子："设法缓缓召回那些不死偶，在外面留三四十个便好！"

外面的不死偶没有了后续力量，只剩下三四十个就很好打发了，半个时辰后，外面的地面上再没有白衣僵尸出现，连暴风雪也停了。

"这结界要破了！"蓝外狐欢呼起来。

晏尘等人也松了一口气，他们在这里被困了一天一夜，现在总算看到曙光了！

张楚楚道："看来惜玖破坏的那些阴阳镜就是这个大阵的阵眼，阴阳镜碎了，这些僵尸也不再层出不穷了！"

其他人纷纷点头。

众人环顾四周，因为暴风雪停止，能见度提高了，整个废弃城镇的模样也就一目了然了。

从这些旧建筑，可以推断这个城镇最起码废弃好几十年了，断壁残垣的，看上去分外荒凉。

而他们所在的这个广场应该是城镇上打谷晒粮的地方，积雪下有坚硬的黄土，至于那矗立的旗杆现在看上去也破破烂烂的。

刚才在阵法中时，他们看这旗杆非金非铁有些诡异，但现在阵法逐渐破解开，那旗杆看上去就是一种坚硬的木头制的，上面有龟裂的纹路，毫不起眼。

张楚楚看了看周围还有些惊疑不定："娘的，不会是一个城镇也成精了吧？！我们要不要把这破地方毁掉？免得再有人闯进来被坑……"

"不必，此处阵法已破，不用再理，我们速速离开。"顾惜玖开口道。

"可这里……"张楚楚还想再说什么。

顾惜玖摆手道："阵法已破，这里就是几幢破房烂屋而已，成不了什么气候，我们先离开这里，大家找个暖和的地方各自说说情况吧。这鬼地方，我可不想再多待了！好了，走了！"她率先向东南方向飞奔而去。

众人现在基本都是以她马首是瞻，自然也跟上。

破了这个阵大家的心情还是蛮轻松的，唯有顾惜玖，一颗心还提在嗓子眼里！

顾惜玖在刚才的搜索中，不但发现了那些类似于摄像头的东西，还看出这阵是一个远古邪阵！

阵中阴气极重，那暴风雪并不是真正的暴风雪，而是万千战场怨灵怨气改变了此地的气场，无论是狂风还是雪花都夹杂着无数怨气。

而这特殊的邪阵上空的结界，也笼住了这些邪气不让它外泄。

顾惜玖的第六感一向极为敏锐，她刚才在搜索中就感应到有人在暗中观察他们！

然后她居然嗅到了至邪之物的气息，那至邪之物虽然一直没有露面，但她的第六感告诉她，那东西绝不好惹，也不是他们这一批人惹得起的！

所以顾惜玖搜了一大半后就果断停止，回去和同伴重聚。

这个时候他们自然是三十六计走为上了！

顾惜玖也看出暴风雪停止后，这东南方的一处民房就是此阵的生门，只要逃到那里，他们就可以彻底离开了。

她既然认出了这个大阵，自然就找出了这阵法的阵眼——那根旗杆！

那根旗杆就是维持此阵的阵眼，一旦将那根旗杆毁掉，这个大阵自破，外面笼罩的那层结界将不复存在。

但这结界不能随便破掉，因为这结界虽然能困住人，但也将白衣僵尸困在里面，让它们只能在阵中活动。一旦她盲目破除这个结界，只怕深藏地底的白衣僵尸们将倾巢而出，到时候会给这个世界带来什么灾害几乎难以预料。

所以她现在能做的就是暂时离开这凶险之地，然后再说别的事。

这几个人的速度都是一等一的，眼看那生门近在眼前，顾惜玖刚刚松一口气，头顶蓦然咔一声巨响，像是凭空裂开了一道缝隙，震得整个世界都跟着晃了晃！

众人大吃一惊，好几人顿住脚步，回头看去。张楚楚叫了起来："快看！那根旗杆被天上的雷电劈了！"

那根旗杆是这个城镇里最高的东西，无论在什么方向都能一眼看到它。现在它忽然被劈，自然所有的人都能看到。众人眼睁睁地看着一道亮金色的闪电直接劈在那根旗杆上，发出巨大的轰鸣声。

顾惜玖的心猛地一沉，她大喝一声道："别管那个！快跑！"

一句话没落地，脚下的大地抖了起来，像是骤然发生了八级地震！地面开始开裂……

众人没防备，被晃得东倒西歪。千翎羽因为受伤身体弱，直接摔飞出去，刚好向着一处刚刚裂开的深坑急速滑去！

眼看他就要跌进深坑，一人电闪而至，直接截住了他，将他拦腰抱起，接着风声一起，千翎羽一阵头晕眼花，等他再睁开眼睛时，自己已经被带到了外面的一处山坡上。

千翎羽的一颗心几乎要跳出来，他也终于看清了带他出来的人——顾惜玖。

至于其他人，晏尘抱出了反应慢半拍的小狐狸，乐青荇扯出了自己的妹妹。

顾惜玖还没将手上的两个人放下，眼睛就迅速扫了一圈。很好，大家基本都出来了，此刻正向她所在这山坡奔过来。

她松了一口气，只不过这口气刚刚松一半立即又提了起来！

应言诺呢？！

难道他失陷在里面了？！

此刻那阵明显在坍塌，轰隆隆之声如同山崩地裂，巨大的雪雾腾空而起，几乎遮蔽天地。

如果应言诺失陷在里面，只怕压根没活路！

顾惜玖身形一起，就要跳进那阵门去寻人——

眼看她就要扑进阵门内，一个人自阵门处急闪出来，顾惜玖收不住脚，险些撞进那个人怀里！

那个人身形如电闪，一把扯了她就飞起来。

顾惜玖的一颗心立即放回了肚子里，这个人是应言诺。

谢天谢地，最后一刻他还是跑出来了！

他和她的身影刚刚离开那阵门，那阵门就直接坍塌了，也可以说，是整个结界坍塌了。

第四十八章　银色的蛟龙背上的少女

身后的声响如同天崩地裂，众人压根没时间回头去看，运用风行术一溜烟跑了六七里路，才停住脚步。

他们站的位置不错，正好能俯瞰全局。从他们这个方向看过去，能看到那处废弃的城镇已经完全被冰雪掩埋，那处大地雪海似的翻涌着，看上去有些恐怖。

有低低的闷啸声从地底深处传来，仿佛原本沉睡的怪物正在苏醒，有阴邪之气自地底喷薄而出……

不好！只怕那大凶之物被惊动了！

顾惜玖握拳。

奇怪，那自天空降下的闪电到底是哪里来的？！

难道是天罚？

她这一个念头尚未转完，身边的蓝外狐忽然低叫起来："看云层！"

众人闻声抬头，然后都愣了一下！

在天空之上，云层之中，一头银色的蛟龙正在盘旋飞舞，而在蛟龙背上站着一位宫装少女。

那少女穿着一身绣着风纹的月光色宫裙，衣裙繁复，被风一吹层层叠叠地扬起，如同一朵在风中摇曳的莲花，有两条长长的同色绸带在她周身飞舞，盘旋如龙，秀发黑如鸦羽，半盘半散，在她脑后飞扬。

因为距离较远，众人看不清她的面容，只隐隐觉得此女极美、极高贵也极冷。

她站在蛟龙背上，一手握着蛟龙之角稳住身子，另外一只手则掐诀念咒，一道金色闪电瞬间在她指尖上形成。

她向下一指，一道闪电劈了下去，正劈在那翻滚的结界处，于是那里腾起的雪雾更高，地底那沉闷的怒吼声更大。

顾惜玖终于明白了！

怪不得那结界会塌陷，怪不得旗杆会被劈，原来不是什么天罚，而是这个女子发出的狠招！

顾惜玖现在的功夫虽然不是顶尖的，但眼睛还是极毒的，一眼看出这个女子发出的招数极不简单，最少是灵力九阶的功夫，而且是极为罕见的雷灵力。

这女子是谁？

顾惜玖对这大陆上的高手已经了解得差不多，还没听说有这等灵力的女子。

那女子显然也瞧见了刚刚从那结界中逃出的八个人，但她仅仅淡淡地瞥了几人一眼，便不再理会，手指稍一掐诀就是一道惊雷砸下去。

那轰隆隆的声响让整个大地跟着颤抖。

顾惜玖脸色一变，她耳力惊人，已经听到地底声响有些混乱沉闷，似乎有无数僵尸正在想办法脱困而出。

"住手！"晏尘忽然大喝一声。

他这一声动静不小，如裂石穿云，果然传到了那女子的耳朵里。

那女子的动作微微一顿，她凉凉地向下一瞥，那目光如同神正在俯视地下的蝼蚁，一副高高在上的样子。

"大胆！"一声厉喝在头顶闷雷似的炸响，把所有人都吓了一跳。一位身高足有两米二的巨人自那女子身后的云层中现出身形，这巨人骑在一头黄金色的狮子背上，身上金甲灿烂，光着两条手臂，露出古铜色的肌肤，手里握着一条金灿灿的方天画戟，看上去极为高大威猛，凶神恶煞。

"你这小鬼什么东西？！居然敢冲着我们丽王大呼小叫？！"那巨人一现身就怒斥，声音大得如打雷。

很显然，这个巨人是那女子的护卫，他大概是想给晏尘一点颜色看看，一声呵斥没完，手中的方天画戟就向着晏尘方向一指，一道金光向着晏尘直射过来！

那巨人的金光极为凶猛霸道，先是被顾惜玖的风刃阻了一下，随即便击破了小狐狸的水屏障，吹飞了张楚楚的木屏障。

眨眼的工夫，那金光已经摧枯拉朽般摧毁了顾惜玖这边三人的防护墙，直到晏尘的金屏障前才真正顿了顿，随即咔一声响，晏尘的金屏障也宣告破裂。金光余势未歇，又击打在乐青荇、乐紫荇两兄妹所设的屏障上。

乐青苻、乐紫苻两兄妹憋红了脸，但好在终于顶住了金光的攻势！

那巨人似乎没想到下面那几个小鬼能抵挡住他所发的金光，一双眼睛睁得如铜铃："小鬼们有些本事啊！再接……"他一抬手，正要再发一招，蓦然背心一凉，一物直抵在他的后颈上："大个子，住手！"

那声音清脆中透着淡淡的冷意，让那金甲巨人瞬间僵住。

他似乎没想到有人可以在背后偷袭他，下意识地回头一瞧，身后飘飘然站着一位韶华少女。

那少女十六七岁的年纪，身上穿着一套干脆利落的黑色衣裙，肤色如玉，五官极为秀美，一双眸子如寒星，眼梢稍稍斜挑，显得人绝美中又透着干脆爽利。

这些都不是最重要的，最重要的是，这少女到底怎么冒出来的？！这速度简直恐怖！

"你是谁？！"黄金甲巨人又惊又怒，大概是第一次被人抵住要害，气怒之下就想不顾一切地反击，没想到手刚刚一动，他的手腕便被什么东西一绞一缠，于是他的方天画戟脱手了！

黄金甲巨人："……"

他回过头去，只见一位少年斜斜地站在他的坐骑头顶上。少年一身水色衣衫，眉目清秀绝伦，身材挺拔如修竹，手里拎着他那杆方天画戟，笑得人畜无害："大个子，动不动就发脾气不好吧？"

他用指尖在那方天画戟上一弹："你这兵器是伤害孩子的？"

他的指尖葱白如玉，看上去轻轻一折就会断，却没想到他这么轻轻一弹，竟然让那茶杯粗细的寒铁方天画戟像是要折断似的弯了一个大弯。

黄金甲巨人变了脸色！

他这方天画戟极硬，就算两头都压上一座山也未必会被压弯，现在却被这少年一指头弹成了一张弓！

现在他脖子上横着一柄剑，兵器又被夺，整个人僵在原地。

顾惜玖没想到应言诺能这么及时地跟在她身边，正要说什么，应言诺忽然脸色一变，直扑过来，与此同时，他手中的方天画戟也顺势砸了出去！

顾惜玖略一愣神的工夫，应言诺已经抱着她直接飞起。

一条绸带毒蛇似的从两人的足底掠过，缠住了那根方天画戟。

原来那位骑着蛟龙的宫装女子出手了。她出手极快，身上的绸带比毒蛇更刁钻，若不是应言诺及时出手，抱着顾惜玖避开，顾惜玖的脖子就要被那绸带缠上了！

应言诺身在半空便抬手打了个呼哨，一辆马车自云层中出现，应言诺二人的身子正撞进那马车中，滚倒在马车内厚重柔软的毯子上。

顾惜玖正好趴在应言诺的怀里。

他身上有暖暖的好闻气息散发出来，似熟悉又似陌生。

顾惜玖的心脏莫名揪紧，她一跃而起，看着犹躺在毯子上的应言诺："你……"

这小浑蛋的功夫太诡异了，反应速度比她还快！

他的轻身术未必比她好，但他对度的掌握太精准了，就算灵力值达到十阶的人也未必能发挥出他这种水准！

应言诺脸色有些苍白，他懒懒地躺在毯子上，苦笑道："累死了，吃奶的力气都使出来了！"

他又向她伸出一只手："惜玖，我觉得你还挺沉的，砸得我胸口疼……拉我一把，扶我起来。"

顾惜玖："……"

她看了看伸到自己跟前玉瓷一样白的手指，没去拉："你又不男女授受不亲了？"

应言诺没缩回手，可怜兮兮地望着她："事急从权，我觉得偶尔可以破例一次。"

顾惜玖心肠很硬地转过身道："我觉得现在没到事急从权的时候。"

这家伙貌似又是第二人格苏醒掌控大局了，他这重人格爱撒娇爱卖萌，顾惜玖已经习惯，所以没放在心上。

她撩开车帘向外一瞧，发现自己现在乘坐的这辆车正是来时那辆，狮子也是之前飞天那头。

看来应言诺早有准备，早在她跳车破那结界时，他就让这狮子车在云层里藏好了，这才能这么及时地出现救了他们。

顾惜玖又看向不远处，那骑着蛟龙的女子没有乘胜追击。她用绸带卷着那方天画戟抛给了那金甲巨人："连区区人界的孩子也挡不住，本王要你做什么？"

那金甲巨人面红耳赤，接过方天画戟："王教训得是。"

他一抖方天画戟，一双眼睛又恶狠狠地向顾惜玖这边望过来，正要做什么，那骑着蛟龙的少女又道："罢了，不过是几个孩子，不必和他们一般见识，还是做正事要紧。"

看到顾惜玖在马车中冒头，那少女一仰下巴道："小姑娘，本王不和你们一般见识，速速离开！不要耽搁本王降妖除魔！"

这骑蛟龙的少女声音清脆，语气和神情带着满满的上层人不和下层人一般见识的倨傲，就差拿鼻孔看人了。

顾惜玖直接截断她那盛气凌人的话："我不知道你是哪路王，但我要告诉你的是，下面是成千上万的僵尸！你破坏结界等于放出了它们！你以为凭你一人之力就可以阻拦它们？！"

那骑蛟龙的少女呼吸一窒："什么、什么成千上万的僵尸……"她一句话没落

音，下面的雪地里已经像开锅似的闹腾起来，无数白衣僵尸冒出头来。

“该死！”顾惜玖咒骂一声，驱车直冲下去！

那些白衣僵尸蹦出来的速度太快了，数目也太多了，几乎眨眼间就满坑满谷都是，潮水一般向一个方向拥去。

这种僵尸是喜欢追逐活人气息的，她的朋友们虽然站在七八里远的山崖上，但这些僵尸还是立即嗅到了他们的气息，立即向着那山坡蜂拥而去。

这些僵尸足足有数千个，如果被这些僵尸围住，只怕大罗神仙也救不出他们！

好在她的马车冲下去的速度够快，在僵尸潮没到之前冲到那山崖上，停在晏尘他们面前：“快，都上来！”

晏尘他们也是知道厉害的，纷纷跳上了车。

那些白衣僵尸的速度极快，就这么片刻工夫，山崖上已经有僵尸冒出头来。

狮子极力扇着翅膀，终于在尸潮来临之前飞上了半空，下面传来僵尸们愤怒的嘶哑吼叫。

顾惜玖他们乘坐的这辆马车车厢宽大，但现在一下子坐了八个人还是有些挤，大家的身子几乎挤靠在一起。这都可以忍受，但最让人心惊肉跳的是，这车现在明显超重了，那狮子拉得很吃力，拉着车在空中摇摇晃晃，似乎随时有倾覆的危险。

晏尘他们明显没想到下面拥出来的僵尸会有这么多，一个个也被惊住了，此刻望着下面开始四散的尸潮脸色发白束手无策。

下面的僵尸漫山遍野，已经不可控，因为失去了想要撕碎的目标，它们开始向四周扩散。

众人脸色都变了，这些僵尸每一个都凶残成性，功夫又高，这如果蹿进人烟密集的地方，直接就是一场狂灾！

而离这里最近的人烟聚集地有五六十里，以这些僵尸的速度，要想跑到那里也就是不到半个时辰的事！

怎么办？怎么办？！怎么办？！

几乎所有人眼里都写着这三个大字。

他们虽然个个是杀僵尸的好手，但此刻下面的僵尸实在太多了，好虎也架不住群狼！

更何况这些僵尸是朝着四面八方拥去，他们人手太少，就算想阻也阻不住！

众人忍不住看向空中那两个罪魁祸首。

那骑蛟龙的少女明显也蒙了，以为下面藏着的是一只大凶之物，却没想到是如此庞大的僵尸军团！

她骑着蛟龙接连向僵尸潮里发出大招。她的功夫还是不错的，一道道闪电打下去，倒是每一道都能打翻一个僵尸，连她身下的蛟龙也愤怒地喷出火焰，呈扇形向着僵尸潮烧去。

火焰过后，白衣僵尸身上的白衣被烧没了，但僵尸还是活蹦乱跳的。

它们的身子被烧黑，但零件一点儿也没少，那骑蛟龙的少女一低头，就能看到一大片黑乎乎的裸体僵尸冲着她又蹦又跳。

这些僵尸几乎全是男人，大概是药物的作用，它们那里一直是兴奋状态，于是她看到了无数“大闸蟹”，还是处于发情期的“大闸蟹”。

这一幕简直辣眼睛！

那骑蛟龙的少女俏脸发青，怒拍了她身下的蛟龙一掌：“你停！”

那蛟龙摆了摆尾巴，果然不敢再喷火焰了。

马车上的众人自然也看到了这一幕，晏尘直接掩住了小狐狸的眼睛，免得她纯洁的小心灵被污染。

乐青荇则低咒一声抬手捂住了妹妹的眼睛。

至于张楚楚，原本就是女汉子性格，众人一时没顾上她，她眨巴着眼睛看得很“嗨”，一句话脱口而出：“原来男人这里长这样！真他娘的丑！”

她的一句话换来车里其他男人的怒目而视。

顾惜玖的眼睛也被人用衣袖捂住，应言诺的声音在她耳边响起：“非礼勿视，不许偷看！”

顾惜玖：“……”她有什么想偷看的？她又不是没看过！

他衣袖间那隐约的淡香让她心烦气躁，她抬手就把他的衣袖扒拉下来，然后发现车帘已经落下来了，在车厢里压根看不到外面的场景。

“惜玖，你带着这些女孩子先在上面，我下去引开这些僵尸，绝对不能让它们跑进城伤人！”

应言诺的声音在她耳边响起，他将她抱了抱：“小心点儿！”

然后他向后一退，道：“是男人的都跟我下来！随我去引这些僵尸，把它们引到东北方向去，那里有一大片黑沼泽，力争将这些僵尸引到那里去。刚才我已释放了求救烟花，我们的人应该很快就能到，到时候我们再围猎这些僵尸！晏尘，你引西北方向的僵尸，乐青荇，你引东北方向的，我去引西南方向的……”

他身形一起，直接飞到了车外，眨眼间临近僵尸上空。那些僵尸闻到了生人气，纷纷抬头想要抓他。

但他身法如同电闪，足尖在僵尸头顶上一点，一掠就是几十丈，眨眼间追上跑向西南方向的僵尸潮。

那些僵尸自然想要抓他，纷纷跟上他的步子来追。这些僵尸速度虽然快，但想要抓他就有些困难。应言诺跑得不快不慢，正好在僵尸抓不到的距离，却又不会离它们太远，于是原本那一大拨僵尸开始跟上他的脚步，被他引得掉头向西北方向跑去。

晏尘和乐青荇自然也是不甘落后的，纷纷跳下车，按照应言诺所说的方案，各自吸引一方的僵尸向着西北方向跑去。

原本四散的僵尸潮终于开始有了统一的方向，追逐着前方奔逃的三个人，如滚滚浪潮向着西北方向跑去。

车厢内只有顾惜玖、张楚楚、小狐狸、乐紫荇，还有受伤未痊愈的千翎羽。

千翎羽刚才也想不顾伤痛地跳下去，被顾惜玖一把按住："你不能去！"

千翎羽握拳："我也是男人！"他不想被人瞧扁。

"等你的伤好了有的是让你很男人的机会！"顾惜玖打断他的话，掀开车帘向下一看，忽然发现还有一小拨僵尸没跟上大部队，而是直接向东北方向奔过去了。

张楚楚也看到了，立即睁圆了眼睛："我下去引那些僵尸！"

顾惜玖在她肩头一按："你们几个在车上盯着，我下去引！"

她一个瞬移，直接就到了那一小拨僵尸前方，吸引了那些僵尸的注意力，然后引着这拨僵尸也向西北方向跑去。

说来也怪，别人只要在僵尸面前一跑就能让这些僵尸像狗看到肉骨头一样跟着跑。

顾惜玖引的这拨僵尸却有些怪，顾惜玖稍稍跑快一点儿，离开它们超过两丈的距离，这些僵尸就像眼瞎似的不追了，还有的想要掉头向回跑。

顾惜玖在心里骂了一声娘，貌似她的体质确实特殊了点儿，刚才在结界中的时候那些僵尸也大部分不会主动攻击她。她当时在那废弃的城镇中转来转去的，也没碰到几拨僵尸，她当时还以为自己是运气好，现在看来似乎是她体质的问题。

这种特质不容易被僵尸攻击，也算是好事，但是对她此刻做的事有些不利，她好像被这些僵尸嫌弃了，它们不想跟着她跑。

她心里一急，干脆一刀割破手掌，鲜红的血液滴落，那血的腥香终于引得那些想要掉头的僵尸又来追她。

但手掌流出的血毕竟是有限的，她领着这拨僵尸奔行了几分钟后，那血便凝住了。

她一皱眉，正要再割自己一刀，眼前人影一闪，有人一把握住了她的手腕。

她抬起头来，看到的正是应言诺那张俊美的脸，他似有些无奈："就知道你不会听话！我该把你点晕了放在车上的！"

他一边说一边拉着她跑，而跟在他和她身后的僵尸也合在一起，队伍更加庞大。

他手掌温热，握着她的手腕奔行。

顾惜玖情不自禁地看了他一眼，恍惚间觉得眼前的他像司沈。

她狠狠地摇了摇头，把这个不靠谱的念头拍飞。她已经明里暗里测了他好几次，他压根不是帝拂衣巧扮的，她现在更没必要怀疑他。

她可不想变成看谁都像帝拂衣的神经病！

渐渐地，晏尘和乐青荇也赶了上来，四拨僵尸大合流，浩浩荡荡地向着西北方向的黑沼泽奔去。

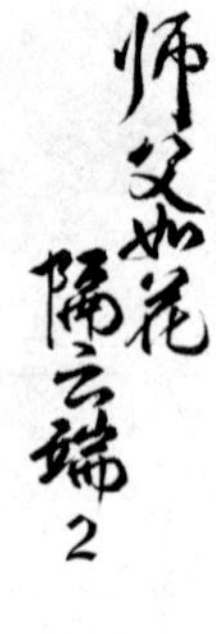

在路上，应言诺也迅速说了自己的方案。那黑沼泽占地面积极大，而且有一种特殊的吸力，只要这些僵尸一奔进去，应该会下沉，然后被吸住。

当然，那个吸引僵尸的人也需要深入黑沼泽内部，要不然那些僵尸不会跟进去。

他们四个人没必要全部做那吸引僵尸的饵，所以快到黑沼泽的时候，由顾惜玖用瞬移术带着其他两人移开，而应言诺来做这吸引僵尸的饵就足够了。

这做饵的人的处境自然是最危险的，晏尘一听就直接反驳："不行！这饵由我来做！"一行人中他的年龄最大，灵力值也是最高的，他怎么可能让应言诺这个年龄最小、灵力最弱的人去？

应言诺似笑非笑道："不成！小狐狸还等着你回去，你不能遇险！"

乐青荇正想开口，也被应言诺堵了回去："你的妹子也离不开你！"

顾惜玖皱眉道："我们任何人都不能出意外，应言诺，你也不能有事！"

应言诺瞥了顾惜玖一眼："你惦记我？"

顾惜玖觉得他这句话简直是找碴："我们都惦记你！我们现在是一个整体！"

应言诺又看她一眼，声音放柔道："好，我也不会有事。放心，我对这边的地形很熟，不会有事的。惜玖，北边五里外有一处山坡，你们就在那里等我，我将它们引进沼泽后，会去和你们会合。"

其他三人还想再说，应言诺俊脸一沉，说道："不许再说，就这么定了！"

他明明年纪小小，但一沉下脸来，气场居然无比强大，让人不敢反驳。

说话的工夫，空气中有隐隐的腥臭味传来，很显然，他们快到那沼泽了。

"惜玖，你先带乐青荇离开，回头再来带晏尘！"应言诺快速吩咐道。

顾惜玖知道这个时候争论无益，立即答应了一声："好！"随即她一扯乐青荇的衣袖，唰的一声消失不见了。

她将乐青荇放在五里开外的地方，让他在这里稍等，一闪身再次瞬移，再出现时又带走了晏尘。

晏尘和乐青荇会合在一起，顾惜玖将晏尘放下后又想走，晏尘一把拉住她道："惜玖，去哪里？"

顾惜玖拍了拍他的肩："我去看看他，关键时候我还能带着他跑路。放心，如果他没有危险我不会现身，你们先去接应小狐狸他们吧，看着他们别再遇险了……"

她说完一转身再次不见了。

再出现时，她落在沼泽旁的一棵大树上。那大树高约八丈，树冠庞大，是常青树，虽然是严寒的冬季，但树上细长的枝叶依旧郁郁葱葱，青绿一片。顾惜玖隐藏在树上，正好能俯瞰全景。

这片沼泽看上去无边无际的，沼泽内是一片墨黑的泥水，时不时有气泡自沼泽内咕嘟嘟地冒出，气味熏人，顾惜玖心中却一动！

这沼泽的泥水看上去有些怪。

她一掠而下，捞起一根树枝蘸了一点儿泥水上来仔细一瞧，眼睛一亮。

这压根不是泥水，而是石油！露天的石油！

当然，石油中应该还有别的东西，要不然没有这么大的吸力。

她刚才扔了一片巴掌大的树叶进去，那树叶没漂浮在水面上，而是沉了底。

这个地方简直就是天然的僵尸火葬场嘛！

身后传来隆隆的混乱脚步声响，很显然，应言诺带着那些僵尸终于到了……

她已经看见应言诺那飞扬的袍角，唰的一声跳过去，直接落在他身边，和他并行。

应言诺眉尖一跳："你又来做什么？"

"那沼泽可以点燃的，你将这些僵尸领进去以后就赶紧出来，我要火烧它们！"

应言诺挑眉道："这些僵尸压根不怕火烧……"

"这种火它们应该会怕的，这里不是普通的沼泽，是石油沼泽，一旦点燃最起码要烧好几天，而且是绝对高温，就算铁器也能烧熔。这里就是它们的火葬场！"顾惜玖信心满满地道。

应言诺知道她鬼点子多，松了一口气："好！"

两个人很快就商量出对策，但在实施时碰到了麻烦。

这些僵尸快跑到沼泽附近的时候似乎意识到了危险，居然纷纷停住了脚步。应言诺在它们面前一丈之内引诱也不能让它们上当。

而在此时，远方隐隐传来几声低沉的吼叫。

那声音极为诡异，听上去有些嘶哑，却又抑扬顿挫，顾惜玖乍一听到只觉耳朵里嗡的一声响，耳膜也要被震破的样子。

而那些白衣僵尸像是听到了什么呼唤，居然开始掉头，眼看就要向来路飞奔！

顾惜玖："……"

难道他们白忙活了？！

身边的应言诺忽然把她抓起来向远处的大树上抛去："躲好！"

顾惜玖身不由己地飞上了大树，再回头看应言诺时，发现他已经运用风行术飞上了半空。他十指翻飞如莲花，也不知道掐的什么法诀，有血珠连绵成串地自他的指尖飞出，围绕在他身周旋转，渐渐形成一个淡淡的血之屏障，空气中满是一种似药似花的血之腥香。

那些正预备向回奔跑的白衣僵尸纷纷掉转身子，一双双眼睛盯着在半空旋转的应言诺，表情就像是大烟鬼看到了大烟，哈喇子流老长，眼睛也变得血红一片，呼啸着向应言诺冲去！

应言诺向着沼泽飘去，白衣僵尸再顾不得其他，前仆后继地追赶他。

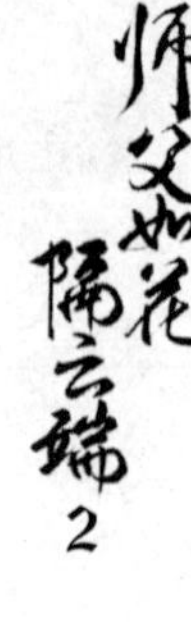

扑通扑通的声响不绝于耳，无数僵尸跌入那黑乎乎的沼泽。这些僵尸跌进去连挣扎也来不及就直接沉了底，后面的僵尸自然刹不住车，跟着跌下来……

这沼泽并不算深，也就三四米的样子，岸边的僵尸沉底后，就成了后来者的垫脚石，后来者继续踩着同伴的脑壳向前冲……

就这样，这些僵尸一层层地铺了进去。

顾惜玖在大树上看得目眩神迷。她没想到应言诺的血有这么大的吸引力，能让这些僵尸像疯了似的不顾死活地向前冲！

她低头瞧了瞧自己的手掌，曾经也割破过，但她的血就没这么大的魔力了。

沼泽那里僵尸大军不顾一切地冲进去，而应言诺一直飘在半空中，血色屏障将他完全笼罩住了，但透过那屏障还是能看清他的眉眼、动作的。

他的手指一直掐着法诀，微垂着眼睛、面目沉静，如同翩然的神，真正高高在上的神。

她握紧手指，心脏狂跳。

“小苍，小苍，你能不能看出他这是什么功夫？”顾惜玖忍不住问腕间的苍穹玉。

苍穹玉隔了半晌才回应她：“不知道。”

居然连苍穹玉也不知道，那他这功夫就很罕见了！

“灵力六阶三的人能使出这种功夫吗？你看看他居然能一直悬在半空中不掉下来……”

他们在天聚堂修炼的风行术虽然也能在半空中行走，但仅仅能行走半分钟的工夫，顾惜玖算是小一辈中修炼风行术最厉害的，但她也最多能在半空中支撑着行走一分钟。而应言诺已经在那里旋转行走了三分钟，还没有跌下来的趋势。

而且她看他的身法也不像施展的风行术，这又是什么？她也好想学！

这沼泽是有吸力的，那些僵尸一旦踩进去就再冒不出来，但显然还没死，因为淹没僵尸的地方还像开锅似的冒泡翻腾，很显然，那些僵尸正在里面挣扎。

等这些僵尸全部沉没后，他们还得烧上一把火。

她的一个念头刚转到这里，已经旋转进沼泽深处的应言诺身子忽然向下沉了沉，顾惜玖吓了一跳，唯恐他一个支撑不住掉下沼泽，正要瞬移过去，不料应言诺在将落未落时足尖在一具刚刚飞扑过来尚未陷落的僵尸头顶上一点，身子再次飘然飞起。

顾惜玖松了一口气，看来应言诺这里没什么危险了。

她腰间忽然有东西振动起来，她一惊，摸出一枚六角星状的符咒在上面一点，小狐狸惊慌失措的声音就传了进来：“天，它要抓住我们了！”

顾惜玖脸色一变。

这六星符咒是顾惜玖根据对讲机的原理研究出来的。

这个时代虽然没有现代化的那些东西，但有可以凝化万物的灵力，她试验了无数

次，经过无数次失败，终于研究出这种符咒，虽然不能像电话那样做到万里传音，但在百里内互相对话还是能让彼此听到的。

这个东西研究出来后，在天聚堂得到大力推广。

因为这个东西是用八阶以上灵力练功者的灵力加持的，制作这样一枚符咒需要耗费不少灵力，所以并不能做到人手一个，只有被派出来做危险任务的人才会配备。

顾惜玖是研究者，所以她和她的伙伴们得到了优待，人手一个。

当然，这个东西是靠灵力来支撑的，使用一次就会消耗不少里面的灵力，所以他们虽然随身佩戴，但不到真正危险时还是不用这个联系的。

现在应该是小狐狸在紧张之下，无意中点开了这个东西的开关，这才传音过来。

小狐狸他们遇到危险了！

顾惜玖想起刚才听到的那沉闷吼声，貌似是僵尸王？！

“它会飞！它追过来了！啊……”

砰！

传音符里传来各种声响，显然小狐狸他们的处境越来越危险。

顾惜玖低咒一声，看了一眼应言诺，知道他不会再遇到危险，便传音给他：“我去看看小狐狸他们。”

说罢她身形一闪，直接消失不见了。

应言诺：“……”

在那小丫头心里，同伴的安危永远是第一位的。

宝贝儿，你知不知道本座为了不失约，不顾走火入魔后伤痛的身子回到你身边？

宝贝儿，你知不知道本座在这种灵力阶段内使出这种功夫燃烧的是神之力？

宝贝儿，你知不知道本座此刻弄出的血是神之心头血？一滴就会耗损本座不少灵力？

宝贝儿，本座之所以敢在此刻使出这种招数是因为你在不远处，本座以为关键时候你能用瞬移术捞我离开……

宝贝儿，你这一跑，本座如果有个三长两短你会不会伤心？

大概，她不会太伤心。

他待在她身边将近半年之久，除了那次她喝醉念叨两句“帝拂衣”外，其他时候她一直很正常，天天在天聚堂和小伙伴们练功玩闹，小日子过得很滋润，一次也未曾提过他的名字。

他觉得，这个天性凉薄的丫头大概已经忘记他是哪根葱了！

臭丫头，等他恢复正常以后，会真正找她算账，让她连本带利地还回来！

小惜玖，你等着！

地面裂开了一个恐怖的大洞，那洞深不可测，洞周围的积雪、土块、石头时不时向下滚落。

而此刻在雪原上追逐众人的恐怖怪物就是从那大洞中钻出来的，怪物有两只，每一只都长得奇形怪状，高大粗壮无比。

一只怪物模样有点儿像龙，却是一只猪婆龙，体形粗壮如恐龙，身上密密麻麻的，看上去像鳞片的东西其实不是鳞片，而是人的手。

另外一只怪物像凤凰，但也不是真正的凤凰，像是用人体胡乱拼凑出来的形状。

这两只东西体形都极为巨大，而且战斗能力奇高，一张口就是一股墨黑的能熔化一切的尸气，一尾巴扫过去，山峰也会直接崩塌！

这两个东西是在僵尸群被吸引走之后从地底钻出来的，一钻出来就不顾一切地猎杀一切活的移动目标！

它们钻出来时，蓝外狐他们并不在附近，而是听从顾惜玖的吩咐，驾车跑到十数里外，找了一处安全地带降落。几个人歇了一口气，便商量着要不要驾车去找找顾惜玖他们，看看能不能搭上一把手。

然而他们尚未讨论出个所以然，就听到来路那里有怪声出现，大地也抖动得厉害，接着便隐隐听到那个方向传来呼喝打斗声，时不时有技能光冲天而起。

他们不知道发生了什么事，远远地看也看不清。他们怀疑是顾惜玖等人和僵尸又打斗起来了……

所以几人略一商量，便又登上车，让飞天狮子拉着他们飞了回来，当他们看清前方打斗的情况时，每个人都僵住了！

那颜色灰不溜秋的组合版一龙一凤正围着那骑着蛟龙的女子和她的黄金甲巨人猛烈攻击。

那骑蛟龙的女子显然没想到地底下会钻出这么两个东西来。她还是极有本事的，掌心雷电一道接着一道地劈出，在那一龙一凤身上留下可观的黑乎乎的烧焦印，空气中满是烤肉味儿。

那位黄金甲巨人也将一杆方天画戟舞得像风火轮似的，道道金芒自那方天画戟上射出，不时向着两只怪物身上招呼，也能在那怪物身上留下伤口，使其流出墨汁似的血。

但他们都无法给那两只怪物致命一击，倒让那两只怪物更疯狂。

那女子正有些吃紧，蓝外狐他们的狮子车就在不远处出现了。

这女子心思一转，向着她的仆从打了个手势，然后卖了个破绽，强冲出那两只怪物的包围圈，向着狮子车的方向冲去！

那两只怪物是不认人的，是无差别攻击的。

于是，当那女子和她的仆从从狮子车旁掠过，直接飞上高空的时候，那辆狮子车成了两只怪物攻击的目标。

这两只怪物是大凶之物，一般动物见到它们都会被吓得屁滚尿流，不要说跑，连动也不敢动。

但这次拉着千翎羽他们奔跑的飞天狮子在这样危险的时刻爆发出不同寻常的勇气，不但没有被吓得掉下去，还拉着车跑出花样来，一会儿飞成“之”字形，一会儿飞个“8”字，一会儿又飞成“S”形，在两只凶物的围追堵截中飞速躲闪，看上去虽然凶险无比，但那两只怪物连它的一个车轱辘也摸不到。

很显然，这飞天狮子是不普通的。

这车显然也是特制的，飞天狮子拉着它像风车似的旋转躲避，那车居然没有被晃散，连车厢上摆动的流苏也没掉，只苦了车中的四个人，被晃得差点儿连苦胆都吐出来。他们死死抓住车厢上的把手，身子剧烈地甩来甩去，时不时撞在一起。

好在四个人的功夫都很不错，要不然早被甩出车，成那两只怪物的口粮了。

飞天狮子毕竟是拉着四个人的，所以速度无法放到最快，那两只怪物咬不到它，但它一时半刻也甩不掉那两只怪物的追击。

顾惜玖赶到的时候，所看到的就是这样一幅画面，飞天狮子拉着车满天空乱窜，两只长相极度丑恶的怪物追着它咬。

而那位骑蛟龙的少女和她的仆从站在极高处的云层之中，隐在云中袖手旁观，丝毫没有要搭把手的意思，那少女嘴角甚至含着一抹笑。

顾惜玖一看这阵势就将事情猜了个八九不离十，不由得大怒！

什么仙子，简直是混账！

她眸中闪过一抹厉色，忽然凌空向着那两只凶兽发出两掌！

她是站在山坡上的，而两只凶兽在空中飞舞，她的掌力虽然强，但攻击到天上时，已经没有多少威力，不过却成功吸引了两只凶兽的注意力。

两只凶兽正因为追不上飞天狮子而心中焦躁，忽然看到下面山坡上站着的人，自然大喜，一腔熊熊怒火全部转移到顾惜玖这里，长啸一声，身形一转向着顾惜玖直扑下来！

两只凶兽体形巨大，这一扑之下，它们的身子尚在半空，周身所带的旋风已经刮得地面飞沙走石，雪雾弥漫。

顾惜玖站在旋风之中，衣裙被风刮得猎猎飞舞，她却不避不闪，眼看那两只凶兽的爪子就要拍上她的身子，她才猛然瞬移开！

轰！轰！

两只凶兽收势不及，直接撞在一起，又砸在地上！

大地颤动，直接被这俩货砸出两个大坑！

这两只凶物十分凶悍，晕头转向片刻便又直接从土坑里跳出来，两双血红的眼死死盯在已经转移到三里地开外的顾惜玖身上，然后各自怒吼一声再次向着她飞扑而去。

顾惜玖故技重施，直到俩货就要扑到跟前时才瞬移跑路，于是俩货又撞了一次。

顾惜玖的每一次行动时机都把握得刚刚好，她如果不使用瞬移术，而是用轻功，那是无论如何也躲不开的。

这两只凶兽还是有点儿智力的，这样接连吃亏三次后，它们也学乖了，再扑击时不再对头扑击，而是分别扑击。

但顾惜玖身法太快，她是直接消失，那两只凶兽压根挠不到她的一片衣角。

而且她也不会直接瞬移不见影，往往在两只凶兽的不远处出现，猫儿逗鼠般总是处于不远不近的距离，这下惹得它们凶性大发，紧追她不放。

飞天狮子上的四个人总算能喘口气。他们本来想跳下来帮忙，被顾惜玖直接传音制止，顾惜玖让他们趁这个机会速速离开。

就在这个时候，晏尘二人也赶回来了。他们比较理智，不会盲目向前，隐身在暗处一看形势便知道顾惜玖暂时没有危险，他们现在上前帮忙的话只能帮倒忙。

所以这二人传音给小狐狸他们，让他们赶紧离开。

几个人中乐紫荇还是比较理智的，立即明白其中的利害，驾车远远逃离了。

晏尘二人则躲在暗处，预备一旦顾惜玖遇险，他们就出去相助。

好在顾惜玖的瞬移术十分给力，她接连瞬移十几次后，几乎将那两只兽给转晕了。

在天上观战的骑蛟龙的少女和她的仆从看得有些目瞪口呆，似乎没想到顾惜玖这个人类少女会有这么诡异的功夫。

骑蛟龙的少女嫌自己站得太高，看不清顾惜玖的身法，所以命令蛟龙飞低点儿，再飞低点儿，方便她观战。

她原本站在三千多米高的空中，现在却越飞越低，越飞越低，离地面只有百米了，这样她总算能看得清楚些。

她正看得入神，蓦然看到在地上的少女抬头冲着她勾唇一笑，那一笑极为凉薄，让她心中猛然一沉！

再下一秒顾惜玖直接瞬移到了她的蛟龙背上！

那少女尚未来得及将她一掌扫下去，下面那两只凶兽已经气势汹汹地追上来。

而顾惜玖早已瞬移不见，这次她瞬移得有些远，直接没影子了。

而那两只凶兽找不到顾惜玖，终于又发现这个骑蛟龙的少女，它们还是很记仇的，立即想起刚才在她手下吃的亏，于是攻击目标直接转移到了少女身上。

那骑蛟龙的少女气得几乎要大骂，但她没有顾惜玖那样的瞬移本事，一时摆脱不了这两只凶兽，只得再次迎战，在天空打成一团。

云在飞，风在吼，空中乒乒乓乓的打斗声激烈得如同滚过的串串惊雷，热闹得很。

数里地外，飞天狮子停在一处不起眼的山坡上，呼呼直喘。它太累了！刚才那一通跑几乎逼出了它吃奶的力气。

千翎羽、蓝外狐等人也都下来了，一个个脸色也有点儿苍白。

晏尘二人也赶了过来，再过片刻，顾惜玖也终于脱身瞬移过来，几个人终于会合在一起。

几个人这次算是死里逃生，松了一口气。

不过他们也疲惫到了极点，这时候趁机坐下歇息吃东西，恢复体力。

当然，他们也时刻盯着远处天空中那打斗的动静，防止那骑蛟龙的仙子再祸水东引。

小狐狸是最黏顾惜玖的，看到她到来，立即就跳到她身边，叽叽呱呱地和她说刚才的事情，想起刚才那仙子拿他们当挡箭牌，小狐狸还十分气愤。

顾惜玖问晏尘："你认识的人比较多，可知道她是哪路仙子？"

晏尘略沉吟了一下，开口道："我在路上的时候，听说由上界派下来一位仙子，这位仙子功夫十分了得，擅长降妖伏魔，很得皓月国国主器重，委任她做降魔大国师。当然，她也不管两国交战之事，只管调查邪异之事，听说她也在查兵将失踪案，还和容伽罗等人有交集。我只听说了这些，其他就不知道了。"

蓝外狐怒道："什么仙子？！仙子哪有她这么做的？！她压根没拿我们的命当回事！我们险些被她当炮灰给填了！"

晏尘眸中也闪过一抹冷意，他冷笑道："仙子不过是她的自称而已，不过她确实是上界之人，做事很不厚道，压根没拿我们下界的人当回事！"

顾惜玖抬头瞧了一眼远处正战斗的人影，勾唇笑道："她不拿我们当回事，我们自然也不必把她当人看。这两头凶物是她放出来的，此刻追着她咬也是理所应当的，我们就在这里看看这位仙子的实际本事吧。但愿她对得起她这'仙'的称号。"

几个人团团坐成一圈，在那里边吃边喝边看热闹。

几个人都是高手，自然还是能看出优劣来的。

"这妞的功夫其实不错的。我觉得她的灵力应该比龙宗主他们高，已经达到传说中的十阶，不过应该比不上左天师。"乐青苻客观地点评道。

"她的招数也确实不像我们这个世界的，看她身边那傻大个的功夫，灵力也得到九阶了吧？！他那方天画戟每一招发出来都能在那猪头龙身上划上一道血口子。"千翎羽也开口道。

"划个口子又怎样？那两只凶物压根不当回事！我觉得她们就算打上一天一夜也未必收拾得了这两只凶物！"张楚楚冷笑道。

"呀，她的头发散了，身上似乎也受伤了，看上去不仙了，像个疯子。"乐紫苻幸灾乐祸道。

"惜玖，这两只凶物太厉害了，我们只怕都治不了它们，如果这仙子也治不了它们，它们只怕会为祸一方……"

"无妨，待会儿我用其他法子试试。"顾惜玖漫不经心地回答，这两只凶物毕竟也是血肉之躯，只怕也是怕烧的，待会儿她将它们引到那石油沼泽里。

想起石油沼泽，顾惜玖忽然脸色一变，直接跳起身！

应言诺！应言诺还在石油沼泽那里吸引僵尸呢！

她已经离开那石油沼泽将近半个时辰了，应言诺应该已经将那些僵尸全部吸引到沼泽里去了吧？她说过用火去烧的。

不行！她要去看看！

她和众人打了一声招呼，正要瞬移，蓦然一声爆炸自远处响起，那声音惊天动地，震得整个大地跟着抖了三抖！

顾惜玖打了个趔趄，闻声望过去。

那爆炸声正是从石油沼泽那里传过来的，那里黑烟滚滚，火光映红了半边天空！

轰隆！轰隆！那个地方像是点燃了无数烈性炸药，爆炸声接二连三地响起，而火光也越蹿越高。

顾惜玖的脸骤然煞白，她犯了一个致命的错误！

那片沼泽上空应该有沼气这类易燃物质的，一旦碰到明火很容易爆炸！

而她刚才走得匆忙，一时没想到这一点，没有嘱咐应言诺离开那沼泽后再放火。

如果他将那些僵尸引入沼泽后，站在边沿施放明火，这么剧烈的爆炸之下，就算应言诺的功夫再高一倍，他也未必能囫囵着逃出来！

眼前似闪过应言诺被炸得血肉模糊的样子，顾惜玖感觉手脚全凉了！

她二话不说，直接瞬移过去！

火光熊熊，爆炸声接二连三地响起，巨大的火球时不时冲上云霄，仿佛到了世界末日。

火光中传出了阵阵痛苦挣扎的怒啸。

那片沼泽周围十里之内完全被火光笼罩，不要说那片沼泽，就连离沼泽七八里的山头也靠近不了。

空气中有皮肉烧焦的味道传来，冲天的大火烤得似乎连空气也要燃烧起来。

顾惜玖瞬移回来，在火场周围快速找寻。

呼唤、用传音符联系，所有的联系法子她都用过了，却没收到对方的半丝应答。

她心里越来越慌，唇几乎抿成了苍白色。

如果他真的有个三长两短，她只怕会愧疚一辈子！

"应言诺！应言诺！"

她围着火场转悠，运足内力呼唤他的名字，喊到后来声音已经有些发抖。

当应言诺将大批僵尸差不多引入那沼泽的时候，整个人快要站立不住。没有了最后的保障，他也不能直接把命拼在这里，所以到最后他还是给自己留了退路，在灵力将要耗尽的时候，开始向回飞纵。

毕竟是强弩之末，他好不容易飞回岸边，却因为一时没控制好力道，险些整个人拍在树上。好在他反应极快，及时抓住一根树杈，翻身坐了上去。

胸口那里气血翻涌得厉害，让他眼前一阵阵发黑，他眯着眼睛看着沼泽里的僵尸，三千多具僵尸将沼泽塞了个半满，绝大多数僵尸已经遭遇灭顶之灾，还有少数足下踩着同伴的脑袋在沼泽上面挣扎。如果不是这沼泽有一种天然的吸力，只怕最上面的僵尸还能再爬上来。

已经被淹没的僵尸也明显没有死，在下面疯狂地挣扎，搅得沼泽像开锅似的翻滚。

如果不采取其他办法的话，这些僵尸早晚还会爬上来形成大祸害。

应言诺抬手正要做什么，身上忽然冒出淡淡的七彩光！

他眉尖稍稍一动，他当初因为心绪繁杂走火入魔，等醒来时身上就冒出了七彩光，而七彩光消失后，他就变成十四五岁的模样了。

他当时的感觉简直就像是被雷劈了！

他虽然喜欢扮演各种角色玩儿，但真实的模样从未变过，他都是用灵力来变化，像这样被动变小还是破天荒头一次！这让他很无语。

别人生病了可以去找神医，而他忽然变成这个模样却无人可找，甚至除了身边四使外，他不能和任何人说。

他的身份摆在那里，如果让人知道他的灵力大幅丢失，只怕立即会引起巨大的动荡！那幕后之人肯定会立即掀起腥风血雨，他所有的计划也都要泡汤。

事关重大，他不能冒险，所以他的打算是自己医治。

他本来以为不会保持这个模样多长时间，最多一两个月他就能彻底恢复，却没想到整整半年过去他依旧是那样，他用遍了法子依旧没半点儿长进！

现在身上忽然又冒出七彩光，是不是代表他要恢复原貌了？！

他心中狂跳，这时只觉丹田之中热血沸腾，和先前走火入魔时的症状正好相反。他更坚定了自己就要恢复原貌的信念，于是立即开始打坐。

七彩光围绕着他转了约莫两圈后，终于停止散去。

他睁开眼睛，但看清自己的手时身子骤然晃了晃，险些从树上摔下去！

他的手又缩小了！

他窒息了片刻，从身上掏出一面镜子照了照，然后又饱受打击地晃了一下！

他觉得他先前走火入魔缩小到十五岁的模样已经是被坑到极限了，没想到还有更坑的！他现在这个模样像八九岁的孩子！

他缓缓收起镜子，抖了抖身上的小袍子，幸好他这袍子是能随着人的高矮变换大小的，要不然这袍子就该绊脚了！

他坐在那里，小脸上的神情有些莫测。

他原本的打算是等处理完这里的事后，就去找顾惜玖会合，现在他看着自己的正太模样，不想去了！

以应言诺的模样去见她时，他就感觉有些痛苦，给自己鼓了好几次气，才厚着脸皮进了天聚堂，然后像狗皮膏药似的黏在她身边。他还在心里自我安慰地说，当初很羡慕她的同学，可以不必扯那么多理由就能和她朝夕相处，现在他总算能光明正大地和她一起练功了，也算是老天在坑爹之余给他的一些福利和补偿。

但现在成了这个模样，他再以什么身份待在她身边？

她弟弟吗？！

如果她知道了他的真实身份，还不得笑到下辈子去？！

应言诺想象了一下那场景就感觉有心理阴影了！

寒风吹得他的小袍子猎猎飞舞，他生平第一次感觉到了冬的寒意。

他坐在那里思索了片刻，瞥了一眼自己手腕上的护腕。这护腕看上去极不起眼，其实是他用灵力将姻缘镯的本来模样给遮掩了，外人看到的就是兽皮护腕，他自己看则是姻缘镯。

通过这姻缘镯他能感应到她现在很好，没有任何危险。

极远处的天空传来激烈的打斗声，他用手搭凉棚看了片刻，正好看到顾惜玖吸引着那两只凶兽去攻击那骑蛟龙的美人了。

她有瞬移术在身，不会真正遇到生命危险，无须他费心去救。

他轻轻叹了口气，觉得自己对待顾惜玖似乎有些热脸贴冷屁股。

无论他是什么身份接近她，她似乎都没把他放在第一位。他感觉那只小狐狸在她心目中的分量也比他重些。

如果应言诺就此不见，或许她也不会太放在心上，那他就没必要再去见她。

自己还是想个法子回苍蒙宫真正闭关修炼吧，这个模样真的无法见人！

他感应了一下身上，说也奇怪，他刚才灵力耗损太厉害，刚跳上树时连手脚都是软的，现在身体又变小了，但体内的灵力似乎比刚才充沛了不少，身上也有了一些力气，不再那么软绵绵的。

他思索了片刻，忽似察觉到什么，一双眸子向着不远处的一棵大树扫了一眼，懒懒地开口："沐云，滚出来！"

那棵大树上的枝叶晃动了一下，四使中最英俊潇洒、倜傥不群的沐云使现出身形，此刻他一双魅惑的狐狸眼睁得比牛眼还大，说话也结巴了："主、主上？"

此时的应言诺自然就是帝拂衣，他一手支着下巴，笑瞥着沐云道：“沐云，你来晚了！晚了一刻钟。”

此刻的他说话也是童子音，声音还挺柔和，沐云却直接打了个寒战，扑通一声跳下树，在帝拂衣这边的树下磕头：“主上，属下来迟！罪该万死！”

天哪，主上怎么变成这样了？主上肯定是受重伤了！是他的错，他该早点儿到的。

沐云心中愧疚得要死，跪在那里不敢抬头。

“其他人呢？”应言诺懒洋洋地询问道。

“禀主上，沐电使去追踪龙长老了，应该很快就有消息传来。沐风正在赶来的路上，药草已经到手。沐雷去通知古堂主他们了，应该也快到了……”沐云尽职尽责地禀报道。

帝拂衣点了点头：“本座的座驾呢？”

沐云立即道：“属下这就将它召唤来！”他起身打了个呼哨，片刻后，一辆白云般洁白的车自半空中飞驰而下，拉车的正是独角兽。

“主上，属下扶您上去。”沐云上前一步，忍不住又看了帝拂衣一眼，心中又是愧疚又是同情。主上最近这是怎么了？频繁缩水。

帝拂衣坐在树上也正在看他，两人视线一对，沐云自对方那双墨黑的眸子里看到了了然的笑意。

沐云打了个寒噤，忙又低下头去。

一般他家主上露出这种笑容的时候那就代表有人要倒霉了。

他家主上的体形虽然缩小了，但智商可没缩小，算计死人不偿命！而且做事丁是丁，卯是卯，他如果让人三更来，你晚来一分也会受到重罚，更何况自己这次是晚来了一刻钟！

主上最恨不守时的人了！不知道这次主上会怎么罚他？

“主上，属下犯下大错，这次事毕，属下甘愿去烈火境受罚……”

烈火境遍地是火，对他这种修炼水属性的人来说，算是极重的刑罚了。

帝拂衣侧头瞧了他一眼：“烈火境……嗯，本座觉得罚你去那里太重了。”

沐云忙道：“不重！不重！属下险些耽搁了主上的大事，去那里受罚是应该的。”烈火境里虽然烧得人几乎想要爆炸，但他有护身结界，熬一熬就熬过去了，就当是一种修炼了。

帝拂衣轻轻一叹道：“本座一向慈悲，罚你去那里有点儿不忍心。这样吧，本座交给你一项任务，你只要出色地完成，本座就不罚你了。”

沐云眼睛一亮：“请主上吩咐！”

帝拂衣用小手指着开锅似的沼泽：“那里面有三千多个僵尸，需要在那里放上一把火烧一烧，待这把火烧过，估计就能全部了账了。待会儿本座驾车离开后，你就在这里放一把火吧，把它们全烧死你就算将功补过了。放心，不必你准备燃火的东西，只要向里面投几个火球便可，这沼泽里的东西是可以燃烧的。”

沐云怔了怔，脱口道：“这么简单？”

帝拂衣轻笑道：“嫌简单？那本座再找个复杂的任务交给你？”

沐云忙道：“谢主上。属下定圆满地完成任务！”

主上人变小了，也变得这么怜悯下属了，沐云瞬间觉得好感动！

帝拂衣身形一闪，终于跳上了那辆马车，在进车厢之前，到底还是提醒了一句：“这沼泽里的东西有些怪，似乎叫什么石油来着。由它燃起来的火可能会大一些，你自己小心，放火的时候离远一些。”

沐云忙答应：“谢主上提点，属下明白！”

帝拂衣满意地点了点头：“放完火以后来找本座吧。”说完他自驾车离开了。

沐云等那辆车走远，才在那沼泽边上转了一圈。这片沼泽的味道确实和其他沼泽不太一样，不过还是沼泽嘛。

石油？石头流油？

这名字倒很怪。

不过就算它燃起再大的火又有什么？

他沐云就算是蹲在烈火里也能做到毫发无伤，在这里放火小意思！他一定要把这把火放得妥妥当当的，还要亲眼看到这些僵尸全部被烧死，免得它们跑出来危害人。

既然打了亲眼看着僵尸全部被烧死的主意，沐云放火后自然不会跑远，只离那片沼泽四五米，然后头也不回地向后发了一个火球……

轰！

云层深处，独角兽轻轻扇着翅膀，帝拂衣坐在车上向下瞧了一瞧，听见那轰鸣炸响的爆炸声，瞧见那座山头瞬间燃烧成一片火海，瞧见随着爆炸声接二连三地蹿上天的火焰，手指轻敲着车板，轻轻挑了挑眉，似乎也没想到那里点火会有这么大的威力。

可怜的沐云，这次只怕踢到铁板了！不知道什么时候才能囫囵着跑出来。

他耐心地等了一会儿，终于看到一团火球直冲上天，火球中隐隐裹着一个人，那人正在里面极速掐诀灭火。

帝拂衣一拂衣袖，他现在身上大概还有百分之三的灵力，但这一小部分灵力也足以形成一道淡蓝的水柱，向着那火球浇去。

火球熄灭，沐云像被烧煳了似的自里面现身，帝拂衣用丝带一牵，终于将他牵到自己的车上。

沐云此刻不是一般狼狈，衣服烧得七零八落，一张俊脸上黑一道白一道的，连头发也被烧得七长八短的，看上去就像是刚从烟筒里爬出来的叫花子，所有的风流倜傥都荡然无存。

这还是他反应快，在爆炸的那一刻拼命在身上设置了防护结界，顺着爆炸的冲击波及时翻滚出来，要不然……要不然等他从里面逃出来估计得脱一层皮了。

“跑得不慢嘛。”帝拂衣欣慰地夸奖着，又打量他一眼道，“本座不是让你跑远一些再放火？”

沐云几乎要哭：“主上，您没说它会炸……”

帝拂衣正色道：“本座不是和你说过了，这火放出来会有些大，让你小心些？”

沐云：“……”

呜呜，圣尊一定是在报复他，圣尊果然还是这么没下限，整死人没商量。

沐云在心里把刚才夸赞圣尊怜悯下属的自己抽了三十遍！

片刻后，沐风最先赶到，直接落在这辆独角兽车上，忽然看到在外面驾车的沐云。此刻沐云虽然换了一身衣服，但烧得七长八短的头发改变不了，脸也没来得及弄清爽，沐风吓了一大跳：“沐云？你爬人家的烟筒去了？”

沐云咬牙道：“瞧见下面爆炸连天的火没？兄弟放的！”

沐风摇头道：“放把火就能把自己烧成这德行？沐云，你的功夫退步了！”

沐云：“……”他无法辩解，总不能说是被圣尊给算计了一把吧？

他默默地咽下一口老血，沐风已经钻入车厢去禀报情况了。

沐云甩了一个鞭花儿，不无恶意地想，不知道沐风骤然看到变成小朋友的圣尊会不会也惊讶一把、同情一把……

他竖着耳朵听了听，车厢里却没传出任何异响，只能听到沐风正在四平八稳地向圣尊禀报任务。

沐云落寞地抬手揉了揉眉心，看来他想看沐风的笑话是看不上了——

沐风果然是四使中最沉稳的一个人，泰山崩于前而面不改色那种，佩服！佩服！

沐云正在心里暗自感慨，风声一响，沐雷从天而降，落在他身边。

他闻声抬头，和沐雷震惊的眼神对个正着：“沐云，你爬人家的烟筒去了？怎么像烧煳的卷子似的？”

沐云抹了一把脸，恶狠狠地道：“瞧见下面那火没？哥放的！”

沐雷同情地看着他：“你是不是在那梵天境玩得太兴奋了，被里面的女人采阳补阴太厉害了？居然放一把火也能把自己烧成这样……唉，不是我说你，你这风流的性子得改一改了。”沐雷说罢摇摇头也进车厢去了。

沐云欲哭无泪，他这脸是烧黑的，用水一时也洗不干净。

他平时喜欢散着头发，因为他感觉那样倜傥潇洒，现在烧成这样，或许他该把头发扎起来了。

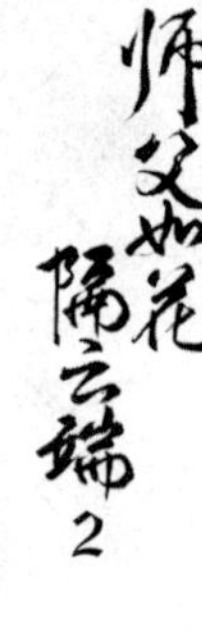

可他身上没有束发的东西。

他一咬牙，撕下一缕衣角，将头发拢了拢，正要扎起来，风声再次响起，一人落在他的身畔。

沐云近乎麻木地抬起头，正对上沐电欲语还休的眼神。

沐云不待他开口就直接说："哥没去爬人家的烟筒！哥是下去放火了！只是没想到那沼泽会炸，哥这才躲闪不及……"

沐电顿了顿，吞了吞口水道："沐云，其实我是想说，你的头发怎么舍得扎起来了？你不是说此生绝不束发吗？"

沐云："……"

沐云觉得，他一定是天下最悲催的人，因为进去禀报的三人都没对圣尊的事表示惊讶，都很淡定地各自汇报各自的任务成果。

沐电看到龙长老逃到了离此大约百里的一处村落，如无意外，那里应该也有龙长老的据点。

沐风终于取来了圣尊需要的一种药草，现在已经奉上。

沐雷已经把这里的事通报给古堂主他们。

古堂主、花纤言、千玥冉、天祭月等人全部到了，此刻就埋伏在四周，正密切注意那两只凶物和骑蛟龙的少女的动静，只等沐雷一声令下，他们就可以动手。

而沐雷正在请示帝拂衣，询问他何时动手。

帝拂衣向外看了片刻，就算离得远，但他目力好，能看出那骑蛟龙的少女被那两只凶物追得正销魂。

他淡淡一笑道："那位仙子既然是上界派下来的，想必有些实际本事，这场祸事是她惹出来的，就让她自己摆平吧。总得给她一个显摆的机会不是？她实在摆不平再让其他人动手就是了。"

本来他接到沐电的传音，知道这个地方是龙长老的窝点，也知道此地藏有大量僵尸，所以才安排人手迅速过来，预备等顾惜玖他们出那结界后，再聚齐人一举将这些僵尸连带那位龙长老一起堵在里面，来个瓮中捉鳖，却没想到半路杀出个骑蛟龙的少女。

这个仙子成事不足败事有余，害得他的小惜玖忙个不停，害得他不得不使出燃烧灵力的招数来吸引僵尸入沼泽，以至于变成孩子，害得他不得不临时改变计划。

所以他要给这仙子一个大教训！

这里的一切基本安排妥当，帝拂衣打算离开。

他向下瞥了一眼。他现在处于云空之中，离地面足足五千米，只能看到那冲天的大火，看不到下面的人。

第四十九章　骄傲都如同浮云

这场大爆炸后，那个小丫头会不会来寻找自己？

应该会的吧？

毕竟她已经把应言诺当成伙伴了。

她看到这场大爆炸说不定会赶回来。如果她一直找不到应言诺，只怕会以为他已经遭遇不测。

帝拂衣轻轻叹了一口气，打算嘱咐沐电，让沐电扮成应言诺下去，免得那丫头找不到他愧疚难过。他想让沐电先应付她几天，让她放宽心，过一段时间沐电可以扯个缘由离开天聚堂，这样就能自然地让应言诺消失了。

他尚未来得及吩咐沐电，便听到了顾惜玖在下面的呼唤——

他顿时心头一震！

顾惜玖的声音里充满了焦灼、恐慌，隐隐带了一丝颤抖。

那呼唤声如利针般刺入心中，让他忍不住握了握手指。

他苦笑着揉了揉自己的眉心。他可以让任何人伤心，唯独见不得她伤心……

在她面前，他的原则、骄傲都如同浮云，很容易就飘散了。

四使正等他接着吩咐，没想到他刚刚开口就顿住了，小脸上的神情有些莫测。

沐电等人自然也听到下面顾惜玖的呼唤声了，沐电还是善解人意的：“主上，要不要属下再扮成应言诺的模样下去哄一哄她？”

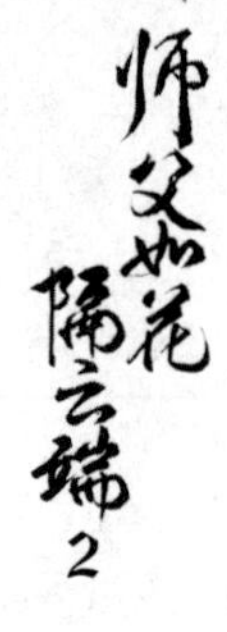

帝拂衣沉默了片刻，叹了口气："还是本座自己下去吧。"

四使吓了一跳，沐风皱眉道："主上，您现在这样……怕是不方便见她……"

圣尊变成小孩的事绝对不能让任何人知道！

再说圣尊以这种童子模样出现在她面前，会不会……会不会毁三观？

帝拂衣目光微微闪动，他又侧耳听了片刻顾惜玖的呼唤，她的嗓子已经要喊哑了。

帝拂衣是那种一旦决定做某事就会做到底的人，所以终于下定决心道："本座这就下去，你们不可再跟来！"

沐电忍不住道："主上，那以后属下还要不要再扮成现在的您？"

现在的帝拂衣仅有一米三几，袖珍了不少。

帝拂衣摇头道："本座保持这个模样应该不会很长，不必你来。"

沐电正要松一口气，帝拂衣在他肩头拍了一下："不过你还需狠练缩骨之术，以备不时之需。"

沐电："……"他一米八几的个头缩成一米三几，真的压力山大啊！

顾惜玖要找疯了！

她已经围着火场转了两大圈，依旧不见应言诺的身影，也没得到他的半分回应。

火场周围的气温自然是极高的，她的额头却冒出了冷汗，脚也越来越软。

她正深一脚浅一脚地找人，旁边几乎烤焦的树丛里突然传来一声低低的呻吟，声音不大，却让顾惜玖骤然回头，几乎是扑了过去，手指微微颤抖着拨开树丛，然后呆了呆！

树丛里半躺着个孩子，那孩子八九岁的模样，小脸有些脏，却遮不住他眉目如画的俊颜。此刻这孩子睁着一双水汪汪的眼睛看着她，怯怯地叫了她一声："惜玖……"

顾惜玖原本有些失望，但听到他这一声叫喊后像是遭了雷劈！

她看了看他身上的小袍子，袍子和应言诺穿的一样，就是号码小了几号。她又看了看他的小脸，五官也和应言诺有很大相似之处，就是嫩了不少，让人很想咬一口。

十五岁的应言诺有少年的那种棱角，而面前这个八九岁的孩子面庞秀美稚嫩，尤其一双眼睛水汪汪的，仿佛会说话。他显然是从火场跑出来的，小袍子有些凌乱，脸颊有些脏污，嘴角甚至还有血渍……很明显，他受了伤。

顾惜玖怔怔地瞧了他片刻："你……你是？应言诺？"

帝拂衣一脸生无可恋的样子，他微微垂下睫毛，身子向树丛中缩了缩，仿佛想将他自己藏起来："我、我不是应言诺，你认错人了，你走吧……"

顾惜玖心头像是被什么撞了一下！他这个模样简直就是此地无银三百两！

虽然这情况很是匪夷所思，但在这个修仙的世界里还是什么都有可能发生的。

应言诺肯定是因为大爆炸受了重伤，所以才变小了，却怕丢面子宁肯缩在这个旮旯里也不想承认……

而这一切都是她的疏忽造成的。

顾惜玖心中的愧悔感更重，她看到他可怜巴巴的模样心里仿佛有什么似酸似暖的气流在涌动。

无论怎样，他还活着那就是好的，不至于无可挽回。

顾惜玖轻轻舒了一口气，柔声道：“应言诺，你不必担心，我不会和任何人说。来，我为你把一下脉。”

她先看了看他到底伤在哪里，然后再设法诊治。

帝拂衣看了她片刻，终于轻轻叹了一口气，伸出一只手腕给她。

他的脉息有些怪，有些急也有些紊乱，灵力若有若无，确实是受了重伤外加耗损灵力过多的症状。

顾惜玖拿出自己身上最好的补灵力以及治疗内伤的药，让他服下。

这两种药都是帝拂衣曾经送给她的价值连城的八品药，她一直珍藏着舍不得用，现在一股脑全拿出来给了他。

他原本半倚在树杈上，此刻动了动，想要起身却有些吃力。顾惜玖忙伸手将他半扶半抱着坐好，让他服下药。

顾惜玖觉得，他身上的内伤什么的不算难治疗，但这返童之症，她确实一点儿门路也没有。

“你这种情况——原先曾经有过吗？”顾惜玖决定先问问。

帝拂衣垂下睫毛：“有、有过……”

他不但有双重人格，还有这样的隐疾？

顾惜玖望着他，心里越发同情他，声音越发柔和：“那怎么治好的？”

帝拂衣叹气。他还没治好过，还坑爹地越来越小。

他怀疑他再返童一次大概能直接变成婴儿！那才真是坑爹！

帝拂衣抿唇摇了摇头：“我也不清楚，用过很多法子，也不知道哪种法子凑巧管用就恢复正常了。”

顾惜玖眼睛微微一亮，看来他这返童之症能治疗啊，只不过需要摸索法子。

她略沉吟了一下，忽然想起一个人来！

龙司夜！

他是生物学博士，又研究过基因学，听说他研究过这样的例子，或许她找找他能有办法！

所以顾惜玖想了想就提议：“我带你去天问山找龙宗主看看吧？”

应言诺似有顾虑："我不想让任何人知道我的身份……"

"知道，我不对龙宗主说明你的身份就是，就说你是我一位过命的朋友如何？"

应言诺目光微微闪动，似乎在考虑其可行性，片刻后终于点了点头："好！一切都依你。"

顾惜玖松了一口气，抬头看了看天上还打得风生水起的骑蛟龙的少女和两只怪物，一时有些举棋不定。她眼神不错，已经看出那骑蛟龙的少女落了下风，想必奈何不了这两只怪物。

骑蛟龙的少女的死活顾惜玖并未放在心上，她担忧的是这两只怪物一旦脱困，如果跑到其他地方，只怕会引起屠城之灾……

她要不要再等等，待会儿将这两只怪物引到爆炸的地方来？

不过这地方火这么大，爆炸这么凶猛，只怕两只已经有点儿智商的怪物不肯上当，而她的能力也有限。

帝拂衣一看她的表情就知道她在顾虑什么，低低叹了口气道："惜玖，你怕这两只怪物会跑掉作怪？"

顾惜玖点头道："上面那仙子不是两只怪物的对手，落败是迟早的事……"

"那你又有什么办法？"

顾惜玖："具体办法我没有，只能尽力试试。"

帝拂衣实在好奇："你有什么法子？"

连灵力等级达到十阶的骑蛟龙的仙子也奈何不了的怪物，这小丫头真有法子？

顾惜玖看了看他的脸色，确认耽搁一会儿也不会有大问题后，这才又勾唇一笑，卖了个关子："待会儿你就知道了，你尽管瞧着就是。"

她说罢身形一闪，原地消失。

帝拂衣："……"

他倒真来了兴趣，环抱手臂，想看看这丫头又能玩出什么花样。

当然，他暗中也传音给了四使，让他们随时准备出手。

古残墨、天祭月、千玥冉、花纤言等几个大佬也埋伏在极隐秘的暗处观战。

这些人都是绝顶高手，自然也看出骑蛟龙的少女不是那两只怪物的对手，败北是迟早的事。

他们比较纳闷的是惩恶使不知道打的什么主意，将他们召来此地，却让他们埋伏着，迟迟不发让他们动手的信号。

而顾惜玖就是在这个时刻骤然出现在空中的。她一出现就向着其中一只怪物猛拍了一掌，成功吸引了那怪物的注意力，怪物怒吼一声转身朝她追来！

另外一只怪兽因为挨那骑蛟龙的少女的剑比较多，正追着她猛咬，一时没顾上同伴被引走了。

那骑蛟龙的少女原本正被这两只怪物追得捉襟见肘，狼狈不堪，顾惜玖的这一举动自然让她压力大减，能够喘口气儿。

她百忙中看了顾惜玖一眼，暗中握了握拳，心中没生出什么感激，反而更生恨意。

若不是这个丫头，她压根不会再被这两只怪物盯住，又何至于这么狼狈？

她的金甲巨人仆从倒是实实在在地松了一口气，在打斗中看了顾惜玖一眼：“王，这女孩的身法不错嘛，她这是什么功夫？”

骑蛟龙的少女忽然暴怒：“一个灵力不足八阶的下界人的功夫有什么好了？也值得你夸赞？”

金甲巨人不敢再说话了。

骑蛟龙的少女又冷笑一声，再瞧顾惜玖一眼，眸中闪过厉色。

那小丫头应该是怕得罪她这个上界人，所以又跑出来帮她的忙，想要博得她这位上界仙子的好感吧？

哼！小丫头的这点儿小九九岂能瞒过她的法眼？

骑蛟龙的少女越想越觉得自己猜得对。

那丫头肯定打着和她这个上仙合作打怪的主意，万一再打不过，说不定会故技重施，还会再把怪引回来。

她才不会让那丫头如意！这小丫头既然把怪引过去，那就负责到底吧，最好待会儿被怪咬死！

她向金甲仆从做了个手势，立即转身离去。那猪婆龙怪正怒火冲天，自然在她后面紧紧追打，很快和顾惜玖这一队拉开了距离。

古残墨自然也认出了自己的学生，不禁大惊失色。

这小丫头灵力不足八阶，却要独斗这么凶残的怪物，万一被吞了怎么办？！

古残墨将拳头握得紧紧的，整个人都紧绷起来。他心里打定主意，只要顾惜玖遇险，他就不顾一切地跳出去救人，不管惩恶使的号令了！

顾惜玖此刻的瞬移术已经施展到极致，倏忽来去，让暗中围观的人目不暇接。

只不过她每次瞬移都不会太远，免得那怪物追丢了目标。她这种操作自然很轻松就提升了那怪物的怒气值，那怪物左追右赶、嘴咬尾拍，都碰不到对方的半片衣襟，偏偏她还一直在它嘴边跳来蹦去，猫儿戏鼠一般，这让它的怒火越燃越高，身上越来越红，显然它的怒气值已接近满槽。

当那怪物身上的颜色转为大红时，顾惜玖忽然朗声一笑，瞬移到空中，自身上摸出一物，趁那怪物张大嘴巴来咬时，猛然投了进去！

她出其不意，而那怪物的怒气值飙满时嘴巴是张得最大的，连一向紧紧闭合的咽喉也露了出来。

顾惜玖手里的东西穿过它的嘴直接钻进了它的咽喉。

然后她猛然一个瞬移，轰一声闷响惊天动地，那声音就像爆破了一个防空洞。

在众人吃惊的目光中，那头体形巨大的怪兽“凤凰”肚子里猛然亮起了一团亮光，紧接着那“凤凰”发出一声凄厉的长鸣，整个身子被炸了个四分五裂，墨中透紫的鲜血漫空喷洒，如同下了一阵血雨。这血明显有腐蚀性，落在地上时连被淋到的石头也瞬间融化了。

而顾惜玖因为瞬移及时，那墨黑的血雨一滴也没溅在她身上。

所有人：“……”

远处那骑蛟龙的少女也看到了这一幕，整个人几乎石化，差点儿被攻击她的龙形怪物一爪子挠破裙子。

黄金甲仆从一双眼睛睁成了铜铃：“太厉害了！那是什么？”

没有人回答他。

他们主仆还被恶龙追着咬，黄金甲仆从还以为顾惜玖很快会来帮他们弄死恶龙，却没想到等了片刻没见到她的人影。他抽空忍不住往四周一望，发现那小丫头已经踪迹皆无了！

她这就跑了？！

还有一只啊喂！

顾惜玖认路本事还是极为强悍的，很快就回到那处树丛，找到犹自坐在那里的应言诺。

应言诺很显然看到了她霸气屠凤的画面，一双眼睛里流光溢彩：“惜玖，那是什么？”

顾惜玖扬眉一笑道：“秘密武器！好啦，我们可以去求医了。”

她又看了看他，发现他的坐姿几乎没怎么变过，心中一沉，有些担忧地问道：“你还能不能行走？”

应言诺瞧了瞧她，睫毛颤了颤，垂了下来：“不能……”

顾惜玖叹了口气，俯身将他拦腰抱起：“我先带你去找车。”

帝拂衣这辈子还是第一次被人公主抱，吓了一跳之余又觉得这是一项福利。

不过他现在既然是应言诺，自然应该有应言诺的反应，于是他的小脸适当地红了红：“你这样抱着我好吗？毕竟男女授受不亲……”

一个八九岁模样的孩子一本正经地和她说什么“男女授受不亲”，这让顾惜玖莫名觉得有些喜感。她轻轻一勾嘴角，故意道：“那怎么办？要不然我扎个筏子拖着你走？”

帝拂衣很干脆地抱着她的腰："事急从权，还是抱着吧。"

顾惜玖又用传音符联系上了晏尘，告诉他自己还有急事要和应言诺一起离开，就不回去和他们会合了，顺便把她的飞天狮子车召了回来。

因为他们这几组人各有各的任务，晏尘没说别的，很干脆地答应了。

他们几个人躲在暗处，很显然也旁观了顾惜玖刚才和"风怪物"的一战，一向淡定的晏尘热血沸腾，满心好奇地问："惜玖，你最后发的那是什么招？那怪物居然炸了！"

顾惜玖笑道："回去我再具体对你们解释。我先撤了。"

关了传音符，她抱着帝拂衣来到一个相对平缓的地方，等着那辆狮子车回来。

在等车的间隙，她本来想先把他放下，没想到他的两只小手捏着她的衣襟，脸色微微苍白地看着她："这里石子太多……"

顾惜玖瞧了瞧遍地的石子再瞧瞧他，暗叹了一口气。

他受这么重的伤，又身娇肉嫩的，只怕会怕硌的。

算了，她还是抱着吧！

反正他变小以后身子很轻，她抱着也不累。

片刻后，那狮子车到来，顾惜玖抱着他跨了上去，将他放在软垫上，正要出去赶车，帝拂衣抬手扯住了她的一片衣角："这车你不必赶，我可以让它自动寻路。"

顾惜玖挑眉问他："你不是说这狮子只认熟路？生路的话需要人时时赶着？"

帝拂衣轻咳了一声："这倒是……可是这狮子性子有些特别，只怕你赶不了，只能我来赶……"

顾惜玖看了看他苍白的小模样："你坐都坐不稳，怎么赶车？"

帝拂衣叹气："抱我出去，我们一同坐在车辕上赶车，你听我指点就是。"

顾惜玖觉得满头黑线，直接走了出去："我先自己去试试。"

她就不信赶不了车！

连风召都能被她降服，一头飞天狮子算什么？

何况这狮子比一般的狮子要聪明得多，应该更好驱使才对。

飞天狮子车很快远去，消失在天边。

隐在暗处的四使已经被自己主人的行径雷得目瞪口呆！

他们知道自家的主人一向不按常理出牌，但像今天这样，他们觉得还是被刷新了三观！

软萌、扮弱、求抱抱，他居然玩得一点儿也没有违和感！貌似变小了更让他为自己争取到不少福利。

这……这真的还是他们高大上的圣尊吗？

远望着飞走的狮子车，沐风道：“对了，这白泽不会飞到半路上露馅吧？”

沐电摇头道：“放心好了，白泽是八阶神兽，最近冒充飞天狮子冒充得挺欢实的，也很可靠，从没出过纰漏，要不然圣尊也不会用它。”

这倒是，沐风放心了。

片片白云在身边掠过，寒风吹得衣衫猎猎作响。

顾惜玖坐在车厢外，怀里抱着的是小帝拂衣，帝拂衣手里捏着根鞭子，时不时操纵飞天狮子拐个弯。

两个人偎依在一起，顾惜玖垂眸看着怀中的孩子，然后悄悄揉了揉眉心。

这飞天狮子是很有原则、很有个性的，刚才顾惜玖去驱赶它时，它死活不飞，还拉着他们原地转圈圈，让顾惜玖分外无语。

无奈之下，她只得抱出帝拂衣，将他抱在怀里让他来赶车。

于是这飞天狮子就很麻溜地起飞了，让它向东就向东，比兔子还乖巧，还不时讨好地摇摇尾巴。

于是就形成了这种局面。

顾惜玖觉得，她和他这种姿势让她很容易就被激发出母性，怕他在外面被吹得冷，她还拎出一床毛毯来裹着他。

顾惜玖真心有些纳闷，这辆车当初是应言诺临时弄来的，怎么这飞天狮子就对他这么忠心耿耿？

看来他驯兽还真是有一套！

顾惜玖有些佩服他，不由得想起了自己的三只灵宠，一只是吃货，一只喜欢卖萌，还有一只虽然靠谱，但是个孩奴……

看来她的驯兽能力还要再加强一些。

“这飞天狮子是不是本来就是你养的？”顾惜玖问出了心中的疑问。

帝拂衣懒洋洋地躺在她的怀里，微眯着眼睛，像是要睡着了：“嗯，它是我家养的。”

怪不得它这么听他的话！

顾惜玖叹道：“你的驯兽术不错。”

帝拂衣道：“你想不想学？想学我可以慢慢教你。”

顾惜玖有一点儿恍惚，貌似圣尊也曾嫌弃她的驯兽术，想要教她来着，说过类似的话……

她垂眸看了看卧在她膝上的人，不知道为何，她又有他就是帝拂衣的错觉。

不过她很快打消了这个不靠谱的念头，毕竟帝拂衣身上的味道她是熟悉的，而现在应言诺身上的味道虽然也是淡香，但明显和帝拂衣不一样。

而且应言诺身上的味道是时不时发生改变的，和普通人一样，随着熏香的不同而不同。

咦，不对！

她记得应言诺变小前她闻到过他身上的味道，和现在也不一样。

明明他还是穿着那套衣服，而且刚才一直处于危险中，他总不能重熏了衣服吧？

她忍不住低头闻了闻，分辨他身上的香气。

帝拂衣目光微闪："怎么了？"

顾惜玖瞧了瞧他："你身上的味道和变小前不一样了，这是为什么？"

帝拂衣心中微动，难道她真能闻到他的魂香？

他在不同年龄段魂香也是不同的，也会随着灵力的高低而有所变化，只不过绝大多数人嗅不到而已。

他常常变换身份，为防止被有心人认出来，他也特意用封存灵力的法子来改变自己，但万变不离其宗，他身上的香气还是有雷同之处的。

幸好顾惜玖不懂这么高深的玄学，要不然她只要嗅到相似的味道立即能认出他！

这种嗅闻魂香的本事几十万人里也未必能有一位，没想到她是其中的翘楚。

帝拂衣忽闪着睫毛随着她猜测道："会不会是我变小了，有奶香了？"

顾惜玖："……"

他还真敢说！

她垂眸看着他浓密的长睫毛，笑了笑："你以为自己是奶娃娃啊？！"

帝拂衣向她怀里偎了偎："我觉得可能是这个原理……"

顾惜玖现在已经发育得完美，胸也不再是小笼包，帝拂衣这无意识地一拱，鼻尖正碰到她胸的下沿。他微微一僵，顾惜玖忙将他向外扯了扯！

虽然他现在是小孩子模样，但思维可是少年人的，顾惜玖可不想让他平白占了便宜去。

帝拂衣还是很乖巧的，立即红着小脸道歉："对不住。"

顾惜玖瞧了瞧他，刚才她几乎要以为他是故意占她便宜，但想起这半年来他的为人，又觉得他不是那种猥琐孩子。

因为她心里对他始终有点儿愧疚，所以她也很大度，摇了摇头："没关系。"

帝拂衣抿了抿小嘴："你不在乎？"

这丫头的男女之防是不是太淡薄了？好歹她是有主的人了，是他帝拂衣的未婚妻，现在却把其他男子揽在怀里。

虽然这个"其他男子"也是他，但是她并不知道。

帝拂衣觉得，自己心里不太舒服！

顾惜玖哪里知道他肚里的这些弯弯绕？所以她回答得很漫不经心："在乎啊，但你是我的朋友，又不是故意要占我的便宜，我总不能暴打你一顿解气吧。你现在这小身板也不禁揍啊，又不能摸回来，只能这么算了。”

理是这个理，这丫头对朋友一向很仗义的。

帝拂衣目光闪闪地望着她：“我会负责的！”

顾惜玖挑眉问道：“负责？”

帝拂衣道：“我会娶你。”

顾惜玖：“……”

她抽了抽嘴角，很干脆地将他从自己怀里扒拉出去，利索地起身进了车厢：“我深深觉得还是和你保持距离好，你自己赶车吧！”

帝拂衣：“……”小丫头拒绝得真干脆！

他低低地叹了口气，深深感觉自己有些作，把好不容易才争取到的福利又给整没了，这样下去，她只怕不会再抱着他。

其实她抱他这回事，尝尝滋味的话还是很不错的。

但如果他一直让她公主抱，她就算不嫌累，他也觉得自己有些娘。

他垂眸看了看自己的小身子，悲催地敲了敲太阳穴。这具身子最近有些病娇，多灾多难的，这是从来没发生过的事，让他自己也很惊奇。难道是因为老天不爽他常常变换身份，所以给他一个最难扮演的角色？

或者这是对他违背天道的惩罚？

他又感应了一下身上，灵力似乎又恢复了一些。

原本因为耗尽灵力而显得滞涩的血脉渐渐开始充盈，一点点变通畅。

他从变成应言诺的样子后，灵力的恢复惊人地慢，半年就恢复了一点点，让他自己都有些绝望。

但在他变成这个样子后，灵力恢复速度倒是加快了。

这么看起来，或许他变小也不完全是坏事。

他握着鞭子，干脆倚靠着车厢打坐。前面冒充飞天狮子的白泽乃神兽，知天下山川地形，可以说是个地理通，压根不用人赶它，自己就会朝着主人想要去的地方飞奔。

顾惜玖在车厢里休息了片刻，到底不放心把病娇的帝拂衣独自放在外面，又走了出来，见到帝拂衣裹着毯子倚靠在车厢前，微闭着眼睛如同入定，小脸原本有些苍白，此刻却有了一点儿淡淡的红晕，越发显得瓷娃娃般精致。

看来他的恢复能力挺快的，刚才还连走动的力气也没有，此刻就能打坐了。

她又看了看前面的飞天狮子，忽然发现这狮子和普通的那种飞天狮子不太一样。毛色极纯，通体雪白，一根杂毛也没有。

大部分飞天狮子面相上有种兽中之王的凶悍，但这头狮子五官威严中透着秀气，一双眼睛是蔚蓝色的，还是双眼皮、长睫毛，雪白的两翼扇动，不疾不徐，有一种王者的优雅气势。

顾惜玖瞧了一会儿飞天狮子，偶一转头，看到帝拂衣已经睁开眼睛，正静静看着她。

顾惜玖递过去一个蓝色的果子："给你这个。"

帝拂衣看了这果子几秒钟，又垂下眼睛，没说话也没接。

"哟，这是生气了？"顾惜玖觉得有些好笑，缩小版的应言诺看上去很萌，所以他闹脾气顾惜玖也不放在心上，晃了晃手中的果子，"这可是蓝菲果，大补灵力的东西，正适合你呢。"

帝拂衣暗叹气，他自然认得这蓝菲果，这也是他送她的，又被她大方地送出来了！

她到底有没有把他帝拂衣放在心上？

帝拂衣开始严重怀疑这个问题。

他依旧没接她的果子："惜玖，你是不是有心上人了，所以不肯接受我？"

他怎么又把话题绕回来了？

顾惜玖无奈。

"我听人说你和左天师很好，你是不是真喜欢他？以后要嫁给他？"应言诺小朋友不依不饶地问。

顾惜玖心中一跳，不想和应言诺聊这个话题，抬手将果子丢到他的怀中："大人的事小孩子不要问东问西的，乖，把这果子吃了，说不定你就恢复了。"她转身又进了车厢。

帝拂衣看了看自己的小手，忽然觉得恢复原身已经成为重中之重的事！

他再不恢复原身去见她，说不定她就要和别人跑了。

到天问山路途遥远，以飞天狮子的脚程他们也需要两天才能赶到。

傍晚的时候，二人飞进一座小城预备吃个饭休息一晚再走。

应言诺小朋友身娇体弱嘴还挑，二人找酒楼自然找最好的。

二人来的时辰不太对，正是饭时，酒楼里已经没有雅间，只在大堂里还有一张桌子。

顾惜玖现在容貌极美，身材又好，又没易容，加上她已经修炼到灵力七阶，肌肤莹润，周身自带一种光晕，这样的她无论走到哪里都能成为众人的焦点。

而帝拂衣此刻也漂亮得如同瓷娃娃，嫩生生、水灵灵的，让人瞧一眼就移不开眼睛。

这样的两个人并肩走进来自然吸引了全大厅的人的目光，无数目光跟随着他们一直到他们落座……

好在两个人一向被人盯习惯了，不在意这个。

帝拂衣常年在这个大陆行走，几乎对每一个地方都很熟，哪里有什么特产、美食他都能如数家珍。

他又知道顾惜玖的口味，所以不用菜谱就直接点了餐，刚刚点了几样，旁边忽然过来一位摇着扇子的青年公子。这摇扇公子面相俊美，斯斯文文地向着顾惜玖笑道："姑娘，小生看你好生面善，仿佛在哪里见到过……"

顾惜玖挑眉，这种搭讪方式她在现代碰到过八百遍，早已免疫，所以没理会。

摇扇公子讨了个没趣，倒没放在心上，冲着旁边站立的店伙计吩咐："这位姑娘和小生一见如故，这姐弟俩的饭钱本公子付了。"他又转头对着顾惜玖微笑道，"姑娘尽管点，小生请客。"

顾惜玖正要说什么，旁边的帝拂衣眨了眨眼睛："公子要请客？"

那青年公子点头道："不错，我和令姐一见如故……"

帝拂衣打断他的话道："好吧，那我就不客气了。"他也不看菜谱，点了几十种菜，每一种都是这个店的招牌菜，贼贵的那种。

那摇扇公子青了脸，强笑道："小公子点这么多……怕是吃不了的，浪费了不太好……"

帝拂衣瞧着他："你请不起？"

摇扇公子："……"这些菜加起来有七八百两银子，他虽然"豪"，但身上也没带这么多银子。

帝拂衣徐徐将他从头打量到脚："你没带足银子的话，把腰间的这玉佩抵押一下应该也是可以的。"

摇扇公子的脸绿了。

他腰间的玉佩是最值钱的，是他家的传家宝，价值千金。

他没想到眼前这个小孩儿眼光这么毒，居然一眼就看出这玉佩的价值。

摇扇公子再次强笑道："小公子这是故意逗人吗？这么多的东西你们根本吃不了嘛。平白浪费……"

帝拂衣笑得很可爱："不可能浪费的，这些菜也不是我和她想吃的，而是点给外面的坐骑吃的。"

摇扇公子俊脸涨得有些红："坐骑怎么可能吃这么好的东西？小公子纯属为难在下。在下若不请客，你也会给你家坐骑点这些东西？"

帝拂衣托腮看着他："我家坐骑是与众不同的，饮食自然也和其他坐骑不一样。它不但喜食美食，还好酒，我还没点酒……"他吩咐旁边的伙计，"再上二十斤你这

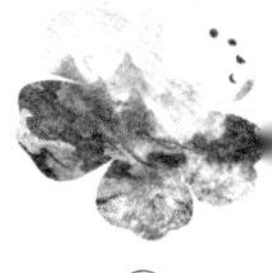

里的极品花雕和三十斤极品青竹酿，都算在这位公子的账上。”

摇扇公子的脸色彻底青了！

再算上这些酒，就真的要千两银子以上了！

摇扇公子冷笑道：“坐骑喝酒还真是千古奇闻，小公子这可是存心消遣在下了！在下岂能上你这个当？在下再问一句，小公子如果是自己点餐，也点这些？”

帝拂衣淡淡地道：“这些都是俗物，现在给它点这些还是委屈了它，它平时吃的喝的比这些还要好，只不过出门在外，一切只能马马虎虎将就了。我这还是看你请客不忍心，才少点了些……”

他一抬手，将一个钱袋子扔在桌上，自里面滚出一堆金锞子和几枚圆溜溜、饱满莹润的珍珠，吩咐那店伙计：“照着我刚才点的东西再加一倍的量。这些钱够不够？”

店伙计简直眉开眼笑：“够！够！足够了！”

金锞子足足有二百两，珍珠也是每颗价值百金的南珠，这些东西加在一起两千两银子也不止。

摇扇公子再说不出别的话来，灰头土脸地溜走了。

顾惜玖忍不住想笑：“你这法子不错，估计再没人敢来请我们的客了。”小家伙豪气得很，直接用钱把人砸得灰头土脸，砸跑了一些烂桃花。

帝拂衣转了转手里的茶杯：“你是什么人，也是他请得起的？”

他只想和顾惜玖安安静静地吃顿饭，不想让这些烂人来打扰。

楼上忽然有人嗒地敲了一下，一道清朗如风的声音传下来：“这小兄弟说得对，顾姑娘岂是那等人请得起的？”

顾惜玖一怔，抬起头来，讶异地挑眉道：“八……彻公子！”

楼上站着一位身着月白衣衫的青年公子，容貌秀雅绝伦，举止间自带一种风流态度，正是飞星国八殿下容彻。

容彻冲着顾惜玖笑道：“惜玖，好久不见！不知为兄是否有幸请你们上来喝一杯？”

“你不是应该在藩城边关吗？怎么跑这里来了？”顾惜玖问坐在对面的容彻。

能在这种天高皇帝远的地方碰到故人也是一种缘分，所以顾惜玖欣然偕同帝拂衣上楼，和容彻拼桌了。

二楼是一个个雅间，而容彻所在的这个雅间最大、最好、最安静。

这是套间，在最里间甚至有叮咚的琴声传出来，珠帘半遮，让里面的琴师半隐半现。

顾惜玖得到的消息是，容彻和太子容伽罗都在边关藩城那里和皓月国的军队死磕，而藩城离此地足足有三千多里，所以顾惜玖对他出现在这里还是很诧异的。

容御为她斟上一杯酒，轻叹一口气道："一言难尽……前日接到父皇急报，说要同皓月国讲和，双方战事可停，并召我们回去，边关留顾将军镇守便可。在回程路上太子哥哥忽然生了怪病，军中所有医师都束手无策，我无法，只得秘密带着哥哥来此地，想请龙宗主看看可有诊治之法。"

原来他也是来请龙司夜的，他们倒是殊途同归。

这座小城离天问山还有半日路程，也算是天问山的地盘。天问山有个不成文的规矩，无论何人来天问山求医，都不能携病患进山，只能在此城的一家医馆中先挂个名号，然后医馆的人再根据上面的吩咐让病患住下。

顾惜玖和容伽罗也是朋友，听说他生了怪病，立即问症状。

容御叹气道："眼青脸白，嘴唇乌紫，不认人，时刻有杀人的冲动……"

顾惜玖心中一沉，这症状有点儿像中了僵尸毒！

她看了看这满桌的菜肴和套房内悠然弹琴的琴师，心中狐疑。

容伽罗病得如此厉害，这位八殿下还有心在这里听曲喝酒？

她目光微微一闪，立即问了出来："八殿下，你在此地是不是本就约了人的？"

容御点头道："不错。"

"约的是龙宗主？"

容御讶异地挑了挑眉："惜玖，你如何得知？"

顾惜玖舒了一口气道："你的太子哥哥病得如此重，你却在此设宴，很明显就是请大夫嘛。再说也只有龙宗主赴宴时必有琴声相伴。"

容御竖起大拇指道："惜玖，你真聪明！"

顾惜玖笑道："少拍我的马屁，不过看来你和龙宗主相处得不错啊，他肯给你这个面子赴你这个宴席。要知道他可不是轻易请得到的大夫。"

容御轻轻叹道："我也感觉很幸运，能得龙宗主青眼相加，视为朋友。惜玖，其实这还是你的功劳。"

"呃？"

容御目光闪动："那日我在天聚堂受重伤，他是看你的面子才亲自送我下山的，还一路相送，慢慢治好了我的伤，我这才和他熟悉起来，勉强能算上他的半个朋友……"

既然在这里就能碰到龙司夜，顾惜玖也就不着急赶路了。

两人说了片刻闲话，自交谈中得知，这次停战之所以如此突然，是因为圣尊终于插手此事，勒令双方停战。他门下四使调查出那些失踪的尸体和军队是被邪魔所用，弄出了僵尸军团，现在各大门派正在全力搜索那背后的邪魔。

顾惜玖听到"圣尊"两个字，心中微跳，他终于出来了？！

她重复了一句："圣尊门下四使已经出来了？"

容彻点头道："是，他们已经联络各大门派展开围剿。说句不怕你笑话的话，我的军中也有人中招，你应该听说我们军中有一队能征善战无往不利的强悍兵将吧？那是太子哥哥亲自带出来的，在这几次对战中，这支队伍立下了汗马功劳，不知道拼杀了多少敌对兵将，让皓月国的元帅都闻风丧胆，可谁知……谁知这支队伍中的所有兵将都吃了一种特别邪恶的药物，被惩恶使查出来了……"

顾惜玖没想到这几天外面已经发生了这么多事，心中一动，问道："什么邪恶药物？"

容彻摇了摇头："具体我也不知，据说服下这药后，可以让人身体越来越精悍强硬，不怕疼不怕累，反应也能比平时快数倍，打起仗来人人悍不畏死。但这种药也有个极厉害的坏处，服用这种药会上瘾，而且服用者寿命都不长……"

顾惜玖皱眉，这不就是一种特殊的兴奋剂？而且还是烈性的！

看来背后捣鬼的人依旧是那位现代穿越来的蛊大师，那个科学疯子！

顾惜玖将目光落在容彻脸上："那些药物是谁提供的？你和太子殿下一直没察觉？"

容彻叹气道："具体我也不太清楚，他们是太子哥哥的直系军，原本就英勇善战得很，后来看他们个个超常发挥，我也曾有过怀疑，还暗中命人检查他们的饮食，也没调查出什么。我还以为是那支军队的带兵之将有什么特殊的训练本领，却没想到……不过太子哥哥也不是那种为达目的不择手段的人，如果他知道有这么大的害处，肯定不会让那支兵将这样做。惩恶使查出此事之后，也直接揪出了幕后之人，是那支军队的首领为了在军中出人头地，听从了一位江湖医者的话，暗中给自己的兵将服用了此药……"

顾惜玖凝眉道："那首领和那所谓的江湖医者是谁？都查清楚了吗？"

容彻点头说道："那江湖医者就在那支队伍中随军，此事被查出时，那医者已经自杀而亡，那首领也被处死，太子哥哥一直负疚……我百般开解也无法纾解他的心结，本想回朝之后再慢慢劝他，没想到他居然生了这样一场大病……"

"那些服过药的兵将呢？他们怎么样了？"顾惜玖又问。

容彻黯然道："那是一支五千人的队伍，那些人服药已达半年之久，形成依赖，两日不服就暴躁不安，易怒杀人。惩恶使已经命人将他们全部关了禁闭，被三大门派中的高手看守着……我来此地一为太子哥哥求医，二也是想请龙宗主出山，为那些将士医治，看看能不能调配出解药。那些将士都是我朝的精英人才，很多甚至是朝廷命官之子，不能就这么毁了。"

顾惜玖揉了揉眉心，如无意外，那些将领服用的应该是类似冰毒之类的毒品，当然又比冰毒复杂得多，就算在现代也属于违禁的生化药品……

看来那科学疯子真是丧心病狂，无论走到哪里都能疯狂一把，在这个时代也造成了这么大的生化危机。

圣尊手下的四使果然有两把刷子，连这么复杂的药也查出来了，如果他们早出手就好了，也不至于让战乱持续这么长时间。

“惜玖，此事你的功劳最大。”一直坐在那里吃吃喝喝，像做隐形人的应言诺忽然传音过来。

“嗯？”顾惜玖挑眉。

“是你先查出宣帝被人下了药，说出这类药的特性，这才让四使有方向可查，此场祸事才能这么快停止。”应言诺的声音依旧有条不紊的。

顾惜玖怔了一下，似乎明白了什么：“宣帝被下药之事只有你我得知，怎么会传到四使那里？你是四使的人？！”

应言诺微笑着给她夹了一个虾仁过来，没说话。

顾惜玖就当他默认了。

她终于明白了他身上一些反常的地方，譬如知识丰富程度非同一般，譬如六阶的灵力可以发挥出八阶的效果……

圣尊的地位如此尊崇，他统治这大陆这么多年，自然不会只有四使跟随，眼线及属下必然是遍及天下的。

看来这位应言诺也是其中一位。

她心头忽然急跳了一下，难道他是圣尊派来暗中保护她的？

不对，如果他是圣尊派来的，哪里敢和她如此亲近，还说什么要娶她……

或许他是四使的人？

但既然他是来保护她的，必然也是得到圣尊的授意的。那么四使肯定会嘱咐他一些什么，他最多在她身边做保镖，还是不敢和她如斯接近。

除非他是圣尊故意派来试探她的，也或者——

他就是圣尊本人！

也或者说，他就是帝拂衣！

顾惜玖的一颗心激跳起来，她情不自禁地又瞥向他的腕上，那手腕上依旧戴着小兽皮护腕，和先前并无不同。

不对！他没变小时所戴的护腕就是这个花色的，现在人变小了，手腕自然细了，但那护腕看上去依旧不松不紧正好。

很明显，这护腕也是能随意变换大小的。这世上有这么牛的护腕？会不会这就是那姻缘镯，只是被他的障眼法给遮挡了？

在这一刹那，顾惜玖脑海中闪过一系列疑问，眼睛盯在他的兽皮护腕上，恨不得给他脱下来瞧瞧。

她走神太厉害，连容彻又和她说了什么都没听清。

“惜玖？惜玖？”

顾惜玖终于回神，望向容彻：“啊？”

容彻目光微微闪动，似开玩笑又似认真地说：“想什么了？这么入神，在我面前也这么走神，很伤我的自尊哪。”

顾惜玖敲了敲自己的眉心：“对不住。嗯，你说什么了？”

容彻将目光凝在她脸上：“惜玖，你的医道也很高，不知道是否能医治家兄和那些兵士？”

顾惜玖摇头道：“这个要看过病患才能知道……你放心吧，龙宗主医道更高，他肯出手的话，太子殿下和众兵将的毒应该是能解开的。”

一句话刚刚落地，楼下传来一阵女声：“容公子可在此处？”

那声音娇脆悦耳，如在耳边摇响了一串银铃。

顾惜玖心中一沉！

那声音——她很耳熟。

这声音像是叶红枫的！

容彻已经站起来：“应该是龙宗主的人，我去看看。”说完他走了出去。

外面传来一段对话声。

“司夜有事耽误住了，要晚些才能到，特命红枫来说一声。”

“无妨，我再多等会儿便是，倒劳烦姑娘走这一遭，上去喝杯水酒？”

“好啊。”

片刻后，容彻领着一名女子走了进来。

这女子脸上蒙了一段轻纱，只露出一双美丽的大眼睛，穿衣打扮很像电视剧中的小龙女，显得飘飘欲仙。

顾惜玖微眯起眼睛看着这个女子，在这一刹那心中涌上来的不知道是什么滋味。

她眼睛毒，已经看出这女子就是龙司夜藏在冰棺中的女子，于今终于活了！

看来传言不假，叶红枫真的是穿越而来，而且看情形，这身体她用得很好，甚至也修炼出了灵力。

龙司夜当日没骗她，这具身体是他很完美的作品，而且这女人是灵力天才，看她的模样，灵力应该已经到达五阶水平了。

顾惜玖以为看到她出现在自己面前，自己心里会不好受，却没想到心情倒平静得很，没什么多余的感觉。

“呀，你有其他客人？”那女子的视线在顾惜玖和帝拂衣脸上转了一圈，主要在顾惜玖的脸上停了停，眸中现出讶异之色。

“他们是我的朋友，在此偶遇，特请来同坐。这位是天聚堂的顾惜玖顾姑娘，这位是……”容御为双方做着介绍。

因为帝拂衣要隐藏身份，所以顾惜玖刚才在介绍应言诺时并没有多提，只说他是自己的一位朋友的弟弟，所以容御也压根没把帝拂衣放在心上。

而那女子果然叫叶红枫，进屋后就把面纱摘了下来。

容御在看清她的面容后似乎有些讶然，微笑道：“叶姑娘和惜玖好像！不知道的还以为你们是双胞姐妹。”

叶红枫嫣然一笑道：“是呀，我也吓了一跳呢。”

顾惜玖也笑了笑：“是啊，好巧。”

帝拂衣眸中闪过一抹玩味的神色，他并没有说话，自上楼后便像个隐形人，几乎不怎么开口。

几个人重新落座，容御有求于人，亲手为叶红枫沏了茶，又说了一阵子话。

顾惜玖轻巧地转着手里的茶杯，看着叶红枫的言谈举止，很确定这个叶红枫并没有前世的记忆，而且性子和前世大不相同。前世的叶红枫大小姐味十足，嚣张跋扈，而这位叶红枫乖巧得像小白兔，看上去很天真烂漫不通世事的样子。

人的性格形成和周围环境有很大关系，难道这才是她的本性？前世只是被宠坏了？

又过了约莫半个时辰，龙司夜终于到了。

他依旧戴着面具，白衣飘飘，比起一年多以前他的气质似乎更冷了。

他显然没想到会在此处碰到顾惜玖，一进门身形就顿了顿，目光凝在她身上：“惜玖！”

顾惜玖抬手和他打招呼：“嘿，好久不见，龙宗主。”

龙司夜抿了抿唇：“你还是称呼我为龙教官吧，听着顺耳些。”

顾惜玖从善如流地道：“好，龙教官。”

龙司夜点了点头，目光在场中一转，最后把目光落在帝拂衣脸上：“这位是？是八殿下的弟弟吗？”

容御笑道：“小王哪有这么漂亮帅气的弟弟，这位是惜玖带来的小朋友。”

人终于到齐，容御让店家重新上了一桌酒菜，几个人重新落座。

龙司夜是这次主请的贵客，自然坐在上座，而顾惜玖的身份也不低，容御便将她安排在龙司夜右边，帝拂衣则坐在顾惜玖的右边。

龙司夜对人一向冷冷淡淡的，但他对叶红枫显然不错，席间偶尔会为她布菜，还会帮她把喜欢的菜换到她跟前，甚至偶尔会帮她剥个虾壳什么的，对她照顾得很。

他做这些时看似无意，但眼眸的余光时常瞥一下顾惜玖，似乎想看看她是什么反应。

顾惜玖对他的这些行为却似视而不见，她的注意力在身边的小孩身上。

那小孩确实漂亮到了极点，却似带了不足之症，有些娇弱，嘴巴特别挑，吃虾要吃虾背上的一点儿肉，吃菜只吃菜心，还有很多东西不吃，不是一般难缠。而顾惜玖在瞧了他几眼后，就不动声色地为他忙碌，看上去比伺候自己的亲弟弟还尽心尽力。

龙司夜忽然觉得自己吃不下去了，问顾惜玖："惜玖，这位到底是谁？"

顾惜玖顿了顿，含混地应了一声："是我的一位朋友，待会儿有空我再和你细说。"

龙司夜又看了应言诺一眼，应言诺笑眯眯地看着他，小脸上的表情很天真可爱。

龙司夜却觉得后背汗毛莫名竖了竖，眼前的这孩子让他想起成了精的狐狸。

"惜玖，最近过得如何？"龙司夜终于拨冗和顾惜玖说闲话。

"挺好的。"顾惜玖忙回答。

一年半前龙司夜几乎是和她翻脸后离开的，刚才和他见面时他对她也足够冷淡，因为有心理准备，她并未放在心上。

好歹他没对她横眉冷对，那就是好的。

"尝尝这个，这是你爱吃的松茸。"龙司夜忽然为她夹了一箸菜过来。

顾惜玖有些受宠若惊，不过她并不喜别人为她夹菜，就算是龙司夜夹来的也不例外。

如果是别人夹过来的菜，她会直接拒绝，但龙司夜夹过来的嘛，他毕竟是她最好的朋友，而她还有求于他。

所以顾惜玖就想勉为其难地吃一吃，不料她的筷子刚刚碰到盘子里的松茸，旁边的应言诺就打了个惊天动地的喷嚏。他应该是没来得及转头，吹得顾惜玖盘子里的松茸都转了半个圈。

顾惜玖："……"

这菜她显然是不能吃了，甚至这一桌子的菜也不能吃了！因为菜都被他这一个喷嚏给洗礼过……

容彻招来店家，为图省事，正要让店家照原样再来一桌，旁边的应言诺小朋友再次开口："惜玖，我不吃松茸，闻到那个味道也不舒服，你也不吃的对不对？我记得你吃那个会身上痒……"

顾惜玖："……"她何时吃松茸身上痒了？

容彻忍不住瞧了应言诺一眼，其实这小朋友的毒舌功夫他刚才就见识到了，直接帮顾惜玖怼跑了一枚烂桃花，这小朋友还是很有心计的。

现在的小家伙似乎又针对上了龙司夜。

容彻轻摇折扇，瞧了龙司夜一眼。龙司夜也皱眉看了应言诺一眼，看在他是小孩子的分上，自然不想和他一般见识。

应言诺却变本加厉，摇着顾惜玖的衣袖："惜玖，我要吃红鲜天、金丝滚绣球……”他点了好几个菜名。

顾惜玖瞧着他卖萌的脸，有些头疼。她本来还怀疑他是帝拂衣变的，现在又有点儿不确定了，帝拂衣好歹是这个大陆的第一人，他能这么没下限？

龙司夜原本像有什么急事，急匆匆地来，但看到在场的所有人后，又沉住气了，在酒席上慢条斯理地喝酒吃菜，照应叶红枫，偶尔再和顾惜玖、容彻说几句话。

酒席上的气氛倒也算融洽。

“惜玖，我要吃那盘醉蟹。”旁边的应言诺又摇她的衣袖。

顾惜玖把衣袖从他的小手里扯出来，传音给他：“你够了啊，你现在虽然是小孩儿样貌，但你已经不小了好吧？卖萌可耻！”

应言诺垂下眸子不说话了。

顾惜玖看他乖乖坐在那里的小模样，又心软了，只得去夹那盘放得颇远的醉蟹。

盘子里就剩下两只醉蟹，旁边伸出一双筷子，极快地将两只醉蟹都夹走了。

顾惜玖抬头，正看到龙司夜将两只醉蟹都放在叶红枫的盘子里：“你不是爱吃这个？送你了。”

叶红枫目光璀璨：“谢谢师父。”

顾惜玖的筷子在半空中顿了顿，转了个弯儿，她将一只醉虾放在应言诺的盘子里：“来，吃这个，补钙，长个儿。”

应言诺抿着小嘴儿，看着那大大的虾壳：“壳太硬……”

顾惜玖顺手给他把虾壳剥了，把虾肉放在他的盘子里：“这样总可以了吧？”

“可以了。”应言诺露出一个大大的笑容，低头吃着那虾肉。

顾惜玖被他的笑容晃了一下神，忽然觉得她似乎对萌萌的东西真的没抵抗力，明知道眼前这家伙很腹黑，但他露出笑容的时候还是让她忍不住想要为他掏心掏肺。

或许这是自己的软肋？

也或许因为他有可能是帝拂衣的关系？

她又扫了他手腕上的护腕一眼，心中微微一动，不动声色地又给他夹了几只醉虾过来，让他自己剥壳，说他自己剥的吃着才香。

应言诺似乎对她说的话半信半疑，但还是自己动手剥了。

连着剥了几只，这虾壳很坚硬锐利，他的手指又娇嫩，无意中被割了手，有血流了出来。

“怎么这么不小心？”顾惜玖忙捉过他的手来为他处理，他的两只手上都是淋漓的汤汁，她摸出块手帕来给他擦，手似无意中在他的护腕上捋了一下！

不要小看她这一捋，她这是一种特殊的手法，戴得再紧的镯子和手链都能被她这种手法捋下来。

第五十章　他这名字其实就有玄机

除非是经过特别加持的东西，压根捋不下来那种。和她料想的一样，她用了最轻巧的手法也没把他这护腕给扯下来，而且触手处并不像看上去那么凹凸不平，反而光滑温润，和她自己手腕上的姻缘镯手感差不多。

她的心激烈地跳起来，指尖变得微凉。

是他！

怪不得她一年半没有他的消息，原来他是换了另外一个身份来到她身边了。

应言诺，应诺言……

他这名字其实就有玄机！

原来他并没有失约，只是她没发现而已。

那他变成小童子又是为了什么？

哄她玩儿的？还是有其他目的？

这个人做事一向神鬼莫测，从来不做真正无用之事，而且在这种风雨飘摇的世界格局下，他应该没时间闲着无聊捉弄人玩儿吧？

她又想起他和她分别时的情景，心中又是一动，一个猜测再次浮上脑海。他那时功力应该耗损得厉害，他说需要闭关一年，难道在这一年闭关时间里他出了意外，走火入魔了，所以身体直接变小了？

而他不想失约，又不能让外界的人知道他的真实身份，所以化名应言诺来到她身边？

会是这个原因吗？

她也不愧杀手出身，淡定功夫到家，心中百念电转，面上却一直不动声色。他要演戏是吧？那她就陪他演！

顾惜玖为他擦干净手，目光一转，还抬手揉了揉他的头慈爱地道：“你乖乖的，待会儿我给你剥。”

她成功地感觉到掌下的脑袋似乎僵了僵，大概帝拂衣从来没被人这么慈爱地顺过毛。

顾惜玖忍不住轻轻勾了下嘴角，忍不住有些愉悦。

“嗯，我会乖。”帝拂衣乖巧地用头蹭了蹭她的肩膀，没想到他人矮椅子高，这一侧身椅子稳不住，直接倒了，他则刚好一头扎进了她的怀里，额头正抵在她的胸上。

顾惜玖僵了一下，一把将他拎了出来：“你……”

帝拂衣一脸无辜地看着她：“椅子滑了……”

他刚才这一倒，也不可避免地撞在了桌子上，震得桌上的盘盏稀里哗啦一阵乱响，很多菜肴里面的汤汤水水溢出来，流了半桌子。

很明显，这桌菜也基本不能吃了。

容御：“……”

龙司夜的脸色也不太好，他轻飘飘地站起身，淡淡地道：“还是先去看病患吧！”他也没心情再吃这顿饭了。

时隔两年，顾惜玖终于又见到了容伽罗，却几乎要认不出他了！

曾经俊美无匹的少年郎此刻面青唇乌，眼窝深陷，身上的衣袍被扯得破破烂烂的，也就勉强能蔽体。

他被铁索结结实实地捆在床上，丝毫动弹不得，但一双眼睛大睁着，听到门口的动静转过头来的时候，那一双眼睛里满是嗜血的凶光！他拼命又挣了挣，如不是铁链箍着他，大概他就要跳起来撕人了。

顾惜玖蓦然握紧手指，容伽罗这是彻底僵尸化了！不知道还有没有自己的神志？

她身边的帝拂衣的目光也落在容伽罗身上，目光微微一缩！

龙司夜也皱起了眉头！

旁边的容御叹道：“家兄神志已失，见什么咬什么，侍卫也被他咬死好几个，就算是点穴也控制不住，小王只能出此下策……龙宗主看看可有法子医治？”

龙司夜抿了抿薄唇，走了上去，为捆在那里的容伽罗号脉。

容伽罗闻到了生人气味，嘴里直叫，手指拼命抓挠，奈何被捆着抓不到人。

龙司夜为他号完脉，又翻了翻他的眼皮，测了测他的颈脉……

容伽罗的贴身护卫黑狐屏息看着，大气也不敢喘。

片刻后，龙司夜终于起身，容彻立即问："龙宗主，家兄可还有救？"

龙司夜摇了摇头："他这是中了一种特制的毒，这种毒本座一时也没找到解的法子，而且他的心脏已经停跳，本该已死，现在只是被病毒控制着的一些本能反应。"

黑狐眼前一黑，险些晕过去！

他扑通一声跪在龙司夜跟前："龙宗主，或许、或许还有别的法子，您、您再看看。我们太子爷不能死啊……"他开始砰砰磕头。

龙司夜摇头叹道："本座也救不了已死之人，你们还是为他预备后事吧。"

他已经看出容伽罗所中的是丧尸之毒，这种毒是现代高科技生化研究所里正在研究的东西。

这种病毒他还从来没有接触过，谈什么治疗？

容彻黯然道："原来龙宗主也没法子了。"

"抱歉。"龙司夜道，"他这样怕是无法安葬，还是拧断他的脖子，他就不会再伤人了。"

容彻握拳道："家兄已够悲惨，小王怎么忍心再拧……拧他的脖子？"

龙司夜淡淡地道："本座说了，他其实早死了，控制着他的只是凶残的病毒而已，你如不忍心，由本座来执行便是。"他是医者，绝不容许这样的大祸胎留下，只有上前将其杀死才能永绝后患。

黑狐傻了！

他呆了片刻才跳起来，情不自禁地护在容伽罗的床前，脸红脖子粗地怒吼道："任何人都不能伤太子殿下！"

龙司夜不语，只是看了容彻一眼。

容彻到底理智，长叹一声道："黑狐，让开吧，此刻他已经不是太子殿下，只是一具毒尸，想必太子哥哥在天之灵也不愿意看到自己的躯壳被毒控制着伤人，还是、还是请龙宗主彻底给他一个解脱吧。"

黑狐泪流满面，再忠心护主，到了此刻也没法子了。

龙司夜上前一步，垂眸看着床上的容伽罗，低低叹了口气："太子殿下，本座送你一程。"他正要出手，顾惜玖忽然出声："且慢！"

龙司夜回眸望着她，顾惜玖轻吸了一口气，上前两步道："他眼角有泪，或许还没脑死亡，我看看。"

龙司夜垂眸一看，果然看到容伽罗眼角处有泪渍。

他皱眉道："泪渍并不能代表什么……"

顾惜玖道："我瞧他这泪渍像是刚流过泪不久，他鬓角还是有些湿的，或许他还有部分意识，说不定还有救。”

龙司夜沉声道：“惜玖，你我都知道，中了这种病毒基本就没救。我们没有解药，就算他意识完全清醒也未必有法子救活他，更何况他这种接近脑死亡的，落泪或许只是病毒控制下的本能反应。”

顾惜玖轻吸了一口气，说道：“他如果还有意识的话，我说不定能救活他，我有治疗这种丧尸毒的法子。”

龙司夜：“……”

旁边的容御也讶异地挑起了眉。

帝拂衣浅浅地勾了一下嘴角，他就知道他的小惜玖常常能给人带来惊喜！

到了这个时候龙司夜和容御自然不能说别的，倒是旁边的叶红枫有些忍不住了：“顾姑娘这是故意和我师父打擂台吗？我师父可是这个世界上的医术第一人，连他都没有法子了，你又怎么可能有？！你的医术难道比他还要高？还是说你这样做只是想要博取人的注意呢？”

这句话挑拨味很浓，顾惜玖俏脸一沉，目光锐利地落在叶红枫身上：“术业有专攻，这又有什么稀奇的？龙宗主的医术我是服气的，很多方面我不如他，但在对付这种毒方面他可能不如我！还有，医者的天职是救死扶伤，谁有本事谁上，而不是在这种时候争个长短。叶红枫，这一点也是你师父一直坚持的，希望你也能牢记！”

叶红枫被噎住了！

她看了看龙司夜，龙司夜却不看她，目光锁定在顾惜玖身上，微微闪动，并没有说话。

顾惜玖再不理会这些闲杂人等，直接走上前去看容伽罗的伤。

容伽罗也是她的朋友，哪怕有一点儿微弱希望她也要试一试！

她也查看了一下他的脉搏、心跳，和龙司夜查看的一样，这些确实没有了。

她又拨开他的眼皮，看了看他的眼球，他的眼珠和死人一样也是翻上去的。若不是看到他眼角那未干的泪痕，顾惜玖也要以为他已经完全僵尸化了。

他的嘴里一直发出声音，顾惜玖为他检查的时候，他叫得更厉害，声音也更大。

“太子殿下，我是顾惜玖，您还记得我吗？”顾惜玖忽然开口，用上了灵力，声音清清脆脆，直达他的耳膜。

容伽罗依旧嚯嚯的，似乎并没有什么变化。

“太子殿下，您说希望我能成为您的朋友，我也一直当您是朋友，现在我正设法救您，您曾经说希望我直接唤您的名字，因为这样显得不生分，我现在喊您的名字了。容伽罗，伽罗，伽罗，你如果听得到，就眨眨眼睛。”

“嚯嚯！哼哼……”容伽罗的声音忽然有了一点儿变化。

一直盯着他的黑狐忽然颤声叫了起来：“殿下的眼睛在颤抖！他似乎想说

什么！”

屋内所有人的目光都转到了容伽罗的眼睛上，发现他的眼皮果然在颤动！

“伽罗，你是能听到我们说话的对不对？只是控制不住自己的身体？如果是这样的话，你就眨一下眼睛，我知道你是可以的。”顾惜玖循循善诱道。

容伽罗的眼皮颤抖得更厉害，终于眨了一下，又一下，再一下。

虽然这个动作他做起来分外艰难，但到底还是做出来了！

他居然是有意识的！

他甚至能听到所有人说话！

黑狐直接就哭了！

“殿下！殿下，属下就知道您还活着！谢天谢地！谢圣尊保佑！”他简直泪流满面，跪谢天地，跪谢圣尊。

容彻目光微微一闪，轻叹了口气：“黑狐，本王觉得你现在谢得早了点儿，毕竟王兄只是还有点儿意识而已，不知道顾姑娘能否……”

“我会尽最大的努力来救他！”顾惜玖打断他的话，声音沉静，眼睛闪亮，“我差不多有一半的把握！”

一半？！他还以为最多就是百分之一的希望，没想到是一半！

天哪！

黑狐颤抖起来：“顾姑娘，需要小人做什么？需要预备什么？您尽管吩咐，小人拼命也会去完成！”

黑狐看着顾惜玖的时候就像看着一尊神，就差直接顶礼膜拜了。

顾惜玖道：“你先别激动，还有一半的可能不成功呢！”

“没关系，没关系，您尽力就好，尽力就好。”黑狐语无伦次地道。

容彻的目光也凝在顾惜玖的脸上：“惜玖，你尽力施为，无论成功与否你都是我兄弟的救命恩人。”

龙司夜上前一步道：“惜玖，可需要我帮忙？”

顾惜玖点头，也不和他客气：“要！龙教官，你待会儿帮我撬开他的牙关；黑狐，你去预备一杯水。”

在灌药的过程中，顾惜玖也快速说了接下来的治疗步骤……

龙司夜并未问什么，直接按照她所说的步骤做。

龙司夜的医术本来就高得恐怖，对顾惜玖的那些复杂治疗步骤几乎是举一反三，她说一步他能做到三步，让顾惜玖十分省心。

龙司夜的灵力也足够高，顾惜玖干脆就全部交给他施为，自己在旁边一步步指点。

屋内所有人都注视着这一幕，容彻目光复杂，眼睛一直不离那忙碌的两个人。

帝拂衣也坐在一张椅子上望着，安静得很，偶尔拿起顾惜玖溶过药的杯子来闻一闻。

叶红枫则抿着唇站在旁边，唇瓣有些发白。

这样的救治足足持续了三个时辰，这三个时辰顾惜玖和龙司夜没喝一口水，没吃一点儿东西，一直在不停地忙碌。

当黑狐看到自家主人胸膛开始微微起伏，眼睛也慢慢睁开看向他的那一刻，这位铁血似的汉子痛哭失声，跪在地上久久起不了身。

顾惜玖和龙司夜都累出一身汗，但还是很欣慰的。

顾惜玖一屁股坐在椅子上，累得话也不想多说一句。在治疗过程中有些事是需要顾惜玖亲自动手的。

有人把一杯水递到她的唇边，顾惜玖侧头，看到的是应言诺那双漂亮的眼："喝吧，你应该渴坏了。"

顾惜玖也不和他客气，就着他的手将那杯水喝了进去。

水甘甜中透着幽香，她本来疲惫得要命，这一杯水下去，精神居然恢复不少。

很显然，这水中他是加了料的。

顾惜玖抬手揉了揉他的脑袋："真乖！"

应言诺："……"

她再拍了拍他的小手："乖，给龙宗主也倒一杯。"

应言诺瞥了她一眼，把水杯向桌子上砰地一放，转身就跑走了。

小家伙很有脾气嘛。

好在黑狐是善解人意的，忙倒了一杯蜜水给龙司夜送过去。

顾惜玖这种疗伤法子还是极管用的，又一个时辰后，容伽罗终于真正苏醒。他变成僵尸这几天把体力全部耗尽了，虽然已醒过来，但还是精神不济，勉强能开口说话。

他一醒来目光就定定地落在顾惜玖身上："惜玖……"

他虽然没有说什么千恩万谢的话，但一切尽在不言中。

他能开口说话，所有的人都松了一口气，黑狐更是谢天谢地谢圣尊，又忙着给顾惜玖和龙司夜磕头。

顾惜玖忍不住揉眉心，道："黑狐，你这都磕了几百个头了，不晕吗？快起来吧。"

黑狐正色道："顾姑娘和龙宗主的大恩黑狐就算粉身碎骨也难报答，几个头算什么？黑狐就算是磕死在这里也是心甘情愿的。"

旁边被忽视很久的叶红枫忍不住说了一句："其实还是我师父的功劳，一直是我师父在动手治疗，顾姑娘只不过口头指点，偶尔才出几次手……"

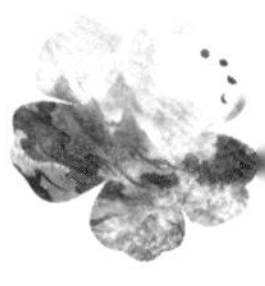

顾惜玖只是笑了笑，没说话。

龙司夜微微皱眉，看了叶红枫一眼："叶红枫，你不说话没人当你是哑巴！出去！"

叶红枫脸色微微一白，应了一声，转身出去了。

龙司夜转头看向顾惜玖："惜玖，她不会说话，你别放在心上。"

顾惜玖微笑道："当然。"这点口舌是非她又怎么会放在心上？

龙司夜却望了她片刻后道："你倒是大度得很！"他也转身走了出去。

顾惜玖怔了一下，他似乎生气了？为什么？

因为还要观察容伽罗一晚上，这些人晚上就在这客栈住下了。

松软的被褥、幽幽的香气、泛着松香味儿的桌椅，这是一间客房，还是一间上等客房。

客房里有一床一榻，各有一个被窝。

帝拂衣看看这一床一榻，再看看已经躺在榻上的顾惜玖："真的和我同睡一房？"

顾惜玖打了个哈欠："是啊、是啊，你今天都问八遍了，好了，好了，我也困了，睡吧！"

帝拂衣干脆坐在榻侧，俯身看着她："惜玖，我现在虽然是个孩子模样，但到底心智是成人的，男女有别，晚上同眠一室不好吧？"

她难道忘了和帝拂衣的婚约？她可是帝拂衣的未婚妻子，再和其他男人这么毫无隔阂不好吧？！她这男女之防的意识也太薄弱了！

原本容彻刚才为他们安排房间时，他还以为顾惜玖会很自然地和他分房睡，却没想到她直接说要和他住一间。

不仅他吃惊不小，就连容彻和龙司夜的脸色也有些不对。

顾惜玖是很有决断的人物，她决定的事别人也改变不了。

所以应言诺小朋友就和顾惜玖分到一间房来了。

顾惜玖微眯起眼睛瞧着他的娃娃脸："有什么不好的？事急从权嘛，再说我睡榻，你睡床，我们同眠一室也无所谓啊。"

帝拂衣瞧着她道："你不怕我会对你做什么？"

顾惜玖把他从头扫到脚："以你现在这模样，能对我做什么？"

帝拂衣挑眉道："我怎么觉得你这话是在激我？"他凑近了她，"你真以为我什么也不能做？"

他声音隐隐带着危险，人虽然小，气势却不小。

一般他露出这种气势的时候，无论是他的下属还是其他人，无不被他的气势压得跪下，连抬头都不敢。

顾惜玖却似不放在心上，还抬手在他的小脸上一推："好了，别闹了，睡吧。"

帝拂衣："……"

看来这丫头没有一点儿会被男人侵犯的觉悟！

帝拂衣目光一闪，忽然俯身，唇向着她的红唇印去！

他的唇没印在她的唇上，而是印在了她竖起来的一根手指上，她将指尖点在他的唇上，正好隔开一点儿距离："小家伙，我可不想被你的口水洗礼。"

她还是当他是孩子，还是没有察觉到危险！

此刻二人的脸就隔着一根手指，他的眼睛看着她的眼睛，两人的鼻尖几乎触在一起，彼此的气息交融。

帝拂衣原本是想吓唬她，让她知道男女之别的重要性，但真这么和她近距离接触的时候，他的心跳情不自禁地加快了！

他很想吻她！真的很想吻她！

分离一年多他想念她的唇的味道要想疯了！这半年多他一直克制着自己才没强吻她，现在却有了这样一个机会。

他的眸色暗沉下来，小手一伸就握住了她的手腕，再横向一扯，将她横在唇间的手指直接扯开了！

他的动作快如闪电，而且拿捏得精准，顾惜玖一直以为他身上没剩多少功夫，所以对他压根没防备，被他直接把手压在了头顶，而他的唇顺理成章地印在了她的唇上。

顾惜玖目光一闪，没想到会被一个小屁孩给强吻了，所以她所做的第一个动作就是把他踢出去。

但帝拂衣是什么人？这辈子他和人打架还没输过！

他的经验也不是一般丰富，所以顾惜玖的腿刚刚一动，便被他用腿压住！

他明明是童子样貌，但这么压着人的时候像是一座强硬不容抵抗的山，顾惜玖居然在这一瞬间被他制住，一时动弹不得。

而他的唇极强势地吻了下来！

顾惜玖："……"

她原本认出他之后，看他演戏心里有火，所以也故意陪他演戏，装作认不出他，偏偏又要和他显示亲近，看他自己吃自己的醋，她心头暗爽，更想逗弄他。

所以她才故意让他和自己同室而眠，他越纠结她越开心。

但是她没想到他会用这个模样强吻她！

他的唇柔嫩得如同刚刚含着露水盛开的花瓣，唇和唇纠缠的时候，顾惜玖甚至觉得他的唇比自己的还要娇嫩、清甜，而且他的力气也不小，几乎是成年后的他的力气。

在激吻中她终于得到一个机会，头猛然一偏，终于避开了他的唇："喂，我说你玩闹也要有个限度，再胡闹我和你急了啊。"

帝拂衣气息火热，听到她这话微微一僵，垂眸不相信地看着她。

都进行到这一步了，他以为她会大怒直接把他拍飞出去，却没想到是这样一句轻飘飘的威胁的话！

难道他把她钳制得太厉害了，她实在动弹不得才只是出声威胁？

帝拂衣微微松了松手，用的是她如果下狠心挣扎就能把他拍出去的力道："我如果没有限度呢？"

顾惜玖挑眉道："信不信我会打你的屁股？"

帝拂衣："……"

两个人就着这个姿势大眼瞪小眼片刻，帝拂衣勾唇一笑："顾惜玖，你还真当我是孩子啊？"

顾惜玖看着他粉嘟嘟的小脸，叹气道："你就是孩子啊！有本事你立即长大给我瞧瞧。"

帝拂衣："……"她以为他愿意一直这么小？

这两天他的灵力恢复速度还是很恐怖的，在体内如洪流似的，甚至已经达到曾经的五分之一，但这个坑爹的小身子就是不长！

到底是哪里出了问题？！

他其实也是有些烦躁的，偏偏这个时候顾惜玖还要激他！

她以为他干不出成年人才能干的事？

顾惜玖到底没经过人事，一时还没注意这个，只看到他微抿小嘴，一双漂亮狭长的眼睛里似有风云在闪动。

他在盘算什么？

到了这个时候他还不预备说实话吗？

顾惜玖忽然一个翻身，帝拂衣正有些出神，猝不及防被她压在身下，身子僵了僵，望着她的眼神有些深沉："你——"

顾惜玖伸出一根手指轻压在他的唇上，勾唇瞧着他："言诺，其实你的娃娃模样看上去很可爱，让我很想咬上一口。"

她说到做到，果然直接俯身在他的脸颊上咬了一口："我最喜欢咬小孩子的脸蛋了。"

帝拂衣被雷了！

她是真的在调戏他！虽然她亲他的时候像亲一个孩子，但如果这孩子是别的男子，她这样就真的过了！

尤其是在她已经名花有主的情况下！

难道她猜出他的身份来了？！

所以——所以她才会这么对他？

他凝眸看着她，忽然低低地开口：“你看出来了？”

顾惜玖垂眸和他对视，故意装糊涂：“看出什么来了？”

帝拂衣轻叹了一口气：“你说呢？”

顾惜玖看着他一本正经的小脸蛋，怎么办？她又想亲他了。

不过听他这么说，他似乎是想和她摊牌？

他害她担心了这么久，还戏弄她这么久，他想摊牌就摊牌啊？门也没有！

她眨了眨眼睛依旧装糊涂地说：“不知道你说什么。”

帝拂衣瞧着她，干脆直接和她摊牌了：“小惜玖，你看出我是帝拂衣了吧？！”这句话他是凑近她的耳朵说的，那温热的气息几乎吹进她的耳内。

顾惜玖心中微悸，耳朵一麻，只觉那边脸有些烫……

她本来一直将他压在身下，这时候终于稍稍抬起身子，垂眸瞧着他，开口正要说什么，帝拂衣的一根手指已经压上了她的唇，他传声给她道：“小心隔墙有耳！”

顾惜玖也知道此事非同小可，绝对不能让第三个人知道，所以她也开始传声：“帝拂衣，你到底在唱什么大戏？”声音里有委屈也有咬牙切齿的味道。

帝拂衣瞧了瞧两个人现在的姿势，低低笑道：“惜玖，你确定要用这个姿势和我讨论这个问题？”

既然双方已经说开了，顾惜玖也就不调戏他了，所以她一翻身子，直接瞬移到相邻的那张床上，扯过被子盖上：“那小榻让给你了！我们连床夜话。”

帝拂衣：“……”她离开得可真利索！

客房里已经熄了灯，不过他眼神好，还是能看到她的一双眼睛在暗夜里炯炯有神。

很显然小丫头还是心里有火的，正等着他的一个解释。

于是他就用传声的法子说了自己走火入魔以及守约归来的事。

果然和她猜想的一样！

顾惜玖在心里为自己点赞之余，又有些心疼他：“这么说，你真是失去功夫了？你变得这么小也不是故意的？可我刚才觉得你身上的灵力还有不少呢。”

帝拂衣轻叹道：“自然不是故意的，这个样子让我想占你的便宜也占不到……”

顾惜玖挑眉，他变小了以后占她便宜占得还不够多？

她半侧着身子瞧着他：“那为什么瞒着我？不相信我？你应该知道我这人保密功夫是一流的。”

帝拂衣沉默片刻，终于给了她一个答案：“我害羞。”

顾惜玖睁大眼睛，重复了一句：“你害羞？”脸皮厚比太空舱的人会害羞？！顾惜玖觉得他这理由不是一般不靠谱。

帝拂衣微垂着眸子：“惜玖，我并不想让你看到我变小的样子，其实那样有些伤自尊，毕竟我是个男人。”是男人就不想让情人看到自己穿开裆裤时的模样，对帝拂衣来说，他忽然变得这么小简直就像是他回到穿开裆裤的时候了！

顾惜玖琢磨了一下，对此表示理解，但心里对他一直瞒着自己还是有点儿不舒服，正要说什么，帝拂衣再次开口：“再说我也没想到那个模样会持续这么久，我以为最多一两个月就能调整回来，却没想到……”

顾惜玖无语了，顿了顿才道：“我能理解你前期的作为，可我觉得我们既然已经定了亲，也算是未婚夫妻了，你这些事应该悄悄告诉我，我自然会帮你，也不会露出任何破绽。你却选择一直瞒着，你知不知道我一直极担心你，却压根没有你的半点儿消息，连四使也不见影踪，让我想要找个人打听也打听不到……”说到这里她的声音有些发涩，带了抹委屈。

帝拂衣目光一动：“你一直极担心我？”他在她身边待了半年多也没看出这点来！她可是极少提起左天师的，也从来不提她和左天师的婚约，像是她已经忘了左天师是哪根葱。

要不然他或许早就和她说了！

顾惜玖一看他的神色就知道他不信：“你不信？”

帝拂衣抿了抿薄唇，声音幽幽地道：“你这些日子几乎没提过我，还和你的同修们玩得很快乐，我也没见你四处打听我……”

他这是在吃醋？

不过她心里暖暖的是咋回事？明明她该生气的，此刻却似有温暖的肥皂泡在不停地向外冒。

她向他招了招手：“你过来，我和你细说。”

帝拂衣是不懂客气为何物的，立即就过去了，还爬上了她的床，扯开被窝钻了进去，然后和她并排相对躺着，也用一臂支着头，似笑非笑地瞧着她：“你要和我说什么？”

他既然暴露了曾经的身份，自然神态、动作都向帝拂衣靠拢，不再装小白兔了。

顾惜玖瞧着他似笑非笑的样子，他的唇形极为好看，成人模样的他嘴角这么挑着的时候带着一种邪魅气质。

但现在变成八九岁的孩童模样，他再做出这种表情的时候，顾惜玖却很想……很想亲一亲他！

于是，她向前一扑，直接将他扑倒了，重新将他压在身下。

帝拂衣似乎没想到她会如此彪悍，僵了僵，不过倒是乖乖被她压着没反抗，只是眼神变深了："你这是……要做什么？"

"亲你！"顾惜玖回答得理直气壮！

于是她低头亲了上去，吻了吻他的眉毛、眼睫毛、鼻尖，最后吻才落在他的唇上。

在他嫩豆腐似的唇瓣上狠狠地亲了亲，她才心满意足地在他耳边款款地道："有些牵挂是不必挂在嘴上的，我白天都是勉强让自己淡定和同学们一起练功，因为我要努力，要变得更强才能真正站在你身边。我不想变成只能依附在你身上的菟丝花，夫妻应该是携手共进不是吗？我白天一直很努力，晚上却很想你，每天要看这镯子八百遍，唯恐它会断掉……"

她虽然是抱怨的语气，但心里一直暖暖的，只是和他这么并排躺着，盖着棉被纯聊天她也感觉自己心里在冒粉红泡泡，美得不得了。

帝拂衣侧头看着她粉嫩微红的脸颊，看着她在暗夜中比宝石还要明亮的眼睛："原来你如此想我。"

顾惜玖一挑眉毛："当然，这还用说？好了，我们不扯这些闲篇了，你是说你这身体是真的出了问题，无法恢复？"

"是。"

"我认出你来以后，还以为你又是忽悠我玩儿的，所以没再向龙司夜提你的病，看来明天还得让他好好瞧瞧。"

帝拂衣微微凝眉："不能让他知道我的身份。"

"你怕他因为你夺了所爱报复你？其实你想多了，龙司夜不是那样的人，他这个人一向公私分明。于医学一道他不会因为私人恩怨就……"

"我知道，我也算了解他，但惜玖，我总感觉他不太对劲。"帝拂衣说出了他的看法。

他和龙司夜相交接近百年，自然了解对方的性格，但这次见面，他隐隐感觉龙司夜有了点儿改变。当然这种感觉是第六感，他一时还无法具体说出对方到底哪里不对劲。

顾惜玖怔了怔："我倒没感觉出来……其实人原本就会变的，不可能数年如一日，只要主要性子没变就好。"

好吧，帝拂衣不说话了。

其实他活得比她久得多，见识得也多，有些道理他比她更懂。

二人都是谨慎之人，所聊的内容又有一些绝密的东西，所以就算躺在一个被窝里，说话时要么凑近了咬耳朵，要么干脆用传声，这样就算外面有人偷听也听不到什么。

顾惜玖没想到和他分开一年多，现在好不容易在一起是盖着棉被纯聊天。

她和他的头几乎紧挨着，身子也紧挨着，彼此喘息相闻，第一次感觉原来被窝里也可以这么暖的，是从身到心地暖。

原来和所爱的人在一起，就算说说话也能这么愉悦。

他明明还是小孩子样貌，但对她来说就是一个心灵上的强大倚靠，像漂泊的船终于找到了可供休憩的港湾。

不知不觉中她就睡着了，是抱着他睡着的。

帝拂衣躺在她怀里，他敢打赌她是把他当布娃娃来抱的。

他在无数地方睡过觉，却是第一次躺在一个女孩的怀里睡。如果让四使看到这情景估计又能刷新一下他们的三观。

连他自己也觉得不可思议，却又暖意融融。

他忽然觉得自己虽然活了这么多年，原先却像是白活了！他碰到她之后生活才真正多姿多彩起来，才感觉自己活得像个人。

容伽罗的体质还是很不错的，进了一些汤水又休息了一晚后，就能坐起身来了，也能开口利索地说话了。

或许他到底伤到了脑部神经，对往事的记忆只剩下一鳞半爪，顾惜玖本来想从他嘴里掏出点儿什么料，结果他连到底怎么受伤的都忘了，只记得他变成僵尸的这几天的事，而他说出来的事实让顾惜玖捏了一把冷汗。

这几天他的神志居然一直是清醒的，他也能听到周围的动静，只是压根无法控制自己的身体，就仿佛灵魂被压在身体的某一处，只能眼睁睁地看着自己歇斯底里地发疯！

更要命的是，他受伤也知道疼，甚至比正常时候还要疼数倍！那疼痛更让他时时刻刻想要发狂。

这病毒真变态！比渐冻症还要可怕！

容伽罗兄弟原本想在这里调养几天再走，但第二天容彻就收到了朝廷里传来的加急文书，宣帝病重，速召两个皇子回去。

这事自然耽搁不得，所以容彻立即收拾行囊和众人告辞乘车离去。

容氏兄弟本来还想请龙司夜去看看那五千名兵将的情况，但尚未来得及出口，容彻又接到军中密信，说圣尊已经研究出解药，命赏善使送到军中了，那五千名兵将服下解药，上吐下泻了一晚上，已经将身上余毒排清，现在五千名兵将已经随同大军返程了。

容氏兄弟自然大喜，总算放心踏上归程。

看到他们兄弟的车驾远去，顾惜玖轻叹了一口气："我前些日子见到宣帝就感觉他面带衰败之气，他服用的那种药不但让他心情莫名暴躁，也会让他龙精虎猛，夜御数女……他当时自我感觉大概是返老还童，其实是提前燃烧了生命，他的时日应该不多了。飞星国的天大概又要变了……”

按道理说容伽罗是太子，一旦宣帝驾崩，就该容伽罗登基为帝。

但这两年容伽罗一直在外面领兵打仗，朝中大臣还是容楚的羽翼最多，一旦宣帝驾崩，容楚必然会有一番大动作。

容伽罗行军打仗是一把好手，但搞政治斗争太嫩，未必是容楚的对手。

到时候太子党和容楚党只怕又会掀起一场血雨腥风。

“担心这位太子爷了？”帝拂衣直接猜透了她的心思。

顾惜玖抿唇道：“他是我的朋友，我好不容易才救活的，可不希望他再死在政治斗争里。”

“朝代更迭自有气运，这种事玄门中人还是不要干涉的好。”

“没干涉呀，要不然我早潜入朝中将容楚刺杀了！那就是个渣，真让他为帝，老百姓铁定遭殃！”

帝拂衣忍不住想笑：“你的父亲可是容楚那边的人，容楚为帝对你顾家是最有利的。”

顾惜玖横了他一眼：“你休要糊弄我，我早就听说现在顾将军是太子党了，你说的那是老皇历。”

“看来你对外界的事还是知道不少嘛。”帝拂衣夸奖她。

顾惜玖轻轻一勾嘴角，说道：“那当然！”

其实她很想问问帝拂衣未来飞星国的天下到底谁主沉浮，毕竟他是这个世界的神，应该能知道。

可是如果事关天机，他提前泄露对他不好。

她略一踟蹰，帝拂衣似猜到了她的心思，忽然拍了拍她的手：“放心！”

他仅仅说了这两个字，顾惜玖立即明白了，眼睛微微一亮，一颗心终于放进了肚子里。

她一抬头，发现龙司夜站在墙角处正望着他们，衣袂飘飘，似乎透着一抹难言的落寞。

二人目光一对，龙司夜终于开了口：“惜玖，你来找我想必也是有事的。何事？”

顾惜玖立即拉着帝拂衣的手奔过去：“我来找你也是求医的，我们进屋说！”

“你说什么？他是返童的？！他原本十五岁了？！”龙司夜脸色不善地瞧着眼前的帝拂衣。

如果他真是小孩儿也就罢了，原来他是和顾惜玖差不多年龄的少年！亏他还像

八九岁的孩子那样卖萌！他怎么好意思？！更重要的是，昨夜他和顾惜玖可是同睡一间房的！

龙司夜如果早知道这孩子已经这么大了，昨夜绝对会设法将他们分开的！

他忍不住又看向顾惜玖："惜玖，他既然这么大了，你昨夜怎么？"

顾惜玖满不在乎地说："他还童了呀，我昨夜也是有话要和他谈，所以才让他和我住一屋。"

龙司夜噎了噎："可是……"

他暗吸了一口气："你这样就不怕那位左天师吃醋生气？"

顾惜玖道："他不会生气的，言诺……是左天师麾下的……"

帝拂衣在旁边悠然一笑道："左天师生气那是左天师的事，龙宗主这心操得多了些。"

龙司夜还想说什么，顾惜玖不想再让他问下去了，她其实不想撒谎骗龙司夜，但为了帝拂衣的安危也是没办法的事，所以她对龙司夜报了一个帝拂衣的假名字、假身份。

一个谎言需要用数个谎言来圆，所以顾惜玖直接岔开了话题："龙教官，你帮他看看到底是怎么回事，可有治疗的法子？"

龙司夜瞥了帝拂衣一眼，越瞧这小鬼越不顺眼，偏偏顾惜玖护他护得不是一般紧。

看来她喜欢帝拂衣真的喜欢到了极点，连带对帝拂衣的属下也这么好！

原来女人一旦变心也变得如此之快！

龙司夜心中有一抹郁气再次冲了上来，他很想拂袖而去，但看到顾惜玖那双乌溜溜的眸子，他又不忍心，她难得求到自己头上……

他暗吸了两口气将心中那股邪火压了下去，冷冷地道："我可以帮他看看，但未必有法子，毕竟这种事本座也是第一次遇到。你过来，本座先帮你号一下脉。"最后一句话他明显是对帝拂衣说的。

帝拂衣却不动地方："不必号脉，我说给你听便好，我的左脉寸脉悬而浮……"他把自己的脉象直接说了出来，说得极为精准。

龙司夜顿了顿，上下打量帝拂衣一眼："你懂医？"

帝拂衣谦虚道："略懂一二。"

事实上他的医术比龙司夜还好，只不过他不懂现代医学，而通过顾惜玖的表现，他知道现代医学有些东西还是很可圈可点的，所以他才抱了万分之一的希望看看龙司夜会不会治。

事实证明他还是想多了，龙司夜为他检查了一圈也没检查出结果来。

龙司夜又问了他一些引起病症的原因什么的，只要不牵连身份的问题帝拂衣都回答了，龙司夜沉吟半晌后摇头：“这种情况本座也是第一次见，他的返童和常见的那种返童并不相同，我只能治疗试试。”

顾惜玖虽然有些失望，但也在意料之中，她关切地问道：“试试？怎么试？”

龙司夜瞥了她一眼，语气有些不善：“你是怕我拿他当小白鼠试验？你如果不相信我尽管把人领走！”

顾惜玖被他噎住。她其实就是问龙司夜医治法子，看她能不能帮上忙，并没有其他意思，更不是不相信他。但龙司夜像是极敏感，说话夹枪带棒的。

她还没说什么，帝拂衣已经拉了她就走：“算了，不必他治，我们走！”

龙司夜蓦然握紧手指，头脑一热，一掠上前，猛然将顾惜玖一扯，那两个人显然没防备，顾惜玖向后趔趄两步，和帝拂衣相牵的手分开，还险些撞入龙司夜怀中。

顾惜玖万没想到他会如此，几乎下意识地甩脱了他的掌握：“你做什么？”

龙司夜窒了窒，他并不是冲动之人，但最近偶尔会脑抽办出冲动的事。

他轻吸一口气，让自己镇定如常：“对不住，冲动了。”

顾惜玖看了看他略显苍白的脸色，他有黑眼圈，脸上有难掩的疲惫，看来昨天为容伽罗疗伤让他累到了……

人太累的时候脾气都不会好，顾惜玖对龙司夜毕竟是心怀愧疚的，咳了一声说道：“没关系，你如果没法子的话，我带他……”

话没说完就被龙司夜打断了：“我忽然想起一个好法子，我觉得可以在他身上试一试，应该有三四成的把握。”

顾惜玖眼睛一亮：“什么法子？”

龙司夜看了帝拂衣一眼道：“这法子有些复杂，要三四天时间，你们先在这里住下来，我预备一些材料顺便恢复一下灵力，三天后我们开始。”

容伽罗和容彻同坐车中，黑狐在外面赶车，车行迅速，在空中一掠而过。

容伽罗微蹙着眉倚着车厢，他好转之后，脑子里总有一些模糊的画面闪过，但细想又想不起来。

容彻瞧着他的脸色，关切地问道：“哥，你感觉怎么样？”

容伽罗微微摇头：“还好。”

容彻轻轻叹息一声，说道：“这次幸亏顾姑娘，要不然哥这条命就交待在这里了。”

容伽罗叹道：“是啊，幸好有她，她是我们的福星，要不然我死都不知道是怎么死的……日后为兄定当好好报答她。”

容彻笑了笑道：“哥哥不必放在心上，日后为弟也会代替哥哥好好报答她的。”

容伽罗怔了一下，皱眉抬头：“为兄自会报答，何须你来报答……”

容彻低叹一声，绕开了话题："哥哥，你是不是恨我？"

容伽罗挑眉道："恨你？恨你做什么？小八，你胡说什么？"

容彻一直是他的左膀右臂，为他做了不少事情，也一直护卫他这个哥哥，这次带兵打仗容彻又是他的先锋，为他立下了汗马功劳。

哥俩的感情比其他兄弟的感情要好得多。

容伽罗也视容彻为心腹，哥俩几乎是无话不谈的。

现在容彻忽然冒出这么一句话，让容伽罗有些摸不着头脑。他略一思索，似乎明白了什么："你是说这次我中毒变僵尸险些被你杀死这件事？放心，我不恨你，换成是我说不定也会这么做。"

容彻叹道："是啊，我确实不知道你还有神志，毕竟做兄弟做了这么多年，我还是不忍心看你受罪的。"

容伽罗总感觉容彻的态度似乎有些怪，但兄弟多年，他也没多想，抬手拍了拍容彻的肩头："好了，别多想，为兄不怪你的。"

容彻今日似乎很有谈兴："哥哥，你还记不记得我八岁以前的事？"

容伽罗笑道："怎么不记得？你八岁以前简直就是个刺头，小霸王似的，和谁都想作对。见了我这个哥哥你也没大没小的，你那时只喜欢跟在容楚身后……"说到这里他顿住了。

容彻也笑了："是啊，那时的我不懂事，没少找哥哥你的麻烦，因为那时候我的娘亲天天耳提面命地教训我，说容楚才会是以后的掌权者，跟着你这个没权没势的太子没前途。其实小孩子那时候也是势利的……"

容伽罗忍不住笑了："好在你八岁跌了一跤后懂事了，开始像小尾巴似的跟着我了，轰都轰不走。"

容彻叹道："是啊，我那一跤跌得不轻，昏迷了足足三天，因为我是在哥哥你游园时想要算计你，却误踩中一块大石头磕的，正好昏迷在你面前，你那时不计前嫌地救了我，还守了我三天。我那一下磕得太重，连御医都说不中用了，我母妃也放弃了，但哥哥你并没有放弃，一直用灵力吊着我那口气……"

容伽罗无奈地道："你毕竟只是个小孩子，又是我的兄弟，我自然不能见死不救，能救还是要救一救的。而且事实证明我救得很对啊，救了一个绝世小天才，还救了一个真正的兄弟。"

容彻将目光落在他的脸上，低低叹了一口气，说道："是啊，八岁那年对我的人生来说是一道分水岭。哥哥，你难道不觉得八岁前和八岁后的我像换了个人似的？"

容伽罗欣慰道："嗯，八岁后你终于不再调皮捣蛋了，稳重成熟不少，确实像换了个人。性格变得更讨喜了。为兄那时很欣慰。"

容彻微微一笑道："其实，一个人如果只是跌了一跤昏迷一下是不会性格大变的，之所以性格大变，是因为那壳子里是真的换了人……”

容伽罗呆了呆，一时没反应过来：“什么？”

容御微笑着看着他道：“哥哥还没听出来？”

容伽罗脸色苍白：“你的意思是……你、你是其他魂魄附在老八身上的？”

容御点头道：“不错！如果这壳子里还是本人，你那时就算救了他，他醒来后也不会感激你的，还会继续和你作对，那熊孩子是喂不熟的白眼狼。哥哥，你身为太子，其实还是心太善良了。”

容伽罗如被雷劈到，窒了片刻才问出一句：“不可能！这个世界上不可能有鬼魂附体的事存在！老八，你是不是受什么刺激了？或者做什么梦了？”

容御勾唇笑道：“哥哥你说的那是普通鬼魂无法附体，就算附体也会身子僵硬如僵尸，但如果这壳子里原本就有两个魂魄呢？”

容伽罗怔了下道：“那也不可能，按道理说两魂无法共生，除非一魂是契约魂，要为主魂服务……”

容御微笑道：“哥哥知道得还不少呢。确实如此，我是从他一出生就附体的，和他订了契约才被容留在内。但契约魂是不能反叛主魂的，除非主魂因什么亡故，他如果不跌那个跟头直接被磕死，我还代替不了他……”

容伽罗：“……”容御八岁之前作天作地的，淘气出花来，被淹到过、磕到过、从坐骑上摔下来过……不是一般多灾多难，那时宫中人人觉得这位八小皇子是个擅长作死的，现在看来焉知不是这个契约魂指使的？

容伽罗盯着容御问道：“你现在告诉我这个的意思是？”

容御很认真地道：“我是真的很喜欢哥哥，不想再隐瞒你什么。”

容伽罗说不出话来。

其实对八岁以前的容御他还是有些厌烦的，而八岁以后的容御分外招人喜欢，又成为他的左膀右臂。

所以容伽罗现在就算知道这壳子里换了人，也没想为“亲弟弟”报仇什么的。和他相交的是眼前这个容御，而不是以前那个。

他吸了一口气道：“阿御，我不管你以前是谁，总之，你是这个壳子的主人，就永远是我的好兄弟，我不会在意的。但这件事你无须对外说，外面的人未必能接受，倒会平白多一些纷争。”

容御看了他半晌，微微摇头道：“哥哥，你真的心很好，对我也好，只可惜……”

“可惜什么？”容伽罗皱眉道，隐隐感觉到了不对劲。

容御笑了：“哥哥，你还记不记得是谁暗算了你，让你变成僵尸的？”

容伽罗看着他的笑容，一颗心忽然沉了下去：“谁？”

容彻将扇子在掌心一转，扇柄指向自己："我！"

容伽罗脸色一变："什么？！"

他想跳起来，但全身像是被抽了骨头似的没力气。他骤然抬头："你对我还做了什么？"

容彻依旧坐在他对面，声音柔和地说："也没做什么，只是在这车厢里下了一种药，可以让哥哥使不出任何功夫，不能动弹。"

容伽罗脸色发白，厉喝了一声："黑狐！"

外面赶车的就是黑狐，黑狐的武功也是极高的，虽然比不上容伽罗，但和容彻差不多。

容伽罗这一嗓子声音不小，外面却没什么动静。

容彻摇头道："哥哥，这车厢里我设了个小结界，你的声音传不出去的。"

容伽罗的额头上有冷汗落了下来，他不相信地看着容彻："为什么？为什么暗算我？我自问没有任何地方对不起你……"

容彻微垂下睫毛："你在任何地方都对得起我，是我对不起你。"

容伽罗顿了顿，惨然道："是因为这太子之位？你也想做皇帝？你杀了我还有容楚，这皇位也没你的份……"

容彻轻抿了下薄唇，然后淡淡地道："其实这皇位我并不放在心上，不过现在只能先夺了皇位再说。至于容楚，大约明日我就能接到他已被刺杀的消息……"

他又将目光落在容伽罗的脸上："而且刺杀他的刺客是以哥哥的名义派去的。"

容伽罗手足冰凉，他虽然善良但并不傻，自然明白容彻所说是什么意思。皇家最有可能登上皇位的只有三个人——他、容楚以及近年来声威大振的容彻。

这一场战役，容彻厥功至伟，立下了赫赫战功，而且这战功的军报还是他容伽罗亲手写了报上去的，宣帝也多次派人嘉奖，容彻无论在军中还是朝廷中都已经很有威信。

如果他容伽罗和容楚都死了，那皇位自然而然就落在了容彻身上，想必无论是太子党还是容楚党都不会持反对意见……

鹬蚌相争，渔翁得利。

原来自己一直信任有加的兄弟才是最后的赢家！

"老八，你还真是好算计！"容伽罗惨笑，他现在原本就伤势未愈，十成的功力使不出一成，加上又中了毒，简直一点儿希望也没有。

容伽罗闭上了眼睛："你动手吧！"

半晌对面也没动静，容伽罗诧异地睁眼，见容彻摇着扇子笑望着他，目光有些奇异。

"为何不动手？你告诉我这些，不就是想杀了我，让我做个明白鬼吗？"

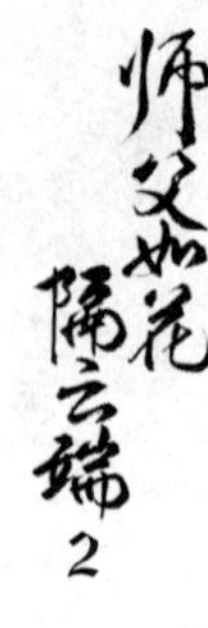

容彻垂眸叹息道：“哥哥待我如此恩重，我不忍心亲自动手。”

容伽罗握拳道：“难不成你还想逼我自杀？”

“哥哥会吗？”

“不要叫我哥哥！我没有你这样的弟弟！你要杀就动手，休想我会自杀！”

容彻依旧在笑，眸子里却闪过一抹黯然神色：“我也知道你不会……所以，还是再等等吧。”

他随手拿出一支竹笛，悠悠吹奏起来。

等？还等什么？

容伽罗自然不会以为他在摊牌后会放过自己，不过这车里就自己和他，他不动手谁来动手？

容伽罗很快就等来了答案，只听外面的黑狐忽然大叫了一声：“蛊雕！天，好多蛊雕！”

接着车厢猛然摇晃了一下，很显然黑狐正在外面拼命地驾车躲避。

容伽罗身上无力，被这一晃，身子猛然向前撞去，被容彻抬扇给按住。

蛊雕是一种凶禽，灵力五阶，可以徒爪撕裂犀牛，飞行的车在路上最怕碰到的就是这种鸟，碰到一只就能让赶车人头大如斗，而现在他们居然碰到了一群，足足有三四十只！

容彻将折扇一收，最后看了容伽罗一眼：“哥，下辈子投个好胎，这次对不住了！”他拢袖一揖，身形一闪，直接出了车厢。

车厢内只剩几乎动弹不得的容伽罗，他也终于完全明白了容彻的算盘。

容彻并不是因为不忍心才不亲自动手，而是在制造一个意外！

毕竟他亲自动手的话，可能会在尸体上留下什么线索被人追查，而现在他制造出一个完美的意外，路途遇袭，他和黑狐都在外面浴血奋战，只剩下自己和这车厢共存亡。

容伽罗一个念头刚刚转到这里，车厢外面就传来爪子挠厢体之声以及黑狐和容彻的怒喝声……

很显然，蛊雕太多，黑狐和容彻挡得了这个却挡不了那个，还是让十几只蛊雕冲撞在车厢上。

咔——咔——咔——车厢在蛊雕的进攻下四分五裂，容伽罗身不由己，如流星般直跌了下去！

“太子殿下！”容伽罗耳中传入了黑狐几乎变调的呐喊。

“太子哥哥！”这是容彻的惊喊。

容伽罗闭上眼睛，他身上没有半点儿灵力，从这两千多米高的地方跌下去哪里还有活路？

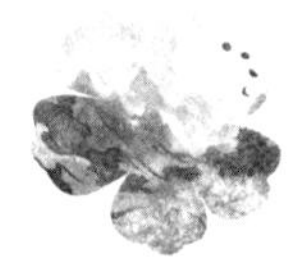

黑狐手足颤抖，深一脚浅一脚地疯狂寻找着主人的踪迹。

他在容伽罗跌下去的那一刻也不顾一切地跳了下来，却被容彻一鞭子给卷了上去。

他猛然回头，只见容彻骑在一头飞天狮子身上也急速飞了下来，黑狐正落在他骑的狮子背上。

而另一头飞天狮子做了那群蛊雕的食粮。

二人骑着坐骑飞下来虽然速度够快，但终究不如容伽罗那种自由落体快，两个人眼睁睁地看着他下坠，直接跌进下面的原始密林了。

黑狐二人落地后，立即搜寻容伽罗的下落。

他们是循着容伽罗落地的大体地点落下来的，按道理说他就算被摔死，尸体也应该在这方圆一公里之内。

但两个人不顾伤痛地在这周围像过筛子似的搜寻了足足有两个时辰，也没发现容伽罗的半分踪迹。

这里是原始森林，森林里不但有凶猛野兽，还有一条激流翻涌的大河，而容伽罗掉落的地点应该在大河附近。他如果摔死了的话，有可能被河水冲走了，也有可能被野兽吃掉了。

两人这样足足找了一整天，依旧无果。

要知道飞天狮子有很灵敏的鼻子，可以媲美猎犬，容彻带着飞天狮子寻找，却没嗅到任何关于容伽罗的气息。

容伽罗失踪了！

生不见人，死不见尸……

黑狐几乎想要自杀，幸好被容彻给阻拦住，容彻的脸色也很不好：“皇兄十有八九已经遭遇不测，此事还须禀报给父皇知道。我已向属下发了求救信号，相信他们不久后就会前来搜山，你我先回去禀报……”

容彻刚才已经暗中用招魂术招过容伽罗的魂魄，结果一片碎片也没招来。

虽然容伽罗已死的可能性占百分之九十九点九，但毕竟还有那么一丝不确定性，所以为防万一，他还是先回去办正事要紧。只要他登基做了皇帝，就算容伽罗再活着回来也晚了。

所以他现在的任务就是回京城，还得带上黑狐，因为黑狐是太子殿下已经遇难的见证。

黑狐不死心，还想再找找，但被容彻连吓唬带哄骗，只能跟着他回京城。

这两个人骑着飞天狮子远去后，远处的树林中有淡淡的黑影现出了身形，身上的衣服几乎和周围环境一个颜色。他轻轻一勾唇，低语道：“会这么纯正的招魂术，看

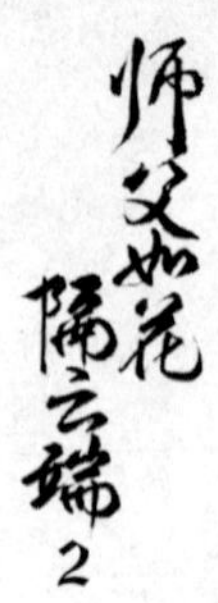

来他真的不简单呢！狐狸尾巴终于露出来了……”

他拿出一个玉牌，在上面点了点，片刻后玉牌亮起，里面传出一个童音：“如何了？”

“主上，和您料想的一样，容彻在路上对容伽罗动手了！这个人真的不简单，会用笛音引蛊雕前来袭击，还会极高深的招魂术。主上，您说他是否就是幕后之人？”

传音符那边的人静了静，淡淡地道：“容伽罗呢？”

“被属下等救下了，毫发无伤，已送回京中……”

“那容楚呢？”

“京城那边刚刚传来消息，今晚容楚在他自己的王府里被人刺杀，容楚党哗变……估计今晚那里注定是个不眠之夜。”

那头的人轻轻笑了笑道：“很好，那就按计划行动。”

“是！”

第五十一章　幕后之人终于浮出水面

一间上好的客房内，顾惜玖正忙着炼制龙司夜指定的一种药。

这种药也是龙司夜为帝拂衣治疗怪病所需要的，所以顾惜玖不是一般上心，一整天几乎没出去活动，连饭都是帝拂衣给她送进来的。

因为怕再刺激到龙司夜，所以顾惜玖到底和帝拂衣分了屋，各有一间客房。

龙司夜有个怪脾气，他点明了这种炼药术只传给顾惜玖，不许她外传，还派了一名药童在顾惜玖身边，名义上是给她做帮手，实际是防着帝拂衣进来偷师的。

对龙司夜的这种安排，帝拂衣其实很不屑，顾惜玖唯恐他奓毛，把他扯到一个角落谈了好一阵心，才让他安安稳稳地去其他房间住了。

帝拂衣这人其实极骄傲，偷师这种事他懒得做，所以除了给顾惜玖送饭送水外，他几乎没进顾惜玖的屋子。

一直到了二更，顾惜玖才把所需要的药炼制完成。她松了一口气，去帝拂衣的房间找他，想看看他恢复得如何了。

帝拂衣坐在床上却并没有打坐，而是瞧着手里的玉牌出神，瞧见顾惜玖进来，便招手让她过去。

顾惜玖看了看他手中的玉牌再看了看他：“这个看上去很像圣尊传下来的玉牌。”

帝拂衣轻笑道：“那当然，我自己的东西自然像自己的。”

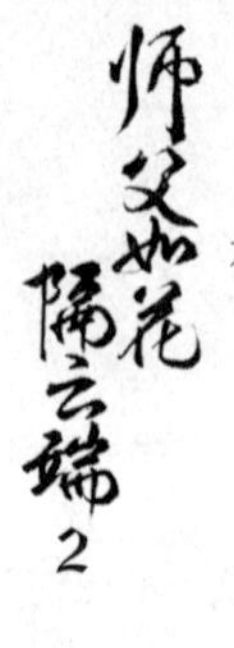

顾惜玖呼吸一窒，帝拂衣就是圣尊这件事是她猜出来的，并不十分确定，但现在……他这是亲口承认了吗？

她挑着眉看着他没说话。

帝拂衣抬手将她拉到自己身边：“你不是早就知道了吗？还需不需要我解释？”

顾惜玖哼了一声：“你说呢？”他不觉得他欠她一个解释？

帝拂衣轻叹道：“这个——其实圣尊只是一个名号，代表一种身份。它就像是对皇帝的称谓，并不单指一个人。拥有这个身份虽然看上去极为光鲜，受万众膜拜，但也有太多的身不由己。所以我宁肯做帝拂衣，自由自在地行走在这人世间，才不会这么无聊。”

顾惜玖不赞同：“圣尊只是身份？那这也是你特定的身份吧？皇帝可以轮流做，圣尊可是只有你一位。”

帝拂衣似开玩笑道：“这可说不准，如果你坐上我这个位置，也会被称为圣尊的。”

顾惜玖嘁了一声，斗嘴斗出来的话，她自然不会放在心上。

她似想起什么，问道：“我听说圣尊的真名是凰荼的，到底哪个才是你的真名字？”

“名字只不过是人的代号而已，无论凰荼还是帝拂衣，都是我自己，无论叫什么都没有本质的区别……帝拂衣是我在人间行走时的身份，这些年来我几乎也要忘记自己的本名了。”

两人说了一会儿闲话，帝拂衣手里一上一下地抛着那个玉牌，似有心事。

顾惜玖瞧了瞧他道：“你是不是有话想对我说？”

帝拂衣一脸严肃地看着她：“惜玖，如果你的一个朋友和另外一个朋友是生死对头，正在进行生死抉择，你帮哪一个？”

顾惜玖看了他半晌，回道：“这个要看他们谁占理吧？希望他们别打起来……当然，我最大的可能是谁也不帮。”

帝拂衣又不说话了。

顾惜玖瞧了他片刻，问道：“谁和谁生死抉择了？你到底想说什么？痛快点儿！”

帝拂衣叹气：“容彻和容伽罗怕是要生死抉择，这俩人和你的关系貌似都不错，他们如果打起来……”

顾惜玖脸色微变：“他们打起来？”她似意识到了什么，“难道容彻也有夺皇位之心？！”

帝拂衣淡淡地道：“据我刚刚得到的消息，确实如此。”

顾惜玖脸色发白：“我不信！”容彻一直尽心尽力地辅佐容伽罗，他们是最好的兄弟，而且容彻一直是谦谦君子，现在却……

帝拂衣拿出一枚留声符：“你听听这个。”他点开，里面传来容彻和容伽罗的声音，正是两人在车中的那些对话。

这一场对话对顾惜玖来说，带来的震动自然不是一般大。

她怔了半晌，有许多问题在脑海中呼啸，不过她先问了关键的问题：“容伽罗现在怎样了？”

“放心，我一直派人盯着他们，容伽罗一跌落下去就被人救了。”

顾惜玖松了一口气，心里实在不是滋味。

皇家无父子，同样，皇家也无兄弟，兄弟相残的戏码几乎历朝历代都有，一点儿也不稀罕。但像容彻这样的手段，顾惜玖还是第一次听说。

“那车厢里就他们兄弟俩吧？你怎么会有他们的录音？你提前在他们身上做手脚了？”

帝拂衣点头道：“我早就怀疑容彻，也怀疑容伽罗这次中这僵尸毒和容彻有关，所以我在容伽罗身上做了手脚，放了一枚留声符，我在这里就可以听到……”

顾惜玖忍不住瞧了他一眼，没想到他不动声色地做了这么多事！

她略思索了一下道：“容彻隐瞒实力了吧？以他的功夫按道理说设不出隔音的结界，而且容伽罗身上的僵尸毒也是他下的，难道他和那个科学疯子龙梵背地里有交易？”

帝拂衣欣慰地道：“你真聪明，理应如此。容彻和龙梵肯定关系匪浅，容彻为夺权和龙梵合作也是有可能的。”

顾惜玖坐在那里沉默良久，才问道：“他什么时候和龙梵合作的呢？”

帝拂衣敲着桌面：“应该已经很长时间。你还记不记得你才进天聚堂时那件栽赃之事？”

“记得。”顾惜玖下意识地应了一声，忽似想到了什么，“你的意思是，那件事的幕后之人是他？！”

“十有八九是他。”帝拂衣的声音淡淡的。

“为什么？”顾惜玖不解，“他为什么要那么做？我和他并无冤仇，甚至还是朋友，他为什么要在背后阴我？”

帝拂衣沉吟片刻后道：“未必是有冤仇才阴你，或许他是不想让你留在天聚堂，想让天聚堂赶你出来。他在天聚堂安排了这么多棋子，你却是最喜欢揪人小辫子的……你在天聚堂这段时间，不是连续揪出好几颗棋子吗？”

顾惜玖无语，郁闷了片刻，说：“我总感觉他并不想杀我，可是那幕后之人安排的阴招是把我向死路上逼！那时你如果不来救我，估计我现在就是一具白骨了……”

帝拂衣瞧了她一眼：“笨！你毕竟是圣尊门人的身份，你以为古残墨敢不经过我就处决你？以我的推算，如果你那黑锅背实，古残墨关你一段时间后，会将你驱逐出天聚堂，永不录入。而当时容御在那里，他会带回失魂落魄的你，说不定你那时就会进飞星国的学堂了。而他在危难之中帮了你，你必定更对他感恩戴德，感动之下说不定就对他以身相许了！”

顾惜玖横了他一眼：“我是那种感动就以身相许的人吗？”

帝拂衣立即欣慰地道：“当然不是，所以你对我以身相许，答应我的求婚是因为喜欢我、爱上我……”

顾惜玖：“……”

这人真会打蛇随棍上！不过他说得也没错，别人对她再好，她可以为对方赴汤蹈火，可以拼上一条命，但绝不会拿自己的终身幸福当报恩的筹码。

容御喜欢她，这点顾惜玖能感觉出来。

但如果说因为喜欢她他就这么算计她，顾惜玖总感觉有些小题大做……

顾惜玖把自己的疑问说了出来。

帝拂衣沉默了片刻，似乎想到了什么：“或许他这么算计你，还和你是圣尊门人有关！”

顾惜玖瞧着他：“说下去！”

帝拂衣道：“你我都知道那幕后之人野心极大，他想要得到的并不是一家一姓的江山，而是想要取代我的位置，所以一直想方设法地接近我。而我身边之人都是极为可靠的，他压根收买不了也接近不了。而你是圣尊门人，无论如何你和圣尊有接触的机会，所以他们才想在你身上打开缺口。容御追求你，有可能是幕后之人授意的。而他又真心喜欢你，把你追到手的话他们就算一举两得了。”

顾惜玖：“……”

她把和容御认识以来的点点滴滴慢慢梳理了一遍，再按照帝拂衣所说的对应了一遍，心中生出了寒意。

容御似乎真的一直在她身边布局！而自己无意中所做的一些事打破了他的局……

到底他是那个幕后总头目，还是龙梵才是？

他和龙梵只是合作关系还是上下级关系？

顾惜玖看了看身边的小正太，虽然这家伙端着一张萌萌的脸在这里哄人，但其心智和谋算可是比诸葛亮还强三分，真正是运筹帷幄决胜千里。

既然身边有这样一个人物，顾惜玖就懒得自己动脑了，把这些疑问全部抛给了他。

帝拂衣给她分析了一圈，最后归结出对方的一个目的：“他如果是幕后的总操纵人，那么最终目标是圣尊的位置；如果不是，那么他的目标是一统天下的霸主还有你！”

顾惜玖闻言挑眉："我？"

帝拂衣轻笑道："窈窕淑女，君子好逑，你自然是他梦寐以求的目标。美人与天下，他都想得之。"

顾惜玖得意扬扬地道："原来我这么好！"她又托腮看着他，"话说，有这么多人对我有企图，你怎么不吃醋？还分析得这么头头是道的。"

帝拂衣将她一拉，两个人干脆并头趴在枕头上："我不必吃醋，因为我知道他们抢不走你。他们都不如我好，想了也是白想。"

这话说得好自恋！

不过这也是实话，在顾惜玖心里，帝拂衣无论是什么身份，他都是最好的。

在未喜欢上他之前，她想的是寄情于山水，笑傲天下，但爱上他之后，却觉得就算和他就这么趴在一起说说话，也感觉心如蜜甜。

不过此时顾惜玖心里是不好过的，她趴在那里沉默片刻，忽然抬头看向帝拂衣："你做的应该不止这些吧？肯定还有后续安排！"

帝拂衣倒不隐瞒她："当然有……"他把自己的安排和她说了。

顾惜玖瞧了他半天，说道："果然姜还是老的辣！你果然是老狐狸！"

他的法子太阴损了，这次容御只怕会吃大亏，直接脱一层皮，搞不好还会把小命搭上！

帝拂衣微眯起眼睛瞧着她："老狐狸？"他抬手指了指自己，"有这么嫩的老狐狸吗？"

顾惜玖一句话脱口而出："你这是老黄瓜刷绿漆，装嫩！"

帝拂衣翻身扑到她身上，小手伸到她的腋下挠她的痒："你再说一遍！"

顾惜玖身上的痒痒肉原本不敏感，但帝拂衣的小手像是带电，又挠对了地方，让她忍不住笑个不停："住手，咯咯，住手……哈哈，可以了……"

她七手八脚地想把他推开，但帝拂衣并不是她随便就能推开的，她对他也舍不得使用武力。

二人在床榻之上翻翻滚滚，滚着滚着，顾惜玖忽然觉得有什么东西顶在自己的肚子上，硌得她有些疼，她忍不住向下一摸，正巧隔着他的衣袍握住了什么。

趴在她身上的帝拂衣蓦然一僵，顾惜玖也终于意识到自己握到了什么，脸腾地一红，缩回手猛然推了他一下。

这次帝拂衣没有紧扒着她不放，趁势翻身下去，依旧和她并排趴着。

顾惜玖心跳如擂鼓："你、你个猥琐孩子！"

帝拂衣一张娃娃脸也有些红："我说了，我和正常孩子并不同。"

他威胁地看着她："不要试图挑战我在这方面的极限，要不然我可能会做出刷新你三观的事。"

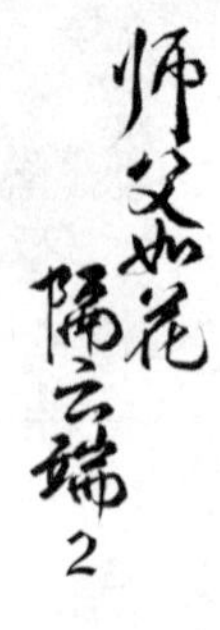

顾惜玖跳起，并顺势踢了他一脚：“你敢！”

帝拂衣趁势一滚，避开了她这佛山无影脚：“你要谋杀亲夫啊？”

顾惜玖已经跳下地：“喊，我可没说要嫁给你！”

二人闹了一会儿，倒让顾惜玖原本郁闷的心情舒展了不少。

她不敢在帝拂衣这里多待，免得龙司夜起疑心，说了一句：“你先歇着，说不定一觉醒来你就恢复正常了。”然后她打开门走了出去。

顾惜玖路过大堂的时候足下顿了顿，龙司夜站在大堂栏杆前，也不知道站了多久。

听到动静，他回过身来，瞧了顾惜玖一眼：“他怎样了？”

顾惜玖心中咯噔了一下：“还那样。”

她在帝拂衣的房间里待了大约有半个小时的时间，而龙司夜站在这里明显是在等她。

她在帝拂衣的房间里待了这么久，龙司夜会不会起疑？

她咳了一声道：“刚才我和他讨论了一些功法，顺便又给他简略查了一下体……”

龙司夜点了点头，并未多问：“惜玖，我们出去走走吧，我有话和你谈。”

今夜并不是遛弯的好时候，天上的月亮比眉毛还要细。

春寒料峭，天气颇为寒凉，风一吹，寒气似乎能沁入人的骨头里去。大街上的人也很少，就算有也是匆匆而过。

顾惜玖和龙司夜在大街上——遛弯。

龙司夜说有事和她谈，却一直没说话，顾惜玖跟在他身边，看了看他冷峻的侧脸，有些怀疑他是在生什么气。

顾惜玖咳了一声琢磨着要不要先说个笑话给他听听。原先龙昔挺喜欢她讲笑话的，说她讲的笑话够冷，让他不得不笑。

没想到她尚未开口，街角处就闪出一个人来，雪白的衣裙在这寒风料峭中显得分外扎眼：“师父！”

顾惜玖足下一顿，那人是叶红枫。

叶红枫雪白的脸颊上有着淡淡的红晕：“师父，我正要找您。”

龙司夜本来一直冷着脸，看到叶红枫后表情终于解冻，声音也放得柔和了：“找我什么事？”

叶红枫看了顾惜玖一眼，欲言又止。

顾惜玖还是识趣的，立即道：“你们师徒先聊，我先去其他地方转转……”

“你不必躲，红枫和我也没什么可背人的话要私下谈。红枫，想说什么直接说吧。”

顾惜玖闻言只得站住。

叶红枫抿了抿唇，说道：“师父，今天是您的生日，红枫预备了一桌酒席想孝敬师父……”

龙司夜微微点头，道：“倒是难得你有心了。”

顾惜玖：“……”

今天是龙司夜的生日？

她在脑海中迅速想了一下，汗了一把！

貌似今天这个日子是龙司夜前世的生日！她原先为他庆祝过的。

最近她真是忙晕头了，把这事给忘记了，怪不得龙司夜会生她的气。

她正要有所表示，龙司夜看了她一眼开口道：“一起去吧？”

顾惜玖觉得叶红枫一定不想让她去，而她也不愿意做他们之间的电灯泡。

所以她想先送他一件生日礼物再开口拒绝这个邀请，手刚刚伸进储物袋中，龙司夜已经凉凉地开口：“我的生日宴你也不给面子参加？”

顾惜玖嘘了一口气，不去看叶红枫有些苍白的脸色：“我去！当然去。”

一间雅舍，一桌水、陆、空齐全的酒席，三个人围席而坐。不能不说叶红枫还是蛮清楚龙司夜的口味的，这一桌子菜全是他曾经喜欢吃的。

叶红枫也是真有心，居然还弄出一个生日蛋糕来！

当然，鉴于条件限制，这生日蛋糕和现代的那些蛋糕没法比，但已经具备雏形了。

然后还有几支小蜡烛，点燃以后还蛮像那么回事。

“师父，许愿吧。”叶红枫目光闪闪地望着龙司夜。

龙司夜将目光落在顾惜玖的脸上：“你能不能给我唱首生日歌？”

“师父，我来唱吧？我唱这歌也很拿手的。”顾惜玖还没开口，叶红枫就接过话头。

“不必，你替为师预备这么多已经很有心了，让她唱吧。”龙司夜似笑非笑地看了顾惜玖一眼，“你不会连这个也不想为我唱吧？”

顾惜玖：“……”今天龙司夜像吃了枪药，说话总是夹枪带棒的。

她笑道：“你多想啦，惜玖恭敬不如从命。”她立即唱了起来。

她因为炼了一天药，一直守着炼丹炉，不但疲惫，嗓子也有些发干，唱得并不算出色。

龙司夜默不作声地听她唱完，嘴角轻轻一牵，没说别的。

叶红枫咕哝了一句：“唱得还不如我，一听就是应付嘛。”

顾惜玖看了龙司夜一眼，龙司夜并没有看她，也似没听到叶红枫那阴阳怪气的话语，侧头和叶红枫聊了几句，问的都是她的修行情况。

师徒俩一问一答，气氛倒也和谐温暖。

顾惜玖坐在那里忽然觉得自己其实有些多余，但酒宴未散，她又不能拔腿就走。

好不容易瞅了个那对师徒聊天的空当，她自储物袋内拎出一尊黑金色的炼丹炉，双手捧给龙司夜："龙教官，生日快乐，仓促之间没什么好预备的，这尊炼丹炉是陨铁所制，可以炼制八品丹，是我去年无意中在一座山中发现的。我试用过，很好用。"

其实当年龙司夜为她过十五岁生日时给了她惊喜，她还是很感激的。

那时她就发誓也要为龙司夜的生日好好准备个像样的礼物来报答他。

后来在出外办事时，在一座山的山隙发现了这尊炼丹炉，她费了九牛二虎之力才将它取出来，还和守护兽狠狠打了一架，受伤不轻。

这尊炼丹炉比她曾经得到的那尊紫玉炼丹炉还要古老，看上面的铭文还是古时一位极品炼丹师的宝物，效用自然更好。

顾惜玖一直将其收在储物袋中，预备找机会送给龙司夜做生日礼物，觉得他看到一定能感觉到她的心意，知道她还是极在乎他这个朋友的。现在她终于将东西送了出来。

没想到龙司夜只是瞥了那炼丹炉一眼，道了一声谢，漫不经心地接过，连看也没看一眼，直接就将其丢进他的储物袋里了。

很明显，顾惜玖送的这礼物太稀松平常，他压根没放在心上。

顾惜玖抿了抿唇没再说话，只专心吃起菜来。

这一顿饭顾惜玖感觉时间分外漫长，龙司夜一直在和叶红枫聊天，没再理会顾惜玖。而叶红枫聊几句就会瞥顾惜玖一眼，目光满是得意。

顾惜玖只当没看见，只求赶紧吃完这顿饭，她好回客栈睡觉。

这一顿饭吃到三更天，龙司夜还没有说散场的意思。

顾惜玖却吃得有些撑，觉得龙司夜这是想通宵达旦了，而她在这里做一夜的电灯泡显然很不妥，于是她扯了个理由起身告辞。

龙司夜终于侧头看她，淡淡地道："你不想听我说你那朋友的病症分析了？"

顾惜玖顿了顿，说道："明日再听也是一样的。今日就不打扰了……"

"明天我就不讲了！"

"……"

龙司夜冷冷地看着她："你是走？还是留？"

顾惜玖觉得今夜的龙司夜还真不是一般难缠，如在以往，她早就转身走人了，爱说不说！

但现在……

她默不作声地坐了回去。很显然，她是选择了留。

龙司夜的脸色却更不好看，手指在袖内握紧。

看来她为了帝拂衣的病症还真够拼！很显然她是看在帝拂衣的面子上才留下的，要不然她哪肯如此委曲求全？！

龙司夜心中又是愤怒又是悲哀，更不想理她。

雅间外忽然传来一声轻笑："小可的病症居然成了龙宗主勉强留人的法宝，龙宗主这是要留她在这里吃喝一夜？"

雅间门被打开，帝拂衣走了进来。

顾惜玖有些讶异。

她刚才和帝拂衣分别的时候，帝拂衣明确表示要打坐恢复一夜，却没想到这才过去一个时辰，他就跟来了。

"你怎么来了？不是要打坐恢复吗？"顾惜玖站了起来。

帝拂衣上前扯了她就走："好了，生日也帮人过完了，这三更半夜的一直在外喝酒也伤胃，你炼药又累了一天，不适合再熬夜，跟我回去！"

顾惜玖忙抽回自己的手，他当着龙司夜的面和她拉拉扯扯的，只怕龙司夜会怀疑他的真正身份！

"你又蝎蝎螫螫的，我熬夜是常有的事，不要紧。还有，我可是你主公的未婚妻，你虽然未成年，但还是应该避避嫌的。"顾惜玖下意识地补救道。

帝拂衣正色道："我不要你为了我这病被人家这么作践！"

顾惜玖皱眉道："什么作践？熬熬夜而已，也没什么。"

帝拂衣忽然笑了，一字一顿地道："顾姑娘，你再这样，我这病干脆不治了！我立即就走！"

顾惜玖："……"

帝拂衣又看了龙司夜一眼，冷笑道："龙宗主，以这样的手段要挟一位女孩子很不厚道，你可以选择不为我治病，但我决不允许你如此折腾她！"

龙司夜："……"

帝拂衣不由分说地拉着顾惜玖离开了。

龙司夜坐在那里，对着满桌子菜肴再没有半分食欲。

"师父……"叶红枫叫了他一声，"这些菜凉了，我们是让店家再预备一桌还是先回去？"

龙司夜转着手中的酒杯，看着里面荡漾的酒液，微微闭上眼睛道："再预备一桌，今夜我要不醉不归！"

"师父，酒喝多了伤身，还是不要……"

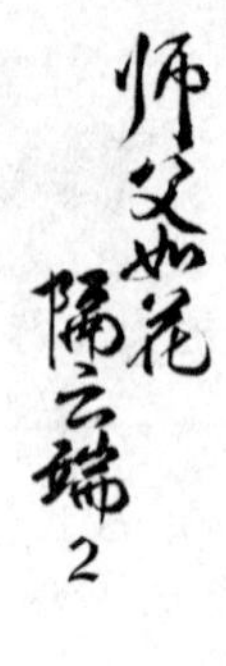

“少废话！快去预备！”

叶红枫不敢再劝了，下去嘱咐店家预备酒席。

店家本来早该打烊了，但这次上面喝酒的人是天问山宗主，他自然是打起精神配合，很快又弄出一席酒菜。

龙司夜喝多了！

他是第一次喝这么多，几乎把自己灌得烂醉如泥，无论看什么都是有重影的。

眼前的叶红枫也是有重影的，在他面前晃来晃去，晃得他心浮气躁，忍不住抬手去抓她：“不、不许晃！”

叶红枫是陪着他喝的，也喝得有点儿多，好在还能自理，她上前搀扶起他：“师父，您喝多了，红枫扶您去歇息。”

她不由分说地将他搀扶出门……

龙司夜几乎要站不住了，大半个身子全压在叶红枫身上，叶红枫若不是修炼了一年多的功夫，有了底子，估计会被他压趴下。就算这样，两个人也走得摇摇晃晃的。

龙司夜唯一的印象是街角店铺摇晃的红灯笼。

龙司夜一觉醒来睁开眼睛的时候，发现自己是在一间颇为精致的客栈房间里。

房间里就他自己。

他的第一个反应是宿醉后头痛欲裂，他狠狠地揉着眉心坐起身，脑子里对昨夜的事隐隐有些印象。他因为心情不好喝多了，是叶红枫一直陪着他，很显然，也是她把醉酒的他送到这客栈来的。

原来他龙司夜也有喝酒图一醉的时候！

他敲了敲太阳穴预备起身，但掀开被子的那一刻直接僵住了！

身下雪白的被褥上有一小团血渍！

这还不是最要命的，最要命的是在他的被窝里还有一个淡银色的女子兜肚……

他的视线在血渍和兜肚上逡巡，手指越来越僵。

片刻后，他慢慢地抓过那个兜肚闻了闻，面色如死灰！

这兜肚上有隐约的梅花香，是叶红枫的！

梅花香自苦寒来，龙司夜一向钟爱梅花香，在他的观念中女孩子最好像梅花那样高洁芬芳，身上的香气更该如此。前世他曾经研究出一种梅花香水送给顾惜玖，顾惜玖很欢喜地收了，结果她用那种香水过敏。

那时顾惜玖曾经叹息说，如果拥有一个自带这种香气的身体就好了，不用喷什么香水。

所以这世龙司夜在克隆那具身体的时候，加入了一些元素，果真让那身体自带梅

花香，只可惜这克隆体没被顾惜玖用上，倒便宜了叶红枫。

现在叶红枫的兜肚在这里，床褥上还有血渍，这一切都说明了一件事，他昨夜……昨夜应该和叶红枫酒后乱性了！

他昨夜喝得太多，对酒醉之后的记忆是直接断片，压根想不起来。

他怔了足足一盏茶的工夫，又颤抖着手指去查看自己身体的某个部位，然后在上面也发现了隐隐的血渍。

脑子里轰然一响，他微微闭上了眼睛！

外面似乎有些声响，那声响极轻，但还是被他听到：“叶红枫？进来！”

门被人小心翼翼地推开，叶红枫低着头进来，走路有些不对劲：“师、师父……”

“昨夜发生了什么？”龙司夜声音寒凉如水。

叶红枫抬头飞快地看了他一眼，又忙低下头去：“这、这……什么也没发生。师父喝醉了，徒儿送师父到这客栈，然后……然后……”

“然后怎样？”

“然后……然后师父就睡了……”

“那你呢？”

“我、我、我去隔壁开了房间也休息了……”

龙司夜盯了她的头顶片刻，一抬手，那只淡银色的兜肚就飞到了她的脸上，一同飞过来的还有龙司夜冰冷的话：“这是什么？怎么会在本座的被子中？”

叶红枫僵了一下，手里抓住那兜肚，看上去有些手足无措：“这……”俏脸先是涨红后又转白，她忽然扑通一声跪倒，眼泪扑簌簌向下滚，“师父，求您、求您不要问了。红枫、红枫不会让您负责的，红枫知道您喜欢的是顾姑娘，红枫绝对不会对外说……”

龙司夜：“……”

他觉得整个人像是被淹没在冰水中，遭了灭顶之灾，眼前一片黑暗，再看不到任何希望的亮光。

他默不作声地下床，收拾了一下自己就走了出去，路过叶红枫身边的时候他压根没停，甚至没瞧她一眼。

他知道叶红枫的心思，但他对她只有前世的亏欠，所以才收她为徒，想把她培养成高手来弥补她。他对她并没有那方面的心思，哪怕她这身体是他造出来的！

昨夜的事他虽然不记得了，但自己醉成那个德行，站都站不住，就算是酒后乱性将叶红枫误当成顾惜玖去勉强她，她只要不愿意，还是能将他推开的。

毕竟她现在也是灵力五阶半了，等闲男子压根近不了她的身。

现在她将生米煮成熟饭，如此做不过是欲拒还迎。

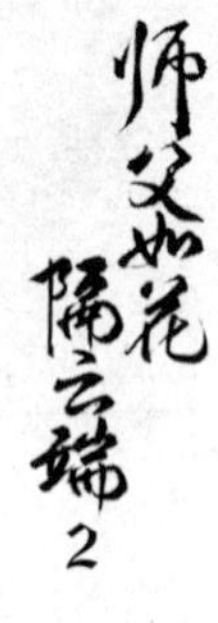

叶红枫看着他的背影在门口消失，不由得暗暗握紧手指，眸中有暗光一闪而过。

顾惜玖随同帝拂衣回到客栈后有些心神不宁。

她辗转反侧了一夜，第二日一大早起床后就等着龙司夜前来。

龙司夜和她曾约好这天早晨八点和她会合，为帝拂衣治病。

没想到她等了一个小时也没见到龙司夜的身影，他甚至没派侍童前来通知她一声。

顾惜玖不禁有些颓丧，原先的龙昔一直极为守信，就算把他得罪透了，他一旦答应了某事也会替人做到，现在他却失约了……

看来他是真的打算放手不管了。

她不死心，本来想直接去天问宗找人，看看还有没有挽回的余地，却被帝拂衣截住，说有一场大戏让她瞧，不由分说地将她拉到自己房中。

顾惜玖不明所以，直到帝拂衣拿出和属下联络的玉牌，点开玉牌，玉牌上现出画面，于是顾惜玖真的看到了一场大戏。

飞星国皇宫中这一夜也是不眠之夜。

容御带着黑狐连夜赶回京城时，已经是第二天的清晨。

在这期间他也接到了属下的报告，容楚昨夜凌晨被成功刺杀，容楚党哗变。

容楚身边高手如云，护卫无数，刺杀他的凶手是高手中的变态，会一种隐身术，不过在刺杀容楚时暴露了身形，被乱刀砍死。

有人认出那刺客是太子容伽罗身边的一名影卫，于是杀人凶手是容伽罗的呼声越来越高，容楚党聚在皇宫向着宣帝慷慨激昂地悲愤陈情，求宣帝给容楚皇子一个公道，严惩凶手。

宣帝病重，老来丧子原本就是不可承受之打击，他心痛又愤怒，一夜未眠，又是安抚容楚党，又是派人严查此事，一时之间整个皇宫鸡飞狗跳。

一切和容御料想的一样，所以他松了一口气。

他在京城布置了不少暗卫，这些人也纷纷给他传来消息，都没发现容伽罗的行踪……

这让容御更加放心。

不过他心里毕竟有个疙瘩，唯恐容伽罗没死又赶回来，所以他要加紧部署……

容伽罗遇难这事一刻也不能耽搁，所以容御虽然赶路赶了一夜风尘仆仆，他还是和黑狐一起去皇宫求见。

一夜之间宣帝似乎苍老了几十岁，头发花白了一大半，脸色蜡黄，双眸无神，再没了当年的英明神武、意气风发。

容御不动声色地看了看他，以他的判断，宣帝已经是风中残烛，活不过一个月，他可以再加一把火。

于是他跪在地上又给了宣帝一记重击，哭着向他禀报了在回程路上遇到蛊雕袭击，容伽罗自高空坠落生死不明的消息。

还没等他说完，宣帝就喷出了一口血！

他简直不敢相信，但前有容御的言之凿凿，后有黑狐几乎字字泣血的证明，他就算不想相信也没法子了。

容伽罗是他最器重的儿子，容伽罗一旦遭遇不测，这让他情何以堪？

一夜的工夫接连收到两个儿子的死讯，宣帝几乎要撑不住了。他接连喷了几口血，直接晕了过去。

容御连忙上前扶住他，一面吩咐黑狐速速去传御医，一面连声呼唤宣帝：“父皇，父皇！”

而在数千里之外，帝拂衣的玉牌上显示的就是这一幕。

玉牌上的画面很清晰，清晰得顾惜玖几乎能看到宣帝有多少根眉毛。

她瞧了半晌，忍不住道：“看这样子，宣帝也没几天好活了。”

帝拂衣道：“嗯，看他的脸色，应该还有十天的寿命，不过只怕容御不会容他活过十天。”

“你说容御会杀他？为什么？”

“容御这个人做事极为周密，绝不会容许一点儿意外发生的。容伽罗的失踪在他心里是个阴影，为防备容伽罗回来发生变数，他必须快刀斩乱麻，让宣帝立下遗诏后就可以动手了。国不可一日无君，宣帝一死，他立即便能登基为帝。一旦他做了皇帝，手握生死大权，就算容伽罗再活着回来也再翻不起什么波浪……”

顾惜玖看看帝拂衣微勾着嘴角的小脸：“你既然早就料到了他的这一招，想必安排了后招阻止？”

帝拂衣正色道：“生死有命，本座不会干涉正常人的生死。”

顾惜玖：“你的意思是眼睁睁地看着容御杀宣帝？”

帝拂衣手臂搂着她的肩膀，语重心长地教育她：“碰到这种皇权更迭的大事我们玄门众人要学会不参与，要学会袖手旁观，哪怕他们把人的脑袋打成猪脑袋也不能插手。虽然这宣帝本来也活不过十天，但如果他注定要死在儿子手里的话还是不可改变的。”

好吧，他说得在理。

顾惜玖盯着他的玉牌：“你不会常用这个看戏吧？”

“偶尔。”

这玉牌堪比最高级的摄像头，整个大殿里的情景显示得清清楚楚，全方位，无死角，也不知道怎么做到的。

和帝拂衣料想的一样，他们说话的工夫，容彻已经唤醒宣帝，忽悠着他写遗诏了……

宣帝受到的打击太大，整个人有些恍惚，握着笔的手哆哆嗦嗦，写一个字哆嗦半天。

顾惜玖问身边的帝拂衣：“容彻对宣帝下毒手了没？”她刚才只顾说话没看到。

帝拂衣提醒她：“来，你看宣帝的太阳穴，那里有什么变化？”

顾惜玖瞧了瞧道：“他的太阳穴在轻轻抖动，里面似有什么在钻！容彻对他下了蛊！”

帝拂衣欣慰道：“不错！眼睛挺毒的。孺子可教！那你可看出他下的是什么蛊？说实话，宣帝虽然人品不怎么样，但确实是个好皇帝，也精明得很，还没到老糊涂的份上，他的两个优秀儿子接连遇难，他其实也怀疑容彻了，写这遗诏写得不甘不愿。他应该已经察觉到容彻对他起了杀心，而身边又无人救驾，所以想要拖延时间，被容彻看出来了，容彻干脆用蛊控制了他。此刻用蛊必须小心再小心，不能让任何人看出来，事后也不能被御医查出来，所以他只有一种蛊可以选择——针芒蛊。这种蛊可以扰乱人的思维，让人莫名心乱，很容易被控蛊人左右……”

顾惜玖觉得，跟在这种绝顶高手身边真的很长见识，就算看戏也能长不少知识。

里面容彻的蛊明显起了作用，宣帝眼神呆滞，握笔的手写字时却利索了不少。

顾惜玖有些急：“你不会让容彻就这么得逞吧？！一旦宣帝写下遗诏，容彻做皇帝就是板上钉钉的事了！”

“别急，接着看。”

两人说话的工夫，殿门被推开，御医小跑着进来，向宣帝行礼。

宣帝依旧在写诏书，头也不抬地说了一句：“平身。”

那御医上前为宣帝把脉，容彻则退后一步，在旁边站定。

御医把脉的时间宣帝是无法写字的，只得停手，诏书写了将近一半。

容彻倒不着急了，宣帝已经被他控制住，这诏书自然随时可以写。

寝宫外面传来宦官的禀报：“陛下，张大人、赵大人……求见。”

这些大人有容楚党，也有太子党。

容楚党气愤地要求将容伽罗拿下，严加审问，势必给容楚皇子一个公道。

太子党则说一切真相未明，太子在外面，就算刺杀容楚的人是太子侍卫，也不能确定是太子派的。

这些大臣闹哄哄的，个个慷慨激昂，比一百只麻雀还吵。

宣帝忽然一拍床侧，一句话就让这些大臣全部闭了嘴：“你们还吵什么？！伽罗已经遭遇不测！”

众大臣：“……”

这下太子党们炸了，容楚党面面相觑后终于哑炮了。

容御自然把关于容伽罗身死的事又哑着嗓子说了一遍。

顾惜玖不得不佩服容御的演技，真是影帝，他在诉说的过程中是真哭了，似乎在强装淡定却又好几次泣不成声，眼泪顺着他的眼角向下流。

两个最有可能继承皇位的皇子都死了，而宣帝又是风烛残年，随时要挂的模样，众大臣在各种震惊过后，便开始为再立储君的事争得面红耳赤。

不要说里面的宣帝，顾惜玖都感觉被这些人吵得脑仁疼，侧头问帝拂衣：“你的人什么时候出手？”

帝拂衣微笑道：“最恰当的时候！总得让这位八皇子先开心一下，人爬上巅峰再摔下来时才是最疼的。”

顾惜玖抿了抿唇，没再说话。

“怎么？你还拿他当朋友？心疼他了？”

“没有！”顾惜玖摇头，既然看清了容御的真面目，她自然不会再偏向他，“只是觉得圣尊大人你真的是有恶趣味！”

顾惜玖又耐心地看了一会儿，忽然有些诧异地道：“宣帝不是被容御控制了吗？他这个时候应该宣布要立容御为储君的事了吧？”

帝拂衣挑着嘴角道：“或许他也在等最恰当的时机？”

顾惜玖表示不理解，帝拂衣轻笑道：“容御喜欢做戏做全套，他得看看在场的这些大臣有多少是可用的，又有几个是必须杀的……”

顾惜玖：“……”这些朝堂上的她毕竟见识得少，所以对这话依旧不太明白。

帝拂衣干脆给她解说上位者和群臣博弈时的各种手段和做法。

顾惜玖自认做杀手无人比得上她，但这些上位者的御人之道她还真是因为见识少不擅长。现在听帝拂衣在旁边现场解说，她很有茅塞顿开之感。

她在佩服之余又有些纳闷，这家伙最近挺喜欢给她普及各种知识的，这是真把她当成门人来传授了？

她和帝拂衣一边说话，一边看里面的情景。

时间差不多了，宣帝果然开口道：“朕时日无多，原本储君是太子容伽罗，如今他生死不明，十有八九已遭遇不测，而御儿一直跟在伽罗身边，聪慧英明，又立了赫赫战功，朕决定，若伽罗确实已薨，则立御儿为储君，朕百年之后，由他继承帝位……”

他当着众大臣的面说了这番话，旁边自有记事宦官将他的话誊写成圣旨。

容御的眉头微微蹙了一下，这道圣旨和他所想的略有出入，但想到这蛊是在不动声色间控制人，被控制的人偶尔也有不受控的时候，他也就释然。

好在这圣旨对他还是很有利的，而且当着众大臣的面圣旨上也盖了玉玺，代表这圣旨正式成立。容御还是松了一口气的。

众大臣纷纷向他贺喜。

容御表面谦虚，眉梢眼底却有掩不住的春风得意。

他的目的已经达到，觉得该送宣帝上路了。

所以他袖中的手指开始掐诀，催动蛊虫发功。

如无意外，蛊虫发功之后，宣帝就会在一刻钟内喷血而亡，而宣帝一死，这蛊虫立即会被他体内的血液化掉，就算最好的御医也查不出这个猫腻，只会以为宣帝是已油尽灯枯。

他动作轻微，在场的大臣自然看不到，这一切却瞒不过场外的帝拂衣的眼睛。

他轻轻一笑，拿出另一个玉牌联系上了沐风："行动！"

大殿内的百官有的向容御贺喜，有的在商量立储君的一些事宜。

容御在心头冷笑。他其实可以跳过立储君这一项活动，因为宣帝再过一刻钟就会毙命，到时候他们要商量的应该是新帝的登基事宜和宣帝的丧事。

他正在心中得意，殿外忽然变得混乱起来。

容御皱眉，正要派人去看看，一个声音已经传了进来："太子殿下到！圣尊四使到！"

容御脸色骤变，原本正讨论得热火朝天的文武百官也傻了！宣帝更是险些自床上跌下来！

话音刚落，容伽罗随同圣尊四使大步走了进来。

容伽罗明显是经过很好的治疗了，脸色虽然还是有些苍白，但步伐有力，应无大碍。

四使则像往常一样戴着面具，穿着打扮也是他们在众人面前出现时穿的特制法袍。

这五个人一进来，就把大殿中的所有人惊住了！容御更是下意识地后退一步！他极为聪明，看到四使随同容伽罗一起出现便知道事情的大体情况了。

怪不得他寻不着容伽罗，原来是圣尊的人插手了！

四使身份高贵，无论走到哪里，除了一国之君外，其他人都要向他们行礼。

所以在场的文武百官全部向他们一揖到地，连容御也不例外。

容御也真是个人物，这种情况下虽然知道大事不妙，但还想再搏一搏，面上现出欢喜之色道："皇兄，原来你没遭遇不测！这真是太好了！"他上前一步，像是欢喜至极想要给容伽罗一个大大的拥抱。

但他尚未张开手臂，便被容伽罗一语定住："老八，别做戏了！"

容御装糊涂："皇兄，你此言何意？皇兄不幸跌落之后，小弟和黑狐几乎搜遍了

那片原始茂林，搜了整整一天……你不信的话你的侍卫黑狐可以做证。”

黑狐看到自家主人早已傻了，此刻才回过神来，听到容彻如此一说，顿了顿道：“殿下，八殿下和属下确实一直拼命寻找您……”

容伽罗不再理会容彻，先向宣帝行礼。宣帝老泪纵横，招手让他近前。这个儿子几乎是失而复得的，他自然不是一般欢喜，一迭声地道：“回来就好！回来就好！朕就知道你吉人自有天相，会得圣尊保佑……你到底是怎么脱险的？”

“儿臣侥幸，被四使所救，父皇，儿臣待会儿再向您解释。”

此刻容楚党也反应过来，立即又想起了容楚的死，纷纷上前要求容伽罗给个说法，吵吵嚷嚷，不是一般混乱。

容伽罗也不说话，一直等容楚党纷纷说完，才一抬手道：“本宫自会给大家一个交代，绝不会让诸位失望！大家信本宫的话，先站在大殿四角，让开一块地方，本宫要和先老八好好算一算账！”

兄弟俩这是要打架？

容彻目光微微闪动，苦笑道：“皇兄，您对小弟的误会不小，您如果怪小弟对您保护不周，小弟甘愿认罪，任皇兄处罚。”

容伽罗打断他的话道：“容彻，你大概没想到你昨日在车厢中说的那些话本宫会录在留声符中吧？”

他的掌心中现出一枚淡紫的符咒，灵力到处，符咒闪了闪，里面传出了两个人的对话。

容彻：“……”

录音很清晰，全大殿的人都听得到，里面牵扯了太多惊天大秘密，几乎所有的大臣都听呆住了！

赏善使也道：“容彻，圣尊早就怀疑你，所以一直派人盯着你。你算计太子殿下的计策很周密，岂不知我们早就隐身跟着你，自然能及时将他救下……”

有留声符，又有四使做证，事情基本真相大白。

“你是谁？”

“你到底是谁？”

“他居然不是真正的八皇子，而是不知道什么孤魂野鬼附体的！天哪，太恐怖了！”

“容楚殿下居然是他派人刺杀的，还栽赃在太子爷身上！太可恶了！”

“陛下，这人来历不明，只怕是魔教人物，必须拿下他严加审讯！”

群臣义愤填膺，纷纷呵斥，有武将已经严阵以待，预备捉拿容彻。

容彻却微垂下眸子，到了这个地步他反而平静下来，并没有理会叫嚣的众人，而是看向四使，还笑了笑：“圣尊一向不参与各国政事，原来都是假的！”

赏善使淡淡地道："圣尊确实不参与各国政事，如果只是你们皇子之间钩心斗角的夺嫡之战，圣尊不会插手。但你不行！阁下算计了宣帝陛下，让他食用一种邪毒，以致性格大变倒行逆施发动战争，你还和魔教中人勾结，以打仗为名将无数无辜将士送给魔教头目做试验让他制作出僵尸，酿出大祸，这样做已经绝非夺嫡如此简单，圣尊自然要一查到底！"

众人没想到容彻在背后居然做出了这么多事，一时全愣住了！有些大将已经将外面的侍卫军全部调了进来，预备拿人。

容彻却不急不慌，深深叹了口气："没想到你们已经知道了这么多，倒是出乎我的意料。"这一句话显然是大方招认了全部罪行。

众人自然大怒，宣帝更是喝令捉拿容彻。

御林军就要一拥上前，容彻微笑道："就凭你们也想拿我？"说罢人如穿花蝴蝶，直飞而起，一掌震碎了殿顶，就要飞身而出。

却不料他的身子刚刚飞出半截，又急速落了下来，一道蓝色光芒自殿顶罩下。那是一口大钟，速度快如闪电，眼看就要把他罩在下面，他身子忽然一折，人如纸片般横飘，飞扑向容伽罗！

他的动作太快，所用的也明显不是他常在人前使用的功夫，诡异无比，让人防不胜防。

眼看他要抓到容伽罗的时候，一道青光闪了闪，他这一抓正抓在青光上，被那青光反弹了回去。

他借着反弹之力又飞速向人群抓去，想抓一名朝廷重臣做人质，但又撞在突然出现的青光上，再次反弹回去。

容彻立定身形，看着分站四角的四使，微眯起眸子道："原来你们早有准备！"那青光不是别的，正是四使设出来的结界。

赏善使声音平淡道："捉拿狡猾的狐狸自然需要布置天罗地网。"

容彻看看那蓝色的大钟，再抬头看向殿顶："上面是千玥冉？"这种乾坤钟可是千玥冉宗主的看家本领。

殿顶有人哈哈笑道："容彻殿下很识人嘛，正是本宗主！小容彻，你今天跑不了了！不但本宗主来了，花宗主也在。你一人劳动我们这些老家伙一起出动，能耐不小啊。本宗主劝你还是好好投降吧，或许还能给你留条小命！"

容彻目光闪动，忽然也仰头一笑，说道："圣尊为拿我居然出动了这么多人，倒真是荣幸。不过，你们要想拿我依旧是竹篮打水一场空！"

他说罢身形一闪，居然直接遁入地下，眨眼间就不见了！

遁地术！没想到这人居然会遁地术！

这种功夫只有灵力修炼到九阶以上者才能使出来。

众人面面相觑兼忧心忡忡："他跑了？他就这么跑了，只怕还会卷土重来！"

在玉牌中观战的顾惜玖也睁大了眼睛："他的功夫隐瞒得好深，居然达到九阶以上了！"

帝拂衣也瞧着大殿内的情景："是啊，确实隐藏得够深！"能在他眼皮底下隐藏这么多年的人真心少见。

顾惜玖继续观看，帝拂衣笑眯眯地问她："你就不担心他跑了？"

顾惜玖反问他："你既然提前布置了这么多事，会漏掉地底？他用土遁术也跑不掉吧？地底肯定也有人等着他。"

"聪明！那你猜猜地底等着他的是谁？"

"古堂主或者右天师！"

帝拂衣叹气，情不自禁地在她的额上落下一吻："惜玖，有时候你真聪明得可怕！"

顾惜玖抿唇一笑，得意扬扬地说："我就当你夸我了，能做你的未婚妻的人怎么可能蠢笨？要不然早被你卖十几回了！"

她再看向大殿叹了口气："五大天授弟子出动了三位，加上四使和古堂主，这些顶尖高手设下了天罗地网，只怕这个人有再大的本事也逃不掉了吧！"

帝拂衣轻笑，眸中却闪过一抹锐利的光："既然要捉拿他自然要确保万无一失。"

顾惜玖沉吟道："我觉得容彻在京城经营这么多年，应该有不少属下吧？他现在遇险怎么不招他的属下前来？"

"御林军中有十人，宫女中有十二人，太监中有八人，朝廷高官有六人，皇城外店铺老板三十六人，守城兵将中将领五人，兵士一百二十人……"帝拂衣忽然说出一串数字。

顾惜玖心中一动，看着他道："这些都是他的暗线属下？没想到你居然知道得这么清楚！看来他的这些暗线现在也被拔了？"

帝拂衣道："当然，容彻进皇宫和宣帝话家常的时候，外面的人就已经动手了，现在一个不漏地被抓住了。"

顾惜玖真心称赞道："果然是道高一尺，魔高一丈！"

帝拂衣拍了她一下："笨，这是魔高一尺，道高一丈！"

顾惜玖正想再和他扯几句，忽然望着玉牌睁大眼道："要出来了！"

大殿地底传来轰隆隆之声，震得整个大殿都在颤抖。

砰的一声响，整个地面像地震似的裂开，一道身影直蹿上来，然后飘飘然落在了地上。

正是容彻！

他显然在下面遇到了伏击，吃了点儿亏，身上有点儿脏污，脸色有些苍白。

赏善使微笑着看着他道：“在下面踢到铁板了吧？古堂主的玄铁罩可是圣尊赐予的东西，不要说你这血肉之躯，就算你长成个金刚钻的身子也钻不出一个小窟窿。”

容彻：“……”

地底有古堂主和右天师，上面有千玥冉和花纤言，四周有圣尊四使，这些人无论拎出哪一位都是跺一跺脚就能让大地抖三抖的人物，现在却集体出现在此地，真的是名副其实的天罗地网！容彻就算有通天的本事此刻也是在劫难逃了！

所有的人都确信这一点，所有的目光都盯在了容彻身上，更有大胆的人直接喝问：“你到底是谁？！”

有人紧跟着道：“现在不必问他，待会儿将他拿下，自然能审出他的祖宗八代来。”

容彻深深地叹了口气，笑了：“很好！没想到圣尊他老人家居然一口气出动了这么多人！不过只怕这样也拿不住本座！”说罢他骤然向下一躺！

帝拂衣脸色一变：“不好！”

容彻身周爆起一圈五彩光芒，接着就是一声沉闷的爆炸声，无数血红光芒疾风骤雨般向四周喷射！

哧哧声如暴雨敲打纱窗，光芒直接射在四周的结界上。

那么坚固、那么结实，就算用最锋利的刀也劈不开的青色结界居然瞬间被腐蚀出无数圆孔，接着就啪的一声破裂了！

而一道五彩光芒裹着一道淡淡的人影自破口处消失，等众人追出去时，已经瞧不见那道人影了。

那人影几乎是个虚影，身法也太快，眨眼间即消失。众人几乎没看清那人影到底长得是团是扁。

“天魔解体脱壳术！”帝拂衣眼神微凝地看着大殿内的景象，大殿内已经不见容彻的身影，却有无数散碎成米粒大小的血肉。

很显然，那个人舍弃了容彻的肉身，用一种特殊的术法令肉身直接炸裂成攻破结界的武器，然后以魂体状态逃走了！

普通人的魂体是飘忽不定的，甚至无法成形，而修炼之人一旦将灵力修炼到九阶，魂体也能脱壳而出，但就是个淡淡的影子，不会凝成实体。

而这个人的魂体已经是实体了，他的灵力最少到达了十阶以上！

这个人才是真正的幕后之人！他和龙梵应该也不是合作关系，而是上下级关系，龙梵只怕是为他服务的。

缤纷如霞的五彩光、天魔解体脱壳术、白发……一切似乎都证明一件事情，这个人是天魔！没想到这个世上到底出现了天魔。

怪不得这人能冲开他手下四使所设的伏魔结界，怪不得这人能附身在容彻体内而不被任何人察觉，原来是天魔临世了。

帝拂衣微眯起眼睛，这个人会是他真正的对手！

无论武功、智谋甚至灵力，这个人似乎都比他弱不了多少。

这人虽然闪得快，但一直盯着玉牌观看的顾惜玖目力惊人，还是隐隐看出了他的形貌。

雪发、青袍，身姿极为挺拔，容貌秀美绝伦，五官偏向于妖娆，虽然是惊鸿一瞥，却让人印象极为深刻！

顾惜玖皱眉道："这个人到底是谁？他就这么跑了的话，估计后期会报复所有人。"

帝拂衣舒了一口气，自己要赶紧恢复了，其他人压根不是这个人的对手，就算勉强用人海战术抓住他，也无法真正将他处死。

只有自己出手，才有可能让这个人彻底消失！

他又打开另外一面玉牌，联系上沐风，快速向沐风吩咐了一些事，沐风立即领命去办了。

玉牌上显示的大殿内又传来惊呼声："陛下！陛下……"

"陛下……驾崩了！"

"陛下！"

很显然，宣帝驾崩了，大殿中又是一阵混乱，场景忙乱不堪。谁也没注意四使以及其他几位天授弟子到底是何时离开的。等这些人忙乱了一阵想起他们时，大殿中早已不见这些人的行踪。

帝拂衣显然对大殿中的事再无兴趣，收了玉牌，看到顾惜玖坐在那里蹙眉思索，便问了她一句："在替容伽罗担心？"

顾惜玖缓缓摇头："不必为他担心，他算是有本事的人，后面的事他自己就能搞定了。"

帝拂衣也笑道："如果他连这些事也搞不定的话，那他做了皇帝也是昏君！好了，不说他了，惜玖，过两天你跟我回幻天宫，那里灵气浓郁，适合修炼，天聚堂的功夫你已经学习得差不多，不必再回天聚堂了。你跟我去幻天宫，我可以……"

他唯恐她不答应，正要多许几个好处，没想到顾惜玖截断他的话道："好！我跟你回去！"

她知道他的顾虑，劲敌已经出现，而他偏偏失去了大部分功力，连成人的样子都恢复不了，如果直接对上那个天魔，估计不是对方的对手。

而那个天魔对她似乎有点儿执念，又知道她住在这里，只怕会来找她的麻烦。

与其这样她倒不如和帝拂衣回他的大本营，那里极为隐秘，这个大陆的这么多高

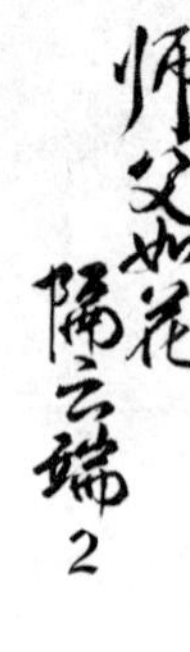

手，除了圣尊手下的人，其他人压根没进去过，甚至连入口在哪里都不知道。

所以就算这个天魔想找她和帝拂衣的麻烦，一时也找不到。

帝拂衣忍不住在她的唇边亲了一口：“真是个聪明的姑娘！我们明天就可启程。”

顾惜玖挑眉道：“我们可以现在就走的！”那个天魔功夫奇高，只怕和全盛时期的帝拂衣相比也差不了太多，现在他脱了肉身，以魂体的速度只怕转瞬即至。

“怎么？怕了？”

“我是怕你出意外！”顾惜玖脱口而出道。

现在的小帝拂衣本事不大，自保能力都没有。

顾惜玖一旦察觉到危险，第一个想要藏起来的人就是他！恨不得将他放在一个保险柜里锁好，任何坏人也找不到。

帝拂衣瞧了她片刻，一抬手便将她拉到怀中。

他如果是成人模样，将她拉到怀中那是再自然不过了，但他现在是童子模样，顾惜玖扑过来时直接将他压在了身下。

帝拂衣：“……”

顾惜玖：“……”

两个人大眼对小眼片刻，顾惜玖忍不住道：“圣尊大人，你现在可是一推就倒，真和那天魔对上你会比鸡蛋壳还脆！而他随时会到，我觉得我们还是立即出发的好！”

帝拂衣任她压着，叹息一声道：“你想多了。那天魔刚刚脱离身体，又是用那种法子逃的，他的魂体就算已经凝成实体也受了重伤。他是天魔，一旦脱离人的身体，身上的魔气会情不自禁地泄漏，而四使和其他人都是除魔的一把好手，追踪魔气更不在话下。现在的他应该被追得找不到北，自顾不暇，哪有时间跑到这里来找你我？”

顾惜玖怔了怔，问道：“既然这样，那我们明天还跑什么？”

帝拂衣叹道：“也不算是跑，之所以要回去是因为那里确实最适合我恢复，而把你单独放在外面我又不放心。”

好吧！原来他们都把对方当成鸡蛋壳了，唯恐被别人给敲破。

顾惜玖忍不住笑了起来。

二人又说了一会儿话，帝拂衣要打坐，为免其他人起疑心，顾惜玖也不敢在他的屋里多待，便出来回自己的房间收拾了一下东西。她正忙碌着，外面的店伙计禀报道：“顾姑娘，外面天问宗的叶姑娘找您。”

第五十二章　不过爱情不是买卖

叶红枫?

她找自己做什么?

顾惜玖大步走了出来，外面果然是叶红枫，她倒也直截了当："顾姑娘，我有话对你说，我们能不能出去走走？"

顾惜玖不动地方："你有话进屋谈或者就在这里谈吧。"她不想离开这个客栈。

叶红枫垂眸，抿了抿唇道："我要谈的事是关于龙宗主的。我们就到下面的小花园里转一转好不好？"

这是一家很有格调的客栈，自带花园的那种，花园就在顾惜玖所居的客房楼下面不远处。

顾惜玖没再拒绝，同她一道下去了。

正是初春时节，河冻初解，杨柳刚刚泛起一抹新绿，万物尚待萌发。

这小花园并不大，几条石子小路蜿蜒交错，路旁或有修竹一丛，或栽种花木一品，有两个小亭子点缀其中，倒也颇有风雅之意。

顾惜玖耐心地陪着叶红枫沿着小路溜达了三圈，这位大小姐也没开口说一句话。顾惜玖终于不耐烦地道："你找我到底要谈什么？直说吧！"

叶红枫又沉默了片刻，终于鼓足勇气开口道："昨夜我师父喝醉了，我将他扶到

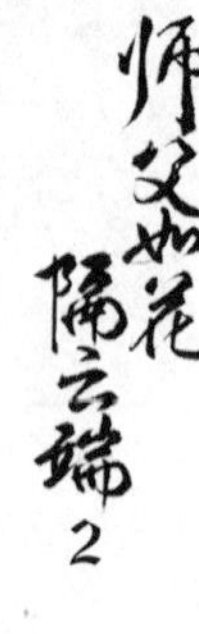

了那附近的一家客栈，然后我们……”

顾惜玖顿住脚步，侧头看着她：“你们睡了？”

叶红枫顿了顿道：“我们、我们有了夫妻之实，然后才各自睡去。”

顾惜玖默了片刻，抬手折了一段柳梢，拿在手里折着玩儿：“然后呢？”

“然后、然后我师父就离开了……我想了想，还是决定来找你。”

顾惜玖挑眉道：“找我做什么？你想让我劝他对你负责？”

“他昨夜和我欢好的时候，叫的是你的名字！”叶红枫声音悲凉，随后变得尖锐起来，“他把我当成你了！他只把我当成你的替身！”

顾惜玖：“……”

“顾惜玖，其实我挺羡慕你的，可以得到这么多人的喜欢。而我……我从在这个世界睁开眼睛的那一刻，就知道自己只是个悲催的替身，他收我为徒是因为我像你，天问山的那些人也都知道我像你，知道我是你的替身，看我的目光满是怜悯……你知道那种滋味吗？无论你如何努力、如何活出自我，但所有人都拿你当个替身！你知道这滋味有多痛苦吗？”

叶红枫将拳头握得紧紧的，声音越来越尖锐，也越来越悲哀：“我喜欢他，可是他看着我的时候像是看着另外一个人，他常常唤错我的名字，对我忽冷忽热……所以顾惜玖，我早就知道你，因为我从他嘴里听这个名字几乎要听得耳朵起茧子了！他教我功夫，传我医术，我努力学，努力想要跟上他的脚步，努力想要博得他的夸赞，可是你知道他的夸赞是什么吗？他说还不错，快要赶上你一半的聪慧了……”

顾惜玖折着柳枝的手指忽然有些沉重。

她知道龙司夜喜欢自己，可是没想到他已经到了这种几乎走火入魔的程度。而自己对他终究只能辜负，不能再回应半分。

昨夜是他的生日，他大概以为她会记得，却没想到她将这事忘到了九霄云外，所以他才会那么阴晴不定地百般刁难。

而昨夜他在酒醉状态下和叶红枫又阴错阳差地有了夫妻之实，他受到的打击肯定更大，更难过，所以才一直没来。

“你和我说这些到底有什么目的？”顾惜玖干脆打断了叶红枫的话。

“你既然不爱他就离他远一些吧！最好永远不要再出现在他面前，要不然你给他带来的只有痛苦！或许时间一长他就能慢慢放下你了，从而接受我……”叶红枫终于说出了自己的目的。

顾惜玖破天荒地没有再反驳叶红枫的话，时间是治愈一切的良药，或许她真的只有远离一段时间才能让他的心伤慢慢愈合。

不过爱情不是买卖，也不是她放手，另一个人就能得到成全。

顾惜玖淡淡地开口：“我不会在这里待太久……你好自为之吧。”她说完便转身

离开了。

她上楼之后先到帝拂衣的房间里看了一眼，帝拂衣正在打坐练功，已经进入忘我之境，有淡淡的七彩光芒围绕着他打转。

顾惜玖不敢打扰他，就坐在旁边看着，忽然发现帝拂衣似乎长了一点儿！

原先他看着像八九岁的样子，现在看上去像十岁左右的人了。

她的心加速跳了起来！或许他自己就这么修炼也能恢复正常？

看帝拂衣这模样，没有两个时辰他是收不了功的，而为了避嫌顾惜玖也不敢在他这里多待，又悄悄走了出去。

帝拂衣的这房间里设有结界，只有顾惜玖能进，一旦有外人闯入，不但帝拂衣能马上惊醒，连顾惜玖也会有所察觉。她的镯子就和这结界连着呢！

日头已经微微西斜，顾惜玖坐在楼下花园的小亭内，默默思考着。

身后似有动静，一个人在她身边坐了下来："在想什么？"

顾惜玖侧头一瞧，心情有些复杂，打了个招呼："龙教官，你终于出现了！我还以为你再也不会来了。"感觉他离自己太近，她又不动声色地向边上挪了挪。

来人正是龙司夜，他望着她粉嫩的俏脸目光闪动："我听人说你在这里发呆很久了。怎么了？"

他既然绝口不提昨夜的事，顾惜玖自然也不想提，她立即道："我在琢磨言诺的病症，我恍惚记得看过一篇科学杂志，治疗速老症的，我在想言诺的返童症和这病症正好相反，或许在用药方面可以考虑相反的药物……"她说了一大堆专业术语。

龙司夜的眼眸黯了下去："你在这里出神是因为这个？"

"是啊。"

龙司夜沉默片刻，眼睛直盯着她："我听说叶红枫找你谈过一些事情，昨夜的事……你是不是已经知道了？"

顾惜玖点了点头："嗯，她和我说了。"

龙司夜又沉默了片刻，问道："你不生气？"

顾惜玖一时没反应过来："生什么气？"

龙司夜看着她没说话，好在顾惜玖及时反应过来，谨慎地看了看他道："你和她虽然是酒后乱性，但以你的修炼资质如果对她毫无感觉的话，她应该也强迫不了你吧？我看你平时对她也很好，只是一时还放不下心结，但应该还是喜欢她的，这样其实也算是水到渠成……"

"水到渠成？！"龙司夜冷冷地打断她，"看来你对这件事还是乐见其成的！"

顾惜玖："……"

她其实并不想参与别人的感情的事，毕竟感情这东西如人饮水，冷暖自知，外人

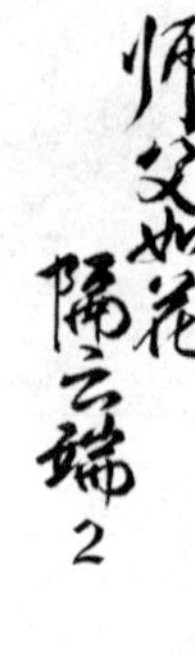

还是少参与的好。

她现在似乎怎么说怎么错，干脆闷不吭声了。

龙司夜冷笑一声道："看来你还真是乐见其成的！顾惜玖，你还真不是一般凉薄！压根没有心！我后悔认识你……"他转身离去，脚步有些踉跄，再没回头。

顾惜玖怔住，这是龙司夜第一次对她说这么重的话。看着他有些萧瑟的背影，她张了张口但到底没有出声。

他的情意她终究是辜负了，唤他回来又能怎么样？

她和他说不定连普通朋友也做不成，或许以后相忘于江湖是最好的结果。

胸口那里有些堵有些痛，也有些怅然，顾惜玖觉得，看龙司夜这样的态度，给帝拂衣看病绝对没戏了，所以她不再抱希望，在小亭里又坐了一会儿，算算时间帝拂衣应该收功了，她就回客栈上了楼，却发现龙司夜就站在二楼的大厅栏杆前。

她心中一跳，忙走过去："你、你没离开啊。"

龙司夜声音冷淡地说："答应的事本座不会反悔。"

"那现在给他治疗？需要我做什么？"顾惜玖的声音蓦然轻松起来。

"我等你就是商量此事的，其他药我已经配制得差不多了，但还有一味药材需要你亲自去取。"

银神山是一座很有名的山，它位于天问山南麓。这座山有一个很有名的山洞，山洞名为银神洞。山洞内有一种水生兽名为银神兽，此兽极凶，是传说中的八阶兽，就算灵力修炼到九阶的人也不想靠近它，想要杀它也要费一番功夫，搞不好会受重伤。

但它全身是宝，兽皮、角、血肉都各有大用途，是不可多得的宝贝。而最珍贵的则是它的筋，据说它的筋有复原功能，用这种筋再搭配上几种药材，就能让人直接复原。

龙司夜让顾惜玖亲自去采的药就是这种银神兽筋，因为要取这种兽筋有一种变态的条件，杀死这种兽后需要用纯净的处子之血抹在那兽的伤口处，这样才能抽出筋来。

干这活需要胆大心细，而且灵力达到七阶才行。

龙司夜门下虽然有不少女弟子，但满足这两种条件的一个也没有，所以只能顾惜玖亲自出马。

当然，龙司夜说出这个方案的时候，顾惜玖是犹豫了一下的，她不放心把帝拂衣独自扔在客栈里。

龙司夜似乎一眼看穿了她的顾虑，冷笑一声道："他已经十五岁，你还真当他是吃奶的孩子，一步也离不开人照应？你可以不去，但他这病只怕永远也治不好了！"

顾惜玖也觉得自己有点儿草木皆兵，但她想起那个逃掉的天魔，总感觉不太保险，一时没说话。

龙司夜忍不住蹙眉道：“顾惜玖，你是人家的老妈子吗？什么时候变得这么婆婆妈妈的了，提不起放不下的！这里是我的地盘，周围全是天问山的门徒，只要不是他自己作死抹脖子，绝对不会让他出任何意外的。你若不放心，本座可以将他送到天问山去，那里绝对保险，连只苍蝇也休想飞进去！”

话说到这个份上，顾惜玖自然答应了。她直接去找帝拂衣，却发现他依旧在打坐，有淡淡的紫光环绕着他。

顾惜玖和他相处久了，知道他身上冒这种紫光的时候是绝对不能打扰的，而且最少要三个时辰之上，当然也不能挪动他。

她出来和龙司夜一说，龙司夜倒也是办事稳妥的，立即调来自己的两名灵力已经修至七阶半的弟子在门口做护法，不允许任何人惊扰到里面的人。

有这两人做护法，顾惜玖终于放心了。

一切安排妥当，三个人这才出发，路上很顺利，无波无澜地赶到了银神涧。这一路龙司夜几乎没说话，像顾惜玖刚认识他时那样，高贵冷漠，不可亵渎。

顾惜玖自然也不想招惹他，所以几乎没说话。叶红枫微抿着唇看看这个又看看那个，试探着和龙司夜说话，龙司夜也不怎么理会她。这样一来二去的，连叶红枫也不敢多说话了。

顾惜玖从来没赶过这么沉闷的路，也从来没有想过和龙司夜在一起的时候会是这种状态，再不复从前的默契和协调，不由得暗叹了口气。

以后她和龙司夜还是尽量少见面吧，免得尴尬。

银神涧名字很拉风，环境也极拉风，九条瀑布自崖顶倾泻而下，飞珠溅玉一般倾入下面的深潭之中。深潭四周则是茂盛的原始森林。

三个人中叶红枫的功力是最低的，一旦银神兽出来，她不要说近前搏击，就算稍稍离近一点儿只怕也会被秒杀，所以龙司夜提前将叶红枫安排在稍远处的一棵大树上，让顾惜玖也在这棵树上待着，他一个人去涧旁引银神兽出来。

想要引它们出来需要用此山特产的两足牛做诱饵，而且还得是活牛。

幸好龙司夜是早有准备的，活捉了两头这种牛，一直放在顾惜玖那逆天的储物袋中，来到涧边后顾惜玖将一头牛放了出来。

这种牛是一种水牛，原本是见水就下，但到这里后，大概是察觉到了危险，死活不肯下去。

还是龙司夜硬生生地将牛丢进了深涧里，他则隐在涧旁等着。

两足牛对银神兽来说就是一种难以抗拒的美味，深涧中很快翻起巨大的水花，冒出了一个银光闪闪的脑袋……

两足牛吓坏了，拼命向岸边游去！

那颗银闪闪的脑袋上张开了一张满是獠牙的嘴，在水中形成一个巨大的漩涡，那两足牛身不由己地向着那漩涡中卷去！

就在那两足牛要被漩涡吞噬的时候，龙司夜现身，手掌一挥，一道绿索飞出，直接套在牛身上，猛然将其扯飞上岸！

就要到嘴的肥肉被人抢跑了，银神兽自然不是一般愤怒，银光一闪，直接跳上了岸。

顾惜玖站在远处的树上，虽然离得远，但她目力好，还是看清了这银神兽的模样。

身似蛟龙，体形如大象，却又比大象大数倍，尾巴似一条长鞭，全身上下银光闪闪，被阳光一照，耀眼生花。

这兽自带煞气，刚一出水，便让周围的气温骤降，深涧旁起了大雾，不过片刻工夫，这大雾就浓稠得如同撕不开的丝绸。顾惜玖离这么远，也被空气中那暗藏的威压给压得有些透不过气来。

她下意识地瞧了身边的叶红枫一眼，不出她所料，叶红枫一张俏脸先是涨红再是苍白，站在那里摇摇欲坠。很显然，她功力太低受不了这威压，几乎要吐血了。

顾惜玖自然不能让她出意外，直接带着她瞬移到二里开外，这里空气中的威压就小多了，叶红枫终于透过一口气来，可以在这大树上站稳。

好在大雾并没有再向这边扩大，而是滚滚向另外一个方向跑去。

很显然龙司夜用两足牛做诱饵，将那头银神兽引得远离深涧，然后才方便出手，免得再引来它的同伴。

片刻后那边就翻翻滚滚打了起来。

龙司夜和那头银神兽打架的地方离顾惜玖她们有些远，顾惜玖嘱咐叶红枫在这里等着，她则到近前观战，看看能不能帮上忙。叶红枫这个时候倒是乖巧，点头答应了。

顾惜玖直接瞬移到离战场最近的地方，大雾太浓，顾惜玖穷尽目力也只能看个模模糊糊，能看到龙司夜身形如电，像打游戏时的箭手一样，围着那银神兽“放风筝”，瞅个空子就发个大招砸在那银神兽身上，将那兽砸得怒吼连连。

那银神兽是水系兽，能喷出冰箭似的水柱，喷到哪里就直接凝成一个大冰疙瘩，也让周围的气温持续下降，所有的树和大石都被银神兽给冻成了冰雕，再被它扑击时所带起的风一吹，周围简直像是到了最冷的寒冬腊月天，比传说中的南极还冷，能把人直接冻进太平间安息。

顾惜玖稍稍靠近就感觉手足被冻得冰凉，连血液流动也变缓了，而那雾气中似乎含了冰针，呼吸一口就感觉鼻腔扎得疼。

她颇为担忧地看着战场中的龙司夜，他现在可是直面那银神兽的，肯定更冷！

没想到这银神兽的威力这么大！

“主人，你们中奖了，它不是普通的银神兽，是银神兽王！一头的功力抵得上两头普通的银神兽。”苍穹玉终于开口。

顾惜玖：“……”

这中的是什么破奖啊？！

怪不得其他银神兽没敢跟出来，原来这头是兽王，其他兽不敢来和它抢食！

龙司夜来时曾经说他自己对付一头银神兽绰绰有余，但对付这兽王呢？他还有必胜的把握吗？

似乎读到了顾惜玖心中的吐槽，苍穹玉又道：“它的筋被称为龙筋，无论制药还是做成鞭子都是极品。做成鞭子的话可以做出打魂鞭，是一件绝佳的法器，一鞭子下去可以抽掉魔的半条命，而且它还有示警功能，一旦有魔物幻化成普通人近身，它就会发亮发红。普通银神兽的筋没这个功能。”

顾惜玖心中一动，想起了那个逃逸的天魔。

她要这银神兽的筋做的鞭子，最起码能防身防魔！

她紧紧盯着白雾中打成一团的一人一兽，极力想要看清那兽的路数。

龙司夜现在和那兽斗了个旗鼓相当，一时半会儿谁也赢不了。

那银神兽不愧是兽王，还是有点儿头脑的，它打了半晌没能将眼前的龙司夜怎么样，反而挨了好几下，将它的一身银鳞皮割破了好几个血口子，让它疼了又疼。这让它很不爽，大头一仰，张口发出半声长啸。

它这是呼唤同伴的啸声，原本是悠长的一声，但刚刚发出两个音节就被凌空飞来的一头两足牛给打断！

那头两足牛正落在它眼前，疯了似的乱跑。

对这银神兽王来说，这不亚于看到一盘美味在眼前遛弯，让它口水横流！于是这吃货立即不叫了，同伴来了会和它抢牛的！吃独食什么的最好了！

它连向它攻击的龙司夜也顾不得，开始专心追那头牛！

那头牛是顾惜玖临时放出来的，这个时候也是生死关头，它为了逃命自然使出了吃奶的力气，撒开蹄子跑得飞快。

那银神兽王紧追不放，冲那牛喷出过好几次冰柱，如在往常，那牛压根逃不过它这冰柱袭击，早被冻在那里等着它享用了。

但银神兽王身后还有个紧追不放的龙司夜，每次它喷出冰柱都被龙司夜发招给截断了，于是只能和这牛比赛跑。

这两足牛是丛林动物，一旦遇到危险自然是本能地向丛林深处跑。

一牛一兽一人一路狼烟滚滚，向着原始森林深处奔去，离那深涧也越来越远。

顾惜玖所要的就是这个效果，这银神兽所发出的啸声并不算大，身子这么庞大的凶兽吼叫的声音像鸟鸣，一旦跑入密林深处，它就算再想发出召唤同伴的啸声，也会被密林中其他野兽的嘶吼给盖过去。

顾惜玖的如意算盘打得不错，可以说万无一失，但凡事都有个意外。

叶红枫就是那个意外，隔得老远顾惜玖就听到了她的尖叫声！

顾惜玖顺着声音瞧过去，见银神兽所奔向的正是叶红枫所在的方向。叶红枫功力低胆子又小，被那银神兽身上无形的气场一压，整个人抖成了筛糠，顾不得跑，闭上眼在那里尖叫。

那银神兽显然是个欺软怕硬的，小眼睛一瞪，立即向着叶红枫飞扑过去，想先把这小人儿吞了再说。

而龙司夜在它身后几十丈开外，一时救援不及。

顾惜玖低咒一声，猛然一个瞬移到了那棵大树上，抢在那银神兽飞扑到跟前之前，抱着叶红枫再次瞬移开！

她几乎是贴着那银神兽的利齿飞出去的，只要稍稍慢上一秒不但救不了人，还会把自己的一条小命搭上！

她简直就是虎口夺食，不要命地在救人。

龙司夜自然将这一切看在眼里，不知道是担心叶红枫还是顾惜玖，一张俊脸瞬间变得雪白。不过他也就是怔了怔，随即便劈头盖脸地向着那银神兽猛攻过去。

此刻已经到了密林深处，他再不怕这货会召唤同伴了，自然放开了手脚，甚至是拼了命，不过片刻就让局势逆转，将那银神兽揍得找不到北。

顾惜玖重新将叶红枫放在一棵枝繁叶茂的大树上，气不打一处来："叶红枫，你不是在西边的大树上等着吗？怎么跑到这南边来了？！"

叶红枫缩了下身子，几乎要哭："刚才那棵大树上忽然蹿出一条蟒蛇，我一怕就飞奔到这边来了，没想到这银神兽会朝着这个方向奔过来……"

顾惜玖无语了，不想再同叶红枫扯闲篇，转身就想再飞扑下去帮龙司夜的忙。她现在已经瞧出一点儿这银神兽的破绽，在旁边帮忙的话，能更快地将那兽杀死。

"你别走！"叶红枫这个时候倒是手疾眼快，一把握住了她的衣袖，"我怕！"

顾惜玖："大小姐，你怕什么？"

"我怕这里再蹿出什么猛兽来，这密林中有很多猛兽的！"

顾惜玖头疼地道："你不是有五阶半的灵力？普通的猛兽奈何不了你的。"

"我、我还从来没打过猎，没实战过。我独自在这里真的很怕，你留下在这里陪我好不好，我师父也让你陪着我保护我的……"叶红枫死捏住顾惜玖的衣袖不放。

顾惜玖："……"好吧，反正龙司夜也能打败那兽，她就先不过去帮忙了。

"呀，你的手臂流血了。"叶红枫忽然开口。

“没事，一点儿小破口而已。”顾惜玖倒不将此放在心上，甚至懒得处理。

“不如让我给你包扎一下？”

顾惜玖摇头道：“不必了，流这点儿血死不了人，再说待会儿还需要用我的血抽银神兽筋，正好我不用再割手指放血了。”

叶红枫就不说话了。

顾惜玖一直看着龙司夜和那兽打斗的方向，见他已经完全占了上风，终于放下心来。

又过了一刻多钟，龙司夜终于将那银神兽砍翻在地。

顾惜玖松了一口长气，还算顺利，大功告成！

她看了看自己已经结了血痂的手臂，打算跳下去奔到那里的时候就把伤口用灵力震破，到时候流出来的血就足够了。

她心中欢喜正要一跃而下，叶红枫忙拉住她：“惜玖，带我一起去。”

这个时候的顾惜玖还是很好脾气的，立即带叶红枫施展瞬移。

她这个瞬移只施展了一大半，因为她的后背上骤然一疼！她身后的叶红枫将一柄锐利的短刀刺入了她的后心！

距离太近，她又半点儿没防备，被叶红枫一击得手！

那疼深入骨髓，让她的身子在半空中本能地一颤，跌了下来。

不过她毕竟是灵力将近八阶的高手，身体对危险有一种本能的反应，所以叶红枫一刀扎下来的时候，她的大脑尚未反应过来，身体已经先于大脑做出反应，那块肌肉一转一绷，叶红枫这一刀本来能精准地刺入她的心脏，结果刺得偏了一些，擦着心脏扎了过去。

而她的双臂也没闲着，在受到袭击的那一刻，直接将背上的叶红枫抛飞了出去！

她这一抛用的劲力不小，叶红枫的脑袋直撞向不远处的一棵大树，这一下如果撞实，叶红枫的脑袋能够撞成烂西瓜！

一道白影一闪，在半空中截住了叶红枫，直接将她抱在怀中落下地来。

“龙昔哥哥，我们得手了！我取到她的心头血了！”叶红枫在他怀里欢叫一声，抱住了他的脖子。

顾惜玖也落在了地上，叶红枫那一刀极狠，从她的后背刺入，又自她的前胸透出，真正的贯穿伤，前后两个血窟窿都在向外喷血。顾惜玖落地以后身子晃了晃，几乎要跌倒在地。听到叶红枫那一声欢叫她骤然抬头看向龙司夜，眸子里满是震惊和难以置信。

龙司夜的脸色苍白得厉害，他也在瞧她，却抿着唇一言未发，也没有上前一步看她的伤势的意思。

而叶红枫小鸟依人般偎依在龙司夜的怀里，手里还握着那柄刀，那刀显然是特制的，刀身上有引流槽，此刻那槽内满是鲜血，血红血红的，刺痛了人的眼睛。

“为什么？”顾惜玖眼前一阵阵发黑，她却勉力支撑着，声音暗哑，手指握得紧紧的，看着龙司夜问道，“为什么？！”

“很简单啊，顾惜玖，要想整根抽取这银神兽的筋需要的并不是普通的处子血，而是需要你的心头血，那样抽出来的筋才能平滑坚韧，做出来的打魂鞭才是真正的极品。龙昔哥哥知道我功夫不太好，所以一直想要给我弄这样的鞭子。只可惜各方面的条件不允许，直到你亲自送上门来……”叶红枫笑得比花还灿烂。

“是这样吗？”顾惜玖并没有理会叶红枫，只盯着龙司夜，声音也放得很轻。

龙司夜也盯着她，脸色虽然苍白，却缓缓抿出一抹笑来：“痛吗？知道痛了？”

他虽然没正面回答她，但无形中承认了，顾惜玖后退了一步！

刺伤她的那柄刀不但模样古怪，刀锋上显然也是加了料的，伤口处非同一般地疼，似乎有一窝马蜂在那里蜇。她的额头上冒出了豆粒大的冷汗，脸色也越来越煞白。

那刀虽然没有正中她的心脏，但也划到了一点儿，又是贯穿伤，她如果不是意志强大灵力高强，此刻已经躺在地上动弹不得了！

饶是如此，她眼前也阵阵发黑，她死死咬着唇才能让自己不至于倒下去。

事到如今，顾惜玖也知道眼前这两个人是想让她死，她却不想死！帝拂衣还在客栈等着她。

她遭到了暗算，帝拂衣说不定也遭遇了暗算，她想回去看看，想要瞬移过去。

原先她受了重伤并不耽搁施展瞬移的功夫，但这次不行，她压根使不出来，她甚至无法运用灵力点穴疗伤，只能后退再后退。

龙司夜或许已经知道她被伤到了要害必死无疑，倒没再对她紧逼，只是站在原地凉凉地瞧着她，看着她身上的血将她一身淡紫的衣裙染成酱紫色。

叶红枫这个时候倒是心狠手辣的人物：“龙昔哥哥，杀了她！杀了她！不能让她再活着！”

看着龙司夜没有再动手的意思，她忍不住跳出来，抽出一柄剑向着顾惜玖刺了过去！

顾惜玖也知道危险，人在绝境中总能爆发出最大的潜力，眼看叶红枫一剑刺过来，顾惜玖脚跟拼命一转，那剑贴着她的腰刺了过去！

叶红枫没想到她伤成这个样子还有躲避的能力，冷冷一笑道：“我看你能躲到何时！”她再次一剑斜撩！这一剑十分阴毒，攻击的居然是顾惜玖的脖子。

顾惜玖一旦被她这一剑刺中，脑袋就会彻底搬家。

而顾惜玖刚才那一闪已经是现在能做到的极限，现在她只能眼睁睁地看着那剑刺来，再没有力气躲避，心中一寒，闭上了眼睛。

而龙司夜一抬手指，似乎要做什么却又没做。

刺！一道白光像是从天际飞来，直接击在叶红枫的剑上！

一声令人牙酸齿冷的金属碎裂声过后，叶红枫那柄用精铁打造的长剑碎成了渣渣。

这还不说，巨大的反震力让叶红枫的胸口如受重击，身子纸鸢般飞了出去。若不是龙司夜及时飞身将她救下，估计她这次又会撞在大树上撞个骨折筋断！

等龙司夜带着叶红枫落地后再抬起头时，眼前已经不见了顾惜玖的行踪。

她被人救走了！

他甚至没有看清救顾惜玖的是什么人。

他怔怔地站在原地，风吹得他身上的白袍猎猎飞舞，四周是刚才他和银神兽打斗时断折的大树，身后则是那头刚刚毙命的银神兽，天边残阳如血，映得大地一片苍凉。

叶红枫虽然被他救下了，但整个身子被震得像散了架似的又痛又麻，蹲在那里狂喷鲜血，很显然，她受重伤了！

"龙昔哥哥……谁救的她？你、你为什么不追？不能、不能让她活着的。"叶红枫显然还不死心。

龙司夜仿佛没听到她说什么，直接从她手中将那灌满顾惜玖心头血的短刀取过来，将上面的血涂在自己的手上，蹲下身开始抽取那银神兽筋。他看上去极淡定，手指却在微微颤抖。

"龙昔哥哥，我受伤了，你、你先帮我疗伤，待会儿再抽取这兽筋不迟……"叶红枫只觉全身的筋脉似乎要裂开了，眼前一阵阵发黑，魂魄似乎要裂体而出！

她终于害怕了，忍不住连滚带爬地扑到龙司夜身边，去扯他的衣袖。

龙司夜一抬衣袖，避开了她的手，依旧忙自己的，一根火红的兽筋被他慢慢地扯了出来。

叶红枫全身痛如刀扎，几乎想在地上翻滚："龙昔哥哥，先救救、救救我……"

龙司夜并未看她。他专注做某事的时候任何人都无法打断，一刻钟后，那根兽筋终于被他完全抽了出来。

他终于看向叶红枫，声音居然还有些柔和："很疼？"

叶红枫忽然打了个寒战，龙司夜看上去虽然和平时没两样，但一双原本墨黑的眸子有些血红，看向她的时候寒凉无比。

"龙昔哥哥……"叶红枫喊道。

龙司夜居高临下地看着她，眸中神色风云变幻，也不知道他在想些什么。

叶红枫拼命集中精神盯着他，继续呼唤她："龙昔哥哥……"

龙司夜如受催眠，慢慢蹲下身瞧着无力坐在地上的她，叶红枫颤抖着向他伸出手道："龙昔哥哥，我走不动了，你抱着我。"

龙司夜顿了顿，终于抬手将她抱起。

叶红枫松了一口气，接着道："我受伤了，你先给我疗伤。我快死了……"她说这些的时候一直看着他的眼睛。

"我不会让你死的。"龙司夜终于开口，声音如在空谷中回响，"对不住。"染着血的冰凉手指抚上了她的脉门。

"我好疼！龙昔哥哥，我好疼！"叶红枫泪流满面。

"很疼吗？"龙司夜忽然笑了，只不过这笑像是哭，"你有我疼吗？"他的手指忽然如铁钳般捏住了叶红枫的手腕，咔一声响！叶红枫握刀的手腕被硬生生地折断！叶红枫立即惨叫出声，冷汗霎时流了一身。

然而还不算完，龙司夜握着她那只被折断的手又转了一圈。

那种疼已经非常人可以忍受，叶红枫拼命睁大眼睛看着龙司夜，拼命集中精神盯着他的眼睛，声音抖得不像样："龙昔……哥哥……别……别伤害我……你舍不得伤害我的对不对？"

龙司夜垂眸看着她，忽然又轻轻笑了笑，是他平时温和的笑容："是的，我不能伤害这具身体，这具身体可是我最好的作品……"

叶红枫正想松一口气，不防他半抱着她的手臂忽然一松！

叶红枫直坠到地上，她身下都是散碎的木屑、石头之类的东西，极为凹凸不平，叶红枫又疼得全身发软，压根没力气，这一下摔得她险些背过气去，眼前更是金星乱冒！

等那阵金星过后，视线终于聚焦，她却在看到龙司夜抽出那根兽筋时脸色大变！

"本座不会再伤害这具身体，本座只想惩罚你！"红光凌空一闪，向着叶红枫劈头盖脸地抽过去！

这银神兽的兽筋不会对人体造成伤害，却能抽伤体内的魂魄。红光呼啸，叶红枫再也忍不住，在地上剧烈地翻滚起来，大声惨号。

叶红枫只觉自己的魂魄就要被抽成碎片，摇摇欲散。

她真正恐惧起来！这样下去她会死的！会魂飞魄散的！

不远处有人影闪了闪，一人凭空出现，这人白袍、白兜帽，全身上下一片雪白，就站立在树梢上。他并没有上前，嘴里似乎念念有词，仿佛在念动什么咒语。

龙司夜身子微微一僵，抽人的速度慢了下来。

"停止吧，你会打死她的……"那白衣人开口，声音带着一种奇异的音调，仿佛是从遥远的山谷中传来的。

龙司夜手指一顿，终于停手，缓缓抬头看向那白袍人。

白袍人那一双紫得妖异的眼睛盯着龙司夜，声音越发飘忽："你为她做这么多，

她却背叛了你，你对她是恨的，是不是？”

龙司夜目光直直地看着他，缓缓答应了一声：“是！”

“无论你如何努力她也不肯回到你身边，她移情别恋，是水性杨花的女子，是吗？”

“是。”

“你宁肯让她恨你，因为恨远比爱更让人深刻，既然她无论如何也不肯爱你，那就让她恨，恨得越深越好对不对？”

龙司夜的俊脸上终于现出痛苦之色，目光依旧发直，声音微微颤抖：“不错。”

“你的目的达到了，经此一事，她会恨你，再也不会忘记你。”白袍人声音柔和地道，“好孩子，你累了，还是好好打坐恢复恢复。”

龙司夜这个时候简直是一个口令一个动作，果然缓缓地坐下就地打坐起来。

叶红枫直到此刻才颤抖着连滚带爬地扑到那白袍人足下：“多谢尊主救命。”

那白袍人的目光终于转到叶红枫身上。

刚才和龙司夜说话的时候声音温和得如同春暖花开，此刻看叶红枫的目光却骤然冷了下来，他一抬手，一道光芒闪过，打在了叶红枫身上：“混账！你险些坏了本尊的大事！”

叶红枫惨叫一声滚了出去，伏在那里全身颤抖：“属下、属下知罪……”

白袍人缓缓走到她跟前，伸出手用一根手指挑起她的下巴，轻轻叹了一口气：“容貌倒是像了十足十，性子却差这么多，也不怎么聪明……”他那根手指上戴着长长的亮银色指甲套，微微闪着冷冷的光芒，像一柄剑，似乎随时能刺入叶红枫的喉咙。

叶红枫的身子抖得不像是自己的：“尊主、尊主饶命……属下定、定会竭尽全力为尊主效劳……”

“不要再坏本尊的事！”白袍人开口，声音冷得如同结了冰，“你得罪了龙司夜，龙司夜可能最多就是让你魂飞魄散，但再坏了本尊的事，本尊有的是法子让你求生不得，求死不能！”

叶红枫声音打战地道：“是！”

那白袍人原地站了片刻，忽然没头没脑地问了一句：“你和她也接触几天了，她的性子你熟悉了吗？”

“熟悉了。”

白袍人点头道：“很好！”他一转身，身影虚化，如同透明水晶越来越淡，终于消失。

叶红枫脸上的冷汗还在滚滚地流，手腕处疼得抓心挠肝，她直接瘫倒在地上，一时爬不起身。她闭着眼睛也不知道喘息了多久，隐隐觉得尊主这次出现的气势不如从前那样强大，似乎有了一些变化，但她不敢猜测太多，仿佛多猜测也会受到酷烈的惩罚。

片刻后她睁开眼，心脏猛然一紧！

龙司夜不知道何时起身的，就站在她面前。

他眼中的红丝已经尽退，又恢复了曾经的墨黑颜色，此刻那双墨黑的眼睛就看着她，也不知道他在想些什么。

叶红枫刚刚挨了他的一顿毒打，下意识地有些怕他，身子缩了缩。

龙司夜看着她，仿佛透过她看向另外一个人，片刻后他向她伸出了手："起来！"

叶红枫心中忐忑，这位龙宗主身上的气场极为强大，他一旦气场全开，她不知道这次他被催眠的效果到底咋样，她试探性地伸出那只完好的手。龙司夜却没握她的手："给我另外一只，本座给你接骨。"

叶红枫："……"

龙司夜为她接骨接得很细致，还给她抹了最好的跌打伤药。不能不说龙司夜果然是神医，所用的药也极有神奇的效果，不过半个时辰，她的骨头就有愈合的迹象，断折的骨头愈合时的滋味并不好受，原先只是疼，后来又加上了痒，痒得钻心。

她强笑道："没想到、没想到这伤药这么管用……"她还是第一次知道断掉的骨头还能长这么快的。

"是这身体特殊。"龙司夜淡淡地开口。

叶红枫不说话了。

龙司夜为她处理完伤口后站起身道："走吧，该上路了。"他抬手召来仙鹤，带着她飞了上去。

是啊，该上路了。

仙鹤振翅东飞，龙司夜望着天边。

黑幕已经落下，所有的景致都在夜色中变得朦胧，一如他沉入深渊的心，仿佛看不到半丝光明。

漫天血红中，顾惜玖感觉自己仿佛是在血海里浮浮沉沉，那浓重的血腥气让她透不过气来。

天上下着血雨，每一缕雨丝抽打在身上都像鞭子般疼痛，这疼痛让她焦躁、不安，也让她急于想逃开这漫天的血红雨丝。

但她连块能避雨的石头都找不到，只能咬牙在血雨中苦忍。

这些都不是最要命的，最要命的是她常常在血海中看到有人在那里打架，还都是她认识、在乎的人，譬如小狐狸，譬如千翎羽，譬如晏尘，甚至顾谢天也在其中……

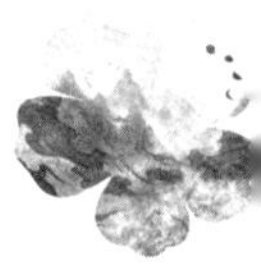

这些人在那里拼命厮杀，杀得整个人像是从血海中捞出来的，有正在伤人的，也有正在被人伤的。

每一幕都是血淋淋的场景，每一幕都那么惊心动魄，让她忍不住想要插手，想要救他们。

结果她刚一插手，那些正打架的人就全部冲着她来了！

她也只能开打，和各路人打，打得血流成河，看着自己的好友一个个倒下去，一个个在眼前消失。

她在血海中疲于奔命，不但要和人打架，还要时时承受朋友的背叛，一会儿是这个指着她咬牙切齿地怒骂，一会儿又是那个和她本来在风雨中同行，却忽然在背后捅她一刀。

在血海中她没有可信的人，在血海中她无论相信了谁，谁都会在背后给她一刀！

龙司夜、小狐狸、千翎羽、晏尘、张楚楚、顾谢天……

她由开始被暗算的心如刀绞，到最后的麻木，无论看到谁都是下意识地一剑劈出，干脆狠辣，不留一丝余地！

耳中一个声音时不时轰响："任何人都是不可信的！你必须冷情冷性，这样才不会再受伤。与其让天下人负你，不如你负天下人……"

她的前方不远处忽然又出现一个人，顾惜玖已经杀红了眼，也没看清那人是谁便雷霆一剑刺了过去！

剑尖被人骤然握住，一道声音响在耳边："惜玖！"

声音熟悉得要命，顾惜玖心头一震，抬起头，在看清那人的面目的一刻睁大了眼睛。

那人穿着一身极为宽大的白袍，白袍上绣着暗纹，那暗纹似是一条条小龙在游动，又似一道道符咒在流转，在这无尽的血海中他这一身白袍极为耀眼，仿佛是一道穿透黑暗的阳光，将这血腥的世界照亮。

圣尊！

还是不戴面具的圣尊！

如画的眉眼不染这世界的半丝血腥，他一只手握住她的剑，眼睛看着她的眼睛："惜玖！醒来！"

她的剑锋原本在无尽的杀戮中也变得猩红，几乎看不到本色，但此刻在他的掌下那血色却渐渐褪去，露出雪白锋利的剑身。

然后她敏锐地看到他握着她的剑的掌心有血流出来，只不过他这血有净化作用，流过哪里，哪里就恢复原色。

她怔怔地看着他，声音微颤："圣尊……帝拂衣？"

"是我，惜玖，跟我出去。"他的声音磁性中透着淡淡的温柔，然后他向她伸出了手，“来，把手给我，我带你出去。”

他的手掌修长白皙，指节如玉，伸到她面前的时候仿佛是她的救赎。

她十分渴望握住这只手，可是……

他是可信的吗？刚才有好几个朋友曾经这么出现在她面前，说要带她出去，结果趁她不备就干脆利落地捅了她！

她望着他的这只手，眼里有疑虑也有渴望，甚至还有那么一点点疲惫的脆弱。

“惜玖，你连我也不信了吗？”圣尊问她，目光柔和，“没有那么多的人要害你，这是你的梦魇，听话，把手给我，我带你出去。”

他的掌心还有她的宝剑割裂出来的伤口，她觉得有些刺眼，很想给他包扎起来，却不敢过去，也不敢去握眼前的手。

刚才出现的那些人和他的说辞是一样的。

她死死地握着手里的剑，握得指节都发白了。

她无法出手，但也无法放下心结放心大胆地将手递给他……

两个人站在那里你看我我看你地僵持了片刻，帝拂衣始终很有耐心：“惜玖，你真不信我了？”

“你是……帝拂衣？”

“是！”

“不对！撒谎！”顾惜玖忽然怒喝，“他现在还是孩子！不是你现在这个模样！该死，你又是骗我的！冒充他来骗我！”

她不是一般愤怒，终于劈出一剑！

这一剑几乎凝结了她毕生所学之精华，一刺出就隐隐带了风雷之声，刹那间，弥漫在她身周的血雾被剑风所激，疯了似的翻滚起来。

他的手掌一个翻转，再次握住了她的剑锋：“惜玖！这是你的梦魇，我入了你的梦，自然是原身……”

他握住她的剑的手被割裂得更厉害，剑锋入肉，鲜血小溪似的向下流，他却不松开，也没用灵力将剑震碎，只是握着，不会引起她巨大的反弹，也不会让她真刺中自己。

“惜玖，相信我，我是可信的！你受重伤梦魇了，我来救你出去！”

顾惜玖僵住，瞧着他没说话，睫毛微微颤抖，似乎在极力分辨他的话的真假。

或许是从他眼中看到了自己熟悉的光泽，她握剑的手慢慢变得无力，但也没彻底放下心防，微仰着头，小嘴抿得紧紧的：“我不信……”

她压下眼底的脆弱，用很凶狠的目光盯着他，仿佛要在他身上盯出一个窟窿来。

帝拂衣瞧着她，缓缓开口：“惜玖，入你梦的是我的魂魄，我是来救你出去的，你可以不信我，甚至可以杀了我！但我要告诉你的是，你如果在这里杀了我，我就真的活不成了……”

他蓦然将握着她的剑的手掌一松，给了她充分的自由：“你如果还是不相信我，就动手吧，我不会躲避！”他说完闭上了眼睛。

顾惜玖睁大眼睛看着他，不放过他脸上一丝一毫的变化。

他的脸色始终很平静，向着她张开了怀抱。

这是一个毫无攻击力的姿势，她只要一剑刺出就能很轻易地刺破他的心脏！

这也是一个很诱人的姿势，他的怀抱是她一向渴望的港湾，让她很想靠在那怀抱中歇一歇。

她真的很想这样做！

他应该是真实的，因为在这场血海中她所碰到的每一个人都没有像他这样对持剑的她毫无防备。

片刻后，她一直握在手里的宝剑当啷一声落在了地上。

他睁开眼睛，她微颤的小手已经落入他的掌心之中，那小手冰凉潮湿，放进他的掌心的时候仿佛是放进了她的全世界，她长长的睫毛垂了下来：“我信你！”

他没说话，一把握住她的手将她向怀中一带，然后死死地抱住她：“惜玖，我带你出去！别怕，我在！”

短短几句话让已经疲惫欲死的她红了眼眶，被他带入怀中的时候她原本有些僵硬，甚至手指也捏了法诀，但在扑入他的怀抱之后，有极为熟悉的让她心安的香气在鼻端萦绕，她终于彻底放开心防，张开双臂抱住了他的腰，像是漂泊的船终于找到了属于自己的港湾，再也不肯松开。

仿佛被一缕阳光劈开了所有黑暗，血海、血雾、打架的人，都潮水般在她眼前散去。

顾惜玖睁开眼睛时整个人僵住了！

眼前是一张放大的俊脸，这张俊脸离她不足半寸，温热的气息吹拂在她的脸上，他高挺的鼻子几乎顶在了她的鼻尖上。

这种姿势非同一般地亲密！

她僵了几秒后，抬手想要推开对方。

但她刚刚一动就感觉心口那里像有把利刃扎了一下，疼得她轻嘶了一声，全身发软。

她的动作幅度虽然小，但也惊动了他，他一直闭着的眼睛睁开，他终于抬头，垂眸看着她的眼睛：“醒了？”

他这一抬头，顾惜玖终于看清了他的全貌，一直紧绷的心终于松开：“你……帝……拂衣……你恢复了！”

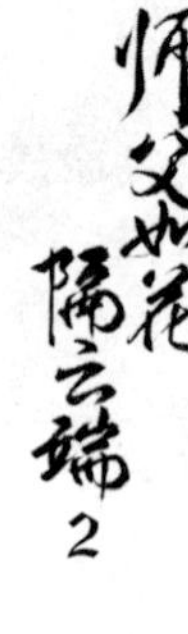

眼前的人确实还是应言诺的模样，却不再是那副八九岁的童子样，看上去像是十五六岁的少年。

这人自然是帝拂衣，如假包换！

“嗯，恢复了一部分。”帝拂衣回答她。

他的身子微微动了动，然后顾惜玖就发现不对了。

她和他都是躺着的，他们的身子居然是贴合在一起的，她像八爪鱼似的攀附在他怀里，而他也将她抱得紧紧的，两人之间毫无间隙。

更要命的是，她和他都是光着的！他的发丝披散下来，和她的发几乎纠缠在一处，肌肤相接，喘息相闻，顾惜玖整个人都僵在了那里，实在想不透这是什么设定。

昏迷前的那些事如同快进的电影般迅速在她脑海中过了一遍，她想起了叶红枫的那穿心一刀，想起了龙司夜的漠然旁观，想起了自己的逃生无门，想起了临昏迷时看到的那一道袭击叶红枫的白光，想起了血海中的厮杀……

她的身子微微颤抖了一下，帝拂衣收紧抱着她的双臂，低哄道：“不要怕，已经没事了，我在这里！”

顾惜玖自认是个极为坚强的女孩子，此刻却忍不住红了眼圈。

忽然她似想起什么，在他怀中挣了一下。

但她心口那里还在疼，这一挣无疑又动到了伤口，疼痛如电流自伤口处迸发，顺着血脉攻入她的四肢百骸，她闷哼一声，额头上又冒出了密密的一排汗。

“别动！”帝拂衣抬手制止住她，“你伤得太重，需要好好静养。”

顾惜玖睁大眼睛瞧着他，帝拂衣觉得有必要就现在的姿势解说一下，省得她以为他是登徒子，趁她昏迷占她便宜。

“惜玖，你被人所伤，伤你的刀上有一种异毒，可以让人陷入可怕的梦魇之中醒不过来。我救你出来后，先处理了你身上的伤口，但是无论如何也叫不醒你，我只能用特殊的法子入你的梦，将你从梦魇中解救出来。要想破你的梦魇，只能用这种姿势，我不是……”

“不……不必解释，我信你！”顾惜玖不待他说完就打断了他的话。

帝拂衣欣慰地笑了，情不自禁地在她的嘴角亲了亲：“信便好！”

幸好她还相信他，要不然他就算进入那梦魇也捞不出她。

顾惜玖顿了顿，微垂下眸子道：“就算……就算你是故意的我也无所谓。”今生她已经认定了他，虽然二人尚未举行仪式，甚至他们定亲的事也没有几个人知道，但她明白自己已经爱他爱到不顾一切，不要说两人肌肤相贴，就算他要了她，她也心甘情愿。

帝拂衣怔了怔，眼神微深，在她的嘴角又吻了一下：“宝贝儿，你能这么说是对我最大的肯定！”

这个姿势对他来说考验太大，他觉得他的自制力不太够用，保险起见，他还是不要自找罪受了。

他翻身下去，穿衣不是一般快，几乎是在落地的刹那，他的衣衫已经穿整齐。

顾惜玖直到此刻才发现自己是躺在一座山洞内，还是一座水晶洞，周围都是林立的水晶柱，其中一根水晶柱上悬着一颗夜明珠，夜明珠的光芒被水晶映射，照得山洞如同水晶宫。

而她躺在一块平整如床的水晶面上，身下铺着厚重干净的毛毯，身上则盖着一床轻软的棉被。

顾惜玖的目光在四周一转便又回到帝拂衣身上，此刻的帝拂衣还是应言诺的模样，只不过个头比原先高了不少。他才进天聚堂的时候是一米六左右，现在看上去却有一米七多了，身上穿着一件流光溢彩的白袍子，衣襟下摆处绣着暗纹，衣袂飘飘间那些暗纹如水波一样流转。

看来他终于开始恢复了！早知如此，她就不带他来找龙司夜求医了。

她想起龙司夜，握了握手指，眼眸也暗了暗，心脏那里如同有一团火在烧！

他因爱生恨？爱而不得就盼着她死？

她无法原谅这样的逻辑！

她受的是贯穿伤，又伤到了心脉，虽然有帝拂衣的奇药相助，但要想彻底好转也需要将养几天。

她看着帝拂衣道："你是怎么来的？我以为他……他也会对你不利……"

帝拂衣抬手，不知道从哪里摸过来一碗蜜水，一边一勺一勺地喂她，滋润她如同枯萎花瓣般的小嘴，一边说了自己的事。

原来帝拂衣的身体虽然变小了，体内的灵力却一直在增长，从今早开始他就感觉自己身上一阵一阵地发热，体内的灵力四处流转。他自己毕竟是神医，见这个情景，估摸着自己可能是要恢复了。当然，因为有再次变小的前车之鉴摆在那里，他怕这次又是一场空欢喜或者一个坑，就没对顾惜玖言明，预备等自己打坐完毕看看情景再说。

她走后他原本最少该打坐三个小时，但这次他的打坐很顺利，一个半小时后他就感觉到自己身体的异样，睁开眼睛发现自己果然已经恢复到十六七岁的样子，而且比当初的应言诺还要高出半个头！

虽然还没有完全恢复他的本貌，但他还是松了一口气。他已经掌握了恢复的法门，只要再施法三次，他就能恢复正常，到时候他又会是风度翩翩洒脱不羁的左天师，再不用端着一张正太脸在她面前卖萌。

他心中欢喜，正盘算着是去找她好，还是在这里等着她自己进来吓一跳的好，尚未盘算出结果，有人便破门而入！

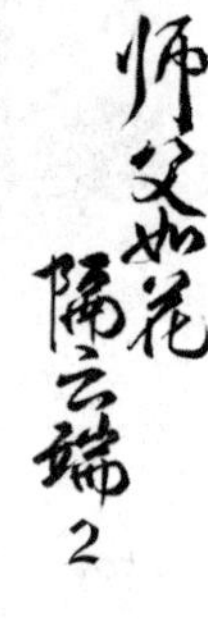

破门而入的是四个蒙面劫匪，却不劫财而专害命！这四个人踹门而入时看到坐在那里的帝拂衣明显愣了愣，蒙面人甲劈头问了一句：“你是何人？！”

帝拂衣觉得这很好笑，这些人踹门而入做出一副打家劫舍状却问主人是谁？他们是猪吗？

他当时没说话，只是高深莫测地看着他们。

蒙面人乙不耐烦地道：“不管他是谁，我们接到的任务就是杀在这房间里打坐的人！动手吧！”

蒙面人丙还有点儿犹豫：“可是明明说我们的任务目标是个八九岁的孩子……”

蒙面人丁颇为谨慎，将明亮的剑在帝拂衣面前晃了晃：“说！这里的孩子呢？！”

于是帝拂衣听明白了，慢条斯理地挽了挽衣袖，很好心地告诉他们：“你们想找的那个孩子大概就是我，来吧！”

“胡说！我们想找的是一个八九岁的孩子，你压根不像！”蒙面人乙不买账。

“嗯，我早熟。”帝拂衣回答了三个字，站起身来，“你们可以动手了。”

蒙面人甲、乙、丙、丁觉得自己被眼前这少年给耍了，极为愤怒，对望一眼，用眼神交流了一下，决心先把这少年打趴下以后再审问那目标孩子的去向。

结果这一场战斗虽然是在片刻之间结束的，但倒下的不是这半大孩子，而是他们四个。

帝拂衣出来以后恰好沐风也赶到了，他吩咐沐风去处置那四个蒙面人，自己在客栈里迅速转了一圈，很快就打听到顾惜玖的动向——

她随同龙司夜、叶红枫去银神山找银神兽的麻烦了！

帝拂衣略一思索就知道这里面有问题，立即召来他的独角兽，飞奔向银神山。

事实证明他来对了，在最关键的时候救下了顾惜玖。

帝拂衣的功夫只恢复了平时的十分之一左右，如果和龙司夜正面对上，他最起码要和龙司夜对战三四十个回合才能将龙司夜揍趴下，但顾惜玖的伤极为凶险，耽搁不得。所以他只是一招将叶红枫打成重伤，然后抢了顾惜玖就直接跑了。

幸好他对这一块的地形很熟悉，立即找了这个水晶洞为她疗伤。

顾惜玖的伤不但是贯穿伤，还伤到了心脉，如果是普通人挨这么一下早就香消玉殒了！幸好顾惜玖心智坚强，求生欲望强烈，加上她已经将近八阶的灵力，这才让她能支撑到现在。

当然，帝拂衣的医术绝对不是盖的，顾惜玖的伤虽然凶险无比，还是被他及时救治成功，强捞回她的小命。

帝拂衣将经过说了一遍，顾惜玖终于明白。

他说的时候，她几乎没插话，一双眸子很认真地看着他，认真听他说，看上去似

乎精神还不错。

帝拂衣却敏锐地察觉到她其实在强撑。她虽然极力做出很有精神的模样，但一张小脸还是雪白雪白的。

她这模样并不完全因为身体受了重伤，还有心灵上的重创。

她之所以做那个噩梦就与此有关。

帝拂衣知道她受此打击精神不济，所以说完之后，就轻轻揉了揉她的发顶："乖，你太累了，睡一觉吧，我会在这里守着你……"他的声音柔和得如同春风徐拂。

顾惜玖也确实极疲惫，但她还有些不放心，刚闭上眼睛又睁开。

帝拂衣仿佛知道她心中所想："放心吧，我的功力已经恢复十之一二，就算有人想再来暗算，我自有法子让他竖着进来躺着出去！再说沐风就在洞外守着，不会有任何意外的。"

这人真是她肚子里的蛔虫，她不说话他也能把她的心思摸得门清！

顾惜玖终于放心了，合上了眼睛。

这个山洞里都是水晶，水晶是最聚灵力的，对修炼者极有助益。

顾惜玖很快就睡熟了，帝拂衣坐在她身边看着她睡得并不安稳的样子，知道她的伤口还是疼的。

第五十三章　天魔追踪陷入了僵局

没想到龙司夜对她下手这么狠，居然真想杀死她！

帝拂衣眸现暗光，手指紧了紧。这件事他不会罢休的，怎么也得为她讨个公道才行。

腰间的玉牌亮了起来，他抬手接通，玉牌上出现的是沐雷的脸：“禀主上，龙司夜带着叶红枫先是回到那客栈，在客栈里转了一圈后没说什么就直接回天问山了。回天问山后他和叶红枫一起进了炼药室。他那炼药室内设有重重结界，属下一时没找到不惊动里面的人就能破解的法子，现在徘徊在外围，其他的并不见什么异常。”

帝拂衣是知道龙司夜的炼药室的，这炼药室的外围虽然设了重重禁制，但对帝拂衣这样的人来说如同无物，随手就能不动声色地将其破解掉，他想进去的话还是抬脚就能进的。

他让沐雷用玉牌照了照那炼药室外围的情况，敏锐地发现那里的结界、机关都变了，多了很多连他也没见过的东西。

他微眯起了眼睛。

龙司夜在炼药室里藏了什么见不得人的东西?

帝拂衣关闭了传音玉牌，盘算了一下，探查龙司夜的炼药室的事还是等自己恢复以后亲自去吧，绝对把龙司夜的老底都掏出来!

过了片刻后，又有属下传来消息，说审问四名蒙面杀手的事已经有结果，那四人接的是暗影楼上层派发下来的任务，而据暗影楼的上层人物交代，雇他们的是一位蒙面少女，身形很像叶红枫。

帝拂衣用手指轻敲着水晶石，思索着得来的这些消息，很轻易就得到一个结论。

龙司夜这次是早有筹划的，雇四杀手的事应该也是龙司夜指使叶红枫干的。

龙司夜妒忌心作祟，想杀了他，所以找了个托词把顾惜玖调了出去。

他对顾惜玖明显没死心，所以想要借叶红枫的手来杀死顾惜玖。如无意外，龙司夜还是想让顾惜玖在那具克隆体内复活，至于占了壳子的叶红枫，估计会被他施法驱逐出去。

一旦顾惜玖换了身体，龙司夜还会更改她的一部分记忆，让她重新爱上他，和他双宿双飞。

这事如果龙司夜想要做得神不知鬼不觉，就要杀了一直跟在顾惜玖身边的小言诺，所以他才雇了那四名杀手。

至于顾惜玖被杀，龙司夜事后可以推到银神兽身上……

这样他在帝拂衣那里也能交代过去了，真正的顾惜玖也能留在他身边和他相伴一生。

这似乎是个很周密的计划呢，也像龙司夜的风格。

更何况这次龙司夜似乎被什么控制了，很难说这背后天魔是不是也插了一脚！

沐风他们曾经追踪天魔的动静，据沐风禀报，天魔身上并没有常见的魔气，所以他们追查得极艰难。

这一天的追踪中，小魔小怪他们倒是揪出来不少，就是不见那只逃掉的天魔，让追踪陷入了僵局。

沐风他们知道自己的主子没恢复功力，唯恐主子被人算计，所以四使中的沐风和沐雷直接回来了，沐云和沐电则继续追踪。

现在沐风就守候在洞外，不要说暗杀者，就算飞进一只蚊子也得被沐风劈成八瓣，所以帝拂衣在山洞中救人的时候还是极安心的。

他再次查看了一下顾惜玖的伤势，那伤确实在好转，伤口已经开始结痂，她一直紧皱的眉头也舒展了不少，这是个好现象！照这样下去，估计不出三天，她又能在他身边活蹦乱跳，神气十足。

龙司夜的计划落空了……

小惜玖依旧活在这个躯壳内，而且还会长长久久地活下去。

他抬手为她理了理额前的乱发，忍不住又低头在她的唇上轻轻吻了一下。然后就开始打坐恢复。

打坐的时间自然过得很快，转眼就过去了一个多时辰。

帝拂衣睁开眼睛，忽然发现身边躺着的顾惜玖状态似乎有些不对！

她面色潮红，额上有一排排的汗在冒，手指在身侧痉挛似的屈起又张开，小嘴微张，似乎在怒喝惊喊。

她这是又被梦魇了？！

帝拂衣心中一沉，抬手先握住了她的手，她明明浑身冒汗，小手却是冰凉的，那痉挛似的力道将帝拂衣的手掌也握疼了！

帝拂衣先摸了摸她的脉门，发现她体内的血流运转得极快，体温在升高了。

她在发高烧！她除了小手外，全身都烫得厉害。

人受重伤会发高烧是正常的反应，按道理说没有什么可大惊小怪的。

但顾惜玖不同，她体质特殊，又修炼到了将近八阶的灵力，帝拂衣还给她用了最好的金疮药，她压根不应该发烧！

帝拂衣迅速给她检查了一遍，她除了发烧外并没有其他不妥的地方，伤口也没有感染的迹象。

这到底是怎么回事？

"惜玖！小惜玖！"帝拂衣在叫她的同时，也将灵力自双掌交握处给她传过去，为她压制体内几乎澎湃的血脉。

她的眼珠在眼皮下快速转动，她似乎极力想要睁眼，却始终睁不开。

"惜玖，你用灵心术自我调理，快！"帝拂衣将声音凝成一线传入她的耳内，相信就算她是在梦中也能听到。

顾惜玖眼皮下的眼珠依旧在快速转动，她似乎压根没听懂他说的话。

这灵心术是帝拂衣刚传给顾惜玖的术法，最能压制心魔，顾惜玖学东西极快，这门术法她也运用得很熟练，有时候她就算是在梦中也会将这术法运转一遍。

她如果运转这个术法，再配合帝拂衣独特的治疗手法，应该能很快让血脉恢复正常。但她现在压根没有配合的意思，帝拂衣无奈之下只得先用灵力强行压制她过快的血流。

这样一来速度就慢了许多，原本小半个时辰她就能恢复正常，帝拂衣却足足花了一个时辰。

好在成果还算不错，一个时辰后他终于让她奔流的血脉恢复正常，体温也慢慢降了下来，顾惜玖不再像打摆子似的在被中发抖。

帝拂衣也累出了汗，分别给自己和顾惜玖施展了清洁术，这才重新坐在她身边，垂眸看了她片刻。

这一次顾惜玖像是睡安稳了，鼻息微沉，睡得很香的样子，看上去也不像被梦魇住了。

"小惜玖……"他握住她的手，又试探着叫了她几声，预备万一还是叫不醒就再用一次入梦术强行将她提出来。

好在这次顾惜玖并不是唤不醒，她的睫毛颤抖了几下，终于睁开了眼睛。

刚睁开眼睛时她还有些茫然，甚至有些木讷，眼神甚至是有些涣散的，她接连眨了几次眼睛，终于让视线聚焦，定定地瞧着帝拂衣，张了张嘴似要说什么，一时却发不出声音来。

一般高烧过后人初次醒来是有些呆滞，不过能从她脸上看到这种表情倒是很稀罕，帝拂衣微微一笑，说道："渴了吧？先喝点儿水。"他说罢端过一杯蜜水用小勺喂给她。

她忽然呛咳起来，将水全部喷了出来，险些喷帝拂衣一脸。

帝拂衣："……"

他将水放下，手掌直接握住了她的手，一股灵力传了过去，平复她的呛咳。

她终于止住咳，剧烈的咳嗽自然也震动了伤口，让她疼得额头瞬间又冒出冷汗，低低地呻吟了两声。

帝拂衣握着她的手微微一顿："惜玖？"

顾惜玖喘息了几下，盈盈双眸看向他，张了张嘴似乎想要说什么，却没说出来，嗓子似乎哑了。

帝拂衣心中一沉："嗓子不舒服？"

顾惜玖又张了张嘴，依旧没说出什么来。她似乎也意识到了不对劲，颤抖着抬手去摸自己的咽喉。

她抬手的动作有些僵硬，只是这么一个极简单的动作又让她累出一头汗。

她似乎也害怕了，脸上现出急色，一双眸子望着他，眸底似有水雾弥漫。

一场高烧将她烧成哑巴了？！

帝拂衣瞧着她道："别怕！大概是高烧的关系，一时将嗓子烧哑了也是有可能的，我会为你医治。你现在想说什么？你可以写下来。"

他自身上摸出一张纸和一支笔递到她的手里。

顾惜玖勉强握着笔，手指颤抖得厉害，一时也写不出来。她一着急，眼泪流得更多，顺着她的眼角向下流。

帝拂衣瞧着她眼角的泪，叹了口气："既然写不出来，那你就先歇歇，高烧后无力也是正常的。我再去采点儿药。"

他安抚性地拍了拍她的小手，转身正要出去，忽似想起了什么转头道："对了，惜玖，你身上的伤太重，我只是粗略地给你治疗了一下，要想彻底治愈，还得左天师大人出手不可。等你稍稍好些，我带你去见他。"

顾惜玖目光微微一亮，轻轻点了点头。

帝拂衣的手足全凉了！

他又望了她一眼道："好好歇着，我待会儿再来看你。"这次他直接转身走了出去。

沐风还在外面尽心尽力地守着，看到帝拂衣出来，正要开口说什么，帝拂衣直接传音给他：“别说本座的身份！唤我应言诺就可以。”

沐风愣了愣，不明白他葫芦里卖的什么药。

帝拂衣再次传音给他：“速速把沐电招回来，本座有事要他做。”

圣尊吩咐人很少用“速速”两个字，可见这事十万火急！

沐风立即照做去了。

帝拂衣远离了那山洞，然后又用玉牌联系上了尚守在天问山的沐雷，劈头就问他：“龙司夜和叶红枫自炼药室出来了没有？”

沐雷回答：“没有，他们从进去之后就没再出来，那个叶红枫受伤了，或许龙司夜是在里面给她疗伤吧？”

“继续在那里守着，本座待会儿就去！在本座未到之前，就算里面飞出一只苍蝇也要报告给本座！”

“是！属下明白。”

帝拂衣轻吸了一口气，再次回到山洞里。顾惜玖依旧躺在那里，正望着山洞顶，也不知道她在想什么。

听到他进来，她立即将视线转向他。

帝拂衣看着她，声音关切地问：“伤口还疼吗？”

顾惜玖点了点头，帝拂衣叹了口气：“叶红枫……”

顾惜玖手指一僵，目光闪躲了一下。

帝拂衣接着道：“叶红枫那刀上涂抹了能让伤口剧烈疼痛的毒物，虽然我用左天师大人的灵药帮你解开了一部分，但主要的毒性还未解开，要想完全解开还得使用另外一种法子。”

顾惜玖看着他，眸中露出疑惑之色。

帝拂衣道：“不过这种法子有些疼，待会儿我为你施展的时候，你得忍一忍。”

顾惜玖全身一僵，鼻尖冒出了汗。她似乎是疼怕了，眼中闪过抗拒神色，连连摇头。

对面的帝拂衣明显没明白她的肢体语言，欣慰地笑道：“你是说你不怕疼？只想快些好起来对不对？我早就知道你是位坚强的姑娘。刚才那么疼你都没吭一声。”

顾惜玖终于不摇头了。

他随手扯过一块水晶石，坐在她对面，温和地看着她：“为了早日痊愈，忍耐些好吗？”

他缓缓抬起手掌，有白光从他的掌心里闪出，向着顾惜玖当头罩了下去。

顾惜玖脸色大变，下意识地缩了下身子，但这一缩又触动了身上的伤口，疼得她

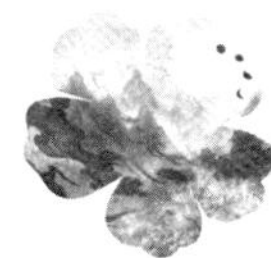

忍不住轻嘶了一声。

也就在这时，帝拂衣掌心里的白光笼罩上了她的头顶，在她惊恐的视线里，白光如凝成一道利刃直贯入她的头顶！

在这刹那顾惜玖只觉头顶处像是砸进了一根长长的钉子，那“钉子”直贯入她的脑仁深处，然后在里面游走不停，走到哪里，哪里就像是要被活生生地劈开一样！剥皮拆骨也不过如此！

她脸色煞白，初时尚忍着，但忍了不足半分钟便忍不住频频呻吟出声，汗珠子噼里啪啦地向下滚。

“疼……疼……疼……不要……”她嗓音嘶哑，倒能冒出话来了。

她想要挣扎、想要躲开，但帝拂衣的白光不但让她疼得难受，还有定住她的身子的作用，她压根不能动，只能在那里苦熬。

帝拂衣望着她，掌心的白光不停，嘴里还不忘安慰她：“看，我这疗法虽然让你疼了一些，但是治好了你的哑疾。还是很有效的。”

顾惜玖快要疼晕了！疼得魂魄想要不顾一切地裂体而出！

她虽然动不了，但全身打摆子似的颤抖起来，她终于强撑着说出一句完整的话：“住、住手！我、我不要、不要你治疗……不要了！”她疼得声音变了调子，凄厉得如同厉鬼。

帝拂衣柔声道：“看，你能连续说话了，真的很管用。”

顾惜玖急了：“言诺……你别、别这么自作主张，把我送到左天师那里，他、他肯定有其他法子的。”

帝拂衣看了她片刻，终于停了手。

这种治疗术显然也很耗他的灵力，他的脸色看上去也有些苍白，他叹了口气：“其实我也知道左天师会有法子，但这不是一时联系不上他吗？而你伤势严重又不能挪动，我只能勉为其难，其实这样做也很耗我的灵力……”

顾惜玖唯恐他再来一遍：“我……知道……你是好心，回头我见了拂衣，定会为你美言几句，你……让我自己、自己歇一歇，歇一歇就能……好了。”

帝拂衣点了点头，自身上拿出一个药瓶，从药瓶中倒出一粒药丸让她服下：“吃下去，对你的身体有利。”

顾惜玖这个时候自然反抗不了，料想着他不会害自己，将那药吞了下去。

“这药很补，可以让你的伤口更快愈合，就是有些疼，你忍耐半天就差不多了。”帝拂衣站起身来，随口说了此药的药效，看着她刚刚恢复一点儿血色的小脸再次变得煞白。

“你先好好养着，我出去走走，顺便给你采药，可能回来得会晚一些，你自己别乱动，在这里等着。”他又嘱咐了她几句，转身向外走去。

顾惜玖看着他的背影，终于忍不住开口："这里、这里安全吗？如果有野兽进来，而你又不在……"

"放心，这山洞极为隐秘也极险，就算猴子也发现不了，不会有危险的，耐心在这里等着。"帝拂衣连头也没回，直接走出去了。

他走出山洞后脸色已经彻底冷了下来！

他刚才用术法搜魄术探查了一下，她体内只有一个魂魄，并没有另外一个魂魄共存。

顾惜玖的魂魄不见了。

看来叶红枫那一刀上的花样不少！她扎伤顾惜玖的心脏并不单纯想要她的命，那刀上的毒也不单单是让她疼的，而是通过一场高烧改变了她的体质，还在她的魂魄上动了手脚，在她的魂魄上种了什么咒术，让她的魂魄情不自禁地离体，以至于让她身体内的魂魄在不知不觉中被调了包。

叶红枫的魂魄在这里，那顾惜玖的魂魄又在哪里？

帝拂衣不放心，先用术法为顾惜玖招了一次魂，和他料想的一样，连一片魂魄也没招来。

以龙司夜的性子，最大的可能是他将顾惜玖弄到他身边待着，而不是将她整得魂飞魄散。那么现在顾惜玖的魂魄十有八九在那个克隆体身上！

种种迹象表明龙司夜和龙梵以及那天魔之间必然有联系，而这联系的纽带十有八九就是那个莫名其妙在冰棺中复生的叶红枫！

叶红枫的复活只怕是天魔和龙梵在背后搞的鬼，先派叶红枫在龙司夜身边慢慢影响他，改变他的性子，用一种什么药物放大他的心魔，让他随着他们的意愿走。

龙司夜的心魔是顾惜玖的"背叛"，一旦被放大就会走向偏执，加上叶红枫在旁边频繁地煽风点火，龙司夜就钻了他们的圈套，不知不觉地配合他们来坑顾惜玖了。

帝拂衣还是极端聪明的，在脑中略一梳理，就大体理清了其中错综复杂的关系。

帝拂衣眼眸中闪过一抹锐利的光！

这些人算计他没关系，他接着就是，就当给自己找点儿乐子了。但他们现在是在顾惜玖身上下了手，这就挑战他的底线了！

现在叶红枫占了顾惜玖的壳子，这叶红枫十有八九是天魔的人，她附体成功后应该有和天魔联系的独门术法，她必然会将消息禀报给天魔知道。

在没找回顾惜玖的魂魄前，帝拂衣不能打草惊蛇。

他大步出来，随口叮嘱了沐风几句，让他继续在这里盯着，他自己则直接召来独角兽，腾空而去。

沐风刚才已经通过传音玉牌联系到沐电了，沐电很快就会回来，到时候沐电会易容成帝拂衣现在的模样，进去继续稳住"顾惜玖"，所以帝拂衣走得很放心。

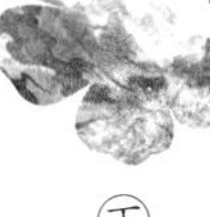

山洞内，“顾惜玖”看到帝拂衣的身影消失后，这才勉强抬起手做了一个古怪的法诀，然后闭上眼睛，用意念之术联系上了一个人：“主上，一切顺利。”

“那个言诺没起疑？”那人的声音如同海豚音，有一种奇异的韵律。

“没有，他已经恢复正常体形了。他答应我待我的伤势稳定些就把我送到帝拂衣那里。”

“很好！”那人微笑道，“叶红枫，你继续和他周旋。”

“是！”叶红枫应了一声，断了和那人的联系。

这意念之术虽然隔这么远也能联系，但也很耗元神之力，所以她长话短说地禀报完，立即收了这术法。

她累出了一头汗，在心里骂了一声，这身体她占了之后，出乎意料地沉重，手脚上像绑着重物，稍一活动就能累出一身汗。

更要命的是，帝拂衣给她用术法疗伤之后，她身上那伤口更疼了，而且还有越来越疼的趋势。

看来是帝拂衣临出去时喂她服用的那药起作用了！

那疼像生孩子的阵痛，一阵紧似一阵，也一波比一波厉害，让她疼得想要翻滚了！但帝拂衣走时大概是为了让她好好休养，免得触动伤口，所以点了她的穴，她现在也就是手臂和脖子、脑袋能活动几下，其他地方则像死了似的，压根动不了，所以就算再疼她也只能苦苦熬着。

她刺顾惜玖的时候唯恐刺得不够深、不够疼，现在自己待在这身体里，亲自尝到了这种生不如死的痛楚，终于后悔了！

剧烈的疼痛让她哀号出声，这疼痛持续时间分外长久，她足足熬了将近一个时辰，外面终于传来脚步声。她连忙闭嘴，强忍住疼痛抬眼看去，发现应言诺又回来了。

她如见到救星，颤着声音道：“言诺，我太疼了，有止疼的药吗？”

这个应言诺自然是沐电易容的，他被帝拂衣十万火急地召回来，然后痛苦地再次易容成现在的“应言诺”，进来哄这假顾惜玖。

他模仿应言诺的动作模仿得十分像，所以他真情实意地柔声劝道：“这药虽然疼了些，但对你的伤绝对有好处，再忍一忍啊。”

叶红枫：“……”

帝拂衣的独角兽是这世上飞得最快的坐骑，几百里的路程他不足半个时辰就赶到了。

天问山的护山大阵虽然极为厉害，但压根挡不住精通阵法的帝拂衣，他进这天问山就像进自家的后花园一样。

他很快就来到了龙司夜的炼药室外，沐雷向他禀报说龙司夜带着叶红枫进去后再没出来过，应该还在里面。

帝拂衣点头，先看了看这炼药室外围的禁制，很快找到了破解之道。

于是沐雷就跟着自家主人在禁制内左绕几圈，右绕几圈，前进后退数步，再抬头看时，炼药室的大门已经近在咫尺！

这大门明显也是机关，大门上有一个玄铁转盘，转盘上是密密麻麻的数字，从一到一百，排列成八卦的样子，而且这些数字的颜色也不相同，看上去花花绿绿的让人眼晕。

他看了看自己的主子，帝拂衣已经恢复本来样貌，一身紫袍，面上的银质面具在夜色中隐隐闪着冰冷的光泽。

他现在的功夫虽然还没完全恢复，身材也没真正恢复，但他已经能使用变换之术，再变出自己的本来样貌那是分分钟的事。

沐雷跟在帝拂衣身边多年，也是开机关的一把好手，他正要上前试探着开这个机关门，没想到做事一向谋定而后动的帝拂衣向他摆了摆手，让他闪到一边，然后有一道炽烈白光直接切了过去！

沐雷："……"圣尊做事居然也开始简单粗暴了！

帝拂衣这道白光无坚不摧，无物不化，白光在大门上转了一圈，眨眼之间就熔出一个人形大窟窿，然后帝拂衣身形一闪，直接入内。

沐雷忙跟进去，进去之后他就愣住了。

龙司夜这炼药室规模不小，正中是一尊炼丹炉，四壁则是奇形怪状的架子，架子上整齐地摆放着一些叫不上名字的器皿，还有一些大小不一的大肚子瓶瓶罐罐，而这些瓶瓶罐罐基本是透明的，里面装满了各色液体，这些液体内泡着一些东西。

沐雷看清里面的东西后胃里翻腾了一下！

这里面泡的居然都是各种人体器官！

其实龙司夜这个炼药室就是个人体医学实验室，放在现代并不值一提，但在"没见过世面"的古代人眼里那就有些惊悚了！

不过沐雷现在没空对这些吃惊，他进来后发现龙司夜和叶红枫都不在这炼药室里！

两人怎么会不见的？！

这炼药室是单独的一片建筑，并不和其他建筑相连，沐雷一直在外面盯着，就算从里面飞出来一只蚊子他也能分清公母，怎么可能把两个大活人盯没了的？

帝拂衣："这室内应该有暗道，找！"

沐雷如梦初醒，忙打起十二分的精神寻找暗道，很快将这炼药室摸索了一遍，终于在一面墙上发现隐藏得极好的暗门。他打开暗门，里面果然有一条暗道，黑黝黝的

也不知道通向何处。

沐雷握拳道："这位龙宗主居然在自己的炼药室内修建了暗道，看来他平时真的很没安全感！"

帝拂衣不语，纵身跳下，顺着暗道向前追去。

这暗道并不长，只有三四里路，二人眨眼间便从暗道里追出来，外面却是一处断崖。这暗道的出口就在断崖中间，上不接天，下不接地，附近生长着枯草长藤，将暗道口遮得严严实实的，不走到跟前拨开这些草丛都看不到它。

很显然，龙司夜带着叶红枫的躯壳自这里跑了！

龙司夜和叶红枫进那个炼药室已经三个时辰，如果他们从那时就通过这暗道逃走的话，三个时辰足够他们跑到任何地方！

山风呜咽，吹得站在那里的帝拂衣的衣袍猎猎作响，他轻吸了一口气，强压下心乱如麻的情绪，逼自己冷静下来。

他转身进了暗道，在里面查看了一番，一点细微之处也没放过。

这暗道造得相当粗糙，而且看暗道的洞壁像是新的，也就是说这暗道修建了不足半年时间。

龙司夜做事相当有条理，无论弄什么东西都弄得有板有眼的。

帝拂衣曾经和他一起围猎过，亲眼看到过他劈柴弄篝火，原本横七竖八的木料被他劈得一样长短一般大小，支起来的篝火堆也像金字塔似的，相当具有美感。

这样一个人如果在自己的炼药室里弄暗道必然也会弄得极为齐整，而不像现在这样，洞壁像狗啃的，这一段暗道也忽宽忽窄，粗糙得像狗洞。

而且帝拂衣看洞壁留下的痕迹，像是木术法用得不算很熟练的人慢慢磨出来的。

能进龙司夜的炼药室，修习木系术法又不算熟练的人只有一个，那就是叶红枫！

叶红枫弄这样一条通道就是为今天逃生做准备的，看来她最起码筹划半年以上了。

一般的灵魂不能夺舍投胎，而那个克隆体虽然是个无主的，但毕竟是用真正的叶红枫的基因细胞造出来的，身上的磁场必定与原主很相似，只有和原主相似的魂魄才能附身其上。

那现在这个活着的叶红枫的魂魄不但能自如地指挥这个克隆体，还能够附在顾惜玖身上，看来也不是一般的魂魄，搞不好被龙梵特殊改造过了。

帝拂衣心中如有百念翻涌，他迅速将已知的线索梳理了一遍，觉得还是从叶红枫这里下手是最快的渠道，但又不能打草惊蛇，要不然顾惜玖或许会有危险。

他握紧手指，仰望着天空中的星星，看到属于她的那颗星星辉暗淡，摇摇欲坠，仿佛随时会陨落。

沐雷满心愧疚，恨不得自杀谢罪，向着帝拂衣扑通跪倒："主上，属下疏忽，请

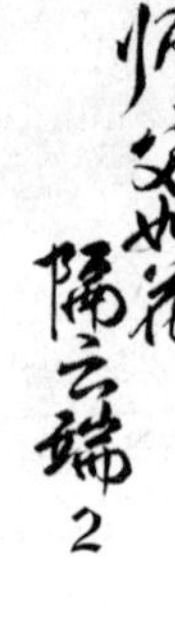

主上治罪！”

帝拂衣轻飘飘地看着他：“你这颗大好人头先寄存在你的脖子上，速让暗部的人全体出动，追查龙司夜的下落！一个旮旯都别放过！”

沐雷心中一震。

暗部的人全体出动？！这可是从来没有过的事！看来这次圣尊动真格的了！

暗部是这个大陆最难缠、最神秘的消息楼，没有人知道暗部究竟有多少奇人异士，他们无所不在也无孔不入，无论是谁，一旦被他们盯上，就算飞上天变成鸟也能被射下来！

外人不知道暗部的深浅，沐雷是知道的，因为这暗部就是圣尊的耳目，平时一口气出动个十人八人已经是很严重的大事，而现在圣尊居然要他们全体出动！

暗部一共有两万三千八百二十三人，这些人一起出动，龙司夜只要还留在这个大陆上，他们就能把他翻出来！

沐雷立即去安排了。

谁也不知道，看上去一向风平浪静的大陆已经有暗流在风起云涌，在这大陆各处以各种身份隐匿起来的暗部暗者，在同一天内收到同一个消息，秘密寻找龙司夜，一旦找到立即上报总部，无数人在接到消息的那一刻行动了起来。

也不过半个时辰的工夫，就有人传回消息，有人在离此千里的烽火山中看到过龙司夜的踪迹。

他当时带着一名女孩子，直接落在烽火山山坳里去了。

帝拂衣二话不说，立即赶往烽火山。

烽火山是座活火山，山顶上有一道翻滚着岩浆的火山口，隔个十天八天就喷发一次，烽火山周围酷热难当，寸草不生，平时压根不会有人来，真正属于不毛之地。

因为火山常常喷发，整个山烟云缭绕，稍一靠近就呛得不得了。

帝拂衣直接落进那弥漫着火山灰的山坳之中，火山烟云比雾气还浓厚，隔十几步就看不清人。

帝拂衣这次穿着一身淡烟色的衣袍，衣袍上有墨黑的云团，如层层叠叠的阴云。这是暗部领导者特有的服饰，普天之下仅此一家，可防水防火，这衣袍用特殊布料制成，任何布料也假冒不了，凡是暗部的暗探都认得这身衣服。

所以他刚一落下，就有暗部的暗者迎上前行礼。

这位暗者有了新发现，在龙司夜落地不远处发现了一具女子尸体。

帝拂衣也不废话，直接让他带自己去看。

那女子的尸体是在一个山洞中，帝拂衣一眼就认了出来。

这是叶红枫的尸体！

他的一颗心像是沉入了冰水里，他一直以为顾惜玖是和叶红枫互换了身体，但现在叶红枫已经在顾惜玖的身体里复活了，叶红枫的这个本体却像垃圾似的被抛在了这里。

那顾惜玖的魂魄又在哪里？！

他一横心，开始在这具尸体上摸索。

那位领路的暗者睁大了眼睛，这位暗影主宰不但神出鬼没，而且极爱干净，平时不要说尸体，就算是大美人他也不会碰对方的一根指头，这次怎么在已经被烘烤得干瘪的尸体上摸来摸去？

帝拂衣却不理会这名属下的惊讶，想看看顾惜玖的魂魄会不会被禁锢在这干尸里面。对手的邪恶法子太多，他不能漏掉一丝可能的希望。

事实证明他想多了！

顾惜玖的魂魄并没有在里面，那她到底去了哪里？

“主子，还要找吗？”那位暗者询问。

“找！”帝拂衣只回答了一个字。

三天的时间对大多数人来说算是短短一瞬，而对帝拂衣来说，这三天像是度日如年的三天。

这三天其他暗者再没传来关于龙司夜的消息，而烽火山也像过筛子似的被几十位暗者搜了一遍，结果再没找到半条有用的线索。

龙司夜像是跳进那滚滚岩浆之中殉情了，连他身上的一块布片也没再找到。

帝拂衣自然也想在叶红枫这里打开突破口。他曾经用瞳术控制她一次，想让她说出实话，但叶红枫明显受过这方面的专业训练，帝拂衣百试百灵可以让任何人被催眠说实话的瞳术在她身上失灵了。

因为怕打草惊蛇，他一时又不能对她用刑，怕对顾惜玖更不利。

这次不但顾惜玖的下落成谜，连龙司夜的下落也成谜了。

在这期间帝拂衣已经分别为顾惜玖和龙司夜招过两次魂，却没有任何结果。

而代表她和龙司夜的星星虽然暗淡，但并没有跌落，证明他们还活着，没被人整得魂飞魄散。

可是，他们到底在哪里？

她又是以什么身份活着？吃没吃苦？受没受罪？

龙梵那变态会怎么对她？

人无牵挂则无敌，他是神，当他压根不在意任何人的时候，他可以冷静地做任何事，碰到任何艰险都能冷静反击，没有人是他的对手。

但他现在心中有了她，她就成了他的软肋，成了他不可触摸的一部分，现在别人抓住的正是他的软肋！

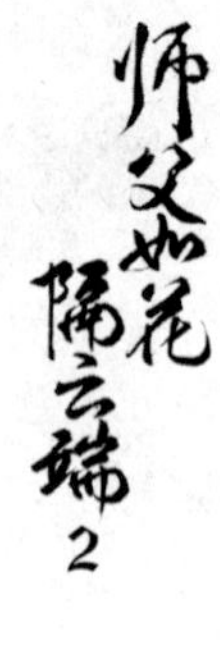

他又等了一天，这一天终于做了一个决定，险些惊掉沐风的下巴："告诉沐电，把应言诺就是本座的事泄露给叶红枫知道！"

沐风大惊失色："主上，您现在尚未完全恢复，如果让天魔知道您的这个弱点，只怕他会疯狂来袭！"

帝拂衣轻轻握着自己的手指，淡淡地道："就是让他来！"

他既然无法找到那个天魔，只能以自己为饵引蛇出洞！

沐风："……"

顾惜玖，你到底在哪里？你可知道圣尊为找你已经彻底豁出去了？

顾惜玖醒来时发现自己在一口棺材里，一口水晶棺。

水晶棺里有一棺液体，而她躺在一个气泡似的东西里，在那液体中浮浮沉沉，气泡上连着许多管子通向外面的那些液体。

顾惜玖蒙了片刻，感觉自己这种形态很像母体中的婴儿，这气泡就像胞衣，这些管子就是连接营养的血管，水晶棺则是子宫。

她和婴儿不同的是，婴儿在子宫中是光着身子的，而她是穿着衣服的！

她穿着一身不知道什么料子的长裙，比水柔，比丝滑，贴在她身上，让她放心不少。

她初时只是把眼睛睁开一条缝，察觉周围没人时她就完全睁开眼了，目光四转，然后发现盛放自己的水晶棺是在一间实验室内。

四周有各种叫不出名字的仪器。

她微微眯起了眼睛。

刚才在将醒未醒时，她听到了几句对话。

"这样算成功了吗？她什么时候醒来？"

"约莫再过一天，她的魂魄受伤需要在这身体内休养几个时辰。"

"她的记忆会完全丧失？"

"不会，我在里面加的药物极为特别，她醒来时会忘记在这世上的一切，只记得前世的事情。"

"那就好！"

当时这些声音并不大，对顾惜玖来说像是隔着一层东西，她听得模模糊糊的，让她在半昏半醒间弄不清是梦还是真实。

她像是做了一场大梦，梦中铁马金戈，鲜血横飞，醒来却是一片祥和，六颗夜明珠将室内照得亮如白昼，纤毫毕现。

她睁开眼睛时明显怔了片刻，再后来就皱起了眉头，锐利的目光四处打量，然后翻身想要坐起来，但刚刚一动，外面就传来嘀嘀的警报声。

她的眉皱得更紧，手下意识地抚向自己的胸口，似乎在寻找记忆中的伤口。

很明显，她没找到，然后她就开始打量自己的身子。

手指纤长白皙如玉，四肢匀称，这身子像是十八岁的人的，看上去极为健康。

她骤然坐了起来，随着她的坐起，气泡破裂，她抬手一掌击向合着的棺材盖，所用的正是前世常用的招数。

这种招数颇有四两拨千斤的效果，那么厚重的棺材盖被她一掌击开，她自棺材中跳了出来。

她身上穿的是过长的衣裙，她似乎很不习惯，出来时险些被衣裙绊一脚，等立稳后就将衣裙提高扎起，连衣袖也在手腕上系了起来。

她的动作干脆利落，如同行云流水。

她出来以后直接使用瞬移术，但这密室中明显有什么克制她瞬移的东西，这一下瞬移并未使利索，她还差点儿撞在门上！

她皱眉后退几步，手下意识地向腰间一摸，似乎想摸把枪出来，却只摸到了腰间的衣料。她皱眉低咒了一声，后退几步，抬手就去拉那扇关闭的门。

她的手指刚刚碰到门把手，门忽然向两边打开，有两道黑影并肩闯入，向着她直攻而来！

顾惜玖退步翻身，避开了他们的攻击，喝问："你们是谁？！"

那两人不答，攻势更急，招招致命。

顾惜玖索性也不说话了，双掌错开，和这两人就在这斗室内较量起来。

她的身法干脆利落，出招狠辣凌厉，人如穿花蝴蝶般在那两个人的攻势之间穿梭，片刻间已经拧断一个人的脖子，另外一人则被她直接扯得手臂脱臼，按倒在地上。

她一脚踩在那人的背上，声音里像裹了冰："你是谁？谁派你来的？这里是哪里？"

那人嘴里发出呜呜声，顾惜玖心中一动，抬手卸开对方的下巴，发现里面没有舌头。

她没再废话，脚尖在那人腰间一点，那人就完全不动了。

她轻吸一口气，身形一起，想要直接冲出门，门口又有人影闪过，拦在她面前。

她正要一掌拍出去，却又忽然纵身一退，微眯起眼睛望着那个人："龙……教，龙昔！"

那人正是龙昔，只不过他留了长发，穿着一身蜀山弟子似的长袍，五官和龙昔一模一样，眉目之间宛如聚集了灵山秀水，显得秀雅绝伦。

他凝望着她，微微一笑，笑容隐隐有些邪气："惜玖，你确定我是龙昔？"

顾惜玖冷笑，握了握手指道："你装什么蒜？你以为换个造型我就不认得你了？”她随手抄起一根铁棍子，眸中杀气四溢：“龙昔，你取了我的心，今日我要你的命！”她说完向着那人扑了过去！

那人骤然一退，身法如行云流水，接连避开她的几招攻击。

顾惜玖原本是招招夺命，但接连攻击十几招后蓦然后退，眸中现出惊异之色：“你不是龙昔！他没有你这样古怪的功夫！”

那人舒了一口气：“我自然不是龙昔，惜玖，我是龙梵。”

顾惜玖蹙眉，半信不信的模样：“那个科学家龙梵？龙昔的父亲？”

龙梵轻笑，眼睛如毒蛇般锐利：“其实也可以说是你的父亲，你也是我制造出来的。”

顾惜玖像是被戳到了痛处，握着铁棍子的手指发白：“龙昔说的是真的？我真是叶红枫的克隆体？”

龙梵柔声道：“是真的，不过你也不完全算叶红枫的克隆体，你曾经的身体乃至现在的灵魂可都比叶红枫高级多了！我改变了你的基因排列……”他说了一些专业术语，言外之意就是曾经的顾惜玖就是叶红枫的进化版，还是超级进化的那种。

顾惜玖的嘴唇抿得发白，明显她受的打击不轻，垂眸看了看自己身上，目光又盯在龙梵身上：“我记得我已经死了……”

龙梵柔声道：“是我又救活了你，还为你重新制作了一具身体，比你先前那具还要完美。”不知道他从哪里拎出一面镜子抛给了顾惜玖，“你自己看看，还满意吗？”

顾惜玖抬手用衣袖卷住镜子，向镜中看了看，然后顿住了。

镜中现出一名少女的模样，秀发长过腰背，五官清丽脱俗，穿着一身湖水色的裙裳，明眸带着一抹淡淡的冷意，正是她前世的容貌，还是十八岁左右的样子。

明明是同样的容貌，但这具身体比龙司夜克隆出来的要水灵得多，很有正版和盗版的区别。

看来这龙梵的生物技术比龙昔这个儿子要高很多。

她勾了勾嘴角，镜中的人跟着勾了勾嘴角。

她看了镜中的美人片刻，轻吸了一口气，将那镜子又抛回给龙梵，冷冷地看着他：“你和龙昔长得太相似了！简直一模一样！”

龙梵轻叹道：“龙昔是我的克隆体，自然极像我……”

“可是你看上去比龙昔还要年轻！”

“因为我修习了长生不老术。”龙梵始终很耐心地回答她的问题。

顾惜玖嗤之以鼻道：“你仙侠片看多了？癔症了？这世上哪有什么长生不老之术？”她又盯了他那身衣袍一眼，“看来你很喜欢看‘仙剑’啊，穿着这身衣袍很像蜀山派弟子。”

她又看了看自己身上这套衣裙，皱眉道：“你这是想要我跟着你唱大戏？拍仙侠片？”

她说话的时候长发飘扬到了前面，她嫌碍事，随手撕下一角衣裙布料，将长发扎成了一个马尾。

她的一举一动现代味十足，和她在现代时的气质完全相同，而她的记忆也明显停留在了被龙昔取心而亡的那一刻。

龙梵其实一直在实验室外面的一间屋里盯着顾惜玖的反应。

那镶嵌在实验室顶部的六颗夜明珠看上去像是夜明珠，其实是他安装的摄像头，用灵力驱动，可以全方位无死角地看到水晶棺内顾惜玖的一举一动，连她的一个细微表情都能观察到。

他知道她是顶尖的杀手，也擅长演戏，但她才醒转时的表情不会是作假的，她的反应很像她这种性子的人乍醒时看到这等景象所会有的。

当然，为了保险起见，他还是弄了哑奴去试探她，看看她遇到危险时下意识地使出来的功夫是什么。而她使用的也一直是现代功夫，没有一招是属于这个时代的。

龙梵对自己配制的药物还是极有自信的，经过这么一连串试探后，他终于放心，她是按照他的心意来苏醒的，没有这一世的记忆。

他看着她，眼眸中满是欣慰满意的神色：“惜玖，这不是拍戏，你在那一世被龙昔杀死，我在这一世将你复生，我们现在已经不是在我们那个时代了……”

顾惜玖被他绕得有些晕，挑眉像看神经病似的瞧着他：“你的意思是我穿越了？你也穿越了？而我穿越还是你弄过来的？”

龙梵也知道这种说法对她来说有些匪夷所思，笑了笑道：“你跟我来。”

他在前面飘飘前行，顾惜玖抿了抿唇，她艺高人胆大，便在后面跟着，沿途看到许多身穿古装的武士，个个是长发古装扮相。

顾惜玖忽然出手抓了一个人，揪了一把人家的头发，明显在验证对方是否戴了假头套。

龙梵忍不住笑起来，不过没说话，任她验证。

二人穿过一条长长的甬道，这甬道是半圆形的，甬道壁都是耐火隔热的一种半透明青色砖，头顶也是此类砖，但那砖上面是一层火红的流动之物。

顾惜玖不动声色地看了几眼，上面是熔岩？这个地方修建在岩浆所在之地？

“你到底要带我看什么？”顾惜玖对长着一张龙昔的脸的人明显有防备。

龙梵笑了笑道：“放心，我既然费心将你复活，自然不会对你不利。”

龙梵将她带到一间大厅内，厅内摆放着五根颜色不同的水晶柱，造型别致。

“惜玖，你把手挨个在这些水晶柱上放一下。”

顾惜玖不动地方，抿唇看着他。

龙梵忍不住又笑道："怕我在这水晶柱上捣鬼？你多虑了，以你现在的功夫我要想暗算你那是分分钟的事，犯不着处心积虑地在这里捣鬼。"

看顾惜玖依旧不动，他微微摇头，自己先走到那根绿色水晶前把手往上面一放，绿色水晶柱立即从底部亮起，一直亮到顶部满格！然后他移开手，那颜色又逐格暗淡下来。

"瞧见没？这水晶柱代表的是灵力，亮得越高代表灵力越高……"龙梵开始给她讲这个世界的灵力知识。

顾惜玖默不作声地听了片刻道："按你所说，你的木灵力已经满格了，你已经修炼到了仙的级别？"

龙梵微笑道："不错，所以我才有逆转阴阳的能力，才能将你从那个世界带过来。"

"为什么？"顾惜玖不解，"你为什么费这么大精神弄我过来？"

"因为你是我最完美的作品，完美到我无论走到哪里都想带着你。"龙梵望着她的眼眸里闪过一抹狂热神采。

顾惜玖："……"科学疯子的世界不容易懂！

"那既然你在这边已修炼成仙，想必是早就穿越过来了，可我记得我被害之前还听说你好端端地活在实验室里……"

龙梵轻轻勾起嘴角："其实……我并不是你那个时代的人，我本来就是这个时代的。"

顾惜玖显然没料到会是这样："啊？"

龙梵悠然一笑道："不明白？"

顾惜玖略一思索，问道："你的意思是你是穿越到现代，学会现代科学知识后又穿越回来的？"

龙梵笑而不语，明显是默认了。

这倒是个大八卦！

"那我呢？你不会告诉我，我原本也是这个时代的人，被你在那边克隆出来的吧？！"

龙梵摇头叹道："这倒不是。好了，这些都不是最重要的，重要的是你我都在这边。以后你我联手可以做出一番事业来。"

顾惜玖淡淡地道："我并没有称王称霸的野心，而且也不想和你合作！"

龙梵挑眉，眸中有暗光闪过："为何？"

"因为你这张脸！我看到你这张脸有心理阴影。毕竟是你儿子坑了我……子债父偿，那性质就是一样的，我顾惜玖岂是会在同一个地方摔倒两次的人？你小瞧我了！"顾惜玖声音冷冷地道。

龙梵："……"

门外忽然传来一声轻笑："说得好！龙长老，这下你踢到铁板了吧？"声音清冷磁性，如冰玉互击。

随着说话声，一人走了进来。

疑是银河落九天，这是形容庐山瀑布的，但顾惜玖觉得，这句诗形容这人的银发也很形象生动。

这人穿着一身浓如墨的黑色衣袍，那一头银发如斗篷似的披散到了他的脚踝，这人长相极美，却又不是中原人的那种美，而是带着一种西域风情，高鼻深目，五官如同用刻刀雕刻出来的，线条利落俊美，看人的时候淡茶色的眸子如泛着水光，有一种惊心动魄的魔力，仿佛能让人心甘情愿地迷醉在他那双眼睛里。

这人轻笑着走了进来，看上去如同温文的贵胄公子，却又隐有一种暗黑妖娆的气息。

总之这人的气质极为特别，让人一见就印象深刻。

龙梵弯腰行了一个看上去很古怪的礼："尊主。"

那人点了点头，算是回应他了，视线落在顾惜玖身上。

他那双眼睛很有穿透力，仿佛能将人连皮带骨地拆开看，顾惜玖被他这样的目光瞧得不舒服，不服输地望了回去："阁下是？"

那人轻轻一叹道："你还记不记得容彻？"

顾惜玖思索了片刻，问道："容彻？他是谁？我该记得？我的朋友里面没有他，难道曾经是我的任务对象？"

那人眸中闪过一抹暗光，他似失望又似欣慰，摇头道："算了！"

顾惜玖瞧着他："阁下名叫容彻？"

那人笑了："他曾经是我的化名，算了，不说这个了。顾惜玖，你不愿意和龙长老合作，那你我合作如何？"

顾惜玖抿了抿唇："你到底是谁？"

那人一指龙梵："他算是你的父亲吧？他唤我一声主人。"

"原来你是他的上司。"

那人柔和笑道："好了，惜玖，你来试试你这个身体拥有什么灵力，龙长老说你这身体是天才中的天才。试一试让本尊瞧一瞧。"

顾惜玖轻吸一口气道："你们说的这些，我得消化消化，灵力什么的，这世界还是个仙侠世界？现在是什么朝代？当今皇帝是谁？"

那人微笑道："你先试一试，试完了本尊再详细和你讲解这世界的格局。"

好吧！

顾惜玖一横心，果然上前去试了。

她把五根柱子挨个摸了一遍，只有红色柱子亮得挺通透，显示她这个身体有六阶半的火灵力，算是逆天了！

看来龙梵造出来的身体确实比龙司夜造出来的强，龙司夜造出来的叶红枫，初始灵力只有五阶……

顾惜玖这样的初始灵力显然让龙梵和银发人很高兴，两人脸上都有欣慰之色。

龙梵是一种自己做出的果然是绝世作品的荣誉感，而银发人望着顾惜玖的目光就复杂了一些，他微笑着报出了顾惜玖现在的灵力值并恭喜她。

顾惜玖嘴角有隐隐的笑意。

龙梵一直盯着她瞧，开口问她："很开心吗？"

顾惜玖倒很干脆："如果这一切都是真的，我还是比较开心的，总算没穿越成废材。"她还是很好问的，目光转向银发人，"是不是这个世界的人都拥有一种灵力？只是高低不同？"

银发人摇头道："这倒未必，像本尊就拥有五种灵力。"

他看顾惜玖一脸半信半疑的模样，干脆在五根柱子前走了一圈，无论摸哪一根柱子都会亮起，有的是满格，有的将满，显示他的灵力确实极高。

龙梵和他一比简直不在一个档次上，龙梵甘心认他做主人倒也不算奇怪。

五种灵力，还是五种极高的灵力！他也确实有资本和神对抗，怪不得野心这么大！

银发人在五根水晶柱间走动的时候，如云气缭绕盘旋，不是一般飘逸，甚至让人看不清他的步法，却能隐隐让人感觉到他恐怖的灵力。他像尊神似的站在顾惜玖跟前，虽然在笑，但身上那无形的威压几乎让人透不过气来："如何？你想不想和本尊合作？"

顾惜玖后退一步，不想直面他的威压，然后问出了自己的疑问："阁下灵力恐怖，而惜玖才来这个世界，尚是两眼一抹黑，所拥有的灵力和阁下一比称得上浅薄，不知道能和阁下合作什么？"

那银发人笑了笑，眼睛凝望着她："你只要答应合作，我们自然有合作的地方。你答应吗？"

顾惜玖抬手揉了揉眉心，没正面回答他："今天的信息量对我来说有点儿多，我甚至不知道你们是什么人，也不知道这是什么地方，一切不过全凭你们说……"

她看了一眼那些柱子："我甚至不知道这水晶柱里是不是安装了什么灯，说不定按动什么地方这柱子就自动亮起，压根就不是灵力这回事。"

银发人和龙梵面面相觑，龙梵苦笑道："她怀疑得其实有道理，尊主，不如您露两手给她瞧一瞧？"

银发人懒洋洋地打了个哈欠："这要怎么露？"他望着顾惜玖再次笑了笑，"也

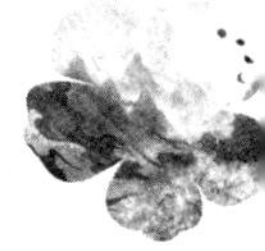

就你敢如此质疑本尊，如果别人敢这么说，本尊已经让他永远闭嘴了。”

顾惜玖道：“多谢尊主抬爱。”

银发人叹气道：“好吧，为你破一次例也不要紧，本尊待会儿让人露几手给你瞧一瞧。你随本尊来。”

顾惜玖怎么也没想到这修建于熔岩之中的地宫会如此之大，她感觉比得上传说中的秦始皇地宫了！这地宫里的道路蜘蛛网一样四通八达。

银发尊主带着她在这地宫中七拐八绕，也不知道走了多少岔路口，才走到一座广场似的大殿内。

说是大殿，其实是广场，只不过上面的天是流淌着岩浆的，火红得如同被火烧云铺满。

广场上有几个兽笼，兽笼中有猛兽在嘶吼跳跃。

顾惜玖盯着那些猛兽，旁边的龙梵道：“惜玖，看到这些猛兽你还不相信这是异世界？”

那些猛兽个个长相狰狞，在现代确实没有这些动物。

顾惜玖没说话，但看向猛兽笼的眸子里确实明明白白地写着讶然。

龙梵一直盯着她的细微表情，见她如此，松了一口气。顾惜玖从醒来以后所做出来的反应虽然不近人情，但也确实是她这种人应该有的反应。身为一名绝顶杀手，如果她很轻易就相信别人，那就太白痴了！

银发尊主证明灵力存在的法子很简单，让人将铁笼门打开，然后让在旁边看守的下属和这些冲出笼门的猛兽搏击。

这些下属所用的自然是灵力所激发出来的功夫，就连那些猛兽也是级别高的，也会用灵力，一时之间，整个广场上各种灵力光芒乱舞。

野兽嘶吼跳跃扑击，人影翻飞来去，各种技能光如炸开的烟花，不时绽放。

顾惜玖抱臂站在旁边看着，俏脸上没什么表情。

“惜玖，现在相信了吗？”龙梵问她。

顾惜玖抿唇，不得不承认道：“看来是真的……”

龙梵微笑，也松了一口气。他似想起了什么事：“那你先在这里看着，注意别靠近这些猛兽，它们可都是六阶魔兽，你现在不是它们的对手。”嘱咐几句后，他就离开了。

顾惜玖站得有些疲惫，就向不远处走了几步，在厅角的石凳上坐了下来，继续观战。

而突变就是在这一刹那发生的，有两头魔兽忽然发了狂，功力像是增长了一倍，直接将和它们对战的两个人咬死，然后一个纵跃，向着顾惜玖猛扑过来！

狂风扑面，腥臭扑鼻，顾惜玖吓了一跳，仓促应战！

她身上只有六阶的灵力，还压根不会使，只能用本身的功夫躲避，霎时连遇险招，好几次险些被魔兽的爪子钩破衣服！

偏偏这个时候那位银发尊主不知道被什么吸引了注意力，正看着另外一个方向，压根没注意顾惜玖这边。

这个时候顾惜玖如果使出帝拂衣教给她的灵力招数，就算是六阶的灵力也能把这两头凶兽给拍飞出去，而银发尊主又没看这边，她就算使出招数也不会有人发现。

刺啦！顾惜玖的裙摆被一头凶兽钩到，直接扯了下来。

而她也被那凶兽扯了一个趔趄，险些趴倒，两头凶兽趁机怒吼一声，挥舞着簸箕大的爪子向着顾惜玖抓去！

周围已经有人发出惊呼，倒地的顾惜玖忽然一个翻滚，并借势瞬移！

她明显是慌不择路，瞬移的速度又神鬼莫测，这一下直接向着那位银发尊主撞过去！

这个世上没有人能够躲开顾惜玖的瞬移，那位银发尊主也不例外，顾惜玖的身子像颗炮弹似的撞在了他刚刚转过身的怀里，然后从他怀里直接穿了过去，踉跄着站在了地上。

他的身体居然是虚的！

他看上去明明是个实体，没想到撞进去的时候像是撞在了厚厚的烟云里，顾惜玖甚至能感应到穿过他身体时的那种温热。

顾惜玖诧异地回望，正看到那两头凶兽顺着她逃走的路线追过来，被那位银发尊主用术法截住，两道五彩光芒过后，那两头凶兽直接被劈成渣渣了。

“受惊了。”银发尊主回身望着她，邪魅的双眸中似噙着柔和的笑意，“本尊一时不察，险些伤到你，没事吧？”

顾惜玖抿了抿小嘴儿：“没事！”两个字说得硬邦邦的，显然她被吓到了，而且心中也有了怨气。

银发尊主轻叹道：“没事便好，我们回吧。商量一下合作之事。”

顾惜玖微牵嘴角，说道：“尊主如此有本事，惜玖可不敢高攀。”她说罢转身离去。

银发尊主：“……”他大概是第一次被人这么晾下，望着她的背影一时有些愣怔。

他明白，她虽然失去这世的记忆，但她的聪明可是没减分毫，到了现在她应该已经看出那两头发疯的凶兽是他在背后捣鬼造成的，所以她愤怒也在情理之中。

“尊主，这小丫头太不识抬举了！该给她一个教训！”一名弟子上前来拍他的马屁，想博取他的一点儿好感。

银发尊主侧头瞧了他一眼，微微一笑。

他的相貌偏阴柔邪魅，平时的行为却如同翩翩佳公子，对待这些属下也和颜悦色的，看上去很好相处。

而这位弟子其实是龙梵的人，平时难得见到这位银发尊主，并不知道他的脾气，所以这个时候敢上前说话。

银发尊主长相漂亮，他这一笑极为倾国倾城，那弟子是个好色的，眼睛几乎要直了："尊……尊主？"

银发尊主淡淡地开口："本尊的事有你插嘴的份？"声音温和中透着彻骨的寒意。

那弟子一僵，还没来得及说话，银发尊主的衣袖已经拂了过来。

很轻柔的一个动作，扑面的风甚至带着春的暖意，然后……然后那名刚才还力斗了三头凶兽的弟子直接化为一摊水了。

这广场上还有其他弟子，此刻全部噤声了，大气也不敢喘一口。

这位尊主平时轻易不在这里露面，就算露面也是白衣、白兜帽，看不见脸也看不出身形来，而且都是停留片刻就离开了，所以这里的弟子对他还不如对龙梵熟悉……

私下里他们最敬重、最怕的是龙梵，对这位尊主有一种遥不可及的疏离感，这一次尊主到来停留的时间不短，已经两天了还一点儿也没有要离开的意思，更诡异的是他这次来居然露出本貌了。

若不是龙梵对他恭恭敬敬，称呼他为尊主，这些人几乎不敢相信这位看上去倾国倾城的佳公子居然是他们的尊主。

现在他们终于信了，也怕了！

尊主这种功夫简直恐怖，而且也惹不得。

第五十四章　银发尊主

这位尊主到底是什么？

顾惜玖一直在考虑这个问题。

身子可以完全虚化，他是魂魄凝出来的身体？

魂体的情况下功夫还如此恐怖，可知这人是个扎手的角色。

顾惜玖被安排在一间闺房内，很难想象在这样不见天日的地方居然能布置出这样一座闺房，而且里面的布置都是她曾经喜欢的风格。

龙梵领着她进来时问过她一句："喜欢吗？"

顾惜玖在屋里转了一圈，然后点了点头："龙长老费心了。"

龙梵瞧了她两眼道："你该叫我一声爹爹的。"

顾惜玖顿了顿，很认真地道："对不住，叫不出来。"

龙梵："……"

他尚未来得及说什么，外面有人发出一声轻笑："龙长老，你让她唤你一声爹爹，那日后本尊要唤你什么？"

门被推开，那位银发尊主又飘飘然走了进来。

他这句话明显大有深意，顾惜玖蹙眉，龙梵则脸色微微一变："尊主。"

银发尊主将手掌放在他肩头轻轻按了按："好了，她这身体虽然是你制造出来的，但她的魂魄不是，可算不上是你的女儿。"

龙梵明显是有些怕他的，不说话了。

银发尊主又拍了拍他的肩：“龙梵，你去忙你的吧。”

“是。”龙梵转身出去了。

屋内只剩这位银发尊主和顾惜玖，银发尊主将目光落在顾惜玖身上，半晌没说话。

屋内一时有些静，顾惜玖抿了抿唇，这位尊主气场太强，戳在这里就算不说话也有很强的存在感。

她打了个哈欠：“尊主还有事？”

银发尊主顿了顿，不知道从何处摸出一把折扇晃了晃，轻笑道：“惜玖，你这是变相赶我？”

他这是标准的八王爷容彻的动作，相貌已经完全不是，神态举止却一如从前，优雅从容，温文如玉，如一湾湖泊，看上去清浅，其实却深不可测。

只不过他以前是温文中带着狐狸般的睿智，现在这狐狸却进化成了九尾妖狐，一举一动总透着一抹妖魅气息。

顾惜玖在心里感叹了一声造化弄人，面上却不动声色，只淡淡地道：“惜玖有些困倦，想休息一下，尊主日理万机，想必也是极忙的，就不必在惜玖这里耽搁时间了。”

当年的容彻一直是个知情知趣的人物，而且善察言观色，顾惜玖住在将军府的那一年，容彻也去拜访过她几次，她稍稍一露倦色，他立即起身告辞。

这次的银发尊主倒还保留了曾经的好习惯，所以笑了笑道：“好，那你歇着，本尊过一阵再来看你。”他说罢施施然地走了。

顾惜玖在屋里转了一圈，在屋角的一个大花瓶里所插的疏落有致的花枝上发现了一个摄像头……

她将那摄像头捏在掌心里看了一眼，俏脸上似有怒意，冷笑一声，将那摄像头直接摔碎了！

在另一间屋子内监视着这一切的一道玻璃帷幕上，代表顾惜玖的闺房的那一面变成了雪花。

龙梵向上面瞧了一眼，忍不住摇了摇头。

他就知道以那丫头的机警，不可能发现不了那摄像头。

银发尊主也看到了这一幕：“龙梵，你说得不错，她果然很机警。”

龙梵一边倒腾手头的活儿，一边头也不抬地道：“我早就说过，她是那个年代最出色的杀手！”

银发尊主用手里的扇子轻敲工作台：“你说有没有可能她一醒来就发现了那些摄像头，所以一直在做戏呢？”

龙梵怔了怔，随即摇头道："不可能！当初她才醒时你也看到了，属下在实验室里所设的摄像头是在这个时代发明的，压根没有外人看到过，她也没见过，不可能一睁眼就做戏。她如果拥有今世的记忆，一睁眼怎么也得失神片刻的。她那神情可不像是作伪。"

银发尊主轻轻叹了一声道："这小丫头精明得像小狐狸似的，不知道多少人上过她的当，很多不可能的事在她那里都会变成可能。或许本尊还得试试她。"

龙梵暗翻了一下眼睛，脸色也变得不好看了："尊主这是在怀疑属下的制药能力？"

银发尊主将扇子往他肩头一搭："错，本尊对你的制药能力很放心，不放心的只有她，她常常是那个变数。放心，这次试验不会让她有生命危险，本尊知道她是你的心肝宝贝，自然有分寸的。"他说罢转身走了。

顾惜玖躺在床上，闭上眼睛假寐，心中却叹了口气。

这个世上还有比她更悲催的人吗？

好不容易和心爱的人相会，在山洞里相偎相守，没想到一番高烧过后她就离魂了，眼睁睁地看着自己的魂魄飘离自己的身体。她那时候很急，偏偏又身不由己，虚空中仿佛有一只手要将她扯走。

她当时心里还惦念着万一帝拂衣醒来看到已经变凉死掉的她，会不会很伤心？

他伤心之下会不会为救她再一次用什么禁术招魂，会不会耗损灵力过剧重新变小？

她当时拼尽全力想要留在原地，和那股拉扯她的怪力气拔河，还没拔出个一二三来，她就惊悚地发现自己的那个壳子被帝拂衣给唤醒了。

她当时太过吃惊，以至于一时不防备，被那怪力拖走，眼前一黑就什么也不知道了，在半迷糊半清醒的状态中听到了龙梵和银发尊主的对话。

等她真正醒来就发现自己像试验的小白鼠一样被关在水晶棺里！

顾惜玖有儿时的记忆，一眼认出那实验室的构造很眼熟，是那科学疯子的风格！她儿时也曾被泡在营养液里过。

她的反应一向快，只一瞬间她就知道自己着了龙梵的道，被狸猫换太子了，同时感应到自己被换了身子。虽然她对这种设定很想骂龙梵的祖宗，但当时的情况下她只能将计就计。

她必须演戏，换了一具陌生的身子，又在人家的地盘上，她如果不按照人家的设定失忆，那龙梵铁定还会有后招对付她，说不定会把她当小白鼠多试验几次，直到她真的失忆为止。

此刻她躺在床上，心头不知道是什么滋味。

帝拂衣一直在寻找这天魔的老巢而不得，没想到她无心插柳柳成荫，发个高烧就直接跑进来了。

奇怪，帝拂衣不是说她不能再换体而生了吗？一旦再换体就会魂飞魄散，那她现在怎么换了？还换得这么利索，这身体她用着没有一点儿不适感，简直就像自己的。

不用问，这次龙司夜协同叶红枫暗算她，背后之人是龙梵，要不然她也不会在龙梵的实验室里醒过来。

看来这科学疯子的花招还真不是一般多，让人防不胜防。

而龙司夜……

她藏在被中的手指紧了紧，他这么算计她，良心真的不会痛吗？！

还有那个在她的原身体里复生的鬼魂，到底又是何方神圣？不知道帝拂衣能不能认出来。

他的功力尚未恢复，如果在那个假顾惜玖面前无意中露出真正的身份，只怕将是一场大祸！

顾惜玖躺在床上，看似平静，心里其实已经有火在烈烈燃烧。她恨不得化为清风钻出去，回到帝拂衣身边，提醒他注意。

但这个地方是不容易出去的，顾惜玖今天跟着那银发尊主在这大墓似的建筑里转了大半天，始终没有看到出口在哪里。

而她通过观察也知道，这个地方防卫得比铁桶还要严密，她在这里瞬移术也是受限的。每次只能瞬移十几米，而且还不能有墙壁等阻挡，所以她想要直接逃出去的可能性几乎为零。

出路被断绝，几乎看不到任何希望，顾惜玖心里甚至生出一种自杀的冲动，如果她现在死了，魂魄会不会自动回去呢？

她正琢磨这条路的可行性，忽似察觉到了什么，猛然睁开眼睛。

她的床前站着一个人！

来人一身月光色的衣袍，眉目比清风明月更明朗，天生带着一种冷冷的气场。

龙司夜！

顾惜玖直接坐了起来，双拳一握，微眯起眼睛，全神戒备：“阁下又是谁？擅闯我的屋子是什么意思？”

龙司夜：“惜玖！你不认得我了？！”

顾惜玖微偏着头：“我该认识你吗？”

龙司夜眸中闪过痛楚之色，他上前一步道：“惜玖，我是龙昔……”

顾惜玖脸色微变：“龙昔？！”随即她冷冷笑道，“你骗谁？难道你也被龙梵给弄得穿过来了？也是克隆的？但你这相貌可不完全像他！你是龙梵的失败品？”

龙司夜脸色苍白地道：“你真的没有这一世的记忆？”

顾惜玖蹙眉道："这一世的记忆？"她顿了顿，似乎是在试探，"我该有这一世的记忆？"

龙司夜轻吸了一口气："你自然该有。惜玖，你是早就穿越过来的，穿越成了侯府的废材小姐顾惜玖……"

顾惜玖微眯起眼眸道："说下去！"

龙司夜顿了顿，似乎是故事太长无从说起："惜玖，你的故事很长，现在不是说话之时。走！我带你出去！"他说着就上前来拉顾惜玖的手。

顾惜玖手腕蓦然一翻，从衣袖中亮出一尖利之物，龙司夜这一抓险些抓到那尖利之物上。

这东西有点儿像手术刀，明显是顾惜玖从什么地方顺来的，看上去锐利无比，和她的眼眸一样冷："你女强文看多了？还废材！还故事很长，那我是不是也曾灵根被毁啊？是不是也认识许多酷霸跩的王爷、皇子什么的啊？是不是奇遇不断，功力芝麻开花节节高，打遍天下无敌手，带领一干兄弟姐妹征战天下，成为天下第一人啊？"

她语调里满满的讽刺之意，眼眸中只有戒备，龙司夜上前一步，声音里似压着悲凉："惜玖，你要信我……"

顾惜玖侧过头去，声音不辨喜怒："信你？你真是龙昔？"

龙司夜点头道："是！惜玖，你自杀后我也自杀了，也穿越过来，只不过穿越的年份比你要早，我现在是天问宗宗主，我们又结识了，还有很深的牵扯……"

他似乎是为了得到她的信任长话短说，三言两语交代了他和她再次相识的经过。

当然，他并没有提帝拂衣，只说了他和她的再次相识和相知。

顾惜玖不动声色地听着，勾唇一笑道："你的意思是，我在这个时代又喜欢上你了？"

龙司夜轻吸了一口气道："是！惜玖，我们在这一世也是彼此相爱……"

顾惜玖终于笑了起来，笑容说不出地讽刺："阁下是不是觉得我这人不怎么长记性，前世被你取了心去救你未婚妻，这世还会不计前嫌地喜欢上你？我是这么贱的？"

龙司夜被噎住，半晌才叹道："我当初取你的心是有原因的，也是为了你好……"

顾惜玖看他的目光像看一个疯子："你不会想说你挖我的心是想给我弄个更好的心脏；不会想说你对叶红枫只是歉疚，对我才是真爱吧？你拿我的心去还她的人情，然后自杀来陪我，你感觉这爱很惊天动地吧？阁下还能不能更狗血一点儿，编一个像样的故事出来？"

她围着龙司夜转了一圈："你知道我见了龙昔会做的第一件事是什么吗？"

龙司夜涩声道："杀我？"

“答对了！既然你自己说是他，那就去死吧！”她的掌心寒芒一闪，向着他的背心扎了过去！

龙司夜自然不会被她扎中，身形闪开了：“惜玖，你听我说！”

“没什么可说的！你如果真是他，既然对我心有愧疚，那就先让我扎两刀出出气！”顾惜玖身形如电闪，围着龙司夜不断攻击。

她虽然没有灵力，或者说不会用灵力，但搏击功夫还是很惊人的，加上她的瞬移术，在这斗室内来去如风，竟然逼得龙司夜连连后退。

她招招是杀手，下手毫不留情，龙司夜只要躲闪稍慢，立即就有被开膛破肚之祸！

而龙司夜明显不想和她打，躲到后来到底开门逃了出去。

远处的监控室内，龙司夜所经历的一切都清清楚楚地显示在玻璃屏上，看到龙司夜被顾惜玖 跑了，龙梵瞥了身边的银发尊主一眼：“尊主现在可放心了？你再这么试来试去的，说不定能让她想起什么来！”

银发尊主却若有所思地道：“可本尊总感觉她有点儿怪怪的。”

龙梵没好气地说：“只怕在尊主心里，没有人不是怪怪的吧？当初尊主也感觉属下怪怪的。”

银发尊主笑了：“本尊的属下如果没有怪怪的本事、怪怪的性子，本尊还不屑要。不过本尊说的顾惜玖怪倒不是她性子怪，按道理说她一醒来就发现自己附身在克隆体身上，不是应该感觉很崩溃吗？最起码她会四处探查看看。”

龙梵面无表情地道：“这孩子一向淡定，我还没见过她崩溃。她无论处于什么环境下，都会活出最好的自我。她现在这样再正常不过了。”

银发尊主叹气道：“她似乎太聪明了。我觉得你如果能让她再笨一点儿就好了。”

龙梵无语地说：“笨了那还是她吗？”他忽似想起了什么，“无颜那边怎么样了？那个应言诺还没带她离开？”

银发尊主声音冷淡地道：“无颜对那具身体操控不太好，已经一天过去了，她走路都要喘，应言诺带她在一家客栈歇息，好吃好喝地伺候着呢，说已经通知左天师了，左天师会来看望她……”

龙梵皱眉道：“这样岂不是还找不到他的老巢？”

“那又如何？他也找不到本尊！大家彼此彼此。现在他门下的四大使者都被他派出来搜查本尊的下落了，他再出现时估计只有一个人，再有无颜做内应，估计能将他一击杀之！”银发尊主眸中闪过厉色。

“但愿如此。”龙梵叹气，“不过我总感觉事情不会这么简单，无颜的演技大概也就能骗骗那个应言诺，一旦真见到帝拂衣，以帝拂衣的本事，只怕能很快分出真假，未必会上我们的当……”

银发尊主道：“其实本尊也没指望无颜能真骗过帝拂衣，不过如果他知道了那壳子里是个假货，必然会设法找真的惜玖，到时候惜玖就是吸引他入套的王牌。”

龙梵沉默片刻后道：“你不是喜欢惜玖？还要拿她做诱饵？”

银发尊主看了他几秒：“龙梵，你是不是对本尊有什么误会？”

“什么？”

“什么时候在你心里本尊是那种为了美人不要江山的人了？”

龙梵：“……”

银发尊主拍了拍他的肩：“龙梵，你穿越了一遭，虽然多了一些奇异本事，但是某些思想真要不得。好了，咱们别讨论这些了，免得扫了你我的兴致。本尊的龙体研究得如何了？话说你弄出这么多克隆人，怎么本尊的龙体你一直没弄好呢？”

龙梵面无表情地说：“尊主不同一般人，要求高，属下只想弄到尽善尽美……”

“那什么时候能成功？不会还要再等几十年吧？”

龙梵揉了揉眉心：“实在是尊主要求过高……放心，多则一月少则半月，属下定能让尊主完美复生，新的躯壳一开始就能到灵力九阶的水平……”

银发尊主松了一口气：“这还差不多。”只有拥有和原身一样完美的身体，有些事他才能肆无忌惮地去做，譬如和心爱的女人洞房。

这地宫内是没有黑夜白天之分的，甚至连计时的沙漏也没有。

顾惜玖不知道自己在这地宫里待了多久，估摸着也有两天了，这两天里她除了吃喝外就是溜达，在这地宫里转来转去的。

这地宫虽然很大，但人并不算多，也就一百来人，不过个个都是好手，灵力六阶以上的人能占一半，而且个个行踪诡秘，会的功夫也有些古怪。

在这个大陆上，其实灵力能达到六阶的人并不是那么多，当初容伽罗灵力六阶半就被称为灵力天才了。

而这里灵力达到六阶以上的就有五十多人，很显然这不太正常，顾惜玖怀疑这些人被龙梵给改造过基因了。以这个科学疯子的“性情”，他能干出这种事！

顾惜玖像看西洋景，在里面走马观花似的看，倒是没有人阻拦她。

那位银发尊主还常常陪她溜达，和她说说笑笑的。

不得不说这位银发尊主确实是个人物，尤其是哄女孩子很有一套，和顾惜玖在一起的时候很是体贴，说话和风细雨，做事稳妥举止优雅，笑起来的时候似乎能让周围的空气也开出花来。

这个地宫里也有一些女子，有几位功夫还很高，这位尊主陪着顾惜玖闲逛，自然引得一些人羡慕妒忌恨。

而正是这些羡慕妒忌恨，让这些女子成了监视顾惜玖一举一动的眼睛，以至于顾惜玖无论走到哪里都有眼睛盯着，她的行为稍稍古怪一点儿就有人向上面打小报告。

那位银发尊主像狗皮膏药似的常贴在她身边，她只要走出自己的屋门，必然会碰到他，一脸“好巧啊我们又偶遇了不如出去一道走走”的模样。

就算他偶尔不在身边，顾惜玖出来活动的时候也常常发现有侍卫暗暗跟着她。

银发尊主很有耐心，没再和她谈什么合作的事，却仿佛在追求她。

他追求人也是当初容彻的风格，春风化雨般渗透，用体贴入微的行动来打动人，如果顾惜玖事先不知道他的身份，只怕也会以为他是一位谦谦君子。

这里的监控无处不在，顾惜玖开始以为这些是用灵力或者灵石做动力驱动的，直到她无意中走到一座大殿前，看到那大殿中竖着一架风车，在风车下则是岩浆深潭，岩浆像开锅似的翻滚，热气流吹得那风车不停旋转。

顾惜玖终于明白了，原来这里的动力资源是利用岩浆的热力吹动风车发电！

不用问，这是龙梵鼓捣出来的新科技。

顾惜玖感觉这地宫和帝拂衣的海底水晶宫颇有异曲同工之妙，水晶宫是在海底，而这地宫在岩浆下面……

顾惜玖怎么也没想到会在一面墙上看到龙司夜。

不错，是在墙上，被人铐在了墙上。

这是一间很阴暗的屋子，顾惜玖无意中转到这里的时候，就看到了墙上的龙司夜，手脚都被铁箍铐着。他微垂着头，头发遮住了半边脸，在那里动也不动。

旁边的银发尊主微笑着对顾惜玖开口道：“惜玖，还认不认得这个人？”

顾惜玖打量了龙司夜几眼：“冒充龙昔的那个人吧。”

她声音清脆，原本低着头如同木头的龙司夜似是听到了，缓缓抬起头，向两个人望过来，视线在顾惜玖身上停驻，瞳孔微微一缩，有痛楚的神色一闪而过，随即便低下头去，似乎觉得有些难堪。

顾惜玖认人还是极准的，虽然现在的龙司夜看上去憔悴了不少，但她还是一眼认出这是真的！

而跑到她房里向她表白要带她走的那人是假的，如无意外，那假货应该是个克隆人。

两个人虽然长得一模一样，但身上的气质还是有微妙的不同。

这次她被暗算龙司夜占了绝大部分“功劳”，顾惜玖一直以为龙司夜已经和龙梵他们一伙，却没想到会被铐在这里。这又是唱的哪一出？

银发尊主轻叹道：“惜玖，你真聪明！他冒充龙昔接近你，被人发现禀报于我，

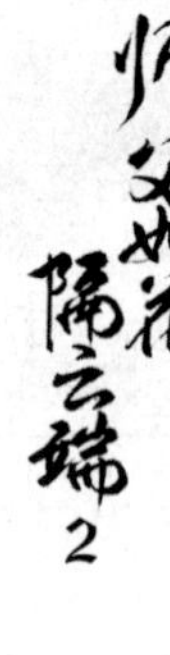

我这才惩罚他。”

顾惜玖瞧了瞧龙司夜被铐住的地方，手腕脚踝上的铁箍有短而尖锐的钢针，看这钢针的长度应该是刺入骨头里了，让他的手腕脚踝都鲜血淋漓的。

“他是克隆人？”

银发尊主轻笑着点头道：“是啊，是龙长老的失败品。”

被锁在墙上的龙司夜微微垂着眼睛，对银发尊主这样的说法没反应。

顾惜玖再打量对方一眼，叹气道：“他其实就是冒充了一下龙昔而已，犯不着让他受这个刑吧？”

银发尊主似笑非笑地道：“你这是为他求情？”

顾惜玖道：“我只是觉得他罪不至此。”

“如果他是真的龙昔呢？”银发尊主忽然问出这样一句话。

顾惜玖的俏脸冷了下来，她不客气地道：“我会让他血债血偿！”

银发尊主一翻手腕，递给她一柄雪亮的匕首：“你现在就可以这样做，去杀了他吧，血债血偿。”

顾惜玖没接匕首：“我不杀克隆品！”

银发尊主道：“你可以把他当真实的龙昔来杀。”

顾惜玖声音淡漠地说：“可惜他不是，而我做事从来不会牵连无辜。”她看向银发尊主，“克隆人也是人，就算是失败品，他既然有了自己的思维那就有了自己的人生，理应被当成正常人对待，难道尊主喜欢滥杀无辜？”

银发尊主笑了，抬手轻抚了一下顾惜玖的秀发：“当然不，本尊一向慈悲，不会滥杀无辜。”

他一抬手，一道五彩光芒闪过，龙司夜手上脚上的铁箍一起打开，龙司夜晃了晃，跌倒在地。他明显受了重伤，挣扎了一下也没能站起来。

他的形容不是一般狼狈，但他趴在那里的时候，腰背也是挺直的，仿佛是输人不输阵。他抬头向外望来，因为头发半遮住了脸，顾惜玖看不到他的表情，但能感觉到他盯着自己，大概是没想到她会为他说情。

“顾姑娘为你说情，你就不谢一声？”银发尊主走到了龙司夜面前。

龙司夜声音冷淡地说：“我用不着她说情。”他宁肯她恨他恨到骨头里，而不是这样把他当成路人甲。

他负了她两次，以她的性子应该是趁机捅他两刀报仇的，却没想到……

她并不是圣母的性子，喜欢有恩报恩，有仇报仇。

她如果有记忆，肯定能认出他，会趁机报仇，但现在她明显没认出他，只把他当成一件克隆失败品，所以才会这么大度，看来她是真的失去今世的记忆了！

她看他的目光真的像看一件克隆失败的残次品，没爱也就罢了，如今连恨都没有，他在她的生命中已被连根拔除，连点儿痕迹也没有了。

他伏在那里起不了身，心头的悲哀层层涌动。

顾惜玖明显对他不感兴趣，转身走了出去，连回头看他一眼的意思都没有。

“我想出去走走！”顾惜玖第八遍如此说。她已经被困在这地宫里三天了，这三天她转遍了地宫的每一个角落，除了几个房间不能进，能转的地方她全转遍了。

她提这个要求并不过分，不要说一贯如风般自由的她，就算是普通女孩子也是想去外面看看的，最起码看看外面到底是个什么世界。

“惜玖，外面不太平，你的功夫还太差，出去很容易遇到危险，还是乖乖在这里待着，修炼一下本尊教给你的功夫，待你修炼出成果来再出去也不迟。”银发尊主如此说。

这两天他确实在传授顾惜玖功夫，他的功夫和帝拂衣的武功路子完全不一样，可以用四个字来形容——剑走偏锋！

像是走钢丝，虽然很容易登顶，但也容易跑歪，稍不小心就走火入魔，当然效果也极快，顾惜玖不过学了两天，已经有模有样地会用好几招了。

顾惜玖才来的时候，还以为这银发尊主是用她来做最后的王牌要挟帝拂衣，现在看来又不太像，他好像是把她当成他的所有物，想让她按照他想要的模样成长。

这人也十分强势，几乎是逼迫着顾惜玖跟他学，而顾惜玖本着知己知彼才能百战不殆的精神也就半推半就地学了几招。

在这两天的接触中顾惜玖也终于知道了这位尊主的名字——墨嬰。

顾惜玖终于看到了这地宫中的人出入的通道，确切地说，那不是一个通道，而是一辆车，一辆完全由隔热的材料制造出来的车。这车呈椭圆形，模样有些像飞碟，全封闭的，一辆这种车里可以并排坐五个人，可以在岩浆中自由出入。

这地宫的大广场中有一个隐秘的岩浆池，每次这种车到来的时候广场地面会裂开，露出下面沸腾的岩浆，然后这车就会从里面钻出来，停靠在池边，有人在车中上上下下。

在这时代建立一个现代化王国，不能不说这龙梵真的很有本事。

怪不得这里的人对龙梵格外尊重，看他如看造物神，果然是有两把刷子的。

此刻有两把刷子的龙梵正围着一口硕大的水晶棺忙忙碌碌。

这口水晶棺很大，比顾惜玖醒来时睡的那一口要大一倍，里面的药液也多，周围的仪器也极复杂。

水晶棺中躺着一个人，这人身材高大，眉目俊朗，穿着一套薄薄的衣袍，静静地躺在水晶棺中的液体中，微合着眼睛，没有呼吸没有心跳，但肌肤莹润，如同睡着了。

这正是龙梵为墨婴所造的克隆体，也是最完美的克隆体，一旦成功，墨婴附身其上，就能拥有真正属于他的身体了。

此刻墨婴就站在水晶棺前，看着里面和自己的魂体一模一样的克隆体，轻轻吐了一口气。这身体他很满意!

他当年修炼太急功近利，以至于走火入魔，毁掉了原来的身体，害得他只能附身在其他人身上。这百十年来他附体了很多人，容彻只是其中一位，因为身体限制，他很多原本的功法都使不出来，无法做到最强，以至于长期翻不了身。

现在好了，龙梵为他准备的这身体已经经过测试，是绝佳的修习灵力的大才，初始灵力就可以达到九阶!

他越看这具身体越喜欢，正看得有些入神，脑中传来无颜的传音："尊主，属下有要事禀报！"

"说！"

那边的无颜顿了顿，先问了一句不相关的话："龙宗主还好吗？"

无颜全名是巫无颜，是墨婴的属下，原本这女子并不算出色，功夫也不算太高强，但后来她忽然发现自己有一个特殊技能，可以附身在任何身体内，甚至可以夺舍。从被发掘出这个技能后，她就成为墨婴派遣在外的线人，常常附身在一些人身上获得墨婴想要的情报。

这次所谓的叶红枫也是她附体冒充的，她是巫术世家的传人，巫术用得相当出神入化，所以跟在龙司夜身边的时候，能用此术加上龙梵的奇药将龙司夜控制。

墨婴轻轻笑了一声道："无颜，你这是想要挟本尊？"

那边的人停顿了几秒，说道："无颜得到一个极大的消息，可以让尊主得偿所愿，但无颜也想知道龙司夜的消息，还望尊主告知。"

"无颜，你胆子不小！"墨婴的声音冷了下来。

"尊主，无颜这次做的是死间，无论尊主成功与否，无颜应该都再无生还的可能，而龙司夜是无颜的执念……"

"他很好！本尊既然答应了你，自然会守诺留他一命。"

"无颜想要听一听他的声音。"

"大胆！你这是不信本尊？！"

"不敢，这是无颜最后的念想。"巫无颜并未退缩。

墨婴沉默了片刻道："算了，看在你忠心耿耿为本尊做事的分上，本尊就让你听听他的声音。"他身形一闪，直接从这屋里消失，再出现时已经在那间囚室里。囚室内龙司夜正昏昏沉沉地坐在那里，他身上是沉重的锁灵锁，戴上这个东西再深厚的灵力也使不出来。

龙司夜听到动静抬头，一双锐利的眸子看了墨嬰一眼，便又低下头去。

“龙宗主，可知道本尊是谁？”

龙司夜像老僧入定，压根不理他。

墨嬰笑了笑，唰的一声展开扇子，悠闲地扇了两下：“龙宗主不会当真不记得我了吧，你还替本尊瞧过病。”

他笑得春暖花开，人见人爱，但龙司夜依旧像没听到，理也不理他。

墨嬰叹气，到底祭出了撒手锏：“再过几日本尊就可以和惜玖成亲，你不恭喜恭喜本尊？”

龙司夜霍然睁眼，目光如电：“你要强迫她？！”因为受了几日折磨，他的声音有些暗哑，但依旧很好听。

墨嬰的笑容更暖：“怎么会？本尊在这方面不会勉强人的，那样多没意思？本尊会让她心甘情愿地嫁给本尊。”

“做梦！”龙司夜又闭上了眼睛。

墨嬰声音温柔地道：“做梦吗？本尊想做到的事还没有做不成的，最多半个月，本尊会和她结为夫妻，此事你厥功甚伟，本尊到时候会请你喝一杯喜酒。”

“你要对她用药？！”

墨嬰仰头笑道：“本尊的手段并不是只用药这一项。”

龙司夜握紧手指：“你若真喜欢她，就设法让她爱上你，而不是用那些卑劣手段。你也算是堂堂尊主，怎能如此没品？”

墨嬰眯眼瞧着他：“龙司夜，你心里似乎满是顾惜玖啊，你不在意叶红枫了？”

龙司夜呼吸一窒，冷笑道：“我从来没有在意过她！她害得我铸下大错，只可惜我没亲手杀了她……”

墨嬰叹气道：“她确实用术法和药物控制了你，但那药物只是无限放大你的心魔而已，你敢说你自己没有杀了顾惜玖让她在你所造的身体内再复活的想法？”

龙司夜脸色苍白，没再说话，或许在他内心深处确实产生过这种念头吧？

墨嬰轻轻叹息一声，说道：“巫无颜虽然算计了你，但一日夫妻百日恩，你和她好歹有过夫妻之实，她也是真心喜欢你……”

龙司夜打断了他的话：“她的喜欢让我恶心！你今日来如果专为说这个，那可以滚了！”

墨嬰抱臂站着，嘴角勾起一抹莫测的笑。他和巫无颜联系是用一种巫蛊之术，那巫蛊种在魂魄上，只要想联系，念相应的咒语便可以，用这种术法的时候，只要双方有心，是可以让对方听到身周的动静的。

所以墨嬰和龙司夜的对话那边的巫无颜可以听得清清楚楚。

“无颜，现在听到他的声音了？有何感想？”墨嬰的声音里有着淡淡的幸灾乐祸意味。

那边的人静了片刻，才说道："意料之中，无颜无话可说！只希望尊主记得对无颜许下的诺言，永远不会害他性命，让他好好活下去。"

墨罂的声音冷了下来："执迷不悟！放心，本尊答应你的事不会食言！你现在可以说那所谓的大消息是什么了吧？！"

"应言诺就是帝拂衣。"巫无颜声音平平地爆出一个惊天大消息。

墨罂："你再说一遍！"

"应言诺是帝拂衣，是属下亲眼所见，亲耳听到，他对属下没防备，直接说了他的身份，说他因为走火入魔才变得这么小，但又不想负了和顾惜玖的约定，才化身应言诺留在顾惜玖身边，只不过一直不想让她知道而已。这次如果不是属下一直催他去见帝拂衣，他还不肯实话实说。他还恢复本相让属下看了一下。"

墨罂："……"

他花了足足半分钟才消化这条消息，在心里捶胸顿足。

曾经有一个他心心念念想要弄死的对头失去武功化身童子在他面前晃来晃去，他居然狗眼不识金镶玉，直接将对方忽略掉了。

那么好的机会他居然就这么错过了！他简直是无法忍受……

墨罂一口老血憋在喉咙口，他顿了半晌，觉得这么糟心的事不能让他一个人闹心，所以看向龙司夜道："龙司夜，你恨不恨帝拂衣？"

龙司夜浑身一僵，垂下眸子没回答。

墨罂微笑道："如果你有机会能轻易一刀结果他，你会不会动手？"

龙司夜："你到底想说什么？"

墨罂叹气道："曾经有一个机会就摆在你面前，你随意出一下手就能要了他的命。只可惜你有眼无珠放过了。"

龙司夜干脆不说话了，像看神经病似的看着他。

墨罂终于也抛出了那颗炸弹："那个应言诺就是帝拂衣，他走火入魔才变得那样小。"

龙司夜："……"

墨罂满意地看着龙司夜的脸色瞬间变得苍白，觉得堵在自己心中的石头终于让别人分担了一些，勾唇笑道："本尊也是现在才知道这个消息，不过还不算晚，本尊现在就安排人去找回这个场子，到时候提着帝拂衣的人头来让你瞧一瞧。"他说罢转身离开了。

他得趁帝拂衣没恢复之前速速安排人手去伏击！

那样的机会他已经放过一次，可不想再放过第二次！

他转身离开时，没发觉一道人影刚刚自这牢门口消失。

而龙司夜愣了半晌，苦笑起来。

怪不得顾惜玖和应言诺神态间有些亲密，原来应言诺就是帝拂衣！

怪不得！

顾惜玖的嘴倒真严实，居然瞒他也瞒得如此密不透风。

不过如果她不瞒着他的话，自己知道了应言诺就是帝拂衣会怎么做？会不会趁着为他医治时杀了他？

对这一点龙司夜自己也不敢保证。

他那时身上还有那种扩大心理阴暗面的药效，还被叶红枫控制着，虽然这种控制让他这样的人也没察觉，但很难保证一旦知道真相他不会对叶红枫说，而叶红枫一旦知道这消息，这个尊主也就知道了。

他动了动身体，身上的锁链哗啦一响。

他虽然被从墙上放下来了，但身上的这锁灵锁将他锁了个结结实实，他被捆得像个粽子。

因为他被锁在地上压根动不了，所以这间暂时充作牢房的门没关，一直半敞着，很明显墨曌想要更深地羞辱他，让来来往往的人看到他的狼狈。

他正低头坐着，眼前的光线忽然暗了暗，屋内多了一个人。

龙司夜抬起头，心脏瞬间激烈跳动起来。

站在他跟前的人是顾惜玖！

她侧头看了他片刻。龙司夜此刻的模样自然是无比狼狈的，他在别人面前已经不在乎这样狼狈，在她面前却在乎……

他暗吸一口气，让自己的声音平静下来：“你是来杀我的？”

顾惜玖没理他，目光落在他手腕和脚踝上的锁灵锁上。那锁灵锁是个妙物，比手铐还变态，不但越挣越紧，而且锁上贴肉的那一面都是尖锐的突起，这些突起钻入人的肌肤内，正卡在灵力穴位上，让人就算有天大的本事也使不出来。

她一翻手腕，掌心里多了一把镊子，随后她蹲下身子开始鼓捣他身上的锁灵锁。

龙司夜也不知道自己心中是什么滋味，哑声道：“惜玖，你要救我？你不恨我？”

“恨你做什么？”顾惜玖声音淡淡地说，“你也不过是个不太成功的克隆人而已。”

龙司夜身体一僵，原来她还是没认出他来，只是看他可怜，出于对同类的怜悯才救他一次而已……

“惜玖，我真的是龙昔，投胎成了龙司夜，你可以杀了我……”也不知道出于什么心理，明知道这样做不理智，但龙司夜就想实话实说。

顾惜玖抬眸看了他一眼，轻笑一声，不再说话，而是继续弄那锁灵锁。

她是开机关的行家，再精密的机关也难不住她。她摆弄片刻已经大体掌握了锁灵锁的开启原理，只不过工具不称手一时弄不开。

龙司夜轻吸一口气道：“我的储物空间里有工具，你拿出来用。”

顾惜玖也干脆：“好，你打开。”

“我自己打不开……你点我的心口处。”

顾惜玖倒不啰唆，直接在他所说的位置上一点，一个小小的储物空间就冒了出来，里面有药品，也有各种工具。

顾惜玖瞥了他一眼：“墨曌关着你倒没搜你的身……”

“搜了，我有两个储物空间，这个小的没有人知道。”龙司夜轻声解释。他天赋异禀，修炼出了两个储物空间，一个是常见的，一个是私密的。

常见的那个储物空间现在已经被搜得一根毛也没剩下，而这个私密的储物空间别人压根想不到自然找不到。这里面放的东西都是极重要的，足以让他在关键时刻逃命。

顾惜玖瞧了他这空间片刻，里面居然有易容之物……

有了称手的工具再开这锁灵锁就容易多了，片刻后四个让龙司夜死去活来的铁箍依次弹开，他也获得了自由。

当然，在铁箍弹开的那一刻，铁箍上的尖锐突起也从他的骨头里被拔了出来，鲜血再次涌了出来。

顾惜玖不再管他，转身想走。

龙司夜的一句话定住了她的脚步：“惜玖，你想不想逃出去？”

“当然想。”顾惜玖也不掩饰自己的目的，“鬼才愿意总是被关在这种不见天日的地方！”

“我或许有办法。”龙司夜瞧着她的眼睛低声说道，“你想不想听？”

“没兴趣。”

“你不信我？”龙司夜忍不住问。

顾惜玖眼神微冷，淡淡地道：“不信！”

龙司夜心中一痛，无论失忆与否，她都已经不再信他。

龙司夜一边为自己的手腕和脚踝的伤口包扎，一边开口：“你不信我也没关系，其实我也想逃出去，不如我们合作一下。”

顾惜玖不置可否，只是挑眉看着他。

她确实不信他，不过就算他们说的话全是假的，但其中一句是真的，墨曌知道应言诺就是帝拂衣了！

而帝拂衣还没完全恢复，身边还带了一个敌方奸细。

这点让顾惜玖心急如焚，无法再淡定。她必须马上出去！

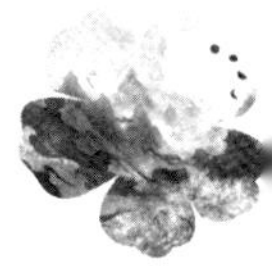

她刚才已经看到墨曌调集了一批高手直接坐着那怪船离开了。

这次墨曌大概想要一举将帝拂衣杀掉，所以带的人不少，这里的高手少了足足三分之二，剩下的三分之一和龙梵在此坐镇。

这也是她逃走的唯一机会。

但她毕竟孤掌难鸣，凭她一个人的力量没有把握逃出去，所以她想到了龙司夜……

虽然龙司夜不可信，但她已经别无他法。

她和龙司夜合作逃出去的概率多一倍，两害相权取其轻，所以她赌了这一把！

龙司夜的秘密空间里有最好的伤药，他涂抹好后三两下裹好了伤：“我虽然对这里的地形不熟，但这个地方是龙梵布置的，原先我给他打过下手，所以知道一些路数。这里四处都是摄像头，需要先将这些摄像头破坏掉……”龙司夜开始说逃走方案。这方案其实和顾惜玖所想不谋而合。

于是两个人分头行动。

顾惜玖会瞬移术，先去龙梵那里溜达了一圈。

龙梵最近正攻克墨曌克隆体的最后阶段，在计算一些数据，没空理她。

顾惜玖和他聊了两句后，就把他藏在衣袍中的一枚令牌偷出来了。这令牌是乘坐那种怪船必要的工具，要不然压根开启不了那怪船。

出来后她又到监控室溜达了一下，监控室内有两名侍卫盯着，因为地宫大，监控画面就多，两名侍卫盯玻璃屏幕盯得已有些累，所以此刻盯得不是那么紧，只是隔一会儿扫一眼而已，两个人甚至闲聊得十分欢实。

顾惜玖进来时他们也没怎么放在心上，毕竟她最近和尊主走得很近，尊主对她好，他的侍从自然也不敢招惹她，甚至有些人还巴结她。

所以两人和她说了几句话后，就又开始侃大山了。

顾惜玖在屋里闲逛似的玩了一圈，然后就将几个关键处的摄像画面换成了重播模式。

她的手法极快，那两个人压根没察觉异样。

她的目光落在一处监控死角处，她在地宫里住了四天，早已把所有地形摸熟，这个监控室几乎把整个地宫内的设施都监控到了，唯有一个地方没有。

她在地宫溜达的时候亲眼看到在地脉附近有一座奇怪的建筑，模样有些像金字塔，塔尖上镶嵌着一堆紫水晶。六个斜面围绕在一起，形成一个水晶凹槽，看上去如同花开，却透着丝丝诡异。

顾惜玖对能量学有一些研究，金字塔形建筑本来就有聚合能量的力量，而水晶更是个能量洞，这个建筑又处在这地宫的中心位置，是聚合整个地脉能量之地——

那眼前这镶嵌着水晶的金字塔内藏的又是什么东西？

顾惜玖联想到自己曾经从墨曌身上穿过，很显然他平时虽然看着像个人，却是个魂体，他寄宿的容彻的身体已经被炸没了。

她再想到听到的墨曌和龙司夜的对话，说他和自己再过十几天就能成亲，魂体情况下他和自己自然是无法成亲的，只有拥有了实质身体才可以。

一个大胆的推论在顾惜玖的脑海中成型——难道那金字塔建筑里藏的是墨曌的原身？！可以复活的那种？

她的目光微微闪动，这墨曌野心勃勃，没有身体灵力还能高到这个程度，一旦让他拥有足以和他的灵魂匹配的身体，那他岂不是更肆无忌惮了？

她瞬移到了和龙司夜约定的地方，发现龙司夜已经把一切都准备好了。

他杀了两名地宫里的人，然后剥了他们的衣服。

顾惜玖赶到的时候正看到那两个人躺在地上已经没了气息。

顾惜玖认得这两个人，还和这两个人说过一两句话，在这地宫中这两个人算是高手中的高手，灵力修为已达到七阶的程度，是墨曌的下属，对墨曌很是忠心耿耿。

这次墨曌率人出去，让这两个人留守，在留守的这一干人中他们是头儿。

顾惜玖没想到龙司夜能一举拿下这两个人，心中对他的猜疑又少了一些，忍不住问了一句：“为什么是他们？我还以为你会找两个普通护卫……”

“他们掌控着这地宫中所有护卫的调动，提前杀了他们也是怕万一有变故，这样他们会群龙无首，我们更容易趁乱逃走。更重要的是，你不觉得他们其中一人和你的身材差不多？”

顾惜玖松了一口气，龙司夜这个人曾经不愧是杀手营里的教官，心思极缜密，方方面面都考虑到了。

这个人做同伴无疑是最让人放心的，前提是他不会出卖算计你。

顾惜玖制止住自己的胡思乱想。她精通易容术，龙司夜这里又有齐全的易容工具，片刻之后，二人已经易容成这两个头目的模样。

龙司夜会缩骨术，两人扮起来倒惟妙惟肖，就算是那两个头目的兄弟到了跟前也未必能认出他们来。

龙司夜做事还是极为周到的，还分别找到体形和自己二人差不多的一男一女，弄晕了以后分别放在了囚室和顾惜玖的闺房里，让顾惜玖也分别把他们易容成各自的模样。

一切都弄妥当后，再没什么破绽，二人这才大摇大摆地从房间里走出来，沿途碰到一些护卫时，他们都很恭敬地向他们行礼，倒没露什么破绽。

途经那个金字塔建筑的时候，顾惜玖特意看了看，因为此处是禁地，门口只有四名守卫，没有其他人的影子。

二人原本直行，顾惜玖忽然拐弯向那金字塔门口行去。龙司夜微怔，传音问她：“你这是？”

顾惜玖答得干脆：“好奇，去瞧瞧。”

她推算过时间，墨曌刚离开不到一个时辰，她听到他吩咐那些属下，说这次出去快则一天，迟则三天才能回来，所以她不怕他忽然杀个回马枪。

而龙梵研究东西正研究得废寝忘食，这人一旦研究什么常常是通宵达旦，没有三五个时辰不会出来溜达，所以他们除了逃走之外，还可以干点儿别的……

龙司夜虽然一头雾水，但他还是一声不吭地跟了过来。

“夏头儿、张头儿，你们怎么逛到这里来了？”四名护卫有些纳闷。

顾惜玖笑道：“尊主外出，这里又固若金汤，兄弟们紧张了这么久，也该松口气了。我在外面学了一个好玩的东西，教给哥几个玩玩，打发一下时间。”

那四人每天苦守一个地方，天天站得像小白杨似的，也确实有些枯燥了。尊主在的时候他们不敢偷懒，现在头儿既然这么说，他们哪有不答应的？

他们嘴里说着不敢不敢，眼睛已经看着顾惜玖，等着她教。

顾惜玖拿出一套纸牌，教给他们一种新玩法，譬如猜牌面什么的。

在玩的过程中，顾惜玖也套问了一下他们这建筑里到底有什么东西，结果这四位也压根不知道，只知道龙梵和尊主都很重视这个地方，也只有他们能进去，其他人是想也不用想的。

顾惜玖更觉得自己的推断没错，于是在打牌过程中给这四位下了药。这四位不知不觉就迷糊了，让他们干啥就干啥，依旧站在那里如同木头桩子。

这“金字塔”的门自然是最高端的密码锁，但在顾惜玖这种顶尖杀手眼里，这都不叫事，更何况她身边还有个懂得龙梵的路数的龙司夜，开这个门更像是探囊取物。

龙司夜虽然不解，但也没多问。

他本来就不是多话之人，现在更是保持沉默，一直配合她。

二人有惊无险地转过几处机关，终于转到了核心处，看到了那口硕大的水晶棺，自然也看到了里面躺着的人。

龙司夜毕竟是这方面的权威，围着那水晶棺看了片刻后脸色就变了：“天生拥有九阶灵力的克隆体！”

顾惜玖握拳，她猜得果然没错！

她不动声色地围着那水晶棺打转，很快就皱起了眉头。

这水晶棺里外连着许多机关，不要说毁掉里面的克隆体，就算移动一下只怕也会触动警报机关，让二人暴露行踪，再逃不掉！

顾惜玖略一沉吟的工夫，旁边的龙司夜忽然轻吸了一口气，道：“这克隆体虽然不能毁，但我可以给它加点儿料。”

顾惜玖望着他问道：“什么料？”

龙司夜没回答，直接走向和水晶棺相连的那些管子的另外一头，那里是几个药物反应池，里面的药物不时渗入那管子中，给水晶棺里的克隆体提供营养。

龙司夜仔细瞧了瞧那些药物，似乎在分辨里面的成分，接着就自身上拿出一种红色粉末加了进去。

那粉末加进去后不见其他异相，自然没触动水晶棺内外的机关。

顾惜玖虽然通医学，但她对克隆技术真心不懂，自然看不出龙司夜加的什么料。

大概是看到她眼中的疑惑，龙司夜解释道：“这粉末是一种……”他给她讲解了一下原理，于是顾惜玖终于明白这粉末的作用了。

这粉末会进入克隆体的神经系统，逐步破坏神经元，一旦破坏成功，这克隆体就算被复活也是标准的废材一个，就算拥有灵力九阶的体质，也无法指挥使用，甚至会成为瘫子。

顾惜玖不想再耽搁：“走吧，我们早些出去！”

二人出来的时候，门口的那四个人还站得像木头，顾惜玖二人出来他们也似没看到。龙司夜向他们弹了一点儿药粉，一刻钟之后他们就会真正醒过神来，但不会记得发生过什么事。

二人在这实验室内待的时间并不长，也就十分钟左右，当真神不知鬼不觉。

办完这一切，二人就匆匆向可以出入的岩浆池赶去。

其实龙梵一直很放心，这个地方是他的秘密大本营，没有特殊的交通工具无法出入，而能来这里的人都是他这些年网罗的人才，个个对他忠心耿耿。

所以墨曌出去后，他只叮嘱查看监控的几个人警醒些，又敲打了一下掌管护卫的头目，就放心大胆地去做研究了。

他今天很是废寝忘食，集中精力做研究，连顾惜玖来了也没空搭理她。

好在这丫头还算乖，在他这里转了一圈后就不再打扰他，自己出去玩了。

他继续做研究，这样约莫过了一个时辰，遇到了一点儿难题，需要看看那水晶棺中的克隆体数据，于是去了内间的监控室。

在他这里有一间暗室，这暗室只有他和尊主知道，暗室内也只有一个地方的监控，那就是放置尊主的克隆体的实验室。

他在监控那里看了看，没发现什么异常现象，先看了看想要的数据，总感觉那克隆体似乎有点儿不一样，似乎脸色不太对，但仅仅不太好看而已。

这个时代的设备毕竟不是那么齐全，所以监控里显示出来的图像还是有点儿走形的，并不是特别高清。

他一时拿不太准，想了想，还是决心亲自去看一看。

结果他刚刚走到那“金字塔”附近，就感觉到不对了！

那里的四名守卫看上去有些痴痴呆呆的，他问他们话，他们也回答得前言不搭后语。

龙梵毕竟是医学大行家，立即就看出这四个人是中了一种毒！

他心中一沉，顾不得那四名守卫，直接冲进了“金字塔”。

放置水晶棺的实验室内乍一看倒看不出有什么问题，里面所有的机关都没有被触动，那水晶棺内的克隆体看上去也好端端的。

他不太放心，干脆打开水晶棺看了看，然后像是被人迎头砸了一棍子，脑袋里轰然一响。

克隆体中毒了！

他强压住差点儿冲上喉头的热血，手忙脚乱地查看了一番。克隆体内的毒正在向克隆体的心脏进攻，他只要再晚来半刻钟，这克隆体就彻底废了！

这种克隆体并不好造，尤其是尊主的克隆体，他反反复复试验将近五十年才弄出这个克隆体，如果就这么被毁了，他最少还需要三十年才能弄出同样的克隆体来。

这个时候他自然顾不得寻找凶手，急急查找毒源，顺便迅速解毒。

五分钟后，那毒终于被他解开，克隆体又恢复了正常。

他看着那克隆体，心里有些没底。那毒十分诡异，破坏的是神经元，现在他虽然将毒解了，但身体内的神经元应该还是被损伤了一些。因为现在克隆体还是死的，他无法得知会对哪里产生影响，只能等尊主在上面复活以后才能看出来。

好在这具身体的灵力资质没被破坏，算是不幸中的万幸。

直到这时他才有时间查找下毒之人。他也是极聪明的人物，稍一思索就猜到了龙司夜身上。

他迅速回去，先去查看那间囚室，发现了被困在那里的假龙司夜，认出了这人脸上的易容术是顾惜玖所为！

他咬了咬牙，又赶去顾惜玖的闺房，发现了假的顾惜玖。

他吸了一口长气，立即去调取各方监控，然后发现顾惜玖和龙司夜分别易容成他的两名属下，在五分钟前已经坐“火飞船”离开了！

五分钟的时间并不长，甚至还不够“火飞船”彻底穿过火山岩浆。

地宫中响起了刺耳的警报声，龙梵开始迅速调兵遣将。

他要亲自将两个人抓回来！那两个人逃不出他的手掌心的！

顾惜玖他们原本还能再早几分钟上船，但那看船的头目是个比较固执的家伙，顾惜玖已经把外出可以乘船的令牌给他看了，结果他还是不肯放行，还让顾惜玖二人稍等，他要先去请示请示。

顾惜玖一看软的不行干脆来硬的，用瞳术控制了他，让他放行。

这么一耽搁，七八分钟就过去了。

这种船是需要专人来开的，那头目被控制后就派了个技术最好的人来开这艘船。

当二人进入船舱，上方舱盖完全合拢，船在船员的操纵下在岩浆中穿行的那一刻，顾惜玖终于松了一口气。

她的瞳术可以让那看船的小头目再头脑发昏半个小时，等那小头目反应过来，她和龙司夜早跑了！

一旦出了这个破地方，她就立即施展瞬移术逃走，先远远地离开再设法和帝拂衣取得联系。她要回到自己原来的身体内，这具克隆体虽然很完美，但她对克隆的东西有心理阴影，觉得还是自然生长的身体更像个人。

再说原来的身体修炼的灵力已经将达到八阶了，这克隆体才六阶，她才不要！

顾惜玖坐在一侧看那船员开船，发现这船上的按键比飞机还多，想当然地肯定也比飞机难开。

那船员显然是训练熟了的，双手如飞地在那些按键上操作，让顾惜玖看得眼花缭乱。

她在心里暗暗记着步骤，想着以后她还会杀回来的，得学会这开船技术。

这船是半透明的，船在岩浆中穿行的时候，人坐在船舱中向外看，四面八方一片火红，滚滚岩浆在四周流动，这景致倒美得别致。

顾惜玖虽然归心似箭，但这船的速度并不快，比正常海水里的大船还要慢些。

而这地宫明显在岩浆深处，这船行进了四五分钟，前面还是一片火红，也不知道多久才能出去。

顾惜玖试探着绕弯子地问那开船的船员，没想到那船员却理也不理她。

她又说了几句，那船员终于开口：“闭嘴，开船时不许说话，难道你把龙长老的训诫忘了？”

顾惜玖闭嘴了，没想到还有这一条训诫。

正在这时，那船员面前的一个小喇叭似的东西忽然嘀嘀地响了起来！

那船员脸色微变。这是紧急信号，凡是听到这信号的船员无论把船开到了哪里，都要加速回去，不能耽搁一秒！

“怎么了？”顾惜玖是不懂那信号的，顺口询问道。

“我们必须回去！”那船员说着就开始把船掉头。

只是他刚刚开始操作，一柄尖刀就抵上了他的脖颈，顾惜玖说话毫不客气：“向前走！不能回去！”

那船员变了脸色：“为、为什么？”

“不为什么，我们是有绝密任务在身的，必须快速出去，不能有丝毫耽搁。

快开！”

那船员却是个威武不能屈的：“不行，龙长老说过，这信号响起的时候，就算是尊主在船上也要无条件地回去！恕在下不能从命。”

他不顾脖颈上的尖刀，还想拐弯。

顾惜玖抬手就敲在他脊背上的大穴上。她这是一种刑罚，被敲中这穴位的人，全身会痛如刀割，不得不屈服：“你再啰唆一句我杀了你！依照原线路开船！”

那船员呆了呆，随即尖叫起来：“你不是夏不易！你是谁？”

顾惜玖易容的这头目正是叫夏不易，这个时候她也懒得装了：“不要管我是谁，开你的船便是！要不然我直接杀了你！”

那人脸色发白，明显很害怕，但他思量着顾惜玖二人不懂开船技术，所以把眼一闭威胁道：“你杀了我吧！杀了我你们也活不成！这船只有我能开，而且这船里的氧气是有限的，一旦超过半个时辰，氧气就会彻底耗尽……”

顾惜玖叹气道：“谢谢你告诉我这么多，我一向敬重威武不能屈的人，既然你一心求死，那我只好成全你。”她说着手就向前一送。

那人的脖子立即喷出血来，他睁大眼睛瞪着顾惜玖，然后缓缓地倒了下去，到死也不明白眼前这人为何如此胆大包天。

龙司夜原本正要做什么，但顾惜玖的动作太干脆，他没来得及阻止：“你杀了他我们就无法开船了……”

顾惜玖已经站在操作台前：“放心，我已学会，不用他了。”

因为这一变故，那船本来已经摇晃得很厉害，顾惜玖运指如飞，在各个按键上飞速按过，片刻后那船就又向前行进了。

龙司夜：“……”

船上的警报器一直在嘀嘀地响，显然不折返的话，这警报器就会一直响个不停。

顾惜玖嫌它吵，一拳将它砸碎，终于耳根清净了。

好在这里外出就一条通道，顾惜玖只要操作着这船让它沿着通道运行就行。

十分钟后，那船终于啵的一声从岩浆深处钻了出来，顾惜玖二人终于见到了久违的天光！

船迅速靠岸，顾惜玖和龙司夜丝毫不敢耽搁，打开船舱就直接跳上了岸。

一出来顾惜玖就感觉整个人都不好了！

这个地方不但热得像要着火似的，还有厚重的火山云，她一出来就热出一身汗还连咳了好几声。

因为这里烟气太浓，视野就很模糊，顾惜玖不敢胡乱瞬移，免得瞬移到岩浆里面去，正要找条路开跑，龙司夜一把拉住了她：“我记得路，你跟我来！”

他当初被控制着来这里的时候，还是有点儿印象的。

他拉着顾惜玖就要展开轻功飞奔，顾惜玖却反手抓住了他。

他脸色微变，凝神瞧着她："你还不信我？"

顾惜玖打断他的话道："你指路，我带你瞬移，这样速度快！"

龙司夜松了一口气，不再啰唆："好！"二人合作，眨眼的工夫就在原地消失。

等龙梵率人乘坐其他船上来时，只看到那艘在岩浆里打转的小船和那位船员的尸首，船上的两个人早已不见影子了。

龙梵握拳，顾惜玖的瞬移术简直是跑路的神器，比飞还要快，而且只要让她上了岸，她的瞬移术就不会再受控制，可以施展得随意自如，再想追就很困难了。

他在那船上转了一圈，顺便把那船员的尸首丢进了岩浆，然后看到了那被砸扁的警报器，再根据船上的血迹推测出顾惜玖何时夺的船。

他甚至在船舱的一角发现了一张字条，上面用那船员的血写了龙飞凤舞的一行字："我还会回来的！"

龙梵盯着这不知道是示威还是告知的字条，在哭笑不得之余，又有点儿佩服这个丫头，甚至还有些自豪。

不愧是他最完美的作品，不但狡猾如狐狸，还聪明得可怕。

不过小丫头注定是逃不掉的，因为他在她的身体内安装了定位器，他能很轻易地寻找到她的位置，再将她抓回来。

反正尊主刚出去不久，他就让小姑娘再乐和得意一两个时辰也不要紧。

龙梵的嘴角勾起一抹浅浅的笑容。小惜玖，你逃不出爹爹的手掌心的！

第五十五章　她恨科学疯子

“不对！”刚刚出那活火山的区域，龙司夜就沉声开口道。

“什么不对？”顾惜玖纳闷地问道。

“惜玖，你身上有定位器之类的东西！”在瞬移中顾惜玖一直拉着龙司夜的手，龙司夜也是第一次和重新附体后的她有肌肤上的接触，所以发现了不妥。

顾惜玖脸色一变，下意识地就想查看自己身上。

“那定位器不在衣服里，而是在你的身体里。”龙司夜制止住了她。

顾惜玖：“……”

她终于明白自己复生后龙梵二人为什么会这么放心大胆地放任她在地宫里乱溜达而不怕她跑路，原来这具克隆身子被安装了这个东西！

她拧眉道：“安装在何处？”

“在你的心脏下方……”龙司夜说了具体位置。

顾惜玖运行灵力，用内视法向里瞧了瞧，隐隐看到个豆粒大小的异物存在。

顾惜玖也是行家，认出那个东西确实是定位器。

那个东西附在她的肋骨下方的血肉里，不走血脉，不走谷道，不动手术的话压根取不出来。

但在这样的逃亡中，压根没时间也没条件动这个手术，也就是说不超过小半个时辰龙梵就能找到她。

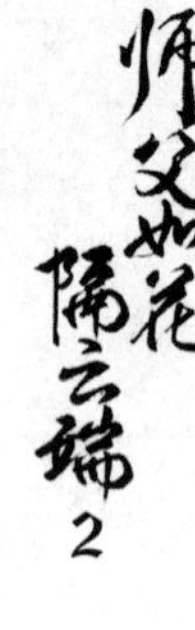

变态的龙梵！她恨科学疯子！

而现在帝拂衣远在千里外的城市，她身上也没有能和他联系的东西，退一万步说，就算现在能联系上，远水解不了近渴，等不到帝拂衣来，她就被抓了。

“我们必须分头走！我东你南！你设法通知天聚堂的古堂主以及帝拂衣他们，必须来端了他的这个老巢。你不必顾及我，龙梵就算抓到我也不会杀我……”顾惜玖迅速开口道。

分开走他能逃走的可能性最大，一起走他和她都会被抓，到时候依旧无法把消息透出去，这也是现在唯一可行的路。

龙司夜闻言浑身一僵。他身为一派门主，自然懂得这其中的利害关系，一垂眸便答应了一声：“好！”

二人都不是拖泥带水之人，龙司夜立即向南疾奔，顾惜玖则继续向东奔行。

苦柳城位于这座活火山的东边百里处，因为这火山的影响，这里的气候常年炎热，可以媲美新疆的火焰山附近的村镇了。

苦柳城人丁并不兴旺，城市也比较穷，所以没有任何门派在这里设立分舵，属于三不管地带。

穷山恶水往往百姓也彪悍，所以这里有地方黑帮存在，时不时会有械斗发生。

此刻大街上就有两帮人在械斗，棍棒乱下，鲜血横飞，和普通的街头黑帮械斗没什么区别。

龙梵根据定位器赶到的时候，发现顾惜玖正在驿站开设的茶馆里喝茶。她坐在靠窗的位置，看外面的械斗看得津津有味。

她已经换了一身装束，小丫头下了血本，将她自己打扮成一位面孔黧黑的村姑，穿着一身粗布衣裳，丝毫看不出曾经的模样。

龙梵愣了一下，以为顾惜玖停下稍稍歇口气就会再跑，毕竟这个地方对她来说还不算安全，却没想到她会在这里悠悠闲闲地喝起茶来。

更重要的是，那桌前就坐了她一个人。

龙司夜呢？他不是应该和她在一起吗？难道他乔装成别人隐藏在什么地方？

龙梵迅速把茶馆里的几个人扫了一遍，没发现可疑的人……

他倒沉得住气，没急着动手，只是吩咐两名属下在四周查找龙司夜的下落，他有些怀疑龙司夜藏在械斗的那一伙人里面。

顾惜玖看西洋景似的看了一会儿外面的景致，直到外面的械斗停止她才意犹未尽地起身，懒洋洋地咕哝了一句：“这时代的械斗倒是和电影上没什么区别，这城市也好破，没什么意思。”

她出了茶馆，在驿站雇车，和那车老板交谈了几句，问的是：“离这里最近、最繁华的城市在哪里？”

那车老板说了一座城市名，她点头道：“好，就去那里瞧瞧。不能白穿一回，看看风土人情也不错。”她直接钻进了车中，看来是真的想要游山玩水。

龙梵在暗处看着，原本还有些怀疑顾惜玖是恢复了一些今世的记忆，所以才急着跑出来找人，却没想到她跑出来真是想要了解这大陆。难道是他想多了？

他暗暗跟在马车后，跟了足足有半个时辰，也没见有什么人来接应她，于是觉得再跟下去就没意思了。

他是忽然在马车前出现的，尚未等那车老板反应过来喝问，他身子一晃，已经进了车厢。

车厢内的顾惜玖正闭目养神，似乎被突然出现的龙梵吓了一跳，身形一动就想瞬移。龙梵早有防备，一抬手就按住了她的肩膀：“还想跑？！”

顾惜玖仗着脸上有易容之物还想装糊涂：“你是谁？拦民妇有何事？”

龙梵笑了笑，摸出一瓶子药汁淋了她一脸，然后不顾她的挣扎用衣袖将她的小脸洗干净，露出了她的本来面目，将一面镜子竖在她面前：“顾惜玖，你再装！”

顾惜玖抿了抿唇，不再做无谓的挣扎，冷眼看着他：“你怎么找到我的？我明明易容过了，还消除了所有走过的痕迹……”

龙梵道：“你猜呢？”

顾惜玖闭了闭眼睛：“猜不出来，难不成你在我身上安装了什么定位器？”

龙梵：“……”居然被她歪打正着猜对了！

不过顾惜玖很快又自我否决道：“应该不是，我已经把所有的衣服换掉了，连头发也洗了……”

龙梵叹气，淡淡地扔出一个炸弹：“和你一起逃走的龙司夜是我的人。”他的言下之意是龙司夜出卖了她。

顾惜玖一震，不说话了，眼神半信半疑。

龙梵问：“龙司夜呢？他不是和你一起逃出来的？”

顾惜玖冷笑道：“我们半路分了手。他既是你的人，你不知道他的去处？”

龙梵被她噎住，半晌叹了口气道：“他是我的克隆失败品，本来想让龙昔也在这边复活的。他大概知道我要将他这个失败品毁掉，所以急着逃走，你居然跟着他跑！”

顾惜玖理直气壮地道：“我不想总闷在那不见天日的地方，我好几次想要出来走走，你们一直拦着。正好那个龙司夜说他有法子逃走，所以我们就合作了，出来后不久我们就分手了。不会是他把我的行踪告诉你的吧？”

她这番话并没有什么破绽，龙梵看了她片刻，笑了：“他没说，只是沿途留下了标记……他大概是怕我抓住他惩罚他，所以出卖你来成全他，要不然本长老找你还真没这么快。”

顾惜玖握了握手指：“卑鄙！”

龙梵怕她又要花招，干脆封了她的穴道，让她只能说说话，身子一动也动不了。

他也不怕龙司夜会逃掉，毕竟他还另有安排。只要龙司夜一回山，立即会钻入他的套中。

马车还在行进，只是外面的车夫已经换成了龙梵的人。

龙梵干脆坐在她的对面。

顾惜玖轻吸了一口气，问道：“你要带我回那个地宫？”

龙梵盯着她的眼睛：“惜玖，你这次杀了我的四名属下，他们还都是高手。你知道的，我培养一个高手并不容易……”

“抱歉。”顾惜玖抿了抿唇。

“道歉没用的。”龙梵声音柔和地道，“你虽然也算是我的女儿，但既然做错了事，也是要罚的，要不然难以服众，你也学不乖……”

他的声音温柔如水，说出的话却无比残酷。

他说完这番话后就给顾惜玖喂了一种药。

片刻后，药效起来，顾惜玖只觉全身筋脉痛如刀割。

龙梵就坐在她的对面看着她疼，看着她冷汗爬了一脸，却倔强地不吭一声，只是咬住了唇瓣，直到那唇瓣上沁出血来。

这样的疼持续了约莫半个时辰，终于渐渐轻了，直至消失。

顾惜玖全身都被冷汗泡透了，微闭着眼睛的时候，连睫毛都是湿的。

龙梵不知道从何处掏出一条手帕细细擦拭她脸上的汗，语气不咸不淡地道：“可得到教训了？”

这是一种奇药，也是他控制属下的法宝，一旦发作就算是七尺汉子也疼得大声号叫，意志稍稍薄弱一点儿的人还会痛哭流涕。

顾惜玖睁开眼睛，那一双眼睛墨黑如夜，里面一滴泪也没有。她瞧了他一眼，便又移开视线。

龙梵心头却微微一震，看着她似乎含了恨意的眸子，他又有些后悔了。

不过他一向心硬，那后悔的情绪只是在他眼中一闪而过，快得让人压根捕捉不住。

“这药是我的独门秘药，不及时服用解药的话，会每天发作一次，而且一次比一次疼。往后你只要乖乖的，我会及时给你服用解药。”他威胁道。

顾惜玖干脆闭上眼睛，不理他了。

她其实有思想准备，龙梵抓住她必然会惩罚她，她熬得住。

现在她先让他得意些，日后她会把这场子找回来，让他受十倍这样的罪。

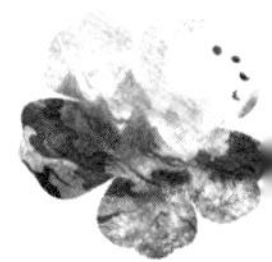

龙梵，你等着！

龙梵又和她说了几句话，还想套问一下她的记忆情况。奈何顾惜玖这次闭了嘴，来了个徐庶进曹营一言不发。

他说了大篇话也没换来她的一句回应。

车厢里沉默了片刻，龙梵问她：“你很想多在外面走走？”

顾惜玖连眼睛也没睁。

龙梵道：“好吧，那我就带你去一个地方走一走，让你见识见识，算是我为你做的小补偿。”

顾惜玖睁开眼睛，终于开了金口：“去哪里？”

“翻黎城。”

顾惜玖心中一动，那地方就是帝拂衣现在所在的城市，离此地有八九百里。他这个时候带她去那里又是唱的什么戏?

翻黎城是一座颇为繁华的大城市。

在翻黎城有两座很有名的酒楼——双子酒楼。

据说这两座酒楼是一对颇有商业头脑的双生子所开，两座酒楼在一条街上，布局、造型一模一样，两座酒楼隔着一条十多米宽的街道相望。

这两座酒楼虽然离得近，却并没有因此打擂台，两家的菜各有风格。顾惜玖所在的这一家主营南方口味的菜，一碟碟佳肴十分精致，像是一碟碟艺术品，看上去赏心悦目，口味偏甜，适合南方来的客人食用。

另外一家则主营北方口味的菜，饭菜同样精致，口味偏咸，适合北方客人食用。

此刻顾惜玖就坐在街东的这座酒楼的三楼雅间里，抬头隔着半透明的珠帘一望，就能看到对面酒楼的景致。

顾惜玖前世一直在北京生活，更喜欢北方口味的食品。此刻她看着桌子上那些堪比艺术品的小点心，动也没动。

倒不是她口味刁不想吃，而是她没法自己动手。

龙梵十分缺德，虽然带她来到这城市，却将她弄瘫了，还把她易容成了一个丑丑的老头儿。

龙梵给她照过镜子，顾惜玖只看一眼就嫌恶地移开了视线。

太丑了！

一脸的褶子能夹死苍蝇，看年龄足有一百岁，躺下闭上眼就能进棺材那种。这还不说，她的皮肤上还生满了老年斑，脸上足足有九个铜钱大的斑点！

而龙梵虽然也易容了，但还是少年公子的模样，看上去风流倜傥，在大街上一走就能收获少女热烈的注视。

他那两名属下则打扮成家仆的模样，抬着一顶竹轿将顾惜玖抬上了楼。龙梵则是一副孝子贤孙样跟在竹轿旁，不时叮嘱两名家仆动作轻一些。

这酒楼里三教九流的人都有，所以他们这一行人倒没有人注意。

只那店伙计多嘴问了一句："公子带着老太爷如果嫌楼上不方便，小人可以在楼下为您找个座儿。"

龙梵摇头道："不必，老太爷脾气怪，怕吵，就在楼上的雅座好了。"

那店伙计还想再说别的，顾惜玖有气无力地插言道："我乖孙孝顺，就依他吧。"

龙梵大概是怕她捣鬼，不知道给她吃了什么药，她不但没有行动能力，连说话都没力气，也就勉强能发出点儿声音，声音嘶哑苍老，比蚊子哼哼强不了多少。

于是顾惜玖就被安排在这个位置，按龙梵的说法，这个位置视野好，适合她。

顾惜玖倒是时时向外瞥几眼，看大街上的人来人往，看那些商贩来往吆喝着叫卖，一派盛世景象。

她佝偻着身子，也就勉强能坐住，手臂几乎无法抬起来，所以她虽然饿得肚子咕咕叫，面对着一桌子美食却吃不到嘴里。

龙梵明显是报复她那一句"乖孙"，给她的盘子里夹满了菜，却不喂给她吃。

在这楼层吃饭的都是比较尊贵的客人，所以店伙计时不时进来伺候，烫个酒、倒个水什么的。

顾惜玖忍了片刻，等那店伙计来到她身边倒水的时候，嘱咐那店伙计："你在这里伺候着，伺候好了我乖孙会赏你。"她虽然说话声音小，但在桌前的店伙计还是能听到的。

那店伙计自然乐颠颠地答应，殷勤地在旁边站着，又殷勤地看了看她面前的盘子，知道她行动不方便，便问道："老爷子，小的喂您？"

顾惜玖却是个很龟毛的"老爷子"："不必，我乖孙会伺候我。"她颤巍巍地转头嘱咐龙梵，"乖孙，你最孝顺，来，喂给爷爷一个丸子。"

龙梵："……"

眼见那店伙计看他，龙梵忍着气给顾惜玖夹了一个丸子送到她嘴里，顾惜玖慢吞吞地吃了，又嘱咐了一句："乖孙，再给爷爷来口汤。"

龙梵第一次想把她按到汤盘里！

这个时候好戏还没开锣，龙梵自然不想自己先唱一出戏。刚才他一副孝子贤孙样，这个时候自然不能不孝顺，只得喂她。

偏偏顾惜玖花样不是一般多，一会儿嫌这个菜太甜，一会儿嫌那个菜太淡，她还要吃虾肉，要龙梵给她剥壳……指使得龙梵团团转，他自己也没吃上几口。

龙梵怒了，传音给她："你给我适可而止！再折腾我不给你解药，让你疼！"

于是顾惜玖不折腾了，老眼昏花地望着他："乖孙，辛苦你了，还得伺候我这土埋半截的老头子，你自己也没好好吃几口。唉，算了，你再喂爷爷喝几口汤，爷爷就饱了。"

看在她将要消停的分上，龙梵忍着气喂她喝了汤，然后她忽然呛咳起来，口水连同汤水喷了龙梵一脸……

龙梵："……"

咔一声响，那骨瓷汤碗直接被他捏碎了，把那店伙计也吓了一跳。

顾惜玖一脸歉疚的表情："乖孙，爷爷不是故意的，喀喀，你不会生气……喀喀，不管爷爷了吧？"

那店伙计忙在旁边打圆场："哪儿能呢？这位公子这么孝顺，怎么可能生您老的气？老人嘛，都这样，都这样。公子，下面有静室，小的带您去沐浴一下换换衣服？"

龙梵一头一脸的汤水，按道理说应该沐浴收拾一下，但他这人异常谨慎，不想离开顾惜玖，所以抬手为自己使了一个清洁术，一道白光闪过后，他身上又整洁如新。

清洁术只有灵力八阶以上的修士才能使出来，那店伙计睁大眼睛一脸震惊。

龙梵微微眯起眼眸，手掌在那店伙计肩头一按："辛苦你了。"

那店伙计脸色一白，一声不吭地委顿下去。

顾惜玖没想到他会一言不合就杀人："你做什么？！"

龙梵一脸无所谓地道："他知道得太多了。"他将指尖向那店伙计身上一弹，一缕粉红烟雾将那店伙计笼罩，烟雾过后，那店伙计便消失无踪，很显然是被那粉红烟雾化掉了。

一个大活人就这么不见了，顾惜玖抿着唇不再说话。

龙梵拍了拍手，瞧了她一眼："惜玖，你前世杀的人也不少，不会现在忽然菩萨心肠了吧？"

顾惜玖声音冷淡地说："我从不杀无辜之人！"

龙梵深深地瞧了她一眼，温声道："以后你会的。"

顾惜玖没理他。

下面隐隐有喧闹声传来，片刻工夫后，又一位店伙计和一个小孩子跑了上来，向着雅间里望了望，愣了一下问道："张望没在这里？"

很显然，刚才被龙梵杀死的伙计就叫张望，龙梵身边的属下回应了一句："什么张望刘望的，没看见。"

"张望就是被分来伺候客官的那个矮个子伙计。"那店伙计赔笑道，"他媳妇得了急病，他儿子前来叫他，掌柜的已经准了假……"

那八九岁的小孩子一脸急色，小脸涨得红通通的："楼下的叔叔们说我爹爹在这里伺候贵人，我娘病得很重……”

龙梵的两个属下不耐地道：“说不在这里就不在这里，你们去别处找找吧。”

那伙计和那孩子不敢再说话，转身离开了。外面传来门扇开合之声，很显然，那伙计正陪同那孩子四处找人，只是他们再也找不到张望了。

又过了片刻，楼下传来那孩子的哭声：“爹爹到底去哪里了？我娘还在家等着他带她去看病……”

顾惜玖顿觉心寒。

这些普通人在龙梵他们这些人眼里或许就像蝼蚁，随便就能踩死，但死者对他们的家庭来说，就是天和地，随手一杀，就毁掉了一个家。

龙梵瞧了瞧她：“心软了？没想到你一个杀手也会心软。”他轻轻笑了笑，“这个世界弱肉强食，理应强者为尊，理应让聪明人活在世上，至于这些普通人，他们其实连活着的资格都没有，活着也是浪费资源、浪费粮食……”

顾惜玖：“这就是你造克隆人的原因？”

“克隆只是一方面，我要做的是基因改良，让聪明的人越来越多，不能让下等人这种劣币逐良币……”

这真像科学疯子的论调！

顾惜玖不再理他，随意向外看着景色，忽然似感应到了什么，心脏莫名地快速跳了跳。她随意一瞥，见对面楼和这楼相对的房间里，有人进去了。

那边也挂着透明的珠帘，隔着那珠帘，顾惜玖看到了两个人，熟悉的两个人，是长高了的应言诺和“顾惜玖”。

龙梵忽然握住她的手腕，微笑道：“惜玖，这里的景致不错吧？”

顾惜玖没说话。

龙梵的目光落在她的脸上，他忽然有些后悔给她易容了，现在她鸡皮鹤发的，就算脸上变色他也看不出来。

他知道顾惜玖平时做事很淡定，想让她失色大概比登天还难，不过如果她没有失去记忆，凭她对帝拂衣的感情，乍一看到他，就算能做到不动声色，最起码心会快速地跳几下吧？

但没有！她的心跳没加快，她明显没受什么触动。看来她的记忆确实没有恢复。

龙梵也不知道是松一口气还是有点儿失望，其实他还是挺喜欢看戏的，如果让拥有记忆的顾惜玖看到这一幕不知道她会怎样？心大概会很疼？

他唯恐顾惜玖嚷出来，所以在握住顾惜玖的手腕的那一刻随手封了她的哑穴，让她半个音节也发不出。

帝拂衣那人太狡猾，常常设套子让人钻，他不得不严加防备，防患于未然。

他向帝拂衣瞧了几眼，嘴角勾起一抹笑来。

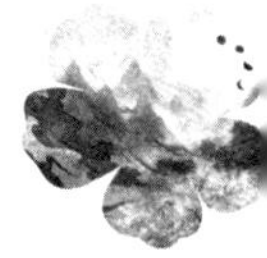

不知道这位左天师现在的容貌是不是他的本来样子，看上去倒是蛮秀气的，还是个多情种子，走火入魔变小了，还要陪在顾惜玖身边。

龙梵无疑是极高明的大夫，自然会观人气色，看出了帝拂衣脸上隐带病容，功力大约是灵力九阶左右。帝拂衣和巫无颜坐在靠窗的桌前，在他身后站着的两位应该是他的两名护法。

巫无颜演技不错，一举一动都和顾惜玖无异。不过毕竟她刚受了重伤，虽然有帝拂衣的灵药相助，她的伤势仍没好利索，行动有些不便，一张小脸也雪白雪白的，病容很重。

她似乎没什么胃口，坐下后几乎没怎么动筷子，但是帝拂衣十分体贴，时不时为她夹几箸菜，劝她多吃点儿。这样的画面温馨得近乎刺目。

龙梵情不自禁地看了身边的顾惜玖一眼，发现顾惜玖也在注意对面那扇窗子里的人，还是眼睛一眨不眨地看着。

"在看什么？"龙梵没想到她会这么大咧咧地看，忍不住问了一句。

顾惜玖看了他一眼没说话，龙梵这才想起自己点了她的哑穴，她说不出话来。

他指尖一拂，解开她的哑穴，但随即掌心按在了她的心脉处，声音柔和地说："别耍花样。"

她只要敢叫嚷半声，他掌心的灵力一吐，立即就能要了她的命，甚至让她的魂魄跟着受伤。

顾惜玖倒没有叫嚷的意思，狐疑的目光转向了龙梵："我是不是认识那两个人？"

龙梵心中一跳："为何这样问？"

"要不然你这么紧张做什么？生像我会向他们求救一样。"

龙梵："……"

顾惜玖又看了看他，猜测道："不会那位龙宗主说的是真的吧？我早就穿越过来了，只是被你洗去了在这一世的记忆……"

龙梵有一种搬起石头砸到自己的脚的感觉！

"乱猜！你明明是刚刚从这克隆体中重生的，你总记得刚刚从那水晶棺中醒来的样子吧？"龙梵想要打消她的疑虑。

好在顾惜玖没深问，目光又转到对面那扇窗上，正大光明地瞧着里面的人："里面的那个女孩和我好像！她不会是我的姐妹吧？"

龙梵咳了一声道："瞎讲，你在这世上怎么可能有亲人？你可是我造出来的……天下容貌相像的人多了去了，也不足为奇。吃菜，吃菜。"他把话题岔开了。

顾惜玖狐疑地望了望他："你说待会儿让我看戏，戏在哪里？"

龙梵莫测高深地笑道："再等一等，会唱的，保证精彩！"

“嘁，卖关子！”顾惜玖懒得再和他说话了。

龙梵实在看不出她有什么不对，显得有些意兴阑珊。顾惜玖依旧观看着外面的景色，神情悠然自得得很，心里却像是着了火！

虽然她和帝拂衣仅仅分开四五天，那感觉却像是分开了四五年。这几天她面上和龙梵他们虚与委蛇，心里却时时刻刻惦记着他，恨不得一步飞到他身边，告诉他这里有张网等着他。

可是不行，她现在没有行动能力，甚至说话也是极小的声音。她放开了喊，最多就是这屋里的人能听到而已，声音压根传不到对面。

她的灵力、内力全部被封，也不能使用传音入密的方法。

她和他明明只隔着二十多米的距离，却像是隔了一道天堑。什么叫咫尺天涯？这就是了！

她自然也看到了帝拂衣对假顾惜玖的好，说实话，心里不知道是什么滋味。

虽然她明白那个身体是自己的，他对那人好其实就是对她顾惜玖好，但明白归明白，心里还是酸酸的，堵得慌。

吃醋归吃醋，在这片刻工夫里，她心中的念头已经像风车似的转了好多圈。

她时不时瞧瞧那两个人，如果眼光能传递消息，对面的帝拂衣怕是能接收到一堆小字条了！

不过很快，她发现了对面那两人的不正常。

帝拂衣为那位假顾惜玖夹的菜没有一样是顾惜玖真正喜欢吃的，有几种甚至是顾惜玖平时连碰也不会碰的。

她心中咯噔了一下，帝拂衣是知道她的口味的，现在却……

难道帝拂衣知道他身边的女孩壳子里已经换了人？！要不然他不可能犯这种错误。

她的心激烈地跳动起来。

原来她很急很绝望，唯恐对面的帝拂衣一直不知情上了人家的当，现在她心里又生出了希望。

顾惜玖一向聪明，推理能力强大，立即又想到帝拂衣一旦发现身边的女孩被人调了包，他势必会暗中布置寻找，但龙梵把她藏得太严实，帝拂衣一时找不到，于是他干脆引蛇出洞，以他自己为饵，钓墨曌他们出来……

顾惜玖又瞧了一眼对面的帝拂衣，他的功力到底恢复了多少？也就四五天的时间，他的功力应该也没恢复多少，这样的他就算能钓墨曌出来，他又有几分胜算？

他在周围应该安排的还有其他人吧？

会是谁呢？

沐风等四使一定是在的，或许其他的天授弟子也在？说不定古残墨也在。

顾惜玖恨不得有一双透视眼，能看清对面那楼里的所有布局，最好能看到帝拂衣偷偷安排的人。

墨曌想打帝拂衣个措手不及，而帝拂衣十有八九是将计就计，在这里设局来个瓮中捉鳖。

墨曌那货这次出来带了百十个人，个个都是被龙梵改造过基因的高手，武功路数诡异，他们一旦出手势必是一场血雨腥风的激战！

不知道帝拂衣的人能不能挡住这些人？

顾惜玖把大街上、酒楼里所有能看到的人都瞧了一遍，极力想要分辨哪些是暗桩，哪些是普通百姓。

她毕竟是做惯杀手的人，最擅长的就是察言观色，眼光极为毒辣。她这么仔细一扫过后，心里还是咯噔了一下的！

她发现墨曌的人了！

墨曌的那些属下因为平时几乎不出来行走的关系，并没有易容，只是换了一身普通百姓的衣服而已，各种打扮都有，挑挑子的小贩、闲逛的地痞、在街上说闲话的壮汉。

他们像是在做自己的事情，但时不时会瞧帝拂衣所在的酒楼一眼。他们看似无意，却已经将酒楼四周的逃生之路都封上了，明显是要围困之意。

现在的气氛就像暴风雨来临的前夕，看似风平浪静，实则杀机重重，一触即发！

“可瞧见什么没有？”龙梵忽然在她身后幽幽地开口。

顾惜玖头也不回，张了张嘴似乎说了什么，但她的声音太小，龙梵没听见：“你说什么？”

“龙梵，你今天带我来看的究竟是什么戏啊？怎么还不上演？”顾惜玖这句话几乎是用喊的。

当然，她的声音依旧无法有多大，但最起码这屋子里的人都听见了。

不过她也就喊了这么一句，因为龙梵的手掌又贴在了她的后心处：“再嚷杀了你！”

“喊，是你先听不到的好吧？”顾惜玖不屑地道。

两个人正有些扯不清，他们这间雅间的门忽然被人轻叩了两声。得到龙梵的应答后，店伙计领了一名女子飘飘然走了进来，店伙计赔笑地问：“客官，要不要听琵琶助兴？此女可是我们这里有名的琵琶师，弹琵琶一绝……”

这种酒楼卖唱女子上门服务的情况几乎是司空见惯的事，龙梵也不将此放在心上，不过他并不想让人打扰，正要张口拒绝，顾惜玖已经开口：“乖孙，爷爷没看到戏，听首琵琶曲儿也好。”

她的声音虽然不大，好歹那店伙计离得近，还是听到了，立即笑容满面地道：

“老太爷想听？这位姑娘弹的琵琶真真是极好的。”

既然老太爷这么说了，龙梵这个乖孙自然不能反驳，他心中一动，瞧了瞧那女子。

那女子穿着打扮干净朴素，墨发垂腰，容貌清秀，肤色偏苍白一些，气质偏冷，怀里抱着一把琵琶，微微垂头站着，娴静如娇花照水，行动如弱柳扶风。

龙梵道：“你过来，我看看你的琵琶。”

那女子果然移步上前，却不知道绊到了什么，打了个趔趄，向着龙梵扑过来！

龙梵抬手将她扶住：“怎么如此不小心？”他让她站稳，并顺手将她的琵琶抽了过来。

顾惜玖在心中冷笑，那女子刚才并不是不小心跌倒的，而是被龙梵暗算了一下。估计这货是想试试人家的功夫，倒真是小心！

那女子的琵琶就是一把普通琵琶，压根没有什么机关类的东西。

而龙梵刚才那一扶，也测出那女子身上就有两阶左右的灵力，最多会一点儿花拳绣腿的功夫，稍稍对付一下地痞混混，倒是不足为惧。

所以他放下心来，让那女子留下了。

他问那女子：“会弹什么？”

那女子躬身说了几支曲子，都是这个时代比较有名的。

龙梵就点了一首。

那女子坐在一张椅上，轻拢慢捻地开始弹奏。

她只弹了几个调门，顾惜玖便知道这真的是一位大师级别的人物！

叮叮咚咚的音符在她的指尖上流泻，明明是很普通的曲子，她却弹得如同淙淙的泉水，在人心头潺潺流过，那感觉仿佛大热的天走入凉风习习的山林，全身的疲惫似乎也能被这美妙的乐声洗去。

这琵琶声和顾惜玖在现代听到的那些名曲相比一点儿也不差，甚至还要高明些。

她只能用一句话来形容：此曲只应天上有，人间能得几回闻

龙梵原本是抱着听着解闷的态度听的，但听了半首他就入迷了。

他很久没听乐曲了，现在倒是听得惬意舒爽。

顾惜玖也在听，眼睛落在那女子弹奏琵琶的手指上。那女子长相秀气，手指也很秀气，就是有点儿偏大偏长，微微抬手的时候，露出雪白的皓腕，腕间的两个银镯子叮当作响，配合着琵琶声，别有一番韵味。

女子长一双大手者比比皆是，倒不稀奇，更何况她的手型好看，也不显得突兀。

不过顾惜玖总感觉她这手看上去有些眼熟，一时却想不起来在哪里见过。

她认识的女孩子长了大手的也有几位，但都和这手对不上号。

龙梵也是极细心的，大概还是怕对方是什么探子，防备对方打手势之类的，所以

一直默不作声地盯着这女子。

不过他明显多虑了，女子弹得规规矩矩的，一个多余的手势都没有。

一曲既终，余音犹自萦绕。

龙梵意犹未尽，赏了她一大锭金子，还想再听一曲。

他倒是个大方的人，赏的那锭金子足足有十两，普通卖唱女十年也赚不了这么多钱！

那女子眼睛一亮，却没接他的那锭金子，而是抿了抿唇，忽然扑通向着顾惜玖跪倒："谢老太爷和公子赏，天歌感激不尽。天歌斗胆，求老太爷和公子救我一命。"

顾惜玖怔住，龙梵挑眉问道："你怎么了？"

那女子低垂下睫毛道："此城中有一大户人家看中了天歌，想强娶天歌做小妾，天歌不想嫁人，但又违逆不得，实在是生不如死，求老太爷和公子能大发慈悲收留天歌，将天歌救出这牢笼。天歌愿为奴为仆，伺候老太爷和公子……"她言辞恳切，看上去也楚楚可怜的。

龙梵目光闪动，他其实真有一点儿动心了。

他那大本营里平时连个锯桌子腿的声音都没有，实在是单调得可怕，如果能将这女子带回去，倒也不错。

不过他这人一向谨慎，笑了笑，没表态，随即向一名属下打了个手势。那属下会意，直接出去了，想必是去打听那女子的出身来历了。

过了一刻多钟，那名下属回来，低声向龙梵说了几句什么，龙梵心里就有数了。

他看了一眼那女子，淡淡地道："想让本公子救你也可以，得看你的表现了。"

那女子眼睛一亮："是。"

她为了脱困也是拼了，殷勤地上前为顾惜玖二人沏茶倒水。

龙梵一直有意无意地盯着她看，他现在虽然不是本来样貌，但也是风流倜傥的一个帅哥，还是很吸引少女的目光的。

这样被一位有貌有钱有势的大帅哥盯着瞧，那女子再淡定也忍不住晕红了两颊，为他倒水时手甚至有些颤，那是一种害羞的紧张。

龙梵很满意。他最近一直和科学实验人体器官打交道，几乎快忘记红袖添香是个什么滋味了。

这女子长相虽然不如顾惜玖漂亮，但是温柔可人，又知情知趣的，像朵解语花，更难得的是琵琶弹得好。留在身边做个侍女倒真是不错的主意。

他指使那琵琶女："去伺候一下老太爷吧，坐了这么久，他大概口干了。"

那琵琶女顿了顿，似乎不太情愿伺候顾惜玖这个土埋半截的老头子，不过她这时有求于人，还是低低应了一声："是，天歌遵命。"

琵琶女飘飘然走到顾惜玖身边，果然为她斟了一杯清茶，递到了她的唇边。

素手莹白，衣袖之中似有清香，萦绕在顾惜玖的鼻端，顾惜玖在闻到那清香之时心脏如受重击，身子一颤，唇撞在了对方端着的茶杯上。

那琵琶女不防，忙将茶杯向回一撤，但还是泼了一些，洒了顾惜玖一袍子。

“对不住！对不住！”那琵琶女慌了，忙抽出一条手帕给顾惜玖擦袍子上的水。

那茶水有些烫，泼在顾惜玖的衣袍上时还冒着热气，顾惜玖被烫得身子扭动了两下，这一扭动不要紧，直接带翻了身下的椅子，她连人带椅子直接趴在了那琵琶女身上。

那琵琶女啊地惊叫一声，被她扑在地上，做了顾惜玖的肉垫。

顾惜玖那张苍老的嘴正啃在对方那嫩滑的脸蛋上，在她的脸蛋上磕出一个浅浅的牙印。

那琵琶女傻了片刻，俏脸几乎要绿了，颤声道：“老、老太爷，您老人家……起来……”

龙梵忍不住想笑，干脆抱臂看着。

那琵琶女在顾惜玖身下挣了挣，终于强自支撑着坐起来，想当然地，她半扶着抱起顾惜玖：“老太爷，对不住，是天歌不小心……你原谅天歌。”

那琵琶女像个受气的小媳妇，一面忍气吞声地向顾惜玖道歉，一面将她搀扶到椅子上坐下。

顾惜玖自己完全使不出力气，整个身体的重量全压在那琵琶女身上，琵琶女将她扶着坐下后，也累出了汗。

“老太爷，你没事吧？”龙梵走过来，殷勤地为顾惜玖号脉，唯恐她摔伤了似的。

号脉的结果龙梵还是很满意的，顾惜玖的穴道依旧被封着，那毒依旧在她体内好好窝着，没有任何变化。

龙梵其实还是在试探，如果这琵琶女是帝拂衣派过来的奸细，必然会趁摔这一跤为顾惜玖解穴。

事实证明他想多了。

他在心里摇了摇头，又斥责了那琵琶女两句，骂她毛手毛脚的。

那琵琶女讷讷地应了，讨好地又为顾惜玖斟了一杯茶，伺候她喝完，又狗腿地转到她背后，轻轻地为她捏肩捶背。

这女子倒是个知道进退的，穷苦人家出来的女孩子就是懂事。

龙梵在心里点了点头。

他的属下刚才已经出去调查过，事实和琵琶女说的没错，这琵琶女确实是孤女，父亲是位潦倒的琵琶师，将一身技艺全部传给女儿后在一年前故去了，只留下琵琶女靠走穴为生。前几日她被城中有权有势的大户人家瞧上，想要纳她为妾，那人又老又肥，这琵琶女自然不愿，但也知道胳膊拧不过大腿，一直用着拖字诀。

所以她现在向他求救也不算意外。

姐儿爱俏，这琵琶女其实是瞧上他了，她虽然伺候着顾惜玖，但那一双水盈盈的眼睛时不时瞥向他。和他目光一对，她又睫毛轻颤，低下头去，有着少女般的娇羞。

经过连番试探，龙梵终于放下心来。

他又瞧向对面，对面那一顿饭都快吃完了，话说他家尊主到底还动手不？！

龙梵忍不住在心中叹息，墨曌这位尊主什么都好，就是十分多疑，胆子也小了一些。

他又看了一眼顾惜玖，顾惜玖一副百无聊赖的样子，没骨头似的瘫在那里，一边享受着那琵琶女的伺候，一边看着窗外。

顾惜玖觉得自己该得个影后奖！

明明心里已经像开锅似的翻滚，欢喜得泡泡不要命地冒，她还能像面瘫似的端着，她忍不住为自己的好演技点了个赞！

但她觉得自己的演技比照后面这位为她捶肩的人来说，还是差了不止一个档次。

后面这位才是真影帝，这演技神了！

帝拂衣！

这位娇娇弱弱、看上去对龙梵爱慕有加春心萌动的青葱美少女居然是帝拂衣假扮的！

顾惜玖刚才闻到他身上那独有的清香时，心脏差点儿蹦出来，简直不敢相信！她当时费了好大的劲儿才压住那几乎要沸腾的激动。

当然，因为太意外，她还是有些不敢相信的，所以故意跌倒将他压在身下，还啃了他的脸蛋一口，这样一来独属于他的气息更加鲜明。

而帝拂衣在被她压倒的那一刻，一只手被她压在肚子下，他趁机用指尖在她的肚皮上戳了戳，两重三轻，正是她和他原先约定的暗号。

于是顾惜玖再无怀疑，明明是在对面楼中坐着的人，此刻却待在她身边，实在是太意外、太惊喜了！

帝拂衣喜欢易容扮演各色人等这个顾惜玖早知道，但她没想到他这次居然如此下血本，扮成了一位纤弱美人！这娇滴滴的模样比她顾惜玖还像女人。

顾惜玖觉得自己的三观又被他给刷裂了！

她肚里有一大堆疑问想要问他，却苦于现在这种情况无法说出口，也不能用传音入密。她灵机一动，想起了她无聊时曾经教给帝拂衣的一种摩斯密码。

她那时无聊，还新创了一套只有她和他才能明白的摩斯密码，于是她趁趴在他身上时，快速用手指敲了他的手心几下，代表有话要和他谈。

于是帝拂衣就开始殷勤地为她敲背了，敲得韵律十足，不轻不重。

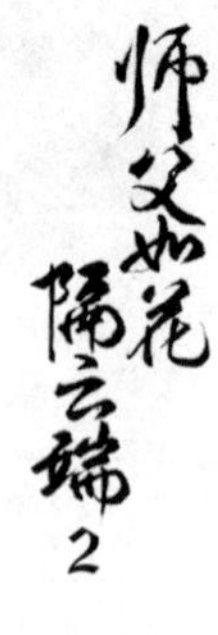

而顾惜玖将手指放在腿上，微闭着眼睛，像是哼歌似的打着拍子。

而在这一敲一打中，二人等于是无障碍交谈了。

顾惜玖先说了最重要的事："那个天魔要伏击你！"

帝拂衣："知道，我在这里布了局，就是等着他来的。"

顾惜玖："这里四周都是他的人，足足出来了一百二十九个，八阶灵力的就有十几位，其他人也都是六阶以上的。"

帝拂衣："看来他这次为了对付本座真是下了血本，我感觉很有面子。"

顾惜玖："我们有多少人？"

帝拂衣："兵在精不在多，放心，待会儿我就会寻机会将你救出去，绝不会再让你出意外了！"

顾惜玖："你这次有没有将那天魔斩草除根的把握？"

帝拂衣停一停，才继续说："我现在功力尚未完全恢复，斩草除根不可能，不过将他重伤一次还是很有把握的。"

顾惜玖："你预备在这里重伤他们？这里太繁华了，无辜百姓也多……"

帝拂衣道："因为没想到他们会把你带来，所以我安排的是趁机潜入他的老巢，先找到你再端了它，但现在已经找到你了，我得改变一下策略了……"

"不必改变！"顾惜玖道，"还是设法混入他的老巢吧，他那老巢在火山底下，没有他的专用工具你们进不去，里面就是他的大本营，里面还有好几百口人呢！"

"可是你……"

"我没事，他不会拿我怎么样的，你按照原计划走就行。话说你的原计划是什么？"

"我的原计划是……呀，他们提前动手了！"

二人同时听到对面楼上传来了惊呼，顾惜玖心中一沉，转头一望，暗吸了一口冷气！

对面楼那房间里，奇变陡生。

不知道为何那位假顾惜玖一时坐不稳，咕咚一声向前趴去，她旁边的"应言诺"自然伸手相扶，假顾惜玖扑入他的怀中，趁势将一柄短刀刺入"应言诺"体内！

血光迸现，"应言诺"晃了晃，抬手将怀中的假顾惜玖推开："你……"

"应言诺"的两名属下大概刚才被支了出去，这时听到屋内动静，怒喝一声，双双回掠，只是尚未掠进房门，就被四名店伙计拦住……

那四名店伙计自然是墨望的属下假扮的。

这四人的功夫都不低，将沐云和沐雷阻拦住，这二人一时闯不过去。

而屋内的"应言诺"倒当真了得，中了那一刀虽然极为吃惊，但毕竟反应快，猛然向后一退，抬手似要做什么，他身后的墙角处的花瓶内蓦然冒出一缕青烟，那青烟

眨眼间凝成一个人形，正是墨婴。他一抬手，一道五彩光芒将“应言诺”笼罩，“应言诺”身子一晃，倒了下去，原本苍白的脸已然发青，显然是中了剧毒。

“你……”“应言诺”抬头问假顾惜玖，眼神中是满满的难以置信。

假顾惜玖抿紧唇向后退了一步，她的刀尖上一缕血珠滴下，墨婴身形微微一闪，指尖接到了那滴血珠，凑到鼻端一闻，笑了。很显然，他是认血的。

他俯身望着“应言诺”：“左天师大人，别来无恙？”

“应言诺”微睁着眸子：“容彻？！”

墨婴微笑道：“没想到左天师这么聪明，居然认出了我……不过，容彻只是本尊的一个化身，并不是真实的本尊。看在你将死的分上，本尊不妨告诉你，本尊是天魔，名为墨婴，可记住了？”

“应言诺”将目光转向假顾惜玖：“她是假的？！是你们的人？！是她把本座的行踪泄露给你们的？”

墨婴叹息道：“不错，左天师大人果然很聪明。不过，也不能说她是假的，最起码这个壳子是真的，只是里面住的魂魄不一样……”

“应言诺”的脸色越来越青，他却还强自挣扎着问了一句：“那真的她在哪里？”

“别急，你会看到她的。”墨婴微笑，声音还挺柔和。

顾惜玖原本以为会有一场血战，却没想到就这么轻描淡写地画上了句号。

酒楼中的“帝拂衣”被“顾惜玖”刺成了重伤，命在旦夕，被墨婴生擒。

帝拂衣生像压根没安排人，也没安排什么圈套，更像是自动送上门的肥肉，被墨婴一举拿下。

这次动手前所未有地顺利，帝拂衣的那两名属下在墨婴以及几大高手的配合夹攻下，也失手被擒……

三辆很普通的飞天狮子车在天空中飞驰而过。

顾惜玖躺在一辆车中，左边坐着的是墨婴，右边坐着的是易容成琵琶女的帝拂衣。

帝拂衣此时缩在一个角落里，存在感不是一般低，墨婴也没心思看他。

刚才龙梵已经向他说了这次带顾惜玖前来的情况，当然，也说了一下收下琵琶女的事。

墨婴知道龙梵做事还算细心，便没将此事放在心上，他现在心中全是得胜回归的志得意满，心情好了，也就格外好说话，所以从龙梵嘴里知道顾惜玖曾经逃走时，他也没有惩罚她，还和她同乘一辆车。

龙梵则被安排在另外一辆车中，“帝拂衣”受重伤了，龙梵得保证帝拂衣暂时先留着一口气，别死掉。

帝拂衣的那两名属下也受了重伤，被安排在一辆车中，由专人看守。

至于其他属下随从，则像来时那样几人一组，分散着回去，这样才不会引起正道中人的注意。

也不知道龙梵是出于什么心理，听墨暒说他要和顾惜玖同乘一辆车时，他就将琵琶女也安排了进来，说顾惜玖行动不便，得有侍女伺候。

于是，三个人就这样同乘一辆车了。

因为回来得匆忙，顾惜玖脸上的易容之物还没清洗掉，所以她还顶着一张行将就木的脸在那里躺着。

墨暒虽然喜欢她，但看着她这样一张老脸也很倒胃口，一路依旧温雅如君子，手里摇着折扇和顾惜玖谈天说地，偶尔瞥琵琶女一眼，见琵琶女乖巧得像小媳妇一样，也就不在意了。

墨暒一直视帝拂衣为心头大患，如今将人擒住，他不是一般开心，眉梢眼底都是藏也藏不住的春风得意神采。

他其实很想让顾惜玖恢复记忆，让她看看她的情郎到底落到什么下场，很想看看她痛苦的模样，要不然他总有一种锦衣夜行的不爽感。

就像现在，她明明亲眼看到帝拂衣受了重伤落到他手上了，本该痛苦的小脸却一片云淡风轻，她甚至还有心情和他谈论风土人情。

墨暒忽然问了顾惜玖一句：“惜玖，你就不好奇本尊今天抓住的是什么人？”

顾惜玖挑眉问道：“和我有关？”

墨暒微笑不语，看着她忽然又说了一句不相关的话：“惜玖，没有人敢从本尊的地盘上逃出去，你这次虽然只是想要见识外面的景致外逃，但还是该受一下惩罚的，你也得为自己这次的莽撞付出一点儿代价。”

顾惜玖似乎没想到他会秋后算账：“什么代价？”

“嫁给本尊！”

顾惜玖：“……”

缩在车厢角落里的琵琶女手里正把玩着一支银簪，墨暒的话让她手一抖，银簪落在车厢内，发出叮的一声响。

墨暒立即将目光转过去，声音发冷地道：“你吃惊什么？”

他身上强大的气场似乎让整个车厢的温度跟着下降，琵琶女被他的气势镇住，瑟缩了一下，不过还是把自己的意思说了出来：“公子、公子要娶、娶老太爷？”

墨暒愣了一下，这才想起顾惜玖还顶着一张老头子的脸，也难怪这琵琶女会吃惊。

他轻轻一笑，抬手摸了顾惜玖的脸一把：“是啊，本尊喜欢她，自然要娶她……”

顾惜玖心中咯噔一下，唯恐帝拂衣会奓毛，趁墨璺不备，忙瞧了他一眼，示意他淡定。

帝拂衣在袖中握了握手指，好想剁了某人的爪子啊！

墨璺瞧了琵琶女一眼：“你叫天歌？来，给爷弹一首小曲儿。”

只要这货不调戏顾惜玖，帝拂衣还是很好脾气的，于是当真弹起了琵琶。琵琶声如初春的风在尚未发出新绿的枝头摇曳，似寒又似暖，叮叮咚咚，一路轻送。

墨璺微笑着听着，陶醉在这琵琶声里，那淡红的唇挑得如同新月。

顾惜玖心中似有潮水起落，帝拂衣为了她真的豁出去了，各种没下限的事都做出来了，堂堂圣尊如今却扮作歌女为一个魔头弹琵琶。

其实顾惜玖心中还有很多疑问没来得及问，譬如现在扮成帝拂衣的人是谁？是真受伤还是假受伤？帝拂衣有没有安排其他人也混进来？

她在身旁轻敲手指，仿佛在和着琵琶声打拍子，其实依旧是摩斯密码。

帝拂衣自然瞧见了，不动声色，等弹完一首琵琶曲，余音犹自在车厢中萦绕。

帝拂衣正要放下琵琶，借为顾惜玖捶腿来传递消息，墨璺却来了听曲子的兴致：“弹得不错！果然是大师级别了，再来一首，本尊可以为你伴奏。”他说着拿出一支碧绿的竹笛在指间翻转。

帝拂衣这个时候自然不会违背他的意思，果然又弹了一首，他刚刚起一个调，墨璺的笛音就加了进来，倒是很好的二重奏。

第五十六章　图穷匕见

一个时辰后，车厢内的温度越来越高，极目远眺，已经能看到那蒸腾的火山烟云。

帝拂衣望着那火山心中暗叹了一口气。

几天前他跟踪龙司夜曾经来过这个地方，还找到了叶红枫的那个克隆体。他派暗探几乎将每寸土地翻遍了，就是没找到这些人的下落，哪里想得到他们是住在火山熔岩下面。

这个龙梵果然不简单！是个人才。

“惜玖，我们到家了。”墨曌坐在顾惜玖身侧，抬手就将她扶抱起来。

“让奴家来吧。”琵琶女殷勤地过来说道。

墨曌倒是不和人抢，果然将怀中的顾惜玖向琵琶女一推，道：“好，小心些。”

突变就是在这一刹那发生的！

墨曌在将顾惜玖向前一推的同时，一截毒蛇般的利刃也伸了出来，顺着顾惜玖的身子直刺琵琶女的前胸！

他功夫高，这一下又出其不意，距离这么近，按他的推算帝拂衣是绝对躲不过去的，他绝对能够洞穿对方的胸口！

不料对方极为警醒，虽然事发突然，但临场反应能力不是一般强大，身子如弓般一弯，那闪着锐利光芒的利刃贴着他的前胸刺了过去！

墨曌这雷霆般的一击居然刺了个空，连对方的衣襟也没沾上。

这一下变生肘腋，机灵如顾惜玖也没反应过来。

她再一眨眼间，墨甖已经将她抱在怀里，掌心的利刃抵上了她细嫩的脖颈。他看着一跃而起的帝拂衣，颇为遗憾地笑道：“帝拂衣，阁下的反应速度果真惊人，这样居然也没能伤到你。”

图穷匕见，没想到还有这样的反转。

帝拂衣叹气，知道自己已经暴露，索性不再装，手臂一抱说道：“你怎么看出是本座的？”

墨甖微眯起眼睛，看着气场瞬间变强大的某人，笑了笑道：“帝拂衣，你很聪明，这么擅长将计就计，不过阁下是狐狸，本尊也不是弱鸡，你的演技虽然极为不错，但你的属下的演技就差了那么一筹，还是露出了一点儿破绽，譬如他轻易就被巫无颜刺伤。虽然巫无颜提前给他下了毒，但是本尊总觉得以阁下的聪明程度和本事，不至于看不出那毒，就算一时上当，也会立即将毒逼出来，结果他没有……”

墨甖揭穿了帝拂衣的阴谋，还是很开心的，也乐得给他解惑：“那时本尊就有点儿怀疑那是冒牌货。刚才上车的时候我特意让龙梵查看了一下他的伤，发现他的伤并不致命，最起码不会伤成那样，而且他实际流的血也和被刺中时流的不一样。所以在上车时，本尊就明白那是冒牌货了，既然有冒牌货存在，真身必然也来了，也混在跟来的这些人里，于是我就想到了你，只有你这位琵琶女是自动送上门的……再看到你上车以后对惜玖的模样——本尊就猜测十有八九是你了！”

帝拂衣淡淡地瞧着他道：“本座不过问了一句，你居然答了这么多，竹筒倒豆子也没你爽快。”

墨甖抿了抿唇：“帝拂衣，废话少说，你预备怎么办？”

帝拂衣眨了眨眼睛道：“什么怎么办？”

墨甖将瘫软在自己怀中的顾惜玖提了提：“她现在在本尊手里，你不怕本尊对她不利？”

说完这句话他就愣住了，因为车厢内已经不见了帝拂衣的身影。

他跑了？！

这位左天师居然就这么跑了！

墨甖难得地有点儿目瞪口呆。

就算帝拂衣对顾惜玖的感情没这么深，最起码对方也得设法稳住他，和他谈判吧？！

没想到帝拂衣直接跑了！跑了！

既然帝拂衣跑了，那他还抓着顾惜玖去威胁谁？

墨甖垂眸看着怀里的顾惜玖，勾唇笑了笑道：“小惜玖，看来他对你的感情没这么深啊，居然不顾你的死活就这么跑了！”

顾惜玖眨了眨眼睛，露出恍然大悟的神色，很认真地道：“尊主，你们骗了我！”

墨罂被她这风马牛不相及的话说得有点儿蒙：“啊？”

“你们说我是才穿越过来的，睁开眼睛看到的就是你们，那我和他哪里来的感情？他又为什么要顾及我的死活？”

墨罂：“……”

“尊主，你刚才还说要娶我呢！”顾惜玖的小嘴抿得更紧。

墨罂俊脸铁青，只觉一口血闷在了喉咙里，吐不出也咽不下去。

顾惜玖的演技太高明，墨罂始终分不清她到底有没有这一世的记忆，如果她确实没有这一世的记忆，他倒时时提醒她了！

顾惜玖望着他道：“其实我很纳闷一点，尊主要不要给我解一下惑？”

“说！”

“尊主既然看出他是什么帝拂衣，那为什么不将计就计，先不揭穿他，等把他引进地宫再说？地宫那里可是尊主的地盘，在那里揭穿他的真面目，再设法将他拿下，那样的话他逃也没地方逃啊，你说是不是？”

墨罂冷笑道：“你太天真了，你真以为帝拂衣会这么跟进本尊的地宫？这浑蛋是想将我们一网打尽，只苦于没有特制的船无法进入。而地宫中的船只听本尊和龙梵的号令，没得到我俩发出的特殊暗号，压根不会有人派船上来接！他在下面的火山入口处肯定埋伏了不少人，就等着这三辆马车下去后，他们会先看我们怎么召唤火山熔岩里的火船，然后再将我们捉拿住，冒充我们进入火船，深入本尊的地宫……”

他说得有点儿绕，顾惜玖这么聪明也被他绕得差点儿脑袋打结，想了想才总算转过来，不由得叹了口气：“尊主，你的心思真的不是一般缜密！”

墨罂浅挑嘴角。如果他的心思不够缜密，又怎么会在容彻的壳子里一住就是十几年？早被人发觉了！

帝拂衣居然能眨眼间就在这空中行驶的车中消失，这功夫很不错啊，难道他的功夫已经完全恢复了？不过他跑得也忒利索了，就算他不管顾惜玖的安危，那总该管他那些属下的安危吧？他可是有三名属下落在自己手里，就在后面的两辆车中……

墨罂想到这里，心中猛地一跳。不好！那两辆车只怕……

他这一个念头尚未转完，后面不远处的两辆车上就传来了打斗之声，当然，那打斗声持续的时间极短，也就不到一分钟，然后就没动静了。

墨罂心里忽然生出不太妙的感觉！

而片刻后，他这不妙的直觉变成了现实。

那两辆车自后面赶了上来，其中一辆车的车厢外飘飘然站着一个人，紫袍飘飞，银色面具在夕阳的余晖中闪闪发光。

帝拂衣！他果然没走！

此刻帝拂衣手里提着的是龙梵，龙梵似乎受了伤，嘴角有血渍，木头人一样戳在帝拂衣身前，乖乖地做了一个上佳的挡箭牌。

而在另一辆车上，原本的那个车夫不见了，取而代之的是古残墨那张苦大仇深的脸。此刻古残墨如一尊铁塔一样站在那里，正冷冷地向这辆车望着。

很显然，古残墨就藏在那辆车中，应该是帝拂衣所藏的暗兵。帝拂衣的那两名受伤的属下也获救了。

形势对自己极其不利，墨曌的一颗心在慢慢下沉，他微眯着眼睛望着帝拂衣问道：“帝拂衣，你待怎样？”

帝拂衣也干脆：“我们谈谈！”

墨曌微笑，此刻他明明已经处于劣势，却并不慌乱：“要谈什么？”

帝拂衣叹气道：“你看上去挺聪明的，怎么问这么蠢的问题？当然是谈交换人质的事。现在你的人有三个在本座手上，这三个对你的重要性不用本座多说了吧？本座就用这三个人交换顾惜玖，你看如何？”

墨曌垂眸，龙梵的重要性自然不必多说，他的重生希望还在龙梵身上，而另外两人都是他这边的精英中的精英，是为他夺取天下的中坚力量。

他抬起眼道：“这次混上本尊的车的应该还有一人吧？出来吧！让本尊看看是何方神圣！”

龙梵所在的那辆车上，车帘一掀，一人走出，一身黑袍如同墨染，银质蝴蝶形面具遮挡了嘴巴以上的大半张脸，只露出颜色偏淡的唇，身姿挺拔如玉树。他出来后，冷冷地瞧了一眼墨曌，并没有说话。居然是右天师天祭月。

墨曌呵了一声，不知道是笑还是在嘲：“原来左、右天师也有联手的时候！”

天祭月淡淡地说道：“我和他的仇怨是私怨，而除魔卫道是我和他的共同责任，联手有什么好奇怪的？”

墨曌勾唇道：“一向眼高于顶的右天师居然纡尊扮成车夫，倒是难为你了。”

天祭月声音淡然无波地道：“左天师连女人都扮了，本座扮个车夫又有什么好奇怪的？”

墨曌瞧着天祭月和古残墨，已经猜测到他们是顶替的什么人了。

这两人在酒楼里曾经伪装成他的属下阻拦沐云和沐雷，将沐云和沐雷刺伤并抓住。

现在既然这两位是古残墨和天祭月冒充的，那沐云和沐雷的伤肯定也是假的！

可恶！

原来帝拂衣的后招在这里！

“主上，咱换了吧？”三辆马车上，墨曌现在只剩他和他的车夫两个人，而对方有五六个人，还都是绝顶高手。

他的车夫已经退到他身边，明显有些惊慌了。

墨婴凉凉地瞥了车夫一眼，抬眸看着帝拂衣，忽然笑了：“本尊如果不换呢？”

他的手指上忽然生出弯曲尖利的五彩指甲，如同五把锋锐的尖刀，在顾惜玖的脖颈处轻轻蹭来蹭去：“帝拂衣，你的计划很周详，可惜你纵然千般算计，本尊却握住了这张最大的王牌！至于被你抓住的那几个人，不过是废物而已，他们的死活本尊并不放在心上。当然，你可以向本尊出手，本尊现在也不是你的对手，不过你一旦出手她就会彻底没命！我敢保证在你动手杀死我之前，会先弄死她！这一抓下去，不单单是杀死她的身体，她的魂魄也会被五色刀切成碎片，让你再拼凑不起来，你信不信？”

帝拂衣：“……”

众人：“……”

天祭月目光如电：“墨婴，你的这些属下如此忠心于你，你就这么对待他们？你就不怕他们会心寒？”

墨婴轻飘飘一笑道：“入我门时他们就已经做好了以身殉道的准备，现在他们就算死了也是死得其所。”话说到这里他顿了顿，又笑了笑，才继续道，“你们想要杀他们请尽管动手，但本尊丑话说在前面，你杀他们一人，我就切掉这丫头的一只手。他们是四个人，这丫头也有四肢，足够砍了……”

他晃了晃自己的手指指甲：“本尊喜欢这个丫头，感觉用普通的刀剑砍她的四肢太残忍，所以我会用这紫心甲。放心，这紫心甲也很锋利的，一下就能斩落她的一只小手，不会拖泥带水，砍一半留一半的，唯一的缺点就是用这个砍伤口会很疼，比普通伤口疼十倍，让她想晕也晕不了。”

他嘴里说的是最残忍的话，俊脸上却依旧带着笑，微凉的气息吹入顾惜玖的脖颈，仿佛毒蛇吐着芯子。

在这种情况下，就是拼谁最狠，谁真正不把自己的人放在心上。

帝拂衣沉默着。他现在确实有把握将墨婴超度一次，让他这个魂魄彻底受伤，千百年做不了恶事，但是……

他轻轻抬起手，正要做什么手势，墨婴再次开口：“帝拂衣，你别打着转身就带人跑的念头！你敢带着这些人迅速离开，我就会在这里折磨这个丫头，一根根削掉她的手指、脚趾，隔一刻钟削掉一根，直到你出现为止！我敢保证，你出现得越晚，她受的罪就越多！我也不妨告诉你，这个身体虽然不是这丫头的原身，但在这身体上龙长老做了手脚，这身体其实也是一件魂器，她一旦附身成功想要脱离就难了，没有特殊的法子她压根离不开这具身体，所以你休想打现在杀死她得到她的魂魄再把她弄回原躯壳的念头，行不通的。一旦现在杀死她，她的魂魄也会受重伤，不但回不去原身，还会因为一直无法附身而成为孤魂野鬼，最后风吹云散。”

墨婴几乎将帝拂衣所有退路封死，除非帝拂衣真的不管顾惜玖的死活。

所有的人都安静地看着帝拂衣，想看看他做什么选择。

这位左天师在这世上行走多年，一直活得恣意潇洒，谁的账也不买，也从来不受任何人威胁。曾经有人抓住他身边一名得力的属下想要威胁他帮忙做事，结果这位左天师亲手将自己的属下杀死，然后也把那威胁他的人整得生不如死，杀死对方后还将魂魄折磨了数天，让那魂魄接连号哭了好几天才被他彻底杀死……

从那以后，再没有人敢拿他的人来威胁他帮忙做事。

这次呢？

他会怎么做？

帝拂衣脸上戴着面具，没有人能看清他脸上的表情。他垂眸片刻，居然笑了，从容地道："好吧，墨翳，你赢了。本座受你这个威胁了。你要怎样？"

他的声音如春风般悦耳，语气淡定，却让在场的所有人都怔住了。

古残墨虽然也疼爱顾惜玖，不想看着她受罪受伤，可是在这种大是大非面前，他并不赞成帝拂衣这么做，忍不住传声给他："左天师，您若受了他的威胁，他只怕会狮子大开口！不但救不了顾惜玖，还会放虎归山，我们这次好不容易才将他逼上绝路，一旦这次放过他，他日后势必会反扑，不知道又会造多少杀孽，害死多少人的性命……"

天祭月也微皱起眉头，冷冷地道："帝拂衣，你答应本座也不会答应！天授弟子只替天行道，应以大局为重！"

帝拂衣只当没听到他们说的话，看着墨翳道："你要什么条件才肯放人？"

墨翳也愣了一下，随即就如释重负地笑了："帝拂衣，原来你是真的如此在意她啊！"

"少废话，你要怎样？直说吧！"帝拂衣打断了他的话。

墨翳轻吸了一口气，开始狮子大开口："我要你们放了我的人，然后全部做我的俘虏！"

"放屁！做梦！"古残墨不屑地道。

天祭月声音冷淡地说："你做梦没做醒吗？"

帝拂衣轻笑道："墨翳，做人不可太贪心，就算我肯答应，他们也不会答应。你想一口吃个大胖子会被噎死的！"他的声音渐冷，"你应该知道，你真敢伤她分毫，我势必会让你付出惨重的代价，将你加诸她身上的刑罚百倍还在你身上，到那时魂飞魄散会是你最希望的结局，你会哭着喊着想要去死一死的！这样吧，你放了她，由本座来做你的俘虏如何？"

"不成！"沐云和沐雷跳了出来，神情激动地说，"绝对不行！主上，我们愿意作为俘虏来换回顾姑娘！"

天祭月也皱眉道："帝拂衣，你不要冲动！此事非同小可，不能你自己说了算！"

古残墨上前一步道：“老夫愿意豁出这副老骨头来做这俘虏！但左天师绝对不行！”

这天下虽然以圣尊为尊，但真出了大事能挑起大梁、给人们吃定心丸、筹谋一切的一直是帝拂衣。

这个墨曌恨帝拂衣入骨，帝拂衣一旦落在墨曌手里，简直就是有死无生之局！

众人纷纷反对。

帝拂衣看向墨曌，淡淡地道：“本座只能答应你这个条件，你如果再不同意，那我们就只能拼个鱼死网破了……”

他看向顾惜玖，墨曌大概是怕顾惜玖借机挣扎使自己分神，所以已经将顾惜玖点晕，此刻她像个木偶似的被墨曌拎着，明显神志不清醒。

帝拂衣抬起一只手，屈指掐了个诀，继续道：“我如果实在救不了她，会在你折磨她之前杀了她！”

事情发展到这里，墨曌也只能答应了，不过他又加了两个条件：第一，将他的人全部放掉；第二，他不会放了顾惜玖，但承诺绝不会伤害她，他可以立誓为证。

帝拂衣答应了他的这两个条件，不过誓词是帝拂衣定的。

帝拂衣让墨曌立的誓是：“今生今世绝不会再做伤害顾惜玖的事，一旦做了则遭受天罚，终生在火之炼狱中度过，永不得解脱。”

这个大陆的人是不能轻易立誓的，一旦违背誓约就会应誓，半丝折扣也不打。

帝拂衣做了墨曌的俘虏，被他逼着吞了十几种毒药，还被插了一刀。

当然，墨曌现在并不想让帝拂衣死，所以插的那一刀并不致命，不过是插在了帝拂衣的气海穴上，让他的灵力再使不出半分。

这样下来，帝拂衣不要说在墨曌的地宫里捣鬼，就连走路也成问题了。

墨曌命人抬来三顶软椅，一顶抬着昏迷的顾惜玖，一顶抬着帝拂衣，一顶抬着伤重的龙梵，回了地宫。

帝拂衣由两名侍从抬着，大爷似的随意浏览着地宫的景色，偶尔还会点评几句，说这里冰冷有余，雅致不足，应该在过道上点缀几盆盆栽什么的。

墨曌没想到他到了此时还能这么洒脱，这么悠闲，不像是阶下囚，倒像是前来游赏的大爷！

墨曌觉得自己的心火有点儿旺，修炼多年的文雅面具就要撑不住了。在帝拂衣又指点了他的地宫甬道顶部那种耐火玉排列花型不太协调时，他终于暴走，上前一把扯住帝拂衣的衣领子道：“帝拂衣，你再不闭上这张嘴，本尊就割了你的舌头！”

帝拂衣淡淡地瞧着他道：“你想违誓？”

他让墨曌所发的誓言里还加了一条，对帝拂衣是可杀不可辱，一旦进行侮辱，墨

罂会受到天雷轰顶之祸。

所以墨罂可以插他一刀废他的灵力功夫，却不能做出譬如割舌、挖眼等事来。

墨罂自然是不想违誓的，所以冷笑一声，松开了帝拂衣："看在你是将死之人的分上，本尊不和你计较！"

于是帝拂衣依旧悠闲地倚着软椅坐着，手指敲着身下的软椅扶手："墨罂，其实本座很纳闷一点，你现在怎么不杀了本座？留着本座过年？还是说，你看在曾经以容御身份和本座相识一场的分上，还是有那么一点香火情的？"

墨罂忽然笑了："你会知道的！"

墨罂命人将帝拂衣关进了特制的囚室，四周的墙壁都是那种耐火青玉，但里面很热，热得像个蒸笼，帝拂衣被放在一张热热的石床上，然后身上缠了七八道消灵锁。

这消灵锁又比锁灵锁缺德一些，一旦被这种锁锁住，本事再大的人也没咒念，而且被这种锁锁住超过十天以上，被锁之人全身的灵力就会被消个干净，就算被放开，身上也再无半分灵力可用。

墨罂这一手可以说是十分恶毒，先是伤到帝拂衣的气海穴让他使不出灵力，再用消灵锁慢慢消掉他的灵力，明显是想把帝拂衣整成一个彻彻底底的废人。

墨罂这人做事还是极为谨慎的，知道自己带出去的一百多号人肯定混进了帝拂衣的人，所以那些人回来后，他并没有让他们继续各司其职，而是将他们全部圈在一间大堂里。这大堂如同监狱，四周连窗户都没有，只有一扇小门，可供一人进出，然后他亲自一人一人地审查。

因为他审查得极为仔细，速度自然就慢了不少，等将这一百多号人全部审查完毕，时间已经过去五天了。

奇怪的是，他审查了一遍，没发现里面有帝拂衣的人。

他在松一口气之余，又觉得不对劲，里面肯定有漏网之鱼，于是又安排曾经留守在此的几名属下再审查一遍。

他还让人弄出了举报制度，凡是谁行为有点儿古怪，和他熟悉的人就可以进行举报，以确保再没有奸细。

他这样过筛子又过箩的法子虽然保险一些，但也有弊端，尤其是举报制度，那些平时不和相互之间有点儿小仇怨的人会趁机诬陷举报人……

其中就有人被误当作奸细给处死的。

这样的制度自然引起了这些下属的不满，尤其是一直被关在那大堂中审查的人，心中怨气更重。他们原本是这地宫中的精英，现在不但时时被怀疑，还被边缘化了。

地宫里那些重要部门原本是他们的地盘，现在他们却连进去的资格都没有了！

他们虽不满，但慑于墨罂的威势，他们不敢表露出来，却已经开始离心离德……

地宫之中看似平静，内里却已经波涛暗涌。

而龙梵虽然受了伤，好在他自己就是大夫，自己调养了一下，两天后就已经能正常做事。

鉴于上次顾惜玖逃走破坏了摄像头的教训，龙梵又在墨罂和自己的房间内安装了监控室，这样就算外面的监控被破坏了，里面的这两个监控室也是破坏不了的。

原先龙司夜被关押的时候，那间小牢房里并没有安装摄像头，这才给了龙司夜可乘之机，让他逃了出去。

这次抓住了帝拂衣，龙梵自然吸取经验教训，在那间囚室内安装了四个摄像头，一角一个，全方位无死角地监视着帝拂衣。

墨罂每天都会在监控室看帝拂衣几回，觉得看着这位左天师受罪比较下饭，像吃了人参果一样舒爽。

帝拂衣被困在那里，虽然一直很淡定，但他的脸色越来越苍白，精神也越来越萎靡。开始被关时，他在里面还曾试探着练功，结果越练功灵力消散得越快，后来他就不练了。

一个人总是被困在一个方寸之地，自然很无聊，于是帝拂衣开始睡觉，时间越睡越长，瞌睡越睡越多，当然，也越睡越憔悴。

帝拂衣再醒来的时候，发现眼前戳着一对璧人。

男的穿着一身绲着流水纹的淡青长衫，五官立体，眼眸深邃，气质文雅，手里一柄折扇如同摇动青山绿水，此人正是墨罂。

而在他身边的女子姿容秀美如这世上最耀眼的花，气质偏冷，穿着和墨罂同款同色的长裙，眉目清秀，手里捏着一支竹笛，居然是顾惜玖。她小鸟依人般挽着墨罂的手臂，正侧头看着躺在石床上的帝拂衣，那一双澄澈的眼眸中似乎有些好奇神色。

帝拂衣的视线落在她挽着墨罂的手臂上，墨罂现在是实体！不再是魂体！

帝拂衣眼光毒辣，终于看出这一点。不过他现在关心的不是这个，他看了一眼墨罂后就把视线落在顾惜玖身上。

她的状态明显不正常！

帝拂衣瞬间沉下脸来：“墨罂，你对她做了什么？！”

墨罂微笑道：“没做什么啊，她是本尊的未婚妻，本尊疼她还来不及，怎么会对她做什么？”他拍了拍顾惜玖的小手，“惜玖，我的肩膀有点儿疼……”

顾惜玖立即现出紧张之色，拉着他在一张石凳上坐下，站在他身后殷勤地为他捶肩，小拳头一起一落，力道不轻不重，墨罂惬意地微合上了眼睛，看上去甚是享受。

帝拂衣将视线落在顾惜玖的小拳头上，看着她的手一起一落，薄唇抿得死紧！

墨罂睁开眼睛，有趣地看着帝拂衣，看他的脸色似乎更白了，笑了笑，转头又吩咐顾惜玖："惜玖，我有点儿渴……"

顾惜玖立即转身跑了出去："我去给你泡茶。"

帝拂衣冷冷地看着墨曌："你对她用了药！墨曌，你答应永远不会伤害她的！你不怕应誓？"

墨曌慢条斯理地一弹自己的衣袖道："本尊只是将她所有的记忆洗去了而已，她以前的那些记忆都太不好了，会让她痛苦，现在这样正好，她是全新的人，而且只喜欢我，只在乎我。本尊并没有害她，相反，她现在的身体还健康得不得了，每天也很欢喜，这样对她来说岂不是最好的？"

帝拂衣冷冷地看着他。

墨曌微笑道："帝拂衣，你难道没看出我有哪里不同？"

帝拂衣微微闭上眼睛道："穿了一具臭皮囊而已，有什么值得你高兴的？"

墨曌："……"

片刻工夫后顾惜玖端着一套茶具走进来，甚至拎来了一个红泥小炉子，坐在那里开始泡工夫茶。她低垂着眉眼，每一道程序都做得极认真，仿佛在这个时候她的生命中只剩下泡茶这一件事。

茶香四溢，刺激着人的味蕾。

她预备了两个杯子，先为墨曌斟了一杯茶，对着他嫣然一笑："尝尝味道怎么样？"

墨曌心满意足地喝了一口，夸赞道："不错！"

顾惜玖的眼睛亮了，似乎得到他这一声夸赞是令她最开心的事。

帝拂衣觉得刺眼，顿了顿，温声开口道："惜玖，能不能也给我一杯？我很渴。"

他确实很渴，这个地方堪比蒸笼，他又没有灵力傍身，这里的燥热几乎要蒸干他体内所有的水分了，原本淡红的唇也开裂了。

顾惜玖侧头看了看他，目光在他干裂的唇瓣上停了停，随即抿了抿唇，另外倒了一杯茶给他端过去。

墨曌眼眸微微一动，居然没阻拦，抱臂站在原地，看着她走到帝拂衣面前。

顾惜玖走到帝拂衣面前的时候，细细的眉毛忽然拧起，向后退了几步，皱眉瞧着他。

帝拂衣敏锐地察觉到她的神情不正常，问道："怎么了？"

顾惜玖再看了他干裂的唇一眼，抿了抿小嘴，似乎横了横心，终于屏住呼吸重新走到他跟前，将茶杯凑近他的唇："喝吧，快点儿。"

帝拂衣就着她的手将那茶喝下，茶香满口，涌进胃里的却是苦涩之意。

他刚喝完茶顾惜玖就迅速后撤，仿佛他是洪水猛兽，甚至将她那烧水的小炉子也提得远了一点儿。

帝拂衣瞧着她道："惜玖，能不能再给我喝一杯？"

顾惜玖蹙眉，顿了顿，转头问墨曌：“曌哥哥，为什么要关这个人？”

帝拂衣手腕间的锁链哗啦一响。

曌哥哥？！

墨曌得意地瞥了帝拂衣一眼，抬手揉了揉顾惜玖的头顶：“这个人是个大坏蛋，是曌哥哥的死对头。”

顾惜玖皱眉道：“那怎么不杀了他？”

墨曌轻轻叹息，说：“毕竟是一条人命，曌哥哥不忍心哪。”

“噢。”顾惜玖不再问了，却冷冷地瞥了帝拂衣一眼，“你是坏蛋，又和曌哥哥作对，我有茶也不给你喝！”

帝拂衣叹道：“你就这么信他？或许他才是大坏蛋……”

“胡说，曌哥哥是好人！”顾惜玖不想再和他说话，上前挽着墨曌的手臂，“曌哥哥，我们走吧？”

墨曌再瞧一眼脸色已经非常苍白的帝拂衣，心中不是一般舒爽。临走的时候，他让自己的舒爽再加了一倍：“帝拂衣，三天后就是本尊和惜玖大婚的日子，你虽然是本尊的对头，但本尊大人大量不会和你计较，到时候会请你来喝一杯我俩的喜酒的。”

这句话说完，他仔细看了看帝拂衣骤然握紧的拳头，志得意满地笑了，挽着顾惜玖离开了。

帝拂衣依旧躺在那里，眼眸低垂。

这次进来顾惜玖没有和他有任何互动，她为墨曌捶肩的时候也是真正在捶肩，而不是用敲击摩斯密码的方式和他传递消息。

惜玖，你真的忘记一切了吗？

桌上是四菜一汤，顾惜玖安静地坐在那里吃着饭。

墨曌坐在她身边，看着她吃东西，半晌问了一句：“好吃吗？”

顾惜玖点头，小脸上笑靥如花：“好吃。”她眼神纯净，如七八岁的童子。

墨曌轻叹了一口气，又问她：“大后天就是你我成亲的日子了，你开心吗？”

顾惜玖目光璀璨：“成亲是永远在一起的意思吗？”

“是的，成亲以后你就是我的妻，会一直陪在我身边。”

“嗯呢，那我很开心。”顾惜玖回答得毫不犹豫。

吃罢饭，她立即又像小媳妇似的动手收拾碗筷。墨曌拦住她道：“你是未来的尊主夫人，这些粗活不必你干，让那些侍从来就可以。”他摇响了桌上的一只银铃，果然有侍女进来快手快脚地收拾了东西，然后低垂着头退下。

“曌哥哥，你要不要再喝点儿茶冲一冲？”顾惜玖殷勤地询问。

墨曌顿了顿，摇头道：“不必，本尊不渴。”

“那你的肩膀酸不酸？我给你捶一捶？”

墨曌忍不住叹气，说道：“不必了，今天你已经为我捶了八回了！”

“噢。”顾惜玖应了一声，不再说话了，低垂着眸子扮演木头人。

墨曌看了看她忍不住道：“惜玖，你想取悦我其实有很多种方式，并不是只有烹茶和捶肩这两种，你再想一种？”

顾惜玖茫然地看着他，重复了一句：“再想一种？”她似乎努力在想，但想了片刻后，就抱着头趴在了桌上，“头痛！头好痛！”

墨曌：“……”

龙梵进来的时候，顾惜玖正抱头呻吟，额头上全是冷汗。

龙梵皱眉道：“您怎么又刺激到她了？”他自身上拿出一粒丸药快步走到顾惜玖面前，想把她扶起来喂她吃药。

但他刚一扶，顾惜玖就像被蝎子蜇到一样拼命后退好几步：“不要过来！臭！”

龙梵的脸色很不好看，他将丸药给了墨曌：“尊主，您来喂她吧。”

墨曌叹了口气，接过药丸送到顾惜玖唇边让她吃了。吃了药后不久，顾惜玖就有些昏昏沉沉的，困得不行的样子。

墨曌将她扶到床上，让她睡了。

她几乎是沾着枕头就睡着了，墨曌低低地叫了她好几声她也没反应。

“龙梵，本尊只是让你清洗她的所有记忆，不是让她变傻，你看她现在像个小傻子似的，只会泡茶和捶肩！”墨曌语气烦躁地说，“让她多想一种方式她就头痛不已，她不会永远如此吧？！”

其实他还是喜欢那个带刺冷玫瑰似的顾惜玖，而不是现在这个傻白甜，这智力最多也就是八九岁孩子的样子！

龙梵面无表情地道：“尊主，清洗所有记忆的药物是有副作用的，这一点属下早就说过，更何况你说希望她听话，还说喜欢喝她泡的茶，有生之年希望她能为你捶捶肩，而且从今以后眼里、心里只有您一个……现在这些愿望都实现了，尊主再不满意，那属下……”

墨曌噎了一下，蹙眉道：“可这样的她像木头似的，没有情趣……能不能让她提高一下智商？”

龙梵瞧了床上的顾惜玖一眼，那丫头睡得昏天黑地的。他摇摇头道：“暂时没法子，毕竟是好几种药物作用在一起，她会有这样的反应很正常，尤其是她服用了那心香丸，那丸药虽然让她只对尊主动情，只喜欢尊主身上的气息，闻到其他男人身上的味道都是臭不可闻，但它的副作用是最大的，也是她一想事情就头痛的元凶。好在这药只能吃一个月，一个月后她就不能再吃了，再吃会对她的脑部神经造成难以逆转的

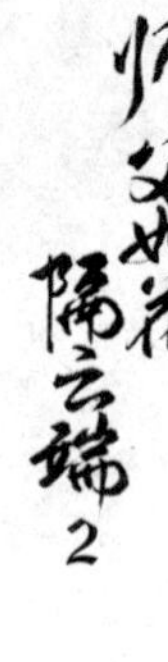

损伤。等那药停了以后，药效也会渐渐消散，她头痛的毛病就会慢慢消失了，人也会越来越聪明。到那时尊主和她已经成亲多日，以尊主的手段和魅力，不用药物也能让她死心塌地地喜欢您……”

墨曌顿了半晌，没再说话。

龙梵问他：“对了，尊主附体成功后感觉如何？可有不妥的地方？”

墨曌是今早在克隆体内附体成功的，成功以后龙梵为他系统地查了一下身体，没发现有什么异常，这躯壳自带灵力九阶的功夫，是天才中的天才。

墨曌附体成功又检查没毛病后，就直接带着顾惜玖跑到帝拂衣面前去秀了，所以龙梵还不知道他用着具体感觉怎么样。

墨曌沉吟了一下，淡淡地道：“现在暂时没发觉哪里不妥，等明早本尊会告诉你。”

龙梵点头，没说别的。

这地宫之中虽然一直亮着各种灯，但人们的作息还是有白天黑夜之分的。

地宫之中也有不少女下属，在这些女子中有一名叫凤青的是有名的尤物，长相妩媚，最重要的是她那方面的功夫惊人，据说和她上过床的男子都对她死心塌地，地宫之中有一大半男子和她有一腿。

这夜，她刚想要歇下，屋内烛光暗了暗，一人直接在她的床前出现。

她吓了一跳，睁大眼睛看着这蒙面人：“你……”

那人一身黑袍，脸上戴着一副鬼脸面具，虽然她看不见他的容貌，但看他挺拔的身形就知道对方是一名帅哥。

在这种地方外人是进不来的，所以这人虽然出现得突然，凤青倒不害怕，一双眸子水盈盈地望着对方：“阁下夤夜前来……”

“过来伺候！”那蒙面人打断了她的话。

“啊？公子要来伺候凤青？这凤青不敢当……”

“老子是让你来伺候我！”蒙面人声音骤冷，“拿出你全部的本领，伺候好了有赏，伺候不好……”说到这里他声音一顿，手指在桌上一敲，一张石桌瞬间成为齑粉，无声地碎了一地。

凤青那方面功夫高，武功并不高，最多就是会点儿花拳绣腿的功夫，以眼前这人的本事，捏死她就像捏死一只蚂蚁。

于是，凤青就去“伺候”他了——

蒙面人的身材极好，只可惜这人很龟毛，只让她在他的关键部位忙碌，其他地方并不让她看。

凤青心中虽然遗憾，但她还是使出了浑身解数。

结果，那人的“那里”始终很淡定地趴着，一点儿也没抬头的迹象。

凤青一向对自己的技术很自傲，但她在这男人身上足足忙了小半个时辰，这男人不但不全身发热，还有越来越冷的迹象，周围的空气似乎也在迅速降低。

终于，当凤青把最后一招使出来也没用的时候，她终于死心，抬起身子十分不满地道："阁下分明就是个天阉嘛，特地来消遣本姑娘的？"

这男人的身材这么好，却是个银样镴枪头，中看不中用啊！

那蒙面男人没说话，直接起身，一拂衣袖，已经理好袍子，转身就向外走去。

凤青不死心，老娘没爽到还白忙活了？

于是她追了两步："阁下就这么走了？不留下……"后面的话她没来得及说出来，也永远说不出来了。

这蒙面男子头也没回，只是向后挥了一下衣袖，活蹦乱跳的凤青直接在原地冻成个冰雕，然后砰的一声，碎成细小的血尘。

大半夜的龙梵刚进入梦乡就被墨曌给粗暴地踹醒："滚起来！"

龙梵忙碌了一整天，这么被踹起来也很火大，若不是看在对方是尊主的分上，他会将来人二话不说地踹出去！

"尊主，您又有什么事？！"他的语气已经很不好了。

墨曌的语气更不好，他几乎是咬牙切齿地道："这身体有大问题！"

龙梵心中咯噔一跳，瞌睡跑了一半："什么大问题？"

"它是……是天阉！"

龙梵："……"

这件事说大不大，说小也不小，龙梵想了想，劝他多找几个女子试试。

墨曌咬牙答应，于是龙梵又秘密召来五位女下属，这五位环肥燕瘦，各种性格各种美貌，算是这地宫中的宫花，结果依旧是一言难尽……

墨曌原本尺寸不小的东西就是个摆设，压根就没兴奋地抬头过！

他就是个天阉！无可救药的那种。

墨曌的俊脸黑如锅底，他寝宫里的温度已经快要结冰了。

他冷冷地瞥了那五位宫花一眼，再瞧龙梵一眼，传音过去："这件事本尊不想让任何人知道！"这句话说完，他就大步走了出去。

龙梵的目光微微闪动了一下，然后他语重心长地嘱咐了五位宫花几句，让她们对这件事要做到守口如瓶。五个人倒也是知道厉害的，有两个心眼多的甚至已经想到会被杀人灭口，心中正有些惴惴不安，听到龙梵如此吩咐，倒松了一口气，忙赌咒发誓地应了。

龙梵叹了口气道："你们知道了这么大的秘密，尊主本来嘱咐本长老将你们灭口，但你们跟随本长老多年，无故杀你们也不忍心。这样吧，本长老交给你们一个任

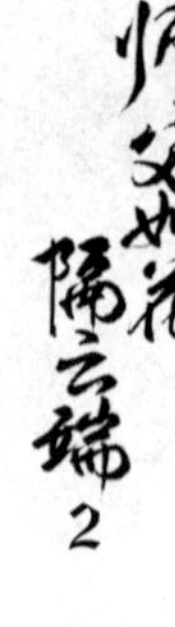

务，你们先出去避一阵风头，等风头过了你们再回来也是一样的。”

那五人自然感恩戴德地答应了，于是第二天一大早，龙梵为她们找了一艘火船，亲自将她们送到船上，打发她们走了。

他知道这五位女子是再也回不来了。

因为他在那船上动了手脚，船行到一半的时候会解体，船上的人自然会在岩浆中灰飞烟灭，连点儿渣也不会剩下。

处置完这些事，龙梵实在是疲惫，回到自己的屋里预备睡上一觉，无意中看向屋角处的显示屏，双眸蓦然眯起！

那显示屏是监视帝拂衣的那间囚室的，而此刻他那囚室里跑进去一个人。

顾惜玖！

自己用了这么大剂量的药，难道对她依旧没用？她没失忆？

龙梵的瞌睡全跑了，他坐在那里不动声色地看着。这个显示屏比较高端，不但有画面，还有声音。

顾惜玖跑进去的时候，帝拂衣又在睡觉。

顾惜玖远远地站在那里瞧着他，似乎有些出神，隔了半晌后，她开口道：“喂！”

床上的帝拂衣睁开眼睛，看到顾惜玖后略一愣神，低叹道：“你来这里做什么？这里不适合你来。”

顾惜玖抿了抿小嘴，问道：“你叫帝拂衣？”

帝拂衣眸中闪过一抹痛楚之色，他却依旧微微笑了笑道：“是啊。”

“瞾哥哥说你是坏蛋，你真是坏蛋吗？”

这话问得真幼稚！龙梵忍不住扶额。

帝拂衣也叹气：“惜玖，坏蛋永远不会承认自己是坏蛋的，所以你问的这话有问题，你觉得我像坏蛋吗？”

顾惜玖微微歪头看着他：“看着不像……”

帝拂衣笑了，那双如海般深沉的眸子里似有盈盈波光：“惜玖，你应该相信自己的眼睛。”

顾惜玖看着他的眼睛：“可你的眼睛看上去很坏。”

帝拂衣双目炯炯，一脸正义：“那是你眼花了！”

顾惜玖被他逗得扑哧一笑，喃喃道：“你这人其实挺好玩的。”她的目光又落在他身上那些消灵锁上。

那些锁很缺德，手铐脚镣一样，而内圈有钢钉似的突起，这些钢钉深深扎入被锁之人的筋脉之中，被锁住的地方血渍斑斑。

他稍稍一动，那些钢钉就会转动一下，有血就会冒出来。

顾惜玖又盯着看了片刻，向前走了两步：“你……疼吗？”

帝拂衣瞧着她隐隐发白的小脸，笑了笑道："还好，你到我跟前来，让我好好看看你。"

顾惜玖还是很警醒的，摇头道："不要！瞾哥哥说你很奸猾，靠近了你会暗算我……"

帝拂衣叹气："你瞧瞧我身上的这些链子，我几乎是动弹不得的，甚至连手也抬不起来，怎么暗算你？"

顾惜玖一双大眼睛清澈如水晶，她还是很好哄的，站在原地想了想道："这倒是哟。"

帝拂衣又道："我瞧你身上也有六阶灵力了吧？就算你想杀我我也没还手之力，按道理说我应该会怕你暗算我，而不是你怕我，你说是不是？"

顾惜玖又点头："是呀。"

她萌萌的模样像个孩子，帝拂衣眸底有痛楚之色，笑容却是温和的："那你过来让我看看你。"

现在的顾惜玖是很好哄的，果然又向他走近几步，但在离他一米多的时候，又停了下来，拧紧了眉毛说道："可是你好臭！"

像是不堪忍受，她用小手在鼻子前扇了扇。

帝拂衣："……"他好像是六天没洗澡了！这里又热，他一直冒汗，而因为灵力被锁，清洁术也使不出来。

不过他已经是神体，就算不洗澡常出汗也不会臭吧？

而看她的模样，他仿佛已经臭不可闻了。

他是神医，虽然不懂龙梵那些现代医学，但医学嘛，到底有共通的地方，加上他医学知识不是一般渊博，有些东西也就不难猜了。

他略一沉吟，问她："你闻着我身上是什么味儿？"

顾惜玖的眉毛都皱在了一起："臭咸鱼味儿。"

帝拂衣："……"那确实是挺恶心的！怪不得上次她来喂他喝水时也像是屏住了呼吸。

"你是闻着我有这个味儿，还是闻着其他人也有？"

顾惜玖乖乖地回答："都有啊，凡是男人都很臭，不过我瞾哥哥除外，他身上很香。"

"你闻着其他男人也都是臭咸鱼味儿？"

"不一样的，有臭豆腐味、尸臭味、臭脚味、腥臭味……"顾惜玖几乎要掰着指头给他数。

帝拂衣目光微微闪动，低低地叹了口气，他知道她中的什么毒了！

龙梵那个变态，居然给她下了心香毒，让她只对墨瞾有感觉，怪不得她现在这么信任墨璺，还一口一个璺哥哥地喊。

这种毒的解药他会配制，但他现在这个样子没办法配。

他正要再说什么，龙梵忽然疾步走了进来："惜玖，你怎么在这里？跟我走。"他抬手就想拉顾惜玖的手。

顾惜玖猛然后退了一步："不要靠近我，你身上是尸臭味儿！"

龙梵低低地吸了一口气道："好，我不靠近你。不过惜玖，你得赶紧离开这里，要不然你璺哥哥看到了会很不开心，会罚你的。"

顾惜玖仰起尖俏的下巴道："才不会，璺哥哥很疼我的，他一句重话也不会对我说。"

龙梵吓唬她道："那是你没踩中他的底线，一旦踩中，他很凶的！会把你扔进岩浆之中……"

顾惜玖白了脸，后退一步道："才、才不会。"但她已经底气不足，跺了跺脚，"我不和你说了！我要去找璺哥哥！"说完转身跑了。

"龙梵，这就是你想要的结果？"帝拂衣开口，成功留住了龙梵要离开的脚步，"无论如何，她算是自你手中诞生的，你应该算是她的父亲。把一个原本聪明、机灵、冷静的小姑娘给弄成小孩子的智力，这世上没有哪位父亲会这么做！"

龙梵脚步微顿，半晌才冷冷地撂下一句话："那是本座的事，和你无关！"他说罢转身走了出去。

帝拂衣又合上了眼睛。

片刻后他像是感应到了什么，睁开眼眸看向一个角落："阁下偷窥成瘾？在自己的窝里也这么鬼鬼祟祟的？"

那角落里有一人现出身形，黑衣银发，俊美无双，正是墨璺。

他现身后勾起嘴角道："左天师不愧是左天师，被捆成这个德行还能如此敏锐，感应到隐身的本尊。我几乎要怀疑你的身份不单单是左天师了……"

他说这句话的时候，一双眼睛如刀锋般锐利，不放过帝拂衣脸上任何一丝细微的表情。

帝拂衣像是很感兴趣的样子："那你觉得本座还有什么身份？"

墨璺笑道："圣尊！"

帝拂衣也笑了："那多谢你了，这么瞧得起我。"

墨璺自他的表情中实在看不出什么，忽然迈步上前，提起帝拂衣身上的那些销魂锁晃了晃。

这无疑是一种酷刑，帝拂衣满头是汗，脸色又白了些，嘴角却依旧带笑："墨璺，你好像欲求不满啊，所以来找本座的麻烦？"

墨璺浑身一僵，像是被踩到痛脚，冷笑一声道："本尊有何欲求不满的？惜玖就在我身边，那可是任我为所欲为。而你……再喜欢她又怎么样？还不是像狗一样被拴在这里动弹不得？只能看着她对我……”他忽然放低声音道，“她对我不是一般热情，尤其是在那方面……”

他很烦帝拂衣现在这种天塌下来也当被子盖的派头，所以一有机会就想不遗余力地打击他，想撕下他脸上那淡定的外衣，看到他被气得暴走。

可惜他还是失望了，他这番话对帝拂衣似乎没有影响。帝拂衣看了他片刻，悠然一笑，居然不置可否地道：“是吗？本座怎么看你……似乎有隐疾的样子？”

这句话算是实实在在地踩中了墨曌的痛脚，他的声音骤然冷了下来：“什么？”

帝拂衣却不想说了，微闭上了眼睛：“没什么。”

墨曌心中惊疑不定，不知道帝拂衣是真看出什么了还是胡猜撞上的。他在原地站了片刻，一挥衣袖，又把帝拂衣身上的消灵锁晃得叮当乱响：“把话说清楚！”

帝拂衣又出了一脑门汗，无奈地道：“这还需要本座说清楚？你自己的身体自己不知道？”

“你懂医？”墨曌逼视着他，帝拂衣的医术没有几个人知道，墨曌也不清楚这点。

帝拂衣倒没隐瞒：“略懂一二。”

墨曌顿了片刻道：“那你说本尊有何隐疾？”

帝拂衣没正面回答他：“你这具身体很逆天啊，开始就是灵力九阶的功力，可喜可贺。”

墨曌挑眉看着他：“然后？”

“没然后了，恭喜阁下练成神功。”

墨曌总感觉帝拂衣话里有话，一时却又听不出哪里不对，心中颇为不耐：“把话说清楚！”

帝拂衣索性又闭上了眼睛：“已经很清楚了。”

墨曌总感觉帝拂衣似乎看出了什么，偏偏他还不说，而墨曌自己也不想直接问，毕竟这不是什么光彩的事。

他心中怒火更炽，又刺了帝拂衣几句，无奈对方像看戏一样笑望着他，这让他不是一般挫败，一挥衣袖，转身离开了。

帝拂衣看着他的背影，嘴角勾起一抹嘲弄的笑容。

龙梵这克隆体似乎做失败了呢，居然做了一具天阉出来。

为所欲为？呵呵！

帝拂衣闭上眼睛，再次睡着了。

墨曌的这具克隆体极难制作，可以说是龙梵几十年的心血所制，他就算重新做，那也得再过几十年才能做出来，还未必能像这具一样完美。所以无论是龙梵还是墨曌，都不想废掉这具克隆体。

既然墨曌要用这躯壳几十年，龙梵自然要设法寻找让他恢复正常的法子。

但这不是朝夕之功，他忙了一天也没什么成果，干脆去看望顾惜玖，结果墨曌也在那里。

墨曌恢复人身之后是喜欢吃东西的，因为他觉得只有这样才活得像个人。

为了培养和顾惜玖的感情，他索性每到吃饭时就跑来和顾惜玖同吃。龙梵也饿了，便留了下来，三个人一起吃饭。

墨曌和龙梵欺负顾惜玖智力欠费，所以说话的时候不怎么瞒着她，自然又谈到了这个天阉问题，谈到神功。

二人谈得正激烈，一旁吃饭的顾惜玖忽然来了一句："欲练神功，必先自宫。"

墨曌："……"

龙梵："……"

墨曌顿了片刻，瞧着顾惜玖："这句话，哪儿来的？"

顾惜玖似乎也有些茫然，不过还是乖乖地回答："自己脑子里冒出来的。曌哥哥，你的神功算是练成了，是不是先前也自宫了呀？"

墨曌俊脸发青地道："没有！不要乱猜！"他的语气很不好，像训斥小孩子，顾惜玖委屈了，扁了扁嘴巴，不说话了。

墨曌揉了揉眉心，对着这样的顾惜玖，他觉得自己的耐心在飞速下降，居然有些反感她，甚至不想看到她。

他顿了顿，随口吩咐她道："乖，你吃饱了就去睡吧，你也该困了。"

"噢。"顾惜玖答应一声果然转身进里间卧房去睡觉了。

墨曌状似无意地看向龙梵："这句话哪里来的？真的还是假的？"

龙梵却并没有将顾惜玖的这话放在心里："这句话是一本小说中的桥段，压根不是真的。练神功和自宫可没什么关系……"

墨曌轻轻笑了笑："是吗？不过有些功夫确实是需要童子身才可以练的，所以说不定有些神功是需要自宫才能练成的。"他虽说在笑，那笑却没到达眼睛里。

龙梵皱眉，尊主这话里似乎有话……

他淡淡地道："小说中的话没什么科学依据，尊主不必放在心上。"

墨曌瞧着他："龙梵，你是不是有些恨本尊？"

龙梵心中咯噔一下，挑眉道："尊主这话从何说起？属下……"

墨曌叹道："你是不是恨你落在帝拂衣手里时，本尊没有救你？其实本尊那时也是没法子，若不那样做，帝拂衣不会上钩……"

龙梵打断他的话道："尊主不必解释，属下都明白的。"

二人又不咸不淡地说了几句话，墨曌还是在旁敲侧击，似乎怀疑龙梵故意打击报

复才让他变成天阉。

龙梵真心累，忍不住正色道："尊主，属下对尊主一向忠心耿耿，从无二心！会出这意外属下也很惶恐，这两天正拼命研究解决之道，尊主如此怀疑属下的忠心……"

墨曌也怕他撂挑子不干了，打了个哈哈，拍了拍他的肩膀道："本尊如何会不信你？本尊这两天心情不好，你别放在心上。好了，你继续去忙吧，本尊去看看他们婚礼筹备得怎么样了。"他说完大步走了出去。

龙梵微垂着眸子坐了一会儿，起身又走进了顾惜玖的屋子。

顾惜玖好梦正酣，微闭着眼睛，长长的睫毛在眼睑下形成半弧形的剪影，看上去有着荏弱的美。

龙梵不敢太靠近她，她现在嗅觉特殊，闻着他是一股尸臭味儿，他凑近些怕是会把她熏醒。

顾惜玖睡得似乎有些不安稳，嘴里偶尔会冒出几个词，但声音模糊，龙梵也不知道她在说什么。

顿了片刻，他横下心上前，凑近她的小嘴正要仔细听听，却没想到顾惜玖的小手闪电般拍了过来："臭死了，滚！"

龙梵没防备，这一巴掌正拍在他的脸上，火辣辣地疼。

龙梵呆了呆，咬牙道："顾惜玖！"

但顾惜玖又睡着了，压根没反应。

很显然她是在睡梦中闻到臭味不舒服，所以下意识地想将臭源给扇跑。

从他给她服下那心香丸后，她每次看到他就像看到一坨屎，直接退避三舍，嫌恶之情明明白白地写在脸上，让龙梵分外受伤。

他退后几步，看了顾惜玖片刻，忽然有一种冲动，想为她解开心香丸的毒。

龙梵回到自己的实验室，想要找一些材料炼制心香丸的解药。

他这里的药材是全的，无论配什么药都是很轻松的事，当他找到配制心香丸的解药的原材料时，忽然发现那些原材料似乎少了一些，难道被偷了？

他揉了揉眉心，觉得这不太可能。

这种毒药少见，这个世上知道这种药的人极少，更不要说知道配制解药的法子了。

再说现在地宫里的安保系统像铁桶似的，压根没有外人会混进来，也没有人能进他这机关重重的实验室偷解药材料。

或许是他这两天连续搞研究有些傻了，记错了也是有可能的。

他查看了一下监控，在监控里也没发现异常，遂放下心来。

第五十七章　二人悠闲日常

顾惜玖在做梦，梦中是遮天蔽日的大雾，对面不见人的那种。

她在梦中茫然地走着，潜意识中似乎在寻找什么东西，一时却又想不起到底要找什么。

那雾太浓，她什么也瞧不清，似乎整个天地间只有她自己。

这让她有些慌，正有些茫然，前面忽似有一道浅浅的光芒。她下意识地追过去，浓雾在眼前散去，她看到了那光芒的源头。

那里似乎有一片小桥流水，而在桥上有一个散发着淡淡的七彩光芒的人正在垂钓。

那人的穿着很家居，很随意，一身飘逸的紫袍几乎要拖曳到地上，他站在那里如同一幅剪影画，让这苍白的大雾天似乎也温暖起来。

她走过去，终于看清了那人的容貌，认出他来：“又是你。”

她慌乱的心无端安定下来，这些天她常常梦到自己在大雾中奔跑，没有方向没有目标，甚至不知道自己是谁，常常一头冷汗地醒过来，但这两天她的梦里常常出现他。

她本来除了墨曌外讨厌其他男人，却不讨厌这个男子，甚至不自觉地想靠近他，看到他就像找到了靠山。

那人转过头来，容貌倾城，似乎带了一股吊儿郎当的味道：“又是我……惜玖，你会不会钓鱼？”

顾惜玖直觉自己是会的，于是点头道：“会的。”

那人干脆将钓竿递到她手上：“来，帮我钓一条。”

顾惜玖接过钓竿看了看，有些无语：“你这是直钩啊，怎么可能钓到鱼？”说完这句话，那种仿佛情景再现的感觉再次冒出。

那人低叹道：“因为我想做姜太公。”

顾惜玖顺口回道：“这些鱼可不是周文王……”

此刻她和他站得很近，近得她只要一伸手就能触碰到他。

她有些诧异地闻了闻他的身上，淡淡的冷香让她心旷神怡，也让她想要扑进这个人怀中。

“奇怪，你身上不臭了呢。”她喃喃道。

那人笑了笑，不动声色地向她身边靠了靠，然后正色道：“你闻着臭是因为你的嗅觉出了问题，我其实一直很香的……”

顾惜玖嘁了一声：“你很自恋啊，一个大男人这么香会让人误会你的性别的。”

那人挑眉道：“你看我像女人？”

顾惜玖看了看他的眉眼道：“你很漂亮。”

那人眉毛挑得更高：“漂亮？你确定？”

顾惜玖再看了看他：“不过并不像女人。”

那人笑了，眉眼风流：“本座本来就不是女人。宝贝儿，形容男人应该用英俊潇洒这类的词，漂亮不足以形容我……”

这一声宝贝儿叫得顾惜玖心脏猛跳，如果是别人这么叫她，她早就一巴掌扇过去了，但他这么叫她，她莫名感觉很受用。

“你为什么叫我这个？”她现在是有问题就问的，“是不是觉得我智力不好，像小孩子？”

“不，惜玖一直是最聪明的，智力更是超群，任何人都比不上。我唤你这个是因为这是我对你的专用称呼，你也只许我这么叫你。”那人笑吟吟的，语气却很认真。

顾惜玖心中暖洋洋的，眉眼弯弯，忍不住又靠近他一些：“嗯，那你就这么叫吧。”她又小声加了一句，“我喜欢你这么叫我。”

就算是小孩子也明白谁是真心对她好，更何况是顾惜玖？

她就算没有任何记忆，但毕竟人是聪明的，谁对她真心好，谁是表面对她好，她还是能分清的。

这几天墨婴虽然常常陪在她身边，甚至还说是她的未婚夫，说疼她，但她还是隐隐感觉对方有些瞧不起她，看她就像看小孩子。

那个龙梵也是，看她就像看个物件，就算是最宝贝的物件那也是个物件。

只有眼前这个人是真心对她好，知道她在大雾中害怕就来陪着她，还常常带她四处转转。

第一次在梦中见他时，她就对他有莫名的好感，但还是有些防备，甚至对他恶言相向过，但这人压根不在意，她怕他时，他就站得远远地和她说话，陪她聊天，一直到她醒来。

第二次在梦中相见时，她就放开多了，也敢稍稍靠近他。

他就带她在雾中穿行，和她说话。

原本这大雾中什么东西也没有，但自从跟着他后，她偶尔能从一些地方看到一些风景，那些风景中似乎有她也有其他人，那些零碎风景虽然无法串联在一起，甚至她也无法真正看清，却让她无端心悸，让她想要多找一些这样的风景。

当然，在她寻找那些零碎风景时也会碰到一些难以预料的灾难，譬如从浓雾中突然蹿出怪物，譬如脚下的路忽然消失，变成火海、泥沼、悬崖。

但他都会挡在她前面，无论碰到什么灾难危险，他都能带着她安然度过。

这样一来，她在这大雾中胆子也大了不少，甚至喜欢上了这样的梦。

这是她第三次梦到他，她和他已经很熟络，坐在他身边为他钓鱼。而就在她为他钓鱼的这段时间，前面又出现一些画面，海市蜃楼般在她眼前展现，她看到了自己多次和帝拂衣钓鱼的场景。

这次要比上次进步多了，风景不再那么零碎，连成了一片……

她贪婪地看着，觉得那风景都钻进了她空茫茫的脑海中，形成浓墨重彩的一笔。

帝拂衣也不打扰她，微笑着看着她，衣袖内的手指始终掐着一种法诀。

那些画面消失了，周围的雾气似乎也消散了一点点。顾惜玖有些遗憾，还想再看。

没有人知道，她这些天一直生活在恐惧里，一睁眼脑子里就像是一页白纸，什么记忆也没有，而她还这么大了！她甚至弄不清自己是谁。

墨曌告诉她，她是个克隆人，是以他的意愿克隆出来的，所以没有过去。他说他愿意娶她，但要她乖，要她听话，还要她叫他曌哥哥。

她虽然一切都按照他说的来做，但心里总是惶惶的，仿佛忘记了什么重要的东西。

这地宫里有这么多的男子，却都奇臭无比，唯独墨曌是香的，大麻一样让她上瘾。她虽然大脑一片空白，但曾经的直觉还在，觉出了这事的不寻常。她总感觉自己是生活在一张网中，四周是铜墙铁壁，想要将她困死在里面，偏偏所有人都告诉她这网是她最美好的归宿。

她在梦中总会下意识地寻找，却一直找不到什么。

而在寻找的过程中她会头痛，剧烈的疼痛让她不得不放弃寻找。

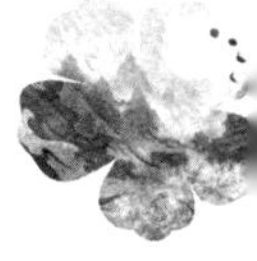

直到那天她跑到关押帝拂衣的屋子，在看到他的那一刻，她一向没什么感觉的心竟然微微抽痛，像是被一排小针扎了几下。

这是她在其他人那里从来没有过的感觉，这个人对她来说明明是陌生的，她却本能地觉得亲近。

而从那次见面后，他就走入了她的睡梦中。

她的梦不再苍白，渐渐有了色彩。一些零星画面开始频繁在她的脑海中闪现。

她钓上了一条鱼，得意扬扬地拿给他。

他立即伸了个懒腰说他饿了，要她烤给他吃。

她为难地道："我没烤过呀，我不会做饭的。"

他双目炯炯地望着她："不，惜玖，你会，而且你烤得很好吃。"

她怔了半晌，又扯出了第二个理由："可是这里没有木柴之类的东西……"

"你只要想就有。你可以试着想想看，集中精神想。"帝拂衣循循善诱道。

于是顾惜玖就集中精神想了，等她再睁眼时，眼前果然出现了木柴堆。

她眼睛一亮，原来在梦中她是可以心想事成的。

她开始处理那条鱼，刚动手的时候还以为自己会手生，但不过片刻工夫她就熟练了，仿佛这是她早就学会的技能。

她一边烤鱼一边和他聊天："你好像很了解我。"

"嗯，没有人比我更了解你。"帝拂衣和她聊道。

"我们以前……是认识的？"

"何止认识？"帝拂衣悠悠叹气。

顾惜玖心中咯噔一下，一双大眼睛望着他："那你给我讲讲以前的事吧？"

帝拂衣瞧着她道："你现在信我了？"

顾惜玖有点儿心乱，觉得墨曌不会骗她，但潜意识中又觉得眼前这个人是可信的。所以她说："姑且一听吧。你可以先讲讲看。"

没想到帝拂衣却不讲了："我觉得你还是自己找答案比较好。"故事讲得再多、再生动，她也会没有归属感，不如让她自己找，自己恢复……

顾惜玖有些烦躁起来："可我找的话会头痛，只要一想就头痛！算了，你不讲就算了，你讲了我也未必信，你讲的如果是真的，那曌哥哥说的就是假的……"

她现在唯一相信的人就是墨曌，如果他说的话全是假的，那她的小世界说不定会坍塌，她本能地抗拒着这个结果。

曌哥哥……

帝拂衣默默握了一下拳，每次从她嘴里听到这三个字他就想抽人，他烦这三个字！

他默不作声地坐着。

顾惜玖等了片刻，其实她还是希望他能说一说的，结果他真不说了。这让她有些生气，抿起了小嘴，待鱼烤好后也不给他，自己在那里吹。

帝拂衣直起身子向她伸出了手："烤好了？给我吧，饿死了！"

顾惜玖把鱼在手里晃了晃，并没有递到他手里："你哄我开心了，这鱼就送你。"

"呃，那怎样才能哄你开心？"

"你给我讲一点儿所谓我的往事好不好？"

帝拂衣坚决摇头道："不讲！还是你自己想吧！"

顾惜玖怒了："不讲的话这鱼不给你吃！"

帝拂衣瞧着她手里的鱼，再看了看她："我说了，你自己想不起来就算我讲了印象也不深刻，再说你又不信，我不想浪费口舌，我现在可是又渴又饿……"

顾惜玖："你不讲怎么知道我印象不深刻呀？说不定你一讲我就能想起来呢？"

帝拂衣顿了顿道："如果我说你的曌哥哥是坑害你之人，他把你算计得失忆了你信不信？"

顾惜玖呼吸一窒，下意识地反驳："才不是！你骗人！"

帝拂衣摊手道："所以我无话可说。"

顾惜玖莫名火大地说："你挑拨离间，这鱼我不给你吃了！"她自己啃了一大口。

帝拂衣无语了。

顾惜玖其实是威胁他，并不是真想把这鱼全部吃掉，所以啃了一口后就看了看他，看着他苍白的脸色、苍白的唇，心中忽然又是一阵抽痛，咳了一声道："你只要给我讲一些真实的往事，这鱼我就会送给你。"

帝拂衣垂眸一笑，站起身来，轻轻叹息一声道："算了！我自己下去抓鱼吧，我真的好饿，也很渴……"一闪身，他直接跃入旁边的湖水中。

顾惜玖拎着那条啃了两口的鱼有些愣怔。

她其实一点儿都不饿，也没想吃这条鱼，只不过是想气气他，却没想到……

她在岸边等了半晌，也没见他浮上来。

她有些发急，忍不住向着水里说道："喂，你上来吧，我不要你讲故事了，这鱼我送你……"

然而过了半晌，湖水平静无波。

他不会在里面被淹死了吧？！

顾惜玖忽然有些恐慌起来，接连叫了几声，结果都没看到帝拂衣再冒泡。

她心中后悔起来，终于沉不住气，一横心也跳进了那大湖之中。

湖水并不算深，她很快到底，运足目力的时候，在水中甚至能看清整个湖底的

景致。

湖水很清澈，她能清楚地看到那些游来游去的鱼，却看不到帝拂衣的影子。

她在湖水中游了三四圈也没什么收获，又游上了岸。

她心里又慌又乱，极目四望，茫茫天地间又只剩她自己了。

她还握着那条被她啃了一口的鱼，站在岸边几乎要哭：“喂，你出来啊，这鱼我真的送你了……”

脑中灵光一闪，她又加了一句：“我可以再钓一条给你烤，比这条还好吃……”

结果帝拂衣依旧没出来。

四周的大雾倒又有变浓的趋势，渐渐向她聚拢过来。

本来这个地方还能看到山水小亭，湖水荡漾，此刻一切却像是海市蜃楼般逐渐消失，而她又被大雾吞噬，天地恢复成一片熟悉的白茫茫的样子。

她心里慌得要命，他不会被埋在那大湖里面了吧？

应该不会吧？他是有那么大本事的人——

在这几天的梦中，他一直像保护神似的守护在她身边，为她挡灾挡难，对她不离不弃。无论遇到什么困难险阻他都能快速解决。在顾惜玖的心里，他的本事比墨曌还高，他也比墨曌有担当。

她不死心，开始跌跌撞撞地四处寻找，在大雾中摸索着。

迷雾中恍恍惚惚有一个声音传到她的耳边：“惜玖，你必须自己想起来。你只要横下一条心来想，这迷雾会散去的，你也会找回自己的……”

那声音缥缥缈缈，像是响在她的耳边，又像是直击到她心里。

她蓦然睁大眼睛，这是帝拂衣的声音！

他没事，他还嘱咐她来着。

他这是要离开？

可恶，他怎么能就这么丢下她不管？

“我不想！我偏不想！”她叫道。

可是没有人理她，连那声音也不见了。

她有一种被抛弃的恐惧和愤怒，喃喃自语道：“我偏不想！就不想！”嘴里说着发狠的话，但在迷雾中摸索得久了，她害怕起来，忍不住就开始想了。

但她不想还好些，一想那熟悉的头痛又来了，头盖骨像是要被钻子钻破似的。她抱着头蹲下身去，忍不住哭了：“我不要想，头好痛……”

她原地站着哭了一会儿，没有人来理她，她没了指望，只得又站起身，继续向前走去。

奇怪，为什么我一想往事就会头痛？克隆人会有这个毛病吗？

我是不是真像帝拂衣说的失忆了？

墨哥哥骗了我……

有疑问浮上她的心头，她看着这漫天的大雾有些出神了。

周围的大雾其实已经比原先淡了一些，她甚至能影影绰绰地看到极远处的东西，虽然那些东西极模糊，但也给了她一点点希望。

那些是不是她的记忆？

“我要恢复记忆！”她如此对自己说，第一次对找回记忆如此迫切。

她向着那个方向奔过去。

在奔行的过程中，她还是会碰到各种阻挠，譬如突然跳出的猛兽、突然出现的火海、遍插刀子的高山。

好在这几天在梦里帝拂衣教过她对付这些东西的法子，她立即施展，倒也算是有惊无险。

她正奔行间，一个人突然在她眼前出现。

她顿住脚步，那个人是龙梵。

他直接贴近她，低声叫她：“惜玖……”

尸臭味道扑面而来，熏得她险些背过气去！顾惜玖忍不住一掌拍了过去：“臭死了！滚开！”

啪的一声，她感觉是抽中了对方的脸颊，然后龙梵成功地消失了。

她怔了怔，松了一口气，并没有停住向前的脚步。她已经快要看清前面景致的模糊影像了，不想再让任何人阻拦她探索真相的脚步。

头越来越痛，她却死死咬住唇忍住了。

今天她一定要探索个明白，让那个人知道，就算他不给她说明真相，她自己也能找到真相，哼！

囚室内，帝拂衣直接被墨嬰晃醒。墨嬰晃醒他的法子很简单粗暴，只要晃那销魂锁，就算是个半死的人也能活生生地痛活过来。

帝拂衣满头大汗地睁开眼，瞧着墨嬰仿佛风雨欲来的脸：“你又有何事？”

这浑蛋怎么回来得这么快？！害得他把那丫头独自扔在那梦境里头，只来得及给她留下一句话。

墨嬰很直接地问：“你看出本尊的隐疾来了？”

帝拂衣目光微微闪动，轻笑道：“你自己终于察觉了？”

墨嬰暗暗咬牙：“我的隐疾是什么？你说对的话本尊将这销魂锁给你解开一半。”

帝拂衣微闭上眼睛，送了他三个字：“没诚意！”

墨曌又想抓那销魂锁晃他，冷冷地道："如果你有法子医治的话，本尊就只留一条销魂锁在你身上，其他全部解开！你先说出本尊的隐疾是什么。"

帝拂衣上下打量了他一下，淡淡地道："为表诚意，你先为本座解开一条吧。"

墨曌停顿了三秒，痛快地答应了，自身上摸出一串钥匙，先为他打开肘间的那一条，能让他那条手臂略屈伸一下。

"现在你可以说了！"

"研制你这克隆体乃逆天而行，所以你纵然有九阶的灵力，但再要向高处进一步比普通人要难很多，你甚至是止步不前的。它还有个致命缺陷，用它不可以修炼不死之身，它是有正常寿命的，不过它也有个好处，就是可以保持初始容颜至老死……"帝拂衣侃侃而谈。

墨曌脸色微变。他开始听帝拂衣分析他的隐疾没分析到点上，还很不信他，但听到他后面这几句话，心里又有些惴惴的——

这身体除了是天阉之外，居然还有这么大的缺陷？！龙梵可从来没说过这些！

是真实如此，还是帝拂衣胡说八道忽悠他的？

"还有呢？"墨曌又问了一句。

帝拂衣回答得漫不经心："还有？还有就需要摸你的脉了。"

墨曌愣了几秒，笑了："你又想搞什么鬼？"

帝拂衣侧头看了他两眼："我现在这个样子你还怕我搞什么鬼？你这么怕我？"

墨曌冷笑道："本尊才不会怕你，好吧，本尊就让你把一把脉。"

他把手腕递到了帝拂衣手边。

帝拂衣的手指还是能小范围地活动一下的，所以他为墨曌把了一下脉。

这屋子闷热无比，帝拂衣也出了不少汗，手指却是冰凉的，冰棒一样，摸上墨曌的脉门的时候，墨曌激灵了一下，还以为他搞鬼。墨曌正要躲开，却发现对方是真的在为自己号脉，于是又忍住了抽回手的动作，另一只手悄悄捏了一个法诀，预备帝拂衣只要有什么异动，他就立即出手将对方拍晕！

但帝拂衣只是为他号了一下脉，片刻后移开手，瞧着墨曌轻笑道："你这隐疾……貌似是人为的啊。"

墨曌："……"

帝拂衣这句话像是重击在墨曌心上，墨曌轻吸了一口气，问道："怎么说？"

帝拂衣却不说了，闭上眼睛，下了逐客令："本座累了，阁下可以离开了。"

这胃口吊的！

墨曌气不打一处来，盯了他片刻道："你到底知不知道本尊的隐疾是什么？！"

"好饿！好渴！"帝拂衣轻叹道。

墨曌："……"

片刻后，终于有侍者送来了一份梨糖莲子粥，清热败火，解饿解渴。

墨曌不想喂帝拂衣，而帝拂衣十分龟毛，也不让侍者喂，所以墨曌干脆又给他解开了一道锁，让他的半只手臂恢复自由，最起码能自己端着碗喝粥了。

好不容易等帝拂衣把一碗粥喝完，墨曌等着他揭晓答案。

结果帝拂衣并没有为他揭晓答案，而是让他自己摸一下胸口的某个位置，让他点一点，看是否有痛的感觉。

墨曌果然点了一下他所说的位置，结果那处居然痛得像针扎！

当然，那痛只是一闪而过，他的手指刚移开那痛觉就消失了。

他心中惊疑不定，顿了片刻，又在那个位置点了一下，却没有任何不适的感觉了。

帝拂衣准确地说出了他此时的症状，最后道："克隆体如同修炼天魔解体大法，可以在很短的时间内将灵力提升到一个新高度，可是也会破坏灵力守恒定律，燃烧得猛自然消耗得快，你这具身体看上去像二十岁的样子，其实已经把二十年的潜能全部激发出来了，再无其他潜力可挖，过不了十年，这具身体就会衰败老朽……你若不信，再深吸两口气，按一下你腋下一寸位置……"

墨曌变了脸色，帝拂衣说得头头是道，他不想相信，偏偏他按照帝拂衣所说的按那些位置的时候，都有一种特殊的感觉，或痛或麻或胀……和帝拂衣所说的症状完全对得上。

如果一处症状对上还可以说是赶巧了，如果所有症状都对上呢？

墨曌的指尖有些抖，他瞧着帝拂衣道："你还没说本尊真正的隐疾！"

帝拂衣叹了口气："和这最大的隐疾比起来，你其他的隐疾还叫隐疾吗？"

墨曌："……"

他正要再多问问，门口人影一闪，龙梵飘然而入："尊主，他完全是胡说！"很显然，龙梵在监控室将帝拂衣和墨曌的对话看得清清楚楚明明白白。

墨曌挑眉看向龙梵。

龙梵又道："他所说的位置按着有那个感觉很正常，其实是根据血流气脉的运行方式来计算的，当身体的某些部位血流增大或变强的时候，一旦被外力点到，就会有这些感觉，这一点也不稀奇！尊主这具身体极为完美，尊主用它来修炼，五年的时间内灵力就可以修到十阶以上，这个人这么说分明就是在挑拨离间！"

墨曌自然是不信帝拂衣的，但对龙梵的话他也半信半疑，忍不住看了帝拂衣一眼。

帝拂衣笑了："我挑拨离间吗？龙梵，他的身体状况你最清楚，你敢说你对他毫无隐瞒？！"

龙梵脸色微微一变，随即冷笑道："当然、当然没有隐瞒。"

“是吗？”帝拂衣不再和他辩，淡淡一笑道，“既然如此，就当本座忽悠他吧。墨曌，本座所说的话你一个字也不必相信。”

墨曌皱眉。

龙梵的眉头皱得更紧，他转身看向墨曌，很干脆地问：“尊主，属下对尊主的忠心日月可鉴！尊主是信他还是信属下？”

墨曌拍了拍他的肩：“本尊当然是信你，怎么会相信一个对头？”

龙梵松了一口气：“尊主，论医术属下说是第二的话，没有人敢认第一！属下治不好的病症，其他人更是想也不要想医好。属下新研究出一种药，尊主要不要去试一试？”

又试新药？

他这两天已经试过不下十种药了，却没有一种管用，他的那个地方始终是软的，偶尔一种药能稍稍起点儿作用，但仅仅是硬半分钟，然后会变得更软。

后天就是他和顾惜玖大婚的日子，他拖着这样的身体就算大婚又能做什么？

他自然是信龙梵的，但帝拂衣说的那些话还是在他心底深处留下了阴影。

他临出门的时候，帝拂衣忽然快速说出了三种药材：“龙爪花、凤头草、阳脉果……”

墨曌足下一顿：“什么意思？”

帝拂衣却闭上眼睛，淡淡地说了一句：“说着玩儿的。”

墨曌哼了一声，大步离开，心里却将这三味药记得牢牢的。回到自己的屋子之后，他先试了龙梵的药，结果满脸泪。

当失望的次数多了，人也就有些麻木了，墨曌反而安慰了龙梵两句，待龙梵离开后，他命人叫来了一名属下。那名属下也是懂医理的，医术还不错，只是不如龙梵。

墨曌问了那属下那三种药材的功用，那属下倒是个知识渊博的，立即道：“尊主，这三种药物都是十分罕见的壮阳药，可洗精换髓，让身体强壮有力……”

墨曌：“就这些？”

那属下又道：“不过属下还听说它们有一种很罕见的效果，这三种药物单独吃确实有属下所说的那种效果，但混在一起后，听说可以治疗阳痿……”

墨曌其实并不信帝拂衣，一直很信任龙梵，不想怀疑龙梵什么，但最近发生的事让他心里的疑问渐渐冒泡。

尤其是他回头装作无意地问龙梵关于那三种药草的特性时，龙梵只随意地解说了一下，并没有提这三种药草可以治疗阳痿的事。

墨曌不动声色，又暗中召来那名懂医的属下，让他带几个人出去采摘那三种药草。

那三种药草虽然稀罕，但巧合的是，离此山不远的另一座峡谷中就有。只不过那峡谷里魔兽多一些，一般人不敢轻易涉足而已。

而他的这名懂医的属下有灵力七阶的修为，再带几个人去那是一点儿问题也没有的。

墨嬰打算得挺好，并没有和龙梵商量，结果龙梵在监控室中看到那名医者带着人要出去。

龙梵自然派人阻拦，然后两边的人各自奉了上面的命令，自然谁也不让谁。

大家这几天一直闷在这鸟不拉屎的地方心中原本就火大，容易暴躁，现在有这样一个契机，片刻工夫后，两边就打起来了！

这一打自然惊动了各自的主子，龙梵和墨嬰同时前往。

尚未走到那打架的地方，两人便听到那名医者气愤地道："这里尊主最大，龙长老也得听尊主的！我等奉尊主命令出去，尔等居然不放行，可将尊主放在眼里？！"

阻拦医者的那一拨人中有人忍不住冷笑道："这里自然是尊主最大，但大家实际服从的可是龙长老！尊主可以不顾我们这些下属的死活，龙长老可是要顾及的，毕竟这地宫里住了三百多口人，一旦被外面的人攻进来可不是玩的……"

这人正是曾经被帝拂衣捉住做人质的那三人中的一位。

其他人也道："是啊，是啊，你们出去倒是方便，等回来时又要进行一番调查，说不定大家要被你们连累，再被关几天黑屋……"

"不要尊主长尊主短的，尊主或许压根没将这里放在心上，这里的大部分人可是龙长老的属下，还是应该听龙长老的。"

众人连吵带打架，乒乒乓乓的不是一般热闹。

龙梵变了脸色，立即跳出去道："住口！都胡说什么？！"他又冲着不远处的一个地方行礼道，"尊主！"

一道柱子后，墨嬰现出身形。两位大人物现身，正在掐架的人自然停手了。

墨嬰似笑非笑地道："原来本尊的命令不如龙长老的命令灵啊。"

龙梵："……"

这个时候他哪里还敢说别的话？龙梵一边向墨嬰赔罪，一边让人放行，然后雷霆手段地处置了那几个出言不逊说什么尊主不如龙长老的人，将他们各打了八十法棍。

墨嬰一身黑袍如暗夜使者，始终含笑看着这一切，未发一语。

直到龙梵处置完那几个人，墨嬰淡淡地瞥了一眼出言不逊的几人道："龙长老果然宅心仁厚，看来他们就算反了本尊，龙长老也舍不得真处置他们。"

这明显是嫌弃龙梵处置得轻了，龙梵无奈，一横心，命人将那几个人处决，以儆效尤。

墨嬰轻轻笑了笑，表示嘉奖地拍了拍龙梵的肩："龙梵，本尊就知道你最忠心了。"

他又瞧了一眼要被处决的几个人，淡淡地加了一句："胆敢议论尊主和长老的是非，有挑拨离间之嫌，如此心怀叵测之人，只是处死太便宜他们了。"

他挥出衣袖，有五彩光芒闪出，将那几个已经被捆住的人笼罩住，光芒中瞬间传来几声惨叫，一团团血雾裹着淡淡的影子飞了出来。

那几个影子正是那几个人的魂魄，墨曌再一抖袖，那几个影子再次发出刺耳的惨叫声，然后消散了。

这一手显然镇住了在场的所有人，大家忍不住都后退了一步。

墨曌转身看了一眼脸色苍白的龙梵："龙长老，本尊这么处理你没意见吧？"

龙梵自然不能有意见，只能说处理得好，处理得公正。

墨曌扫视众人："可认清谁是你们的主子了？"

"当然是尊主！"无数人应声道。

墨曌这才满意地转身离去。

龙梵看着他的背影，眼中闪过一抹失望之色。

他本来还想问问墨曌派那几个人是去做什么，现在也不能问了。

功高震主，他现在就是功高震主。

现在墨曌还用得着他，自然不会对他怎么样，可这位尊主一旦成了事，只怕是容不下曾经帮他打天下的功臣的，到那时候等着他龙梵的说不定就是兔死狗烹。

他再一扫众人，这里面大部分人是他一手培养出来的，对他的感情比对墨曌深，也比较服从他的命令。

现在墨曌玩了这么一手，这些人嘴上不说，心里肯定是极为悲愤的。

"龙长老……"一人眼睛微红地看着他道，"他们并没有反心。"

龙梵摆了摆手道："这是他们蔑视尊主的代价，属于罪有应得。好了，此事已毕，大家散了吧！不必再说。"说完他也转身离开了。

这个地方到处是摄像头，说不定墨曌还在监控室看着……

有这些"眼睛"盯着，谁敢奓毛？众人甚至连怨言也不敢说了。这些摄像头原本是防备外敌入侵，好及时察觉及时做出反应的，现在却成了束缚众人的枷锁。

众人满腔悲愤地散去。

然而从这一天开始，地宫中有好几处的摄像头开始出毛病，这些摄像头都是易碎之物造的，要破坏还是很容易的。

风雨正在酝酿，而表面还是很风平浪静的。

龙梵正在配制药液，因为心绪不宁，好几次差点儿出错。

他干脆停手，想了想就去了内屋的监控室，想看看帝拂衣的情况。

帝拂衣依旧在睡觉，那里没什么异常。

“龙梵，在看什么？”身后传来墨罂的声音，吓了龙梵一跳。

见龙梵回身施礼，墨罂摆了摆手，示意他不必多礼，瞧了一眼那些显示屏，低声叹了口气：“龙梵，本尊觉得你在这里弄这么个东西对你的研究不利啊，很容易让你分神……”

龙梵心中微微一沉：“尊主的意思是？”

“监控室有两处就够了，本尊那里一处，外面还有一处。龙长老还是专心研究药物才是，这一处的监控可以去掉了。”

龙梵：“……”

当上位者已经怀疑你的忠心时，这个时候是不能违背他的命令的。

所以龙梵心里虽然不以为然，但为解除墨罂的疑心，还是忍痛亲手将这个地方的监控设备拆掉了。

墨罂心满意足地拍了拍他的肩，嘉奖几句后出去了。

龙梵坐在这满室的狼藉里，微垂下眼睛，半晌，嘴角牵出一抹冷笑。

帝拂衣在墨罂他们离开后就又陷入沉睡，其实是离魂去了顾惜玖的屋子。

龙梵这半神之体都已经修炼得让魂魄凝成半实体，更何况是帝拂衣这真神之体？

他的魂魄自然也能离体，甚至魂魄离体时他还能留下一魂在身体内留守，这样看起来有呼吸、有心跳，像是睡着的样子。

那消灵锁是上古魔物，一旦被锁，就算是神仙也挣脱不开，甚至神魂也会被禁锢在身体内活受罪。

帝拂衣才被锁在这里的时候，也适应了几天，摸清情况后才开始离魂做事，直接去了顾惜玖那里，想要再进入她的梦里瞧一瞧。

这几天他耐心地引导顾惜玖寻找记忆，却又不能激进，免得冲击太大，对她的身体不好，而且也容易引起她的反感。

而顾惜玖就算没了记忆也是聪明的，她和他在梦中相会的事，她压根没向外人提起。她守住了他和她之间的小秘密。

但到了顾惜玖那里后他发现她已经醒了，此刻正抱着被子坐在床上出神。

因为她这屋子里也有监控，所以帝拂衣并没有现身，就这么看着她。

顾惜玖自然是看不到他的，她正有些懊恼。

她刚才在梦中明明已经快要跑到那景色鲜明的地方了，没想到中途莫名多了一堵墙，还是接天接地的那种。她想要瞬移过去，却直接撞到那墙上，然后她的头就像爆炸了似的疼，这一疼她就从梦里醒过来了！

她怔怔地在床上出神片刻，跳下来略梳妆打扮了一下，直接跑去厨房了。

这是专门为尊主、龙长老和她预备的小厨房，厨房里的厨子手艺很不错，顾惜玖喜欢吃这厨子做的东西。

她进来后吩咐那厨子做了两种粥……

帝拂衣一直在旁边看着，心中微微一动，她要的两种粥是适合他的口味的！

她是自己吃还是想要送给他？

这问题很快有了答案，等那两份粥做好后，顾惜玖就直接将其打包装进了她的储物袋，然后去了那囚室……

她果然是要把粥送给他的！

帝拂衣的嘴角不由得勾起一抹好看的弧度，然后他利索地回归本体，再一睁眼就看到顾惜玖站在不远处，正瞧着他。

见他睁开眼睛，她暗自松了一口气。

在梦中她看到他被湖水吞噬，后来虽然恍恍惚惚听到他的一句嘱咐，但毕竟不是那么确定，刚才跑过来时还怕他真的出事了。现在看到他睁开眼睛，她终于放下心来。

二人视线相遇，帝拂衣微笑，顾惜玖的心脏却不争气地多蹦跶了两下，一个问题浮上她的脑海。

自己梦中的他是现实中的他吗？

是他离魂入了她的梦？还是她碰巧梦到了他？或许他压根不知道……

她向前走了两步："喂，你还好吧？"

帝拂衣微微点头："尚好。"

顾惜玖忽然有点儿不知道该从哪里开口，目光落在了他的唇上。

他的唇形极好看，让顾惜玖只能想到一个词——完美！

但此刻这完美的唇有点儿不完美，因为它太干了，也太苍白了！唇上甚至有裂口。

顾惜玖想起梦中的他说很渴很饿，心又像是被针扎了一下，脱口道："你渴不渴？饿不饿？"

帝拂衣回答得倒挺爽快的："渴，饿。"

于是顾惜玖把那两份粥端了出来，向他走近几步，忽然又屏住了呼吸，轻轻抿了一下唇。

帝拂衣知道，她大概又闻到他身上所谓的"臭咸鱼味儿"了，估计下一步就是马上离开数丈远。

他却没想到顾惜玖只是顿了一下，随即又走了过来，将两份粥放在他跟前："吃吧！"

帝拂衣如果不是知道她怕他身上的味儿，这个时候就想矫情一下让她喂了。

现在……还是算了，他不要为难她了。

他用那只恢复一点儿自由的手端起粥喝起来，味道不错，最主要的是这粥是她端来的。

修行到了他这个级别，其实平时他压根不用再吃这红尘中的五谷杂粮，所以他就算在这里被锁了六七天，也没说饿得怎么样。

他现在这个模样一半是装的一半是真实的，毕竟这消灵锁拴在身上还是很疼的！

顾惜玖看他吃得很香，不知道为何，自己也感觉很满足。

“你一直没吃什么东西吧？”她忍不住问。

帝拂衣点头，没顾上说话。

顾惜玖有些不忍打断他，但还是想和他聊一聊：“我看你常常睡觉啊。”

“嗯，无聊。”帝拂衣终于回了她一句。

“那你有没有……”她正要旁敲侧击地问他有没有梦到她，却被帝拂衣直接打断：“惜玖，这碗喝完了，把那碗递给我，我够不到……”

开玩笑，这屋里可是有摄像头的，龙梵和墨婴十有八九在暗暗盯着他呢，他不能让顾惜玖把那句话问出来，所以他迅速转移了话题。

好在顾惜玖还是比较乖的，闭嘴递过去另外一份粥。

不待她再发问，帝拂衣自己开口道：“这现实太无奈了，睡觉的话还能做一下美梦，而且我这几天确实做了好几场美梦，梦到山花烂漫我在野外踏青，梦到和朋友拼酒，梦到和对头干架……”

他说了好几种场景，唯独没有她想听的那一种。

待他停下，她忍不住问了一句：“你的美梦就这些？有没有遗漏什么？”

帝拂衣摇头道：“当然没有，本座做的梦可是每一个都能记住，不会错的。呃，对了，你刚才想问我什么来着？有没有什么？”

顾惜玖那一双明亮的眼睛变得有些暗淡，她摇头道：“没什么。”

那是她的秘密，她和梦中的帝拂衣的秘密，她不想对其他人说，就算现实中的帝拂衣也不行。

在帝拂衣吃粥的这段时间里，顾惜玖研究了一下他身上的消灵锁，还用手摸了摸。

她看这些锁很不顺眼，恨不得给他弄开。

他全身上下血淋淋的，手腕上露出肌肉的部分能看到很深的伤口，很刺她的眼睛。

说也奇怪，她醒来后也见到过墨婴杀人，并不觉得怎么样，但现在看到帝拂衣身上的伤口，她的心却莫名地痛。

“要不要我帮你弄开它们？”她问，再加了一句，“我觉得一条这东西就能制住你了，没必要弄这么多，平白让你受罪……”

帝拂衣摇头道："不必，好了，你走吧，我要睡了。"他直接下了逐客令。

说不定龙梵他们就在暗处看着呢！他不能让她冒这个险。

顾惜玖自然不知道他的顾忌，顿了顿，尚不死心地说："我说不定真的能弄开……"

帝拂衣瞧着她："你不怕得罪墨曌？你帮我弄开这个他可能会生气，会罚你……"

顾惜玖怔了怔，说道："他不会的……"底气略显不足，她就算失忆也极有自己的性格，"我知道你是他的俘虏，我也不会放了你，只是觉得这些锁太多了，明明一道锁就可以的……"

帝拂衣道："你这样做是可怜我还是喜欢我？"

顾惜玖哼了一声："当然是可怜你！谁喜欢你了？后天我就要嫁给曌哥哥了，我会成为他的新娘子！"

帝拂衣微微闭上眼睛，淡淡地道："如果你喜欢我，我可以让你试试；如果只是可怜……你还是走吧！"

顾惜玖怒瞧他一眼，二话不说就转身跑了。

帝拂衣并没有睁开眼睛。他知道这么说很伤人，但他现在只能这样做，才不会让她再受伤害，才能让他的计划继续进行下去。

墨曌坐在监控室里，看到帝拂衣和顾惜玖之间的这段互动时已经是两个时辰以后。

他对帝拂衣防备极深，所以就算帝拂衣这一天什么也不做，墨曌也要把那间囚室中的所有画面重放 遍，防备帝拂衣在这中间搞鬼。

但帝拂衣几乎天天在睡，看这样的监控就枯燥得要命，所以后期他就学会了快放。

他处理完了龙梵的人"不敬尊主"事件，拆除了龙梵那里的监控，坐在这里看监控的时候，本来昏昏欲睡，直到忽然看到顾惜玖闯进去和帝拂衣说话，他才又精神起来。

他默不作声地从头至尾看完，眸底闪过一抹幽暗的光。

顾惜玖依旧是失忆的，但她居然一点儿也不讨厌帝拂衣，还为他送饭，还想为他解那消灵锁。

其实她潜意识中还是忘不掉帝拂衣吧？！

如果让她和帝拂衣相处得再久一些，只怕她会旧情复燃。

好在后天就是自己和她的婚礼了，他倒也不怕这二人之间会发生什么。

他紧了紧手指，眸中闪过一抹厉色。

这个帝拂衣留不得！

等自己的婚礼过后，他就彻底将帝拂衣除去，以绝后患。

他的目光又落在顾惜玖身上。她失去记忆前，他把她得罪透了。现在的她是全新的人，他得力争在她心里留下好印象，不想再惩罚她让她恨自己。

等他彻底将帝拂衣除掉再取而代之后，这小丫头的心思自然会完全转到他墨曌身上，眼里再容不下其他男人。

他再瞧了帝拂衣一眼，心里有些幸灾乐祸。最心爱的女人嫁给了对头，还有什么比这个打击更深？

何况如果顾惜玖对帝拂衣一直有好感，对墨曌来说也不算是坏事，这样他取代帝拂衣用帝拂衣的壳子时，顾惜玖也不至于接受不了，他可以用帝拂衣的壳子和她欢好。

墨曌早就相中了帝拂衣的壳子，不过想要占有那个壳子很不容易，需要将帝拂衣的身体和灵魂都折磨到最虚弱的时候，才能为他墨曌所用。

他要取代帝拂衣，用帝拂衣的壳子的想法很隐秘，这个念头只在他心里成型，就算是龙梵也是不知道的。

墨曌垂眸看了看自己的身体，嘴角勾起一抹冷笑。

这个克隆体的毛病只怕是龙梵故意整出来的，好让自己离不开他，只能依赖他。

晚间的时候，墨曌派出去的那几名采药的人终于回来了，顺利完成任务，采来了墨曌所说的三味药。

墨曌心中对龙梵已经产生了芥蒂，自然不想把这么重要的药交给龙梵来炼制，幸好那名医者也是一名炼药大师，在这地宫中常常给龙梵打下手。

或许是因为同行是冤家，这名医者平时和龙梵的关系并不算好，处处受排挤。

现在好不容易墨曌器重他，他自然趁势抱上了这根粗大腿，拼命地在墨曌面前刷好感，自告奋勇地为墨曌炼药。

墨曌自然是求之不得，拍了拍对方的肩，以示器重信任。

他的这个举动让这名医者险些热泪盈眶，不顾采药一天的疲惫，立即在自己的屋里开炉炼药。

墨曌也在这里不动声色地盯着。

那医者炼药技术还真不是盖的，第一炉就炼制出两颗三品丹。

这种药的三品丹就有那个功用了。

医者恭敬地将两枚丹药奉上，墨曌随手拈起一颗递到那医者唇边：“李爽，辛苦，这枚丹药赏你吃。”

那医者微微一愣，知道尊主是不放心，让他试药的意思，所以道了一声谢，毫不

犹豫地将那枚丹药吞下，半个时辰后，药效起来，那医者一柱擎天，裤子那里顶起了一个小帐篷。

墨嬰看看对方的“帐篷”，再看了看对方微微涨红却明显健康的俊脸，终于放心，回到自己房中将另一枚丹药服下。

结果一个时辰过后，他的那个地方终于有了一点儿发热的迹象，仿佛硬了一点儿。

很显然，这药是有效的，虽然效果不太明显，但好歹是管用的！

他吃了龙梵炼制的那么多药也没达到过这效果！

这还是三品丹，如果李爽能炼出五品、六品丹来，他这隐疾说不定就能痊愈，后日的洞房或许就不会让他虚度了！

他立即召来李爽，让他继续炼制丹药。

李爽自然满口答应，只不过他的炼丹炉不算太好，最高只能炼制出五品丹，而且还是炼上百炉也未必能出一颗五品丹。

为了提高成丹率，墨嬰干脆去找龙梵借炼丹炉。

他并不想对龙梵说实话，只说自己想要瞧瞧这个东西，然后试着学习炼丹术。

龙梵这个时候更不会驳墨嬰的面子，于是将自己那鼎九品炼丹炉借给了墨嬰，压根没问什么。

墨嬰将那九品炼丹炉给了最近正对他大表忠心的李爽，李爽千恩万谢，立即开炉炼药。

为保险起见，墨嬰依旧在旁边盯着他炼。这次需要的时间有些长，墨嬰看他不忙的时候就和他聊两句天。

李爽并非多话之人，墨嬰问一句他就恭敬地答一句，从不说一句废话。

墨嬰从他嘴里知道，李爽原是天问宗的弟子，该有一个大好前程，因为一时激愤杀了师兄，被天问宗驱逐出师门，一直在江湖上东游西荡，后来被龙梵收罗来，一直为龙梵做事，不过并不得龙梵器重。龙梵让他做的都是打杂的事。在上一个实验基地，他曾经为龙梵制作那种僵尸蛊人贡献了一些自己的力量。

墨嬰心中一动，问他：“上次那个基地那么多的大杀器，怎么会被几个小辈给端了？”

李爽顿了顿，似乎欲言又止。

墨嬰给他吃了定心丸：“你但说无妨。”

“禀尊主，那次事件在属下心里是一个疙瘩。那几个小辈都被基地中的阵法给困住了，眼看就要不行了，但后来顾姑娘闯进来，龙长老就不忍下手了，错失很多良机，这才让他们有机可乘。还有上上次，龙长老附身在人偶身上和云清罗胡天海地，他曾经亲口对云清罗说，他喜欢的是另外一个女子，对云清罗只是一种控制手段……

属下觉得，他喜欢的女子只怕是……”

墨璺打断他的话道：“休要胡说！顾姑娘是他女儿，他怎么会对她有那种想法？！”

李爽连忙住口，赔罪道：“是、是，龙长老对顾姑娘应该是父女之情，他喜欢的女子或许另有其人，只不过是大家私下以讹传讹罢了……”

这个话题就此打住，李爽没再提了。

墨璺也没提，心里却多了一个疑问。

会不会是龙梵也喜欢顾惜玖，所以才故意让他成为天阉的？

如果是那样的话，龙梵对他这个尊主的忠心可要大打折扣了！

这五品药并不容易炼制，李爽接连炼废了三炉丹才炼制出一颗五品丹，一起出炉的还有两颗三品丹。

墨璺疑心重，照例让李爽吃了一颗三品丹，确认无害后才将另外一颗三品丹及五品丹收下，嘱咐李爽继续炼不要停，他自己就回去了。

墨璺先吃了那三品丹，运化了半个时辰，感觉有了效果后，又吃了那颗五品丹。结果一个时辰后，他终于有了最忠实的反应，有“帐篷”缓缓地支起来了。

他大喜，终于想起一天没见的顾惜玖。他先看了看监控，忽然眯起了眼睛！

龙梵在顾惜玖的房里！

龙梵正在劝顾惜玖吃一种药，那药是淡蓝色的，却不是需要三天吃一颗的心香丸，这淡蓝色药物是墨璺从来没见过的。

那现在这淡蓝药物是做什么的？

墨璺眼中闪过一抹阴沉之色，默不作声地看着。

因为顾惜玖闻着龙梵是尸臭味儿的，所以她离龙梵很远，对龙梵不是一般戒备，也很排斥那淡蓝药物：“我不要吃！这药好臭，腐败的尸体似的！我又没病，干吗要吃药？”

龙梵诱哄她道：“你不是什么也记不起吗？吃了这药你或许就能记起一些事情了。”

顾惜玖愣了愣，歪头看着他：“你不是说我是克隆出来的，没什么记忆吗？”

龙梵微微一顿，然后说道：“其实你有一点儿记忆的……你把这药吃下，等药效起来你就知道了。”

顾惜玖是很渴望恢复记忆的，但她也不是会轻易上当的：“这药这么好？为什么璺哥哥不给我吃？”

龙梵一横心道：“就是你璺哥哥让我送来给你吃的，你吃下它吧，吃下它你就知道它的妙用了。我也算你的父亲，总不会害你是不是？”

顾惜玖似乎有些心动，却依旧拧着眉毛问道：“可是……可是璺哥哥为什么不亲自给我送过来呢？”

“他忙……不管他送还是我送，效果是一样的。”龙梵上前一步，已经有些不耐，预备用强制手段。

他尚没来得及出手，门口处一道淡淡的声音响起：“本尊忙什么了？”

墨曌直接在房间里现身，衣袖一卷，就卷走了龙梵手中的药。

龙梵脸色微变，顾惜玖欢呼一声奔到了墨曌身后趁势告状：“曌哥哥，他非逼我吃这臭药，还说是你让他来的！刚才他们送来的饭也是这个味儿，他肯定是先把这药掺在饭里了，害得我闻到那味儿差点儿吐了。”

墨曌看了看那药丸，蓝莹莹的，如浮着一层浅光，确实是五品丹药，味道也确实刺鼻。

他拍了拍顾惜玖的小手：“龙长老是和你闹着玩呢，他大概是怕你乱吃别人的药，所以才来试一试你。”

“我才不会乱吃别人的药！”顾惜玖傲娇地仰起了小脸。

“嗯，惜玖是最聪明的。好了，你也累了一天了，先去休息，等着做个漂亮的新娘子。”

“哦。”顾惜玖还是很听他的话的，答应一声就进内室了。

墨曌掂了掂手中的药丸，又淡淡地瞥了龙梵一眼：“你跟本尊过来！”

龙梵略一踟蹰，还是跟了上去。

这蓝色药丸的功用龙梵很快就给墨曌解释清楚了。

这药丸是龙梵新研究出来的，可以解一点儿心香丸的毒性，最起码能让顾惜玖闻着龙梵不再是尸臭味儿了。

龙梵是这么解释的：“尊主，她吃下这药丸以后，智力会提高一些。再说属下毕竟是她的制造者，她闻着属下总是尸臭味儿也不好。尊主放心，她吃下这药后，闻到别人该是什么味儿就是什么味儿，不会对尊主的大局产生影响，她依旧是只喜欢尊主的。”

墨曌抛了抛那药丸，天外飞来似的说了一句：“龙梵，你是不是也喜欢她？”

龙梵脸色一变，却依旧从容地道：“她是属下最得意的作品，属下自然喜欢她……”

“男女之间的喜欢？”墨曌逼问了一句。

龙梵僵了僵道：“这……不是，是……父女之间的那种喜欢……”

墨曌瞥了他一眼，声音微寒地道：“最好如此。龙梵，她虽然是你制作出来的，但她以后会是本尊的妻子，也算是你的主人，就算她闻着你是尸臭味儿的也无所谓，你和她少接触便是。以后你再有事找她时还是让本尊陪你前往吧，有本尊在旁边为你坐镇，她也会听你的话。至于这药，本尊觉得其实没必要给她吃。”他用手指一捏，那枚蓝莹莹的药丸便直接化为齑粉消失。

龙梵心中寒意更重，墨璎对他的疑心已经不加掩饰了！

他知道这时候自己不能再说什么，垂眸应了一声是。

墨璎也怕他太寒心，在他的肩上拍了拍："龙梵，你一直是本尊最忠心、最倚重的下属，本尊不希望你我二人互生猜忌之心。你好好做事，本尊不会亏待你的。"

"是。"龙梵又应了一声。

一段小插曲就这么过去。

墨璎原本想再去找顾惜玖谈一谈，但看了看自己早已经塌下去的"帐篷"又作罢了。

这次药虽然管用了，但就支撑了不足一分钟……

真要实战的话，他比快枪手还快！所以还是不行，他还需要再吃那药。

按李爽的说法，吃下这药后就算有反应也不能找女子解决，要不然会前功尽弃，需要吃到三颗五品丹以上，能支撑个半小时再实战，那样才会彻底治愈。

墨璎又去李爽的炼丹房盯着炼药去了。

龙梵冷冷地牵起嘴角。他是神医，就算不知道墨璎借他的炼丹炉要炼制什么东西，但看这位尊主的气色他也能猜个八九不离十。

三阳丸！尊主在吃三阳丸！

三阳丸确实是极好的壮阳药物，也极难得，如果是正常男子食用它，倒能威风凛凛，夜御三女也没问题。但墨璎这种病症，他吃这个情况反而会更坏，会彻底破坏他这方面的功能，让他这具克隆体再无法复原。

帝拂衣说出那三味药时龙梵还没放在心上，也没打算给墨璎解释，因为他觉得墨璎不会相信对头的任何话。

龙梵原本正在研究针对墨璎的这病症的药物，他已经看出墨璎的克隆体之所以出这个毛病，是因为被破坏了这方面的神经元。他给墨璎服用的那些药基本都是修复神经元的，只不过见效慢而已，所以暂时看不出效果。

现在墨璎把那三阳丸当救命稻草，还瞒着他让其他人炼制，压根不信任他，那他还为墨璎呕心沥血地研究什么啊？当他很闲吗？

既然这位尊主自己作死，自己又何必在意？

龙梵干脆彻底停止了这方面的研究，开始倒腾别的药物。

顾惜玖再次进入梦中。

这次的梦终于不再是啥也没有、啥也看不清的大雾，她终于看到了一点儿景色，有山有水，有庭院，有密林……

只不过这些景致都像天边的海市蜃楼，模模糊糊看不清楚。

更要命的是，这些景致太多，前后左右都有，万花筒一样在旋转，她站在原地一时不知道自己该向哪里走。

不知道那个常常陪伴她的帝拂衣会不会来？

她已经进入梦中这么久了，也没看到他的影子。

上次的梦中他跳进湖中就没再出来，不知道是不是出意外了……

她站在原地四处张望，那些景致里面都有影影绰绰的人影在动，不过她看不清里面是谁。

她该向哪个方向走好呢？

这些景致里如果隐藏着她的回忆，那么哪些回忆是她最向往的？

帝拂衣的影子又浮上她的心头，如果自己确实被人抹去了记忆，那么她失忆前一定对这个人有感觉。她和帝拂衣之间的回忆会是什么？

她再次看向那些万花筒一样的景致，目光忽然定在了一个方向。那影影绰绰的人影中，似乎有帝拂衣的身影。

她二话不说，立即拔脚向那个方向飞奔。

近了，更近了……她终于能看清一点儿里面的景致，里面的场景很混乱，一会儿是拍卖厅的一位少年公子拍下一棵草送给了黑瘦的少年，一会儿是温泉里那黑瘦的少年将一位身着大红衣袍的美人儿制住，再一会儿又是那位紫衣飘逸的左天师阴魂不散地追赶她，要拉她去做什么测试，一眨眼她又看到那位左天师不顾任何情面地将她投入一个遍地是猛兽的暗黑森林里……

这些画面像是被人打乱了重新拼凑的一样，顾惜玖看得晕头转向，一时有些愣神。

这位左天师对她似乎不太好啊，坑害她好几次，还要和她退亲，甚至偏向另一个女人对付她。

肩头被人轻轻拍了一下："怎么不跑了？"

这个声音清透有磁性，十分耳熟。

顾惜玖回过头去，见帝拂衣飘飘然站在自己身后，正含笑望着她。

他终于出现了！

顾惜玖也不知道自己心里是什么滋味，下意识地后退一步，劈头就问了一句："你没淹死啊？"

帝拂衣幽幽地开口道："你盼着我被淹死？"

顾惜玖也觉得这话问得莽撞了，所以咳了一声道："当然不是，只是你上次跳进湖中一直没出来，我……"

帝拂衣轻勾嘴角道："担心我了？"

顾惜玖瞧着他，其实有些混乱："我知道这是我的梦，奇怪，梦中的你是真实存在的吗？那个囚室里关的帝拂衣是你的本体吗？你们不太一样……”

“呃，哪里不一样？”

“现在的你和我说话很温柔，还陪我玩、陪我逛，囚室里的那位有些不知好歹，我明明是为他好……”

帝拂衣沉默片刻后说：“或许他是为你好呢？那也是他保护你的一种方式。”

顾惜玖有些愣神：“为我好吗？”

帝拂衣点头道：“是啊，为你好！”

顾惜玖侧头看着他：“那你和他究竟是不是一个人？你们哪个是真的，哪个是假的？”

帝拂衣轻叹道：“庄生晓梦迷蝴蝶，何必问哪个是真，哪个是假？或许都是真的呢。”

他目光向四面一扫，也被那些画面晃得眼晕……

这个小丫头经历的事太多了，记忆自然纷杂。

不过这些画面已经出现了这么多，看来她恢复记忆指日可待。

大雾弥漫的时候辨不清方向，现在风景太多她又不知道该向哪个方向走了，只觉无论哪个方向都像洪流，她多走一步就会被那洪流吞没。

帝拂衣握住了她的手：“要去哪里？”

顾惜玖闭了闭眼睛，轻吸了一口气后摇头。

“你最想去的是哪里？”两个人感觉像是站在了虚空里，四面八方全是旋转的风景。

顾惜玖又扫了一眼周围，忽然问身边的帝拂衣：“问你几个问题，你要据实回答。”

帝拂衣点头：“你问。”

“你曾经追捕过我？”

帝拂衣愣了愣道：“我那时确实追过你，不过……”他话没说完就被顾惜玖打断：“你只需回答是或者不是便好。”

“好吧。”帝拂衣揉了揉眉心，“是。”

“你曾经把我投入暗黑森林之中？”

“是。”

“你曾经逼着我定亲又很干脆地退亲？”

“是。”

“你曾经帮其他女子对付我？”

“这个……是。”

顾惜玖凉凉地看着他：“这么看起来，我和你的交集很不愉快啊……”

为什么这姑娘记起来的都是他的不好啊？帝拂衣泪！

然后他问她：“惜玖，我先前那么对你都是有原因的，这些原因说来话长，一时半会儿也解释不清楚，我在那之后一直对你很好，你就没想起我的好来？”

顾惜玖抿了抿唇道：“当时我正要努力看，结果你就出现了。你的好我还没看到。”

帝拂衣又开始揉眉心，看来他今天出现得不是时候，他该再晚来一会儿的。

顾惜玖忽然望着他有些出神，那一双墨黑的眸子纯净中又透着深邃，仿佛若有所思。

帝拂衣咳了一声，冲着她微微一笑道：“你这么看我做什么？我的俊美让你惊艳了？”

这个人的脸皮真不是一般厚！

顾惜玖无语，不过不知道为何，他虽然油嘴滑舌的，她却丝毫不觉得讨厌。

她定了定神道：“帝拂衣，我这梦是不是你操纵的？”她像是想到了什么，“不都说梦是最无意识的吗？可我最近的梦像是连续的，基本每次都能看到你……你说，你是不是因为被捕，想要有个人助你脱身，所以控制我的梦，让我梦到所谓的‘记忆’，从而对你越来越怜悯……”

她越推断越觉得是如此，说到后来声音已经有些发冷。

帝拂衣没想到她居然这么猜疑，不由得叹了口气。小姑娘就算是失忆，她的推理能力还是极强大的，不能轻易糊弄过去。

“我没控制你的梦，惜玖，这梦是你自己控制的，你是这梦的主人……”

“可我怎么一直梦到你？”

“那是因为你喜欢我啊，你没失忆前，你我很相爱。”

顾惜玖心中咯噔了一下：“胡说，我喜欢的明明是曌哥哥……”

帝拂衣瞧着她道：“你对他是怎样的喜欢？”

顾惜玖俏脸微微一红，现在的她倒是实话实说的：“我见了他心跳会变快，会紧张，喜欢待在他身边，喜欢听他的话，按他说的去做事……”

“心香丸的作用！惜玖，你对他有这些感觉是心香丸作祟。”

顾惜玖不解，于是帝拂衣又给她解释了一下心香丸的具体功用。

顾惜玖怔了片刻。其实她对自己闻其他男人都是臭的这一点有些纳闷，当时墨曌对她的解释是克隆体的原因，所以她的嗅觉才与众不同。现在看来似乎不是。

她沉吟片刻，目光落在他的脸上：“你说我是这梦境的真正主人？想要什么就有什么？”

帝拂衣回道：“原则上来说是这样。”

顾惜玖点头：“好！”她微一垂眸，明显是集中精神想了什么，然后帝拂衣脚下骤然一空，地面忽然裂开了一个大洞，他直接跌了下去！

顾惜玖："……"真灵！

她忙一动念，正在下跌的帝拂衣足下忽然踩中了什么，接着那东西就载着他又升了上来。

帝拂衣低头一瞧，发现自己踩的是一朵超大号的蘑菇。

他无语，她这想象力！绝了！

他整了一下衣袖，微笑着看着她："现在相信了？"

刚刚的一切景象和顾惜玖在意念之中想出来的一样，顾惜玖总算信了。

她打量了一下帝拂衣："你怎么好像一点儿也不害怕的样子？你不怕我用意念把你丢到深深的地底去？"

帝拂衣轻叹道："你舍不得的。"

顾惜玖心中咯噔了一下。

是的，她舍不得，她对他莫名其妙地有好感，莫名其妙地想要亲近他。

"你说我们曾经很相爱？"

"是，极为相爱。"

"到、到什么程度了？"

帝拂衣道："亲密无间。"

顾惜玖红了脸，他这句话很让人想入非非。

"你的意思是……我和你已经……已经上过床了？"或许是前世的烙印太重，顾惜玖就算没有记忆偶尔也会冒出现代词语的。

不过帝拂衣并不懂"上过床"的引申意义，所以他顿了顿，很自然地回答道："当然。"他和她其实同床共枕过很多次，虽然什么也没发生，但明显算是上过床了。

顾惜玖的脸更红了，她却理直气壮地驳斥他道："撒谎！我还是处子呢，哪里和你上过床了？可见你是在撒谎！"

帝拂衣："……"他总算明白她口中的"上过床"是啥意思了！

原来小丫头这么不纯洁！

帝拂衣盯着她，眼神微沉，缓缓地道："咱们之所以没有上过床，是因为你一直认为你的身体年龄小，想要大一些再说，我一向尊重你，自然就依从你了。"

顾惜玖下意识地瞧了瞧自己的身子。她现在的身子是魂身，也是她前世死去时的模样，看上去像二十岁左右的女孩。

她再想了想自己醒时的身子，貌似也在十八岁以上。

不小了啊！

"我的身体年龄应该不小了吧？"顾惜玖道，"我觉得我那时不答应你，应该不是身体小的原因，那都是借口，我应该不爱你……”

帝拂衣瞧着她：“我也觉得不小了，可以承受我的……原来是借口啊。”

他的声音凉凉的，顾惜玖下意识地打了个寒战，仰起下巴道：“我不爱你自然要找借口啊。”

“那如果你爱我呢？是不是就会同意和我……”

“应该吧，既然双方相爱，自然不会计较那些繁文缛节……”

帝拂衣点了点头：“很好，我会记住你的这句话的。”到时候他会身体力行，不让自己再憋着。

顾惜玖浑然不知在这一场谈话中已经彻底把自己卖了，只是觉得这话题再谈论下去有些少儿不宜，也不适合现在这种情况，所以开始转移话题：“你饿不饿？”

帝拂衣明显想歪了，双眸凝视着她：“饿！很饿！”其实魂体和魂体也能滚床单的，就是敏感度没有那么高

顾惜玖眨了眨眼睛，眼前就出现了一片大湖，湖水荡漾，湖中有肥美的鱼儿在跳跃。顾惜玖也不知道从哪里拎出了一杆钓竿：“我钓鱼给你吃。”

帝拂衣：“……”好吧，这次是他想歪了！

顾惜玖极为聪明，一旦掌握了梦境，那还真是想要什么就来什么。她居然在这湖中钓出了四腮鲈鱼，兴致勃勃地在那里处理：“最爱鲈鱼美，你是想吃炖的还是烤的？”

帝拂衣明白，顾惜玖是因为上次没让他吃上鱼，心里遗憾，所以这次想补偿他。

他心中温暖，干脆坐在她身边，目光炯炯地盯着她的钓竿：“多钓几条，有炖有烤有煎……”

顾惜玖是钓鱼能手，片刻的工夫就钓上一条，然后扔给帝拂衣道：“你负责处理它。”

帝拂衣倒没拒绝，蹲下身子开始宰鱼。

顾惜玖则继续钓，两个人分工合作，倒也协调无比。

等顾惜玖钓上来三条鱼，帝拂衣的鱼也宰好了，就等着她或烤或炸了。

顾惜玖心中有片刻的恍惚，她忽然觉得两个人这么平凡地相处也很温暖，仿佛是民间的那种柴米油盐恩爱夫妻，很惬意很舒服，甚至还很感动。

有一抹莫名的酸胀感觉浮上来，她忽然很怕明日的婚礼了。

对明天的这场婚礼她内心深处其实一直有些抗拒，明明她感觉很喜欢墨翌，却莫名地怕。

她一时有些出神，不小心被鱼刺扎了一下，扎得还挺深，有血珠瞬间冒出来。

“怎么这么不小心？”帝拂衣很自然地抓过她的手，看那血冒得欢实，他干脆将她那根手指含在嘴里吸吮。

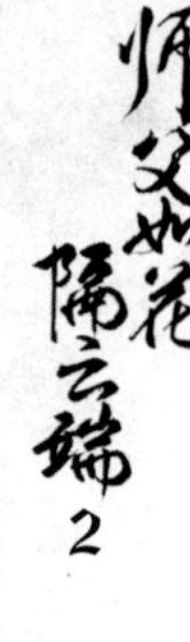

顾惜玖心中一震，被含的手指变得异常敏感、湿润、温热，一阵莫名的酥麻感顺着手指直传上来，让她心脏猛跳。

她慌忙将自己的手抽了回来：“你……”

帝拂衣倒不在意，给她解释：“梦中受伤不能用药，用药也没用。我含一下你这伤就好了，不信你自己看。”

顾惜玖低头一瞧，果然发现自己手指上的破口不见了，恢复如初。

顾惜玖觉得自己又长见识了，目光闪闪地望着帝拂衣：“你、你不是一直喜欢干净吗？这样你不嫌脏？我刚刚还捡过柴火的……”

帝拂衣沉默片刻后道：“你怎么知道我有洁癖？”

顾惜玖：“……”

帝拂衣眼眸微亮：“你是不是想起什么了？”

顾惜玖摇头：“没有。”

她看着他忽然暗淡下去的眼眸觉得心里不太舒服：“你喜欢的是有所谓的记忆的我？我那时是什么样子的？”

帝拂衣一时没察觉到她的情绪，随口和她说了那时她的性格和脾气。

顾惜玖不说话了。

最后，顾惜玖就给帝拂衣烤了一条鱼，至于什么烹炸直接没有了。

帝拂衣：“……”他甚至都不知道自己哪里得罪了她，只知道她对他的态度忽然冷了下来。

其实帝拂衣对吃鱼的兴趣并不大，最着急的是为她找回记忆。所以吃完那条烤鱼后，他就催她起身，一起再去探索。

没想到顾惜玖却没兴趣了：“我不想找什么回忆了，我觉得我这样挺好的！你走吧！不要再进入我的梦了！”

一句话刚刚落地，帝拂衣眼前一黑，他就被送出了她的梦境。

灯光昏黄，帝拂衣站在顾惜玖的床前，俯视着她的睡颜，不太相信自己就这么被赶出来了！

他握了握手指，明明今日他再努力努力，就能破解开她梦中那道拦着她的回忆的枷锁的！却没想到……

他不死心，手指微微掐诀，想要重新进入她的梦中，没想到身体刚靠近她就被弹了回来。

很显然，她潜意识里拒绝他再进入了。

她的潜意识其实很强大，如果她不想让人进入，就算是帝拂衣也没有法子。

这个倔强的小混账！

帝拂衣想把她拍起来训她一顿的念头都有了。

他手指微屈，正要做什么，忽似察觉到什么，身影倏忽不见了。

梦中的顾惜玖站在原地，看着帝拂衣倏忽消失，闭了闭眼睛。

她的梦她自己做主，不要被任何人操纵！

她轻吸了一口气，向着一个方向奔了过去。

那里是最为花团锦簇的地方，也最显眼、最热烈，莫名地吸引了她的全部注意力。

眼看就要看清那处到底有什么，面前忽然出现了一堵墙，和上次一样，上接天，下接地，她就算插上一对翅膀也飞不过去。

她要过去！无论如何也要闯过去！

她开始忍着剧烈的头疼，不管不顾地冲击那堵怪异的墙。

她也不知道努力了多久，身上骤然一热，一道彩光冲天而起！

而恰在此时，眼前那堵坚不可摧的墙轰隆一声坍塌，她身子一栽，直接扑进了那墙内，无数景象如同海浪般将她淹没……

“顾姑娘，顾姑娘……”

“顾姑娘，您醒醒……”

“顾姑娘，今儿是您和尊主大喜的日子，得提前预备预备，您醒醒，该起床了。”

顾惜玖的闺房内进来四名侍女，这些侍女端来了凤冠霞帔，想要叫顾惜玖起来梳妆打扮。没想到这位顾姑娘今天像是睡神投胎的，无论如何也叫不醒。

四位侍女面面相觑。这位顾姑娘到底是怎么了？晕了？

她们无法，只得火速派一个人去请龙梵大夫。

龙梵来得很快，他身后还跟着墨曌。

这二人走到床前，见顾惜玖睡在那里，俏脸红红的，呼吸沉稳，就是熟睡的样子。

龙梵正要抬手晃一晃她，被墨曌瞧了一眼后退后一步，让开了地方。

墨曌唤了顾惜玖两声，她果然毫无反应。他皱起眉，干脆握住她的手，正要用灵力冲一冲，将她冲醒，却不料灵力尚未输送过去，顾惜玖动了一下，睫毛颤了颤，终于睁开了眼睛。

谢天谢地，她终于醒了！

众侍女都松了一口气，墨曌的视线和顾惜玖的目光相对。

她的眼睛墨黑如潭，乍一醒来时她似乎有片刻的迷茫。二人对视片刻后，顾惜玖的眸子里闪过一抹讶然神色：“曌哥哥，你这是？”

“惜玖，怎么睡了这么久？侍女都叫不醒你……”他温和地询问道。

顾惜玖眨了眨眼睛："叫不醒？我一觉睡到现在的……"

墨曌又看了看她的脸色，她看上去很健康，除了鼻尖上有点儿汗外，没有任何不妥。

他不放心，把龙梵叫过来让其再为她诊治一下。

龙梵为她号脉后摇了摇头道："她很好，没什么不妥，小孩子贪睡，一时叫不醒也是有可能的。"

他又扫了那四名侍女一眼："再说尊主有命，不允许任何人碰触顾惜玖，所以她们四个大概就是叫了叫，一时叫不醒就大惊小怪地去喊人了……"

墨曌抬手揉了揉顾惜玖的头顶，看着她的眼睛问道："惜玖，今天就是你我大喜的日子，你开心吗？"

顾惜玖脸红了，睫毛垂了下去，没回答墨曌的这句话，一副小女儿的娇羞模样。

倒是难得看到她这样，墨曌心神一荡，凑近她的耳边道："好好打扮打扮，你要做最美丽的新娘子。"

顾惜玖的耳朵也红了，她低低地嗯了一声，虽然声音细不可闻，墨曌倒听得清清楚楚，他心花朵朵开，终于放心，这才出去了。

临出去时他将龙梵也一起叫走了，说要让龙梵去布置喜堂。

四名侍女伺候着顾惜玖起身，为她梳妆打扮。

一个时辰后，一位光鲜靓丽的新娘子终于新鲜出炉，顾惜玖打量着镜中的自己，镜中的少女极美，美得不带丝毫烟火气。

旁边的四位侍女说着恭喜夸赞她漂亮的话，顾惜玖小嘴微勾，也很开心。

她将四名侍女的恭喜照单全收，听她们夸赞她漂亮，她还站起来旋转了一圈，裙裾飞舞，如一朵迎风开放的火焰花。身上的裙子太繁复、裙裾太长，她这一转一脚踩在了裙角上，足下一绊，向前一扑，扑到了一名侍女身上。

那侍女没防备，被她扑了个跟头，做了她的肉垫，二人滚作一团。

其他三名侍女又是怕又是笑，忙将她搀扶起来，偏偏顾惜玖头上的首饰太多，和那侍女的头发搅和在一起，一时起不了身。

等好不容易拆分开，顾惜玖的头饰就很乱了，还得重新打理。

几人正忙碌着，外面隐隐有音乐响起，随着乐声，墨曌也进了门。

这地宫之中有一间极大的厅，规模堪比皇宫的金銮殿，此刻那大厅披红挂彩，布置得金碧辉煌，喜气洋洋。

墨曌毕竟做人间的皇子这么多年，骨子里就有了人间气，所以他的喜堂布置也基本是按照人间帝王娶皇后的规格来的。

不同的是，人间帝王娶亲时百姓夹道，文武百官齐来祝贺，贺客盈门。

墨曌娶亲时两边站立的则是那三百多名下属，外客只有一个帝拂衣！

帝拂衣是早早被安排在喜堂上的，在喜堂的右侧摆放了一张特制的椅子，帝拂衣身上戴着六道消灵锁，那消灵锁是和那特制的椅子连在一起的，至于那椅子则是和地面一体的。

在大厅中忙碌的人不少，几乎每个人经过时都会看他一眼，有的还要走上前嘲笑他两句。

为墨瞾炼药的李爽最近十分得尊主欢心，而他似乎又和帝拂衣有点儿过节儿，所以他也上前去嘲讽了帝拂衣两句，似乎感觉不过瘾，抬手晃了晃帝拂衣身上的消灵锁，成功地让他疼出一身汗，惹得众人哈哈大笑。

帝拂衣脸色苍白地盯着他，他也俯首望着帝拂衣："帝拂衣，你也有今天！怎么？不服气？不服气你站起来打我啊？"

帝拂衣自然是无法站起来打他的，只能闭上眼睛对其置之不理。

在场的人绝大多数是这大陆上方方面面的人才，都是因为这样或那样的事情被正道中人追杀才聚集在龙梵手下的，这些人基本是穷凶极恶之徒，平时在外面不要说帝拂衣，就算见了帝拂衣手下的那些人也吓得跑得比兔子还快！

平时他们看帝拂衣都是仰望着的，仿佛在看云端里的神祇，连靠近的机会都没有。

现在这位"神祇"却生生被扯落尘埃，被捆在这里动也动不了，这种落差让这些人极为兴奋，有些嘴损的便站在那里辱骂嘲笑。

"帝拂衣，原来你也有像狗一样被拴在这里的时候！"

"哈哈，真的像一条落水狗呢！瞧瞧他这小脸白的。"

"他还挺俊呢！比大姑娘、小媳妇还漂亮，兄弟们有好男色的没？其实可以抱他回去暖炕头哟。"

"那可不敢，别看他秀气，手底下功夫可真不浅呢，这要真弄到炕头上得戴上这链子，这链子稍稍一扯他就疼，到时候活动起来，还不得疼晕过去？"

"哈哈，这倒是……"

污言秽语纷纷响起，在帝拂衣耳边嘈杂不绝。

这些人趁着婚礼还没开始，正主儿还没到，便想在帝拂衣身上找点儿乐子。

帝拂衣懒得睁眼，把他们的那些话全当作蚊子哼哼。

有琴声叮叮咚咚地响起，奏出一段成亲的喜乐。

在这地宫内，糙汉子最多，大家普遍不怎么懂音乐，会弹奏乐器的就更是凤毛麟角，几乎找不到。

此刻在那里弹琴的琴师是李爽出外采药时强抢回来的，是一位年约双十的美人儿，据说是某青楼的乐师，艺名为细细，才被抢来时战战兢兢的，琴也弹得七零八落，哆哆嗦嗦，让人听了很无语。后来被李爽吓唬了好几次，她才慢慢发挥正常，总算弹得不再跑腔走调了。

当然，为防止探子混入，这琴师才进来时也受到了相当严厉的盘查和试探。

这琴师只有三阶灵力，所会的功夫只能用花拳绣腿来形容。为了试探她，逼出她的真功夫，墨陧还暗派了一个侍卫去强暴她，结果害得这琴师差点儿起不了床。

不过如此一来墨陧倒是真放心了，如果真有帝拂衣的人想要乔装打扮混进来，肯定不会任人强暴的。

在琴声中，终于有人喊了一嗓子：“吉时将至，有请新郎新娘出来拜堂……”

那位名为细细的琴师立即把琴音拔高了一个调，几乎高亢得有些尖锐了。

墨陧手里牵着一段红绸，红绸的另一端则是身穿凤冠霞帔的新娘子。

墨陧为了这场婚礼还是蛮花血本的，顾惜玖身上穿的这一身喜服就价值不菲，比皇后娘娘的凤冠霞帔还要名贵，凤冠上垂下的珍珠颗颗都是饱满粒大的南珠，随着顾惜玖的走动晃来晃去，灯光一映，流光溢彩，如梦似幻。

她脸上精心化过妆了，越发显得肌肤如雪，眉目如画。

墨陧则是一身大红的新郎袍服，一举一动带着天然的魅和妖。

他牵着顾惜玖走进大厅时，大厅内所有人的目光都集中在这一对新人身上，他的目光却落在帝拂衣身上。

帝拂衣也睁开眼睛看着他们，薄唇微抿，看不出什么表情。

墨陧微微一笑道：“左天师大人，今日你可算是本尊请来的嘉宾，我和惜玖大喜的日子，你不祝贺几句？”

帝拂衣的目光在二人身上一转，然后他只说了三个字：“不般配。”

墨陧仰头笑道：“左天师大人，你这是吃不到葡萄就说葡萄酸吗？”

帝拂衣的目光又落在顾惜玖身上，眸底似有痛楚和无奈之色闪过。昨夜他努力了半夜，再没法子进入她的梦，他本来蛮有把握让她在昨夜恢复全部记忆的，却没想到……

顾惜玖的目光轻飘飘地在他身上一掠，小嘴轻轻一抿，但她没做什么表示。

墨陧牵着她又向帝拂衣走近两步：“惜玖，你有没有话对他说？”

顾惜玖似有不满：“我和他有什么话说啊？他到底是你的囚徒还是宾客？”

“他是囚徒，不过今天算是宾客。”墨陧微笑道。

顾惜玖抿了抿唇，看着墨陧说：“陧哥哥，我听说普通百姓成亲时都有无数宾客盈门，热热闹闹，欢欢喜喜。你是尊主，身份可比普通百姓尊贵多了，但宾客少了点儿，为什么不让更多人来参加我们的婚礼呢？”

这句话问得天真而又犀利，墨陧顿了顿，淡淡地道：“本尊的婚礼岂是那些蝼蚁可以参与的？只有够级别的人才能来……”

他天天在这地宫之中，总怕外面的间谍混进来，进来一个琴师都得审讯好几天，

调查人家的祖宗八代，这种情况下外人如何进得来？

不要说外人，就连其他基地的那些下属都没敢来。

旁边的龙梵没说话，却在心里冷冷地吐槽。

顾惜玖似乎有些遗憾，目光落在帝拂衣身上：“他是唯一够级别的？”

墨婴的笑容变得有些僵了：“是啊，惜玖，这位可是堂堂左天师，在这大陆横着走的人物，有他来做我们的证婚人，一位能顶百位。”

顾惜玖将小嘴一抿，侧头又打量了一下帝拂衣：“原来他这么强啊。婴哥哥，你是不是也很怵他？”

墨婴脸色微变：“这话怎么说？”

顾惜玖道：“这地宫里都是你的下属，你功夫又这么高，而他就一个人，只怕现在完全把他放开他也翻不了什么天。是不是他太厉害了，厉害到这地宫里所有人都降服不了他，所以你才要一直这么捆着他？”

墨婴看了看顾惜玖，顾惜玖一双眼睛澄澈无比，眸底是真切的疑惑。

墨婴脸上的微笑快要挂不住了：“惜玖，你这是心疼他？”

顾惜玖倒也坦然：“我只是有些奇怪而已，婴哥哥对这个人不是一般紧张防备呢。”

墨婴：“小心一些总是好的。”

他顿了顿，又道：“其实本尊不是怕他，只是不想让他在我们大喜的日子捣乱而已，所以才一直锁着他。”

“噢，这样啊。不过我觉得今天毕竟是你我的大喜之日，这样的日子却让一个人血淋淋地坐在那里做宾客，我总觉得不太吉利，有心理阴影。”

这倒是，任谁在大喜的日子看到一个血淋淋的人在旁边坐着都不会舒服。

众人也觉得尊主还是太小心了，这位左天师已经被消灵锁锁了八天，一身功力应该已经消得差不多了，再这么用六七条链子锁着实在有点儿小题大做。

墨婴沉默了片刻，手掌在顾惜玖的肩头一搭：“娘子这话有理，这样吧，你去为他解开四条消灵锁，只留两条就是了。”掌心出现了一串半透明的钥匙，他将钥匙递到了顾惜玖面前。

顾惜玖蹙眉不解地问道：“为什么要让我去开？他一身的血，我去开只怕血会沾到手上，而且那锁看上去很复杂，恐怕我一时半刻弄不开的……”

墨婴这次倒笑了：“这倒是。今天娘子最大，本尊听娘子的。”

他晃着那串钥匙走过去，接连为帝拂衣打开了身上的四条消灵锁，只留下双手和双脚上的两条……

当然，他还不放心，在为帝拂衣解锁的时候暗中点了他的七八处穴道，所用的都是重手法，就算是九阶灵力的弟子想要解开这穴道也难如登天。

他也嫌弃帝拂衣全身血迹斑驳有碍观瞻，随手丢了一件衣服在他身上，笑吟吟地道："阁下一向好洁，今日如此邋遢心里定是不爽的，给你件衣服遮羞。"

帝拂衣身上盖着他的衣服依旧动弹不得，只是淡淡地道："本座盖着你这衣服才是真脏，本座不用你这么好心，把你这猪皮拿走。"

墨曌："……"

顾惜玖也在旁边看着，听到帝拂衣这样说，抿了抿小嘴道："哼，不识好歹！"她拉着墨曌的手就走，"曌哥哥不要理他了！"

难得佳人主动拉他的手，墨曌还是很开心的。

原本这个时候两人应该再牵着红绸，但既然牵着手了，那红绸倒不必再牵着了。

他正要将手中的红绸丢掉，顾惜玖一转身却踩到了她自己的裙摆，然后一个趔趄，向旁边一倒，差点儿扑进帝拂衣的怀里！

幸好墨曌反应迅速，手直接一拉，将她拉得站起："怎么了？"

顾惜玖俏脸发红："裙裾太长，我……"这身嫁衣的后摆长得不像话，拖在地上，只要她稍稍不小心就会踩到，而她这一踩的力气大了点儿，那裙摆被她给踩掉了半边。

"笨，走路小心些。"墨曌索性将她被踩掉一半的后裙摆给扯下来，顾惜玖这才行动利索些。

一段小插曲也这么过去。

墨曌又瞥了帝拂衣一眼，帝拂衣的脸色明显偏白，他微微垂着眼睛似乎不想再看到这一幕。

而李爽虎视眈眈地站在帝拂衣身边，掌心一柄雪亮匕首顶在帝拂衣的后腰上，很明显是防备他搞鬼……

墨曌微微一勾嘴角，放心了！

琴声依旧，吉时终于到了。

司仪官高喝道："吉时已到，新人拜堂——"

"一拜天地！"

"二拜天地……"因为双方都是无父无母的孩子，所以二拜高堂依旧是拜谢天地。

顾惜玖一直乖乖地跟着拜，她穿着这裙子明显不太习惯，转身间时不时被绊一下，惹得围观的众人窃笑不止，连那弹琴的姑娘也忍不住莞尔。

墨曌唯恐她在拜天地时也摔一大跤，所以一直注意着她，随时做好美人一跤摔进自己怀里的准备。

大概在她身上用了太多药的关系，她失忆后动作协调性一直不太好，最近则变本加厉。墨曌已经在心里打定主意，等成亲后不但要停了她身上所有的药，还得让龙梵

试着让她逐步恢复正常。

到那时候她就算完全恢复回忆，但已经和他墨曌成亲，生米煮成了熟饭，说不定连娃娃也怀上了，她只能认命。

“夫妻对拜。”司仪官终于喊出了这一嗓子。

这一嗓子分外响亮，吓得那位女琴师的琴声跟着拔高了一个调！

顾惜玖和墨曌相对而立，只要二人拜下去就算是礼成了，二人就算是正式夫妻，哪怕日后不洞房，那顾惜玖也只能是他墨曌的妻子。

墨曌轻轻吐了一口气，在司仪官喊出这一嗓子后，向着顾惜玖弯下腰去，却忽觉膝窝那里猛然一麻，像是被马蜂蜇了一下，身体跟着踉跄了一下！

他对面的顾惜玖忙抬手去扶他，却扶得太急，她又被自己的裙摆绊了一下，没扶住墨曌，反而直接扑进墨曌怀中。

她这一扑劲力居然奇大，墨曌的膝盖又麻疼着，他下意识地向后退了两下，尚未来得及站稳，心脏部位骤然一疼，像是被活生生地钉进了一根长钉！

他蓦然睁大眼睛，抬手向着怀中的人儿拍去！

他是天魔，遭遇暗算出手还是极狠辣的，这一掌如果拍实，他怀中千娇百媚的顾惜玖能被他拍成一摊肉泥……

啪！一道人影闪电般掠到跟前，接住了他这一掌！

双掌相对，双方的力气都不小，拍在一起的声响也格外惊心动魄，像凭空劈了一道雷似的，震得众人耳中一阵嗡鸣。

墨曌不但耳朵嗡鸣，他的手掌还疼得要命，因为对方不按常理出牌，对方的掌心里是有东西的，那东西直接将墨曌的掌心扎穿了！

更要命的是，他怀中的顾惜玖同时向他拍出一掌，这一掌轰在了他已经被扎穿的心脏上！

墨曌疼得两眼一黑，接连后退了七八步。

顾惜玖则借着那一拍之力脱离了他的掌握，身子翩然后退。

等众人自眼花缭乱的过招中好不容易分出谁是谁来，一切已经尘埃落定。

顾惜玖身着一身大红嫁衣站在不远处。

而原本被锁在椅子上的帝拂衣衣袂飘飘地站在她身边，不动声色地将她保护在身后，还不忘斥责一句：“你太冒险了！”

顾惜玖勾唇一笑：“舍不得孩子套不到狼，不冒险怎么能暗算到他？”

众人：“……”

墨曌胸前鲜血直流，连嘴角也溢出血来。

他的身躯微微一震，自他胸前伤口处迸出一支带血的尖锐金簪，叮的一声落在地上。

很显然，顾惜玖刚才用来暗算他的正是这支簪子。簪子长约半尺，直接洞穿了他的心脏，让他脸色一片苍白。

“顾惜玖，原来你一直是在装失忆！这金簪……哪里来的？”

顾惜玖扬眉一笑，没回答。她没义务为他解惑。

其实她今早一醒就恢复记忆了，然后立即决定将计就计。她绊倒摔在那侍女身上时，趁机摸走了侍女头上的簪子。

那侍女是喜欢戴簪子的，头上插了四五支簪子，少了一支她压根没察觉。

墨曌又将目光转向帝拂衣：“你身上明明还有两条消灵锁……”

帝拂衣微笑道：“你看看扎进你掌心里的东西。”

墨曌接连遭遇暗算，腿麻疼，心脏疼，倒把手疼给忘了，帝拂衣一说他才想起来。

他下意识地抬手一看，发现掌心里嵌着一枚寒光闪闪的钥匙，正是开帝拂衣身上那消灵锁的钥匙。

墨曌蓦然看向顾惜玖：“这钥匙是你偷去给他的？”

“答对了。”顾惜玖送了他三个字。她刚刚主动牵墨曌的手的时候，趁势手指一拂，将他衣袖中的钥匙钩了出来，然后再佯装趔趄一倒，趁差点儿扑入帝拂衣怀中的时候，将钥匙投入了帝拂衣的衣袖之中。

她的手法迅捷灵便，当真是神不知鬼不觉，比职业惯偷还专业，墨曌毫无察觉。

而帝拂衣是有感觉的，那钥匙就扎在他的手臂上，钥匙凉凉的，他的心却在那一刻火热起来……

墨曌：“……”

这丫头到底是什么投胎的？精明、强悍，还擅长演戏……

他明明知道她的特性，却还是再一次上当了！还是这样的恶当！

他胸口的伤足够致命，让他眼前有些发黑。

他后退一步，忽然冷冷一笑道：“你们的手法不错，配合得也很默契，不过现在是在本尊的地盘上，就算你们暗算了我，以为能逃出这里？来人，将他们拿下！”

满堂的人直到此时才反应过来，呼啦一声围了过来。

顾惜玖骤然一闪，在一人身边一掠而过！

她用的是瞬移术，那人压根没防备，等反应过来时，手里握的一柄剑已经被顾惜玖劈手夺了去！

接连有两个人遭受了同样的命运，等顾惜玖再回到帝拂衣身边时，她的手中已多了两柄剑，她分给帝拂衣一柄，和他并肩而立，说道：“我们设法杀出去！”

她也知道此时动手其实风险很大，但她真的顾不得了！

一来她确实不想和墨曌拜这个堂，就算是假装也不行，她过不了自己心上那道坎。

二来她也明白一旦婚礼结束，墨翾就要向帝拂衣下毒手了！她没有更多的时间来筹划一切，只能走一步算一步了。

天知道她在恢复记忆的刹那，想起帝拂衣为她付出的一切就心如火烧，愧疚夹杂着暖意铺天盖地地袭来。他为了她能不顾一切地甘愿做墨翾的俘虏，在这里受了这么长时间的活罪，那她又为什么不能为他拼这条命？！

她一直是伺机而动，不动声色地尽量在筹划，直到等到这个机会。

她刚才向墨翾刺出那一簪的时候，是照着他的心脏动脉处扎的。她认穴精准，而刚才唯恐刺得不够深，刺中墨翾以后她还趁势拍了一掌，让簪子整根没入。

她刺穿他的动脉了，却没想到墨翾直到现在还没有倒下的意思，还能指挥人群殴她和帝拂衣。

但那又怎样？

只要她和他在一起，就算死在一处也没关系，杀两个够本，杀四个就赚了！

顾惜玖估摸着以自己现在的本事拼死杀个几十人还是很有把握的。

至于帝拂衣……

他被消灵锁拴了这么久，身上的灵力应该已经消得差不多了，他现在能在她身边飘然站着没让她扶着抱着，顾惜玖就已经很满足，自然没指望他能参与打斗。

眼见周围的人全围了上来，她侧头对帝拂衣道："一会儿你跟紧我。"

帝拂衣目光微微闪动，点头道："好！"

她还不放心："你站着勉不勉强？要不要我背着你？"

帝拂衣摇头，很坚强地说道："不勉强，不用背着。"他再打量了她几眼，"惜玖，你好像升级了。"

顾惜玖自己倒没察觉："啊？"

帝拂衣道："看你刚才拍他那一掌的掌法，你已经冲破了灵力八阶大关，还是灵魂冲破的。"

顾惜玖刚才只顾着紧张了，没注意这个，闻言挥了挥手臂，灵力运转处，掌心宝剑的剑尖吞吐出三尺长的雪亮剑芒。

她眉目舒展："真的八阶了呢！"说着一扬眉，信心倍增。

"宝贝儿，你创造了奇迹！一睡长两阶！"帝拂衣看上去很欣慰，抬手顺了顺她的头发。她睡前明明是六阶多的灵力，一觉醒来混成八阶了，简直就是躺着也能赢。

顾惜玖心中微动，她在梦中拼着老命冲撞一堵墙，好像是冲着冲着就冒光了……

难道她在那时候升级了？

"拿下他们！"墨翾看着他们的互动异常不顺眼，立即下令！

众人呼啦啦围了上去，帝拂衣倚着顾惜玖的肩头扫视一圈后轻笑道："你们这是要群殴？”

众人：“……”

帝拂衣再一笑道：“你们在这大陆上曾经也是数得着的人物，现在想要几百人一起上捉拿一个小姑娘？果然很英雄好汉啊！”

在场的人中还是有很多想要在尊主面前显摆一下的，有两个人跳了出来，一持鬼头大刀，一持流星锤，看上去威风八面。

“尊主，这俩人包在我们兄弟身上！”

这两个人是哥儿俩，曾经是这个大陆有名的魔头，杀人放火无恶不作，在外面闯荡时灵力已经达到六阶，后来因为作恶太多，被左天师的属下沐风使传令捉拿，他们无处可逃，被龙梵收容在这里。因为龙梵对他们用药物进行了改进，短短两年时间，灵力等级达到了八阶，在这地宫之中也是数得着的人物。

不要说在这地宫之中，就算到了外面，他们也是让整个大陆的英雄好汉头疼的人物。

“喂，我们是两个人，你们也是两个人，这样打你们不吃亏了吧？”使大刀的那位刀尖几乎要指上帝拂衣的鼻子。

帝拂衣侧头看了看顾惜玖：“宝贝儿，这两个人你来解决成不成？”

顾惜玖知道他现在体弱，善解人意地道：“没关系，这么两个人也不值得你出手，我自己也能搞定！”

帝拂衣点了点头：“很好，本座在旁边为你加油。”他说罢身子微微向后一退，倚靠着一根柱子站定。

周围的人：“……”

众人也思量着这二人逃不了，所以乐得看这场热闹，呼啦啦向四周一闪，让出中央的好大一片场地供那三人打架。

那哥儿俩哪里将顾惜玖放在眼里，自鼻孔里哼了一声：“小姑娘，你为了情郎搏命，人家却把你当枪使，你是不是傻？！你……”

话没说完他就被顾惜玖打断：“我喜欢！我乐意！哪儿来这么多废话？！动手吧！”

“臭丫头，既然你如此不知道好歹，那就休怪我们不客气了！”

哥儿俩终于持兵刃杀上前——

一刻钟后，战斗结束。

当那哥儿俩死不瞑目地倒在地上时，在场的所有人几乎都屏住了呼吸，看向顾惜玖的目光全变了。

大家原本以为她就是一朵娇花，却没想到她一旦恢复记忆居然是一朵冷酷霹雳霸王花！

顾惜玖这一战干翻了三个人。

挑战她的两位，还有一位是趁她打斗绕到柱子后面想要偷袭帝拂衣的，被顾惜玖瞧见，一个旋风回旋，将那位就地格杀！

当尘埃落定时，顾惜玖站在帝拂衣身边，身上杀气弥漫，她回眸看帝拂衣时眼神却很温柔："你怎样？刚才那浑蛋有没有暗算到你？"

帝拂衣摇头道："没有，你回来得很及时。"

顾惜玖松了一口气，撩了一把飘到额前的长发微微皱了皱眉，这头发太长太累赘了，打架不太方便，而她一时也找不到东西将它扎起来。

她一蹙眉，干脆利落地一挥手，长剑闪过，将一头长发削成了利落的短发。

她手法快，又没讲究发型，基本是一剑割掉的。

原本垂到腰际的长发被她削成了齐耳短发，所有的人都目瞪口呆，包括她身边的帝拂衣。

身体发肤，受之父母，在这个年代，头发还是不允许随便剪的，剪头发要么是断情，要么是要出家，顾惜玖这个动作明显惊世骇俗，震惊了所有人。

就连那位一直弹琴的琴师也发出了惊呼。

帝拂衣看了看她手中的一把青丝，再看了看她："你这是？"

顾惜玖顺口回答道："头发太长，打架不方便。"

帝拂衣："……"

他二人在这里旁若无人地一问一答，已经围拢的众人也都没抢着出手。

墨曌挨了顾惜玖那一下虽然没死，但毕竟是刺中了要害，非常疼，疼得他眼前阵阵发黑。

不过他并不算太紧张，大不了这躯壳他不要了！

他倚靠着一根柱子，盯着被下属围起来的那两个人。他没想到这两个人这个时候还有心情在那里聊闲篇，忍不住冷哼一声道："不知死活！"

他望着顾惜玖，眸底闪过一抹火热的光。

她站在那里如同一株迎风傲立的寒松，冷傲、犀利、干脆，整个人的气质全变了，和浑浑噩噩的顾惜玖完全不同，而这样的她才是他真正喜欢的。

只可惜她一旦清醒，所有的光彩都不是为他绽放，她眼里、心里始终只有她身边的帝拂衣，再没有其他人。

墨曌握了握手指，无论如何，这朵花就算刺再多，他也要设法将她攀折在手里，宁肯让她在他手心里枯萎，也不能让她在别的男人身边绽放。

墨曌一面急速用灵力为自己这躯壳疗伤，一面冷眼看那两个人的互动，又分出心神来找龙梵的下落。

如在以往，他受了这么重的伤，不用他说，龙梵早就自动跑过来为他疗伤了。

但现在他站在一个角落里，抿唇看着场中的一切，眸子黑得如同没有任何波澜的深潭。

墨翾眸中闪过一抹阴鸷之色，貌似龙梵对他离心离德了呢，或者龙梵是故意拿乔。

墨翾这个时候懒得理他，目光重新转回顾惜玖二人身上，忽然抬手拍了几下巴掌：“好深情的一幕！本尊看着都有些感动了。只可惜二位注定是一对苦命鸳鸯，成不了双也成不了对的。顾惜玖，你以为你能带着伤重的他逃出去？”

他又瞥了帝拂衣一眼，语气不屑地道：“他现在虽然获得了自由，但最多只剩下走两步的力气，比弱鸡还弱鸡，本尊这里随便一个侍从就能将他打倒。你带着他不要说出这地宫，就算出这大厅也难！你……”

他话没说完就被帝拂衣打断：“本座和她如果能囫囵着出这大厅甚至出这地宫呢？”

墨翾不屑地说：“那本尊叫你爷爷！”

帝拂衣点头道：“很好！”

他一条手臂揽上了顾惜玖的肩膀：“惜玖，看来你我要拼一拼了。”

顾惜玖还以为他终于撑不住，借机让她扶着了，所以任由他揽着，轻抿了下小嘴，只吐出两个字：“好，拼！”她目光一扫周围的人，轻扬嘴角，身上杀气四溢，整个人如同嗜血的修罗。

众人心底一寒，站在最前面的人情不自禁地后退了几步。

大部分人还是有些为难的，有人忍不住问墨翾：“尊主，一人拼命万夫莫当，而属下们又不敢真伤到她……”

墨翾目光阴冷，缓缓开口道：“你们出手不必有所顾忌，尽管动手便是！”

“如果属下们失手杀了她呢？”

“那也无所谓，本尊说了，你们不必有任何顾忌！”墨翾的声音如寒冬腊月的寒风，在整个大厅里回响。

现在杀了顾惜玖也不要紧，反正龙梵会制造新的克隆体，到时候再造一个也是一样的。

而这丫头如此算计他，他确实该给她一个血的教训让她长长记性！所以他又加了一句：“死活不论，就算杀了她也有赏！有重赏！”

众人：“……”

尊主不愧是尊主啊，拿得起放得下，够毒辣，够狠，够绝。

既然尊主已经发话了，那他们出手自然就毫无顾忌了！

有人为了巴结尊主，已经开始辱骂被围住的两个人。

“哈哈，二位，到这个时候了还想要逃出去？做梦呢！”

“顾惜玖，你放着好好的尊主夫人不当，却要救这个小白脸，你是不是傻？这小白脸哪里有尊主好？他连尊主的一根手指头也比不上！”

“不错，识相的就赶紧抛下这小白脸，向尊主下跪磕头，或许尊主能看在你这张漂亮小脸的分上饶你不死，让你做个暖床丫头什么的。”

“对、对，赶紧洗白了去床榻上等着，让尊主去临幸你。你让尊主爽了，或许……”

污言秽语源源不绝地从人群中冒出。

众人正群嘲得开心，一道白光忽然闪出，闪电般在几个人身边一掠而过。

“啊——”

“啊！”

“啊……”

几声杀猪般的惨叫自人群中发出，那几个人原地蹦起三尺多高，嘴里鲜血长流，噗的一声吐出大半截舌头。

这白光突如其来，在场这么多的高手，却没有几个人看出这白光的来源之处，只觉这白光极耀眼，极强，非九阶以上灵力者发挥不出来。

一时之间大家都以为来了外敌，惊疑不定地四处张望。

而墨䍃的目光却像刀子般落在帝拂衣身上，眸底是掩饰不住的吃惊：“你！”

那白光居然是看上去站也站不稳的帝拂衣发出来的！

此刻这位左天师大人依旧懒洋洋地倚在顾惜玖身上，手里还拎着顾惜玖给他的那柄剑：“舌头是用来吃饭的，既然你们用它来喷粪，那就不要了吧。”

墨䍃：“……”

众人全变了脸色，下意识地后退了几步。这位左天师被折磨成这个德行，居然还能随手取人的舌头？！

顾惜玖也有些诧异，侧头看了一眼身边的帝拂衣：“你的灵力没被消去啊？”

墨䍃的消灵锁不会是假冒伪劣的吧？！

帝拂衣依旧像没骨头一样倚在她身上，正色道：“当然被消了啊，还消掉不少呢。”

顾惜玖：“……”你继续装！

她其实还有点儿奇怪，她闻着其他男人都臭烘烘的，但今天来拜堂的时候，周围的男人成堆，她的嗅觉居然恢复正常了。

原本闻着是臭咸鱼味儿的帝拂衣又变得淡香暖人了。

不过，这人这么能装，顾惜玖决定打击一下他，传声给他：“你身上有点儿臭……”

帝拂衣身子一僵，终于直起身，低声问她：“你的嗅觉没恢复？”

他昨夜明明偷偷给她喂过解药，按道理在拜堂之前就该见效了。

她一直行若无事，他还以为她早已恢复，却没想到……

顾惜玖咳了一声："你猜？"然后她颇为嫌弃地看了一眼他血渍斑斑的袍子。

帝拂衣终于想起为了演戏演全套，他这些日子一直忍着恶心邋遢着，不但没洗澡，连清洁术也没用过。

他在那破囚室里待了将近十天，每天一身汗半身血，这么积攒下来，自己身上……那确实是不能闻了！就算她的鼻子没失灵，他身上只怕也比臭咸鱼味儿强不了多少！

这简直不能忍！

帝拂衣一拂衣袖，一道水波样的光芒闪过，他身上的那些斑斑血渍终于不见了，黑发如瀑飞散，紫衣如霞飘荡，额间狐眼抹额熠熠闪光，他又恢复成曾经的翩翩佳公子一枚："这样呢？"

顾惜玖："……"

帝拂衣又旁若无人地整了整衣冠，微笑道："现在不臭了吧？"

顾惜玖："……"

他用清洁咒她并不感到奇怪，但他这衣袍换得也太利索了吧？！刚才那件衣袍被磨得到处是窟窿眼，比乞丐装强不了多少，但现在他这一身紫袍是崭新的，一丝褶皱都没有，顺滑得如同丝缎。

她记得她听墨璎说过，帝拂衣被抓后，身上的储物空间里的东西都被墨璎搜刮得干干净净，连条亵裤都没给他留，那他现在这身新衣袍哪里来的？

还有他这抹额，她记得这几天都没看到他戴，现在居然又出现在他的额头上了。

他居然立即就在大庭广众之下换衣服了！

当然，他这种换衣法压根不会泄漏什么春光，但顾惜玖还是惊了一下。

帝拂衣一条手臂重新搭上她的肩，清淡的幽香在她的鼻端萦绕："现在你不会嫌弃了吧？"

她自然不会嫌弃，事实上也从未嫌弃过！

顾惜玖试探着问："你使的是清洁术？"

帝拂衣竖起一根雪白的手指摇了摇："不，是清洁咒。"

无数人睁大了眼睛。

清洁咒比清洁术要高端不少。

普通的清洁术灵力七阶者就能使用，但那仅仅能让衣衫干爽而已，帝拂衣这种像是从头到脚洗过一遍的，甚至在大庭广众之下直接换衣的清洁咒，只有灵力九阶以上者才能施展！

也就是说，他现在的灵力最少在九阶以上。

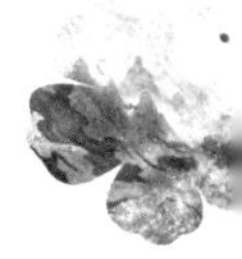

八条消灵锁铐了他九天居然没怎么起作用，众人的目光忍不住看向地上扔着的那两条消灵锁，几乎怀疑那玩意儿被调包了。

这位左天师名气太大，整个大陆除了神龙见首不见尾的圣尊外，数他的功夫最高。

而且他做事亦正亦邪，也最没下限，得罪他的人绝对没好果子吃。

平时大家见了他如同老鼠见了猫，有多远就躲多远，唯恐被他惦记上。

这几天好不容易看他落了难，众人还以为他这次就算暂时脱困功夫也会消失得七七八八，结果……结果……

那些刚才开口取笑帝拂衣的人已经脸色发白地拼命后退。

墨曌的脸色不是一般苍白："帝拂衣，你究竟是谁？！"

帝拂衣弹了一下指甲："白痴问题！你喊着本座的名字问本座是谁？"

墨曌握拳道："本尊觉得你不单单是左天师！"

帝拂衣笑了："呃，你似乎怀疑我是圣尊……"

"圣尊"两个字如同魔咒，让在场的人变了脸色。

圣尊不问世事，却是这大陆上最有神格、最牛的神，没有人敢对圣尊不敬，就算这大陆最罪大恶极的人也不敢招惹他。

如得罪了左天师他们或许还有活路，但得罪了圣尊——

他们只怕连魂魄也保不全！

所有的人再次后退，人人眼眸中都闪过惊怕之色。

墨曌说出那句话后也立即后悔了！

他这些属下原本就心不齐，如果帝拂衣只是左天师，这些属下出手或许还会无所顾忌，但如果让他们也以为帝拂衣是圣尊，这些人哪里还有战意？！

他也是个反应快的，立即冷笑一声道："你胡说什么？你怎么可能是圣尊？！你和他压根就不是一种性格，少往自己脸上贴金了！"

帝拂衣懒洋洋地一笑，不置可否地道："这可难说哪！"

众人你看我，我看你，一脸狐疑。

墨曌却怕夜长梦多，立即喝令："这个人还想冒充圣尊，大家不要客气，一起上！无论他是谁，这次你们已经把他得罪透了，若让他脱逃，你们哪一个也活不了！杀了他！"

这里的人几乎没有来路正的，都属于穷凶极恶之徒，这次又将帝拂衣得罪了个彻底，如果让他逃出去，他们这些人哪里还有活路？！

于是众人又纷纷围上来，在帝拂衣二人身周形成一圈人墙，刀剑并举，法诀在指尖紧扣，杀气如暴风般在整个大厅中回旋。

大战一触即发！

顾惜玖也挺立着身子，明白这一场恶战在所难免。

好在帝拂衣身上功夫还在，她不至于孤军奋战。

墨璎不动声色地退到了外围，他受伤太重，其实一直在强撑着指挥，现在士气已经激发，他也能稍稍松一口气了。

李爽靠近他的身边，说道："尊主，您怎样？属下先为您疗伤包扎？"

关键时刻，还是这个人忠心。

墨璎刚才虽然止住了血，但伤口那里还疼得火烧火燎的，也还没来得及包扎……

他点了点头："有劳。"然后退到一个角落，将衣襟散开，露出血肉模糊的伤口。

李爽二话不说拿出了绷带、药棉、药水、药膏，握着药水道："尊主，您这伤口需要好好处理，先洗一洗，应该有些疼，您忍一忍。"

那药水是淡紫色的，正是常用的清洗伤口的药水，类似酒精，有杀菌消毒作用。

墨璎道："无妨。"

李爽抬手就将药水向他的伤口喷去。

墨璎忽然一把握住他持药水的手："且慢！"

李爽诧异地抬眸："尊主？"

墨璎抬手就将他手中的药水拿了过来："忠心的属下要先试药，你先喷它试一试……"一句话没说完，眼前寒光耀眼！那位李医师左手上忽然冒出碧色长剑，向着墨璎扎了下去！

墨璎却早有防备，冷笑一声道："就知道你有猫腻！"左手横掌来截，右手中的药水向着李医师喷去！

二人这一下交手如同电光石火，速度都是快如闪电。

墨璎虽然受伤，但他毕竟是天魔，实际功夫早已突破灵力十阶，就算是受伤，功夫也还是很恐怖的！

左手五彩光如同一柄五彩的飞旋之刃，眨眼就将李医师手中的碧色长剑绞成碎末，而那药水也喷了出来，淡紫药水喷出来却是碧色的，明显有剧毒！

李医师反应也极快，立即一个倒仰，避开了那药水的直接喷射，药水喷在了他身后的一名地宫侍卫身上，那侍卫发出半声惨呼，一张脸忽然变成了深碧色，咕咚一声倒了下去，身子在地上抽搐了几下便直接化为绿水消失了。

墨璎简直大怒，不待李医师起身，又是一掌向着他拍去！

这次他下手没有丝毫留情，刚刚出掌就是罡猛旋风，恍若一座大山向着李医师压下！

李医师来不及起身，一咬牙，正要出掌硬接，一道白光盘旋而来，直接将李医师罩住，墨璎的一掌拍在那白光罩上，砰的一声响，如同半空中打了一个霹雳！

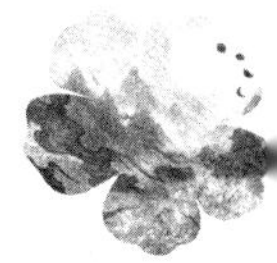

墨曌被震得接连后退几步，而李医师的耳朵也险些被震聋了。他反应也快，立即弹起，眨眼间落到顾惜玖二人身边，瞥了帝拂衣一眼：“多谢！”

很明显，刚才那道白光是帝拂衣发出来的，危急时刻救了他一命。

帝拂衣瞥了他一眼，只说了一个字：“蠢！”

瘦死的骆驼比马大，墨曌那样的人又岂是能这么轻易被算计的?

已经摩拳擦掌的众人没想到还会有这么一出，不约而同地愣了愣，正要递出去的大招又憋了回去。

墨曌抬头死死地盯着那李医师：“你居然背叛本尊！”

“我和你原本就不是一路，谈不上背叛不背叛。”李医师的声音冷冷淡淡的，面容虽然还是那个面容，声音却全变了，变得清朗磁性。

顾惜玖惊喜地道：“龙教官！”

李医师向她微微一笑：“惜玖！”

这声音真的是龙司夜的，这位李医师居然是龙司夜易容的。

墨曌变了脸色，怎么也没想到这个在他跟前奴颜婢膝、长相有点儿猥琐的李医师居然是龙司夜扮的!

这一个个都成影帝了吗？！

众人显然也没想到会有这种变化，一个个一脸蒙。

墨曌脑子转得极快，看到李医师秒变龙司夜，立即就想到了自己所吃的三阳丸，俊脸直接青了!

“龙司夜，你居然甘愿做帝拂衣的卧底！哼，他抢了你的心头所爱……”

他话没说完就被龙司夜冷冷地打断：“本座一向公私分明，我和他在除魔卫道方面是步调一致的。”

墨曌握拳。

龙司夜既然是卧底，那三阳丸肯定不是什么好东西!

帝拂衣故意模棱两可地说出三味药的名字，而自己病急乱投医，又对龙梵产生怀疑，必然会去问医术屈居龙梵之下的李医师，而这位李医师又提前得到了帝拂衣的授意。

然后他就钻进这两个人的套子了!

墨曌动念极快，他立即又想到龙司夜外出采药时带出又带回的几名地宫侍卫，目光猛然扫过去。

发现那几个人尚混在人群里，他张口便喝道：“小心张清……”

他刚刚叫出一个名字，那几个人忽然动了!

不但那几个人动了，人群中还有十几人也忽然暴起

数道颜色各异的光芒交错闪出，他们身周的地宫侍卫发出短促的惨叫，接连倒下

了几十个。

众人显然没想到会有人自内部杀出来，一时反应不及，顿时慌作一团，哗啦啦向四周散开……

“主上。”

“左天师大人！”

“拂衣！”

“惜玖……”

有七八个人飞掠到帝拂衣二人身边，纷纷向他行礼。当然，他们现在虽然还是那些地宫弟子的外貌，却全变成了自己的声音。

顾惜玖扶额。她的记忆力好，认人能力强，这些人对她来说大部分是熟人。

沐风、沐雷、沐云、沐电、天祭月、千玥冉……五位天授弟子除了花纤言之外全到齐了！

而其他人应该是帝拂衣的属下，因为他们行礼的时候叫的是主上。

顾惜玖忍不住看向帝拂衣。

怪不得这家伙一直老神在在的，原来早已布好了局！

这画风转变得太快，那些地宫侍卫基本只剩目瞪口呆了。

墨婴虽然脸色惨白，却犹想做困兽之斗，立即高喝：“他们也就是十八人而已，我们却有三百多人，大家不必害怕，拼也能拼死他们！”

他这一嗓子很有安抚人心的效果，那些正慌乱的地宫侍卫似乎终于找到了主心骨，又定下心来，纷纷围到墨婴周围。

第五十八章　兵不血刃就将天魔的老巢端了

铮的一声裂帛似的琴响，震得众人的心都似抖了抖。

众人顺着琴音一瞧，发现那位一直很胆小的女琴师大马金刀地坐在案几上，膝上横着那架琴，笑得像只狐狸："你们以为自己还有战斗力吗？各位不妨摸一摸自己肚脐下一寸处，瞧瞧有什么销魂感觉。"

今天异变太多，众地宫侍卫已经像惊弓之鸟，闻言纷纷去摸，然后像被蜂蜇似的缩回手。

疼！疼！痒！痒！

更重要的是，他们的灵力似乎已被封印，一分也使不出来了！

很明显，他们在不知不觉中中了毒。

地宫的侍卫们个个面如死灰，明白真正是大势已去，对望一眼，忽然轰的一声向门外奔逃。

只不过尚未等他们奔到门口，大门上方唰的一声落下一个透明罩子，将大门直接遮蔽，连一丝缝隙也没有。在罩子上方，飘飘然站着一位女子，一身黄衣猎猎飞扬："想跑？算计了我们主上还想逃跑？哪有这么容易？！"

那女子一双黑白分明的大眼睛极为精神，带着一抹霸气，看着下面这些地宫侍卫，就像猎手在看满地乱窜的小白兔。

她这罩子明显是件法器，堵在那里像一座搬不动的大山。

而这大厅就这一道大门，其他则是那种耐火青玉的墙体，那墙体外就是能焚烧一切的岩浆。

出逃无路，又一个个身中奇毒使不出半分灵力，地宫之中人多势众又如何？还不是一群任人宰割的小鸡崽？

这些人脸上一片死灰般的绝望，无数目光看向墨罂，也有人下意识地寻找龙长老——

龙长老无论医术还是毒术都是顶尖的，平时只要有他在，这些人从来不担心会中毒，因为龙长老可以提前测出一切毒，让人们不至于上当。但现在他们全部中毒了，为什么龙梵没提前看出来？

难道龙梵也是帝拂衣的人？！

“龙长老不见了！”

“啊，对，他怎么不见了？！”人群嗡嗡议论起来。

因为大厅中的人实在太多，又一直混乱着，这些人竟然谁也没看到龙梵到底是什么时候离开的。

顾惜玖也皱起眉来，龙梵也是心头大患，他如果跑掉……

帝拂衣似乎察觉到了她的担忧，捏了捏她的手：“放心，他跑不了。”

他这句话刚刚落地，外面已经传来呼喝打斗之声。

很显然，帝拂衣在外面安排的也有人，应该是截住趁乱逃走的龙梵了。

帝拂衣向着沐风打了个手势，沐风立即扯着沐云出去接应抓人了。

帝拂衣看了看垂眸站在那里的墨罂，挑唇笑道：“墨罂，你是不是该喊本座为爷爷了？”

墨罂仰头笑道：“做梦！”

他身形骤然飞起，一掌轰在了大厅顶部！

大厅之中几乎所有人都变了脸色！

这顶部就是滚滚岩浆，一旦拍塌，岩浆立即就会倾泻而下，到时候大家一起玩完！

无数人发出惊呼：“不要！”

“不！”

但墨罂出掌太快，众人压根拦不住。

他这一掌有劈除碎石之力，不要说是这种硬玉，就算是金刚壳子也能被他一掌轰开。

砰！一声巨响惊天动地，将所有中毒的地宫侍卫震了个跟头，有些功力弱的直接喷血了。

墨罂满以为自己这拼力一掌能将顶部彻底轰塌，大家同归于尽，没想到他这一掌

拍过去，青玉顶上闪出一道淡白色结界，他这霹雳一掌只把那结界轰得晃了晃，那青玉顶部连个裂纹也没出现。

墨曌：“……”他立即将视线转向帝拂衣，眸底几乎充血：“你在这里也设下了结界机关！”

帝拂衣只回了他两个字：“废话！”

墨曌将手指握得咔咔响：“你倒是所有的可能都考虑到了！”

那些地宫侍卫直到此时才反应过来，几乎是人人后怕。

龙梵撇下他们跑了，尊主想要拉他们陪葬，原来他们的效忠压根就是一场笑话。

到了这个时候，墨曌可以说彻底众叛亲离。

他的那些下属如果不是中了毒无法运功，只怕已经对他群起而攻之了。

墨曌不愧是天魔，在这种四面楚歌的情况下居然还很淡定，冷冷地看着帝拂衣道：“阁下果然不愧是老狐狸，安排的好计策！”

帝拂衣在一张椅上坐下，懒懒地以手支着头：“好说！对付你这样的人，自然要筹划一下。墨曌，你到现在还有什么话说？”

墨曌笑道：“愿赌服输，本尊没什么话可说，只不过本尊对一些事情不太明白，还望左天师解惑。”

帝拂衣笑了：“你是不是想问你盘查得如此严格，我的人是怎么混进来的？是不是想问你四处设置了摄像头，我的人是怎么在这大厅里设置机关的？是不是想问你的人是怎么中的毒？”

墨曌：“……”这个人会读心术吗？！

“既然阁下知道我想问的是什么，那应该可以回答了？”

帝拂衣挑眉道：“本座为何要告诉你？”

墨曌咬牙说道：“你不想让我做个明白鬼？”

帝拂衣悠然道：“让你做个糊涂鬼本座更有成就感。”他不想再和墨曌废话了，对着沐雷他们挥手，“拿下他！”

墨曌仰头笑道：“拿下我？你以为凭他们能拿下我？”

他周身忽然冒出红光，红光边沿隐带着五彩颜色。

糟糕！这人又要自爆！

“小心！他要爆炸！”顾惜玖大喝一声，一抬手在周身设下了一道绿色屏障，将他们这边的几个人全部笼罩住。

砰！墨曌果然再次炸了！

只不过这次爆炸没有炸成血雨乱射，而是他胸口那里炸开了一个大洞。

尸体倒了下去，墨曌的魂魄再次凝结成形。

他看着地上的尸体简直不敢相信自己的眼睛，霍然抬头看向帝拂衣时，那眼睛几乎充了血："又是你搞的鬼！"

他的身体爆炸的威力和这身体本身蕴含的灵力成正比，灵力越高，威力越大。

譬如他附在容彻身体内的时候爆炸时，就是灵力五阶半的威力，那时整个金銮殿几乎炸塌了。

而这次他这具身体虽然有天阉的毛病，但灵力之高可是丝毫不含糊的，他满以为这次就算不能将满大厅的人全部炸死，最起码能将这大厅炸塌，却没想到他运转了全部魂魄之力仅仅将自己的胸口炸了个洞……

帝拂衣温和地看着他，这次给他解了一个惑："这是三阳丸的另外一个功效。这功劳不是本座的，是龙宗主的。"

龙司夜在旁边抿了抿薄唇道："本座不敢居功，这馊主意是你出的！"

墨婴脸色发青！

他以为这次已经将帝拂衣完全拿捏住，却没想到对方在不动声色间已经给他布下了无数个套！而他小心再小心，还是一头钻了进去！明明这一局他应该赢的！

他死死地盯着帝拂衣的脸："本尊很后悔没立即杀了你！"

帝拂衣认真地看着他："这世上并没有后悔药可吃。"

"帝拂衣，你是不是连这次被俘也是早就设计好的？你只为端了我这里，而不单单是为了救她？"墨婴手指指向顾惜玖。

只不过他刚刚一指，帝拂衣就一掌拍了过来："不要拿你的爪子指着她，本座不喜欢！"

墨婴虽然是魂体，反应还是超级快的，立即向旁边一闪，避开了帝拂衣的这一掌。他冷笑道："被我说中了？"

帝拂衣有趣地瞧着他："你这挑拨离间用得不太高明啊。"

墨婴笑了笑："是吗？"

此刻天祭月、千玥冉、沐雷、沐电已经不动声色地从四周围上来，手里各自捏着的法诀正是对付魂体的。斩草要除根，他们已经恨透了墨婴，所以不预备将他活捉什么的，而是想直接将他击个魂飞魄散！

然而，墨婴的嘴角诡异地挑起："帝拂衣，这次算你赢，不过你笑不到最后的！"他一脚向着地面猛然踩下！

五彩光如虹般自他足底冒出，轰隆一声巨响，他足底处的地面像是被触动了什么机关，骤然下陷！

轰！巨大的岩浆柱如火山喷发般直接喷射而出，而墨婴的身影也瞬间不见了。

轰！轰！

墨婴那一脚踩下的似乎是毁灭整个地宫的机关，整个地宫响声不绝，似乎有多处火山开始喷发，大地摇晃起来。

该死！顾惜玖暗骂一声，没想到墨曌最后还会有这么一手。

众人自然也没想到，纷纷拔脚向外飞奔。

火红的岩浆在地宫各处喷射，整个世界仿佛到了末日。

顾惜玖他们还好说，毕竟都是高手中的高手，他们几乎是用飞的速度奔向那些可以出去的造型特别的火船。

只可惜了那些地宫侍卫，中了毒压根不能飞，甚至跑也跑不快，只能在接连的惨叫声中被岩浆没顶。

顾惜玖心中还是很没底的，唯恐那些船也遭到了破坏，那样他们这些人只怕都得葬身在这地宫里面！

还不错，他们刚刚跑到岩浆池边，沐风、古残墨他们就迎了上来。

“左天师，那龙梵刚才跑出来想破坏这些船来着，幸好被老夫及时发觉了……”古残墨隔老远就喊道。

“主上，快上船，我们的人已经控制了这些船！”沐风也迅速禀报。

整个地宫都已经变得岩浆滚滚，大家立即各自上船，当船合上盖子的那一刻，顾惜玖终于松了一口气。

帝拂衣的安排果然是极周密的，居然连这些船也控制住了，怪不得他直到现在才开始反击。

她向外一看，整个地宫已经被岩浆淹没，四处都是爆炸声和破裂声，声势惊人。

这个地宫也算是龙梵苦心经营的，现在却在一夕之间被毁。

地宫里那些侍卫也基本在这里陪葬了，只被帝拂衣的属下救出六人来，此刻在其他船上。

顾惜玖这船上有四个人，她、帝拂衣、龙司夜以及那位黄衣少女。

那位黄衣少女是个干脆火暴的性子，做事也利索，她开那船居然开得还不错，就是颠簸了些。

“主上，这一战真痛快！几乎算是兵不血刃就将天魔的老巢端了！今天由属下来开这船，这船好复杂，属下研究了一整天终于学会了！”这是上船后她对帝拂衣说的第一句话。

第二句话她就是对顾惜玖说的了：“顾姑娘好厉害！居然能刺杀到那天魔，若非姑娘刺他那一下，估计他还不那么容易败，我们还要花费不少力气。”

她明显对顾惜玖的瞬移术很感兴趣，一脸兴致勃勃地道：“顾姑娘抢那两个人的剑时用的是轻功吗？速度太快了！我还从来没见过这么快的功夫……”

“闭嘴，开船！”顾惜玖还没来得及回应这姑娘热情的寒暄，帝拂衣就懒懒地开口道。

黄衣姑娘摸了摸鼻子，应了一声：“是，主上。”

临转回身时她还不忘再向顾惜玖自我介绍了一句："顾姑娘，我叫黎孟夏，你可以叫我小藜或者小夏。"

自我介绍完，她再不敢啰唆，去开船了。

顾惜玖也直到此时才顾得上和龙司夜说话："龙教官，这次多亏了你，大恩不言谢……"声音客气又疏离。

龙司夜这次的易容之物明显是不容易去掉的，所以他还是那猥琐李医师的模样，但气度完全变了，原本猥琐的形貌居然也自带一种淡淡的高冷之意。

他上船后就眼观鼻，鼻观心，老僧入定一样。听到顾惜玖这一句话，他身子一僵，微微垂下了眸子："惜玖，你不必客气，这次的事情原本就是我捅出来的，就算搭上这条命也是应该。"

"你那也是被控制，不能全怪你。"顾惜玖开口，向龙司夜伸出了手，"我只希望我们还是朋友！"

龙司夜垂眸看着她的小手，眸中闪过一抹黯然。

只有真正不会在意一个人时，才能轻易原谅对方的背叛，能对其理智对待。

龙司夜嘴里发苦，嘴角牵了牵，嗯了一声，抬手和她轻轻一握："还是朋友！"

或许他从来就没有过希望。

无论他是为了什么，在前世将她迷晕骗上手术台那一刻，他和她的关系就注定回不去了。

在这一世他虽然又碰到了她，却是真正情缘已尽。

伸手一握泯恩仇，从此他们只能是朋友。

帝拂衣在旁边坐着，看到顾惜玖和龙司夜握手，倒是没吃醋，只托腮看着，望着顾惜玖的眼眸中闪过一抹兴味。

这小丫头刚才在那么危险的情况下，护他像护雏的老母鸡似的，敢和老鹰掐架。

就算岩浆喷发后，她也是紧扯着他跑路，丝毫不敢松开，几乎是直接瞬移过来的。但上了船将他安顿下后，她就不再理他了，和黎孟夏说话，和龙司夜寒暄，就是不拿正眼瞧他！

小丫头似乎有点儿生他的气啊，帝拂衣抬手敲了敲眉心。她应该是气他安排了这么多的局却一点儿消息也没透露给她吧？

那他要不要先哄一哄？免得一上岸她就气跑了。

帝拂衣轻咳了一声道："惜玖，这次的局我不是故意瞒着你……"

顾惜玖这次回头瞧他了，挑高了眉毛："嗯？"

帝拂衣正要组织一下语言，顾惜玖已经似笑非笑地开口："我知道你不是故意瞒我，因为这局也是你逐步设出来的，并非墨曌所说的一早就设好的。而我那时还傻着，如果你把这局告诉我，我保不齐会对墨曌说，这些我能理解，你不必解释。"

帝拂衣松了一口气，眉目舒展："果然是个聪明的姑娘！你怎么知道这局我是逐步设出来的？"

顾惜玖牵唇笑道："这不算太难猜，如果你的人早混进来了，我们也不至于在里面蹉跎这么久，你也不会戴九天的消灵锁。"

她双臂一抱，干脆从头开始分析："我猜一开始混进来的只有龙教官吧？"

她居然一猜就中！帝拂衣来了兴趣："说下去。"

"墨曌这人疑心重，他既然提前看破了你那时琵琶女的伪装，自然也能猜到你的人已经混进他的那些属下当中，一旦回到地宫，必然会严加盘查，你的属下就算混进来只怕也难过关，所以你在被擒前肯定嘱咐过那些混进去的下属别再冒充了，事后再择机行动……"

帝拂衣点头："不错！本座确实曾经如此吩咐过，然后？"

"你的属下会听你的话，但龙教官不想听你的话，他还是混进去了。那些曾经出去的地宫随从曾经在大厅里被关了三五天，就为了细细盘查，所以龙教官出来后才开始联系你……"

帝拂衣叹息道："他是第四天联系我的，进来看到我的狼狈样嘲讽了我几句，让我认出了他……"

龙司夜微微睁开眼睛："难得看到左天师那样落魄，不嘲讽你几句怎么对得起我的智商？"

顾惜玖："……"这两个人的相处方式……

顾惜玖分别看了看他们："地宫之中到处是摄像头，只怕一个眼神不对就会露馅，你们二位到底是怎么交流然后制订计策的？"

"入梦！"龙司夜简短地开口，一脸嫌弃的样子，"他当夜就进我的梦了！教我忽悠墨曌服用三阳丸……"

顾惜玖并不知道墨曌是天阉的事，所以一直不太明白墨曌为何放着龙梵这个科学疯子不用，偏偏相信这个"李医师"。

她把这个疑问问出来，龙司夜略一顿，倒未瞒她："惜玖，上次我们逃出去时，我不是向墨曌那装克隆体的棺材投了一把药吗？没让他那身体死掉是个遗憾，但也让他附体后多了一个天阉的毛病。龙梵大概不想卖你我，所以一直没向墨曌解释原因，只是埋头研究解药，研究出一种又一种，都不管用，而这位左天师又在言语中挑拨了一下，让墨曌以为他天阉是龙梵故意搞鬼……"

顾惜玖："……"怪不得！

只听龙司夜又叹了一声，说道："墨曌疑心龙梵不忠，不想让龙梵再随时能看到他的行踪，所以就拆掉了龙梵那里的监控，让龙梵更加寒心，龙梵干脆就撒手不管了，任由墨曌折腾。"

“所以你那时取得了墨婴的信任，以采药的缘由带人出去，等再带人回来的时候，带的人全换了吧？”

龙司夜点头苦笑道：“不错，左天师的这些下属不是一般忠心，我带人出来就被他们拿住了，幸好我本来也是要找他们的，这下倒不用找了……”

一直在开船的黎孟夏咳了一声，揉了揉鼻子：“龙宗主，对不住。当时我们太心急了，好不容易看到里面出来活的人了……”所以他们就一拥而上了！

如果不是龙司夜及时报出身份，估计他们会把龙司夜也揍个乌眼青！

其实后面的内容就好猜测了，龙司夜擅长易容，他带出去的那些人基本是有去无回，回来时除了他自己外，其他人都换了。

龙司夜为了采药曾出去三次，都是挑着不同身材的人去的，于是又带回十几个人。

因为墨婴已经对“李医师”十分信任，由他带回来的人自然不会再细查，很容易就蒙混过关了。

顾惜玖明白了，也基本全部理顺。

墨婴因为对龙梵的猜疑，拆除了龙梵那里的监控，引起龙梵的不满，让龙梵对监控这一块彻底撒手不管，而龙司夜假扮的李医师又得墨婴信任，能出入他的屋子，所以很轻易地就把墨婴那里的监控动了手脚，让墨婴看不出什么来。

再加上那些地宫侍卫原本就对墨婴心怀不满，常常破坏监控摄像头，所以帝拂衣的人再在里面活动自然就方便多了。这些人都是人精，在里面做事自然小心，当然不会泄露行踪。

顾惜玖是举一反三的人，很快将这些问题理清楚，又问了关键的问题：“龙梵医术惊人，毒术也极高，你们下的什么药居然让龙梵也没事前察觉？那是什么毒？”

帝拂衣咳了一声道：“因为龙梵对药物太敏感，单纯用毒的话很容易被他察觉，所以要用特制的药，且分好几步走。首先那大殿内有金丝楠木的家具，再有阿惜的琴声、本座的血，最后加上一种药尘颗粒，这四种东西任何一种都不是毒，只有混合在一起再由特殊的琴音催动才能奏效，而且无色无味，龙梵自然察觉不到。”

顾惜玖顿了片刻，问道：“为什么要对我说这么详细？”

刚才墨婴可是压根问不出来，估计那货直到现在还是一肚子疑问。

帝拂衣声音柔和地说：“我对你自然不会再隐瞒什么。”

顾惜玖：“……”

帝拂衣又问：“还生我的气吗？”

顾惜玖一挑嘴角，没理他，心里却叹气，这些事说出来或许不值一提，但要做出来得有一颗强大缜密的头脑来安排，一环扣一环，任何一环出错都容易前功尽弃，其实风险很大。

帝拂衣被擒时只怕也是打了随机应变的主意，他为了救她当真是拼了！

她自然没生他的气，不过小小的怒意还是有的，这人明明功力并没有消失，还是挥挥手就能让人灰飞烟灭的大神，却在已经恢复记忆的她面前扮柔弱，一副风一吹就能倒的模样，害得她紧张得不行。

所以她暂时不想理他，转头和龙司夜说话。

两个人聊到了墨罂和龙梵的问题，顾惜玖微微皱眉道：“这两个人都跑了，只怕还会不安生，后患无穷啊。”

龙司夜尚未说什么，帝拂衣插嘴道：“不会，墨罂虽然逃走了，但他的魂体已经严重受伤，五十年之内他再做不了什么。至于龙梵，刚才是古残墨、沐风他们拦截的他，最后虽然让他仗着对地形熟的优势从一个密道逃走了，但也受了重伤，没个十年八年也恢复不了。”

龙司夜和顾惜玖都松了一口气，这一次后，他们最少能得十几年清净，而十几年以后，这世界还不知道会发生什么惊天动地的变化！

顾惜玖还是很有信心的，照她这个修炼速度，十几年后早已修到九阶以上了，到时候谁找谁麻烦还不一定呢！

她和龙司夜又说了一些别的话。

帝拂衣一直倚着车厢坐着，插了好几次嘴都没得到顾惜玖的应声，而龙司夜也有意晾着他，没理他。

黎孟夏百忙中同情地望了自家主人一眼，觉得主人的身影颇孤单，颇凄凉。

开这种船是不能走神的，黎孟夏稍稍走了一下神就把船开得像海盗船似的，接连几个颠簸。

这船内空间原本就不大，剧烈的颠簸之下，帝拂衣随着颠簸身子一歪，直接扑到了顾惜玖身上。顾惜玖没防备，被她扑得倒在了地上，做了他的肉垫。

他身材高大，她身材娇小，顾惜玖被他压在下面，几乎就钻进了他的怀里，他身上的气息瞬间将她整个笼罩住，顾惜玖心脏猛跳，一张脸却像霞光似的红了。

她忙推了推他：“你起来。”

帝拂衣倒没其他动作，很快坐起身来：“太颠簸了，不小心……”他直接斥责罪魁祸首，“黎孟夏，你找死是不是？开船也能开成这个德行？回头扣你的银钱！”

黎孟夏身子一抖，惊恐地道：“主上，不要啊！属下已经穷得连裙子也买不起了，这条裙子还是赊的……”

帝拂衣正色道：“本座不管，除非顾姑娘不怪你，要不然绝对扣你的银子！”

黎孟夏立即向顾惜玖求饶：“顾姑娘，勿怪，勿怪，求求你向主上求求情，不要让主上扣小的的银子，小的上有老，下有小，禁不住他克扣啊。”

顾惜玖：“……”

黎孟夏接连说话走神，那船更开得不像样了，眼看要由海盗船模式向云霄飞车模式过渡，顾惜玖果断站起身道：“我来开！”

她将黎孟夏挤开，直接开始操纵。

她操纵这船明显比黎孟夏熟练，船很快行稳，黎孟夏看得稀奇：“顾姑娘，您开得好熟练！是不是墨罂教过您开这船啊？”

“没，我上次逃走时看那船员操作时学会的。”

黎孟夏觉得自己受到了一万点伤害！

她学开这玩意儿学了整整一天，学会时，那被她制住的船员还直拍她的马屁夸她聪明，她还以为自己是学这个最快的，却没想到……

果然人比人，气死人啊！

黎孟夏还没忘记讨饶：“顾姑娘，您不会怪属下吧？属下真的很穷……”

顾惜玖无语，瞧了黎孟夏一眼道：“堂堂暗影门的门主会穷？你是不是还想说你上有八十岁的高堂，下有三岁嗷嗷待哺的幼儿？”

黎孟夏脸红地说道：“这倒没有，属下今年才二十有三，是孤儿来着，没有高堂，孟夏尚未婚配，更没有幼儿。”

“那你这上有老，下有小是指？”

“暗影门的各位长老都是老啊，很能糟践银子，暗影门还收了一批新弟子，都是小家伙，那也是需要银子的……可怜我堂堂门主穷得连条多余的裙子也没有……”黎孟夏愤愤地握拳。

顾惜玖同情她道：“那你们主上扣你的银子一般是扣多少？”

黎孟夏一脸如丧考妣样：“每次都会扣半年啊，足足五万两银子！”

扣得确实挺多的。

怪不得这位黎门主一副天塌了的模样。

顾惜玖想了想，给她开了张空头支票：“我不会怪你，但我怪他……他如果因此扣你的钱，我有些不忍心。这样吧，等我回去给你五万两银子应急。”

她的银票多的是，五万两银子小意思！

黎孟夏的眼睛亮了，她立即被挖了墙脚，几乎要拍胸脯承诺：“多谢顾姑娘！以后暗影门唯姑娘马首是瞻！”

顾惜玖：“……”

帝拂衣：“……”

几个人说笑一阵，不一会儿，船终于自岩浆中冒出来，靠了岸。

帝拂衣向顾惜玖伸出了手：“惜玖，扶我一把，我们出去。”

顾惜玖瞥了他一眼，没理会他，直接跳上岸去。

龙司夜也瞥了他一眼：“帝拂衣，你扮柔弱上瘾了是吧？惜玖不喜欢这种类型

的，小心你装过头被她扁！”说罢也飞身上了岸。

还是黎孟夏有下属的样子，同情地道：“主上，待会儿属下唤沐风过来搀您吧？”

帝拂衣挑眉看着她：“本座以为你为了表忠心会亲自来搀。”

黎孟夏立即道：“属下不敢破了规矩。”她的主上有怪癖，平时是不允许女子近身伺候的。

帝拂衣笑了：“算你知道规矩，原本看你知道规矩的分上，不扣你的银钱，但你刚刚自动被挖了墙脚，以后本座倒不用为你的银子发愁了。”

这句话大有深意，黎孟夏立即慌了：“主上，您的意思是以后再不给属下拨银子了？”

帝拂衣懒洋洋地道：“找你的新主人要去！”身形一起，飘飘然上了岸，扔下黎孟夏呆站在船上和热风共凄凉。

凉风习习，白云飘浮。

顾惜玖和帝拂衣同坐在一辆车中。

车是极结实的金丝木车，是黎孟夏孝敬的。

黎孟夏为了让帝拂衣重新把她挖回去也是拼了，把她刚刚造好尚未来得及使用的金丝木车贡献了出来，然后含着热泪送别他们。

拉车的兽则是帝拂衣专用的那头独角兽，飞行如电，来去如风。

车厢外则是四使，车厢前面两个，车厢后面两个。

龙司夜出了那火山后就直接回天问山了，临走时帝拂衣还不计前嫌地送给他一张阵法图，上面专讲天问山周围的各个阵法是怎么个破法，写得很详细，让龙司夜黑线再黑线，决心回去以后立即就琢磨改良的事，不能再让帝拂衣把他的天问山当成自家后花园来逛了。

临分手时，龙司夜顿了顿，和顾惜玖说了一句掏心窝子的话：“惜玖，你这具克隆体虽然完美，但毕竟是造出来的，不算是父精母血所养，你如果能换还是换回来吧！”

顾惜玖自然想换回来，这具身体毕竟是龙梵造出来的，貌似还有定位器呢！

想起定位器，顾惜玖几乎要坐不住了：“我们这是要去哪里？”

“回宫。”

“回你的秘密宫殿？那不成！我不能去那里。”

帝拂衣挑眉看着她，叹气道：“还在生我的气？”

顾惜玖摇头：“不是生气，我是说真的，还是去天聚堂吧，那里比较安全……”

“我那里更安全。”帝拂衣打断她的话道，“惜玖，你能在天聚堂学到的功夫已经差不多了，再去也没什么意思了，还是跟我回宫吧。”

“我体内有定位器，回你那里很容易就暴露你的秘密据点！”顾惜玖终于把重点说了出来。

帝拂衣拍了拍身边的位置：“过来！”

这丫头从上车后就坐在他对面，和他足足有半米的距离，让他有些不爽。

“干吗？”顾惜玖没动窝。

“为你查体。”帝拂衣似笑非笑道，“过来！”

这话说得有点儿暧昧，顾惜玖没上他的当，干脆向他伸出了自己的手腕：“要号脉？这样更方便些。”

帝拂衣没说话，直接有了行动，握住她的手腕向怀中一带，于是，他就扑到顾惜玖身上去了！

咚的一声响，帝拂衣将她撞在车厢壁上，顾惜玖的后脑勺和车厢壁来了个亲密接触。

顾惜玖看着压在自己身上的人，傻了片刻，咬牙道：“左天师大人，你这也太不按常理出牌了！”

她只是无意识地一撤，居然把他扯了过来，还就势把她压了个结实！

呜呜，她的后脑勺好疼！不知道起包没有。

帝拂衣垂眸看着身下的她，一脸无辜：“我不是故意的。”

顾惜玖想踹他！

帝拂衣垂眸看着她，轻笑道：“宝贝儿，你想让我对你投怀送抱，我自然要满足你……”

顾惜玖推他：“少往自己脸上贴金，我可没想要你对我投怀送抱……”

推到他的手臂的时候，她忽然觉得不太对劲，抬手握住了他的手腕：“你的手臂怎么这么冷？”他的手臂偏凉，和平时不太一样。

帝拂衣放开她直起了身子：“天有些冷。”他想把自己的手撤回来。

顾惜玖抿紧了唇，握住他的手腕不放，帝拂衣开她的玩笑：“还说不稀罕我的投怀送抱，这么握着我……”

“我在为你诊脉！”顾惜玖打断他的话，俏脸上神情有些紧张，“你先别说话。”

帝拂衣瞧着她果然没再动也没再说话。

顾惜玖一旦起了疑心，那是绝对瞒不过的，而帝拂衣也没打算瞒她，所以任她为他做检查。

他的脉象确实不太对劲，明显是失血过多的症状，但似乎又不完全是失血过多。

她干脆将车厢中的云被展开：“你躺下。”

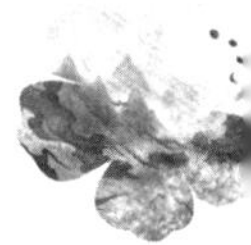

帝拂衣看看云被再看看她，问道：“你这是要和我滚床单？”

顾惜玖表情严肃地说：“我没心思和你开玩笑，你先躺下！”

于是帝拂衣就躺下了，还向她张开了怀抱：“要不要一起并肩躺一躺？”

他的怀抱无比诱人，是她一直渴望的地方，每次看到他冲她敞开怀抱时，她就很没出息地想扑一扑。

这次顾惜玖果然扑上去了，不过不是和他并肩躺一躺，而是趴在他的胸口上，侧耳听他的心跳。

帝拂衣看着胸前那颗小脑袋，忍不住开口：“惜玖，和你商量个事。”

顾惜玖伸出一根手指按在他的唇上：“嘘，先别说话！”

她这么紧张他，帝拂衣心中很温暖，感觉似乎有热流在心中流淌。

这一激动，他的心跳就加快了不少。

“喂，你先别忙着荡漾，平心静气地深呼吸……”她想要听他体内的那些血流动静必须在他安静的状态下才能行。

软玉温香抱满怀，心爱的女人趴在胸口还这么紧张他，帝拂衣觉得不让他荡漾，这难度系数有点儿高。

好在他平时最擅长的就是养气功夫，所以他微微垂眸调理，几分钟后终于静下心神来。

其实他很清楚自己的身体情况，和她说一下就成，可是他很贪恋她对他的关切，哪怕她对他凶他也高兴。

顾惜玖几乎将他的胳膊腿儿捏了一遍，甚至扯开他的衣袍看他身上的那些伤口。

消灵锁扎出来的那些伤口和普通的伤口自然不一样，如果是普通伤口，以帝拂衣的恢复能力，此刻伤口早就该结痂长新肉甚至只留淡淡的伤疤了，但这伤口不行，他虽然用过最好的药，但伤口还是狰狞地张着口，仅仅结了一层薄薄的血痂。

帝拂衣一直很强大，不是一般强大，所以在顾惜玖心里他就算受伤也不叫事儿，恢复是分分钟的事，所以她被他用术法遮蔽的伤口给蒙骗了过去。

直到此刻查看他的身体，见到那些无法合拢的血口子，她才明白他受的伤真的很重，重到超过她的想象！

他那时的“柔弱”并不是装的，而是真的，那些消灵锁也不是假冒伪劣的。

心在这一刻像是被什么揪住，她吸了一口气，问出一连串问题：“你身上这样……怎么不早说？现在到底是什么感觉？是不是疼得厉害？你的灵力被消耗得很严重？那你在地宫接连使出那么多术法是不是禁术？对身体有大危害的那种……”

帝拂衣笑了，抬手一用力，将她拉进自己怀里窝着：“这么多的问题，你想让我先回答哪一个？”

他用手指撩了一下她的头发，正色道：“答应我一件事。”

"什么事？"他的语气像是要托孤，顾惜玖也紧张起来。

"这短发太……影响美观了，以后不要再剪了，把它留起来。"

顾惜玖："……"

她怔了怔，道："我觉得不用再留它，我想换回自己的身体。"

帝拂衣仿佛没将这个放在心上："你这具身体还是很不错的，是修炼的天才，你的灵魂已经是八阶灵力了，只要勤加练习，在半年内你这具身体也能到达八阶甚至更高……"

"不！我这身上有龙梵安装的定位器，龙梵又没死……"

"我可以为你取出来。"

"取不出来的，那东西安装在我的心脏里，要想取只能动手术，这种手术……"顾惜玖说了这种手术的难度系数，重点突出了全裸和只能龙司夜为她做的问题。她知道以帝拂衣的洁癖，绝对不会允许龙司夜来动这个手术的。

帝拂衣果然沉默了片刻，手指按在她的腕脉上，开始探测那个定位器，顺便看看这身体内还有什么不妥之处。

片刻后他睁开眼道："这个东西不必动什么手术，我可以教你一套功法，用这功法可以慢慢将那定位器化去。"

"可那姻缘镯还在那身体上呢！"这才是她最在意的事。

帝拂衣揉了一下她的头发："笨蛋，那些都是身外物，何必计较这么多？"

顾惜玖沉默了半晌，狐疑地看着他："你似乎很不希望我换回自己的身体啊？为什么？"

帝拂衣笑了："身体也不过是寄宿魂魄的皮囊而已，只要魂魄是同一个，皮囊其实也是身外物。本座觉得你这具身体资质极为难得，比你原先的身体还要好很多。我查看了，你身上除了定位器之外，并没有其他东西，而且这具身体更符合你的实际年龄不是吗？至于苍穹玉，我相信它只要看到你，就会回到你身上的。"

"但姻缘镯呢？它也能回到我的这具身体上？"

帝拂衣忍不住叹息："那不过是一个镯子而已，你如果稀罕这个，回头我送你更好的，绝对比那个镯子漂亮。"

那能一样吗？那镯子可是姻缘镯，比订婚戒指还要意义深刻！

哪怕它是玻璃的，在顾惜玖心目中那也是任何镯子都代替不了的！

"不管！无论如何我都要回到那具身体！那才是我自己的……"

"惜玖，你我都知道，那并不是你的……"帝拂衣缓缓地开口，"它属于原来的将军府千金。"

顾惜玖噎了片刻道："可她已经死了啊，苍穹玉说我为她复仇平复了她的怨气之后，它就真正属于我了……"

帝拂衣叹息道："苍穹玉所说的话并不足以全信，其实作为普通人出世，一个魂魄对应一具身体，曾经有主的身体你就算强占来了对你的魂魄也有害，也无法完全将那壳子运转灵活。譬如墨曌，他曾经为了占有容彻的躯壳不择手段，最后虽然成功占据，但他的功力不增反减，这也是他急于让龙梵为他重造躯壳的主因。"

顾惜玖没想到这魂魄一说还有这么多弯弯绕在里面，只觉得玄之又玄，微皱起了眉头："可我用着那具身体很好啊，没有任何不适的感觉，还把一个废材练成了天才……"

"那是因为你的魂魄强大，惜玖，如果你早用现在这具身体，或许你的灵力已经到达九阶了。"

顾惜玖直觉哪里不对，一时却又说不上来："可是……"她结巴了一句终于想起一点，"这具身体也不能算我的，是龙梵克隆出来的……"

"不，它是你的，这具身体的气息和你的灵魂气息完全契合，它也是专门为你量体制作的，它的初始主人就是你，从这一点来看，这和小孩子正常出生没什么区别……"

顾惜玖苦笑道："你的意思是，我原本就是克隆人，所以用克隆体最适合？"

帝拂衣似乎也知道这一番话让她有些受伤，抬手将她拉倒，让她枕着自己的手臂："别在意那么多，克隆人也好，正常身体也罢，总归是一个壳子而已，难得你有两种选择的机会，你应该感到开心才对。"

顾惜玖抬手揉了揉眉心。

她总感觉那个壳子才是最适合她的，甚至比前世那杀手克隆体更适合。

她看了看身侧的帝拂衣，现在他还伤着，她不想和他争论这个话题，咳了一声道："你的伤……"

第五十九章　红尘男女那点儿事他应该不屑做吧

帝拂衣抬手递给她一个碧绿色的小瓶："伤口疼，宝贝儿，给我涂抹一下伤药。"

顾惜玖想起当时那些消灵锁所锁的位置，一横心，扯着他的衣袍说："脱！"

帝拂衣："……"

他刚才衣袍只是从肩头滑落一小半，现在看着顾惜玖那双炯炯有神的眼睛，他觉得压力有点儿大，咳了一声："其他地方我可以自己涂抹。"

顾惜玖抿了抿唇，很认真地瞧着他："你这是害羞？"

其实帝拂衣并不知道害羞为何物，他刚才让她抹药只是想转移话题。他身上的伤口太多，他怕吓到她，而且他也不想让她看到他的狼狈。

任谁在喜欢的人面前都希望展露自己最好的那一面，强大如帝拂衣也不例外。

不过看到她那坚持的眼神，帝拂衣就知道逃不过去了，叹气道："算了，丑媳妇总要见公婆的。"他认命地抬手解开了衣袍。

顾惜玖认识他这么久，其实还真没见过他最真实的身体，就算那次在温泉中看到的他也是穿着大红衣袍的。

而现在最有料的男色就这么展现在她面前，穿衣显瘦，脱衣有肉，人鱼线、马甲线、八块腹肌，线条有力完美。

这人不但一张脸是倾城国色，就连身材也属于祸国殃民的那一种，让她这样清冷性子的人也看得心跳加快。

当然，如果他身上没有这些狰狞的伤口的话就更完美了，因为身材极度完美，才让这些伤口看起来格外刺眼！格外惊心动魄！

顾惜玖这个时候是没心情欣赏男色的，所以她愣了几秒钟后，就开始细心为他涂抹药。

帝拂衣享受着她的温柔，她虽然一直板着小脸，但动作很轻柔，仿佛他是易碎的珍贵瓷器，需要极细心地呵护才行。

原本他的伤口疼得难受，但她的小手的碰触居然奇异地让那些疼痛减轻，也或者是被他直接忽略，被她抚触的地方有微微的酥痒感觉自骨缝中溢出来，让他的身体终于有了某些变化，眼神越来越深沉。

顾惜玖是名好大夫，治病的时候是极专心的，所以并没有注意到帝拂衣的视线，全副精力都放在那些伤口上。

他腹部的伤口是撕裂伤，创口不小，最好是缝合一下痊愈得才会快一些。

她自身上拿出了手术针线、麻药等物。

这些都是她从龙梵的实验室里顺来的，现在看来倒是正合用。

她稍微调配了一下麻药，正要为帝拂衣用上，却被帝拂衣直接阻止："我这伤不能用这个。"

顾惜玖知道在这方面他是专家，没和他争论，只是皱了皱眉说道："可是不用这个会很疼……"他这个创口最少要缝八九针。

帝拂衣微笑道："无妨，这点儿疼我承受得住。"

好吧，顾惜玖妥协："那你忍一忍，疼得实在受不了时说一声，我可以暂时停一停。"

"好！"

帝拂衣果然是极耐疼的，直到顾惜玖将他的伤口缝完，他也没喊疼，甚至没皱一下眉头，让顾惜玖有点儿怀疑他的痛感神经不灵敏。

把腹部的伤口处理完后，上半身的伤口就全部医治过了，顾惜玖的目光落在了他的裤子上。她记得他的大腿上曾经穿有两条消灵锁。

她的目光就落在那个位置上，他自然已经换过裤子了，那里有淡淡的血渍。

她顿了顿，如果治疗那里就得让他脱下裤子，而这个年代的人是不穿平角内裤的，那岂不是……

虽然她在心里打定主意要嫁给他，可是毕竟还没嫁，她和他到现在为止，最大的亲密动作就是曾经吻了几次，算是很纯的恋爱关系，让她现在冷不丁地看他的裸体……

她纠结了片刻，问他："你腿上的伤口不严重吧？如果不严重的话，你可以自己涂抹……"

帝拂衣打断她的话道："严重！很严重！比腹部的伤还要严重！"

那就是也需要缝针了。

帝拂衣平躺在那里微眯着眼睛看着她有些纠结的俏脸，向她招了招手。顾惜玖以为他有什么话要嘱咐，俯下身来靠近他问道：“你要说什么？”

话没说完，她就被他勾着脖子拉倒，她一时没防备，正好趴在他身上。

她低呼一声，第一个念头是别压到他的伤口，这一个念头尚未转完，他的吻就贴了上来。

二人这次分别的时间虽然不算长，却是刚刚经历了一场生死，对帝拂衣来说，地宫的九天比九年还难熬。

身体的痛楚是一方面，看到她喊墨璺为璺哥哥才是让他度日如年的事。

他的吻极有力，猛烈火热，强势霸道，占有意味十足。

那热吻透过唇舌似乎能直接吻到人的心尖上，让她热血全冲上了脸，脸蛋如霞光初透，脑袋里一阵轰鸣，刹那间心里所有的那些乱七八糟的念头全部消失无踪。

顾惜玖一直觉得自己是个很冷静、很理智的人，这辈子也不会为爱情冲晕头脑，却没想到这世上会有个帝拂衣，和他在一起的时候，她就无比愉悦，就算是凄风苦雨，她也感觉天是蓝的，草是绿的，心情如春光般明媚。

她想要时时刻刻和他在一起，她想要栖息在他的怀中，一个简单的吻也能让她热血沸腾。

她并不是个忸怩的姑娘，此刻热血一上涌，她不知不觉间就化被动为主动，积极回应他的吻。

这是一场险些擦枪走火的激吻，两个人除了最后那一步几乎全做了。

两个人还是第一次如此激烈地亲密接触，她感觉一阵阵眩晕，心潮一阵阵激荡，屏住了呼吸，脸憋得通红。

“笨蛋，呼吸啊。”帝拂衣忍不住咬着她的嘴角轻笑，被她这极青涩的反应取悦了。

顾惜玖终于睁开眼睛，那双黑白分明的眼睛里如有水光盈盈。她看着他，脸蛋还爆红，眼神有点儿古怪。

帝拂衣吻了一下她的睫毛：“这么看着我做什么？”

顾惜玖道：“没想到你……”说到这里她顿住了。

“没想到我什么？”帝拂衣依旧紧拥着她，倒没有下一步动作。

顾惜玖垂下睫毛道：“没想到你也有如此接地气的时候……”

“嗯？”帝拂衣难得有些不解。

顾惜玖不想解释。她对帝拂衣的感觉其实有些古怪，帝拂衣虽然和她拥吻过几次，但在她眼里这位大神就是一朵飘浮在云端的高岭之花，红尘男女那点儿事他应该不会也不屑做。

虽然他说他会娶她，但在顾惜玖心里觉得以后两个人的相处方式应该是携手同游，他带她游遍名山大川，就像电视剧中的杨过和小龙女一样，很神仙眷侣那种。

直到这一刻，她才真真切切地感受到他是男人，真正的男人。

这让她感觉自己亵渎了对方，却又有一种隐秘的喜悦。

这喜悦像肥皂泡似的在心里开花翻腾，还越冒越多。

帝拂衣用指尖拂过她微弯的嘴角："这是欢喜傻了？"

顾惜玖难得没回嘴，关心的是另一个问题："我没碰到你的伤口吧？"

帝拂衣摇头："没有。"

眸底似还翻腾着漩涡，他紧拥住她，还想继续。

顾惜玖忙用一根手指按住了他的唇，将他推开："不要！"

帝拂衣依旧扣着她，眸底似烟波浩渺，问得直接："什么时候可以？"

顾惜玖："……"

帝拂衣看着她："宝贝儿，你曾经说之所以拒绝我是因为不够喜欢我……"

原来他在这里等着她！顾惜玖想起恢复记忆前和他说的那番话，深深觉得她把自己给卖了！

他的目光如有形有质，盯着她看的时候，让她心跳如擂鼓，仿佛透不过气来。

她到底是个干脆的姑娘："等你的伤好的时候！"

她还在他的耳朵上亲了亲："在此之前，你暂时先乖乖的啊。"

看到他的耳朵居然难得地变红了，她忍不住又在他的耳垂上轻咬了一口，轻笑一声，这才坐起身。坐起身之后她才发现自己身上的衣衫凌乱得很。

她忙整了整，将身上的衣裙整利索。

刚才两人拥吻得太火爆了，真的差点儿走火。

他还一身的血口子呢，居然就狼性大发。她自然该是那个喊停的人。

她努力平复了一下心跳，转头正要对他说什么："你……"

刚刚开个头她就被帝拂衣打断："现在敢为我治疗腿上的伤了吧？"

"我觉得你还是自己治疗比较好，我……"她觉得一旦真扒下他的裤子，那视觉冲击太大，她无法静下心来为他缝针。

帝拂衣没再说话，而是直接向下一拂衣袖，白光淡淡闪过，他的裤子不见了。

于是，顾惜玖在猝不及防之下终于看到了他笔直修长的双腿，然后发现他居然穿了平角裤。

再然后，顾惜玖的压力骤然减轻了，她轻轻吐出一口气，开始快速地为他处理腿上的伤口，该上药的上药，该缝针的缝针。

等全部处理完，顾惜玖终于盯了他的平角裤一眼，再忍不住好奇地问道："这个你从哪里得来的？"一个古人会穿现代人的平角裤，她感觉有些怪。

帝拂衣的声音四平八稳的："让人做的。"

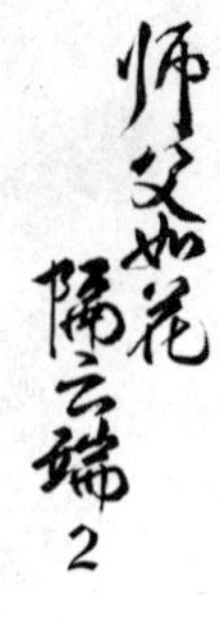

“你怎么知道穿这个？”这是顾惜玖最纳闷的地方。

帝拂衣侧头打量她一眼，似笑非笑地道：“你不是也穿了？”

顾惜玖：“……”她在这个时代确实自己缝制了好几条内裤来穿，毕竟前世穿惯了。

只是她穿这个他应该不知道吧？

他不会有透视眼吧？！

顾惜玖心里一惊，立即有一种自己好像在他跟前裸奔的错觉。

帝拂衣忍不住笑了：“又脑补什么了？其实我曾经看到你穿过啊，感觉很不错，所以也做了几条穿着。”

他倒是学得快！

顾惜玖决定绕开这个敏感的话题，开始问他的伤，想知道那消灵锁到底给他造成多大的危害。毕竟她那时听墨曌说过，就算是神仙，被这消灵锁锁上十天也能把全身灵力消个干净，而帝拂衣已经被锁了九天，还一口气被锁了那么多条！

帝拂衣倒回答得轻描淡写：“笨，我是神，和普通神仙不一样。灵力确实被消掉不少，不过不至于消干净……”

顾惜玖瞧着他：“可惜依旧让墨曌和龙梵逃了，你是不是早就预料到他们会逃走？”

帝拂衣顿了顿，缓缓开口道：“惜玖，墨曌是天魔，除非我在全盛期，要不然想要杀死他并不容易，其实在地宫中他还是被我唬住了。”

“怎么说？”

“你扎他那一下伤的只是他的克隆体，他的魂体并没有受多大损伤，他那时如果孤注一掷直接脱离那个躯壳，然后来袭击你我的话，在场的人没有谁拦得住。我那时身上的功力不足两成，使出那两招后，不要说墨曌，就算是龙梵也能上来打倒我……”

“原来你那时倚靠在我身上并不是做做样子，而是真的站不住了？”

“倒不是站不住，我那时要节约每一分力气来应付突发状况，当然也是为了给他造成实则虚之，虚则实之的假象，让他弄不清我所剩的实力。”

顾惜玖想想当时的情况，背上生出冷汗。如果龙梵和墨曌没有离心离德，而是共同进退，墨曌没有被帝拂衣的两招唬住，而是直接冲上来拼命……

那么这一战的历史就真的要改写了！

不过帝拂衣赢这一战并不意外，他擅长抓人的弱点，抓住了墨曌性格中的弱点，并将墨曌和龙梵挑拨得交恶，这一招“空城计”才唱得如此成功，彻底毁了墨曌的重要基地，也让墨曌受重伤，没个几十年作不了恶。

唯一让人扼腕的是龙梵也跑了！那两个人臭味相投，日后再联合起来，不知道会生出什么事来。

“放心吧，龙梵虽然仗着地形熟，侥幸从一条密道逃脱了，但他已受重伤，而那

条密道也因为提前被沐风发现，事前在密道的那头做了套，那密道已经成为一条死胡同，他估计是不能囫囵着逃出来的。”

顾惜玖：“……”好吧，原来这位左天师大人考虑到了所有事。

她实心实意地夸赞道：“你太变态了！简直赛过三个诸葛亮！做你的对头太痛苦了！”

帝拂衣抬手将她拉到怀里抱着，在她的额角亲了亲：“所以还是你最聪明，做了我的情人。”

顾惜玖似笑非笑地望着他：“情人？”

“当然，不过我正努力把你向妻子的方向升级。话说，惜玖，你什么时候嫁给我？”

顾惜玖哼了一声：“你这是向我求亲？烛光呢？戒指呢？鲜花呢？”

帝拂衣：“……”

顾惜玖自然是在和他开玩笑，所以勾着他的脖子，给了他大体日期：“待我长发及腰，嫁给你可好？”

帝拂衣瞧着她像狗啃似的短发，如果等这头发长到及腰，岂不是要等三年？！

不过只要他再恢复恢复，想要催长她的头发是很轻松的事，用不了一个月……

所以他笑了笑道：“好！”他揉了揉她的头顶，“长路漫漫，无心睡眠，惜玖，不如我们……”

顾惜玖心中咯噔一下，直觉他又要搞暧昧，伤成这样还时刻不忘调戏她，顾惜玖严重鄙视之，正色斥责他道：“不许乱想！”

帝拂衣无辜地问：“乱想什么？我是说不如我们练功吧，我正好教你化去你体内的跟踪器的功法。”

顾惜玖：“……”

帝拂衣再看了看她：“你不会想歪了吧？不纯洁的姑娘！”

顾惜玖抬手将旁边的软垫按在了他的脸上：“你才不纯洁！”

龙梵在密道里踉跄奔行。

这条密道是他建造这座地宫时悄悄为自己留的后路，密道的另外一端连接着一个岩浆池，岩浆池中有一艘通向外面的火船，他只要逃到那火船中就安全了。

那条火船行走的通道和其他正常火船走的通道不是一条，所以他只要上了船就可以直接从秘密通道里把船开出去，然后远走高飞。

这条秘密通道有四五百米长，他就算受伤，那也是三四分钟就奔过去了，眼看出口就在前方，他松了一口气，又紧跑了几步。

唰！一张大网从天而降，直接将出口封住。

若不是他退得及时，那大网能直接将他兜住！

也不知道大网是什么金属材料做出来的，网上都是细密的尖长铁钉，碧色的，一

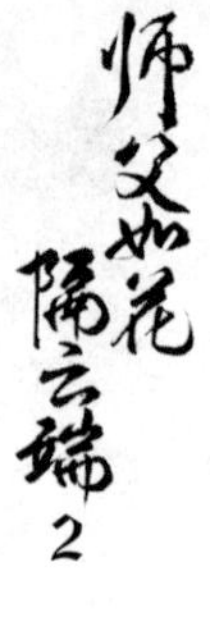

看就含有剧毒！

他冷冷一笑，倒也不慌，自怀中摸出一副手套戴上。这手套刀枪不入，他戴了这手套后开始去撕那网，却发现撕不动！

他不但撕不动，那看上去并不算特别锐利的铁钉还扎破了他那手套，在他的手指上划了一个浅浅的小口子。

再然后他的脸立即绿了，他中毒了！

幸好他身上带着杂七杂八的解毒药，他忙挑了几种吃下去，好在其中一味解药对症，他脸上的绿色渐消，原本已经麻木的手也恢复知觉。他吐出一口气，又冷笑了一声。

论用毒他才是行家中的战斗机，这个世上没有人比得上他！解开毒后，他又研究了一下那张网，他在机关术方面也极有造诣，所以静心研究片刻后，终于找出打开这张网的开关。眼看他就要解开机关，却听到远处轰的一声响，脚下大地跟着颤抖，接着就是四面开花似的轰隆的爆炸声……

龙梵脸色剧变，这地宫是他设计的，他自然明白这些爆炸声代表的是什么。墨曌那个浑蛋引爆整个地宫了！墨曌居然要拉着所有的人陪葬！

龙梵自然不想在这里陪葬，所以更卖力地解那张大网的机关。

但因为他心里发急，越急手就越不稳，等他好不容易解开那大网时，他身后已经有滚滚岩浆流入。

那灼热的气浪让他透不过气来，他把那大网一甩，拔脚飞奔，终于看到了那个岩浆池，再然后整个人傻在了原地。

岩浆池中的火船不见了！

岩浆池中的岩浆受外面的爆炸影响，此刻也满溢了出来，向他脚下聚集。

而在他身后另一股岩浆也滚滚而来，他连退路也没有了！

他闭了闭眼睛，知道自己这次是真的大限已到，这具躯壳真的保不住了。

既然已经逃无可逃，他倒淡定下来，还趁最后的时刻感应了一下顾惜玖所在的位置。那个丫头已经上了火船，看来是能逃出去的。

他微微握紧手指，轻轻勾了勾唇。日后他还有机会和她相见的，哪怕她逃到天边他也能找到她，因为他不但在她身上安装了定位器，还让那具克隆体的组成细胞和他另外的克隆体身体相连。

这种相连不是任何仪器可以测出来的，就像双胞胎之间特殊的心灵感应，他可以根据这种“心灵感应”再次找到她，说不定还能找到帝拂衣真正的老巢。

岩浆扑面而来，而他站在那里，满头冷汗地任由岩浆将他吞没。

时隔多日，顾惜玖终于又见到了自己的那具身体。

它在一副水晶棺中，微合着眼睛，似正熟睡，心口的伤明显得到了妥善的治疗，

肌肤莹润，小脸上甚至还有淡淡的红晕。

这具水晶棺放在帝拂衣的扶苍宫中的一座冰殿内。

帝拂衣原本想带着她回他真正的老巢碧梧宫，但顾惜玖不愿意。她潜意识中总感觉自己这克隆体有问题，就算将那定位器用功力化掉了她依旧感觉不太保险。

帝拂衣的碧梧宫极为机密，也是传说中圣尊居住的地方，外人压根无从得知，这么机密的地方顾惜玖不想拖着这具不怎么保险的身体去，所以她提议先回他左天师的身份所住的宫殿，到那里再说别的事。

帝拂衣微微垂眸，也不知道想到了什么，很痛快地答应了下来，于是转道回了飞星国的扶苍宫。

飞星国刚刚换了新国君，容伽罗即位，千头万绪的事等着他去做，但他在听到左天师回国时还是来拜访了一次。

帝拂衣是个傲娇货，他现在身体不适，不想见客，直接让门人回绝，连大门也没让容伽罗进。容伽罗只能怏怏而归。

顾惜玖这一世的父亲顾谢天不知道从什么渠道得知顾惜玖也在扶苍宫，特意前来拜访，想要见见许久不见的女儿。他更惨，直接被扶苍宫的门童给拒绝了，压根没向里回报。

顾惜玖来到扶苍宫之后，帝拂衣给她派了四名侍女服侍。

毕竟她为了化去那定位器也挺拼的，疲惫得很，正该好好歇一歇再说别的事。

顾惜玖心里有事，所以睡了一觉后就去找帝拂衣，想问问自己那具原身到底怎么样了，是不是还被巫无颜占据着。

帝拂衣正在闭关，处于不能打扰的状态，她干脆出来到花园中溜达了一圈，然后就碰到了大蚌。

大蚌正在花园里散心，在看到顾惜玖的那一刻，它像颗炮弹似的连滚带跳地冲过来，在离她一丈远的地方刹住车，大蚌中的小娃娃眼泪汪汪地盯着她：“主、主人！”

顾惜玖怎么也没想到会在这里碰到它，明明也就是二十多天没见，顾惜玖感觉却像是过了好久，如今再见到它自然倍感亲切，所以她向着它招手道：“大蚌，你怎么在这里？过来，让我看看你。”

大蚌欢呼一声，立即就滚到了她面前，拼命拿壳蹭她的衣角：“主人，主人，你又换了个身体啊，这身体也好漂亮！呜呜呜，我们一直守着你的那具身体，还以为你真的死了呢……”

顾惜玖：“……”

“你们守着我的那具身体？在哪里？”

“就在那边的冰室啊，左天师派人接我们过来后，就把我们放到那冰室里，我们好好保护着你的身体。陆吾能让身体生机不灭，我能让尸体长久不腐，你那具身体被我们保护得像活着一样，就是没有那口气……”大蚌诉说着缘由，顺便表功。

顾惜玖二话不说扯着它就走：“带我去看。”

于是，顾惜玖终于见到自己那具小身体了。

她来的时候，正看到陆吾在水晶棺头上蹲着，一双大眼睛很是伤感，霜打的茄子似的盯着棺内的身体。

直到顾惜玖进门时叫了它一声，它认出她后，立即就像满血复活似的瞬间精神起来，直接扑到她的怀中啾啾地叫个不停，脑袋拼命地在她胸前蹭，不知道该怎么亲热才能表达它的喜悦之情。风召本来在旁边趴着，此刻也跑过来，不住地用舌头舔顾惜玖的衣服。

这还真是最热情的欢迎，顾惜玖心中蛮感动的，揉了揉风召的脑袋，顺了顺陆吾的毛，大蚌壳圆，挤不过来，急得一直在背后夹她的衣角。

这三个家伙在天聚堂待了将近两年，大蚌和风召变化不大，陆吾的变化还是蛮大的，个头大了一截，原先很轻松就能钻进顾惜玖的袖子，现在它像一只大猫，趴在顾惜玖的手臂上时沉甸甸的。

这三个家伙正围着顾惜玖转圈，各种卖萌表示亲热，顾惜玖无意中一抬头，见水晶棺内有七彩的光芒闪了闪，那彩光绚丽地变幻着，简直能闪瞎人的眼睛。

顾惜玖被那彩光吸引了，然后就看到了苍穹玉。

这家伙不再是一团墨色，而是原身七彩珠串的模样，还戴在棺内的身体的手腕上，很刷存在感。

顾惜玖有些纳闷，苍穹玉是能自由活动的，所认的主人又是她的灵魂，这个时候它看到自己了却没有直接扑过来，居然还盘在那具身体的手腕上。

她走过去，用手指敲了敲那玉：“小苍！”

苍穹玉闪了闪，然后又没反应了。

怎么回事？

它生气了？还是出了其他问题？

于是顾惜玖再敲了敲它：“怎么了？被禁锢在上面下不来了？”

怎么可能？！

苍穹玉嗖的一声从水晶棺中飞了出来，围着顾惜玖转了一大圈，然后又飞回去重新盘在那具身体的手腕上，还又闪了闪，发出比彩虹更耀眼的光芒。

顾惜玖：“……”

这才十几天没见，这货就如此傲娇了。

难道它在吃醋？

顾惜玖决定暂时不理它，目光落在那个姻缘镯上，微微一顿。

那姻缘镯原先很漂亮的，水润通透，像紫罗兰翡翠，现在却灰蒙蒙的像个石头镯子。

顾惜玖一直很宝贝这个镯子，戴的时候也特别在意，唯恐磕了碰了，若不是摘不下来，她早把它珍藏在最要紧的地方了。现在看到它变成这样自然很心疼，于是她问苍穹玉有没有办法弄下来。

苍穹玉似乎不想理她，顾惜玖问了它两次它都没回应。

顾惜玖微微皱眉，这货这醋吃得有点儿过头了。

她掉头就走，预备找帝拂衣问问。她刚刚转身手腕上一凉，苍穹玉直接盘了上来，一闪一闪的，可就是不肯在顾惜玖的脑海中说一个字。

顾惜玖这次是真纳闷了，苍穹玉一向是用心灵和她交流的，可以直接在她的脑海中说话，但这次它似乎想说什么，自己却接收不到。

难道是因为换体的关系？

“小苍，你是不是只能和拥有这具身体的人交流？”

顾惜玖将自己的疑问问了出来，因为她接收不到苍穹玉的刷屏，所以给了苍穹玉两个选择，如果她说得对，它就闪一下；如果她没猜对，它就闪两下。

结果苍穹玉闪了一下。

果然是换体的关系！

看来她不换回身体的话，不但姻缘镯摘不下来，就连苍穹玉也无法和她交流了！

她轻吸了一口气，决心去找帝拂衣好好谈谈换体的事，他应该有法子的！

她知道他对她换体的事并不热衷，甚至还有些反对她再换体，但她觉得不换体的话弊端太多了，她得再和他谈谈这些事。

帝拂衣闭关的地方就是扶苍宫中心的一间水晶殿内。

但顾惜玖到了那里就被沐风拦住了，说左天师大人吩咐了，他这次要闭关三天，让她这三天乖乖地待在扶苍宫内，等他出关以后就带她出去玩。

顾惜玖只得回身，沐风又在后面嘱咐了一句：“主上说请姑娘多练练他教给你的般若功，对姑娘大有裨益。”

顾惜玖点头，转身走了。

她也修炼了三天，当然，她并没有闭关，只是上午和下午各修炼两个时辰而已。在这期间她还是出去了一趟，拜访了一次容伽罗，看他治理国事确实已经走上正轨，也就放下心来，中午的时候还和微服私访的容伽罗吃了一顿饭。

在吃饭时的闲聊中，两人不可避免地聊起了容御。

虽然容御险些把容伽罗坑死，但容伽罗对这个曾经的八弟还是有感情的，所以谈起这个兄弟时，容伽罗的语气里还是有着难以掩饰的感伤。

容御在没暴露真实身份前，对他这个太子哥哥不是一般好，数次为他出头，也为他摆平了许多事。

顾惜玖不动声色地听着，从容伽罗的叙述中总结墨璎做事的一些特点。

吃罢饭，她在回扶苍宫的路上接到了龙司夜的传音，她用传音符和龙司夜聊了几句，龙司夜问她是否已经换体成功，顾惜玖自然实话实说了。

龙司夜在那边沉默了片刻，终于道：“你那克隆身体怕是有点儿麻烦，不换过来对你以后不利。这样吧，我去那里直接为你换过来如何？”

顾惜玖眼睛一亮：“好啊！欢迎之至！”

龙司夜来得很快，半天后他就到扶苍宫拜访了。

扶苍宫的大门并不好进，但那只是针对普通人而言，对天授弟子来说，来这里还是有特权的，只要帝拂衣在里面，通报一声就可以进。

龙司夜也来过扶苍宫很多次，所以沐风对他还是很给面子的，一听他到来立即将他请了进去。

顾惜玖对龙司夜自然不用很客气，没寒暄就直奔主题，询问自己这具克隆体到底有什么毛病。

龙司夜也不瞒她，和她说了一下：“惜玖，你现在这具克隆体和前世的身体基因排列并不相同……”

顾惜玖有些吃惊，毕竟她这具克隆体的模样和前世一模一样，双胞胎也没这么相像的，基因排列居然是不同的？

她示意他继续说，于是龙司夜干脆就全说了。

他说了一些很专业的术语，有一些让医术很高明的顾惜玖都听不太懂，但大体意思她听明白了：“你的意思是说，我这具克隆体的细胞基因组合和龙梵的基因组合有很多相像的地方？我和他会有像双胞胎似的心电感应？！”

龙司夜点头：“比双胞胎之间的心电感应更厉害，他这么做绝不是因为无聊，他应该有特殊的心电感应接收方式，说不定能及时感应到你的位置甚至你的喜怒哀乐……”

顾惜玖恶寒地道：“没这么恐怖吧？！龙梵能研究出这个？”

龙司夜轻吸了一口气道：“相信我，以那科学疯子的智商，他能做到！强化心电感应就是了。你和他明明没有任何血缘关系，但你们的基因排列比双胞胎的相同项还多，这绝不是偶然！”

顾惜玖被恶心到了。

她垂眸片刻，再抬眼时眼神有些疑惑：“心电感应是相互的吧？我刚才感应了一下，没感应到他的丝毫信息……”

龙司夜也有些纳闷：“是吗？按我的研究来看，你应该也能感应到他的信息，莫非他弄的是单向感应，只能他感应到你？”

那也太玄幻了！

顾惜玖摇头表示不信，龙司夜微皱起眉头，似乎在思索龙梵这么做的目的到底是什么。

顾惜玖轻吸了一口气道：“不论他的目的是什么，我总感觉用着这壳子不太保险，我还是想换过来，你说你可以操作？”

龙司夜点头道：“可以！”

“那耗不耗灵力？”

龙司夜摇头：“这是医学范畴，不必耗费灵力。”

顾惜玖放心了，不过她还是有点儿纳闷，帝拂衣不想为她换体她还以为是因为耗费灵力太大，他现在正虚弱，做不到，所以才让她缓一缓，但既然不耗费灵力，那他到底为什么反对？

难道问题出在她的那具本体上？那本体出毛病了？

她干脆将龙司夜领到了那个冰殿里，让他看水晶棺中她的那具原身。

龙司夜带来的医疗家什不少，立即开始检查。

而检查的结果让顾惜玖很欣慰，这具身体上的伤已经好利索了，各项指标正常，她只要附体在上面就能活蹦乱跳了。

她立即催促龙司夜为她换体。

龙司夜也干脆，当即答应，变出了一张软床，让顾惜玖摆一个姿势躺好。

他拿出一支针剂，走到她跟前道：“别怕，我给你打一针，等你醒来就在原身中了。”他挽起顾惜玖的衣袖，露出了她白皙如玉的上臂。

他这一针正要扎下去，一道白光忽然射来，正击在龙司夜的针管上，啪的一声，针管碎裂，冰凉的药液滴落在顾惜玖的手臂上。

两个人都诧异地抬头，却见帝拂衣飘飘然地站在大殿门口，面沉如水：“你们在做什么？！”

顾惜玖：“……”

龙司夜：“……”

帝拂衣的气势太强，龙司夜都被他吓得哆嗦了一下，手中那碎掉的半截针管也掉在了地上。

顾惜玖怎么也没想到，帝拂衣会发那么大的火。他一出现，就二话不说地将龙司夜赶了出去，还对门人吩咐，以后把龙司夜设成拒绝来往户，从此以后不许他再登门。

顾惜玖实在不明白这到底触犯了他的哪片逆鳞，忍住心头的火气问他：“你什么意思？龙教官只是想为我换体，为什么要赶他走？”

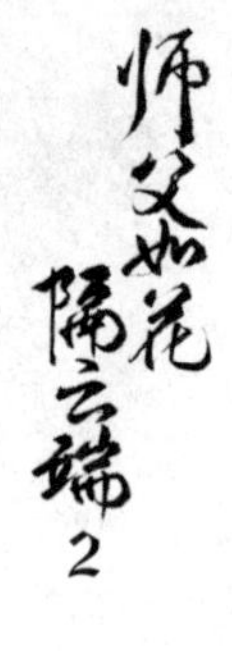

她质问帝拂衣时是在大门口附近，此时龙司夜刚刚被他丢出去不足两分钟。

“顾惜玖，你相信他还是相信我？”帝拂衣扯住她的手，阻止她开门去看龙司夜。

顾惜玖：“……”

这个和相信谁没关系吧？！

“你上过两次他的当还不够，还想再上第三次？”

这句话有些扎心，顾惜玖轻吸一口气道：“你也知道他上次是被那个巫无颜控制，伤害我并非他的本意，再说这次我们能出来他出的力气不少……”

帝拂衣冷笑道：“他只是不想让你落在龙梵手里而已！你还天真地以为他对你没有任何想法了？”

顾惜玖：“……”

“他的那些变态技术不比龙梵差，你怎么知道他那一针给你扎下去不会要了你的命？不会让你的魂魄再次不知道消失到什么鬼地方去？你还想让我再满天下地去找你？”帝拂衣步步紧逼道。

顾惜玖见过各种样子的帝拂衣，就是没见过这么气急败坏的他，他说的话如锐利的刀扎在她的心头，令她的俏脸变得有些苍白。

她忽然转身就走，一个瞬移就不见了影子。

她倒不是赌气跑出门，而是瞬移到了那冰殿之中，那里还有打碎的针剂，她要看看那针剂的成分。

还不错，这里的地板是玉质的，那破碎的针管里还有一点儿残留液体，她将那些残留液体小心地收了起来，预备化验一下这东西的成分。

她不相信龙司夜还会害她，所以必须弄清楚这到底是什么东西。

她刚刚从苍穹玉的储物空间里取出器械，一回身就看见帝拂衣站在门口。她顿了顿，还是对他解释了一句：“我会把针剂的成分查清楚，如果他真是要坑害我，我这辈子再不会相信他了！”她从他身边走了过去。

帝拂衣一把握住了她的手腕：“我陪你研究！”

顾惜玖没拒绝，点头道：“好！”

她闷着头在帝拂衣的药房里研究了一整天，根据针剂的成分得出结论，这针剂不是毒药，相反还能滋养身体，让人在沉睡中不知不觉地离魂。

药效和龙司夜对顾惜玖解释的一模一样。

现在这药性和龙司夜所说的能对上号，顾惜玖松了一口气。

帝拂衣却泼她的冷水：“这药的成分就是要你的命的，他让你离魂后，谁知道会把你的魂魄拘到哪里去？本座说得也没有错。”

顾惜玖气结：“他那里的克隆体已经被毁掉了，你不是说在那座活火山中发现过他制造的那克隆体？那他把我拘去放哪里？总不能让我做个阿飘吧？”

帝拂衣淡淡地道：“一切都有可能。”

顾惜玖忍不住看了他一眼，抿了下小嘴道：“你总说我疑心重，我瞧你的疑心也挺重的啊，总把人阴谋化。”

“一朝被蛇咬，十年怕井绳。惜玖，在你身上我不得不谨慎再谨慎，如果你再出什么意外，我未必能再救回你一次。”

顾惜玖：“……”

她想起这次帝拂衣为了救她真的差点儿连命也搭上，心中一软，原本对他的那点儿怒火瞬间烟消云散。她看了看他的脸色，还有些苍白。

“你的伤怎么样了？”

帝拂衣幽幽地看了她一眼：“总算想起我的伤来了？该换药了！”他抬手丢给她一个药瓶，然后顺势躺在这炼药房唯一的床上。

顾惜玖：“……”

帝拂衣身上的伤痕好了不少，都已经封口，结了血痂，有了愈合的迹象。

顾惜玖看到他身上那些伤什么脾气也没有了，他受这些伤都是因为她啊。

她坐在床前为他涂抹伤药，忍不住问他：“你打坐三天就没自己换过药？”

帝拂衣微闭着眼睛，蛮享受她的伺候：“我这次是真正的入静打坐，不言不动不食，自然不会站起来换药。”

顾惜玖忍不住叹气：“那你打坐完了可以换一次药啊。”

“我打坐醒来的第一件事就是去找你！”帝拂衣说话不太客气，“也幸好我找得及时，要不然说不定你现在就不在这里和我说话了……”

顾惜玖：“也说不定现在我已经换回原身，在为你上药！现在看来龙司夜那药并没有问题。”

“知人知面不知心，宝贝儿，你还是嫩了点儿。”帝拂衣并未睁眼。

顾惜玖不想再和他讨论这个问题，这么争议下去也争不出什么结果来，还容易吵架。

她在心里打定主意，等有空了她会按照龙司夜的药水的成分再配制一份出来，然后找点儿动物做试验看看。

“算了，咱们不讨论他了，你应该也会这换体之术吧？要不你给我换？”

帝拂衣仍未睁眼，声音幽幽地说：“惜玖，我现在还伤着，你忍心让我用禁术为你换体？”

顾惜玖：“禁术？不能吧？龙司夜说换体不会动用灵力的啊。”

“你信他还是信我？”

顾惜玖闭嘴了。

两人一时谁也没再说话。

顾惜玖为他上完药后，静了静，忍不住道："你是不是有什么事瞒着我？我觉得以我们现在这种关系，不应该再有什么隐瞒的事。我不想猜疑你，可是我总感觉你十分不情愿我将身体换回来，你是不是有什么顾忌？"

帝拂衣沉默了片刻，道："你想多了。其实我只是不明白你为何这么执着于换体，本座说了，你这具身体的资质比那将军府小姐的资质要好……"

"可是我喜欢那具身体啊，那具身体上有姻缘镯，再说我现在无法和小苍交流了。"

"笨，有没有那姻缘镯你都会是我的妻子，何必在意那么一个镯子？至于苍穹玉和你的交流问题，回头我和它交流一下问问原因，会设法让它能和你的这具身体交流的。"

顾惜玖不死心，又把龙司夜所说的龙梵和她的基因排列相像的事说了出来。

帝拂衣似乎没想到这个问题，就让她先感应了一下龙梵的所在地，顾惜玖解释道："我先前也感应过了，没感应到他，或许是单向感应。"

虽然这么解释着，但她到底又凝神感应了片刻，依旧一片雾茫茫的，正要睁开眼睛，却忽然感觉周身一冷，仿佛置身在一个极为冰寒的地方，四周都是蓝冰，而在蓝冰中隐隐有个人影。她极力地看，周身却忽然一热，她像是从梦中惊醒，猛然睁开眼睛道："我似乎真的看到他了！"

"在哪里？"

"像是在什么冰原上，也或者是在什么寒冷的海里，他被冻在了冰里……"顾惜玖极力描述着自己所"看到"的场景。

帝拂衣沉吟片刻后道："你这是潜意识在作祟吧？"

"啊？"

"你看，龙司夜造出来的克隆体是在冰殿之中，你在地宫里时也是在寒冷的水晶棺中醒来的，你还看到墨曌的克隆体也是盛放在水晶冰棺之中……或许这让你形成意识上的条件反射，认为一旦苏醒必然是在寒冷的地方。而若无意外，龙梵在那地宫中无处可逃，也会死去。他如果要复生必然也是在其他克隆体中复生，所以你有这种意识上的条件反射也不奇怪。"

顾惜玖蹙眉，是这样的吗？

帝拂衣说的这一番话似乎有理。

她微闭上眼睛，再次感应对方，这次却无论如何也感应不到了。

第六十章　蓝峰大陆

蓝峰大陆颇像现代的南极大陆，那里是浮冰形成的陆地，常年暴风雪，冰峰连绵成片，气温在零下四五十摄氏度以下。这里人迹罕至，尤其是大陆深处，更是无人涉足。

而在这大陆深处的一处冰峰之中，有一座小小的冰殿，也就只有四五十平方米大小，在冰殿四周竖着八根冰柱，隐含伏羲八卦之意，上面有繁复的花纹，像是什么咒语，在深蓝色的冰洞中一闪一闪的。

在冰殿中央有一道又粗又高的冰柱，冰柱中隐隐有一道人影。

那人呈一种诡异的姿势站立着，也不知道在里面被封了多久，一动不动的。

冰殿中的八根冰柱忽然亮了亮，那些符咒像是被什么催动，疯了似的旋转起来，那冰柱却像是受到什么侵蚀，开始以肉眼可见的速度融化，冰柱中被封印的那个人终于显露出身形。那人容颜俊秀，气度清雅，被冰封了这么久，却面色红润。

又过了片刻，他的胸口有了一点点起伏，再然后，睫毛颤了颤，他终于睁开了眼睛。

他在冰柱中动了动，微张开口似乎是要吐出一口气，却没想到唇是张开了，却不见半丝气流。他眸子里闪过一抹惊慌之色，薄唇张得更大，结果这口气依旧吐不出来。

他刚刚有了一点儿血色的脸再次变青、变白，像是溺了水，然后又没了气息。

又不知道过了多久，柱子中的人再次有了要活转的迹象，但都是没喘过一口气来就又没了动静。

如果有灵者在现场看着，就会看到一道淡青色的影子正围着那身体打转，想方设法地向那身体扑去，有时候是被弹出来，有时候好不容易扑进去没过片刻却再次被弹出来。

不知道失败了多少次，到最后终于成功，他再睁开眼时终于艰难地吐出第一口气，身子却晃了晃，狠狠自冰柱中栽了下来！

他明显操纵不了身体，趴在冰凉的地上手指无助地连连屈伸，手脚却压根不听使唤……

“该死！”他嘴里含混地吐出两个字，这个地方滴水成冰，甚至刚刚呼出的气体也凝结成细密的冰珠。

他如果能轻松运转灵力，这里的冷自然不算什么，但他现在是连站也站不起来的，在这样的地方又能支撑多久？

他微微喘息着，心头一片绝望。

百密一疏，他只在此处预备了克隆体，却忘了此地的寒冷压根不是现在的他能够承受的。

远在万里之外的扶苍宫内，顾惜玖自然不知道那冰殿中所发生的事情。

她接连感应了几次再没什么效果后，便放弃了，暂时信了帝拂衣说的话。

而龙司夜的针剂已经被打碎，剩下的残液无法再用，帝拂衣的灵力一时没有完全恢复，也不会为她换体，这让她多多少少有些郁闷。所以为帝拂衣换完药后，她嘱咐他再好好休养几天，转身就想出去，却被帝拂衣一把拉住。

她讶异地挑眉：“还有事？”

帝拂衣用力将她拉到怀中，看着她的眼睛问道：“生气了？”

顾惜玖顿了顿，摇头道：“没有。”

帝拂衣眸中闪过一抹歉然神色，但随即笑道：“走，我带你去一个地方。”不由分说地拉了她就走。

“去哪里？你不练功恢复了？”顾惜玖有些纳闷，觉得他现在最重要的事是练功。

“去了你就知道了。”

天上的月亮大如圆盘，白云如飘纱，半蒙在月亮上，安详而静谧。

波光粼粼的大湖一眼望不到边际，据顾惜玖目测，这湖比洞庭湖还要大一倍。

湖边不是普通的湖堤，而是一种月光白的细沙，踩上去极为舒服。

离湖边不远处则是一种开着淡紫小花的大树，大树躯干似梅，弯曲如虬枝，开出的花大小如桃花，一簇簇地开满枝头，风一吹，花瓣飘落，纷纷扬扬如同花瓣雨，景致不是一般美。

而这么美的景致此刻仅有两个人欣赏。

顾惜玖赤足踩在月光白的沙滩上，被这样的景色震撼住。这里的景致似梦似幻，不似人间。

顾惜玖是知道这个湖的，离飞星国都城五百里路，称为月光湖。

在百姓眼里，这湖是一个魔鬼湖，因为据说这湖里住着吃人的魔鬼，会把来这里探险的人吞个尸骨无存。

周围的人几乎是谈月光湖色变，顾惜玖没想到帝拂衣会把她带到这里来，更没想到这里居然这么美！

“你说这湖里真有魔鬼吗？”顾惜玖站在湖岸上远眺，“看上去平静得很啊。”

“放心，就算有魔鬼也不会吃你。”帝拂衣微笑道，“只不过是鲛人不想被外人打扰，故意弄出来的噱头吓唬人而已。”

“鲛人？”顾惜玖挑眉，“这湖里有鲛人？传说中的鲛人不都是住在海里吗？”

帝拂衣微笑道：“待会儿你就知道了。”

顾惜玖来了兴致。她听说过鲛人，却从来没见过。

“你带我来就是为了看鲛人的？在哪里可以看到他们？是不是需要下湖潜泳什么的？”

“不必，有个法子可以吸引他们主动现身来接我们。”

“什么法子？”

帝拂衣拿出一支笛子：“来，你唱一曲，我来为你伴奏。”

她到底是聪明的：“是不是鲛人擅长唱歌，你让我唱歌和他们打擂台，吸引他们出来？”

“猜对一半。让你唱歌不是打什么擂台，而是为了取得进入鲛人部落的资格。鲛人极喜欢唱歌，也最喜歌喉好的人，如果谁一展歌喉能让这湖边的紫心树花瓣跟着翩翩起舞，就是他们最尊贵的客人，可以进入他们的夜市买东西。”

顾惜玖在那些神话传说中知道鲛人生活的地方有一个海市，里面卖的都是世间罕见的奇珍异宝。

很多财大气粗的陆地人想方设法地要进去转一转，但基本不得其门而入，这么多年来进过海市的人可以说是凤毛麟角。

没想到这月光湖里有一个海市，而且规矩还这么古怪。

顾惜玖对自己的歌喉还是很有信心的，现在这具身体和前世的身体几乎是一模一样的，连嗓音也一样，所以顾惜玖不怕这嗓子发挥不好。

她唱的是《明月几时有》，古风歌，曲调也好，是她曾经很喜欢的一首歌。

歌声响起来，顾惜玖刚唱了一句，就发现在这里唱歌和在其他地方唱歌是不同的。

这里自带聚音效果，竟然比用麦克风唱出来的效果还好！

而当帝拂衣的笛音跟上来的时候，那效果更是惊人。

笛声悠悠扬扬，歌声缥缈美妙，歌声、笛声相得益彰，身边不远处的花树居然真的随着她的歌声摆动树冠，花落得更急。那花瓣随着乐声飘来，围着二人打转。

原本颇为平静的湖面上翻滚起波涛，波涛越来越大，水浪托出一个平台，盛放如莲，平台似的水波中有两名身着湖蓝色衣裙的女子向着他们行礼道："奉水君令，请二位贵客进鲛市。"

帝拂衣牵着顾惜玖的小手飞身落在那平台之上："劳烦带路。"

平台闭合如同一个莲花花苞，向着水下沉去。

在顾惜玖的心目中，一个大湖再深也深不到哪里去，有几十米就顶天了。但她没想到这花苞载着他们足足下潜了将近半个小时，还没有停止的意思。

顾惜玖有些纳闷，传音给帝拂衣："这湖有这么深？"她觉得已经下潜数千米了！

"那湖只是通往鲛人族地的一个入口，现在是在海里。"帝拂衣传音给她。

原来如此！

顾惜玖心中一动，两年前帝拂衣曾经带着她深入海底，他弄出来的水泡和这个花苞有异曲同工之妙，或许帝拂衣那深海之下的建筑就是这群鲛人为他建造的？

她将心中的疑问问了出来，最后加了一句："你的水泡工具不会是向他们偷师的吧？"

帝拂衣正色道："这技术是我传授给他们的。"

"吹牛！"顾惜玖不信，"难不成鲛人原先都不出来的？"

"笨，他们居住在深海内，平时轻易不出水的，就算偶尔出水也是游出去，直到本座为他们发明了这个，他们才开始乘坐这种东西出海或者接人……"

"接人？他们时时接陆地上的人去做客？"

"鲛人和陆地上的人是通商的，要不然陆地上卖的那些鲛丝是哪里来的？只不过能和他们通商的人都是经过他们层层考察的，全大陆不超过十八个。"

"你是其中之一？"

"不，我是他们最尊贵的客人，我和这里的鲛皇是朋友。"

顾惜玖纳闷地道："你居然有朋友。"倒是难得从他嘴里蹦出个"朋友"来。

帝拂衣将头枕在她的肩膀上："这话有点儿酸啊。像你说的，秦桧还有三个朋友呢，何况是我？"

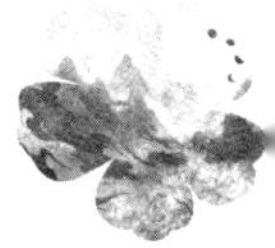

他的气息吹拂在她的耳边，让她半边脸都热乎乎、痒酥酥的，她将他的脸向旁边一推，说道：“原来你今天是忽悠我来见你朋友的。”

帝拂衣笑了，将她的腰揽得更紧：“丑媳妇早晚要见公婆，你就要成为我的媳妇了，没有公婆，就来见见我的朋友岂不是正好？”

顾惜玖脸上一热：“哪个要成你的媳妇啦？我还没答应嫁给你！”

她心里对这鲛皇还是很好奇的，这两个来接人的鲛女已经如此摇曳生姿，那鲛皇肯定也是一个倾国倾城的美人儿。因为那两位鲛女一路上都在讨论什么赏花会，还说凭她们鲛皇的美貌以及歌舞，定然是要拔得头筹的。

“鲛皇是大美人儿？”顾惜玖再次传音问道。

“嗯，很美！”帝拂衣不吝赞美道。

“歌舞双绝？”

“不错，和你的歌舞比也不差，甚至更好。鲛皇一舞，倾绝天下，这是全大陆人公认的，没人不服气。我觉得你或许能勉强够格和鲛皇打个擂台。”帝拂衣笑眯眯地说着，语气里带着对那鲛皇真诚的赞赏。

顾惜玖眼睛一亮：“那我可要见识见识了！”

帝拂衣似乎没料到她是这个反应：“宝贝儿，你不吃醋？”

顾惜玖挑眉道：“有什么醋可吃？”

“本座说了，鲛皇是本座最好的朋友，还美貌无双，歌舞倾绝天下……”

“嗯，那又怎样？我正好近距离地欣赏欣赏啊！能让你这么称赞的人肯定有两把刷子。”

帝拂衣：“……”他忽然有了一种危机感！

事实证明，他的危机感是正确的。

顾惜玖看到鲛皇的时候目光一直流连在人家身上，瞅了一眼再瞅一眼，把他都给忘了！

鲛皇确实美，还是那种雌雄莫辨的中性美。

一套水色长袍拖曳了好几米长，一头海蓝色的长发如斗篷似的在其身后飘飘扬扬，眉如新月，目如朗星，唇色浅粉如含露，眉心还有一颗水滴形的朱砂痣。

顾惜玖看到他的时候他正坐在小车上，指挥手下的鲛人布置已经美轮美奂的大殿，手里还像诸葛亮似的晃着一柄羽毛扇。他看到帝拂衣二人进来，眼睛一亮，从小车上站了起来，摇曳生姿地迎上来道：“哪阵香水把阁下给送来了？”他的声音磁性浑厚，大提琴一般悦耳，仿佛带着海豚音。

顾惜玖傻了！

这位千娇百媚的大美人儿鲛皇是个男人！

这位鲛皇不说话时气质像刘亦菲版的小龙女似的，一说话顾惜玖才知道对方是个纯爷们儿。

这里是鲛人宫，和帝拂衣的那座水晶宫一样，没有海水，海水在头顶荡漾着。

鲛皇看上去虽然分外妖娆，却是个文化人，和帝拂衣略寒暄两句，那一双水汪汪的眼眸就看向顾惜玖，开始转文：“此女堪比姑射仙子，随同凰兄前来，不知是何身份？”

“本座的未婚妻。”帝拂衣就说了六个字。

鲛皇微张小嘴，一副被雷劈到的表情：“未婚妻？！汝居然有未婚妻？！”他的语气活像捉奸在床的妻子。

顾惜玖若不是知道帝拂衣不是同性恋，几乎要以为这位鲛皇和他有什么了。

帝拂衣凉凉地瞥了鲛皇一眼：“很奇怪？”

“天！”鲛皇不转文了，开始说人话，“天哪！千年铁树居然开花了，你这个千年老光棍也终于有未婚妻了！”

他双眸放光地围着顾惜玖足足转了三圈：“姑娘，汝姓甚名谁？如何将他拿下的？告诉朕可好？”

顾惜玖：“……”

帝拂衣将顾惜玖拉到自己身边，一挥衣袖让鲛皇后退几步，说道：“蓝摇光，本座带她前来你就是这么表示的？当初你娶七八房小妾的时候，可是没少去本座那里打秋风……”

鲛皇叹气道：“朕是太吃惊了！凰兄难得有未婚妻，小弟自然要好好表示一下，这样吧，今日正是朝花会的日子，你去朝花会买的前三样东西都记在朕的账上……”

帝拂衣挑眉道：“本座当初送你的礼物足有七八份，你只让本座买三种？”

鲛皇头大，却玩不说理的那一套：“我一房小妾你只送了一份礼物啊，有本事你也多娶几房……”

帝拂衣似笑非笑地望着他：“有本事你再说一遍！”

鲛皇打了个寒战，一脸肉疼地道：“好吧，好吧，你难得娶妻，朕就不扫你的兴，你在朝花会上买的前五样东西都记在朕的账上。”

帝拂衣笑了：“就等你这句话！”他一扯顾惜玖的衣袖，“走了，我带你去采买东西。”

顾惜玖终于明白了，帝拂衣带她来原来是讨份子钱的。

这位鲛皇娶了七八房小妾，每娶一个必然会到帝拂衣面前显摆显摆，顺便要个喜钱，没少打帝拂衣的秋风。

现在帝拂衣终于有未婚妻了，自然就来要账了。

没想到帝拂衣也有这样的损友，而且这个蓝摇光明显是知道帝拂衣的本名的，看

来两人认识很久很久了。

“凰兄，难得你前来，小弟还有一事想和你商量。”蓝摇光身形一闪，已经拦住二人要离去的脚步。

顾惜玖心中一动，这位蓝摇光好俊的功夫！

她这么好的目力，居然没看清蓝摇光怎么瞬移过来的！

帝拂衣挑眉道：“你又捅什么娄子了？”

蓝摇光神色一正，说道：“哪里，哪里，小弟已经有几百年没捅娄子了。小弟这次确实是遇到了一点儿麻烦，凰兄请去小弟的书房一坐，等小弟和你细说。”

他的口气真的很郑重，看来确实有要事，而且只邀请帝拂衣一人去书房。

好在这位鲛皇做事还是很有章法的，命自己最受宠的一位小妾陪顾惜玖去鲛宫的后花园游玩。

帝拂衣沉吟了一下，答应下来，嘱咐顾惜玖两句，就和蓝摇光去了书房。

鲛宫中的后花园和人间的花园是不同的。

珊瑚为树，玳瑁为台，长绸似的飘带摇曳到地上，有顾惜玖从没见过的琪花瑶草在四处开放。

鲛人性喜繁复，什么东西都造得特别精致，一草一木都修剪出情趣来，顾惜玖看得很有趣味。

蓝摇光的那位小妾自然也是位美人儿，陪在顾惜玖身边颇尽地主之谊，不时和她讲解花园中的景致，偶尔也想套问顾惜玖的来历，都被顾惜玖一笑而过，并未回答。

从这位小妾的话语中，顾惜玖知道帝拂衣和蓝摇光已经认识最少六千年了！

蓝摇光这人很风流，常常像宝玉似的，说什么女孩子是水做的骨肉，要好好对待才行。

他好好对待女人的方式是碰到真心合意的就纳为妾，然后当宝贝似的捧在手心里宠，但他又没长性，无论多喜欢的女孩子一旦娶到手，一般过不了千年，他的新鲜感就过了，就会重新猎取目标。

当然，他风流多情，就算不再喜欢的小妾也会养在宫里好吃好喝地对待，但绝不会再临幸她们，美其名曰要为现在娶到手的小妾守身。

这位蓝摇光常常自诩第一大情圣，并不觉得自己滥情。

他曾经说过，人间的男子常常三妻四妾，就算偶尔有只娶一妻的人，也不过相守一世，几十年而已，他却给每一位小妾将近千年的宠爱，算是极专情的了。

现在陪在顾惜玖身边的小妾就是他新娶到手的，但也有两百年了。

按她所说，鲛人的寿命是两万年左右，而她现在才一千三百岁，还是青春正好的时候，但跟了蓝摇光两百年后，蓝摇光待她已经不如前些年那样，对她也不再有求必应。

这位小妾和顾惜玖说了当年蓝摇光追求她时所用的那些手段，花样多得能让任何女孩感觉少女心爆棚。他天天在她所住的贝壳屋前唱歌，为她在大庭广众下跳舞，送她各色礼物，她遇险时拼命救她，险些毁掉他一向珍惜的花容月貌。

在这样强大的攻势下，这位小妾自然沦陷。她原本是鲛人国丞相之女，甘心成为他的第八房小妾。

这位小妾看着顾惜玖道："顾姑娘，其实我很羡慕你。"

顾惜玖顺口问了一句："羡慕我什么？"

这位小妾叹道："你们人类寿命短促，看你的灵力应该在六阶半左右吧？你就算修炼到九阶，寿元也就千年左右，这样一来，你最多陪在凰先生身边几百年，他可以真正爱你一生，而不必让你尝到色衰爱弛的滋味。"

顾惜玖："……"

这碗毒鸡汤灌得她一时没想到什么词接话。

她其实真没想这么多，爱情来了就深爱，如果不爱就放手，谁知道谁能爱多久？

她都不能保证自己会爱多久，好像她也不是很长情的人，说不定她会是先变心的那一个……

她只知道她现在爱他，而他也爱她就够了。

所以她笑了笑道："人这一辈子有许多事要做的，就算是女子也一样，女子不能只为爱情而活，尤其不能把自己的一切全部押在爱情上，那样多无趣啊，你说是不是？世界这么大，你该出去看看。"

那位小妾似乎没想到顾惜玖会如此洒脱如此看得开，愣了愣，叹了口气道："看来姑娘还没有真正爱上凰先生。你一旦真正爱上他会特别患得患失的，你会想等你百年之后，他还活在这个世界上，他还会碰到其他女子，还会再宠其他女子，说不定还会再娶其他女子为妻，想到这些你会心理很不平衡的……"

顾惜玖觉得这位小妾是菟丝花思想，也太杞人忧天了！

她觉得这位小妾太钻牛角尖了，就像一个大富翁刚刚赚到一大笔钱，不是快活地享受生活，而是在那里发愁，愁以后谁来继承他这一大笔钱一样。

顾惜玖咳了一声，清了清嗓子，给她上了一课，把这观点有条有理地说了一遍。

那小妾听得目瞪口呆，不太理解顾惜玖的这种思维方式，不过一时找不到词来反驳她。

不远处有人哧地笑了一声，说道："顾姑娘这想法倒是很清新脱俗，本公主是第一次听闻。"

顾惜玖抬头，见不远处的一丛海带似的树丛内，一位绿油油的姑娘飘飘然走了出来。

这位姑娘自然也是鲛人，容貌和蓝摇光颇为相似。

不过让人扼腕的是，她的容貌不如蓝摇光那么妖娆，眉毛有点儿粗，唇有点儿厚，一双大大圆圆的眼睛，如果不和蓝摇光比，她确实是一个大美人儿。

但顾惜玖刚刚看过蓝摇光那个妖孽的美，再看这少女像看到山寨版的蓝摇光，自然惊艳不起来。

这少女穿着一身飘逸的绿裙，走过来的时候像一棵在春风里绽放的莴苣。

“静怡，你回来了，你哥哥最近常念叨你呢。”那位小妾开口道。

“念叨我什么？又想给我找婆家是不是？我才不要！除非是像姐夫那样的人，否则其他人休想！”蓝静怡撇了撇小嘴，不屑一顾地道。

她喜欢自己的姐夫？

顾惜玖觉得这个八卦不小。

那位小妾轻轻叹了一口气，说：“静怡，凰先生已经有顾姑娘了，不日即将成亲，你还是把心收一收吧。”

顾惜玖：“……”

等等，她们口中的姐夫是？

“嫂嫂，我也知道自己和姐夫无缘，可是我只喜欢姐夫那样的人……”蓝静怡将视线落在顾惜玖身上，对她从头打量到脚，眼眸中闪过不忿之色，“我还真没看出这位顾姑娘哪里好了，压根配不上姐夫嘛！”

这姑娘说话很直率，当然也很伤人，不过顾惜玖从她那带有攻击性的话里抓到了重点：“你姐姐是？”

蓝静怡傲然地道：“我姐姐是上一任鲛皇，她和姐夫可是青梅竹马一起长大的，如果她不是为了救姐夫把一条命搭上，哪有你的什么事？”

她这几句话的信息量太大，顾惜玖微微皱起眉来。

难道帝拂衣还有过青梅竹马？对方还是一位鲛皇？还是为了他死的？

这段过往听上去很血雨腥风啊。

蓝静怡又打量她几眼，说道：“你确实是个美人坯子，但一看就是普通人嘛。应该不能活太久的。难道是姐夫寂寞太久了，一直等不回我姐姐，所以想找个小人类爱一场来报复我姐姐？”

她又围着顾惜玖转了一圈，忽然像发现了新大陆：“咦，你的背影很像我姐姐呢！难道就是因为这个姐夫才喜欢上你的？”

顾惜玖：“……”

她心中虽然飘过许多疑问，但她不想再让这位绿莴苣似的少女围着自己评头论足，尤其是进行这么具有攻击性的评价：“这天下的美女其实背影很相像的，不但背影像，甚至有很多人容貌也有相像的，所以我和你姐姐的背影像倒不奇怪，但想必静怡公主和令姐是丝毫不像的，倒不用担心别人把你们认错……”

蓝静怡：“……”

顾惜玖这番话明显是说她长得不够漂亮。

而这正是蓝静怡最不可言说的痛！

顾惜玖这一番话明显踩在了她的痛脚上，她俏脸一变道：“你、你说什么？”

顾惜玖微笑着看着她道：“没听明白？想让我再说一遍加强印象？”

蓝静怡：“……”她终于明白眼前这少女并不是省油的灯，气人的本事不比任何人差。

蓝静怡是瞧不上人类的，在她眼里，人类就像水中的浮游生物一样，朝生暮死，实在是不值一提，却没想到今日她会被一个小小的人类少女给噎住，下不了台。

她脸色一阵青一阵白，握紧手指上前一步，似乎要动手教训顾惜玖，只不过被那位小妾给拦住了：“公主，莫气，莫气，她是凰先生带来的，是尊贵的客人，不能对她无礼。”

蓝静怡哼了一声道：“若不是看在姐夫的面上，本公主非揭了她的皮不可！瞧她的轻狂样，本公主很看不惯！”

顾惜玖悠然一笑，随手摘了一朵红绒花儿，微微一吹，回道：“很看不惯也只能看着，还能如何？”

蓝静怡的怒气值开始飙升：“你还真以为你和我姐姐长得像呀？我告诉你，就你这副模样连我姐姐的一根小脚趾也比不上！”

顾惜玖叹气，转身就走：“算了，逛个园子也能碰到连某人的指甲盖都比不上的人，兴趣没了，回吧。”

蓝静怡简直大怒：“放肆！”

她一摆衣袖，一道滔天巨浪夹杂着无数水刀向着顾惜玖飞卷而来！那小妾吓得花容失色，失声叫道：“不要！”

别人不知道这位公主的本事，这位小妾是知道的，这一道水浪中的水刀足以将一位灵力八阶的人切成碎片！

眼看那巨浪就要袭击上顾惜玖的身子，那小妾阻拦不及也压根不敢阻拦，吓得闭上了眼睛！

哗啦！轰！一阵巨响过后，一株小山般大小的珊瑚树当即化为齑粉消失不见了。

那小妾心中一沉，手脚颤抖，觉得顾惜玖这会儿只怕已经成为碎片了。

她木桩似的站在那里，眼睛都不敢睁开，唯恐一睁眼看到的就是一幅血淋淋的遍地血肉的画面。

直到她听到蓝静怡的一声惊叫：“你——”

接着便是顾惜玖的冷笑：“好毒辣的公主，鲛族就是这样待客的？”

那小妾急忙睁开眼睛，发现顾惜玖不但一根汗毛没少，掌心的一柄乌沉沉的剑还直接横在了蓝静怡细白的脖颈上，有血顺着剑锋沁出。

蓝静怡脸色苍白，显然这样的反转是她也没想到的，锋锐的剑刃割破了她喉间的肌肤，钻心地疼，当然，她也是极怕的。

她下意识地想要挣扎，顾惜玖掌心的宝剑再次微微一动，剑锋割得更深："你再动一下，这颗脑袋可就从你的脖子上滚下来了！"

蓝静怡脸色煞白，果然不敢动了，颤声道："你、你不能杀我！"

那小妾也回过神来，但这次花容失色得更厉害："天哪，顾姑娘，你伤到她了！快把剑拿开！来人，快请大夫！请大夫！"她惊得嗓音都变了调。

顾惜玖觉得她实在太大惊小怪。

顾惜玖对力道的把握还是很精准的，只是割破了蓝静怡的肌肉，并没有割破她的颈动脉什么的。

这位公主一言不合就对她下杀手，她如果不是瞬移术厉害，加上对敌经验丰富，这次只怕就被这公主给切成肉片了！

她自然要给这个嚣张的公主一个大教训，让对方知道自己不是好惹的。

对那小妾的叫嚷顾惜玖只当没听见，冷笑着看向蓝静怡说道："你能对我下杀手，我为什么不能对你下杀手？你以为你比我高贵？"

她瞧着蓝静怡的脖子上出现的细密鳞片，再笑道："这鳞片是你的护甲？可惜出现得晚了一些。"她剑锋一转，蓝静怡凄厉地惨叫一声，有三四片蓝色鳞片被顾惜玖的剑锋给剥了下来！

那小妾几乎要站不住："住、住手……你要杀了她了！"

顾惜玖勾唇道："你这鳞片瞧着不错啊，蓝汪汪的，剥下来做条项链也不错。"她说着掌心的剑锋就要再转。

"住手！"

"住手！"

两道急喝传来，两道光芒闪至，一道是蓝光、一道是七彩光……

七彩光击在了顾惜玖的宝剑上，蓝光攻击的则是顾惜玖的手腕！

好在顾惜玖撤手快，及时避开了蓝光的攻击，但她掌心的宝剑被七彩光给击碎了，直接化为一堆碎铁。

顾惜玖的手腕被震得有些疼，她轻吸一口气抬起头，见帝拂衣和蓝摇光一起飞身而至。

蓝静怡终于脱离了顾惜玖的宝剑的掌控，身子晃了晃，倒在了蓝摇光的怀里："哥哥……"她大大的眼睛里有泪珠滚落，尚未落在地上就化成了鲛珠，"我、我要死了……"

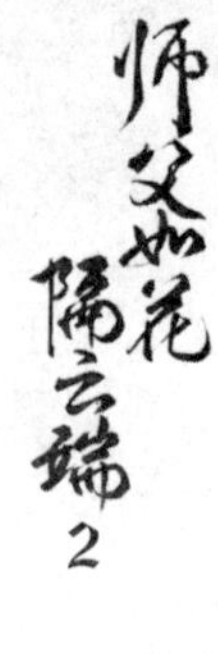

蓝摇光看着她血淋淋的伤口手几乎要颤抖起来：“不、不会的，凰兄在这里，他医术惊人，会救你的。”他骤然抬头看向帝拂衣，“凰兄，救她！”

帝拂衣只说了三个字：“去冰室！”

蓝摇光点头，抱起蓝静怡身子一闪，化为水波消失。

帝拂衣终于瞥了顾惜玖一眼：“顾惜玖，你就不能安生些？！”他一闪身，也不见了影子，很显然，他也极紧张蓝静怡，急着去为蓝静怡疗伤了。

顾惜玖正要解释出口的话噎在了嗓子里，没说出来。

她站在原地垂下眸子，视线落在那堆碎成片的残渣上。那柄剑是容伽罗送给她的，说是他刚刚得到的宝物，极珍贵，已经有些灵性，可以随着使剑人的功力增长而增长，送给她做防身用，也算是对她帮助过他的报答。

她没想到剑会无声无息地碎在这里，还是碎在帝拂衣的手里。

剑碎成了渣，她的心上似乎也裂了一道细细的口子，口子虽然不深，但有些疼。

此刻听到动静的其他鲛人也赶了过来，她们只看到顾惜玖将蓝静怡伤到了，不由得起了同仇敌忾之心，再看向顾惜玖的目光就说不上友好了，唯恐她跑了似的，隐隐将她围在了中间。

“我们鲛皇好心招待你，你却伤了我们的公主！”

“人类都是这么不知道好歹吗？”

“为什么伤我们的公主？你可知道我们的公主是不能伤的？”

“拿下她！不能让她跑了！”

顾惜玖冷冷地道：“放心，我不会跑！”她又瞥了那小妾一眼，“你不打算给你的族人解释一下？”

那小妾张口结舌半天，才说道：“解、解释什么？”

顾惜玖笑了，淡淡地道：“你可以不解释，但此事很容易就水落石出的！放心，我不会走！两个时辰后我会回来讨回公道！”她说罢身形一闪，原地消失。

众人：“……”

谁也没想到顾惜玖会有这一手，一时有些傻眼！

那小妾急了，忙吩咐道：“她走不远的，快快去找！”

众人一哄而散，纷纷去找人了。

那小妾想了想，也忙去找人了。

这位小妾在鲛宫内还是有些权力的，能调动的人不少。但大家像过筛子似的将整个鲛宫翻了一遍，没看到顾惜玖的一片衣角！

不知不觉一个时辰就过去了，那小妾依旧两手空空，所有出去找寻顾惜玖的人都已经回来了，却没找到伊人芳踪。

那小妾慌了，这里可是深海，如果顾惜玖误闯出鲛人城，闯进海水里，那强大的水压能将她彻底压扁！

她没办法，不敢再擅自做主，一横心去了冰室找鲛皇。

她刚跑到门口，险些和急步走出的帝拂衣撞上，还是帝拂衣一拂衣袖，才让她原地站稳。帝拂衣劈头就问："夫人跑什么？惜玖呢？"

那小妾呼吸一窒，结结巴巴地道："顾姑娘她、她畏罪潜逃了……"

帝拂衣脸色一变道："她走了？！"

"是、是啊，你们离开不久，她就、就自己跑了……"

"她不会畏罪潜逃！"帝拂衣的声音冷了下来，"本座走后，你们向她报复了？！"

"没、没有……"帝拂衣周身的气息太强大，让那小妾更结巴了。

"怎么回事？"蓝摇光也自屋内走了出来，皱眉望着自家的爱妾。

那小妾嘤咛一声扑到了他的怀中："陛下！"

蓝摇光将她扶正："你说什么？顾姑娘走了？"

那小妾这才将蓝摇光他们离开后，顾惜玖随即不见的事大致说了一下。

蓝摇光只觉得额头青筋蹦得欢实，不由得抱歉地瞧了帝拂衣一眼道："凰兄，对不住，你第一次带未婚妻来这里就……小弟这就派人扩大搜索范围，定然将她寻回来。其实她没必要畏罪潜逃……"

帝拂衣的脸色冷了下来："本座说了，她不是畏罪潜逃！"他将目光落在那小妾身上，"真相！说出刚才的事情的真相！"

那小妾战战兢兢，说话避重就轻："就是、就是如凰先生所见，顾姑娘和公主发生了几句口角，然后、然后她们就动了手……"

"因为何事发生口角？谁先动的手？"

小妾："……"

顾惜玖自然没离开鲛人城，此刻是在朝花会上。

今日是鲛人一年一度的朝花会，是一场盛会，也是海族的集市，在这一天这里卖的东西最全，什么奇珍异宝都有，还有各种各样的节目。

顾惜玖对节目其实兴趣不大，刚才和那小妾闲聊时，知道这朝花会上有条药王街，会卖一些海族的珍稀药草。顾惜玖检测到龙司夜为她配制的药液里就有一味海族的药草，可以说在陆地上极难见到，现在难得来海族一趟，她就想碰碰运气，看看能不能买到。

这药王街上卖药草的摊子不少，她果然发现了自己需要的药草，甚至还有好几种其他药草她也需要，但在陆地上压根买不到，而且价格还不贵。

比较悲剧的是，这里的流通货币并不是银子，而是一种砗磲珠。

顾惜玖自然没有这种货币，一颗也没有。

但这难不住她，她有的是赚钱的道儿。

她在大街上转了一遭，终于找到了一份商机。

在大街的尽头搭着一座美轮美奂的大台子，台前人山人海，台上有人在表演。

顾惜玖一打听，知道这里正进行斗歌比赛，据说能斗到最后的歌手可以得到鲛皇派发的一件礼物，那是一颗碗口大的夜明珠，在台上摆放的案儿上幽幽地闪着诱人的光芒。

鲛人最擅长歌舞，据说有时深夜的海上常常能听到鲛人的歌声，而行经附近的船只往往会被鲛人的歌声迷惑而驶入风暴眼中，弄个船毁人亡的悲剧。

顾惜玖在台下看了一会儿，发现上台唱歌的鲛人唱得都很不错，而台下的鲛人们对台上唱歌的鲛人歌星还是极大方的，唱得好了，纷纷向台上扔砗磲珠以示鼓励。

那些唱得好的鲛人一曲唱完，往往扔在台上的砗磲珠就有数百颗。

顾惜玖对自己的歌喉还是很有信心的，就算不是绕梁三日，但比起此刻台上唱得最好的那位少女，她还是略胜一筹的。

顾惜玖立即到后台报了名，要打擂。

其实这里虽然规定任何人都可以报名，但因为是朝花会上的斗歌，规模和平时自然不同，前来斗歌的都是鲛人族那些有名的歌者，普通鲛人压根不敢上台去找这个难堪。

所以当顾惜玖前去报名的时候，那掌管报名的官儿还是蛮惊讶的，因为他们从来没听说过她的名声。

何况顾惜玖又是个纯正的人类，人类参加朝花会就极少见了，更别提跑上台斗歌了。

当然，这位官儿惊讶归惊讶，倒没阻拦她，只是好心劝了她一句：“小姑娘，在这里唱好了能赚到钱，唱不好是会被扔乌龟蛋的。”

在这里扔乌龟蛋和在人间扔臭鸡蛋性质差不多，是侮辱人的。

顾惜玖只是淡淡一笑，简短地说了两个字：“不会！”

那官儿摇摇头，无奈地报了上去。

因为要排队，所以顾惜玖报上名之后，就在台下看了一会儿，看到一名歌者大概是太紧张，唱歌的时候跑了一两个调子，结果不但没收到砗磲珠，还被砸乌龟蛋了。

那歌者一身蛋清蛋黄，脸色青白地跳下台，在人们的嘘声中跑了。

这种乌龟蛋奇臭无比，隔老远就能闻到，比尸臭味儿还难闻。

顾惜玖揉了揉鼻子，最近的她对臭味儿有些敏感，闻到这个味道她犯恶心。

幸好被扔臭乌龟蛋的就那一位，现在站在台上的是一位看上去极为俊美的帅哥，不同于鲛人的蓝发，他有一头墨绿的长发，如长长的海藻。他在这里显然是名人，一上台就赢得一片掌声，还没开口唱就有少女向台上扔砗磲珠。砗磲珠是乳白色的，如下了一台的雪花雨，满台乱滚。

顾惜玖从周围人的议论中，知道这位少年是鲛族最有名的歌者，也是最有希望拿到奖品的人，是鲛族的全民偶像，平时难得一见，只有在这种朝花会上才能见到他的身影，还得奖品是他感兴趣的东西的情况下。据说只要他一参加，就没其他人什么事了。

顾惜玖向四周看了看，果然这少年一上台，台前聚拢的人更多了，简直可以用人山人海来形容，可以媲美现代大歌星的专场演唱会了。

那少年名叫蓝斐，一开口唱歌周围便静了下来。

他的声音是那种男中音，干净，浑厚，悠扬，如同风吹过海浪，一波波地拍打着海岸，溅起雪白的浪花。

台下的人听得浑然忘我，人人屏住了呼吸，唯恐出气声太大，打断这样的天籁。

给他在后台配乐的是一架古琴，琴声悠悠，配上他的歌声显得相得益彰。

一曲毕，万众高呼。

无数砗磲珠下雨似的向着台上落去，那少年显然是有功夫的，站在原地没动，那些砗磲珠明明漫天落下，却没有一颗落在他身上。

顾惜玖的位置比较靠前，她周围的人像疯了一样呼唤着蓝斐的名字，疯了似的撒钱。

而顾惜玖因为没钱，就在那里站着看，只是拍了两下巴掌。

因为周围人的衬托，顾惜玖这种淡定的举动反而显得有些另类，那位蓝斐歌者原本冷静地看着这一切，但视线无意中落在顾惜玖身上时，薄唇抿紧了。

“那位姑娘……”他忽然开口，“可是对蓝某唱的歌不满意？”他说话的声音也极为干净通透，如玉石互击。

顾惜玖左右看看，然后小手指向自己：“阁下是问我？”

蓝斐点头道：“不错。”

顾惜玖无辜地问：“阁下从哪里看出我对你唱的歌不满意？”

“你很冷静，只是象征似的拍了两下掌。”

顾惜玖：“……”原来他是嫌弃她不像其他粉丝那样疯狂。

“我没钱。”顾惜玖实话实说，声音清亮，“所以不能拿砗磲珠砸你。”

众人：“……”

鲛人性喜奢华，基本都是有钱的，就算最穷的人身上也常带着百八十颗砗磲珠，像这种在大庭广众之下说自己没钱的，顾惜玖还是第一位。

蓝斐不死心地问：“你一颗砗磲珠也没有？”

顾惜玖颇为不好意思地笑道：“确实一颗也没有。”

蓝斐："……"

人群中传来嘘声，众人大概是没见过顾惜玖这种穷也穷得如此理直气壮的人，再说看她的穿着打扮明明是贵族少女，怎么可能分文也没有呢？

蓝斐似乎想到了什么："你是第一天第一次来这里？"

"不错。"

众人再次发出嘘声。

"那姑娘来这里看斗歌会就是纯粹看个热闹的？"

"不，我是来挣钱的。"顾惜玖依旧实话实说。

蓝斐忍不住笑道："姑娘想怎么挣钱？"

"唱歌。"

众人："……"

那个负责报名的小官儿开口："这位姑娘也报名参加斗歌了。顾姑娘，正好，该你上台了。"

无数目光唰地落在顾惜玖身上，人群中都是嗡嗡的讨论声，讨论的主题无非"这人类女孩好不知道天高地厚，居然敢来朝花会上斗歌"之类的，语气带着各种嘲讽，各种不信，各种看笑话。

顾惜玖在"万众瞩目"中无所谓地笑了笑，然后瞬移上台！

蓝斐吓了一跳，后退一步道："姑娘好俊的功夫！"

"好说。"

"以姑娘的功夫如果是武学比赛，倒是值得一看，但可惜这是斗歌赛，如果唱得不好依旧会被群嘲……"

"明白，我要秀的也不是我的武学功夫，我就是来斗歌的！"顾惜玖傲然开口道。

蓝斐低叹道："姑娘勇气可嘉，蓝某佩服，就凭姑娘这份勇气蓝某就应该点个赞，只可惜姑娘排的这个位置不太好。"她正好排在他后面，有他这个珠玉在前，顾惜玖就算唱得略平淡也会被人笑话。

顾惜玖自然明白他这句话的意思，浅浅一笑道："无所谓了。"

这姑娘倒不是一般洒脱！

蓝斐眼眸中闪过激赏之色，拊掌道："这样吧，姑娘如果有我唱的一半好，今日这头奖就归姑娘！"

台下众人睁大了眼睛，没想到这位蓝斐公子居然会下这种赌注，要知道这件彩头蓝斐公子可是惦记两年了！

不料顾惜玖依旧不甚在意地笑道："我对头奖不感兴趣，大家如果觉得我唱得不错，多给我砸点儿砗磲珠就好了，不用多，一千颗足矣。"这个数目正是她要买药草需要的数目，她不贪心。

台下已经有人叫了起来："姑娘倒是有自知之明，知道连蓝公子的一半也不如，所以不争这头奖。不过我们的钱也不是这么好挣的，你既然敢上台，怎么也得让我们听着顺耳，能赶上蓝公子的一两成也是好的。"

顾惜玖视线一扫台下众人，俏脸上隐隐露出梨窝："相信大家都是行家，自然能听出优劣，惜玖相信大家会公正公平地评判的。"

她说的这话让台下众人很受用，那些原本打算"无论顾惜玖唱多好也要喝倒彩扔乌龟蛋"的人，也收起了那份龌龊心思，决心公平地评判一次，唱得好给一给钱，唱得不好就砸乌龟蛋！

"顾姑娘要唱什么？可需要人伴奏？"

顾惜玖摇头道："不必，我自带乐器。"她从身上拎出一把琵琶，"用它就可以了。"

顾惜玖只想赶紧挣钱去买药，然后回那个鲛宫，免得那些鲛人以为她畏罪潜逃。

她在台下听了也有四五首歌了，大体知道了鲛人族的喜好，所以选了一首《一生所爱》。

从前现在过去了再不来
红红落叶长埋尘土内
开始终结总是没变改
天边的你漂泊在白云外……
苦海掀起爱恨
在世间难逃避命运
相亲竟不可接近……

她的琵琶声调一起，原本有些喧闹的台下便逐渐安静下来，那有些低沉的歌声响起的时候，仿佛缥缈而来的山风，带着一抹苍凉气息，拂遍大地。

渐渐地，下面的人听着这宛如天籁的歌声，屏住了呼吸，睁大了眼睛望着台上。

顾惜玖并非站在那里干唱，还随着歌声抱着琵琶翩然起舞。

明月在天，白云流荡。

她一袭长裙旋转而舞的时候，如月光仙子踏着月色而来，不染尘世喧嚣。

歌美，舞更美！

鲛人都是歌舞的行家，此刻看到这等歌舞也一个个心醉神驰，深深觉得这次的朝花会没白来，居然能欣赏到如此美妙的歌舞！

那些原本预备顾惜玖唱几句就喝倒彩的人也忘了初衷，痴痴地看着台上的少女，连咳一声都不敢也不忍！

那位蓝斐站在后台，望着顾惜玖的眼中闪过一抹火热。

歌声渐歇，台下的观众却犹自在歌声的余韵中回不了神，痴痴地看着，连喝彩也忘了，偌大的广场上一片寂静。

顾惜玖从琵琶弦上放下手指，扫了一眼下面。

不会吧？他们真的一颗珠子也不扔？！

她一个念头没转完，台下的人终于回过神来，欢呼叫好声雷动，无数砗磲珠冰雹似的向台上砸！

台上有专门捡砗磲珠的人，一般一位唱完，就会有人快速将珠子捡起来，待歌者到了台下就送给歌者。

像蓝斐刚才唱完足足收到几千颗砗磲珠，收了好几斗。

那位捡珠子的侍者刚刚歇一口气，没想到顾惜玖唱完又是满台滚珠子，收到的砗磲珠比蓝斐还要多！

台下的人明显是意犹未尽的，纷纷喊：“再来一个！”

“天哪！太好听了！此曲只应天上有，人间能得几回闻！”

“顾姑娘，再来一首吧！你再来一首砗磲珠你想要多少就有多少！”

众人吵吵嚷嚷，几乎喊破了天。

顾惜玖并没有再赚珠子的野心，对她来说，钱不在多，够用就行。刚才那一曲赚的钱足够她买想买的东西了。

所以她笑了笑，就要下台。

“顾姑娘，请留步！”蓝斐张开双臂拦住了她的脚步。

顾惜玖挑眉道：“阁下还有何事？”

“顾姑娘，你就再唱一首吧，你只要再唱一首，那终极奖品就是你的了！”蓝斐提议道。

下面的人纷纷附和。

顾惜玖却摇头说：“没兴趣。”

“姑娘，那颗夜明珠价值数百万砗磲珠，如果拿到陆地上可以换数不尽的金银财宝……”

顾惜玖依旧不为所动：“对不住，我不稀罕。”

“那姑娘稀罕什么？只要你提出来，小可想方设法也要办到！只要你再唱一首。”蓝斐不死心地追问。

顾惜玖微拧起了眉毛。她出来已经一个多时辰了，还得回去证明自己的清白，不能在这里多耽搁。眼瞅着那侍从已经将满台的砗磲珠捡了一半，足够她用了，她身形微微一闪，直接闪到那侍卫面前：“多谢，给我这些就足够了，剩下的那些算赏你了。”

她将他手中的砗磲珠拎过来，哗啦一声倒入了自己的储物袋中。

“姑娘，你不唱也可以，在下是否有幸和你交个朋友？”蓝斐不死心地又走了过来。

顾惜玖抬眸，尚未来得及说话，不远处忽然传来铮铮两声琴响，如同裂帛，震动了所有人的心弦，随着琴声而来的还有一道磁性的声音：“不可以！”

众人抬头顺着声音瞧过去，见不远处的旗杆上飘飘然站着一人。

那人一身月白衣袍随风飘舞，怀里抱着一把琴，身姿挺拔，面上戴着面具，正是帝拂衣。

“凰先生！”

“天，是凰先生！”

“凰先生来了！”

人群像炸开了锅，瞬间喧闹起来，欢欣鼓舞，不知道多少人拜了下去。

很显然，帝拂衣在这里是很受欢迎的，而且看这架势他应该来过好几次，最起码这么多鲛人认得他、崇拜他。蓝斐也愣了愣，向着那个方向行礼。

顾惜玖抿了抿唇，站在原地没动地方。

帝拂衣身形一动，落在她面前，抬手就拉她：“想来朝花会为何不等我？”

顾惜玖向后退了一步，避开了他的手，淡淡地道：“你是想抓我回去给你朋友赔礼道歉的？其实你不必来，我说了两个时辰回去就两个时辰回去，不会畏罪潜逃。”

她退得不动声色，帝拂衣牵了个空，微微一愣，眸中闪过歉疚之色：“惜玖，此事不应该你道歉，而是他们欠你一个道歉。”

顾惜玖似笑非笑地道：“怎么说？”

“顾姑娘，此事不怪你，是静怡胡闹、侍从无礼，蓝某在此向姑娘赔礼了。”蓝摇光自半空中现出身形，眨眼间也落在台上，向着她拢袖一揖。

“鲛皇来了！”

“参见鲛皇陛下！”

刚刚起身的民众再次欢呼起来，纷纷向鲛皇行礼。

蓝摇光看着顾惜玖目光真诚地道：“为表歉意，蓝某可以对姑娘做出补偿，姑娘今日在朝花会上买的一切东西都算在朕的账上。”

顾惜玖俏脸上梨窝隐现：“不必了，陛下也是护妹心切，又没看到事件的整个过程，所以出手阻止一下并不算错。惜玖并不是蛮不讲理之人，不会怪罪陛下，所以不需要陛下的补偿。”

蓝摇光松了一口气，这位姑娘深明大义，是个懂礼的好姑娘！

他哈哈一笑道：“哈哈，太好了！姑娘果然豪爽大气。姑娘唱歌也极好，这次斗歌的魁首理应是顾姑娘，朕的那颗朝月珠是姑娘的了。”

他说罢一翻衣袖，桌上那颗硕大的夜明珠就飞到顾惜玖跟前，映得她周身如笼佛光。

顾惜玖再后退一步，淡淡地道：“惜玖唱得如何自己心里还是有数的，确实很好，但尚比不上这位蓝斐公子，这珠子理应是他的。”

顾惜玖也是歌唱大行家，自然是懂行的。

她唱得之所以如此受欢迎，不过是唱的歌比较新奇，曲调也好，但论真正的唱功，她确实稍逊那位蓝斐公子一筹。

下面响起了掌声，百姓再望向顾惜玖的目光有了真正的敬佩之意。

这位姑娘不但歌唱得好，原来行事也如此光明磊落！

蓝摇光望向顾惜玖的目光有些复杂：“顾姑娘……”他正要说什么，顾惜玖已经开口打断他的话：“陛下，既然真相已查明，那惜玖应该是自由的了吧？”

“当然！朕自始至终没想限制姑娘的自由……”

顾惜玖嘴角一翘道：“那就好。陛下，惜玖倒确实有一事相求。”

“顾姑娘请说。”

“请陛下待会儿找人将惜玖送出去。”

蓝摇光一愣，忍不住看了帝拂衣一眼。帝拂衣望着顾惜玖的目光有些深沉，而顾惜玖从头到尾再没看这位左天师一眼。

蓝摇光咳了一声道：“姑娘何必急着走？姑娘难得来一趟，蓝某尚未设宴好好款待一下，而且鲛人国不同大陆，有很多好吃、好玩的东西，姑娘理应多逛逛，多盘桓几日，让蓝某一尽地主之谊。”

顾惜玖摇头道：“多谢陛下盛情相邀，但惜玖还有其他事要做，就不多留了。”她不想再和对方寒暄，“陛下，半个时辰后惜玖在鲛宫门前等相送之人，告辞！”她说罢一转身，直接瞬移不见了。

蓝摇光：“……”

众人：“……”

蓝摇光看向帝拂衣，眸中闪过同情神色：“凰兄……”

帝拂衣道：“按她说的去准备吧！”然后他一起身，也直接消失了。

顾惜玖直接瞬移到了那卖药一条街，很快将自己想买的药草购买妥当，装入储物袋中。

她这次赚的砗磲珠不少，买够想要的药草后，还剩了不少，所以就打算再随意逛逛，碰到合适中意的东西，就买下来。

她又逛到了珍宝一条街上。

然后她发现自己是穷人，赚的那点儿钱在这里买不到一个水晶镯子。

看来这里的东西就是日用品便宜些，其他东西还是很贵的。她摸了摸自己的口袋，里面的砗磲珠还剩下不足一千颗。

算了，她还是再回去买点儿药草储备着吧！

她将手里价值两千砗磲珠的水晶镯放下，一转身，险些撞进一个人怀里！

她斜掠两步，避开了那人的搀扶，瞧了那人一眼，没说话，转身就想走，却被那人握住了手腕。

那人自然就是帝拂衣，他微笑着看着她道："喜欢这镯子？"他又认真看了一眼那镯子的品质，"这镯子品质普通，并不适合你，我倒相中了一个，极为好看，比你那苍穹玉还好看些。走，我带你去看。"他不由分说揽着她就走。

顾惜玖足下像扎了根，不挪窝儿："你放手，我不喜欢什么比苍穹玉还好看的镯子！"

苍穹玉就是苍穹玉，是她的朋友，不是什么镯子能代替的！

顾惜玖挣了两下，因为他扣得太紧，她没挣开。

她微微拧眉，正要用出一种脱身功夫，帝拂衣再一用力，干脆将她扣在自己怀里，这次语气柔软了不少："对不住！不要生气了好吗？"

顾惜玖不想和他在大街上拉拉扯扯的："你先放手。"

"放手你又要瞬移走了。"帝拂衣叹气，"惜玖，你听我解释好吗？"

顾惜玖轻吸了一口气，好在她没固执地摇头说"我不听，我不听"之类的话，而是很冷静地说了一句："你放手，你放心，我不会再瞬移走，我听你解释！"

帝拂衣不敢逆着她，终于放开她，叹道："此处不是谈话的地方，我们找个地方谈谈？"

帝拂衣找的地方是一家茶楼，楼中喝茶的人并不多，环境也幽静安宁得很，适合安静地说说话。

帝拂衣亲手为她烹茶，顾惜玖手里把玩着茶杯，并没有先开口。

帝拂衣为她斟了一杯茶道："尝尝这水沏出来的茶。"

顾惜玖瞧着那茶杯没说话，也没要喝的意思。

帝拂衣在她对面坐了下来："蓝静怡患有怪疾，不能受刀兵之伤，更不能被剥鳞，要不然她会在一刻钟内死亡。鲛人死亡后无法转世，无魂魄，所以也无法重塑肉体……"

顾惜玖："……"

怪不得她只是割破对方的脖子，剥下两片鳞来，这两个人就如临大敌，立即向她出手。

顾惜玖轻吸了一口气道："我没有要杀她的意思，要不然她的脑袋早就不在了！我的行事风格鲛皇不知道，他救妹心切，向我出手情有可原，我不会怪他。但是你……"

她的目光落在帝拂衣的脸上，一直压在心底的委屈泛了上来，眼眶有些发热，但语调依旧很平静："你二话不说就向我出手，我很伤心。"

虽然他只是震碎了她的兵刃，但也震伤了她的手。她当时虎口差点儿开裂，那麻疼的感觉直到她刚才唱歌时尚未完全消散，让她心上仿佛也裂出了一道细细的伤痕。

有酸涩的滋味自那伤痕中咕嘟嘟地向外冒，这酸涩让她暂时不想见他。

帝拂衣眸中现出歉疚之色："对不住，我本无意伤你，震伤你的手了？"

他抬手就去握她的右手腕，想要看看她的手。

顾惜玖随手将他的手甩掉，声音冷淡地道："没伤到，只是震碎了那柄短剑罢了。"

她依旧不想让他碰她。

帝拂衣瞧着她道："那柄剑并不算好，回头我亲手给你打造一柄，绝对比那柄剑要好百倍！"

顾惜玖浅浅地勾了勾嘴角，没说话。

其实有时候剑好剑坏都不重要，重要的是它所代表的含义。

他有多喜欢自己，顾惜玖还是很清楚的，只是理解归理解，心上却像是鼓起了一个酸涩的包……

不过相对于这个酸涩的包，她更在意另外一件事。

"你曾经是那位公主的姐夫？"

帝拂衣手指一顿，然后他看着她问道："你在意这个？"

这不是废话嘛！

顾惜玖很干脆地说："如果从哪里蹦出一个人来，和你不认识，却叫我嫂子，你不在意？"

帝拂衣："……"

他略一沉吟道："这件事……不是你想的那样。我并没有真正成为她的姐夫，我和她姐并没有成亲，那只是几千年前的一桩意外。"

"意外？"顾惜玖挑眉。

帝拂衣明显有隐衷，叹道："惜玖，那件事我曾经答应过别人再不提起，而且她姐姐已经故去几千年了，你犯不着再吃她的醋。"

顾惜玖："……"

她其实并没有吃那位鲛人姐姐的醋，只是突然知道这件事心里不舒服而已。

见她不说话，帝拂衣将手覆在她的手上："好了，宝贝儿，鲛人这里的朝花会一

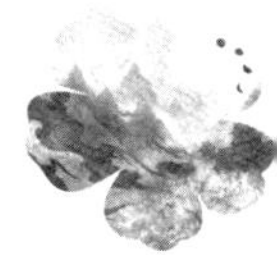

年才举办一次，这里有很多好东西，咱们好不容易来一趟，可不能错过了！”

顾惜玖微微皱眉，将手从他的掌心中撤回：“没兴趣！”

帝拂衣不由分说地将她拉起来：“我这次带你来原本就是想买一些东西的，惜玖，给我个机会，让我赔罪如何？”

顾惜玖依旧有些意兴阑珊：“我觉得我没有什么可买的。”

帝拂衣知道她还有些意难平，便又做小伏低地哄了她好一阵，才将她哄好。

帝拂衣又将她拉起来道：“走吧，我要买的是婚礼上的一些东西，宝贝儿，我还需要你的意见，陪我去买吧？”

顾惜玖心中咯噔一下。

婚礼？

这么快？！

她下意识地说了一句：“我可没说要嫁给你……”

帝拂衣一用力，将她扯进怀中，不由分说地吻了下来，吻得她心跳如擂鼓，头昏脑涨之时，他慢悠悠地说了一句：“再说一句不嫁给我试试？！”

他的气息笼罩着她，刚刚的热吻也让她脑筋有些短路，所以她不怕死地又来了一句：“我就不要嫁给你啊……”

一句理直气壮的话没说完，她直接被帝拂衣放倒。

她吃了一惊，还以为会倒在冰凉的大理石地面上，却不料躺下时才发现身下是云般柔软的垫子。

他紧紧地压在她身上。

这里是茶楼啊！

虽然是在雅间，但这雅间并不隔音，她甚至能听到隔壁其他客人的低语。

“你起来——”她气息不稳地道。

“那你答应嫁给我！”帝拂衣不放手也不起身。

顾惜玖投降：“好了，我嫁，我嫁……”她再咬牙道，“喂，你起身，这里是茶楼，你想在这里表演活春宫给人听啊？”

一句话没说完，她忽觉手指上一凉，套上了一个东西。

顾惜玖低头一瞧，发现手指上多了一枚戒指，还是一枚镶嵌了红钻石的戒指。

红钻石原本就少见，而形状这么完美、纯度这么高的红钻石就更少见了。

那钻石呈心形，有无数个截面，烛光一映，如同湖面上跳跃的阳光，漂亮得不可思议。

顾惜玖的心跳漏跳了一拍，她看了看戒指再看向他道：“你这是？”

“你不是曾经说过，在你们那个时代男女定情要送戒指，女方如果同意就会收下戒指？”帝拂衣握着她的手，“大小正合适，最适合你。你没摘下来，那证明同意我的求婚了是吧？”

顾惜玖：“……”

他这求婚方式真另类，简直像连哄带骗。顾惜玖在好笑之余，心中也温暖起来。

她屈伸了一下手指，看了看那枚钻戒，然后问他：“不会这钻戒也像姻缘镯一样拿不下来吧？”

“当然不会。你随时可以把它取下来。”帝拂衣将她拉了起来，抱在怀中坐着，“这戒指还有个功用，是驱魔的，一旦有魔物靠近你一丈之内，这戒指就会自动示警，到那时你打得过就打，打不过就跑，安全不少。这个可比姻缘镯实用多了。”

或许是为了补偿她受的委屈，帝拂衣在朝花会上为她买了很多东西，每一件东西都极珍贵，有很多甚至可以用价值连城来形容，稀罕物数不胜数。

帝拂衣显然对这里是很熟的，带着她转了一条又一条街，想买什么都是直接去相关的店铺，一点儿冤枉路也没跑。

顾惜玖跟着他转，有一种人间小夫妻婚前采购婚礼用品的错觉。

帝拂衣也确实在采买结婚用品，其中就包括一张极为漂亮的大床和柔软的床上用品……

这一趟鲛人国之行，二人算是满载而归。

幸好二人身上有很强大的储物袋，买了那么多东西也不嫌累赘。

两人的婚期定在了正月十五，一个团圆的日子。

顾谢天深深觉得，这日子太近了！因为帝拂衣派人通知他的时候，距离这个好日子还有两个月！

他捧着帝拂衣派人送来的婚帖几乎不敢相信这是真的！

虽然左天师大人这一手办得太霸道，对他显得不那么尊重，但顾谢天一点儿驳回的主意也不敢打，笑容满面、千恩万谢地打发走了沐云护法，他立即像急惊风似的忙碌起来。

将军府这几年有些晦气，好久没有喜事了，这次一来就是大喜事，他自然要抖擞精神好好张罗张罗。

在这婚讯传出来的第二天，宫里新帝传下旨意，封顾惜玖为御妹，宫中新帝会亲自为顾惜玖预备嫁妆。

这对顾谢天来说，自然又是一桩大喜事。

按照飞星国的规矩，定亲的男女双方在婚前三个月内是不允许见面的，所以顾谢天在接到婚帖的第二天，就赶到左天师府邸，想把女儿接回来。

没想到扶苍宫的门童告诉他，左天师大人说了，他们成亲没这么多规矩，人先留

在扶苍宫，等成亲前一天再把人送过去。

顾谢天深深觉得这样不妥，难得地据理力争，说这样不合规矩等。

奈何那门童做不了主，也不肯再向里禀报，顾谢天口沫横飞地说了半天，那门童只当没听见，把顾谢天气得不行。

他接连跑了扶苍宫三天，也没跑出个结果来，无奈之下只得进宫寻求皇帝的支持。

新帝就是容伽罗，沉吟半晌，修书一封送进了扶苍宫中。

也不知道他在书信中说了什么，总之总算让左天师大人松口，同意结婚前半个月，也就是年三十那天将人送到将军府……

事情虽然和预期的不一样，但好在能提前半个月见到女儿，顾谢天终于不折腾了，回去专心准备嫁妆事宜。

未完待续